Melanie Metzenthin

Im Lautlosen

Roman

Deutsche Erstveröffentlichung bei
Tinte & Feder, Amazon Media E.U. S.à r.l.
5 Rue Plaetis, L-2338 Luxembourg
Juli 2017
Copyright © der deutschsprachigen Ausgabe 2017
By Melanie Metzenthin
All rights reserved.

Umschlaggestaltung: bürosüd⁰ München, www.buerosued.de
Umschlagmotiv: © Melanie Metzenthin Privatarchiv; © Geanine87 / Shutterstock
1. Lektorat: Marketa Görgen
2. Lektorat: Diana Schaumlöffel
Korrektorat: Rainer Schöttle/DRSVS
Gedruckt durch:
Amazon Distribution GmbH, Amazonstraße 1, 04347 Leipzig /
Canon Deutschland Business Services GmbH, Ferdinand-Jühlke-Str. 7, 99095 Erfurt /
CPI Books GmbH, Birkstraße 10, 25917 Leck

ISBN: 978-1-542-04596-4

www.amazon.de/tinteundfeder

ERSTER TEIL
DIE WEIMARER REPUBLIK
1926–1932

1. Kapitel

Hamburg, 1926

Es waren Tage wie dieser, an denen Paula jedes Mal aufs Neue bewusst wurde, dass die Hamburger Universität noch ein Kind war. Ein Kind, das gerade erst laufen lernte und sich längst nicht mit seinen großen Geschwistern, den berühmten medizinischen Fakultäten, für die das Deutsche Reich bekannt war, messen konnte. Ihr Vater, der angesehene Psychiater Doktor Wilhelm Engelhardt, hatte ihr immer wieder geraten, an der altehrwürdigen Georg-August-Universität in Göttingen Medizin zu studieren, so wie er selbst. Doch Paula liebte Hamburg, die reiche, große Hafenstadt, die sich nach dem Weltkrieg recht bald erholt und zu alter Blüte zurückgefunden hatte – weltoffen, hanseatisch und zugleich frivol. Warum in die Ferne schweifen, nachdem die Hamburger sieben Jahre zuvor endlich ihre eigene Universität gegründet hatten? Selbst wenn Hamburg noch nicht einmal über ein anerkanntes Universitätskrankenhaus verfügte und man nur hastig einige Ärzte des Allgemeinen Krankenhauses Eppendorf in den Professorenstand erhoben hatte, um den Anschein einer medizinischen Fakultät zu wahren. Wer es sich finanziell leisten konnte, hatte ihr Vater immer wieder betont, der studierte in Berlin, Heidelberg oder Göttingen. Eben an einer richtigen Universitätsklinik.

Es war an Tagen wie diesem, an denen Paula sich fragte, ob sie nicht doch den Rat ihres Vaters hätte befolgen sollen. Tage, an denen die Studenten vor den Hörsälen des prächtigen Universitätshauptgebäudes am Dammtor Schlange standen, um den Gastvorträgen berühmter Professoren renommierter Universitäten zu lauschen, die sich für gewöhnlich nur selten nach Hamburg verirrten.

Schon seit Wochen hatte sie sich auf die Vorlesung des Münchner Professors Habermann gefreut, der an diesem Abend über das Wesen und die Seele der Geisteskranken sprechen wollte.

Ihre Freundin Leonie, ebenfalls Arzttochter und Medizinstudentin im zweiten Semester, begleitete sie. Aufgeputzt nach der neuesten Mode, das Haar zu einem Bubikopf frisiert, dessen widerspenstige dunkle Locken frech unter dem Glockenhut hervorlugten, der Rock kurz genug, damit die seidenbestrumpften Beine Aufmerksamkeit erregen konnten, glich Leonie eher einem Filmstar als einer Studentin.

Ein unbedarfter Beobachter hätte leicht den Eindruck gewinnen können, Leonie nutze die Universität weniger, um Wissen anzusammeln, sondern vielmehr als Balzplatz, um den Wert potenzieller Ehekandidaten abzuschätzen. Doch Paula wusste es besser. Es war Leonies ureigene Waffe im Kampf der Geschlechter, denn ein angenehmes Äußeres ließ die männlichen Kommilitonen zu wahren Kavalieren werden. So auch heute, als die wartenden Herren den beiden Damen gern die vorderen Plätze in der Warteschlange abtraten, ehe der Hausdiener endlich die Tür des Hörsaals öffnete. Einer der wenigen Vorzüge, die das weibliche Geschlecht mit sich brachte – ohne dabei die Nachteile aufzuwiegen, denen sie sich sonst während des Studiums zu stellen hatten. Despektierliche Altherrenwitze seitens der Professoren waren keine Seltenheit. Doch während Paula versuchte, diesen Bemerkungen durch ihren Fleiß und ihre Leistungen jede Grundlage zu entziehen, begnügte Leonie sich damit, mitzulachen, so als verstünde sie gar nicht, dass diese Pfeile gegen sie selbst gerichtet waren. Nachdem Paula dieses Verhalten wiederholt aufgefallen war, hatte sie ihre Freundin endlich gefragt, warum sie sich nicht dagegen wehrte.

Doch Leonie hatte sofort abgewinkt. »Schwache Männer fürchten intelligente Frauen und nur Schwächlinge machen dumme Witze auf Kosten anderer. Sollen sie mich doch für einfältig und harmlos halten, was schert es mich? Ich bin hier, ich darf studieren, das allein zählt.«

Darüber hatte Paula lange nachgedacht. Machte es das Leben wirklich leichter oder leistete Leonie sich und allen anderen Frauen einen Bärendienst, indem sie die Vorbehalte gegen weibliche Studenten durch ihr oberflächliches Verhalten bestätigte?

Nun, zumindest an diesem Tag überwogen die Vorteile von Leonies Lebenseinstellung. Die Tür zum Hörsaal stand offen und sie waren die Ersten, die den weiten Saal betraten. Paula wollte sofort nach unten gehen, um möglichst weit vorne zu sitzen, aber Leonie hakte sich energisch bei ihr unter und zog sie in eine der mittleren Reihen.

»In der Ankündigung hieß es, dass er Lichtbilder präsentieren will. Und da wollen wir doch nicht auf den Rasierstühlen sitzen, oder?« Leonie bog keck den Kopf in den Nacken, so als würde sie im Kino in der ersten Reihe versuchen, die Leinwand zu erfassen, und zwinkerte Paula verschwörerisch zu. Paula kicherte. Sie kannte Leonie nun schon so lange, aber sie vermochte nicht mit letzter Sicherheit zu sagen, ob Leonie wirklich an dieser Vorlesung oder eher an der männlichen Zuhörerschaft interessiert war. Auf jeden Fall genoss Leonie es sichtlich, wie schnell sich die Plätze neben ihnen füllten, denn den Kavalieren, die ihnen den Vortritt gelassen hatten, war sehr daran gelegen, zumindest während der Vorlesung die Gesellschaft der Damen zu genießen. Dabei beschränkte sich die Konversation zunächst auf die höfliche Frage, ob der Platz noch frei sei, und Leonies huldvolles Nicken, das sie mit einem strahlenden Lächeln garnierte.

Zu Beginn der Vorlesung hörte Leonie noch aufmerksam zu, doch dann raunte sie Paula zu: »Das erinnert mehr an ein Kuriositätenkabinett als an einen wissenschaftlichen Vortrag, findest du nicht?«

Paula nickte, legte aber gleichzeitig den Finger auf die Lippen.

»… und so stellte sich wiederholt die Frage, was den Menschen vom Tier unterscheidet«, hallte die Stimme des Professors durch den Hörsaal. »Manch einer sagt, es sei die geistige Schöpfungskraft, der Wunsch, nie aufzugeben und sich große Ziele zu setzen. Ich habe Ihnen hier ein paar ausgewählte Fotografien mitgebracht, die in ihrer Ausdruckskraft für sich selbst sprechen können.« Er machte eine Handbewegung zum Lesungsassistenten, der umständlich den großen Lichtbildprojektor auf der oberen Galerie des Hörsaals betätigte. Das Bild eines glatzköpfigen, debil grinsenden Irren wurde groß an die Wand geworfen.

Leonie atmete hörbar ein. »Ich sag's doch, Kuriositätenschau. Wie auf dem Jahrmarkt!«

Diesmal beachtete Paula sie nicht. Als Tochter eines Psychiaters, der hinsichtlich seiner Tätigkeit keine Geheimnisse vor seiner Tochter kannte, hatte sie bereits als Kind derartige Menschen kennengelernt. Auf den ersten Blick mochten sie abschreckend wirken, aber dahinter verbarg sich oftmals eine treuherzige Naivität, die Paula von Anfang an fasziniert hatte.

»Wir sehen hier einen klassischen Fall von Dementia praecox«, erklärte der Professor weiter, »der Spätform der Schizophrenie. Man beachte den starren Ausdruck der Augen und das inhaltslose Lächeln. Manch einer spräche hier von einer leeren Hülle, einem geistig Toten. Einem Wesen bar jeder Menschlichkeit.«

Irgendwo applaudierte jemand, doch angesichts des strengen Blicks, den Professor Habermann in die Richtung warf, verstummte der Beifall sofort wieder.

»Was also macht die Menschlichkeit aus?«, fuhr der Professor fort. »Bitte das zweite Lichtbild.«

Der Projektor surrte, die nächste Fotografie wurde an die Wand geworfen. Es handelte sich um die gezeichnete Darstellung von zwei Gesichtern, die ineinander verschmolzen.

»Professor Wilmanns von der Universitätsklinik Heidelberg war so freundlich, mir diese Bilder zur Verfügung zu stellen«, erklärte Habermann. »Dort sammelt man seit Jahren die Werke Geisteskranker. Leider kann ich Ihnen das farbenfrohe Original nicht zeigen, aber auch diese monochrome Fotografie gibt Ihnen einen Eindruck von der Ausdruckskraft, die selbst diesem armen Geiste noch innewohnt.«

»Und beweist, dass der wirklich verrückt ist«, murmelte Leonie. »So etwas malt doch niemand, der bei klarem Verstand ist.«

»Es erinnert an den Surrealismus«, hörten sie eine männliche Stimme hinter sich. Paula drehte sich um. Im Halbdunkel konnte sie nicht viel erkennen, nur dass der Mann dunkles Haar hatte und glatt rasiert war.

»Surrealismus?«, fragte sie.

»Eine Kunstrichtung, die Traumhaftes und Unwirkliches verarbeitet.«

»Davon habe ich noch nie gehört. Ist es …«

Bevor sie ihren Satz vollenden konnte, wurde sie von Leonie angestoßen. »Sieh dir das an! Dagegen verblasst ja jedes Gruselkabinett!«

Paula fuhr herum. Ein neues Bild flimmerte über die weiße Wand, wieder ein männliches Gesicht, wieder lächelnd. Aber es war kein klassischer Geisteskranker, denn der Schädel des Mannes war deformiert. Die linke Hälfte des Kopfes sah völlig normal aus, die rechte wirkte seltsam verbogen, so als würde der Schädelknochen fehlen und sich über den Defekt nur die behaarte Kopfhaut spannen. Einen Moment lang fragte Paula sich, ob der Mann wohl von Geburt an so entstellt war oder ob es sich um die Folgen einer Verletzung handelte. Doch im Gegensatz zu Leonie empfand sie seinen Anblick nicht als abschreckend, sondern er erfüllte sie vielmehr mit tiefem Mitgefühl.

»Hier haben wir einen besonders interessanten Casus«, erklärte Professor Habermann. »Wie Sie sehen, fehlt ein Teil der Schädelkalotte. Manchmal werden derart deformierte Säuglinge geboren, doch sie überstehen meist nicht die ersten Tage ihres irdischen Lebens. In diesem Fall handelt es sich um einen ehemaligen Absolventen der Kunstakademie, der als Soldat im Weltkrieg eine schwere Kopfverletzung erlitt. Es grenzt an ein Wunder, dass der Mann überlebte und nur leichte motorische Defizite aufweist, so etwa eine diskrete Lähmung der linken Körperhälfte, die ihn jedoch kaum einschränkt. Seine Persönlichkeit indes hat sich nachhaltig verändert und erlaubt ihm nicht mehr, seine angeborenen Triebe zu zügeln und unbeaufsichtigt unter Menschen zu leben, da er jedes leibliche Bedürfnis, das ihn überkommt, sofort erfüllt wissen muss. Leider beschränken sich seine körperlichen Bedürfnisse nicht auf die sozial verträglichen Gaumenfreuden, sondern dazu gehört auch eine ungesteuerte Libido, die es unmöglich macht, ihn in die Nähe einer Frau zu lassen.«

Ein empörtes Aufseufzen ging durch den Saal, verstummte aber sofort wieder, als Professor Habermann fortfuhr: »Der Unterschied in der Persönlichkeit zeigt sich in diesem speziellen

Fall auch in der Art der Kunst. Vor seiner grauenvollen Verwundung war der junge Mann ein begnadeter Künstler, der es womöglich zu großem Ruhm hätte bringen können. Ich zeige Ihnen nun eines seiner Bilder aus der Zeit vor seiner geistigen und körperlichen Verstümmelung.«

Der Projektor ratterte, dann sahen sie das lebensnahe Porträt einer jungen Frau, so treffend im Ausdruck, dass es auf den ersten Blick als Fotografie hätte durchgehen können.

»Wie Sie unzweifelhaft erkennen, verfügte der junge Mann über großes Talent in der Porträtmalerei. Die Kunst war, soweit wir es von seinen Anverwandten wissen, sein ganzer Lebensinhalt, und auch jetzt noch ist die Malerei die einzige Möglichkeit, ihn für einen längeren Zeitraum ohne Zwang ruhig zu halten. Hierbei beweist er eine erstaunliche Ausdauer und Geduld, die ihm sonst in jeder anderen Beziehung abhold ist, auch wenn die Ergebnisse eher bescheiden ausfallen.«

Das nächste Bild erschien.

Es war wieder ein Porträt, doch fehlte ihm die Natürlichkeit, die Weichheit der Linien. Es stellte einen Mann dar, der an einer Pfeife zog. Trotz der Härte im Ausdruck und der groben Strichführung, die mehr an eine Karikatur erinnerte, zeugte es noch immer von dem ursprünglichen Talent des Mannes.

»Es gibt mehrere Arten der Deutung, warum sich sein Kunststil derart veränderte«, fuhr der Professor fort. »Die gängige Lehrmeinung unter den Psychiatern ist die, dass sein Gehirn durch die Schädigung nicht mehr in der Lage ist, komplexe Leistungen zu vollbringen und Dinge korrekt wahrzunehmen und wiederzugeben. Interessant ist, was geschieht, wenn man diese Werke Kunstexperten zeigt, die nicht wissen, von wem sie stammen, sondern nur erfahren, dass das erste Porträt vor den Kriegserlebnissen eines jungen Mannes entstand und das zweite Bild danach. Die Kritiker lobten die geistige Ausdruckskraft, über welche diese arme Seele längst nicht mehr verfügt. Seine erworbene Unzulänglichkeit wird gefeiert als Wahrhaftigkeit, mit der er den schönen Schein von den Dingen zieht, um das erlebte Grauen zu offenbaren. Man hat seine Werke mit denen eines Künstlers namens Max Beckmann verglichen, der einigen von Ihnen vielleicht bekannt sein dürfte.«

Unwillkürlich wandte Paula sich zu dem jungen Mann in der Reihe hinter ihr um. »Ist dieser Beckmann Ihnen ein Begriff?«, flüsterte sie ihm zu.

»Nein«, erwiderte er. »Aber ich habe mir den Namen notiert.«

Trotz des Halbdunkels konnte sie das feine Lächeln in seinen Zügen erkennen.

»Sind Sie tatsächlich Medizinstudent? Sie kommen mir eher vor wie ein Kunststudent auf der Durchreise.«

Er lachte leise. »Dürfen Mediziner keinen Kunstverstand haben?«

Noch ehe Paula eine schlagfertige Antwort einfiel, spürte sie Leonies Ellenbogen in ihren Rippen und hörte das scharfe, unmissverständliche Zischen, mit dem die Freundin Stille einforderte. Für einen Augenblick war Paula irritiert. Seit wann war Leonie so strebsam? Normalerweise war sie doch diejenige, die ihre Freundin während der Vorlesungen zur Schweigsamkeit anhielt. Aber dann verstand sie. Einer der Zuhörer hatte sich mit einer Frage zu Wort gemeldet, ein geradezu revolutionäres Verhalten. Paula konnte sich nicht daran erinnern, dass es jemals ein Student gewagt hätte, den ausgefeilten Vortrag eines Professors, und dann auch noch eines geehrten Gastdozenten, durch eine banale Frage zu stören. Doch Professor Habermann nahm daran keinen Anstoß, sondern gestattete die Zwischenfrage.

»Könnte man im Umkehrschluss, wenn man sich diese Werke ansieht, die ja deutlich zeigen, wo die Defizite des Kranken liegen, die Malerei selbst auch als diagnostisches Kriterium nutzen, um bislang noch unerkannte Geisteskrankheiten im Frühstadium zu entdecken?«

»Eine interessante Frage, zweifellos«, erwiderte Professor Habermann. »Allerdings dürften die Erkenntnisse zu unspezifisch sein, zumal es tatsächlich moderne Kunstrichtungen gibt, die sich mit ähnlichen Techniken und Stilen befassen, ohne dass bei den Künstlern eine Geisteskrankheit vorliegt.«

»Das eben ist doch die Frage«, widersprach der Student. »Sind die modernen Kunstrichtungen an sich nicht bereits Ausdruck einer Störung? Ursprünglich geschaffen in den Tiefen eines verstörten oder zerstörten Geistes und dann aufgenommen von einer in ihren Grundfesten erschütterten Gesellschaft. Ist diese entartete Kunst nicht schon Ausdruck einer kranken Gesellschaft? Und sind die Künstler, die so etwas schaffen, damit nicht schon per definitionem als geisteskrank oder zumindest neurotisch im Sinne Sigmund Freuds einzuschätzen?«

Im Hörsaal wurde es unruhig, eine Welle von undeutlichem Stimmengemurmel erfüllte den Saal, bis Professor Habermann die rechte Hand hob und so für Ruhe sorgte.

»Ich fürchte, das ist eher eine philosophische Frage, die nicht viel mit den klaren Zielsetzungen der Behandlung psychisch Kranker zu tun hat«, erwiderte er. »Es gilt zu unterscheiden, wie der Wahnsinn als solcher definiert wird. Und hier befassen wir uns mit nachvollziehbaren, eindeutig zu beschreibenden Krankheitsbildern, deren Symptome sich nicht nur auf die Kunst beschränken. Sehen Sie sich die beiden Patienten an, deren Bilder ich Ihnen hier zeigte. Es handelt sich in beiden Fällen um schwer kranke Menschen, die nicht mehr in der Lage sind, am normalen gesellschaftlichen Leben teilzunehmen und ihren Lebensunterhalt selbst zu bestreiten. Es geht in der Kunsttherapie darum, diesen Menschen eine Möglichkeit zu geben, sich auszudrücken und dadurch etwas über ihr Seelenleben zu erfahren, was bei der Entwicklung von weiteren Therapien hilfreich sein könnte. So zeichnen sich gerade in der Behandlung der Schizophrenie einige neue Behandlungsmethoden am wissenschaftlichen Horizont ab, die dabei helfen könnten, diese Krankheit irgendwann zu heilen oder den Betroffenen zumindest ein weitestgehend normales Leben zu ermöglichen.«

Professor Habermann hielt eine Weile inne, doch es kam keine weitere Frage mehr, und so fuhr er mit seinem Vortrag fort.

»Das war August Lachner«, raunte Leonie Paula zu. »Der ist ohnehin etwas seltsam.«

»Du kennst ihn?«

»Ein wenig«, flüsterte Leonie zurück. »Ich habe den Fehler begangen, mich von ihm zu einem Kaffee einladen zu lassen.« Sie verdrehte demonstrativ die Augen. »Er hat mir von seiner Promotionsarbeit erzählt und dann stundenlang vorgerechnet, wie teuer die Versorgung der Irren und der Blödsinnigen das deutsche Volk kommt und dass es Wege geben müsse, diese geistig Toten zu erlösen, weil damit allen geholfen wäre.«

»Du solltest deine Begleiter in Zukunft sorgsamer auswählen.«

»Und du wirst noch als alte Jungfer enden«, gab Leonie zurück.

»Das wäre eine bessere Alternative als August Lachner«, flüsterte Paula und erntete dafür einen leichten Knuff mit dem Ellenbogen.

Professor Habermann stellte noch einige Fallgeschichten vor, doch kaum eine davon blieb Paula nach der verstörenden Geschichte über den kriegsversehrten Maler im Gedächtnis haften. Eine Ausnahme bildeten die Zeichnungen eines schizophrenen Neunzehnjährigen, dessen Darstellungen von Kühen und Pferden Professor Habermann mit den Höhlenmalereien der Steinzeitmenschen verglich.

Während der Professor die Bilder zum Vergleich an die Wand werfen ließ, blickte Paula in Erwartung einer erneuten Frage in die Richtung August Lachners, doch der schwieg.

Als der Professor seinen Vortrag schließlich unter dem Applaus der Zuhörerschaft beendete, war Leonie bereits in ein intensives Gespräch mit dem jungen Mann zu ihrer Linken vertieft, der darum warb, sie in eines der angesagten Cafés einzuladen, um den Abend dort ausklingen zu lassen. Leonie zierte sich ein wenig, so wie es ihre Art beim Kokettieren war, aber ihre Körperhaltung ließ keinen Zweifel daran, dass sie im Geiste längst eingewilligt hatte. Anscheinend machte sich ein zweiter junger Mann bereits Hoffnungen, dass Paula sich ihnen ebenfalls anschließen würde, doch im Gegensatz zu Leonie stand ihr der Sinn derzeit nicht nach seichtem Poussieren. Stattdessen erhob sie sich und wandte sich dem Mann in der Reihe hinter ihnen zu, der soeben damit beschäftigt war, seinen Füllfederhalter und die Mitschrift in einer braunen Aktentasche aus genarbtem Leder zu verstauen. Für einen Moment fühlte Paula sich verunsichert. Sie hatte nicht einmal ihre Schreibutensilien dabei, da sie diese Vorlesung mehr als Genuss denn als Lehrveranstaltung betrachtet hatte.

»Darf ich Ihnen noch eine Frage stellen?«, sprach sie ihn an, während sie ihn endlich genauer mustern konnte, nachdem die Vorhänge zum Ende der Vorlesung wieder aufgezogen worden waren.

»Natürlich«, erwiderte er mit einem aufmunternden Nicken. »Was möchten Sie denn wissen?«

Sein Haar war dunkelbraun und im Gegensatz zu vielen seiner Kommilitonen hatte er auf Haarpomade verzichtet, was ihr ausgesprochen gut gefiel. Doch am meisten faszinierten sie seine Augen, so leuchtend blau, dass sie sich an einen See während eines Sommergewitters erinnert fühlte.

»Diese Kunstrichtungen, von denen Sie sprachen, die sagen mir nicht viel, obwohl ich schon des Öfteren in der Kunsthalle war.«

»Das wundert mich nicht«, meinte er. »In der Kunsthalle finden Sie neben den alten Meistern vorwiegend die Expressionisten als Vertreter der Moderne. Ich habe vor einiger Zeit eine Ausstellung im Museum für Kunst und Gewerbe besucht. Und ich schaue häufiger in der Galerie Commeter in der Hermannstraße vorbei. Auch wenn ich mir die Werke vorerst nicht werde leisten können.« Das kurze Lächeln ließ seine Züge auf angenehme Weise weich und männlich zugleich erscheinen. »Mein Name ist übrigens Richard Hellmer«, stellte er sich vor. »Student im siebten Semester.«

»Paula Engelhardt.« Sie reichte ihm die Hand. »Ich bin im zweiten Semester.«

»Und dann schon an der Psychiatrie interessiert?« Sein Händedruck war warm und angenehm.

»Ich bin erblich belastet, mein Vater ist der Psychiater Wilhelm Engelhardt.«

»Und deshalb streben Sie auch dieses Fachgebiet an?«

»Möglicherweise. Und Sie? Was hat Sie dazu bewogen, sich diesen Vortrag anzuhören? Die Kunst oder die Psychiatrie?«

»Beides. Ich arbeite derzeit an meiner Dissertation über die verschiedenen Behandlungsmöglichkeiten von Geisteskrankheiten und finde es ausgesprochen faszinierend, zu welchen Leistungen Menschen, denen andere bereits den Wert des Lebens absprechen, noch in der Lage sind.« Bei diesen Worten wurde er ernst und sein Blick streifte verächtlich August Lachner, der gerade den Hörsaal verließ.

»Ich habe mich etwas über die Zwischenfrage gewundert«, griff Paula die Gelegenheit auf, das Gespräch in Gang zu halten. »Kunst als diagnostisches Hilfsmittel, um Geisteskrankheiten aufzuspüren?« Sie schüttelte den Kopf.

»Unser Kommilitone ist ein Anhänger der Theorien von Professor Alfred Hoche aus Freiburg.«

»Der Name sagt mir nichts.«

Noch ehe Richard antworten konnte, fühlte Paula, wie sie sacht angestoßen wurde.

»Paula, kommst du mit? Eckehard und Felix würden uns gern auf einen Kaffee einladen.«

»Nein danke. Ich habe heute noch anderweitige Verpflichtungen.«

»Wie schade.« Leonie zwinkerte ihr zu, dann verließ sie den Hörsaal mit den beiden jungen Männern.

»Mir scheint, wir sind die Letzten«, stellte Richard fest.

»Ja, sieht so aus. Und der Hausdiener schaut schon recht ungeduldig. Dabei würde ich unser Gespräch gern fortsetzen.« Diesmal schenkte sie ihm ein Lächeln.

»Wenn Sie trotz Ihrer Verpflichtungen noch ein wenig Zeit erübrigen können … Ich kenne ein kleines Café hier in der Nähe.«

»Auf ein Stündchen mehr oder weniger soll es mir nicht ankommen«, erwiderte sie und folgte ihm aus dem Hörsaal ins Foyer, wo sie ihre Mäntel von der Garderobe abholten.

Das Café befand sich nur zwei Straßen hinter der Universität in einem kleinen windschiefen Backsteingebäude, das sich hinter einer prächtigen Gründerzeitvilla duckte und so gar nicht mehr in diese Gegend passte.

»Das kleine Haus tut mir jedes Mal leid, wenn ich es hier so sehe«, sagte Richard. »Ganz allein zwischen den protzigen Villen. Deshalb muss ich es einfach jedes Mal besuchen. Außerdem haben sie dort guten Kuchen. Sofern er noch nicht aus ist.« Er zog seine Uhr aus der Tasche und warf einen Blick darauf. »Zehn Minuten nach sieben. Das könnte knapp werden. Um acht schließen sie.«

»Ein Kaffee und ein anregendes Gespräch genügen mir. Es muss kein Kuchen sein.«

»Dann bin ich beruhigt«, erwiderte Richard. »Nicht, dass ich noch einen schlechten Eindruck mache.«

Von innen erschien das kleine Kaffeehaus viel größer, als Paula erwartet hatte. Vorn wirkte der Raum hoch und einladend, hinten wurde er niedriger und gemütlicher. Sie brauchte einen Moment, bis sie begriff, dass man anscheinend die Wand zum Hinterhaus herausgebrochen hatte, um diese Größe zu erreichen. An einigen Stellen zeichneten sich unter der bordeauxfarbenen Ornamenttapete noch die Übergänge ab. Überall standen runde Tischchen aus Nussbaumholz, die dazugehörigen Stühle waren fein gedrechselt und die Sitzflächen mit dunkelrotem Samt bezogen. An den Wänden hingen zudem mehrere Zeitungshalter mit den aktuellen Ausgaben der Tagespresse.

Obwohl das Café bald schließen würde, waren die meisten Tische noch besetzt. Einige Studenten, die Paula vom Sehen her kannte, saßen über ihren Büchern und Hausarbeiten, mehrere Männer spielten Schach und eine Gruppe älterer Damen unterhielt sich angeregt.

Richard steuerte zielsicher einen der wenigen noch freien Tische im Bereich des ehemaligen Hinterhauses an. Dann half er Paula aus dem Mantel und hängte ihn gemeinsam mit seinem eigenen an den Garderobenständer. Er hatte sich kaum gesetzt, als bereits eines der Serviermädchen – eine hübsche Blondine mit einem kessen Zug um den Mund, der so gar nicht zu ihrem biederen schwarzen Kleid mit der weißen Spitzenschürze passen wollte – erschien, um sie nach ihren Wünschen zu fragen.

»Wir hätten gern zwei Tassen Kaffee«, sagte Richard. »Und haben Sie noch Kuchen?«

»Aber selbstverständlich. Was möchten Sie denn? Butterkuchen oder Bienenstich?«

Er warf Paula einen kurzen Blick zu. »Der Bienenstich hier ist ausgezeichnet«, meinte er.

»Ich habe eine Schwäche für Bienenstich«, erwiderte sie.

Nachdem die Serviererin verschwunden war, herrschte einen Moment lang Schweigen. Paula überlegte, wo in ihrer Unterhaltung sie bei ihrem Aufbruch stehen geblieben waren, doch noch ehe sie fragen konnte, hatte Richard den Faden bereits wieder aufgenommen.

»Sie wollten wissen, wer Professor Hoche ist«, sagte er. »Er hat vor einigen Jahren zusammen mit dem Juristen Binding eine Schrift herausgegeben, die sich mit der Vernichtung von sogenanntem lebensunwertem Leben befasst.« Ein ernster Zug legte sich über Richards Gesicht, beinahe der gleiche Ausdruck, mit dem er August Lachner gemustert hatte.

»Lebensunwertes Leben?«, fragte Paula. Diese Definition war ihr noch nicht untergekommen.

Er nickte. »Ich habe dieses Büchlein gelesen. Zunächst geht es um die durchaus nachvollziehbare Forderung, tödlich Erkrankten oder lebensgefährlich Verwundeten ein menschenwürdiges Sterben zu ermöglichen, indem man ihnen den Gnadentod als Akt christlicher Nächstenliebe gewährt. Beispielsweise durch eine überhöhte Morphiumgabe, wenn es sonst keine Rettung mehr gibt.«

Er schwieg einen Moment, ganz so, als werfe er einen Blick zurück in eine düstere Vergangenheit, und auf einmal fragte Paula sich, ob er wohl alt genug war, um bereits im Weltkrieg gedient zu haben. Doch ehe sie den Gedanken vertiefen konnte, fuhr er fort.

»Während man dem ersten Teil aus humanistischer Sicht durchaus noch folgen könnte, befasst er sich im zweiten Abschnitt seiner Schrift mit den sogenannten geistig Toten. Hoche erklärt unter anderem die Menschen, deren Bilder wir eben bewundern durften, zu geistig Toten, die ohnehin nicht mehr begreifen, wozu sie leben. Er bezeichnet es als einen Gnadenakt, sie zu töten, und fordert eine neue Gesetzgebung, die dies dem Arzt auf legale Weise ermöglicht. Sozusagen aus Menschlichkeit und zum Volkswohl.« Er schüttelte angewidert den Kopf. »Aber nicht genug damit. Wissen Sie, wen er sonst noch alles zu den geistig Toten zählt?«

Paula war überrascht und zugleich fasziniert von der Leidenschaft, mit der ihr Gegenüber sich in die Thematik hineinsteigerte. Eigentlich hatte sie sich ein inspirierendes Gespräch über Kunst erhofft, doch zugleich fühlte sie sich geschmeichelt, dass er sie, obwohl sie eine Frau war und er sie kaum kannte, an seinen innersten Überzeugungen teilhaben ließ, anstatt sich auf seichte Plauderei zu beschränken.

»Nein. Aber Sie werden es mir gewiss erzählen.«

Er stutzte. »Verzeihen Sie mir«, sagte er. »Ich bin wohl etwas zu heftig geworden. Aber das Thema liegt mir am Herzen.«

»Sie müssen sich nicht entschuldigen. Es interessiert mich sehr, denn was wären wir ohne unsere humanistische Lebenseinstellung? Bitte, fahren Sie doch fort.«

»Sind Sie sicher?«

War das tatsächlich Verunsicherung, die aus seinen Augen blitzte?

»Ganz sicher«, bestätigte Paula. »Sonst würde ich nicht darum bitten.«

Inzwischen war das Serviermädchen mit dem Kaffee und Kuchen zurückgekehrt.

Richard trank einen Schluck, während Paula zunächst den Bienenstich kostete. Er war ausgezeichnet.

»Also«, ermunterte sie ihn. »Sie wollten mir doch noch mehr erzählen.«

Er nickte leicht, doch die Leidenschaft, mit der er sich dem Thema gerade noch gewidmet hatte, war verschwunden.

»Ich frage mich nur, ob es richtig ist, in dieser beschaulichen Atmosphäre.«

»Wo denn sonst?«, fragte sie zurück. »Oder meinen Sie, es sei nicht angemessen, weil derartige Themen für gewöhnlich nicht zur Sprache kommen, wenn ein Mann und eine Frau gemeinsam in einem Café sitzen?«

Er senkte den Blick, ganz so, als fühle er sich ertappt.

»Nun, vielleicht mag es bei anderen Frauen so sein«, gab sie zu. »Ich hingegen schätze es, über ernsthafte Dinge zu sprechen, anstatt die Zeit mit oberflächlicher Konversation zu vergeuden. Ich finde die Thematik wichtig und wäre Ihnen dankbar, wenn Sie meinen Horizont entsprechend erweitern würden.«

»Wirklich?«

Paula lächelte. »Wäre es anders, hätte ich dann meine Freundin mit einer Ausrede abgespeist und säße nun hier mit Ihnen?«

»Vermutlich nicht«, gab er zu, und der unsichere Blick verwandelte sich in ein feines, kaum merkliches Lächeln, das nur in seinen Augen lebte.

»Als ich die Schriften Hoches las«, fuhr er schließlich fort, »schockierte es mich besonders, dass dort selbst Menschen, die im Alter senil werden, zu den geistig Toten gezählt werden. Oder eben Menschen wie dieser junge kriegsverletzte Maler, den Professor Habermann erwähnte. Da hat jemand für sein Vaterland gekämpft und mit seiner körperlichen und geistigen Unversehrtheit bezahlt, und zum Dank nennt man ihn nun einen geistig Toten und rechnet nach, was er die Volksgemeinschaft kostet. Genau dieselbe Volksgemeinschaft, zu deren Schutz er seine Gesundheit für alle Zeiten geopfert hat.«

Da war er wieder, der bittere Ausdruck in seinen Augen, und erneut überlegte Paula, ob er wohl aus eigener Erfahrung sprach.

»Waren Sie im Krieg?«, fragte sie deshalb.

»Nein, ich war zu jung, und das war vermutlich gut so.«
»Hätten Sie sich sonst freiwillig gemeldet?«
»Ganz bestimmt nicht.«
»Das würden heute nicht viele Männer zugeben.«
»Sind Sie nun enttäuscht von mir?«

Paula trank einen Schluck Kaffee. »Warum sollte ich? Es gehört viel mehr Mut dazu, zu einer Meinung zu stehen, die in weiten Kreisen der Gesellschaft unpopulär ist, weil sie einen in den Dunstkreis der vaterlandslosen Gesellen katapultiert.«

»Sagen Sie nicht, damit meinen Sie die Sozialdemokraten.«

»Nennt man sie nicht vaterlandslose Gesellen?«, gab sie forsch zurück, nur um zu sehen, wie er wohl darauf reagieren würde.

»Ist jemand vaterlandslos, nur weil er den Krieg ablehnt? Oder ist es nicht vielmehr eine besondere Form der Vaterlandsliebe, wenn man der Heimat Frieden und Wohlstand wünscht? Ganz ohne Waffen und Kriege?«

Paula nickte. »Ich wollte Sie nicht brüskieren. Ganz gewiss nicht. Ich … wollte einfach nur hören, was Sie darauf zu sagen wissen.«

»Und war es das, was Sie erwartet haben?«

»Ich habe nichts weiter erwartet. Ich war einfach nur neugierig. Die meisten Akademiker und Studenten, die ich kenne, gehören zu den Kaisertreuen, die der guten alten Zeit hinterhertrauern und nicht viel Vertrauen in die Republik haben. Sie sind da ganz anders.«

»Auf angenehme Weise anders? Oder doch eher erschreckend anders?«

Seine Augen leuchteten, so als wüsste er genau, was in ihr vorging.

»Auf angenehme Weise anders«, gab sie zu. »Ich finde es erfrischend, dass Sie so offen über ernste Dinge sprechen können, obwohl ich eine Frau bin.«

»Warum sollte ich nicht offen mit einer Frau sprechen?«

»Ja, warum? Das frage ich mich auch immer wieder. Bei vielen Männern scheint es da eine Hemmung zu geben. So als bräuchte eine Frau nur ein hübsches Äußeres und ein breites Becken, aber keinen Verstand.«

»Tja, als anatomisch gebildete Frau könnten Sie damit kontern, dass sich die Größe des äußeren Beckens nicht auf die Gebärfähigkeit auswirkt, sondern nur der von außen nicht ersichtliche innere Durchmesser.«

Seine Augen blitzten erneut und Paula bemühte sich, ernst zu bleiben, aber dann musste sie doch lachen.

»Sie sind unmöglich, Herr Hellmer. Ich muss schon bitten …«

»Sagen Sie bitte Richard zu mir, Fräulein Engelhardt.«

»Ach, ich soll Sie mit Richard anreden und Sie bleiben bei Fräulein Engelhardt?«

»Ich würde gern Paula sagen, wenn Sie es mir erlauben.«

»Ich erlaube es Ihnen, Richard.« Sie trank einen Schluck Kaffee. »Und nun müssen Sie mir verraten, warum Sie so ganz anders sind als die meisten Studenten, mit denen ich bislang zu tun hatte.«

»Vielleicht liegt es daran, dass ich der Erste in meiner Familie bin, der das Privileg hat, studieren zu dürfen.« Er hielt kurz inne, ganz so, als beobachte er, wie seine Worte auf sie wirkten. »Mein Vater ist Tischlermeister«, fuhr er schließlich fort. »Er hat eine große Werkstatt mit drei Gesellen und zwei Lehrlingen in Rothenburgsort.«

»Wollte Ihr Vater nicht, dass Sie die Werkstatt eines Tages übernehmen?«

»Nein, das sollte mein älterer Bruder tun.«

»Sollte?«

»Er war in Verdun«, lautete die knappe Antwort, so knapp, dass Paula keine weitere Frage mehr stellen mochte. Verdun brachte alles zum Verstummen, das Grab unzähliger junger Männer, Ort von Albträumen, ein Thema, über das in Gegenwart junger Damen nicht gesprochen wurde, jedenfalls nicht in den Kreisen, in denen sie für gewöhnlich verkehrte.

»Das tut mir leid«, sagte sie leise.

»Mir auch. Er war ein großartiger Mensch, aber nicht geschaffen für den Krieg. Sein Tod hat alles verändert.« Er atmete tief durch. »Nun ja, bestimmte Dinge kann man nicht mehr ändern. Man kann nur versuchen, sie in Zukunft besser zu machen.«

»Studieren Sie deshalb Medizin und interessieren sich so für die Psychiatrie?«

»Unter anderem.«

Die Art, wie er antwortete, zeigte Paula, dass er das Thema nicht näher vertiefen wollte, und sie war bereit, es zu respektieren – auch wenn sie sich eingestehen musste, dass sie gern mehr über seine Motive erfahren hätte. Sie trank den letzten Schluck Kaffee. Richard sah, dass ihre Tasse leer war, und fragte, ob er sie zu einer weiteren Tasse einladen dürfe.

»Wenn noch Zeit ist, gern«, erwiderte sie mit Blick auf die große Wanduhr, die Viertel vor acht anzeigte.

»Oh, es ist schon so spät? Ich habe es gar nicht bemerkt.«

»Ich auch nicht«, gab sie zu. »Es war sehr schön, mit Ihnen über so ernste und wichtige Dinge zu sprechen, Richard.«

»Würden Sie es gern wiederholen, Paula?«

»Sehr gern. Außerdem möchte ich mehr über die Kunstrichtungen erfahren, die Sie erwähnten.«

Er zögerte einen Moment mit seiner Antwort und Paula sah, wie er einmal schluckte, so als müsse er all seinen Mut zusammennehmen. Dann fragte er: »Hätten Sie Interesse daran, mich am kommenden Samstag in die Kunsthalle und anschließend zur Galerie Commeter zu begleiten?«

»Ich hätte überaus großes Interesse daran.« Sie strahlte ihn an. »Mögen Sie mich am Samstag um zwei Uhr nachmittags abholen?«

»Wenn Sie mir Ihre Adresse geben.« Er schickte sich an, nach seiner Aktentasche zu greifen, um seine Schreibutensilien hervorzuholen, doch Paula legte ihm schnell die Hand auf den Arm.

»Ich dachte, Sie würden mich noch bis nach Hause begleiten, um sicherzugehen, dass mir auf dem Weg nichts geschieht.« Noch während sie es aussprach, wunderte sie sich über ihre eigene Kühnheit. Das war eigentlich eher Leonies Art, mit Männern umzugehen.

»Verzeihen Sie mir, dass ich nicht selbst auf diesen Gedanken gekommen bin. Selbstverständlich werde ich Sie begleiten.« Er winkte nach dem Serviermädchen und zahlte die Rechnung. Dann half er Paula in den Mantel.

Als er sich später an der Tür ihres Elternhauses von ihr verabschiedete, wusste Paula nicht so recht, wie sie ihre Gefühle einordnen sollte. Ihr Herz klopfte, und wenn sie die Augen schloss, tauchte sein Bild immer wieder vor ihr auf. Und das, obwohl oder vielleicht gerade weil kein einziges romantisches Wort zwischen ihnen gefallen war. Sie war berührt von der tiefen Aufrichtigkeit, mit der er sie gleichberechtigt an seinem Fühlen, Denken und seinen Werten hatte teilhaben lassen.

2. Kapitel

In den folgenden Tagen ertappte Paula sich immer wieder dabei, wie sie auf dem Campus nach Richard Ausschau hielt, doch sie begegnete ihm kein einziges Mal. Obwohl sie wusste, dass dies der Organisation der jungen Universität geschuldet war, war sie doch enttäuscht. In den altehrwürdigen Universitätskliniken gab es Hörsäle und Bibliotheken, aber der einzige Hörsaal des Allgemeinen Krankenhauses Eppendorf befand sich noch im Bau und die Vorlesungen fanden weiterhin an der Hauptuniversität am Dammtor statt. Die Studenten der höheren Semester hielten sich vorwiegend im Eppendorfer Krankenhaus auf, aber die niederen Semester nahmen dort nur an der anatomischen Präsentation und Sektion teil. Ihr Bewegungsradius beschränkte sich meistens auf die Hauptuniversität, an der die naturwissenschaftlichen Vorlesungen gehalten wurden.

»Er geht dir nicht aus dem Kopf, nicht wahr?«, fragte Leonie, als sie gemeinsam in der Pause zwischen zwei Vorlesungen in dem kleinen Kaffeehaus saßen, das Richard ihr gezeigt hatte. Seit jenem Abend war Paula zu einer regelmäßigen Besucherin geworden. Leonie gegenüber hatte sie behauptet, es sei wegen des köstlichen Kuchens und des gemütlichen Ambientes, und sie wäre fast geneigt gewesen, es selbst zu glauben, hätte sie nicht jedes Mal, wenn sich die Tür öffnete, den unwiderstehlichen Drang verspürt, nachzusehen, wer es wohl war.

»Von wem sprichst du?« Sie bemühte sich um ein möglichst gleichmütiges Gesicht, auch wenn sie wusste, dass es kaum etwas nutzte. Nicht, wenn Leonie sich in den Kopf gesetzt hatte, etwas zu erfahren.

»Na, du weißt schon. Der hübsche Dunkelhaarige mit den blauen Augen, mit dem du nach der Vorlesung noch so lang gesprochen hast. Hat er dich noch irgendwohin ausgeführt, nachdem ich fort war?«

Paula räusperte sich und überlegte kurz, ob sie ausweichen sollte, allerdings fragte sie sich im gleichen Moment, warum sie diesen Impuls verspürte. Es war nichts weiter zwischen ihr und Richard geschehen. Sie hatten sich nur angeregt unterhalten, ganz ohne jeden Hintergedanken. Warum um alles in der Welt fühlte sie sich dann bloß so, als würde Leonie mit dieser harmlosen Frage den Zauber der Erinnerung zerstören?

»Er hat mich in dieses Café eingeladen, daher kenne ich es«, antwortete sie schließlich.

»Ach so. Ich habe mich schon gewundert, weshalb du in den letzten Tagen immer so zielstrebig in diese Richtung gegangen bist. Und? Hoffst du, ihn hier zu treffen? Ein kleines Tête-à-Tête in vertrautem Ambiente?« Leonie zwinkerte ihr verschwörerisch zu.

»Nein, ich mag den Kuchen hier sehr gern.« Zur Bestätigung trennte sie ein kleines Stück ihres Bienenstichs mit der Kuchengabel ab und führte es genüsslich zum Mund.

»Soso, den Kuchen. Dann wirst du ihn also nicht wieder treffen?«

»Das habe ich nicht gesagt.«

»Ah, wir kommen der Sache näher. Erfahre ich Einzelheiten?«

»Ich fürchte, du wirst enttäuscht sein, denn meine Einzelheiten werden dich bestimmt langweilen. Erzähl mir doch lieber, wie es mit Felix und Eckehard war. Eine Frau zwischen zwei Männern, hast du dich nicht gefühlt wie eine heiß umworbene Prinzessin?«

»Nicht ausweichen, liebste Paula. Felix und Eckehard waren sehr charmant und haben sich darin überboten, mir den Hof zu machen. Allerdings fühlte ich mich eher wie eine Prinzessin, die ihren Rittern dabei zusieht, wie sie sich in den Schranken des Turniers gegenseitig die polierten Rüstungen zerbeulen. Sie waren mehr damit beschäftigt, einander mit Bonmots mundtot zu machen, als sich um mich zu kümmern. Es war ermüdend. Du hättest mitkommen sollen, um mich zu unterstützen. Aber anscheinend hattest du eine lohnendere Perspektive, nicht wahr?«

»Das kann man so sagen, wenn ich es mit deinen Erlebnissen vergleiche. Wir haben uns über ernsthafte Themen unterhalten und unseren Horizont erweitert.«

»Du machst mich neugierig. Männer können in Gegenwart einer Frau über ernsthafte Themen sprechen?«

»Richard kann es jedenfalls.«

»Richard also. Richard und wie weiter?«

»Richard Hellmer.«

»Ah, von dem habe ich schon gehört. Der bemerkenswerte Richard, der die Meinungen spaltet.«

»Weshalb spaltet er die Meinungen?«

»Hat er dir erzählt, dass sein Vater Tischler ist?«

»Ja, aber ich verstehe nicht …«

»Wirklich nicht?«, unterbrach Leonie sie. »Ach, komm schon, Paula. Nicht genug damit, dass jetzt schon Frauen studieren, aber wenigstens stammen wir beide noch aus der richtigen Gesellschaftsschicht, selbst wenn gewisse Elemente alles daransetzen, uns das Studium zu verleiden, damit wir lieber heiraten oder Krankenschwester werden.« Sie griff nach ihrer Handtasche, holte ein Zigarettenetui samt elfenbeinerner Zigarettenspitze hervor und zündete sich eine Zigarette an. Paula wusste ganz genau, dass Leonie kein wirkliches Vergnügen am Rauchen fand, sondern die pikierten Blicke der biederen Ehefrauen genoss, wenn sie wie eine Charleston-Tänzerin mit Zigarettenspitze posierte. »Aber wenn jetzt schon das Proletariat seine Kinder auf die Universitäten schickt« – sie hielt kurz inne, um einen tiefen Zug zu nehmen – »ist die rote Revolution nicht mehr weit. Wobei diejenigen, die so über ihn reden, wahrscheinlich weniger die rote Revolution als den Zorn ihrer eigenen Väter fürchten, wenn sich der Sohn eines Tischlermeisters als bester Student ihres Jahrgangs entpuppt.«

Paula betrachtete Leonie, wie sie dort saß, entspannt zurückgelehnt, die Zigarettenspitze zwischen Zeige- und Mittelfinger, elegant und provokant zugleich.

»Du meinst also, er würde hervorragend zu uns passen? Allerdings machte er auf mich nicht den Eindruck, dass er provozieren möchte, ganz im Gegenteil. Außerdem spielt es doch gar keine Rolle, welchen Beruf der Vater eines Studenten ausübt, solange es ein ehrbares Handwerk ist, das es ermöglicht, die Kosten des Studiums zu tragen.«

»Es sollte auch keine Rolle spielen, welches Geschlecht wir haben, nicht wahr? Und, hast du schon fleißig für dein Anatomie-Testat gelernt? Es wird bestimmt interessant, von Professor Hempel über die inneren Beckenorgane geprüft zu werden. So, wie ich ihn kenne, wird er uns dümmliche Fragen über den Uterus stellen. Und dann kommt wieder seine lächerliche Geschichte über die Auswirkungen eines verkümmerten Uterus auf den weiblichen Verstand. Oder war es umgekehrt? Der Verstand, der dafür sorgt, dass der Uterus verkümmert?« Leonie blies einen Rauchkringel an die Decke.

»Aber du wirst ihm trotzdem freundlich zulächeln, anstatt ihm die Meinung zu sagen«, sagte Paula.

»Ja. Als Tochter eines Psychiaters solltest du doch wissen, dass man im Umgang mit Idioten am besten immer Jaja sagt und freundlich lächelt, damit sie keinen Tobsuchtsanfall bekommen und wie wild gewordene Affen im Kreis herumspringen.«

Paula kicherte. »Wie schade, dass er nicht weiß, was du wirklich über ihn denkst.«

»Wie gut, dass er es nicht weiß. Aber wir sind halt im Gegensatz zum bemerkenswerten Richard nur Frauen. Keine Klassenkämpfer.«

»Er ist der Sohn eines angesehenen Handwerksmeisters, kein Klassenkämpfer«, gab Paula zurück. »Sein Vater scheint die Inflation gut überstanden zu haben, wenn er drei Gesellen und zwei Lehrlinge in seiner Werkstatt beschäftigen kann. Das ist etwas, worauf man stolz sein kann, und ganz gewiss kein Proletariat, sondern ein mittelständischer Handwerksbetrieb, der durchaus mit einer hausärztlichen Praxis gleichzusetzen wäre.«

Noch während sie darüber sprach, musste sie an den Ehemann einer ihrer Cousinen denken, einen Internisten, der aufgrund der Inflation sein gesamtes Vermögen verloren und sich daraufhin auf dem Dachboden seines Hauses erhängt hatte. Böse Zungen behaupteten, dass er nicht mal mehr das Geld für die Munition gehabt habe, um sich stilvoll zu erschießen.

»Ich weiß das doch.« Leonie lächelte gutmütig. »Und je mehr du über ihn erzählst und ihn in Schutz nimmst, umso neugieriger werde ich. Also, womit habt ihr euren gemeinsamen Horizont erweitert?«

Paula zögerte kurz, dann erzählte sie ihr von dem Gespräch mit Richard und seiner Einstellung zum Leben. Noch während sie sprach, verwandelte sich Leonies Munterkeit in eine tiefe Ernsthaftigkeit, die sie sonst geschickt hinter ihrer spöttischen Fassade verbarg.

»Du bist zu beneiden«, sagte sie. »Ich meine nicht, was das Gesprächsthema angeht, aber um die Tatsache, dass er sich in deiner Gegenwart so frei fühlte, dich als gleichwertige Gesprächspartnerin zu akzeptieren. Kein Wunder, dass du immer wieder an ihn denkst.«

Diese Antwort überraschte Paula.

»Aber wenn du so etwas suchst, warum begnügst du dich dann mit oberflächlichen Flirts? Was hindert dich daran, zuerst den Menschen und dann den Mann in deinem Gegenüber zu sehen?«

»Vielleicht, weil ich auf die Männer nicht wie ein spröder Eisklotz wirken möchte.«

»Sehr charmant. Rauchst du deshalb, damit du etwas feuriger erscheinst?«

Leonie stutzte kurz, dann brach sie in Gelächter aus.

»Touché, liebste Paula. Aber nun sag, wann wirst du Richard wiedersehen?«

»Am Samstag. Er holt mich am Nachmittag ab und wir werden die Kunsthalle besuchen.«

»Die Kunsthalle. Wie vornehm. Pass nur auf, dass er bei all der gepflegten Konversation nicht übersieht, dass du eine Frau bist.«

»Ich glaube nicht, dass er das übersieht. Und wenn, wüsste ich schon, wie ich ihn am Samstag vom Gegenteil überzeugen kann.«

»Liebste Paula, du überraschst mich immer mehr. Da tuscheln die Leute über mich, ich wäre nur auf der Suche nach einem Ehemann, weil ich ein bisschen kokettiere, aber in Wirklichkeit fängst du dir viel früher einen ein. Was im Übrigen keine große Kunst wäre, da ich vermutlich niemals heiraten werde.«

»Das ist nicht dein Ernst!«

Leonie nahm einen letzten Zug aus ihrer Zigarette. »O doch, liebste Paula. Unsere Zeit bietet viele neue Chancen, wir haben das Wahlrecht, wir dürfen studieren, aber sobald wir heiraten, werden wir zu einem kümmerlichen Nichts, das nicht einmal mehr ohne Einwilligung des holden Ehegatten arbeiten darf. Und weil die Männer ihre Macht über uns bewahren wollen, wird sich daran auch nichts ändern. Es gibt nur einen einzigen Punkt, in dem wir ihnen überlegen sind. Und das ist unsere Intelligenz. Ein Augenzwinkern, ein bisschen mit den rechten Körperteilen wackeln, und schon hecheln sie dir wie liebestolle junge Hunde hinterher und du kannst mit ihnen machen, was du willst, solange sie glauben, es gäbe immer noch etwas zu erobern. Es ist eine Weile ganz amüsant, sich auf diese Weise schadlos für all die anderen Demütigungen zu halten.«

»Also suchst du dir gerade deshalb Männer, die dir nicht das Wasser reichen können? Ist das nicht furchtbar langweilig?«

»Meistens finde ich es lustig. Es bestätigt mir jedes Mal aufs Neue, dass meine Lebenseinstellung richtig ist. Nur dann und wann merke ich, dass es vielleicht noch etwas mehr geben könnte. Nun ja, ich werde beobachten, wie es mit dir und Richard weitergeht. Und dann werde ich dich entweder beneiden, weil du etwas ganz Besonderes gefunden hast, oder bemitleiden, falls sich herausstellen sollte, dass es nur ein Traum war und die Männer alle gleich sind. Entweder schätzen sie die Weiblichkeit, dann übersehen sie den Intellekt, oder sie schätzen den kameradschaftlichen Intellekt und übersehen im Gegenzug die Weiblichkeit.«

Über diese Worte musste Paula noch lange nachdenken. Ihr Vater hatte immer erzählt, wie sehr er den Intellekt ihrer Mutter geschätzt hatte, die zunächst Krankenschwester gewesen war, aber während der Ehe zum Erstaunen aller als Gasthörerin ein Medizinstudium begonnen und erfolgreich abgeschlossen hatte.

Paula erinnerte sich noch gut daran, wie ihr Vater ihr von den Schwierigkeiten ihrer Mutter erzählt hatte, der nur aufgrund ihres Geschlechts trotz bestandenen Staatsexamens die Approbation verweigert wurde. Dennoch hatte sie danach in seiner Praxis mitgearbeitet, bis Paula geboren wurde. Nach der Geburt hatte sie ihren Mann nur noch selten in der Praxis unterstützt. Warum dies so war, konnte Paula sie nicht mehr fragen, denn ihre Mutter war an Diphtherie verstorben, als sie selbst erst sechs Jahre alt gewesen war. Von jenem Zeitpunkt an hatte ihr Vater versucht, ihr die Mutter zu ersetzen, sie zu fördern und zu unterstützen. Erst sehr viel später hatte sie begriffen, dass auch sie eine Lücke in seiner Seele ausgefüllt hatte. Aus dem Wunsch heraus, für seine Tochter da zu sein, hatte ihr Vater nie mehr geheiratet, auch wenn es einige Frauen gegeben hatte, die nur zu gern die neue Frau Engelhardt geworden wären. Doch keine konnte dem Vergleich mit Paulas Mutter standhalten und keine fand Gnade vor Paulas Augen, die sich ihrer Macht über den Vater wohl bewusst war und ihn weder als Kind noch als Heranwachsende mit einer fremden Person zu teilen bereit gewesen wäre. Erst jetzt, da sie erwachsen war, wurde ihr bewusst, wie sehr ihr Vater und die innige Beziehung zu ihm ihren eigenen Umgang mit der männlichen Welt geprägt hatten. Sie hatte sich nie ausgeschlossen gefühlt, sondern es als selbstverständlich betrachtet, mit ihren Meinungen und Ansichten ernst genommen zu werden. Und sie fragte sich, was ihr Vater wohl von Richard Hellmer halten würde.

3. Kapitel

Richard hasste den Operationssaal, aber er verstand es, seinen Abscheu gut zu verbergen. Professor Wehmeyer wäre vermutlich nie auf den Gedanken gekommen, dass sein Musterstudent einen abgrundtiefen Ekel vor jeder OP empfand.

Da Richard jede Arterie, jeden Nerv und jeden Muskel wie aus der Pistole geschossen benennen konnte und, sofern er nicht gefragt wurde, den Mund hielt, anstatt wie sein Freund und Kommilitone Fritz Ellerweg ständig Fragen zu stellen, wurde ihm regelmäßig die Ehre zuteil, die Haken zu halten, wenn der Professor operierte. Indessen musste sich Fritz, obwohl er unbedingt Chirurg werden wollte, damit begnügen, in der zweiten Reihe hinter der OP-Schwester zu stehen. Immerhin wusste Fritz, dass Richard ihm liebend gern den Platz abgetreten hätte, und begegnete seinem Freund nicht mit Eifersucht, zumal Richard ihm verraten hatte, woher seine vom Professor so geschätzte Schweigsamkeit rührte. Er hatte regelmäßig mit seiner Übelkeit zu kämpfen. Nicht wegen des Anblicks, der störte ihn nicht im Geringsten, im Gegenteil. Richard fand den Aufbau der inneren Organe, Nerven und Blutgefäße ausgesprochen spannend, zumal kein Körper dem anderen glich und die Variationsbreite im Verlauf der Arterien und Venen bemerkenswert war. In der Anatomie hatte er die Sektionen mit Begeisterung verfolgt. Doch da hatten sie es mit Verstorbenen zu tun gehabt, deren blutleere Körper zur Vorbereitung auf die anatomische Präsentation mehrere Monate lang in Formalin eingelegt worden waren, um ein Semester lang täglich weiter in ihre Einzelteile zerlegt zu werden.

Es war der Geruch im OP, den Richard nicht vertrug, diese Mischung aus Desinfektionsmitteln, Blut und anderen Körpersäften. Besonders schlimm war es, wenn sich während einer Operation herausstellte, dass nicht das Magengeschwür die Ursache des Leidens war, sondern eine bösartige Krebsgeschwulst, die sich bereits durch die Eingeweide gefressen hatte und einen ausgesprochen üblen Gestank verströmte. Mittlerweile hatte er zwar einen Weg gefunden, seine Schwäche zu bekämpfen, indem er vor jeder Operation heimlich einen Tropfen Kölnisch Wasser auf den Mundschutz träufelte und den kleinen Flakon, den seine Schwester ihm zu diesem Zweck überlassen hatte, danach schnell wieder in seiner Tasche verschwinden ließ, aber es änderte nichts an dem Ekel, den er regelmäßig niederkämpfen musste. Um sich abzulenken, benannte er im Geiste die Arterien und Nerven, die er erkennen konnte, und wenn der Professor meinte, eine prüfende Frage stellen zu müssen, fiel es ihm leicht, sofort die richtige Antwort zu geben, während Fritz noch überlegte.

Er hatte vergebens versucht, mit Fritz zu üben, damit der endlich den Platz als bevorzugter Student von Professor Wehmeyer einnehmen konnte, aber Fritz war zu sehr von der Schnittführung fasziniert, achtete mehr auf die Hände des Professors als auf den vor ihm liegenden Patientensitus.

»Und ich kann Sie wirklich nicht davon überzeugen, sich der rechten ärztlichen Handwerkskunst zuzuwenden?«, fragte Professor Wehmeyer auch an diesem Tag wieder, nachdem Richard die Abzweigungen aus dem Truncus coeliacus und sämtliche daraus abgehenden Arterien korrekt benannt hatte. »Sie haben Talent, mehr als die meisten anderen.«

»Danke, Herr Professor«, sagte Richard knapp und fragte sich zugleich, wie Professor Wehmeyer das wohl wissen wollte, zumal er noch nie selbst ein Skalpell geführt hatte. Zwar hatte der Professor ihm bereits zweimal die Abschlussnaht überlassen, aber die Nähtechnik war in Richards Augen etwas anderes als die chirurgische Kunst.

»Ich habe gehört, dass Sie an einer Dissertation über Geisteskranke arbeiten«, fuhr Professor Wehmeyer fort. »Wollen Sie Ihre Fähigkeiten wirklich als künftiger Irrenarzt verkümmern lassen?«

»Ich fürchte, Sie überschätzen mich, Herr Professor. Jeder kann Haken halten.«

»Aber nicht jeder hat einen Blick für die Schönheiten des vor uns liegenden Körpers und ein Auge dafür, sich sofort in jeder noch so komplexen anatomischen Struktur zurechtzufinden.«

Richard schwieg. Er wollte das Thema nicht weiter vertiefen, zumal er Professor Wehmeyer schätzte, insbesondere seit jenem Tag, als der Professor Zeuge einer despektierlichen Bemerkung geworden war, die einer der Kommilitonen über Richards familiären Hintergrund gemacht hatte. Der Professor hatte den Spötter freundlich, aber bestimmt darauf hingewiesen, dass Handwerk goldenen Boden habe und der Großvater des berühmten Chirurgen Professor Ferdinand Sauerbruch Schuhmacher gewesen sei. »Vergessen Sie nie«, hatte er danach noch angefügt, »auch wir sind Handwerker, denn es ist die ärztliche Handwerkskunst, die wir zum Wohl der Menschheit einsetzen.«

Eine neuerliche Frage des Professors riss Richard aus seinen Erinnerungen.

»Wie weit sind Sie mit Ihrer Doktorarbeit bereits fortgeschritten?«, fragte er, während er mit schnellen Handgriffen eine Ligatur der zuführenden Blutgefäße legte, ehe er sich an die Resektion des Magens machte.

»Ich bin ungefähr mit der Hälfte fertig.«

»Das ist bedauerlich.«

»Herr Professor?«

»Ich meinte, bedauerlich für mich. Ich hätte Sie gern in meine Arbeitsgruppe aufgenommen. Aber natürlich kann ich Ihnen ein derartiges Angebot nicht zumuten, wenn Ihre Promotion bereits so weit fortgeschritten ist.« Er seufzte.

»Nein, Herr Professor.«

Wie bereits bei den beiden Operationen zuvor überließ Professor Wehmeyer Richard auch diesmal wieder die Abschlussnaht und lobte sein handwerkliches Geschick. Fritz stand weiterhin schweigend im Hintergrund. Er blieb auch schweigsam, als sie den OP längst verlassen und sich von Mundschutz, Handschuhen und Kittel befreit hatten.

»Was ist?«, fragte Richard, während er im Umkleideraum seine Straßenschuhe anzog und die Schnürsenkel band. »Ärgert es dich, dass er mir angeboten hat, in seiner Arbeitsgruppe zu promovieren?«

»Ja«, gestand Fritz, ebenfalls Schnürsenkel bindend. »Ich warte seit Monaten auf eine Gelegenheit, ihn zu fragen, ob er mich als Doktoranden akzeptieren würde, aber er beachtet mich kaum, sondern versucht lieber, einen aussichtslosen Fall zu rekrutieren.«

Richard erhob sich. »Dann warte nicht länger, sondern sprich ihn direkt an.«

Fritz hielt den Blick weiter auf seine Schuhe gerichtet. »Ich glaube nicht, dass das von Erfolg gekrönt sein wird. Du weißt, wie er mich immer ansieht, wenn ich eine Frage stelle.«

»Ich habe es dir wiederholt gesagt, er will nicht über die Schnittführung und Operationstechniken sprechen, er will dein Wissen prüfen. Alles andere kommt später.«

»Und was soll ich ihm sagen? Was habe ich ihm schon zu bieten?«

»Warum willst du Chirurg werden?«, fragte Richard statt einer Antwort.

»Du stellst vielleicht Fragen.« Fritz erhob sich seufzend. »Wie soll ich das bloß erklären?«

»Versuch es einfach. Erklär mir, warum es für dich nur diese eine Möglichkeit im Leben gibt. Warum es dein Traum ist, von dem du Tag und Nacht besessen bist.«

Die Tür zum Umkleideraum öffnete sich und zwei andere Studenten traten ein, um sich für die nächste Operation umzukleiden.

»Lass uns draußen weitersprechen«, meinte Fritz und griff nach seinem Mantel und der Aktentasche.

Richard nickte, packte ebenfalls seine Tasche und warf sich den Mantel über die Schulter.

Es war ein herrlicher warmer Oktobertag, der noch einen letzten Rest des Sommers verspüren ließ, auch wenn bereits einige gelbe Blätter auf dem Rasen des Krankenhausparks lagen. Eine Krankenschwester schob einen Mann im Rollstuhl über den gepflegten Sandweg, ansonsten war um diese Zeit niemand zu sehen.

»Ich wollte immer Chirurg werden«, sagte Fritz schließlich. »Mein Vater ist Hausarzt und ich habe oft genug gesehen, wie er selbst zwar die richtige Diagnose stellen konnte, aber die weitere Behandlung den Kollegen in den Krankenhäusern überlassen musste. Ich wollte mehr können als nur Tabletten und Tropfen zu verordnen, Fieber zu messen und die passende Tinktur für jedes Wehwehchen zu finden. Und als ich dann zum ersten Mal im OP stand, begriff ich, wie faszinierend es ist, den Körper jedes Mal aufs Neue zu erleben. Trotz vorgegebener Strukturen kann man sich niemals sicher sein, worauf man stoßen wird. Und dann gilt es, eine schnelle komplexe Lösung zu finden. Ich mag diese Herausforderung und ich bin mir sicher, dass ich gut darin wäre.«

»Aber genau das prüft er doch jedes Mal ab, wenn er fragt, ob wir schnell genug erkennen, welche Arterie oder welchen Nerv wir vor uns haben. Warum zögerst du stets so lange mit der Antwort?«

»Vielleicht, weil ich zu lange nachdenke, weil es mir nicht nur darum geht, möglichst schnell ein paar lateinische Bezeichnungen auszustoßen, sondern weil ich bereits überlege, was dies für den weiteren Operationsverlauf bedeutet. Und dann hast du die Antwort längst gegeben.« Fritz versetzte ihm einen leichten Knuff gegen den Oberarm.

»Du weißt, warum. Ich lenke mich damit nur von meinem Unwohlsein ab.«

»Ja«, gab Fritz zu. »Und ich bin dir deshalb auch nicht böse. Aber manchmal ärgert es mich schon.«

»Tut mir leid«, sagte Richard. »Ich bin jedoch der Meinung, dass du genau das Professor Wehmeyer erklären solltest. Am besten noch heute.«

Fritz senkte den Blick.

»He, Fritz, wer seinen Lebensunterhalt damit bestreiten will, anderen den Bauch aufzuschneiden oder die Beine abzusägen, darf nicht feige sein.«

Einen Moment lang war Fritz verdutzt, dann brach er in schallendes Gelächter aus.

»Weißt du, dass du der größte Spinner bist, den ich kenne?«

»Da du angehender Chirurg bist, kann ich damit leben. Über eine derartige Bezeichnung würde ich mir erst dann ernsthafte Sorgen machen, wenn sie mir von einem Psychiater ins Gesicht gesagt wird.«

»Und das verkündest du auch noch mit todernster Miene.« Fritz lachte immer weiter, konnte sich kaum beruhigen.

»Da du jetzt so gut gestimmt bist, solltest du die Gelegenheit nutzen. Soweit ich weiß, ist Professor Wehmeyer gegen zwei Uhr immer in seinem Büro zu erreichen.«

Fritz suchte Professor Wehmeyer tatsächlich noch am selben Tag auf. Wie das Gespräch verlaufen war, erfuhr Richard nicht, aber als sie am folgenden Tag in den OP kamen, forderte der Professor Fritz auf, die Haken zu halten, und stellte ihm gezielte Fragen hinsichtlich der Operationstechnik und Schnittführung, die Fritz nach kurzem Überlegen zur vollsten Zufriedenheit des Professors beantwortete.

»Mir scheint, ich habe Sie unterschätzt, Herr Ellerweg. Ich denke, ich werde Sie im Auge behalten, und wenn Sie mich weiterhin überzeugen, könnte ich Sie mir gut als Doktorand in meiner Arbeitsgruppe vorstellen.«

Dann fiel sein Blick auf Richard. »Ich hoffe, Ihnen ist klar, dass es keine Herabwürdigung Ihrer Leistungen bedeutet, wenn Herr Ellerweg während der nächsten Operationen Ihren bisherigen Stammplatz einnimmt.«

»Gewiss nicht, Herr Professor«, erwiderte Richard ernst und war zugleich froh, dass der Mundschutz sein erleichtertes Lächeln verbarg.

4. Kapitel

Während der ganzen Woche hatte Paula sich auf das Wiedersehen mit Richard und den Besuch der Kunsthalle gefreut, doch je weiter sich der kleine Zeiger der großen Wanduhr in der guten Stube ihres Vaters der Zwei näherte, umso unruhiger wurde sie. Und ihre angespannten Nerven beruhigten sich keinesfalls dadurch, dass Frau Koch, die Haushälterin, nicht müde wurde zu betonen, wie sehr sie es begrüße, dass Paula sich nun nicht mehr nur dem Lernen, sondern auch netten jungen Männern zuwende.

Ihr Vater hatte von seiner Zeitung aufgesehen und seine Tochter daraufhin mit einem Blick gemustert, der einen Hauch von Skepsis mit Amüsement vereinte.

»Ist es so?«, fragte er.

»Ach was, wir sehen uns nur die Kunsthalle an. Ich habe dir doch erzählt, dass er sich mit den modernen Kunstrichtungen sehr gut auskennt und nach Abschluss des Studiums Psychiater werden möchte.«

»Ich sag's ja«, bemerkte Frau Koch, während sie Paulas Vater eine Tasse Kaffee einschenkte, »es scheint sich durchaus um einen jungen Mann zu handeln, den Fräulein Paula näher ins Auge fassen sollte. Gebildet und noch dazu angehender Arzt …«

Ein schwärmerischer Ausdruck legte sich über ihr Gesicht.

»Und ich nehme an, auch von ansprechendem Äußeren?«, fügte ihr Vater schmunzelnd hinzu.

Paula fühlte sich in die Enge getrieben und ihr lagen einige Bemerkungen auf der Zunge, die ihren Vater vermutlich erheitert und Frau Koch zutiefst schockiert hätten. Doch sie hielt den Mund und beobachtete, wie sich der große Zeiger der vollen Stunde näherte. Nur noch wenige Minuten …

Sie betrachtete noch einmal ihr Kleid – es war einfarbig dunkelblau und reichte ihr bis zu den Waden. Dazu trug sie ebenfalls dunkelblaue Seidenstrümpfe und schwarze Lackschuhe. Der einzige Schmuck, den sie sich neben ihren schlichten goldenen Ohrringen zugestand, war die Perlenkette ihrer verstorbenen Mutter.

Gerade als der große Zeiger die Zwölf erreichte, läutete es an der Tür. Frau Koch ging sofort hin, um zu öffnen – etwas schneller, als es für gewöhnlich ihre Art war, woran Paula gut ermessen konnte, wie neugierig die Haushälterin war.

»Pünktlich auf die Minute«, bemerkte ihr Vater mit einem leicht ironischen Unterton, der Paula verunsicherte. Gefiel es ihm etwa nicht, dass Richard sie abholte? Doch sofort verdrängte sie diesen Gedanken, denn Frau Koch kehrte in Richards Begleitung zurück. Sie hatte ihm Hut und Mantel abgenommen, während er einen Blumenstrauß in der Hand hielt. Paula und ihr Vater erhoben sich, um den Besucher zu begrüßen, und Richard übergab ihr den Strauß mit ernster, würdevoller Miene, doch seine Augen lächelten. Es waren fünf weiße Rosen und vier in Zartrosa.

»Vielen Dank«, flüsterte sie. Dann erinnerte sie sich daran, dass sie nicht allein waren. »Papa, das ist Richard Hellmer, ein Kommilitone. Richard, mein Vater Doktor Engelhardt.«

»Ich freue mich, Sie kennenzulernen«, sagte Paulas Vater und reichte Richard die Hand.

»Ganz meinerseits«, erwiderte Richard und ergriff die dargebotene Hand. Für einen Augenblick glaubte Paula, eine skeptische Falte auf der Stirn ihres Vaters zu erkennen, doch ehe sich der Eindruck bestätigen konnte, kehrte Frau Koch mit einer Vase zurück.

»Die Sprache der Blumen versteht er jedenfalls«, raunte sie Paula ins Ohr. »Weiß – Jugend, Schönheit und Unschuld. Und Rosa – damit werden zarte Bande angedeutet.«

Paula warf der Haushälterin einen strengen Blick zu und gab ihr den Strauß, damit sie ihn in die Vase stellen konnte.

»Möchten Sie eine Tasse Kaffee?«, fragte Paulas Vater. »Soweit ich weiß, fährt die nächste Straßenbahn erst in einer Viertelstunde.«

»Gern, allerdings sind wir nicht auf die Straßenbahn angewiesen. Mein Vater war so freundlich, mir heute das Automobil zu überlassen.«

Paula horchte auf. Ein Automobil? Das war selbst in ihrem Bekanntenkreis eine große Ausnahme. Ihrem Vater schienen ähnliche Gedanken durch den Kopf zu gehen.

»Ihr Vater hat ein Automobil?«, fragte er überrascht.

»Nun ja …« Richard räusperte sich etwas verlegen.

»Setzen wir uns doch«, forderte Paulas Vater auf, zumal Frau Koch bereits eine Tasse für Richard gebracht hatte und sich anschickte, ihm einen Kaffee einzuschenken.

Richard nickte und folgte der Aufforderung.

»Was für ein Modell?«, fragte Paulas Vater weiter.

»Ein Opel 4 PS. Allerdings die Lieferwagen-Variante.«

»Ein Lieferwagen? Wie ungewöhnlich.«

»Papa, ich hatte dir noch nicht erzählt, dass Richards Vater eine große Tischlerei in Rothenburgsort gehört.«

»Eine Tischlerei?« Doktor Engelhardt hob die Brauen und Paula wurde bewusst, warum sie zuvor ihrem Vater gegenüber Richards familiären Hintergrund nicht erwähnt hatte. Ihr Verstand hätte die Vorurteile ihres Vaters nie zugelassen, aber in ihrem Innersten wusste sie, dass er – bei all seiner Toleranz – sehr kritisch war, was den Umgang seiner Tochter anging. Selbstverständlich waren Handwerker angesehene Leute, aber sie gehörten nicht zu der intellektuellen Elite, mit der sich ihr Vater umgab. Man bewunderte ihre Leistungen und empfahl sie gern weiter, wenn man zufrieden war, aber man lud Handwerker nicht zu gesellschaftlichen Anlässen ein.

»Dann ist es natürlich verständlich. Die Geschäfte Ihres Vaters scheinen gut zu gehen, wenn sich die Anschaffung eines eigenen Automobils rentiert.«

»Die Anschaffung hat sich auf jeden Fall gelohnt«, antwortete Richard etwas selbstsicherer. »Bis vor zwei Jahren hatten wir noch zwei Pferde und einen Wagen, aber das Automobil ist kostengünstiger im Unterhalt und die ehemaligen Stallungen konnten der Werkstatt zugeschlagen und ein Teil davon auch noch zur Garage umgebaut werden.«

»Das klingt nach einem wirklich florierenden Betrieb. Wollte Ihr Vater nicht, dass Sie die Tischlerei eines Tages übernehmen?«

»Nein, ich hatte einen älteren Bruder, dessen Aufgabe es gewesen wäre. Jetzt hofft mein Vater auf seinen Enkel, den Sohn meiner Schwester. Karl ist gerade neun geworden und nach der Schule kaum aus der Tischlerei fortzubekommen.« Ein leises Lächeln huschte über Richards Züge und ließ deutlich erkennen, mit welcher Zuneigung er an seinem Neffen hing.

Paulas Vater sah, dass Richard seine Tasse inzwischen geleert hatte.

»Nun, dann möchte ich Sie nicht länger aufhalten«, sagte er und erhob sich. »Sie haben ja ein umfangreiches kulturelles Programm vor sich, wie meine Tochter mir verraten hat.«

»Ja«, bestätigte Richard und stand gleichfalls auf. »Wir wollen in die Kunsthalle gehen und uns die zeitgenössische Kunst im Vergleich zu den alten Meistern ansehen.«

»Ein ungewöhnliches Steckenpferd für einen jungen Mann aus Ihren Kreisen.«

»Ist es das?«

»Nun ja, ich dachte immer, in der heutigen Zeit sei es modern, die Lichtspielhäuser zu besuchen.«

»Das werden wir vielleicht ein anderes Mal tun.« Richard lächelte höflich, doch blieb dieses Lächeln auf seine Lippen beschränkt, ohne die Augen zu erreichen.

Auch Paula hatte sich derweil erhoben und Frau Koch kam, um Richard Hut und Mantel zu bringen.

»Ich wünsche euch einen angenehmen Nachmittag«, verabschiedete ihr Vater sie, und Paula verstand sofort den Unterton in diesem scheinbar belanglosen, freundlichen Wunsch. Sie sollte nur den Nachmittag mit Richard verbringen, am Abend erwartete ihr Vater sie zurück. Sie warf Richard einen kurzen Blick zu und fragte sich, wie er das Verhalten ihres Vaters wohl bewertete. Fühlte er sich gekränkt, weil er gespürt hatte, dass ihr Vater wegen seines familiären Hintergrundes skeptisch war, oder sah er in Doktor Engelhardts Verhalten nur die Sorge um seine Tochter, die flügge wurde?

Doch Richard ließ sich nichts weiter anmerken. Als sie auf die Straße traten, hielt er sofort auf ein grün lackiertes Automobil zu.

»Was für eine ungewöhnliche Farbe«, rief Paula. »So was habe ich ja noch nie gesehen.«

»Das ist klassisch für dieses Modell. Man nennt es deshalb auch Laubfrosch.«

»Wie originell.« Sie lachte.

»Die Franzosen behaupten, Opel habe sich eines Plagiats am Citroën Typ C schuldig gemacht, der immer nur in Gelb ausgeliefert wird. Es heißt, dieser Wagen sei das Gleiche in Grün. Mir ist es recht, ich mag Grün.«

»Wie gut, dass er grün ist«, bestätigte Paula. »Nicht, dass man uns noch mit der Post verwechselt.«

Sie lachten beide.

Von vorn sah der Laubfrosch wie eine gewöhnliche Limousine aus, und nur die Tatsache, dass es eine Hecktür gab und der hintere Bereich über keine Fenster verfügte, ließ erkennen, dass es sich um einen Lieferwagen handelte.

Richard öffnete ihr die Beifahrertür und ließ sie einsteigen. Dann nahm er hinter dem Steuer Platz.

Als Richard anfuhr, hatte Paula das Gefühl, der Laubfrosch heiße nicht nur wegen seiner Farbe so, sondern weil er sich hüpfend und holpernd über das Blaubasaltpflaster bewegte und erst auf der asphaltierten Hauptstraße bewies, dass er über eine Federung verfügte.

»Mein Vater hat auch mal mit dem Gedanken gespielt, sich ein Automobil anzuschaffen«, sagte sie, während Richard den Laubfrosch in Richtung Innenstadt lenkte. »Er hat mich damals mitgenommen, als er sich den Wagen eines Kollegen angesehen hat, der ihn jahrelang für Hausbesuche genutzt hatte und sich nun ein neueres Modell kaufen wollte. Es war ein offener Zweisitzer.«

»Und warum hat Ihr Vater sich dagegen entschieden?«

»Ihm wurde bewusst, dass es nur Eitelkeit gewesen wäre, denn eigentlich hatte er keine Verwendung für ein Automobil. Die Straßenbahn hält direkt vor der Tür, Hausbesuche macht er selten und für den Kaufpreis eines Automobils kann man viele Taxifahrten bezahlen.«

»Das stimmt«, gab Richard zu. »Ich bin jedoch davon überzeugt, dass sich diese Einstellung in der Bevölkerung bald grundlegend ändern wird. Sehen Sie, die Anschaffungskosten sind drastisch gesunken, seit Opel vor zwei Jahren auf die Fließbandproduktion umgestiegen ist. Die Automobilclubs schießen wie die Pilze aus dem Boden. Es wird gesellschaftsfähig, dass

Frauen einen Führerschein machen, und letztlich ist es ein Zeichen von Freiheit und Bequemlichkeit. Wenn ich darauf wetten müsste, würde ich sagen, dass die Zukunft der Automobilindustrie gehört.«

»Und trotzdem ist es noch immer die Ausnahme, von einem jungen Mann mit dem Automobil abgeholt zu werden.« Sie blitzte ihn keck an.

»Das hoffe ich doch«, erwiderte er. »Aber ich fürchte, Ihrem Vater hat es missfallen.«

»Nein, ganz und gar nicht. Er war nur überrascht, eben weil es so ungewöhnlich ist.«

Richard nickte nur. Paula überlegte kurz, ob sie noch etwas zu dem Thema sagen sollte, aber dann beschloss sie, es lieber auf sich beruhen zu lassen. Manche Dinge wurden erst dadurch zu einem Problem, dass man ihnen übermäßig viel Bedeutung zumaß.

Bald darauf erreichten sie die Kunsthalle. Richard parkte den Wagen am Straßenrand, stieg aus und öffnete Paula die Tür.

Paula war bereits des Öfteren in der Kunsthalle gewesen und kannte sich gut aus. Allerdings hatte sie früher die meiste Zeit den alten Meistern gewidmet, die in den Augen ihres Vaters ihre humanistische Bildung vervollkommneten, während die Expressionisten seiner Meinung nach nur eine moderne Spielart waren, die sich auf Dauer nicht durchsetzen würde.

»Wahre Kunst«, pflegte er zu sagen, »zeigt sich dadurch, dass sie uns Bewunderung vor dem Können des Malers abnötigt, dem es gelingt, die Realität in wahrhaftiger Form festzuhalten.«

Als sie jetzt mit Richard die expressionistischen Werke betrachtete, erzählte sie ihm von diesem Zitat.

»Er hat auf der einen Seite recht«, gab Richard zu. »Es ist bewundernswert, wie es den Künstlern vergangener Epochen gelungen ist, die Realität ihrer Zeit in idealisierter Form abzubilden. Aber sie haben sich als Künstler überlebt.«

»Warum?«

»Durch die Erfindung der Fotografie. Wozu soll ein Kunstmaler etwas realistisch darstellen, wenn dies mittlerweile jedem halbwegs begabten Laien mithilfe eines Fotoapparats gelingt? Ist es nicht vielmehr erforderlich, über die bisherigen Grenzen hinauszuwachsen, um weiterhin als Künstler gelten zu können und sich von dem abzugrenzen, was das Auge einer Kamera festhalten kann?«

»Das klingt ganz so, als würde die Fotografie die Bilderkunst zerstören.«

»Nein, sie hat sie nur von dem Zwang befreit, die Realität detailgetreu abbilden zu müssen.«

Paula dachte eine Weile über seine Worte nach.

»Woher kommt es, dass Sie sich so sehr für Kunst interessieren?«, fragte sie schließlich. »Und dann auch noch für die moderne Kunst?«

Zu ihrem Erstaunen antwortete er nicht sofort, sondern schluckte.

»Das...«, setzte er an, »das hat mit meinem Bruder zu tun.«

»Der in Verdun geblieben ist?«, fragte sie mitfühlend.

»Er ist dort nicht gefallen. Er starb erst nach dem Krieg.«

»An den Folgen einer Kriegsverletzung?«

»Das ist eine interessante Frage, auf die es unterschiedliche Antworten gibt, je nachdem, welchen Standpunkt man einnimmt.«

Paula sah ihn verwirrt an, doch er äußerte sich nicht weiter dazu. Einen Moment lang dachte sie darüber nach, ob sie ihm wohl eine weitere Frage dazu stellen dürfte, doch die Härte und der Schmerz, die sich in seinem Blick abzeichneten, ließen sie verstummen. Der eben noch fröhliche, selbstsichere junge Mann, dem die Welt zu gehören schien und der auf jede Frage eine intelligente Antwort parat hatte, war verschwunden, um einem ernsthafteren, möglicherweise sogar schwermütigen Teil seiner Persönlichkeit Platz zu machen. Zum ersten Mal fragte sie sich, ob sie den wahren Richard bereits kennengelernt hatte und wie viele Facetten er wohl besaß.

Eine Weile gingen sie schweigend von Gemälde zu Gemälde, bis Paula die Stille nicht mehr aushielt.

»Wollen wir noch in die Galerie Commeter gehen?«, fragte sie.

Richard zog seine Uhr hervor. »Ich fürchte, sie hat bereits geschlossen, aber wir könnten uns die Werke im Schaufenster ansehen, wenn Sie Lust haben.«

Erleichtert nahm sie wahr, dass der Anflug von Schwermut verschwunden war, so als hätte es dieses kurze Aufblinken der anderen Seite nie gegeben, und sie zeigte sich auch während des restlichen Tages nicht mehr. Nicht, als sie gemeinsam von der Kunsthalle an der Binnenalster entlang bis zur Galerie Commeter schlenderten, nicht beim Betrachten der dortigen Kunst, wo Paula zum ersten Mal in ihrem Leben das Werk eines Surrealisten sah, und auch nicht, als sie später zum Alsterpavillon weitergingen, um dort bei einem Becher Eis den Alsterdampfern zuzusehen.

Es hätte ein vollkommener Nachmittag werden können, wäre nicht August Lachner in Begleitung von zwei Männern, die Paula nicht kannte, kurz nach ihnen in den Alsterpavillon gekommen. Paula fiel auf, wie Richard sich bei ihrem Eintreten anspannte, vor allem, als die drei Männer ihn entdeckten und geradewegs auf ihren Tisch zusteuerten.

»Was für ein schöner Zufall«, rief Lachner. »Ich freue mich, dich hier zu sehen, Richard. Und Sie sind Fräulein …« Er lächelte Paula offen an, während sich Richards Mund in einen Strich verwandelte.

»Paula Engelhardt«, stellte sie sich vor.

»Ich bin erfreut. August Lachner, und das hier sind meine

Kommilitonen Peter Watuschek und Johannes Möller.«

Die Angesprochenen nickten Paula kurz zu. Watuschek war rothaarig, hochgewachsen und spindeldürr, während Johannes Möller von seiner Statur her an einen griechischen Athleten erinnerte.

»Dürfen wir uns setzen?«, fragte August Lachner mit Blick auf Richard, der wortlos nickte, obwohl sein Gesichtsausdruck wirkte, als hätte er die drei am liebsten aus dem Café geworfen. August Lachner und seine beiden Begleiter schienen es nicht wahrzunehmen oder übersahen es zumindest geflissentlich.

»Bitte verzeihen Sie die Störung, Fräulein Engelhardt«, fuhr Lachner fort, nachdem er sich gesetzt hatte. »Richard ist ein Kommilitone von uns und ich wollte die Gelegenheit nicht verstreichen lassen, ihm nochmals einen Vorschlag zu unterbreiten, den ein Mann, der das Herz am rechten Fleck trägt, eigentlich nicht ablehnen kann.«

»Ich habe nach wie vor kein Interesse«, erwiderte Richard betont höflich.

»Vielleicht könnten Sie ihn ja überzeugen.« Lachner lächelte sie abermals an, und wenn ihr seine Ansichten nicht bereits aus Professor Habermanns Vorlesung bekannt gewesen wären, so hätte sie ihn und sein Auftreten durchaus ansprechend gefunden. Das Bild, das sie sich von ihm gemacht hatte, war ein ganz anderes als das, was sie jetzt bei Tageslicht sah. Vor ihr saß ein jungenhafter, sommersprossiger Blondschopf, der nicht viel älter als achtzehn wirkte, obwohl er vermutlich Mitte zwanzig war.

»Worum geht es denn?«, fragte sie nicht nur um der Höflichkeit willen, sondern auch, weil sie zu gern wissen wollte, was zwischen Lachner und Richard vorgefallen war.

»Gestatten Sie mir zuvor eine Frage, Fräulein Engelhardt. Haben wir uns schon einmal gesehen?«

»Nur flüchtig bei der Vorlesung von Professor Habermann.«

»Sie waren dort? Als Gasthörerin?«

»Nein, ich bin immatrikuliert.«

August Lachner nickte anerkennend. »Sehr gut. Ich schätze es, wenn das Weib dem Manne eine gleichberechtigte Gefährtin ist.«

»Ist das ein Zitat aus einer Wagner-Oper?«, fragte Richard.

»Nein, das ist meine Meinung. Unsere Bewegung ehrt die Rolle der Frau, denn die Frau ist die Keimzelle der Familie. Ohne sie kann es kein Volk geben und in meinen Augen sind Frauen geradezu prädestiniert, in der Frauenheilkunde und Geburtshilfe tätig zu sein, da sie darin jedem Mann überlegen sind.«

Paula starrte August Lachner verwirrt an, nicht wissend, ob sie sich von seinen Worten geschmeichelt oder gedemütigt fühlen sollte.

»Verzeihen Sie mir, Fräulein Engelhardt, ich schweife ab. Sie wollten ja wissen, worum es geht.«

Er griff in die Innentasche seines Jacketts, zog ein Flugblatt hervor und legte es auf den Tisch.

Nationalsozialistischer Deutscher Studentenbund stand in großen, gotischen Lettern als Überschrift auf dem Flugblatt.

»Eine Kameradschaft?«, fragte Paula. »Warum zeigen Sie mir das? Das ist doch eine reine Männergesellschaft.«

»Was die Mitglieder angeht, haben Sie recht, Fräulein Engelhardt. Aber die Ziele, die wir vertreten, sind auch die Ihren. Es ist unsere feste Überzeugung, dass der Zugang zum Studium nicht länger nur den wohlhabenden Eliten vorbehalten sein darf, sondern jedem, der die nötige Intelligenz mitbringt, ganz gleich, aus welcher Familie er stammt. Einer der Gründer unseres Studentenbundes, Wilhelm Tempel, ist der Sohn eines Schuhmachermeisters und vertritt die Meinung, dass der Nationalsozialismus gegen die Profitsucht der Unternehmer für die

Besserstellung der Arbeiter eintreten und notfalls Schulter an Schulter mit der Sozialdemokratie kämpfen müsste.«

»Und warum dann der Nationalsozialismus?«, fragte Richard. »Warum nicht gleich die Sozialdemokratie?«

»Weil die Sozis nicht den Biss haben, für die Belange unseres Volkes zu kämpfen, sondern sich in widerwärtiger Duckmäuserei vor dem Ausland kleinmachen und unseren kompletten Besitz verschleudern!«

»Harte Worte«, warf Richard ein.

»Wahre Worte«, verbesserte Lachner ihn. »Unsere Armee war im Felde ungeschlagen und was ist geschehen? Vaterlandslose Gesellen fielen ihr in den Rücken und handelten einen Schandfrieden aus, für den noch unsere Enkel zahlen müssen! Ganz zu schweigen von den massiven Landenteignungen!« Das eben noch jungenhafte Gesicht bekam einen ernsten, männlichen Ausdruck, als er fortfuhr: »Ein Viertel unseres Bergbaus ist nun in polnischer Hand, aber selbst das reichte unseren Feinden nicht, denk nur an die völkerrechtswidrige Besetzung des Rheinlands durch die Franzmänner vor drei Jahren. Erbost es dich nicht, wenn du kriegsbeschädigte Veteranen, die für unser Volk ihre Gesundheit hergaben, als Bettler auf der Straße siehst? Aber was machen die Sozialdemokraten und die Deutsche Volkspartei? Neigen schleimend und kriechend ihr Haupt vor denen, die uns bereits in den Staub getreten haben, anstatt sich aufzurichten und sich ihnen wie echte Männer entgegenzustellen. Es ist an der Zeit, dass Deutschland aufwacht und sich auf seine Größe besinnt. Unsere Forscher sind allen anderen auf der Welt überlegen, kein anderes Volk hat so hohe Leistungen im Bereich der Wissenschaft und Medizin errungen wie wir. Und wir sollen uns weiterhin demütig beugen, anstatt den Nachbarländern auf Augenhöhe zu begegnen?« Lachner hatte sich immer weiter in seine Rede hineingesteigert und Paula musste zugeben, dass er auch etwas in ihr berührt hatte. Das Unrecht des Friedensvertrags von Versailles und die Besetzung des Rheinlands hatten ihren Vater ebenso aufgebracht wie Lachner.

»Wenn du dich richtig erinnerst«, bemerkte Richard, »kämpften alle Parteien Seite an Seite gegen die unrechtmäßige Besetzung des Rheinlands, denn hier gab es nur noch Deutsche, keine Kommunisten, Sozis oder Nazis. Jeder beteiligte sich an der Sabotage und es war eine sozialdemokratische Regierung, die zum Generalstreik aufrief. Zugleich hat Außenminister Stresemann von der DVP maßgeblich daran gearbeitet, diese Besetzung auf friedlichem Wege zu beenden und eine Revision der harten Versailler Bedingungen zu erreichen. Es heißt, er sei deshalb für den diesjährigen Friedensnobelpreis nominiert.«

Lachner schniefte verächtlich. »Friedensnobelpreis! Dass ich nicht lache. Ein Zuckerstückchen für einen braven Esel, der uns weismachen will, dass er für das deutsche Volk kämpft, sich in Wahrheit aber nur bei den Besatzungsmächten anbiedert und vor ihren Karren spannen lässt, anstatt mit der Faust auf den Tisch zu hauen, wie es ein echter Staatsmann täte.«

»August, ich fürchte, wir haben nicht nur in diesem Punkt so unterschiedliche Meinungen, dass es keine Organisation gäbe, in der wir gemeinsam gut aufgehoben wären. Also lass es bitte.«

Lachner warf seinen beiden Begleitern kurze Blicke zu und die beiden nickten kaum merklich.

»Wie du willst«, sagte er dann zu Richard. »Ich fürchte nur, du verkennst die Zeichen der Zeit. Die Sozialdemokratie hat abgewirtschaftet und wird von dem gleichen Sturm davongefegt werden, der das deutsche Flaggschiff wieder auf Kurs bringen und unserem Volk zu alter Größe verhelfen wird.« Er erhob sich und seine beiden Freunde folgten seinem Beispiel. Dann wandte er seinen Blick nochmals zu Paula.

»Fräulein Engelhardt, ich wünsche Ihnen noch einen angenehmen Tag, und vielleicht überdenken Sie Ihren Umgang ja noch einmal. Der Nationalsozialismus ist auf intelligente junge Frauen angewiesen, um weiter wachsen zu können.«

»Auf Wiedersehen, Herr Lachner.«

Nachdem die drei Männer gegangen waren, nahm Richard das Flugblatt, das noch immer auf dem Tisch lag, und zerknüllte es.

»Hätte er Sie auch so verärgert, wenn er Ihre Meinung in Bezug auf Geisteskranke teilen würde?«, fragte Paula. »Ich fand einige seiner Bemerkungen durchaus nachvollziehbar. Der Vertrag von Versailles und die Rheinlandbesetzung waren Unrecht. Unser Volk hat sich zu viel gefallen lassen müssen.«

Richard nickte langsam. »Das ist richtig. Aber welche realistische Möglichkeit haben wir denn außer dem Verhandlungstisch? Wir haben den Krieg verloren, wir haben keine Macht, wir haben nichts als unsere Diplomatie, die wir in die Waagschale werfen können. Und ich finde, Stresemann macht seine Sache richtig.«

»Sie kennen sich ziemlich gut aus in der Politik.«

»Was man so aus der Zeitung erfährt.«

»Was missfällt Ihnen an diesen nationalen Sozialisten denn am meisten?«

»Nationalsozialisten«, verbesserte Richard. »Sie lehnen die Demokratie ab. Alles ist bei ihnen hierarchisch nach dem Führerprinzip aufgebaut und dem Führer ist bedingungslos zu gehorchen. Das treibt bisweilen skurrile Blüten, angeblich grüßen sie sich seit Neuestem, indem sie den rechten Arm hochreißen und ›Heil Hitler‹ brüllen. Das ist der Name ihres obersten Führers.«

Paula lachte laut los. »Das ist ein Witz! Sie machen Scherze, habe ich recht?«

»Nein, angeblich grüßt man sich bei denen wirklich so.«

»Das gehört mit zum Lächerlichsten, was ich jemals gehört habe. Ich glaube, an diese Spinner müssen wir keine weiteren

Gedanken mehr verschwenden. Die kann doch niemand ernst nehmen.«

Sie hätte erwartet, dass Richard zustimmend nicken würde, doch er schien merkwürdig besorgt und in sich gekehrt, so als wäre er mit den Gedanken ganz weit weg.

»Sagen Sie, Paula«, fragte er schließlich, »was hätten Sie über August Lachner gedacht, wenn Sie ihm heute zum ersten Mal begegnet wären, ohne seine übrigen Ansichten zu kennen? Zumal Sie sogar einigen seiner Thesen zustimmen konnten. Ist es nicht sehr verführerisch, darauf zu hoffen, dass es einfache Lösungen für unsere internationalen und wirtschaftlichen Schwierigkeiten gibt?«

»Und was ist mit Ihnen, Richard? Sind Sie dagegen etwa immun?«

»Nein«, gab er zu. »Aber es gibt zu viele Punkte in dieser Ideologie, die sich mit meiner Weltanschauung beißen, selbst wenn ich in einigen Dingen August Lachners Meinung bin.«

Paula nickte und ließ ihren Blick über die Alster schweifen. Die untergehende Sonne tauchte das Wasser und die einlaufenden Schiffe der weißen Flotte in ein rotgoldenes Licht. Der angenehme Nachmittag, den ihr Vater ihr gewünscht hatte, war längst vorbei, aber alles in ihr wehrte sich dagegen, ihn jetzt schon enden zu lassen. Richard schien ihre Gedanken zu erraten.

»Wann erwartet Ihr Vater Sie zurück?«

»Spielt das eine Rolle?«

»Für mich schon, ich möchte keinen schlechten Eindruck auf ihn machen.«

Paula seufzte. »Dann ist es jetzt wohl an der Zeit aufzubrechen.«

Richard nickte und winkte nach dem Ober, um zu zahlen.

Sie ließen sich auf dem Weg zurück zu seinem Automobil Zeit

und genossen den Anblick der untergehenden Sonne und das Aufglimmen der zahlreichen Gaslaternen, die rings um die Alster standen.

»Nächste Woche wird das neue Lichtspielhaus in der Hoheluftchaussee eröffnet«, sagte Richard, nachdem sie das Auto erreicht hatten. »Das Capitol soll mehr als tausendzweihundert Sitzplätze haben. Darf ich …« – er zögerte kurz – »dich dorthin einladen, Paula?«

Das vertrauliche Du ließ ihr Herz höherschlagen.

»Natürlich darfst du das!«

»Und was wird dein Vater dazu sagen?« Da war es wieder, dieses Lächeln, das nur in seinen Augen lebte, während sein Mund scheinbar ernst blieb.

»Sofern es ein anspruchsvoller Film ist, den sie zur Premiere geben, wird er es begrüßen.«

»Dann dürfte er zufrieden sein, denn auf dem Spielplan steht *Faust* mit Emil Jannings als Mephisto.«

Einen Augenblick lang blieb er ganz nah vor ihr stehen, so nah, dass Paula sich nicht sicher war, ob er etwas von ihr erwartete, doch dann öffnete er nur die Beifahrertür, damit sie einsteigen konnte.

Obwohl es erst halb acht war, als Richard Paula vor ihrer Haustür absetzte und sich dann höflich verabschiedete, erwartete ihr Vater sie bereits ungeduldig.

»Das scheint mir ja ein sehr langer Nachmittag gewesen zu sein«, begrüßte er sie. »Ich hoffe, du hast dich gut unterhalten?«

Paula ignorierte den vorwurfsvollen Unterton und begnügte sich damit, seine Frage betont freundlich zu bejahen.

»Hast du schon zu Abend gegessen, Papa?«

»Nein, ich habe auf dich gewartet. Frau Koch ist bereits gegangen, aber sie hat alles vorbereitet.«

»Das war sehr aufmerksam von ihr.«
»Das ist ihre Aufgabe, mein Kind.«
»Natürlich, Papa. Wollen wir dann ins Esszimmer gehen?«

Ihr Vater nickte schweigend und Paula spürte, wie sich ihr Magen zusammenzog. Ihr Vater würde ihr niemals direkte Vorwürfe machen, geschweige denn ein harsches Wort an sie richten. Aber er hatte eine ganz eigene Art, sein Missfallen zum Ausdruck zu bringen, sodass er jede schöne Erinnerung vergiften konnte. Sie fragte sich nur, ob es daran lag, dass sie erst nach sieben nach Hause gekommen war, ob es mit Richards Person zusammenhing oder der Tatsache, dass Richard ein Mann war. Wenn sie mit Leonie unterwegs war, verhielt er sich nie so, sondern gab ihr sogar noch Geld für ein Taxi mit für den Fall, dass es später wurde.

Sie beschloss, selbst einen Frontalangriff zu starten, kaum dass sie sich gemeinsam an den Tisch gesetzt hatten.

»Richard hat mich eingeladen, ihn nächste Woche zur Eröffnungspremiere ins Capitol zu begleiten.«

»Ich nehme an, du hast ihm höflich abgesagt?«

»Nein, ich habe ihm mit Freuden zugesagt.«

Ihr Vater räusperte sich. »Und du meinst, er ist der richtige Umgang für dich?«

»Er ist der beste Student in seinem Semester, er ist höflich, freundlich, intelligent und sein Vater hat einen gut gehenden Betrieb, mit dem er vermutlich mehr verdient als so mancher Hausarzt. Was sollte an diesem Umgang verkehrt sein, Papa?«

»Ich weiß noch nicht so recht, was ich davon zu halten habe«, entgegnete ihr Vater. »Ich habe Frau Koch gebeten, etwas über seine Familie in Erfahrung zu bringen.«

»Warum schickst du nicht gleich einen Detektiv los, Papa? Wer weiß, vielleicht sind das gar keine Tischler und die Werkstatt ist nur eine Tarnung für eine Geldfälscherbande.«

»Paula, du bist kindisch.«

»Ja, Papa.« Sie seufzte und dachte bei sich, dass sie da wohl an diesem Abend nicht die Einzige war, aber sie hütete sich, es laut auszusprechen. Es war schon viel wert, dass ihr Vater keine wirklichen Argumente gegen Richard auffahren konnte. Das bestätigte sie in ihrem Verdacht, dass es weniger um Richards Herkunft ging als vielmehr um die Tatsache, dass er womöglich eine ernst zu nehmende Bedrohung für die bislang innige Zweisamkeit von Vater und Tochter werden könnte.

5. Kapitel

Richard liebte seine große Familie und den Trubel, den sie für gewöhnlich verbreitete, doch an diesem Abend war er froh, dass er seit Beginn seines Studiums allein auf dem ausgebauten Dachboden lebte und sich nicht unten in der großen Wohnung von seiner Schwester Margit ausfragen lassen musste. Margit war noch neugieriger als seine Mutter und hatte ihm bereits an der Haustür aufgelauert. Glücklicherweise hatte sich Margits jüngste Tochter Lottchen, die eigentlich Charlotte hieß und gerade erst anderthalb Jahre alt war, mit lautem Geplärr zwischen sie gedrängt und Margits Aufmerksamkeit kurzfristig von ihm abgelenkt, sodass er sich hastig an ihr vorbeistehlen konnte.

Während er die Stiege zum Dachboden hinaufeilte, hörte er unter sich weitere Kinderstimmen, die alle etwas von seiner Schwester wollten, und konnte sich ein Schmunzeln nicht verkneifen. Margit und Holger Matthiesen hatten seit ihrer überstürzten Kriegshochzeit vor zehn Jahren fünf Kinder bekommen, vier Jungen und zuletzt Lottchen. Richard hoffte, dass der Kindersegen damit ein Ende gefunden hatte, schließlich hatte Margit nun endlich ihre lang ersehnte Tochter. Ohne den Rückhalt des väterlichen Betriebs hätten Holger und Margit sich eine derart große Familie ohnehin nicht leisten können. Holger war kurz nach der Hochzeit und seiner Rückkehr an die Front so schwer verwundet worden, dass ihm der rechte Unterschenkel amputiert werden musste und er nur noch eingeschränkt in der Tischlerei arbeiten konnte. Aus diesem Grund hatte Richards Vater ihm neben den Tätigkeiten, die im Sitzen an der Werkbank ausgeführt werden konnten, die Buchhaltung übertragen. Das wiederum hatte sich als wahrer Glücksgriff erwiesen, denn Holger bewies ein gutes Gespür für Zahlen und Wirtschaft und hatte aufgrund der schleichenden Inflation schon vor sechs Jahren davor gewarnt, zu viele Bargeldbestände auf den Konten zu haben. Dank einiger guter Investitionen, darunter auch der Erwerb eines forstwirtschaftlich genutzten großen Grundstücks vor den Toren Hamburgs, hatte die Tischlerei die düsteren Zeiten verhältnismäßig gut überstanden. Holger konnte sich auf diese Weise mit seiner Behinderung versöhnen, denn er war sich sicher, dass er andernfalls niemals die Buchhaltung übernommen hätte und sie der Inflation dann ebenso hilflos ausgeliefert gewesen wären wie all die anderen Betriebe, die Insolvenz hatten anmelden müssen. Richard und sein Vater teilten diese Meinung. Holger war ein Glücksfall für die Familie, nicht nur, was die Erhaltung des Betriebes anging, sondern auch mit seiner optimistischen Lebenseinstellung, aus jedem Schicksalsschlag das Beste zu machen, auch wenn das nicht immer leicht war. Schon gar nicht nach dem tragischen Tod von Richards Bruder Georg.

All diese Gedanken schossen Richard durch den Kopf, während er seine Mansarde betrat und den Ofen anheizte, da die Nächte bereits empfindlich kalt wurden. Sein Blick fiel auf die gerahmte Fotografie an der Wand neben dem Ofen. Er erinnerte sich noch gut an den Tag, als sie entstanden war. Zwölf Jahre war das jetzt her, September 1914. Er war damals dreizehn gewesen, Georg war gerade neunzehn geworden und hatte den Marschbefehl erhalten. Das Foto zeigte die ganze Familie:

links sein Vater, daneben Georg in Uniform, der Blick stolz und glücklich, denn noch ahnte er nicht, wie wenig süß und ehrenhaft der Tod für das Vaterland war, dann folgte Richard, zu seiner Rechten die damals siebzehnjährige Margit und ganz rechts die Mutter.

Richard seufzte tief und schloss die Ofenklappe. Dann setzte er sich an seinen Schreibtisch, um noch ein wenig zu lernen, doch er konnte seine Gedanken nicht auf die Bücher lenken.

Wäre Georg nicht gestorben, hätte er vermutlich nicht Medizin studiert, sondern sich im Anschluss an die Tischlerlehre, die er auf Wunsch seines Vaters unmittelbar nach dem Abitur gemacht hatte, tatsächlich der Kunstgeschichte verschrieben. Doch Georgs qualvoller Tod hatte Richard klargemacht, dass er dazu beitragen wollte, so etwas künftig zu verhindern. Erstaunlicherweise hatte sein Vater sich nicht dagegen gesträubt, als er verkündet hatte, dass er nicht die Meisterprüfung anstrebe, um später einmal die Tischlerei zu übernehmen, sondern stattdessen Medizin studieren wolle.

»Du wirst schon das Richtige tun«, hatte sein Vater gesagt und ihm auf die Schulter geklopft. »Wir werden andere Wege finden, den Betrieb in der Familie zu halten, und ich werde stolz auf dich sein. Zeig den blasierten Arztsöhnchen dort, aus welchem Holz die Hellmers geschnitzt sind.«

»Aus Mahagoni«, hatte Richard geantwortet und seinem Vater damit ein herzhaftes Lachen entlockt.

Es war die richtige Entscheidung gewesen, das hatte er vom ersten Tag an gewusst. Die Medizin lag ihm, ebenso wie der Umgang mit Menschen, und die lächerlichen Spötteleien einiger Kommilitonen über seine Herkunft beachtete er nicht. Allerdings behielt er für sich, dass er selbst bereits Tischlergeselle war und, wenn Not am Mann war, in der väterlichen Werkstatt aushalf.

Und seit er an diesem Nachmittag bemerkt hatte, wie Paulas Vater auf ihn reagiert hatte, war er froh, dieses Geheimnis gewahrt zu haben, auch wenn es ihn kränkte, sein ehrbares Handwerk wie einen Makel verstecken zu müssen und nicht nach seinen Leistungen, sondern nur nach seiner nicht akademischen Herkunft beurteilt zu werden.

Zum Glück war Paula da ganz anders. Sie sah ihn so, wie er war, teilte seine Ansichten, war aber auch in der Lage, ihre eigenen Anschauungen eloquent zu vertreten. Er hatte noch nie eine Frau getroffen, mit der er so offen sprechen konnte und die seine Interessen in so vielfältiger Hinsicht teilte. Noch dazu war sie ausnehmend hübsch mit ihrem dunkelblonden Haar und den meergrünen Augen. Obwohl er sie erst eine knappe Woche kannte, wusste er, dass sie die Frau war, um die zu werben und kämpfen sich lohnte. Das war von dem Augenblick an klar gewesen, als er mit ihr in dem kleinen Café gesessen und das begeisterte Funkeln in ihren Augen gesehen hatte, in dem sich seine eigene Leidenschaft für die Kunst und die Psychiatrie widerspiegelte. Bereits an diesem ersten Abend hatte er sich eingestehen müssen, dass er wie ein Schuljunge bis über beide Ohren verliebt war. Ihr Bild ließ ihn einfach nicht mehr los und der heutige Tag hatte ihn in seinen Gefühlen nur bestärkt. Mochte Paulas Vater ihn auch noch so irritiert mustern und für wenig standesgemäß halten, er würde Doktor Engelhardt schon beweisen, dass er Paulas in jeder Hinsicht würdig war, da war er sich ganz sicher. Schließlich waren die Hellmers aus Mahagoni geschnitzt, und das war edler, beständiger und härter als jede deutsche Eiche.

6. Kapitel

Die nächsten Tage verbrachte Paula in einer seltsamen Mischung aus Euphorie und schlechtem Gewissen. Jeder Gedanke an Richard erfüllte sie mit einem Gefühl der Vorfreude und Erregung, verschlug ihr vor Aufregung den Appetit und ließ sie ins Träumen geraten. Doch zugleich bemerkte sie die verstärkten Zweifel ihres Vaters. Zweifel, die nicht in Richards Person begründet lagen, sondern in ihres Vaters Angst vor Veränderungen. Seine geliebte Tochter, die nach dem Tod ihrer Mutter zu seinem ganzen Lebensinhalt geworden war, strebte nicht nur danach, sich beruflich auf eigene Füße zu stellen, sondern sie war dabei, einem anderen Mann einen Platz in ihrem Herzen zu schenken. Ja, Paula musste sich eingestehen, dass ihr Vater auf die Gefühle, die sie für Richard entwickelte, eifersüchtig war. Das wurde immer deutlicher, denn er blieb skeptisch, selbst als Frau Koch, die er um Nachforschungen gebeten hatte, nur das Beste über die Familie Hellmer zu berichten wusste.

»Eine sehr fleißige, wohlangesehene Handwerkerfamilie«, erzählte sie am Abend vor der Kinopremiere, auf die Paula sich so sehr freute. »Sie haben viele Kunden und es heißt, dass der junge Herr Hellmer an manchen Samstagen, wenn ihm sein Studium die Zeit dazu lässt, mitarbeitet, damit sie die zahlreichen Aufträge bewältigen können.«

Paulas Vater zog die Brauen hoch. »Das spricht in meinen Augen nicht gerade für die Qualität dieses Handwerksbetriebs. Jeder sollte bei dem bleiben, was er gelernt hat. Ein angehender Arzt kann nicht die Arbeit eines Tischlergesellen übernehmen. Dabei wird nichts Gescheites herauskommen.«

»Nun«, Frau Koch beugte sich beinahe schon verschwörerisch vor, »soweit ich erfahren konnte, hat sein Vater darauf bestanden, dass er vor Antritt seines Studiums eine Tischlerlehre absolvierte. Er hat also einen Gesellenbrief als Tischler.« Sie senkte kurz den Blick, ehe sie hinzufügte: »Was durchaus von Vorteil ist, so kann er später mal in seinem eigenen Haushalt kleinere Reparaturen selbst erledigen, nicht wahr?«

Paula verkniff sich ein Lächeln. Frau Koch stand eindeutig auf ihrer Seite und wurde nicht müde, Richards Vorzüge zu preisen. Doktor Engelhardt verdrehte die Augen, denn er hatte die Strategie der Haushälterin längst durchschaut.

»Sie wollen mir also sagen, dass ich dankbar sein sollte, in diesem Richard Hellmer den perfekten Schwiegersohn präsentiert zu bekommen?«

»Papa, so weit sind wir noch nicht«, ging Paula hastig dazwischen. »Ich gehe doch nur mit ihm ins Kino.«

»So fängt es immer an. Wobei es bei deiner Mutter und mir die Oper war.« Er seufzte kurz auf. »Werdet ihr euch wenigstens einen anständigen Film ansehen?«

»Das hatte ich dir doch bereits erzählt. Es ist der *Faust* mit Emil Jannings als Mephisto. Viel anspruchsvoller dürfte es kaum gehen.«

»Hmm«, murmelte ihr Vater und griff dann scheinbar gelangweilt zu seiner Zeitung. »Du musst es ja selbst wissen.«

Paula zögerte kurz, ob sie es damit bewenden lassen sollte, doch dann entschied sie sich, ihn nicht so einfach davonkommen zu lassen.

»Papa, welche Oper war es denn, in der du erkannt hast, was du für Mama empfindest?«

Auf einmal lächelte er. »Das wusste ich schon, als ich die Karten für die Loge gekauft habe. Es war die Premiere zu Eugen d'Alberts *Gernot*, eine dieser üblichen, ruhmvollen und zugleich tragischen deutschen Heldengeschichten. Aber deine Mutter hatte eine Schwäche dafür.« Bei der Erinnerung daran wurde sein Blick milder. »*Faust* mit Emil Jannings erscheint mir tatsächlich weitaus angemessener und gehobener.« Dann wandte er sich wieder seiner Zeitung zu, während Frau Koch Paula hinter seinem Rücken den siegessicher in die Luft gestreckten Daumen zeigte.

Am folgenden Abend holte Richard Paula wieder mit dem Automobil ab. Halb Hamburg schien an diesem Tag unterwegs zu sein und Richard musste tatsächlich suchen, ehe er einen Parkplatz fand. Der Laubfrosch wirkte etwas verloren zwischen den edlen, schwarzen Limousinen, die vom Reichtum ihrer Besitzer zeugten, aber andererseits erschien er Paula passend. Der Laubfrosch symbolisierte das, was sie und Richard waren: Menschen, die um ihren Platz in der Gesellschaft kämpften, die für ihre Leistungen anerkannt und nicht nach ihrem Geschlecht oder ihrer Herkunft beurteilt werden wollten. Und als Fahrzeug war der Laubfrosch genauso gut wie die schwarzen Nobelmarken, aus denen Männer in Kaschmirmänteln und Frauen mit Nerzstolen ausstiegen.

Das neu eröffnete Capitol in der Hoheluftchaussee 52 war eines der außergewöhnlichsten Gebäude, das Paula bis dahin gesehen hatte. Die Fassade war im expressionistischen Stil mit Terrakotten verkleidet und der Innenraum erinnerte von seinen Ausmaßen an eine Kathedrale. Bereits das Foyer zeugte davon, dass die Erbauer keine Kosten gescheut hatten. Schlesischer Marmor, kunstvolle Holzverkleidungen aus Nussbaum und extravagante

Goldverzierungen luden das Auge dazu ein, jede Einzelheit zu erkunden. Doch weit imponierender als das Foyer war der große Kinosaal mit mehr als tausendzweihundert Plätzen. Hier dominierte die Farbe Rot. Rot war der Vorhang, der die riesige Leinwand mit dem Orchestergraben davor einer Theaterbühne gleich verhüllte, rot waren die Sitzpolster der Sessel, deren Gestänge golden glitzerte. Die Logen waren in Ebenholz gehalten und mit prächtigen Wandvertäfelungen geschmückt.

»Beeindruckend, nicht wahr?«, fragte Richard.

»Das ist es«, bestätigte sie. »Wo sitzen wir?«

»Wir haben Logenplätze.« Er lächelte ihr auf eine Weise zu, die ihr Herz schneller schlagen ließ. Er hatte Karten für eine Loge gekauft! Unwillkürlich musste sie an die Worte ihres Vaters denken, an das, was er empfunden hatte, als er vor so vielen Jahren Karten für eine Opernloge erstanden hatte.

Diese Loge, in der es noch nach frischem Holz und neuen Stoffen roch, konnte es gewiss mit jeder Opernloge aufnehmen. Aber das war nicht wichtig. Wichtig war einzig, mit wem sie hier war und nach wessen Nähe sie sich sehnte.

Der Kinosaal war bis auf den letzten Platz ausverkauft. Mehr als tausendzweihundert Menschen, eine Zahl, die Paula sich immer wieder auf der Zunge zergehen lassen musste. Ein Dom des Vergnügens, in dem der Lebensfreude gehuldigt wurde. Sie ließ ihre Hand auf der Armlehne ruhen und spürte, kaum dass das Licht erloschen war, wie sich Richards Hand behutsam über die ihre schob. Das aufgeregte Kribbeln, das sie schon während der ganzen erwartungsvollen Woche erfüllt hatte, verstärkte sich, als sie seine Wärme spürte. Es war eine scheinbar unschuldige Geste, die doch so viel mehr versprach, als Worte es jemals vermocht hätten, vor allem, als seine Finger begannen, sanft die ihren zu streicheln. Sie hatte nicht gedacht, wie viel Magie in der einfachen Berührung zweier Hände liegen konnte. Sie hatte ihm schon oft die Hand gegeben, aber dies war etwas anderes –

ein intimer Moment, der seinen Zauber bewahrte, da er niemals über das Maß des Schicklichen hinausging. Seine Hände, die die Geschichte von Zärtlichkeit und Kraft zugleich erzählten. Keine zarten Chirurgenhände, sondern die eines Mannes, der zupacken konnte, wenn es sein musste, der sich aber zugleich die Sanftheit bewahrt hatte. In diesem Augenblick wusste Paula, dass es mehr war als Schwärmerei. Sie wusste, dass sie ihn liebte.

Und als er sie spät am Abend wohlbehalten nach Hause brachte und sich sein Gesicht dem ihren näherte, aber doch kurz bevor sich ihre Lippen berührten, innehielt, um ihr die letzte Entscheidung zu überlassen, gab es keinen Zweifel mehr. Ihre Lippen fanden die seinen, die auf wundersame Weise zurückhaltend und doch fordernd waren, die genau dieselbe Geschichte erzählten wie seine Hände – die Geschichte eines Mannes, der stark und einfühlsam zugleich war. Und Paula wusste, dass sie ihn niemals wieder loslassen, sondern für immer seine Wärme und Nähe spüren wollte.

Als sie sich voneinander lösten, flüsterte er: »Du weißt, dass ich dich liebe, meine wundervolle Paula, nicht wahr?«

»So wie ich dich«, flüsterte sie zurück, um ihn gleich darauf erneut zu küssen.

An diesem Abend verlor ihr Vater den Kampf um seinen Platz als Alleinherrscher im Herzen seiner Tochter endgültig. Ihr Vater würde immer ihr Vater bleiben und er würde lernen, sich daran zu erfreuen, einen künftigen Schwiegersohn und mögliche Enkelkinder zu gewinnen. Denn letztlich, so hatte ihre Mutter ihr früher immer gesagt, sei Liebe das Einzige, das größer werde, wenn man es teile.

An diesem Oktoberabend wusste Paula, dass ihre Zukunft strahlend und schön vor ihr lag und nichts in der Welt etwas daran ändern würde, ganz gleich, was das Schicksal sonst noch bereithalten mochte.

7. Kapitel

Ebenso, wie sich der Herbst dem Winter beugen und ihm letztlich weichen musste, musste sich Doktor Engelhardt in den folgenden Wochen mit der Erkenntnis abfinden, dass er das Herz seiner Tochter fortan mit Richard Hellmer zu teilen hatte. Eine Weile kämpften väterliche Eifersucht und väterliche Liebe noch gegeneinander, bis die Liebe siegte und Doktor Engelhardt begann, Richard mit Paulas Augen zu sehen. Zu seinem eigenen Erstaunen fiel es ihm nicht einmal schwer, denn er erkannte sich in vielerlei Hinsicht in dem jungen Mann wieder und bemerkte zudem Eigenschaften, die er bewunderte. All das, was ihn zuvor mit Skepsis erfüllt hatte, erschien ihm nun als Beweis für Richards Zielstrebigkeit. Paula war sich sicher, dass Frau Koch einen nicht unwesentlichen Anteil daran trug, denn die Haushälterin hatte ein unnachahmliches Talent dafür, Richards Stärken in ihren Erzählungen in den Vordergrund zu rücken. Und dazu gehörte auch Richards bedingungslose Unterstützung von Paulas Studium. Wenn sie sich trafen, diente dies nicht ausschließlich romantischen Vergnügungen, sondern auch dem gemeinsamen Lernen, und Paula profitierte sehr davon, dass Richard ihr um fünf Semester voraus war. Dies wiederum führte dazu, dass sie sich vor kaum einer Prüfung zu fürchten brauchte und den immer wieder auftretenden despektierlichen Bemerkungen mancher Professoren, die Richard regelmäßig mit dem Adjektiv »verkalkt« bezeichnete, gelassen entgegentreten konnte. So wie in der Anatomieabschlussprüfung, als Professor Hempel, der niemals einen Hehl aus seiner Meinung machte, dass Frauen in der Medizin ausschließlich als Krankenschwestern oder Hebammen zugelassen werden sollten, Paula mit einem süffisanten Grinsen nach der Funktionsweise der Schwellkörper des männlichen Glieds befragte.

Paula beantwortete die Fragen anatomisch korrekt, ohne sich aus der Ruhe bringen zu lassen.

»Sie wissen sehr gut Bescheid«, gab Professor Hempel schließlich zu. »Ich nehme an, Sie haben zu diesem Thema bereits ausführliche Studien betrieben, so wie es heutzutage von der Frauenbewegung erwartet wird, die sich nicht mehr auf Sitte und Anstand verlassen möchte?«

»Tut mir leid, ich verstehe nicht, was Sie mir damit sagen wollen. Könnten Sie vielleicht etwas deutlicher werden?« Sie sah ihm offen in die Augen, genauso, wie sie es mit Richard geübt hatte, nachdem sie ihm von ihren Bedenken hinsichtlich Professor Hempels Zweideutigkeiten während der Prüfung erzählt hatte.

»Bleib ruhig und unschuldig wie ein kleines Reh«, hatte Richard ihr geraten. »Und sieh ihm auch genauso in die Augen. Dann ist er der Beschämte, darauf gehe ich jede Wette ein.«

»O Gott, das könnte ich nicht«, hatte sie geantwortet. »Ich bin doch nicht Leonie. Ich würde ihn vermutlich eher mit glühenden Augen wie eine wütende Katze anfunkeln.«

»Natürlich kannst du das. Los, zeig mir deinen Rehblick.«

Anfangs hatten sie beide viel darüber gelacht, doch jetzt, da es ernst wurde, saß der Rehblick und Professor Hempel begnügte sich mit einem gemurmelten »Typisch Frau« und entließ sie aus der Prüfung.

Als sie Leonie später davon erzählte, seufzte die Freundin sehnsuchtsvoll auf. »Es ist kaum zu glauben, wie viel Glück du hast. Der außergewöhnliche Richard ist also tatsächlich mehr als nur ein Traum, er scheint mir die perfekte Mischung aus einem guten Freund und einem echten Mann zu sein. Sag mal, hat er nicht noch einen Bruder, den du mir vorstellen könntest?« Sie musterte Paula mit keckem Blick und schief gelegtem Kopf, und obwohl Paula wusste, dass Leonie es nicht ernst meinte, verspürte sie einen Stich. Zum ersten Mal seit dem gemeinsamen Besuch in der Kunsthalle erinnerte sie sich daran, dass Richard einen älteren Bruder gehabt hatte, den er sehr geliebt hatte, aber über dessen Tod er nie sprach. Und auf einmal war die Erinnerung an die unsichtbare Mauer zurückgekehrt, die ihn zu umgeben schien, sobald das Gespräch auf seinen Bruder kam.

»Sein Bruder ist tot, er war in Verdun«, sagte sie nur.

»Oh, das tut mir leid«, erwiderte Leonie. Das Bedauern in ihrer Stimme klang aufrichtig und so sprachen sie nicht weiter darüber. Richards toter Bruder schien die Eigenschaft zu haben, sofort aus jedem Gespräch und jeder Erinnerung zu verschwinden, sobald das Wort Verdun fiel. Allerdings erinnerte Paula sich daran, was Richard ihr noch erzählt hatte. Sein Bruder war nicht in Verdun gestorben, sondern erst später. Was er damit wirklich hatte sagen wollen, war ihr jedoch verborgen geblieben.

Am ersten Weihnachtstag lud Richards Vater Paula und ihren Vater zum Weihnachtsessen ein.

Während die übrige Familie nach dem gemeinsamen Essen unten in der großen Wohnung vor dem Weihnachtsbaum versammelt blieb und fröhliche Geschichten austauschte, nutzten Richard und Paula die Gelegenheit, ein wenig für sich allein zu sein. Es war das erste Mal, dass Richard Paula seine kleine

Wohnung unter dem Dach zeigte, denn für gewöhnlich hatten sie sich bei Paula oder in der Universität getroffen. Alles andere wäre Paulas Vater dann doch zu weit gegangen und Richard hütete sich, irgendetwas zu tun, das sein Ansehen bei Doktor Engelhardt beschädigen könnte.

Paula bewunderte die hölzernen Wandvertäfelungen, dann blieb ihr Blick auf der alten, gerahmten Fotografie neben dem Ofen hängen, jenem Familienfoto von 1914, das die ganze Familie Hellmer zeigte.

»Ist das dein Bruder?«, fragte sie Richard, während sie auf den uniformierten jungen Mann zeigte.

Richard nickte und ihr fiel auf, wie sein eben noch fröhlicher Blick traurig wurde. So traurig, dass sie sich fast schon schämte, das Thema überhaupt angesprochen zu haben.

»Ja«, sagte er. »Das ist Georg. Als er noch so war, wie wir ihn alle kannten und liebten.«

»Du sprichst nicht gern über ihn?«, fragte sie vorsichtig.

Er holte tief Luft. »Die Erinnerung daran tut weh.«

»Du musst sie nicht mit mir teilen, wenn es zu schmerzhaft für dich ist.«

»Ich weiß«, sagte er. Dann setzte er sich auf sein Bett und gab ihr durch einen Wink zu verstehen, dass sie sich zu ihm setzen sollte. Er nahm ihre Hände sanft in die seinen. »Aber es ist an der Zeit, dass ich dir von Georg erzähle. Zumal wir unsere Begegnung seinem tragischen Schicksal verdanken.«

Unzählige Fragen überschwemmten Paulas Gedanken, doch sie hielt sie zurück und sah Richard nur schweigend an.

»Du weißt, dass er in Verdun war. Es muss die Hölle gewesen sein. Überall nur Blut und Tod, tagelanges Geschützfeuer, Gasangriffe, verschlammte Schützengräben, ich mag es mir kaum ausmalen. Viele Männer kamen verkrüppelt zurück, so wie mein Schwager Holger. Aber bei Georg war es schlimmer. Körperlich war er unversehrt, aber er war zum Kriegszitterer geworden.« Richard machte eine kurze Pause und atmete tief durch. »Du weißt, was das bedeutet, nicht wahr?«

Paula nickte. Ihr Vater hatte einige dieser bedauernswerten Männer behandelt, leichtere Fälle, denen man noch helfen konnte. Aber es gab auch andere. Männer, die keine Kontrolle mehr über ihren Körper hatten, ständig in starkes Zittern ausbrachen, keine Waffe mehr halten konnten, Männer, die innerlich zerstört waren, in denen der Krieg weitertobte, aber auf die niemand Rücksicht nahm. Männer, deren Leid und Not nicht erkannt wurden, sondern die zu Feiglingen und Drückebergern erklärt wurden. Je schlimmer sie betroffen waren, desto brutaler wurden die Behandlungsmethoden, mit denen die Wehrkraft wiederhergestellt werden sollte.

»Georg gehörte zu denen, die kaum noch auf Ansprache reagierten. Man schickte ihn zunächst in ein Lazarett, aber dort konnte man nichts für ihn tun. Dann kam er nach Hause«, fuhr Richard fort. »Wir waren alle verzweifelt, denn Georg war kaum mehr als eine zitternde, leblose Hülle. Er sprach kein Wort mehr, nicht einmal mit mir. Er verweigerte das Essen, magerte immer mehr ab, bis er fast nur noch Haut und Knochen war. Wir haben es drei Monate lang versucht, aber nichts half, rein gar nichts. Und dann« – er schluckte – »dann machten wir den größten Fehler, den wir begehen konnten. Weil wir es nicht besser wussten. Aber wie heißt es so schön? Der Weg zur Hölle ist mit guten Absichten gepflastert. Und so war es auch bei uns.«

Richards Mundwinkel zitterten und Paula sah, wie sehr er um seine Fassung rang. Sie sagte nichts, erwiderte einfach nur den Druck seiner Hände, die noch immer die ihren hielten.

»Wir brachten ihn in eine Landesnervenheilanstalt, die angeblich auf die Behandlung von Kriegszitterern spezialisiert war. Dort haben sie ihn dann Therapien unterzogen, die einer Folter gleichkamen. Und ganz zuletzt haben sie es noch mit einer Kombination aus Insulin- und Elektroschocktherapie versucht. Daran ist er dann gestorben. Ich habe seinen Leichnam gesehen, als er zur Beisetzung überführt wurde. Das war nicht mehr mein Bruder. Das war ein ausgemergelter, unterernährter, gefolterter Kadaver. Wir hätten ihn niemals diesen skrupellosen Ärzten überlassen dürfen. Wir hätten nur mehr Geduld haben müssen. Aber wir wussten es nicht besser. Wir dachten, es wäre das Beste.«

Eine einzelne, stumme Träne rollte über Richards Wange.

»Es tut mir so leid«, flüsterte Paula. »Aber wie du schon sagtest, ihr konntet es nicht wissen. Die meisten so schwer betroffenen Kriegszitterer sind für den Rest ihres Lebens Pflegefälle geblieben.«

»Und manche Psychiater glauben halt, man dürfe mit diesen Menschen alles machen, und wenn sie dabei sterben, kosten sie die Volksgemeinschaft wenigstens kein Geld mehr. So wie Hoche es in seinen Schriften darlegt. Die Freigabe der Vernichtung lebensunwerten Lebens«, sagte Richard voller Bitterkeit.

»Und deshalb willst du Psychiater werden. Weil du es besser machen willst.«

Er nickte. »Ich will den Menschen helfen, die sonst keine Stimme haben. Und wenn ich ihnen nicht helfen kann, will ich wenigstens dafür sorgen, dass sie ein menschenwürdiges Leben führen können. Damit sie nicht länger ihrer Individualität und Menschlichkeit beraubt werden. Es muss endlich Schluss damit sein, sie als Schmarotzer oder lästige Kostenfaktoren zu bezeichnen. Deshalb werde ich mich immer gegen Leute wie Hoche stellen, die den Wert eines Menschen in Zahlen und Produktivität beziffern. Das bin ich nicht nur Georg schuldig, sondern allen Kranken, die heute als das betrachtet werden, was die Aussätzigen im Mittelalter waren. Und ich will nichts mehr vom Gnadentod hören, davon, dass es mildtätig und gütig sei, einen Menschen zu töten, der darüber selbst gar nicht mehr zu entscheiden vermag.«

»Und genau das wirst du erreichen. Wir werden das gemeinsam erreichen, Richard. Du und ich.« Sie gab ihm einen sanften Kuss auf den Mund, den er – noch ganz gefangen von seinen bitteren Erinnerungen – zunächst erst vorsichtig, doch dann immer leidenschaftlicher erwiderte.

»Weißt du, was ich mir von dir zu Weihnachten wünsche?«, fragte er, nachdem sie sich wieder voneinander gelöst hatten.

»Hat dir der Sammelband mit Stefan Zweigs besten Novellen etwa nicht zugesagt?«, fragte sie ihn neckend, da sie ganz genau wusste, wie sehr er Stefan Zweig schätzte.

Er ging nicht darauf ein, sondern sagte: »Meine Eltern haben einen Schrebergarten in Moorfleet. In dem Garten steht ein Kirschbaum. Wenn er im nächsten Frühling blüht und du meiner noch nicht überdrüssig geworden bist, möchte ich, dass wir uns unter diesem Baum verloben.«

Paulas Herz machte einen Hüpfer. »So ganz nebenbei machst du mir einen Heiratsantrag? Indem du einfach vorschlägst, wir sollten uns im Frühling verloben?«

»Ganz genau. Oder hätte ich lieber wie in einem schlechten Rudolph-Valentino-Film vor dir auf die Knie fallen sollen? Das liegt mir nicht.«

»Nein, ganz gewiss nicht. Du willst lieber fest auf beiden Beinen stehen.«

»Ganz genau. Denn sonst könnte ich dich ja schlecht auf Händen tragen, oder?« Er lächelte sie breit an und die Traurigkeit, die ihn kurz zuvor noch umfangen hatte, war verschwunden. Die Vergangenheit mochte Wunden geschlagen haben, aber sie waren vernarbt und Richard war bereit, aus den bitteren Erfahrungen das Beste für die Zukunft zu ziehen. Wieder einmal dachte Paula an einen Spruch ihrer längst verstorbenen Mutter: Man könne die Vergangenheit nicht ändern, sondern nur die Zukunft gestalten.

»Ich werde deiner unter Garantie niemals überdrüssig werden, Richard. Ich liebe dich und ich werde dich immer lieben. Selbst wenn die Welt um uns herum untergehen sollte. Aber warum sollen wir bis Mai warten?«

»Aus zweierlei Gründen. Zum einen wollen wir deinen Vater ja nicht überfordern und zum anderen ist eine Verlobungsfeier unter blühenden Kirschbäumen, wenn sich der erste Hauch des nahenden Sommers auf deine Haut legt, durch nichts zu übertreffen.« Seine Hand wanderte langsam über ihren Rücken und hinterließ dort einen angenehmen Schauer.

»Das klingt verführerisch«, flüsterte Paula.

Ein Klopfen an der Tür durchbrach den Zauber. Es war Richards Schwester Margit.

»Ich wollte nur sehen, wo ihr so lange bleibt.«

»Meine große Schwester spielt die Anstandsdame? Das wäre nicht nötig gewesen.« Richard zwinkerte ihr zu.

»Das ist mir völlig klar. Es gibt Kuchen, aber wenn ihr darauf verzichten wollt … Es wird Lottchen sicher recht sein, wenn ich ihr sage, dass sie Onkel Richards Stück mitessen darf.«

»Von wegen! Das könnte Lottchen so passen. Halt sie ja von meinem Kuchen fern, wir sind gleich unten.«

Margit lachte und ging voran.

»Den Weihnachtskuchen dürfen wir uns um nichts in der Welt entgehen lassen«, sagte Richard zu Paula. »Der wird allenfalls von unserem Verlobungskuchen im Mai übertroffen werden.«

Paula lachte und fühlte sich geborgen und sicher wie schon lange nicht mehr.

8. Kapitel

Der 21. Mai 1927 war deutlich zu kalt für die Jahreszeit, aber immerhin blieb es trocken. Am späten Vormittag gelang es einigen Sonnenstrahlen, das Grau des Himmels zu durchbrechen und den nahenden Sommer erahnen zu lassen, sodass die Vorbereitungen für die Feier unter freiem Himmel beginnen konnten. Der große Kirschbaum stand in voller Blüte, ganz so, wie Richard es sich gewünscht hatte, und beschirmte die prachtvolle Tafel mit dem weißen Tischtuch, auf der seine Mutter und Schwester gemeinsam mit Frau Koch zahlreiche Leckereien wie ein Kunstwerk angeordnet hatten. Es gab mehrere Kuchen und Torten, darunter eine frühlingsgerechte Abwandlung des von Richard so geliebten Weihnachtskuchens, sowie einen Bienenstich, eine Erdbeertorte, Apfelkuchen und eine riesige Sahnetorte, die fast schon einer Hochzeit würdig gewesen wäre. Außerdem standen mehrere Teller mit Keksen zwischen den Torten, die vor allem Margits große Kinderschar dazu verleiteten, schon vor der Zeit immer wieder etwas von der Tafel zu stibitzen.

»Soll euch doch der Teufel holen!«, rief Margit ihrer Rasselbande hinterher, als die vier Jungen und das kleine Lottchen zum wiederholten Mal eine hinterhältige Attacke gestartet hatten. »Der Nächste kriegt die Höschen mit dem Teppichklopfer angewärmt!«

»So ärgerlich, Schwesterherz?« Richard musterte seine Schwester mit einem Lächeln, während er neben Paula stand und auf das Eintreffen der übrigen Gäste wartete. Er sah sehr gut aus in seinem dunklen Anzug, dem blütenweißen Hemd und der Krawatte. Paula selbst trug ein kurzärmliges, hellblaues Sommerkleid, das mehr Bein als üblich zeigte und gut zu ihrem dunkelblonden Haar passte, das sie lediglich an den Schläfen zurückgesteckt hatte und ansonsten offen über die Schultern fallen ließ. Die beiden Stunden, in denen Leonie ihr geholfen hatte, die widerspenstige Haarpracht mit der Brennschere zu bändigen und in Form zu bringen, hatten sich wahrlich gelohnt.

»Ach, diese Rabauken«, seufzte Margit. »Was soll ich nur mit denen anfangen?«

»Das fragst du reichlich spät«, erwiderte Richard. »Wenn du mich ein paar Jahre früher konsultiert hättest, hätte ich dir verraten können, wie eine zeitgemäße Geburtenkontrolle funktioniert.«

Sie funkelte ihn verärgert an. »Soll ich dir auch gleich das Höschen mit dem Teppichklopfer anwärmen?«

»Du hast eine seltsame Vorstellung von dem, was du als Höschen bezeichnest«, erwiderte er, während er seine Anzughosen mit einem verschmitzten Lächeln betrachtete. »Im Übrigen hat es noch nie etwas genützt, den Boten zu töten, Schwesterherz. So ist das nun mal, wenn man fünf Kinder hat.«

»Du bist ein Blödmann! Sei froh, dass Paula bereit ist, ihr Leben an so jemanden wie dich zu verschwenden.«

»Das bin ich, glaub es mir.« Er lächelte Paula liebevoll an und sie erwiderte sein Lächeln aus tiefster Überzeugung. »Aber fünf Kinder werden wir gewiss nicht bekommen.«

»Da kommt Fritz«, rief Leonie, die in der Nähe der Gartenpforte stand und sich mit Paulas Vater und dessen Freund

Doktor Stamm, dem Chefarzt des Kinderkrankenhauses Rothenburgsort, unterhalten hatte.

Sofort wandten sich Paula und Richard dem neuen Gast zu.

»Du bist reichlich spät«, begrüßte Richard seinen besten Freund.

»Wieso? Die Tafel ist doch noch nicht eröffnet, oder? Und die versprochene Musikkapelle sehe ich auch noch nicht.«

»Die Musiker kommen erst nach der Kaffeetafel. Aber wenn meine Schwester nicht aufpasst, ist die Tafel geplündert, ehe wir Platz genommen haben.« Er warf einen kurzen Seitenblick auf seinen zehnjährigen Neffen Karl, der mithilfe seines achtjährigen Bruders Jürgen das kleine Lottchen instruierte, die Mutter abzulenken, damit der nächste Beutezug ungeachtet der angedrohten Strafe erfolgen konnte.

»Vermutlich hat sich der gute Fritz wieder zu lange im OP aufgehalten, oder?« Leonie blitzte Richards Freund übermütig an. »So eine Promotion in der Chirurgie braucht eben ihre Zeit, nicht wahr?«

»Leonie Hirschthal, die unfehlbare Prophetin und spitzeste Zunge der Fakultät, die ihr liebliches Äußeres Lügen straft.« Fritz grinste. »In der Tat, wir hatten einen schweren Unfall zu versorgen und Professor Wehmeyer erlaubte mir, ihm bei der Operation zu assistieren. Ein Arbeiter, der heute früh von einem Gerüst gestürzt ist und sich dabei nicht nur mehrere Knochenbrüche, sondern auch diverse Risse innerer Organe zuzog. Er …«

»Danke, du kannst uns allen nähere Einzelheiten ersparen«, schnitt Leonie ihm das Wort ab. »Wir wollen gleich Kuchen essen und uns die Reden zweier glücklicher Väter angesichts der Verlobung ihrer Sprösslinge anhören, auch wenn ich nicht nachvollziehen kann, was an einer bevorstehenden Eheschließung so erstrebenswert sein sollte.«

»Das ist sehr löblich von dir, Leonie«, bestätigte Fritz.

»Was meinst du damit?« Sie musterte Fritz mit gerunzelter Stirn.

»Nun, dass du es der Männerwelt ersparen willst, einen der ihren dauerhaft an dich zu binden und dann mit deinen Launen zu quälen.«

»Das war nicht sehr charmant.«

»Aber ehrlich.« Sein Grinsen vertiefte sich.

»Richard, warum gibst du dich mit diesem Menschen ab?«, fragte Leonie. »Der passt doch gar nicht zu dir.«

»Ich mag ehrliche Männer.«

»Aha, und ich bin in euren Augen also ein Biest mit Launen?«

»Das habe ich nicht gesagt«, widersprach Fritz. »Du bist selbstverständlich eine Dame mit Launen.«

»Da hast du aber gerade noch die Kurve gekriegt. Gut, du darfst heute in meiner Nähe bleiben.«

»Darf ich oder muss ich?«

»Das kannst du selbst entscheiden.« Leonie lächelte vielsagend, dann ging sie, um sich mit anderen Gästen zu unterhalten. Fritz räusperte sich.

»Pass nur auf«, meinte Richard. »Nicht dass du noch der Mann bist, der irgendwann von ihren Launen gequält wird.«

»Danke für den Hinweis. Aber keine Sorge, ich werde gut auf mich aufpassen.« Er klopfte Richard einmal kurz auf die Schulter, dann verschwand er und mischte sich unter die Gäste.

»Und, was denkst du?«, fragte Paula. »Gibt es demnächst noch eine Verlobung?«

»Leonie und Fritz? Nein, niemals. Die beiden sind sich zu ähnlich und deshalb beißen sie sich immer. Außerdem weiß ich, dass Fritz ein Auge auf die hübsche Schwester Dorothea geworfen hat, und sie scheint beide Augen zurückgeworfen zu haben.«

»Warum hat er sie dann nicht mitgebracht?«

»Ich fürchte, ganz so weit sind die beiden noch nicht. Ich hatte es ihm nämlich auch schon vorgeschlagen.«

Er lächelte Paula verliebt an und hauchte ihr einen Kuss auf die Wange.

Nachdem auch der letzte Gast erschienen war, wurde die Tafel eröffnet. Die Sonne hatte die Wolken inzwischen vollends vertrieben und der Duft des blühenden Kirschbaums mischte sich mit dem des frischen Kaffees und des echten Kakaos, der zur Feier des Tages für die Kinder vorgesehen war.

Als Erster ergriff Richards Vater das Wort.

»Wir sind heute hier zusammengekommen, um die Verlobung meines Sohnes Richard mit der bezaubernden Paula Engelhardt zu feiern. Es ist immer ein großes Ereignis, wenn zwei Familien das Beste vereinigen, was sie zu bieten haben, nämlich ihre Kinder. Und so freuen wir uns daran, dass Richard und Paula einander die Ehe versprochen haben und heiraten werden, sobald Richard sein Studium abgeschlossen hat, um auf eigenen Füßen zu stehen und eine Familie zu gründen.« Er machte eine kurze Pause, dann fuhr er fort: »Ihr wisst, ich bin kein Freund großer Worte, sondern ein Freund von Taten und von leckeren Backwaren. Deshalb gebe ich das Wort jetzt weiter an Paulas Vater Doktor Engelhardt, damit alle, die so denken wie ich – und ich weiß, dass es zumindest meinen Enkelkindern so geht –, nicht mehr allzu lange auf die Köstlichkeiten warten müssen.«

Die Anwesenden lachten und applaudierten.

»Vielen Dank, Hans-Kurt«, sagte Paulas Vater. »Ich habe mir vorher viele Gedanken gemacht, was ich wohl sagen könnte, wiederholt die Worte aufgeschrieben, die ich euch unbedingt ans Herz legen will, aber was soll ich nach der Rede von Hans-Kurt noch hinzufügen, wo er doch schon alles so perfekt zusammengefasst hat? Also werde ich es kurz machen. Als ich Richard kennenlernte, war ich zunächst sehr skeptisch. Das lag nicht an dir, mein lieber Richard, sondern ganz einfach daran, dass ein Vater eine Weile braucht, bis er sich sicher sein kann, dass seine Tochter ihr Herz auch dem Richtigen schenkt. Wenn du eines Tages selbst eine Tochter hast, wirst du das verstehen. Jeder junge Mann ist potenziell eine Gefahr für das Glück deines Kindes. Jedenfalls so lange, bis er das Herz ihres Vaters erobert. Und genau das ist dir durch deine unnachahmliche Geduld, dein stets tadelloses Verhalten und deine Zuverlässigkeit gelungen. Ich kann mir niemanden vorstellen, den ich lieber an Paulas Seite sehen würde. Und nun wünsche ich uns allen einen guten Appetit!«

Erneutes Gelächter und donnernder Applaus. Leonie raunte Paula zu: »Das nenne ich mal zwei gute Reden zu einem klassischen Anlass. Ich hoffe, sie halten es bei eurer Hochzeit ebenso. Aber wollt ihr damit wirklich noch warten, bis Richard sein Studium beendet hat?«

»Ja«, flüsterte Paula zurück. »Richard möchte finanziell unabhängig sein, wenn wir verheiratet sind.«

»Und dafür ist er bereit, sich so lange die ehelichen Freuden zu versagen?«

»Du bist sehr indiskret, liebste Leonie.«

»Das weißt du doch. Also? Wartet ihr oder … du weißt schon.«

»Möchtest du ein Stück von der Sahnetorte oder lieber Erdbeerkuchen? Ich kann dir auch den Bienenstich wärmstens empfehlen. Dass du den Apfelkuchen von Frau Koch liebst, weiß ich ja schon.«

Leonie verdrehte die Augen. »Du weichst mir aus.«

»Nimm die Sahnetorte, die ist ein Traum, Leonie.«

Leonie seufzte. »Keine Antwort ist auch eine Antwort.«

Paula lächelte.

Am späteren Nachmittag kam die versprochene Kapelle. Die kleine Schrebergartenparzelle bot kaum genügend Platz, und so wurde der Weg ebenfalls zur Tanzfläche. Nachdem eine Weile die Standardtänze vorherrschten, insbesondere der von allen Altersgruppen gleichermaßen geschätzte Walzer, bemerkte Paula, wie Leonie während einer kurzen Pause mit den Musikern tuschelte und anschließend mit einem silbernen Löffel auf einen Teller schlug, um die Aufmerksamkeit der Gäste zu erlangen.

»Bei uns in der Familie gibt es bei Verlobungen und Hochzeiten einen sehr schönen Brauch«, sagte sie. »Einen Tanzreigen, an dem alle teilnehmen und der unserer Freude Ausdruck verleiht. Ich habe gerade gefragt, die Musiker kennen das Stück. Es handelt sich um *Hava Nagila*. Wer hat dazu schon mal getanzt?«

Einige Paare aus dem Umfeld von Paulas Vater meldeten sich. Paula fiel auf, dass es die jüdischen Freunde ihres Vaters waren.

»Gut, dann werden wir es euch mal zeigen«, sagte Leonie und forderte jene, die den Tanz kannten, dazu auf, die Schrittfolge vorzuführen.

»Die Musik ist anfangs noch langsam, aber dann wird sie immer schneller. Aber keine Sorge, es macht Spaß«, versprach Leonie, nachdem sie mit der Vorführung fertig waren. »Also, wir machen eine bunte Reihe, immer ein Mann und eine Frau und dann wieder ein Mann und eine Frau, die sich an den Händen halten.«

Während Richard lachte, hörte Paula Fritz seufzen.

»Was denn?«, fragte sie ihn. »Magst du keine derartigen Tänze?«

»Ich habe zwei linke Füße und hier kann das übel enden.«

»Ja, hier wirst du im Zweifelsfall alle mit ins Verderben reißen«, bemerkte Richard trocken. »Ich sehe schon, wie du ausrutschst und alle wie Dominosteine mit umfallen. Das wird sehr amüsant.«

»Ach was«, hörten sie da Leonies Stimme. »Komm, Paula, wir nehmen den Mann mit der anatomischen Besonderheit an den Füßen in unsere Mitte.«

»Richard, willst du mir nicht zu Hilfe kommen?«, fragte Fritz flehentlich. »Braucht ihr noch jemanden, der aufpasst, dass der Kuchen nicht schlecht wird oder so?«

»Sei ein Mann, Fritz. Wer anderen Leuten die Bäuche aufschneiden kann, schafft auch das hier.«

»Von wegen einfühlsamer künftiger Psychiater«, murmelte Fritz, ergriff dann aber gehorsam Paulas und Leonies Hände.

Als sich alle entsprechend aufgestellt hatten und die Musik begann, stellte Fritz sich nicht ungeschickter an als alle anderen, die sich zum ersten Mal an diesem Tanz versuchten. Und nachdem die Musik verklungen war, gehörte Fritz sogar zu denen, die eine zweite Runde forderten.

»Na, da schau an«, sagte Leonie. »Wurden deine Füße geheilt?«

»Tja, ich habe meine Fähigkeiten wohl wieder einmal unterschätzt.«

»Du bist schon so selbstgerecht, wie es einem künftigen Professor Sauerbruch angemessen ist«, neckte Richard seinen Freund.

Fritz grinste. »Rede nicht so viel, spar dir deinen Atem für die nächste Runde. Jetzt könnte die Musik ruhig etwas schneller werden.«

Die zweite Runde war tatsächlich deutlich schneller und einige der älteren Gäste gerieten außer Atem. Doch noch ehe das Stück vorbei war, hörten sie laute Schreie, die von der Hauptstraße hinter den Kleinbahngleisen zu ihnen herüberdrangen. Die Musiker hörten auf zu spielen und die Feiernden lauschten, was dort oben auf dem Deich geschah. Anscheinend gab es eine Schlägerei zwischen zwei verfeindeten Gruppen.

»Schon wieder diese Nazis mit den Kommunisten«, hörte Paula Richards Vater Hans-Kurt sagen. »Das passiert hier öfter. Die Schrebergartenkolonie da vorn nennt man auch Klein-Moskau, aber die Nazis können es sich nicht verkneifen, hier regelmäßig in ihren lächerlichen Uniformen zu paradieren und Ärger zu machen.«

»Und die Kommunisten lassen sich natürlich nicht zweimal bitten, wenn es um eine anständige Prügelei geht«, bestätigte Richard. »Bei so vielen Idioten hat der Beruf des Psychiaters eine goldene Zukunft.«

»Aber ich fürchte, jetzt ist erst einmal der Chirurg gefragt«, stellte Fritz fest, denn soeben lösten sich drei junge Männer in der Kleidung einfacher Arbeiter aus der kämpfenden Gruppe und brachten einen vierten Mann mit einer stark blutenden Kopfwunde in Sicherheit.

»Wir brauchen Hilfe!«, rief einer. »Die haben ihn halb totgeschlagen.«

»Bringt ihn her!«, sagte Fritz. »Ich kümmere mich darum.«

Die drei folgten der Aufforderung und legten ihren Kameraden vorsichtig auf der Parzelle ins Gras.

»Gibt es hier irgendwo ein Telefon?«, fragte Fritz. »Ich denke, wir könnten die Polizei gebrauchen.«

»Die Kneipe am Kleinbahnhof hat einen Fernsprecher«, antwortete Margit. »Ich geh hin. Ist besser, wenn sich da oben keiner von euch Männern sehen lässt. Eine Frau werden sie vermutlich in Ruhe lassen.«

Richards Mutter hatte inzwischen mehrere weiße Servietten gebracht, die Fritz als Verbandsmaterial nutzen konnte.

»Tut mir leid, dass wir Ihre Feier gestört haben«, entschuldigte sich einer der jungen Männer. »Aber wir konnten das braune Gesocks da oben ja nicht so ungeschoren trommeln lassen. Denen muss man rechtzeitig zeigen, wo der Hammer hängt.«

Niemand sagte etwas. Paula beobachtete, wie Fritz die Platzwunde am Kopf mit einem Notverband versorgte und der Verletzte langsam wieder etwas klarer wurde.

»Scheint nicht weiter schlimm zu sein«, meinte Fritz, nachdem er fertig war. »Ist vermutlich nicht mal eine Gehirnerschütterung, aber er sollte jetzt nach Hause gehen und sich ins Bett legen und dann noch mal seinen Hausarzt draufschauen lassen.«

Die Schlägerei auf der Straße tobte immer noch. Paula fragte sich, ob Margit wohl unbeschadet bis zum Kleinbahnhof durchgekommen war, als sich vier Männer in braunen Hemden aus der prügelnden Menge lösten, den Weg bis zur Schrebergartenparzelle der Hellmers hinunterkamen und sich dann breitbeinig vor ihnen aufbauten.

»Wir suchen vier Aufwiegler, die uns ohne jeden Grund angegriffen haben«, sagte der Älteste von ihnen, ein höchstens zwanzigjähriger, drahtiger junger Bursche, der eigentlich ein angenehmes Äußeres hatte, wenn da nicht dieser feindselige Blick gewesen wäre.

Richards Vater trat vor.

»Wir haben hier eine geschlossene Feier«, erklärte er. »Von Aufwieglern wissen wir nichts. Nur von einem Verletzten, dem wir Erste Hilfe geleistet haben.«

»Wir werden uns um ihn kümmern«, sagte der junge Mann im braunen Hemd. »Überlassen Sie ihn uns.«

»Ich überlasse Ihnen hier gar nichts. Mit den Streitigkeiten von irgendwelchen jugendlichen Krawallbrüdern haben wir nichts zu schaffen. Das soll die Polizei regeln. Aber wir kennen unsere Pflicht als deutsche Staatsbürger, Verletzten Erste Hilfe zu leisten. Haben Sie das verstanden?«

»Das sind Kommunistenschweine!«

»Das ist mir gleichgültig«, betonte Richards Vater nachdrücklich. »Ich möchte Sie jetzt bitten zu gehen, da dies eine geschlossene Feier ist. Im Übrigen macht sich die Partei, deren

Abzeichen Sie tragen, doch immer so stark dafür, das deutsche Blut zu schützen. Also gehen Sie jetzt bitte, damit hier nicht noch mehr deutsches Blut vergossen wird.«

»Soll das eine Drohung sein?«

»Nein, eine Bitte, dass Sie jetzt gehen und damit aufhören, Leute zu verprügeln, die hier Schutz gesucht haben. Sollten Sie sich dem allerdings widersetzen, werden Sie feststellen, dass unter den Gästen hier zahlreiche kräftige Handwerker sind, die ihre Fäuste alle zu gebrauchen wissen und keine Schwierigkeiten damit haben, unhöflichen Störenfrieden gegenüber das Hausrecht durchzusetzen.«

Ehe jemand noch etwas sagen konnte, hörte man von der Straße das Martinshorn der Polizei. Paula atmete auf. Margit hatte es geschafft.

»Gut, wir gehen«, gab der junge Mann nach. »Aber ich warne Sie, Sie sollten sich nicht mit diesem Kommunistenpack einlassen.«

Richards Vater sah ihm nur schweigend ins Gesicht, dann wandte er sich ab, während die vier Braunhemden das Feld räumten.

»Vielen Dank«, sagte einer der vier Männer, die von den Nazis als Kommunisten bezeichnet worden waren.

»Ich habe es nicht für Sie getan«, erwiderte Richards Vater streng, »ich wollte nur verhindern, dass sich hier noch mehr die Köpfe einschlagen. Für Straßenschlachten habe ich keinerlei Verständnis, ganz gleich, um wen oder was es geht. Und nun nehmen Sie Ihren Kameraden und verschwinden Sie von hier.«

»Sie sollten lieber Verständnis für uns haben. Diese Nazis sind gefährlich.«

»Wenn ich mir ansehe, was Ihre politischen Idole in Russland so treiben, halte ich Sie für mindestens ebenso gefährlich«, entgegnete Richards Vater mit hartem Blick. »Einen schönen Tag noch.«

Nachdem auch die vier Kommunisten gegangen waren, forderte Richards Vater die Musiker auf, zur Abwechslung mal wieder einen Walzer zu spielen. »Ich brauche jetzt etwas, mit dem ich meine Nerven beruhigen kann.« Dann ergriff er die Hand seiner Frau und tanzte mit einem Schwung, den Paula dem vierundfünfzigjährigen Mann gar nicht mehr zugetraut hatte.

»Und was ist mit uns?«, fragte Richard, der ihren Blicken gefolgt war. Er reichte ihr seine Hand.

»Sehr gern«, sagte sie. »Es wäre ja auch eine Schande, wenn wir in unserer Ausdauer hinter deinen Eltern zurückstünden.«

9. Kapitel

Am Samstag, dem 6. August 1927, füllte Richard zum ersten Mal in seinem Leben ein offizielles Formular absichtlich falsch aus. Es war der Meldezettel einer kleinen Pension im Strandbad Binz auf Rügen, wo er mit Paula ein paar unbeschwerte Sommertage verbringen wollte, und er trug sie als Eheleute Richard und Paula Hellmer ein. Obwohl er von seinem Freund Fritz wusste, dass ein seriös erscheinendes Paar niemals nach seinem Trauschein gefragt wurde, kostete es ihn doch eine gewisse Überwindung. Glücklicherweise fiel niemandem sein Zögern auf, nicht einmal Paula, die sich dazu nicht lange überreden lassen musste, sondern zu jeder Schandtat an seiner Seite bereit war.

Die Pension lag so nah am Meer, dass sie den Seetang riechen konnten, wenn sie das Fenster ihres Zimmers öffneten, und morgens vom Schreien der Seevögel geweckt wurden.

Richard mietete einen der zahlreichen Strandkörbe, die in den letzten Jahren die bis dahin so beliebten Badekarren nahezu vollständig verdrängt hatten. Der Strandkorb direkt neben ihnen war bereits belegt und wurde von einer imposanten Sandburg umgeben. Der Burgherr war ein kleiner, rotgesichtiger Mann jenseits der fünfzig mit einem Kaiser-Wilhelm-Bart, der viel zu groß für sein Gesicht erschien. Ein rot kariertes Taschentuch, das seitlich an den Zipfeln zusammengeknotet war, diente als Kopfbedeckung und Schutz vor der Sonne. Dazu trug er einen der altmodischen blau-weiß geringelten Herreneinteiler und machte keinen Hehl aus seiner Gesinnung, denn seine Burg war mit einem Mosaik aus Muscheln verziert, das eine Reihe von Hakenkreuzen darstellte. Die holde Gattin des Burgbesitzers war in ein ebenfalls blau-weißes, langärmliges, bodenlanges Strandkleid eingehüllt und musterte Paulas modernen dunkelroten Badeanzug, der die Arme und Beine unbedeckt ließ, mit einem abfälligen Blick. Richard musste sich vom Strandkorbnachbarn anhören, dass ein anständiger Deutscher nicht wie Friedrich Ebert mit einer neumodischen Badehose herumlaufen, sondern einen anständigen Herreneinteiler wählen sollte. An Paulas Badeanzug hatte der rotgesichtige Mann allerdings nichts auszusetzen.

»Man muss es halt tragen können«, entgegnete Richard gelassen. Er erinnerte sich noch gut an das Foto des ehemaligen Reichspräsidenten in einer schlecht sitzenden Badehose am Strand, das seine politischen Gegner mit den Worten »Eine Republik, die sich selbst entblößt« tausendfach in Umlauf gebracht hatten und über das Spottlieder gedichtet wurden. Allerdings hatte das dem Siegeszug der Badehose keinen Abbruch getan, und wenn Richard sich jetzt so am Strand umsah, stellte er fest, dass er und Paula wesentlich weniger auffielen als ihre konservativen Nachbarn.

»Ich glaube, wir brauchen in dieser feindseligen Umgebung auch eine Burg«, flüsterte er Paula zu. »Ich werde eine Schaufel und eine Gießkanne ausleihen und du könntest für unser Mosaik ein paar Muscheln und kleine Steinchen sammeln.« Er zwinkerte ihr verschwörerisch zu.

»Was für ein Mosaik planst du?«

»Eines, das diesen Nazi in den Wahnsinn treiben wird.«

»Du kannst es also nicht lassen, nicht wahr?« Sie stieß ihm spielerisch den Ellenbogen in die Rippen, dann ging sie zum Wasser, um seinem Wunsch nachzukommen.

Während Paula Muscheln sammelte, schaufelte er einen mindestens ebenso hohen Burgwall wie ihr Nachbar auf, befeuchtete den Sand mit Wasser aus der Gießkanne und klopfte ihn mit der Schaufel fest. Paula kehrte zurück, stellte den Eimer mit den Muscheln in den Sand und setzte sich in den Strandkorb.

»Weißt du, dass ich dir stundenlang dabei zusehen könnte?«, sagte sie. »Wenn dein athletischer Körper im Schweiße der Arbeit glänzt?«

»Also so was!«, zischte die züchtig verhüllte Strandkorbnachbarin. »Jetzt müssen die hier auch noch Schweinkram erzählen!«

Richard brach in lautes Gelächter aus und brauchte eine Weile, bis er sich so weit beruhigt hatte, dass er weitermachen konnte. Die Nachbarin schüttelte angewidert den Kopf.

Ihr missmutiger Blick verstärkte sich noch, als sie sah, wie Richard und Paula ihre Burg mit Fischen und auch Sternen verzierten, die verdächtig an den Davidstern erinnerten, den Leonie ab und zu an einer Halskette trug.

»Das sind ja Judensterne!«, rief ihr Nachbar, kaum dass er etwas erkennen konnte. »Sagen Sie bloß, dass Sie Juden sind!«

»Was erzählen Sie denn da für einen Unsinn?«, fragte Richard mit unschuldigem Blick. »Das sind Seesterne und Fische, passend zum Meer. Aber als Inder sind Ihnen die deutschen Gepflogenheiten vermutlich nicht bekannt.«

»Inder?« Er plusterte sich regelrecht auf. »Sagen Sie mal, hat Ihnen jemand ins Gehirn geschissen?«

Paula musste sich mühsam das Lachen verkneifen, während Richard weiterhin eine todernste Miene zur Schau trug.

»Na ja, Sie tragen eine Art Turban und haben Ihre Burg mit

dem indischen Himmelsrad, der Swastika, geschmückt, deshalb dachte ich ... Sie kommen also nicht aus Indien? Das erklärt natürlich, warum Sie so gut Deutsch sprechen.«

Jetzt konnte Paula sich nicht mehr zurückhalten und brach in so schallendes Gelächter aus wie zuvor Richard.

»Das ist ja wohl das Allerletzte! Hier halb nackt wie ein Wilder aus dem Urwald rumlaufen, Judensymbole herumzeigen und deutsche Bürger beleidigen! Ich werde die Strandaufsicht informieren!«

»Das steht Ihnen selbstverständlich frei. Ich wüsste allerdings nicht, weshalb man am Strand seine Sandburg nicht mit Fischen und Seesternen verzieren dürfte und was an meiner Art der Badebekleidung auszusetzen wäre, die, wie Sie ja richtig erwähnten, bereits vor acht Jahren vom Reichspräsidenten als standesgemäß betrachtet wurde und von den meisten Männern hier getragen wird.«

»Jedenfalls von denen, die es sich von der Figur her leisten können«, ergänzte Paula, streichelte Richard über die Schultern und hauchte ihm einen Kuss auf die Wange.

»Das lasse ich mir nicht bieten! Ich hole den Bademeister!«

»Willibald, bitte beruhige dich«, sagte seine Frau. »Leg dich doch nicht mit diesen Proleten an.«

Willibald grummelte eine Weile vor sich hin, dann setzte er sich wieder in seinen Strandkorb.

Richard zog Paula in seine Arme. »Wollen wir uns jetzt die verdiente Abkühlung in der Ostsee holen?«

»Ja«, flüsterte sie. »Wenn wir so weitermachen, bekommen die beiden noch einen Herzanfall.«

Es war ein wundervoller Sommertag mit strahlend blauem Himmel, ohne die kleinste Wolke. Die Ostsee schimmerte in einem wunderschönen Grün, das Richard immer wieder mit Paulas Augen verglich, und war dabei doch so klar, dass er seine

Füße noch sehen konnte, selbst wenn er bis zum Hals im Wasser stand.

Nicht einmal Willibald und seine Gattin konnten ihnen diesen Tag verderben, zumal Willibald nur noch unverständliches Murren von sich gab, sobald er Paula und Richard sah.

Am frühen Nachmittag kam noch eine Familie mit zwei Kindern hinzu, die den Strandkorb zu Willibalds anderer Seite besetzte. Die beiden Jungen tobten wild durch den Sand, stürzten bei ihrem Gerangel geradewegs in Willibalds Sandburg und hinterließen einen beträchtlichen Schaden.

»Verdammte Blagen«, schrie Willibald. »Können Sie auf Ihre Gören nicht besser aufpassen?«

Willibalds Geschrei machte tatsächlich Eindruck auf den Vater, denn er rief seine Söhne umgehend zur Räson und forderte sie mit preußischer Strenge auf, die Sandburg des ehrenwerten Herrn wieder in Ordnung zu bringen.

Richard und Paula beobachteten amüsiert, wie die Jungen zwar keine Probleme damit hatten, den Sandwall wieder aufzuschütten, allerdings bereitete es ihnen einige Schwierigkeiten, die Hakenkreuze in der richtigen Form zu ersetzen, und Willibald lief wiederholt rot an, während er den »ungeschickten Knaben«, wie er sie nun nannte, erklärte, wie ein anständiges Hakenkreuz auszusehen hatte. Dabei hielt er ihnen einen Monolog über die großartige Partei, für die dieses Symbol stand. Die Jungen schien es nicht sonderlich zu kümmern, aber ihr Vater hörte interessiert zu. Willibald freute sich über diese Aufmerksamkeit und dozierte munter weiter:

»Die nationalsozialistische Bewegung hat einzig die Absicht, Deutschland zu dienen und dem deutschen Volk wieder zu seinem angestammten Platz unter den Völkern zu verhelfen. Die bisherige Politik der degenerierten Parteien hat dazu geführt, dass Deutschland noch immer ein Spielball fremder Mächte ist. Es ist an der Zeit, die Stellung Deutschlands in der Welt zu festigen und die Außenpolitik erhobenen Hauptes voranzutreiben. Die nationalsozialistische Bewegung ist für das Volk, für soziale Gerechtigkeit und gegen die Enteignung des Privatbesitzes, wie es von den Kommunisten gepredigt wird. Unser Heil liegt einzig in einer sozialen und nationalen Bewegung, damit nicht noch unsere Kinder und Kindeskinder unter den Schulden von Versailles und der Knechtung der Großmächte zu leiden haben.«

»Das klingt vernünftig«, meinte der Vater.

»Ja, es ist in der Tat eine bemerkenswerte Bewegung«, mischte sich Richard ein. »Wussten Sie beispielsweise, dass die Mitglieder der nationalsozialistischen Partei sich nicht wie normale Menschen mit ›Guten Tag‹ begrüßen, sondern den rechten Arm in die Luft reißen und laut ›Heil Hitler!‹ brüllen? Das hat natürlich den Vorteil, dass man gleich weiß, wer gerade Parteivorsitzender ist. Schwierig wäre es jedoch, wenn der Name des Führers mehr als drei Silben hätte. Falls beispielsweise ein Mann mit polnischen Vorfahren irgendwann mal Führer wird und Kotowskowski heißt.«

»Polackisch Versippte haben in der Bewegung nichts zu suchen!«, schrie Willibald.

»Ach so, na dann«, erwiderte Richard gelassen. »Dann ist ja alles gut.«

»Sie müssen wohl alles schlechtreden, was?« Willibald musterte Richard verächtlich. »Aber auch Sie werden irgendwann begreifen, wo Deutschlands Heil liegt.« Damit ließ er das Gespräch bewenden.

»Gott sei Dank hat er jetzt nicht noch mit ›Heil Hitler‹ geendet«, raunte Richard Paula zu.

»Aber er scheint mit seiner Rede Eindruck auf den Vater der Jungen gemacht zu haben«, flüsterte Paula zurück. »Überhaupt gewinnt diese Bewegung immer mehr Anhänger. Beunruhigt dich das nicht?«

Richard schüttelte den Kopf. »Ein paar Unzufriedene mögen den Nazis hinterherlaufen, aber bei der Reichstagswahl im Mai werden sie keine ernsthafte Kraft im Reichstag werden. Die SPD und die DVP sitzen zu fest im Sattel. Die Kommunisten machen mir da ehrlich gesagt mehr Sorgen. Mein Vater fürchtet schon sowjetische Verhältnisse.«

»Aber die sind doch sowieso unwählbar«, entgegnete Paula. »Frau Koch erzählte, dass sich Nazis und Kommunisten vor ein paar Tagen sogar eine Schießerei in irgendeinem Stadtteil in Hamburg geliefert haben sollen. Auf offener Straße! Die kann man doch alle nicht wählen.«

»Eben«, sagte Richard. »Und deshalb werde ich an Willibald und seine Überzeugungen heute keine weiteren Gedanken mehr verschwenden. Wollen wir noch einmal ins Wasser gehen?«

»Nichts lieber als das. Ich möchte doch zu gern noch einmal die kleinen feinen Salzwassertröpfchen von deinem gut gebauten Oberkörper abperlen sehen.« Paula zwinkerte ihm ungeniert zu.

»Und ich dachte immer, es seien die Männer, die die Frauen mit den Blicken verschlingen.«

»Wenn es dir missfällt, solltest du dir das nächste Mal einen Badeanzug wie Willibald anziehen.«

»Ich werde mich hüten, dir die Freude an meinem Anblick zu nehmen.« Er ergriff ihre Hand und sie liefen den Strand entlang direkt in die Wellen.

10. Kapitel

Die Erinnerung an die herrlichen Sommertage im August 1927 trug Paula und Richard beschwingt durch die kalten Wintertage, die darauf folgten. Es waren friedliche Monate, in denen Richard seine Dissertation abschloss, während Paula ihre ärztliche Vorprüfung ablegte und nach einem Doktorvater suchte. Zunächst hatte sie sich um eine Doktorarbeit in der Psychiatrie bemüht, doch nach einigen Ablehnungen, die ihrem Geschlecht geschuldet waren, da man einer Frau nicht zutraute, dem absonderlichen Benehmen der Geisteskranken gewachsen zu sein, nahm sie im Frühling 1928 eine Promotionsarbeit in der Frauenheilkunde auf. Sie hatte es aufgegeben, sich im Kampf gegen das ungerechte System aufzureiben, und versuchte, sich so weit wie möglich anzupassen, sofern sie ihre Ziele nur erreichte. Später würde es ohnehin niemanden mehr interessieren, zu welchem Thema sie promoviert hatte. Die Tatsache, dass sie dann Frau Doktor aus eigener Kraft und nicht nur als Arztgattin wäre, sollte Triumph genug sein. Zudem machte ihr die Arbeit mit den jungen Müttern Freude, die sie im Rahmen ihrer Dissertation zum Thema »Postpartale Infektionen« untersuchte. Der Nutzen ihrer Tätigkeit war sofort erkennbar, wenn sie infektiöse Quellen in der Geburtshilfe aufspürte und diese dann umgehend beseitigt wurden. Ihr Vater meinte sogar, dass sie in der Frauenheilkunde Männern gegenüber einen deutlichen Vorteil hätte und sich vielleicht ganz auf dieses Fach spezialisieren sollte. Allerdings hegte Paula nach wie vor den Wunsch, Psychiaterin zu werden, auch wenn es ihr außer ihrem Vater und Richard kaum jemand zutraute. Selbst Leonie meinte, es sei für eine Frau keine angemessene Beschäftigung, sich ständig mit gefährlichen, unflätigen Irren abzugeben, und sie sollte dies doch lieber Männern überlassen, die sich notfalls körperlich zur Wehr setzen konnten.

»Und was ist mit den geisteskranken Frauen?«, fragte Paula zurück. »Mit denen, die sich keinem Mann öffnen wollen, weil sie vielleicht Schreckliches erlebt haben, und lieber von einer Ärztin behandelt werden wollen? Und warum wird es Krankenschwestern zugetraut, in Irrenanstalten mit männlichen Patienten zu arbeiten? Die können sich ja auch wehren. Das ist doch alles Blödsinn!«

»Als Frauenärztin wärst du aber viel angesehener«, gab Leonie zu bedenken. »Irrenärztin klingt nicht sehr eindrucksvoll.«

»Und in welchem Fach gedenkst du zu promovieren?«, wechselte Paula das Thema, denn sie war es leid, mit Leonie darüber zu diskutieren, wenn die plötzlich die gleichen reaktionären Ansichten wie die verkalkten Professoren vertrat.

»Ich wäre gern in der Kinderheilkunde tätig«, erklärte Leonie. »Ich habe gute Aussichten, dass Doktor Stamm mich auch ohne Promotion als Ärztin einstellt, wenn wir unser Studium abgeschlossen haben.«

»Eine Ärztin ohne Doktortitel?« Paula zog die Brauen hoch.

»Warum nicht?«, fragte Leonie. »Ich strebe keine Universitätskarriere an, ich möchte Menschen helfen.«

»Und dann ausgerechnet Kindern, wo du doch immer wieder betonst, dass du niemals heiraten willst?«

»Wegen der Rechtlosigkeit der Ehefrauen«, erklärte Leonie. »Nicht, weil ich nicht gern Kinder hätte. Wer weiß, vielleicht suche ich mir irgendwann, wenn die Zeit reif ist, den idealen

Vater nach rein genetischen Gesichtspunkten.« Sie zwinkerte Paula vieldeutig zu.

»Oh, das erinnert mich an gewisse Aussagen einer Partei, die wir beide nicht besonders lieben«, stellte Paula fest. »Was wäre denn in deinem Fall das richtige genetische Material?«

»Jemand, der vom Aussehen her ein Filmstar sein könnte. Er muss lediglich gut und verführerisch aussehen, intelligent bin ich selbst.«

»Du bist unmöglich, liebste Leonie.«

»Ich weiß. Aber bist du denn viel besser, wenn du mit Richard regelmäßig kleine Reisen in die entlegensten Ecken und Pensionen des Landes unternimmst?«

»Wir sind verlobt.«

»Eben. Verlobt, nicht verheiratet. Das ist also ein höchst sündiges und verbotenes Tun, nicht wahr?« Leonie klopfte Paula gutmütig auf die Schulter, sagte aber nichts weiter.

Am 20. Mai 1928, fast auf den Tag genau ein Jahr nach Paulas und Richards Verlobung, fand in Deutschland die Wahl zum vierten Reichstag statt. Während Paula und Richards gesamte Familie einhellig die SPD wählten, war Paulas Vater lange Zeit unschlüssig gewesen, ob er sich für das Zentrum oder Gustav Stresemanns liberale DVP entscheiden sollte. Er wählte letztlich die Deutsche Volkspartei mit der Begründung, dass er damit Stresemanns bis dahin so erfolgreiche Außenpolitik unterstützen wolle.

Am Ende behielt Richard wie immer mit seiner prognostischen Einschätzung recht. 29,8 Prozent der Stimmen entfielen auf die SPD. Die Kommunisten brachten es immerhin auf 10,6 Prozent, während Gustav Stresemanns DVP 8,7 Prozent bekam. Die NSDAP verschwand mit lediglich 2,6 Prozent der Wählerstimmen und zwölf Sitzen im Reichstag nahezu in der Bedeutungslosigkeit.

Hermann Müller wurde zum Reichskanzler einer großen Koalition aus Sozialdemokraten, DVP und zentrumsnahen

Kräften gewählt und es mehrten sich die Zeichen, dass die große Zeit der Hitleranhänger schon wieder vorbei war.

Paula und Richard nahmen die politische Entwicklung mit Erleichterung wahr. Einige Tage nach der Wahl saßen sie gemeinsam in Paulas Zimmer, um wie üblich gemeinsam zu lernen.

»Und, wie fühlt es sich an, dass du es bald geschafft hast?« Paula lächelte Richard verliebt an.

»Noch ist es nicht geschafft.«

»Aber du hast dich heute für die letzte Prüfung angemeldet. In vier Monaten bist du Arzt und dann können wir endlich heiraten.«

»Ja, aber dann muss ich erst noch meine sechs Pflichtmonate in der Chirurgie ableisten, ehe ich endlich das machen kann, was mir liegt. Davor graut mir.«

»Du bist ja nicht allein im OP. Fritz ist ja bei dir.«

»Sofern er endlich anfängt zu lernen und nicht durchfällt.«

»Du meinst, weil er so viel Zeit mit Schwester Dorothea verbringt?«

»Schwester Dorothea nennt er sie schon lange nicht mehr. Sie sind längst bei Schatzi und Doro angekommen und haben sich klammheimlich in der letzten Woche verlobt.«

»Was? Ohne Feier und ohne Kuchen für uns? Und das erzählst du mir erst jetzt? Sollen wir das deinem besten Freund verzeihen?«

»Sollten wir. Sie haben nämlich keine Zeit mehr. Fritz hat mir vorhin erzählt, dass er morgen das Aufgebot beim Standesamt bestellen will, und mich gebeten, im nächsten Monat sein Trauzeuge zu werden.«

»Warum haben sie es denn so eilig?«

»Warum wohl?« Richard verdrehte die Augen. »Weil sie mit bestimmten Dingen, auf die wir beide mit größter Sorgfalt achten, sehr fahrlässig umgegangen sind. Ich werde deshalb nicht nur Trauzeuge, sondern Fritz hat mich darauf hingewiesen, dass ich

Ende Januar aller Voraussicht nach auch noch Patenonkel werde.«

»Oh. Von einem Medizinstudenten und einer Krankenschwester hätte ich da ein bisschen mehr ... Vorsicht erwartet. Was hat Fritz denn zu seiner Verteidigung angeführt?«

»Nichts. Ich habe ihn aber auch nicht näher gefragt.«

»Ach so, deinen besten Freund behandelst du nicht so wie deine Schwester, der du immer vorwirfst, sie hätte rechtzeitig über Verhütung nachdenken sollen?«

»Damit habe ich erst angefangen, als Margit mit dem vierten Kind schwanger war.«

»Also hat Fritz noch drei Treffer frei, ehe du ihn freundschaftlich zur Seite nimmst und ihm ein Kondom in die Hand drückst? Na, dann hoffe ich umso mehr, dass er noch genügend Zeit zum Lernen findet, seinen Abschluss rechtzeitig schafft und seine wachsende Familie ernähren kann.«

»Manchmal kannst du ganz schön spitz sein.«

»Ja, aber ich komme noch lange nicht an deine Kunstfertigkeit in diesem Metier heran, mein lieber Richard.« Sie hauchte ihm einen Kuss auf die Wange.

Er zog sie lächelnd in seine Arme. »Tja, ich kann eben manchmal meinen Mund nicht halten. Sag mal, ist dein Vater heute nicht aus?«

»Ja, ist er. Er kommt erst morgen Nachmittag zurück.«

»Und wie wäre es, wenn du Frau Koch für den Rest des Tages freigibst?« Dabei setzte er wieder diesen verführerischen Blick auf, den Paula so sehr liebte.

»Oh Richard, du musst doch lernen. Nicht dass du mir nachher noch durchfällst.«

»Ich will ja lernen. Ich dachte da an vertiefte anatomische Studien mit deiner Hilfe. Schickst du Frau Koch weg?« Er grinste.

»Du bist unmöglich, Richard.« Paula lachte. »Aber du hast recht, Frau Koch wird sich bestimmt über einen freien Nachmittag freuen.«

11. Kapitel

Die Hochzeitsfeier von Fritz Ellerweg und Dorothea Schwabe fand in einem Dorfgasthof im Alten Land unter blühenden Apfelbäumen statt. Die beiden hatten sich für eine rein standesamtliche Heirat entschieden. Dorothea trug ein schlichtes, aber elegantes hellgelbes Sommerkleid, während Fritz anstelle eines schwarzen Anzugs einen cremefarbenen Sommeranzug gewählt hatte.

»Du wolltest wohl sparen, was?«, flüsterte Richard seinem Freund zu, doch der schüttelte den Kopf.

»Wir sind pragmatisch. Eine kirchliche Hochzeit wäre unnötig kompliziert gewesen. Doros Familie ist katholisch und meine evangelisch. Also beschränken wir uns auf das Standesamt.«

»Und wie lasst ihr euer Kind taufen?«

»Doro möchte gern, dass es katholisch getauft wird. Ich bin nicht religiös, also soll Doro entscheiden und dann bekommt ihre Familie später doch noch eine schöne kirchliche Feier.«

Nachdem die Väter ihre Reden gehalten hatten und das gemeinsame Essen vorüber war, spielte eine Tanzkapelle auf. Richard fiel auf, dass es dieselbe Kapelle war, die bereits bei seiner und Paulas Verlobung gespielt hatte.

»Ihre Musik hat mir damals gut gefallen«, erklärte Fritz auf Richards Frage hin. »Und auch der von Leonie eingeführte Tanz. Den müssen wir unbedingt bei derartigen Festlichkeiten ins Repertoire aufnehmen.«

»Sagt der Mann, der sich damals noch beklagte, zwei linke Füße zu haben.«

»Ich habe mich halt unterschätzt.« Dann winkte er Leonie zu, die neben Dorothea saß. »Es ist so weit.«

Leonie schenkte Fritz ein Lächeln, dann stand sie auf und erklärte den Anwesenden, wie man *Hava Nagila* tanzt. Und wie schon auf Richards und Paulas Verlobungsfeier war Leonies Lebensfreude ansteckend und die Hochzeitsgäste ließen sich gern zu dieser Art des Tanzes verführen.

»Weißt du«, meinte Richard, als er Paula am späten Abend nach Hause fuhr, »vielleicht sollten wir es auch so halten wie Fritz und Dorothea. Keine große kirchliche Feier, sondern nur standesamtlich und im Anschluss verreisen wir lieber ein paar Tage.«

»Meinem Vater wäre es recht, er ist kein großer Kirchgänger«, erwiderte Paula. »Und wohin soll die Reise gehen?«

»Mir schweben drei Städte vor. Paris, London oder Rom. Entscheide du.«

»Das ist keine leichte Wahl. Paris ist die Stadt der Liebe, in London regnet es immer und in Rom scheint die Sonne. Paris oder Rom. Was liegt dir mehr?«

»Liebe haben wir genug, dafür brauchen wir nicht extra eine Stadt. Zwar schwanke ich zwischen dem Louvre und der Sixtinischen Kapelle, aber ich glaube, ich würde Rom mit all seinen Sehenswürdigkeiten vorziehen. Und wegen des Wetters, wie du ja schon sagtest.«

»Das klingt wundervoll. Ich kann es kaum erwarten.«

»Meine Prüfung ist am 4. September, wir könnten also rechtzeitig das Aufgebot für Freitag, den 7. September, bestellen und am Samstag mit der Bahn nach Rom reisen.«

»Das klingt perfekt!«

Die Tage, da im Leben alles perfekt und ohne nennenswerte Schwierigkeiten lief, waren in Richards Augen seit dem Tod seines Bruders Georg viel zu selten gewesen, aber seit er mit Paula verlobt war, schienen sie endlich wieder die Regel zu sein. Der Sommer an Paulas Seite war wundervoll, das Lernen fiel ihm leicht und er bestand die entscheidende letzte mündliche Prüfung am 4. September mit Bestnote. Fritz war bereits am Tag zuvor dran gewesen und hatte ebenfalls mit Auszeichnung bestanden. Im Gegensatz zu Richard freute er sich natürlich auf den pflichtgemäßen Einsatz in der Chirurgie, der ab dem 1. Oktober für sechs Monate vorgesehen war.

Das Glück hielt auch bei der Hochzeitsfeier am 7. September weiterhin an, denn das Wetter war ausgesprochen sonnig und warm, ganz so, als gäbe der Sommer noch einmal ein Gastspiel.

Die Hochzeitsfeier fand im Anschluss an die standesamtliche Trauung in einem exklusiven Gartenlokal in Harvestehude statt, das Paulas Vater ausgesucht hatte.

Paula und Richard hatten sich auch hinsichtlich ihrer Kleidung von Fritz' Hochzeit inspirieren lassen und auf kostspielige Brautmode verzichtet. Allerdings war Paula etwas verwundert, wie bereitwillig ihr Vater und sogar Frau Koch diese Entscheidung akzeptiert hatten.

»Viel Geld für ein Kleid auszugeben, das nur einmal im Leben getragen wird, ist ohnehin Verschwendung«, erklärte Frau Koch, die normalerweise sehr romantisch veranlagt war.

Auch Richards Vater verhielt sich seltsam und hatte in den letzten Tagen ständig Ausflüchte gefunden, wenn Richard sich das Auto leihen wollte. Irgendwann war sogar der Schlüssel zur Garage verschwunden, und als Richard fragte, wo er sei, hatte es nur lapidar geheißen, er sei verloren gegangen, aber der Schlosser sei bereits informiert. Da Richard mit seiner Prüfungsvorbereitung beschäftigt war, hatte er es so hingenommen und sich nicht weiter darum gekümmert.

»Liebe Paula, lieber Richard«, begann Richards Vater seine Rede, nachdem die letzten Gäste eingetroffen waren. »Ihr wisst, ich bin kein Freund vieler Worte, sondern komme immer gern schnell zum Wesentlichen. Ich wünsche mir, dass eure Ehe voller Glück und Segen sein wird und sich alle eure Sehnsüchte erfüllen mögen. Und damit wir euch bei eurem Start in diesen neuen, wichtigen Lebensabschnitt bestmöglich unterstützen können, haben wir lange überlegt, womit wir euch wohl die größte Freude machen könnten. Es ist üblich, Brautpaaren Geschirr und Haushaltswaren zu schenken. Allerdings wird dabei sehr gern geschmacklich danebengegriffen. Meine Frau und ich können ein Lied davon singen. Das Service, das wir zu unserer Hochzeit bekamen, ist derart geschmacklos, dass wir es nur für den Fall behalten haben, dass wir mal Gäste bekommen, die wir schnell wieder loswerden wollen. Zum Glück mussten wir diese Geheimwaffe bis heute niemals einsetzen.«

Gelächter hallte durch den Saal.

»Da wir es als Eltern stets als unsere Pflicht angesehen haben, unsere Kinder zu schützen, haben wir uns vorgenommen, euch vor derartigen Fehlgriffen zu bewahren. Deshalb haben wir unter allen Verwandten und Freunden gesammelt, damit ihr ein Geschenk bekommt, an dem ihr auch wirklich Freude habt – und das hoffentlich viele Jahre lang.«

Er stieß Paulas Vater an. »Wilhelm, dein Part.«

»Ah ja, danke, Hans-Kurt.« Doktor Engelhardt räusperte sich kurz, dann zog er eine kleine Schachtel hervor.

»Lieber Richard, liebe Paula, ich hatte euch versprochen, die Bahnfahrkarten für eure Hochzeitsreise zu besorgen. Ich musste mein Versprechen allerdings brechen, weil ich glaube, dass ihr sie nicht mehr braucht.«

»Oh Gott«, flüsterte Richard Paula zu. »Ich ahne etwas.«

Paulas Vater reichte ihm die kleine Schachtel. »Das ist ein Teil unseres Geschenks. Das entsprechende Zubehör passte leider nicht durch die Tür.«

Richards Hände zitterten, als er die Schachtel entgegennahm und sie dann Paula hinhielt, damit sie die rote Schleife lösen konnte, die das Päckchen verschloss.

Es waren Schlüssel für ein Automobil.

»Ich …« Richard schluckte schwer. »Ich weiß gar nicht, was ich sagen soll.«

»Wenn du das jetzt schon nicht weißt, was wirst du dann erst sagen, wenn du vor die Tür gehst?«, meinte Fritz und klopfte ihm auf die Schulter.

»Ja los, jetzt geht schon raus und seht es euch an«, forderte Leonie und schob Paula, die genauso sprachlos war wie Richard, in Richtung Tür.

Vor der Tür stand ein Automobil. Ein glänzend schwarzer Adler Standard 6, wie Richard sofort erkannte. Der derzeit beste und stabilste Wagen unter den Limousinen der oberen Mittelklasse.

»Der muss ja ein Vermögen gekostet haben«, stammelte er. »Vielen Dank! Das ist das großartigste Geschenk, das ihr alle uns machen konntet! Davon hätte ich nie zu träumen gewagt.«

»Na ja«, sagte sein Vater, »wir haben sehr gut verhandelt und er ist nicht ganz neu. Außerdem gibt es in dieser Woche einiges zu feiern. Du bist Arzt geworden und hast die bezauberndste Frau geheiratet, die du finden konntest.«

Im nächsten Augenblick lagen sich Richard und sein Vater in den Armen und jeder konnte sehen, wie nah Richard dran war, vor Rührung und Freude die Fassung zu verlieren. Er hielt sich jedoch mannhaft, während Paula die Tränen über die Wangen liefen und sie dankbar das Taschentuch nahm, das Leonie ihr mit den Worten reichte: »Bei Hochzeiten wird eben immer geweint.«

»Jetzt weißt du, was du zu tun hast«, wandte sich Richard an Paula, nachdem er sich von seinem Vater gelöst hatte. »Sobald wir aus Italien zurück sind, wirst du auch den Führerschein machen.«

Paula nickte stumm und wischte sich dabei mit Leonies Taschentuch über die Augen.

»Der Wagen ist fantastisch«, meinte Fritz. »Der kann es fast mit einem Rennauto aufnehmen. Der macht gut neunzig Kilometer in der Stunde!«

»Und ordentlich Gepäck passt auch hinein«, stellte Leonie fest. »Du kannst also deinen halben Hausstand mit nach Italien nehmen.«

»Außerdem hat man von einem Auto viel länger etwas als von einem sündhaft teuren Brautkleid, nicht wahr?«, bemerkte Frau Koch.

»Und er ist auch für Frauen sehr gut zu lenken«, fügte Richards Schwester Margit hinzu. »Wusstest du, dass Clärenore Stinnes mit genauso einem Modell schon seit über einem Jahr um die ganze Welt fährt? Ich lese alles, was ich darüber in die Finger kriege. Ich bewundere diese Frau!«

»Ich glaube, unser frisch vermähltes Paar ist noch etwas sprachlos«, sagte Paulas Vater. »Vielleicht sollten wir alle wieder reingehen und warten, bis die beiden sich von diesem Schock etwas erholt haben.« Er lachte.

»Ja, wir schneiden dann schon mal die Torte an«, sagte

Fritz. »Das haben wir uns nämlich jetzt verdient, nachdem wir alle so lange dichtgehalten haben.«

»Das habt ihr wahrlich«, bestätigte Richard, der nur langsam wieder zu seiner Fassung zurückfand. Und dann standen sie plötzlich ganz allein auf der Straße.

»Paula, wir haben ein eigenes Auto«, sagte Richard, so als könne er es immer noch nicht glauben. »Ein Auto, mit dem wir morgen nach Rom fahren. Nach Rom!« Die letzten Worte rief er lauthals heraus, dann riss er seine frisch angetraute Gattin in seine Arme und hob sie voller Begeisterung hoch in die Luft.

»Wir fahren mit unserem eigenen Auto nach Rom!«

12. Kapitel

Der September 1928 blieb in Paulas Erinnerung für immer der Monat der grenzenlosen Freiheit. Als sie an Richards Seite in dem neuen Auto mit weit geöffneten Fenstern in Richtung Italien brauste und den Fahrtwind im Gesicht spürte, war sie einfach nur glücklich und schwor sich, einen Teil dieses Glücksgefühls für immer in ihrem Herzen zu bewahren, ganz gleich, was auch kommen mochte.

Auf ihrer Reise nach Rom machten sie mehrere Zwischenhalte in wunderschönen italienischen Dörfern, in denen sie übernachteten und Richard eine neue Leidenschaft entdeckte. Schon auf ihren Ausflügen an die deutsche Ostseeküste hatte er viel mit seiner Box-Kamera fotografiert, aber in Italien legte er sie kaum noch aus der Hand, und Paula witzelte, dass er sich mit seiner Fotosammlung bei Baedekers Reiseführern bewerben könnte.

»Ich hoffe, dass meine Fotos deutlich besser sind als die im Baedeker«, lautete seine Antwort. Seine Miene blieb dabei so ernst, dass Paula sich nicht sicher war, ob es ein Scherz sein sollte.

Als sie in Rom ankamen, hatte Richard bereits einen Großteil seiner Filme in den malerischen Dörfern verknipst, und so war es eine seiner ersten Handlungen, nach einem Geschäft zu suchen, in dem er neue Filme kaufen konnte. Leider konnte ihm die Wirtin in ihrer Pension nicht weiterhelfen, da sie nur Italienisch sprach. Richard versuchte vergeblich, sich mit lateinischen Brocken verständlich zu machen, was allerdings daran scheiterte, dass es zu Julius Cäsars Zeit noch keine Vokabel für Fotografie und Filme gegeben hatte.

»Na, wir werden schon einen Laden finden«, meinte er zu Paula. »In der Nähe des Kolosseums wird es doch bestimmt irgendwo Filme zu kaufen geben.«

Da ihre Pension am Stadtrand lag, fuhren sie mit dem Auto zu den Sehenswürdigkeiten. In Sichtweite des Kolosseums parkte Richard ein und bat Paula, sich auf die Motorhaube zu setzen.

»Ich möchte dich auf unserem Auto mit dem Kolosseum im Hintergrund fotografieren. Sozusagen als unwiderruflichen Beweis dafür, dass wir wirklich hier waren.«

Paula hievte sich auf die Haube.

»Kannst du ein bisschen mehr nach links rutschen?«

Sie gehorchte.

»Nein, nicht ganz so weit, etwas mehr in die Mitte.«

Sie seufzte, tat aber, was er verlangte.

»Und jetzt ein wenig freundlicher schauen.«

Sie bemühte sich um ein strahlendes Lächeln.

»Nein, nicht so, als wenn du gleich beißen willst. Etwas dezenter.«

»Richard ...«

»Ja, Schatz?«

»Nun fotografier mich endlich oder ich beiß dich wirklich!«

Er räusperte sich kurz und schritt dann zur Tat.

Nachdem Richard seine letzten Fotos am Kolosseum verschossen hatte, suchten sie weiter nach einem Geschäft, in dem er neue Filme kaufen konnte. Leider halfen ihm seine Lateinkenntnisse auch hier nicht und die neuzeitlichen Römer waren zunächst ratlos, was dieser Deutsche ihnen wohl so verzweifelt mitzuteilen versuchte. Richard zeigte auf seine Kamera, erntete aber wieder nur Kopfschütteln. Paula verkniff sich das Lachen, denn Richard sah genauso hilflos aus wie die Italiener. Schließlich bahnte sich ein alter Mann den Weg durch die Gruppe, die sich inzwischen um Richard und Paula gebildet hatte.

»Sie kommen aus Deutschland?«, fragte er in sehr gutem Deutsch.

»Ja, aus Hamburg«, bestätigte Richard erfreut. »Und jetzt suche ich ein Geschäft, in dem ich Filme kaufen kann.«

»Ah ja, Hamburg, Alster, schöne Stadt«, schwärmte der alte Italiener. »Ist lange her, noch vor dem Krieg, als ich zuletzt in Deutschland war. Meine Tochter hat einen Deutschen geheiratet, sie leben in Hannover.«

Dann führte er Richard zu einem kleinen Geschäft einige Straßen weiter und rief dort etwas auf Italienisch.

Paula verstand nur »Luigi«, als der Alte loslegte und auf Richard und dessen Kamera wies. Luigi nickte heftig und zeigte Richard seinen Filmbestand. Nachdem er Richard den Preis für die Filme genannt hatte, kaufte der sofort den gesamten Vorrat auf und wurde im Anschluss von Luigis ganzer Familie, die es auf sieben Kinder brachte, mit beeindruckender Herzlichkeit verabschiedet.

»In Hamburg kosten diese Filme das Dreifache«, sagte Richard zufrieden, nachdem sie das Geschäft verlassen hatten.

»Und du hast auch noch eine Großfamilie vor dem Verhungern bewahrt«, stellte Paula trocken fest, während er seine Beute im Auto verstaute. »Wenigstens hast du dich mit Ratschlägen hinsichtlich der Geburtenkontrolle zurückgehalten.«

»Die Italiener lieben Großfamilien. Bei denen ist es völlig normal, sieben Kinder zu haben. Ich würde nie auf die Idee kommen, den Leuten da reinzureden.«

»Das machst du nur bei deiner Schwester.«

»Genau. Aber wo wir gerade bei Großfamilien und Ablehnung von Geburtenkontrolle sind … wir waren noch nicht im Vatikan. Da möchte ich heute unbedingt noch fotografieren.«

»Das nennt man einen sprunghaften Gedankengang«, meinte Paula kopfschüttelnd, ehe sie sich bei ihrem fotobesessenen Gatten unterhakte, um ihn auf seiner weiteren Bilderjagd zu begleiten. Die Septembersonne schien warm auf sie herunter und so erstand sie auf dem Weg zum Vatikan in einem der kleinen Läden einen großen Strohhut, der sie vor einem Sonnenbrand bewahren sollte.

Den Papst sahen sie zwar nicht, aber dafür konnte Richard einen der Schweizergardisten dazu überreden, sich in seiner Uniform gemeinsam mit Paula fotografieren zu lassen. Danach erklärte er dem Schweizer, wie die Kamera funktionierte, und bat ihn, er möge auch ein Foto von ihm selbst und Paula vor dem Petersdom machen. Der Gardist erwies sich als sehr hilfsbereit und machte im Anschluss zusätzlich noch ein Foto von Paula und Richard im Kreis seiner uniformierten Kollegen.

Am Ende ihrer Reise hatte Richard mehr als siebzig Fotos gemacht, die die Erinnerung an ihre Flitterwochen für alle Zeiten bewahren und ihren daheimgebliebenen Angehörigen und Freunden einen Eindruck von der römischen Septembersonne vermitteln sollten.

13. Kapitel

Am 31. Januar 1929 stand Richard erstmals seit seiner Studienzeit wieder mit Fritz gemeinsam im OP. Für gewöhnlich operierte nur einer von ihnen zusammen mit Professor Wehmeyer, aber an diesem Tag hatte der Professor sie beide hinzugezogen, da es sich um einen seltenen Fall handelte. Es war zu einer Schießerei zwischen Kommunisten und Nationalsozialisten gekommen und das Opfer hatte mehrere Kugeln in den Bauch abbekommen. In Kriegszeiten eine häufige Verletzungsform, sah man sie inzwischen kaum noch, deshalb wollte der Professor, dass die beiden jungen Ärzte auch in diesem Bereich Erfahrungen sammelten.

»Hoffen wir mal, dass derartige Operationen auch weiterhin die Ausnahme bleiben, aber es ist wichtig, dass jeder Chirurg weiß, worauf es ankommt, falls es jemals wieder unser Tagesgeschäft werden sollte.«

Es lag Richard auf der Zunge, dass er ab April in der Psychiatrie arbeiten würde und danach nicht die Absicht hatte, jemals wieder einen OP zu betreten, um dort selbst das Skalpell zu schwingen, aber da er Professor Wehmeyers Fürsorge zu schätzen wusste, schwieg er.

Die Kugeln hatten verheerende Verletzungen hinterlassen. Eine war in der Leber stecken geblieben, eine hatte die Milz zerfetzt und drei weitere den Magen-Darm-Trakt. Am Ende mussten ein Leberlappen und ein Teil des Dünndarms reseziert, die Milz entfernt und der Magen in Abwandlung einer Billroth-Operation zusammengeflickt werden, um überhaupt noch eine gewisse Funktionsfähigkeit zu erhalten.

Fritz übernahm die Hauptarbeit.

»Sie sind auf dem besten Weg, ein hervorragender Chirurg zu werden, Herr Ellerweg«, sagte Professor Wehmeyer. »Ich würde mich nicht wundern, wenn man Ihren Namen irgendwann einmal mit einer neuen Operationstechnik in Verbindung bringt.«

»Vielen Dank, Herr Professor.«

Trotz des Mundschutzes konnte Richard sehen, dass sein Freund vor Stolz errötete.

Als sie nach Abschluss der Operation im Umkleideraum waren, wirkte Fritz noch immer sehr beschwingt vom Lob des Professors. Plötzlich klopfte es an der Tür.

»Ist Doktor Ellerweg da?«, hörten sie eine Frauenstimme.

»Ja, ich bin hier.«

»Frau Hellmer hat aus der Finkenau angerufen. Ihre Frau ist heute früh mit Wehen eingeliefert worden und mit dem Kind stimmt etwas nicht.«

Hastig schloss Fritz die letzten Knöpfe seines Hemdes, dann riss er die Tür auf und sah die junge Schwester direkt an. »Was sagte Frau Hellmer noch? Wie geht es meiner Frau? Und was stimmt nicht mit dem Kind?«

»Ihrer Frau geht es gut, aber Sie sollen sofort kommen, sobald Sie hier fertig sind. Frau Hellmer hat keine weiteren Einzelheiten genannt.«

»Danke.«

Die Schwester nickte und ging.

»Ich fahre dich selbstverständlich hin«, sagte Richard und bemühte sich darum, Ruhe auszustrahlen, obwohl er sich selbst große Sorgen machte. Aber es war schlimm genug mitanzusehen, wie Fritz drei Anläufe brauchte, um seine Schnürsenkel zu binden.

Während sie im OP gestanden hatten, hatte es zu schneien begonnen und Richard musste erst die Scheiben seines Autos abfegen. Fritz stand hilflos neben ihm, verkrallte die Finger in den Manteltaschen, biss sich auf die Lippe und sprach kein Wort. Dabei blieb es auch während der gesamten Fahrt. Eine Viertelstunde später parkte Richard direkt vor der Geburtsklinik Finkenau ein. Paula erwartete sie bereits am Eingang.

»Was ist los?«, rief Fritz ihr schon von Weitem zu. »Wie geht es Doro und was ist mit dem Kind?«

Paula wartete, bis Fritz und Richard sie erreicht hatten.

»Doro geht es körperlich gut, es war keine schwere Geburt«, sagte sie dann. »Aber ... aber als sie das Kind gesehen hat, bekam sie einen Schock.«

»Warum? Nun sag endlich, was mit dem Kind los ist!«, flehte Fritz.

Paula holte tief Luft. In Richards Magen bildete sich ein schwerer Klumpen, als er sah, wie sie um Fassung rang.

»Es ist ein kleiner Junge und er hat eine schwere Missbildung«, sagte sie leise und wischte hastig eine Träne weg, die ihr aus dem Augenwinkel lief. »Er ist ein Anencephalus.«

Fritz starrte sie entsetzt an. »Was soll das heißen? Hat er keinen Kopf?«

»Doch, aber er wurde ohne Großhirn geboren, er hat keine Schädeldecke und das Mittelhirn schimmert durch die Kopfhaut. Es ist ein Wunder, dass er überhaupt lebend geboren wurde. Er wird in den nächsten Stunden bis Tagen sterben.«

Fritz holte tief Luft, ballte seine zitternden Hände zu Fäusten, öffnete sie wieder.

»Wo ist das Kind jetzt?«

»Bei Doro. Sie war direkt nach der Geburt völlig hysterisch und die Hebamme und der Arzt haben ihr abgeraten, das Kind noch einmal anzusehen, denn es sieht furchtbar aus. Aber als ich mit ihr gesprochen habe, hat sie sich beruhigt und meinte, es sei trotz allem ihr Kind, und wenn es auch nur wenige Stunden lebt, wolle sie sich dennoch darum kümmern.« Paula griff nach ihrem Taschentuch, denn sie konnte ihre Tränen nicht mehr zurückhalten. »Sie möchte, dass du solange bei ihr und dem Kind bist.«

»Natürlich werde ich bei ihr sein. Es ist auch mein Sohn.«

»Wir haben ihn gewickelt und ihm ein Mützchen aufgesetzt, damit er ein bisschen mehr wie ein normales Baby aussieht«, flüsterte Paula.

»Wo liegt Doro?«

»Ich bring euch hin.«

Dorothea sah blass aus, aber doch gefasster, als Richard nach Paulas Beschreibung erwartet hatte. Sie hielt das Kind in ihren Armen und auf den ersten Blick schien alles in Ordnung, doch wenn man dem Kind ins Gesicht sah, war die Deformation nicht zu übersehen. Zwar verbarg die weiße Strickmütze den viel zu kleinen, missgebildeten flachen Schädel, aber die Augen wirkten wie große aufgesetzte Froschaugen und der Kopf erinnerte auf gruselige Weise an eine Kröte. Kein Wunder, dass Dorothea unmittelbar nach der Geburt einen Schock erlitten hatte. Richard merkte, wie sein eigener Atem schneller wurde, ohne dass er etwas dagegen tun konnte. Was er hier sah, war so grauenhaft, dass sein Verstand sich weigerte, es als Realität anzuerkennen. Das konnte nicht wahr sein! Es durfte einfach nicht wahr sein. Er erinnerte sich daran, wie Fritz das Kinderzimmer geplant und ihn gefragt hatte, welche Holzsorte er für eine Wiege empfehlen würde. Nussbaum, hatte er gesagt.

»Nussbaum, das gefällt mir«, hatte Fritz geantwortet. »Sobald das Kind geboren ist, soll dein Vater mit seinen Gesellen loslegen. Ich möchte auch noch eine Kommode im gleichen Holz, die als Wickeltisch dient.« Wenn seine Schwiegermutter ihm nicht abgeraten hätte, weil es angeblich Unglück bringe, ein Kinderzimmer bereits vor der Geburt einzurichten, hätte Fritz es längst getan …

Die Erinnerung schnürte Richard die Kehle zu und er musste sich mit aller Kraft darum bemühen, das verdächtige Brennen in seinen Augen wegzublinzeln. Doch zugleich bewunderte er Fritz für dessen Stärke in dieser schrecklichen Situation. Fritz blieb ungewöhnlich ruhig und gefasst, nahm erst seine Frau tröstend in die Arme, dann hob er das Kind auf, das leise, glucksende Geräusche machte, fast so wie ein gesunder Säugling. Er strich ihm über die kleinen Hände, die völlig normal aussahen und seine Finger umklammerten, kaum, dass er die kleinen Handflächen berührt hatte.

»Er hat ganz schön viel Kraft«, sagte Fritz leise. »Da ist so viel Leben in ihm. Ist es denn wirklich sicher, dass er stirbt?«

»Das liegt in Gottes Hand«, antwortete Doro ebenso leise und legte ihre Hand über die ihres Mannes und ihres Sohnes. »Der Krankenhauspfarrer wird jeden Moment kommen, damit er getauft werden kann.«

Richard bemerkte, dass Paula neben ihm stumme Tränen weinte, und nahm sie in die Arme.

»Auf welchen Namen wollt ihr ihn taufen lassen?«, fragte er aus dem verzweifelten Bestreben heraus, so etwas wie Normalität in diese schreckliche Szenerie zu bringen.

»Eigentlich wollten wir unseren ersten Sohn Harald nennen«, sagte Dorothea mit erstaunlich fester Stimme. »Aber ich möchte ihn Gottlieb nennen, weil jedes Kind von Gott geliebt wird, auch ein Kind, dem es nicht bestimmt ist zu leben.«

»Das ist ein sehr guter Name für ihn«, pflichtete Fritz ihr bei und wischte sich über die Augen. »Unser kleiner Gottlieb.«

Es klopfte an der Tür, doch es war nicht der erwartete Pfarrer, sondern einer der Ärzte.

»Guten Tag, mein Name ist Doktor Brandes. Sie sind der Ehemann und Vater?«

Fritz nickte stumm.

»Sie sind Kollege, nicht wahr?« Doktor Brandes reichte ihm die Hand.

»Ja«, sagte Fritz, während er die ausgestreckte Hand ergriff.

»Sehr gut, dann kann ich ja offen mit Ihnen sprechen.«

»Ich weiß, dass mein Sohn sterben wird«, sagte Fritz mit tonloser Stimme.

»Ja, das ist unumgänglich bei dieser Missbildung«, erwiderte Doktor Brandes. »Ein sogenanntes Gampersches Mittelhirnwesen. Kennen Sie die Veröffentlichungen von Eduard Gamper zu diesem Thema?«

Fritz schüttelte den Kopf.

»Doktor Gamper hat darüber 1926 eine ausführliche Abhandlung verfasst, und soweit ich weiß, war es die erste wissenschaftliche Publikation zu dieser Abnormität. Ich selbst habe noch nie so ein Wesen gesehen, sondern nur Zeichnungen davon. Als Arzt wissen Sie ja, wie viel uns die Forschung bedeutet. Deshalb wollte ich Sie fragen, ob Sie uns den Körper für unsere anatomische Sammlung überlassen. Es ist immerhin eine sehr seltene Missbildung.«

»Wie bitte?« Fritz starrte Doktor Brandes fassungslos an.

»Selbstverständlich wird niemand erfahren, von wem dieses Wesen abstammt, das ist ja auch irrelevant. Sie werden gewiss noch viele gesunde Kinder haben, derartige Missbildungen sind Launen der Natur und nicht erblich, das kann ich Ihnen versichern. Ich habe hier ein Formular mitgebracht, auf dem Sie nur unterzeichnen müssen, dass Sie das Präparat an uns abtreten.«

Im gleichen Moment sprang Fritz auf.

»Dieses Präparat, wie Sie es so schön nennen, ist mein Sohn, und im Augenblick lebt er noch! Und ich denke nicht daran, ihn in Formalin einlegen und als Schaustück in einer anatomischen Sammlung enden zu lassen!«

»Ich verstehe, dass Sie aufgebracht sind, aber wenn dieser Anencephalus in der Klinik verstirbt, haben wir ohnehin einen Anspruch auf den Leichnam für die Sektion.«

»Ach, ist das so? Gut. Paula, magst du Dorothea beim Packen helfen? Ich glaube, uns hält nichts mehr in dieser Klinik. Unser Sohn wird uns nach Hause begleiten und dort sterben, wo er hingehört, nämlich in den Armen seiner Eltern. Und er wird nicht in einer Spiritusflasche enden, sondern ein angemessenes Grab auf dem Ohlsdorfer Friedhof bekommen!«

»Überlegen Sie es sich noch einmal. Wenn Sie dieses Kind der Forschung überlassen, ist es wenigstens nicht umsonst auf der Welt gewesen.«

»Das ist es ohnehin nicht! Und nun verschwinden Sie mit Ihrem Formular, ehe ich es Ihnen in den Rachen stopfe!«

»Tun Sie lieber, was er sagt, der Mann hält sein Wort«, fügte Richard eisig hinzu.

Doktor Brandes verzog verärgert den Mund, sagte aber nichts weiter, sondern ging.

Noch während Paula Dorotheas Sachen zusammenpackte, erschien der Krankenhauspfarrer, um die Nottaufe des kleinen Gottlieb vorzunehmen.

Eine Stunde später setzten Richard und Paula Fritz, Dorothea und das Kind vor deren Wohnung ab.

»Wenn ihr irgendetwas braucht, meldet ihr euch, ja?«, sagte Richard, als Fritz ausstieg.

Fritz nickte nur, dann half er Dorothea mit dem Kind aus dem Auto.

Gottlieb Ellerweg entschlief vier Tage später friedlich in den Armen seiner Mutter und wurde unter großer Anteilnahme von Familie und Freunden auf dem Friedhof Ohlsdorf beigesetzt.

14. Kapitel

Nach Gottliebs Beisetzung sprach Fritz nicht mehr über seinen Sohn, allerdings trugen er und seine Frau in den nächsten Wochen ausschließlich Schwarz. Nach außen hin bemühte Fritz sich um Normalität, aber Richard wusste, dass sein Freund litt. Und dies nicht nur wegen des toten Kindes, sondern vor allem, weil sich herumgesprochen hatte, weshalb Gottlieb verstorben war. Wer die Nachricht von Gottliebs Missbildung weitergetragen hatte, ließ sich nicht mehr ermitteln, aber Paula, die aufgrund ihrer Promotion regelmäßig in der Finkenau war, hatte Doktor Brandes in Verdacht. Der Arzt war höchst verärgert gewesen, dass sich ausgerechnet ein ärztlicher Kollege wie Fritz so uneinsichtig gezeigt und die anatomische Sammlung aus reiner Sentimentalität, wie er es verächtlich nannte, um ein herausragendes Präparat betrogen hatte. Das Schlimmste war, dass es zahlreiche Kollegen gab, die ähnlich dachten. Gewiss sei es tragisch, ein missgebildetes Kind zu bekommen, aber letztlich sei es doch gar kein richtiger Mensch gewesen und der Tod eine Erlösung. Weshalb trugen Fritz und seine Frau also noch Trauerkleidung? Sie sollten doch lieber froh sein, dass dieses Kind nicht überlebt hatte und nun als ein sabbernder Irrer vor sich hin vegetierte. Einige schienen es sogar als regelrechte Provokation zu empfinden, dass Fritz eine Woche nach Gottliebs Beisetzung noch immer Trauer trug und dieses Wesen lieber der Erde zum Verrotten überlassen hatte, anstatt es der hehren Forschung zu übergeben.

Richard bemühte sich redlich, seinen Freund moralisch zu unterstützen und ihm beizustehen, und auch Professor Wehmeyer gehörte zu denen, die Fritz' Trauer respektierten und ihn vor der latenten Kritik anderer Kollegen in Schutz nahmen. Fritz hielt allen heimlichen Anfeindungen unbeirrt stand, bis die Geschichte seines Sohnes ihren Neuigkeitswert verlor und die Menschen sich wieder anderen Dingen zuwandten. Aber Richard vergaß niemals, wie andere Ärzte seinen besten Freund für dessen Entscheidung kritisiert und sogar angegriffen hatten. Und er war sich sicher, dass Fritz es auch niemals vergessen würde.

Ende März schloss Richard seine chirurgische Pflichtzeit ab und begann am 2. April 1929 seine Tätigkeit als Assistenzarzt für Psychiatrie. Ursprünglich hatte er sich in der Staatskrankenanstalt Friedrichsberg beworben, das von Rothenburgsort aus, wo Paula und er kurz nach ihrer Hochzeit eine eigene Wohnung bezogen hatten, günstig zu erreichen war. Allerdings hatte man ihm lediglich eine freie Stelle in der Heil- und Pflegeanstalt Langenhorn am Ochsenzoll angeboten, einer Außenstelle der Friedrichsberger Anstalt. Zunächst war Richard nicht sehr begeistert gewesen, was vor allem an dem weiten Anfahrtsweg und der schlechten Verkehrsanbindung lag. Sein Schwiegervater hatte ihn jedoch damit getröstet, dass die große Irrenanstalt in Langenhorn sehr modern sei und weitaus mehr Aufstiegsmöglichkeiten für einen engagierten jungen Arzt biete als das Friedrichsberger Krankenhaus. Und da Richard ein Auto besaß, waren die dreiundzwanzig Kilometer Entfernung auch kein unüberwindliches Hindernis.

Der leitende Oberarzt Doktor Sierau, bei dem Richard sich zum Dienstantritt vorstellte, machte einen guten Eindruck. »Käfigbetten und Zwangsjacken werden Sie hier nicht mehr finden«, erklärte er Richard als Erstes. »Im vergangenen Jahr ist es uns endlich gelungen, diese althergebrachten Behandlungsmethoden nahezu vollständig abzuschaffen und unseren Patienten stattdessen mit Verständnis und Fürsorge zu begegnen. Der Übergang zu der neuen Methode war nicht leicht und die ersten Nächte verliefen recht aufregend und unruhig, aber schon nach wenigen Tagen hatten sich die meisten Kranken auf die neue Behandlung eingestellt. Jetzt verhalten sie sich von selbst so ruhig wie früher bestenfalls unter Einsatz der Zwangsmittel. Sie sind umgänglicher und neigen weniger zu Zerstörungen und Gewalttätigkeiten.«

Doktor Sierau blickte in Richards Referenzen. »Wie ich sehe, haben Sie über die verschiedenen Behandlungsmöglichkeiten der Geisteskrankheiten promoviert, Doktor Hellmer. Ich denke, Sie wären für unser gesichertes Haus eine Bereicherung. Melden Sie sich bei Kurt Hansen, das ist der Oberpfleger, ein sehr erfahrener Mann, der Ihnen gewiss viel zu erzählen weiß. Ebenso wie Doktor Morgenstern, der Oberarzt des gesicherten Hauses, eine wahre Stütze unserer modernen Irrenpflege.«

Auf dem Weg zum gesicherten Haus, der ihn quer durch das Anstaltsgelände führte, bekam Richard einen ersten Eindruck von der Größe des Anwesens. Es war tatsächlich ein Dorf für sich. Neben Gemüsefeldern, Obstbäumen und einer einfachen Viehhaltung verfügte die Anstalt sogar über eine eigene Kirche, damit für das Seelenheil der Kranken gesorgt werden konnte. Die Patienten lebten in Pavillons, die zum Teil als offene Landhäuser geführt wurden, teilweise aber auch strengerer Sicherungsvorkehrungen bedurften. Das gesicherte Haus, in dem Richard von nun an arbeiten sollte, war von einer hohen Mauer umgeben, und an den Fenstern waren Gitter angebracht.

Der Oberpfleger Kurt Hansen, ein väterlicher Mann von Mitte vierzig mit Bauchansatz und Nerven aus Stahl, erwartete Richard bereits und war ihm sofort sympathisch.

»Im Grunde ist das wie in der Kindererziehung«, erklärte er, noch während er Richard in das Gebäude führte. »Haben Sie Kinder, Doktor Hellmer?«

»Noch nicht.«

»Nun, dann können Sie hier schon erste Erfahrungen für die Zeit sammeln, wenn es so weit ist. Unsere Patienten brauchen Verständnis, weil sie vieles nicht begreifen können, aber auch eine eiserne Hand, denn manches wissen sie ganz genau und versuchen trotzdem, die Regeln zu überschreiten. Die reinsten Lausbuben.« Er lachte leise. »Man darf sich da nicht hinters Licht führen lassen, einige der Kameraden hier sind mit allen Wassern gewaschen und besitzen eine bemerkenswerte Bauernschläue. Kommen Sie, ich zeige Ihnen mal unser Haus.«

»Vielen Dank.«

»Da nicht für.« Er öffnete eine der Türen. »So, das hier ist Ihr Büro. Wenn etwas fehlt, melden Sie sich. Wie Sie sehen, haben Sie sogar ein eigenes Telefon.« Kurt Hansen wies auf den dunklen Schreibtisch, auf dem ein schwarzes Telefon stand. »Darauf ist unser Oberarzt sehr stolz, dass jeder Arzt sein eigenes Telefon hat.«

»Damit hätte ich nicht gerechnet«, gestand Richard. »Meine Frau und ich warten derzeit noch auf unseren Anschluss. In zwei Monaten soll es so weit sein.« Richard hängte seinen Mantel in den Schrank und zog den weißen Kittel an, der dort bereits auf ihn wartete. Dann folgte er Kurt Hansen weiter durch das Haus.

»Die Kranken hier liegen in Wachsälen, weil sie ständig beaufsichtigt werden müssen. Wir haben in diesem Haus zwei Wachsäle mit jeweils zwölf Betten.«

Hansen öffnete die Tür zu einem der Wachsäle. Nur drei Männer lagen in den Betten, ansonsten war er leer. »Um diese Zeit ist der Garten geöffnet«, erklärte Kurt Hansen. »Und da bemühen wir uns, die meisten an die frische Luft zu kriegen. Klappt halt nicht bei allen, man muss sie nehmen, wie sie sind.«

Richard fiel auf, wie hell und freundlich der Raum gestaltet war. Die Wände waren hellgelb gestrichen und die Vorhänge passten farblich dazu.

Kurt Hansen ging durch den Raum hindurch zu einer weiteren Tür. »Hier sind die Badezimmer für die Dauerbäder«, erklärte er, während er sie öffnete. Dort standen zwei Fayence-Badewannen, die der Beruhigung von stark erregten Kranken dienten und bei Bedarf mit einem Deckel verschlossen werden konnten, sodass nur der Kopf des Kranken aus der Wanne ragte. Im Moment waren sie jedoch leer.

»Bäder sind noch immer eine gute Möglichkeit der Beruhigung, aber in den letzten zwei Wochen brauchten wir sie kaum. Natürlich haben wir auch Reinigungsbäder, die sind am anderen Ende des Flures.«

Richard nickte stumm.

Kurt Hansen führte ihn weiter zu den Tagesräumen, die auch als Speisesäle genutzt wurden. An den Wänden hingen Landschaftsgemälde, die eher den Eindruck eines gemütlichen Wohnzimmers als den einer kahlen Anstalt vermittelten.

Als Letztes zeigte er ihm den Garten, der von einer hohen Mauer umgeben war. Hier befanden sich die meisten Patienten, sie saßen in der Sonne oder gingen einfach im Kreis herum. Einige von ihnen spielten auch Brettspiele mit den Pflegern.

»Hat schon fast etwas von einem Sanatorium, was?«

Richard nickte. »Sehr friedlich.«

»Ja, wir versuchen Beziehungen aufzubauen, aber das ist auch immer so eine Gratwanderung, schließlich wollen wir sie irgendwann ja auch mal in die offenen Landhäuser verlegen.

Aber glauben Sie bloß nicht, dass das immer so ruhig ist wie in den ersten Frühlingstagen. Manchmal geht es hier auch ganz schön zur Sache und da muss man schon recht handfest zupacken.«

»Davor habe ich keine Angst«, sagte Richard.

»Müssen Sie auch nicht. Das ist nix für feine Doktoren, das macht das Fußvolk.« Kurt Hansen lächelte ihm gutmütig zu.

In den ersten Wochen lernte Richard vor allem viel über sich selbst. Er war voller Idealismus an seine Aufgaben herangegangen, getrieben von dem Wunsch, dass niemals wieder ein Kranker solche Leiden erdulden sollte wie sein Bruder Georg. Der humanistische Ansatz und der weitgehende Verzicht auf Zwangsmaßnahmen in Langenhorn kamen seinen Vorstellungen von einer modernen Psychiatrie sehr entgegen.

Ein junger Schizophrener namens Herbert, der mit gerade erst einundzwanzig Jahren schon an einer sehr fortgeschrittenen Form der Dementia praecox litt, erinnerte Richard an seinen Bruder, obwohl Herbert weder vom Äußeren noch von der Erkrankung her etwas mit Georg gemein hatte. Vielleicht war es dieser hilflose Blick, diese Verstörtheit, wenn er nicht wusste, was um ihn herum geschah. Richard konnte es nicht genau erklären, aber er war sich sicher, dass er mit Herbert arbeiten und ihn so weit stabilisieren könnte, dass er in der Lage wäre, in eines der offenen Landhäuser umzuziehen und sich dort einer sinnvollen Tätigkeit zuzuwenden. Zwar warnte Kurt Hansen ihn wiederholt, dass Herbert seine Gutmütigkeit nur ausnutzen und letzlich doch alle Versprechen brechen würde, aber Richard beharrte auf seiner Meinung. Er kümmerte sich weiterhin intensiv um Herbert und nahm ihn sogar mit auf einen Spaziergang durch das Gelände, um ihm die Milchkühe zu zeigen. Herbert folgte ihm mit treuherzigen Blicken wie ein glückliches Kind, zeigte auf die blühenden Rhododendren, die an den Hauptwegen wuchsen, und freute sich über alle Menschen, die ihnen entgegenkamen. Als sie bei den Milchkühen ankamen, war gerade Melkzeit, und ein älterer Mann, seiner Physiognomie nach ein Mongoloide, erklärte Herbert etwas umständlich, wie die Kühe gemolken wurden. Herbert war sofort Feuer und Flamme und wollte es auch versuchen. Richard hatte nichts dagegen und war erstaunt, wie geschickt der junge Schizophrene sich anstellte.

»Das würde ich gern immer machen«, sagte er auf dem Rückweg zu Richard. »Darf ich das wieder machen?«

»Wir werden sehen«, erwiderte Richard, konnte sich der Begeisterung des jungen Mannes jedoch nur schwer entziehen.

Nach seiner Rückkehr sprach er mit Kurt Hansen und fragte ihn, welche Voraussetzungen ein Insasse erfüllen musste, um im offenen Landhaus leben und in der Landwirtschaft arbeiten zu dürfen.

»Wollen Sie das dem Herbert wirklich antun?«, fragte Hansen skeptisch. »Das wird nichts. Heute findet er es großartig, aber morgen verliert er die Lust und dann läuft er weg, betrinkt sich irgendwo und kommt in Schwierigkeiten.«

»Hat man es denn schon mal versucht?«

»Im letzten Herbst, da war er bei der Ernte eingesetzt. Ist nicht gut gegangen. Zwei Tage hat er es ausgehalten, dann war er weg und die Polizei hat ihn wieder zurückgebracht. Doktor Morgenstern meint, es sei noch zu früh, um es noch einmal zu versuchen. In dem Jungen brennt noch immer zu viel Feuer.«

Bei der nächsten Visite sprach Richard Doktor Morgenstern dennoch auf Herbert an und erzählte von seinem Ausflug zu den Milchkühen.

»Und jetzt glauben Sie, dass er das wirklich durchhalten wird, Doktor Hellmer?«

»Ich weiß es nicht, aber ich habe die kindliche Freude in seinen Augen gesehen, während er hier immer nur stumpf vor sich hin stiert. Wäre es nicht einen Versuch wert?«

Der Oberarzt nahm seine Brille ab, putzte sie und betrachtete Richard dabei aus den Augenwinkeln.

»Sie haben ein großes Herz«, meinte er schließlich und setzte die Brille wieder auf. »Aber Sie würden dem Jungen keinen Gefallen tun. Er wird es nicht durchhalten.«

»Weil er im letzten Herbst bei der Ernte gescheitert ist?«

»Ja. Ihm fehlt die notwendige Ernsthaftigkeit. Er sieht etwas, das will er haben, aber genauso schnell verliert er das Interesse daran und sucht nach der nächsten Ablenkung.«

»Vielleicht könnte ihm die Verantwortung für die Tiere etwas mehr innere Struktur geben. Es sind immerhin Lebewesen, die durch ihre Reaktionen zeigen, was sie empfinden. Anders als Früchte bei der Ernte.«

Doktor Morgenstern lächelte nachsichtig. »Sie sind neu hier, erfüllt von Idealismus und dem Wunsch, die Welt zu verbessern. Ich schätze diese Eigenschaften bei jungen Ärzten. Man verliert sie viel zu schnell. Machen Sie weiterhin Ihre Ausflüge mit Herbert, dann werden Sie sehen, dass er bald die Lust verliert.«

»Und wenn nicht?«

»Dann können wir in zwei Wochen noch einmal darüber sprechen.«

»Ich danke Ihnen.«

»Oh, danken Sie mir nicht zu früh, Doktor Hellmer. Zeigen Sie mir lieber, dass Sie Herbert dazu motivieren können, längerfristig ein beständiges Interesse an einer Tätigkeit zu zeigen.«

Kurt Hansen schüttelte kaum merklich den Kopf, er schien nicht viel davon zu halten, aber Richard war davon überzeugt, dass Herbert der erste Patient in einer langen Reihe von hilflosen Menschen sein würde, denen er dazu verhalf, das Leben wieder als lebenswert zu erleben.

Nach zwei Wochen, in denen er regelmäßig mit Herbert unterwegs gewesen war, wurden Richards beharrliche Bemühungen von Erfolg gekrönt und Doktor Morgenstern stimmte Herberts Verlegung in eines der Landhäuser zu. Richard genoss seinen Triumph, hatte das Gefühl, einen großartigen Durchbruch erreicht zu haben, und fuhr am Abend beschwingt nach Hause.

Als er am folgenden Tag zum Dienst kam, erfuhr er, dass Herbert wieder im gesicherten Haus war. Der junge Mann war unmittelbar nach seiner Verlegung über den Zaun geklettert und davongelaufen. Die Polizei hatte ihn mitten in der Nacht zurückgebracht, nachdem Herbert sich in einer nahe gelegenen Kneipe betrunken, die Zeche geprellt und sich anschließend mit anderen Gästen geprügelt hatte.

Richard war wie vom Donner gerührt, als er Herbert wie ein Häufchen Elend auf seinem alten Bett im Wachsaal sitzen sah, in seinem Gesicht noch die Spuren der Schlägerei und die Augen vom ungewohnten Alkoholgenuss gerötet.

»Was sollte das?«, fragte er ihn.

»Ach, Herr Doktor, ich hatte doch nur Durst. Und ich war da schon so lange nicht mehr.«

»Aber Sie hatten mir versprochen, sich an unsere Abmachungen zu halten.«

»Ja, das mache ich auch. Versprochen. Darf ich jetzt wieder zu den Kühen?« Er sah Richard erneut mit diesem treuherzigen Blick an, der an ein verlassenes Kind erinnerte. Doch diesmal verfehlte er seine Wirkung, denn Richards Enttäuschung und sein Ärger auf sich selbst, dass er nicht auf die Warnungen der erfahrenen Kollegen gehört hatte, sondern glaubte, es besser als alle anderen zu wissen, waren zu stark.

»Tut mir leid«, sagte er. »Vorläufig gibt es keine Ausflüge mehr zu den Kühen.«

»Warum nicht?«

»Sie haben sich nicht an die Regeln gehalten, sondern sind weggelaufen, haben sich betrunken, die Zeche geprellt und sich anschließend geprügelt. Und das gleich in der allerersten Nacht. Ich bin zutiefst enttäuscht.«

»Es tut mir leid. Ich mache es nie wieder. Versprochen.«

»Nein«, beharrte Richard. »Vorläufig keine Kühe mehr. Sie brauchen noch etwas Zeit. Doktor Morgenstern hatte ganz recht.«

Kurt Hansen empfing Richard mit einem aufmunternden Schulterklopfen. »Machen Sie sich nichts draus, Herr Doktor. Sie haben es ja nur gut gemeint, aber wir kennen unsere Pappenheimer. Das war von Anfang an klar.«

»Aber warum hat Doktor Morgenstern der Verlegung dann zugestimmt? Wenn er sowieso wusste, dass Herbert weglaufen würde? Das hätte doch auch andere Folgen haben können.« Er schluckte bei dem Gedanken, was noch alles hätte passieren können.

»Ich will offen zu Ihnen sein, Doktor Hellmer. Sie haben das Herz auf dem rechten Fleck und das Zeug, ein guter Psychiater zu werden. Aber noch glauben Sie an das Gute in jedem Patienten. Patienten sind aber auch nur Menschen. Sie sind weder Engel noch Teufel. Mit Ärzten, die unsere Patienten lediglich als böswillige Teufel sehen und sie disziplinieren wollen, können wir wenig anfangen, und es gibt kaum eine Möglichkeit, aus ihnen gute Psychiater zu machen. Aber auch die, die so wie Sie denken, müssen einsehen, dass Idealismus nicht immer zum Ziel führt, sondern schlimme Konsequenzen haben kann. Und je früher Sie diese Erfahrung machen, umso besser. Der Herbert, der ist bislang immer nur weggelaufen, um sich zu betrinken, und manchmal kriegt er dann eins auf die Nase, so wie letzte Nacht. Mehr ist noch nie passiert, denn eigentlich ist der Herbert ja ein ganz lieber Junge. Deshalb hat Doktor Morgenstern auch beide Augen zugedrückt und Ihnen den Willen gelassen. Damit Sie am eigenen Leib erfahren, wie leicht man sich von den treuherzigen Blicken und ehrlich klingenden Versprechen mancher Kranker einwickeln lassen kann. Der Herbert meint das wirklich ernst, deshalb hat er Sie überzeugt. Aber er kann nicht danach handeln. Wir wussten alle, dass das schiefgehen muss. Sehen Sie es als Kompliment an, dass Doktor Morgenstern Ihnen diese Möglichkeit gegeben hat, denn er hält viel von Ihnen. Aber Sie haben noch einiges zu lernen.«

»Sie wollten mich also auf den harten Boden der Tatsachen zurückholen.« Richard zwang sich zu einem Lächeln, obwohl er sich tief in seinem Inneren beschämt fühlte. War er wirklich so verbohrt gewesen, dass man ihm nicht zugetraut hatte, auf sachliche Argumente zu hören? Vermutlich ja. Er erinnerte sich daran, wie glücklich er am Abend zuvor noch gewesen war, als er Paula von seinem ersten großen Erfolg als angehender Psychiater erzählt hatte. Sie war so stolz auf ihn gewesen und nun musste er ihr heute berichten, dass sein vermeintlich großer Erfolg die erste harte Lektion gewesen war, die er zu lernen hatte. Er seufzte.

Um die Mittagszeit ging Richard mit gemischten Gefühlen ins Ärztekasino. Wie sollte er seinen Kollegen nach diesem Vorfall unter die Augen treten? Er atmete einmal tief durch, dann riss er sich zusammen und nahm an dem Tisch Platz, wo bereits Doktor Morgenstern und Doktor Krüger saßen. Krüger war in Richards Alter und hatte erst kurz vor ihm seine Tätigkeit in der Heil- und Pflegeanstalt aufgenommen. Bislang hatte Richard nicht viel mit ihm zu tun gehabt, man war sich ab und an auf dem Anstaltsgelände begegnet und hatte sich gegrüßt, aber mehr als drei Worte waren nie zwischen ihnen gewechselt worden.

Als Richard sich jetzt an den Tisch setzte, musterte Krüger ihn mit einem erheiterten Blick.

»Ich habe gehört, Sie hätten heute Ihr erstes persönliches Waterloo erlebt, Herr Kollege?«

Obwohl Richard sonst um keine Antwort verlegen war, saß die Beschämung noch zu tief und ihm fiel keine passende Erwiderung ein.

»Wenn Sie es so nennen wollen«, sagte er nur.

»Waterloo erscheint mir dafür ein zu harter Begriff«, meinte Doktor Morgenstern. »Letztlich ist es eine Erfahrung, die wir alle einmal machen mussten.«

»Ich nicht«, wandte Krüger ein. »Blauäugigkeit und ungefilterter Humanismus sind im Umgang mit Geisteskranken nicht angezeigt.«

Richard entgegnete nichts, sondern konzentrierte sich auf das Gulasch auf seinem Teller.

»Sie haben recht«, bestätigte Doktor Morgenstern. »Ungefilterter Humanismus ist nicht angezeigt. Ebenso wenig wie fehlender Humanismus. Was der eine zu viel hat, mag dem anderen abgehen. Auch das gehört zu den Zielen der Weiterbildung in unserem Fach.«

Richard horchte auf. Bildete er es sich nur ein oder hatte Doktor Morgenstern Krüger eine dezente Rüge erteilt? Er sah Krüger ins Gesicht und stellte fest, dass dessen eben noch spöttisch grinsender Mund sich in einen Strich verwandelt hatte.

»Ja, es war ein Fehler«, gab Richard zu. »Ich war zu sehr davon überzeugt, das Richtige zu tun, weil ich es glauben wollte. Das wird nicht wieder vorkommen.«

»O doch«, widersprach ihm Doktor Morgenstern. »Es wird wieder vorkommen, irgendwann. Schlimm wäre es, wenn es nicht wieder vorkäme, denn ohne Vertrauen können wir unsere Arbeit nicht leisten. Allerdings bedarf es einiger Berufserfahrung, bis man mit relativer Sicherheit abzuwägen weiß, wann

Vertrauen angebracht ist und wann nicht.«

»Im Zweifelsfall vertraue ich niemandem«, erklärte Krüger. »Wenn wir uns den Fall Herbert ansehen, so hat dieses ungeprüfte Vertrauen einigen Unbeteiligten unnötige Schwierigkeiten gebracht. Er hat die Zeche geprellt und harmlose Kneipengänger in eine Schlägerei verwickelt.«

»Ich habe den Polizeibericht gelesen«, erwiderte Richard. »Es stimmt, Herbert hat die Zeche geprellt, aber daraufhin wurde er von einem der Anwesenden zur Rede gestellt und ein Wort gab das andere. Wer letztlich die Schlägerei begonnen hat, ist unklar. Die harmlosen Kneipengänger haben jedoch darauf verzichtet, eine Anzeige zu erstatten, was die Vermutung nahelegt, dass sie selbst die Schlägerei begonnen haben.«

»Fakt ist, dass es nicht zu diesem Zwischenfall gekommen wäre, wenn Sie sich nicht von diesem Geisteskranken hätten einwickeln lassen.«

»Ja«, bestätigte Richard. »Das ist so und das tut mir leid. Ich kann es aber nicht mehr ändern. Ich kann nur versuchen, es in Zukunft besser zu machen.«

Richards vollständiges Nachgeben irritierte Krüger, während Doktor Morgenstern kaum merklich lächelte.

15. Kapitel

In den folgenden Monaten gewann Richard immer mehr Sicherheit im Umgang mit seinen Patienten. Gleichzeitig entwickelte er eine starke Abneigung gegen seinen Kollegen Krüger, der es für Zeitverschwendung hielt, sich in die Denkweise der Kranken einzufühlen, und ausschließlich mit disziplinierenden Maßnahmen gegen unerwünschte Verhaltensweisen vorging. Zwar erkannte Richard sehr schnell, dass Doktor Morgenstern Krüger ebenfalls mit Skepsis betrachtete, aber Krüger ließ sich davon nicht beeindrucken, sondern setzte alles daran, sich mit den Erfolgen, die er mit seiner Methode zweifellos hatte, zu profilieren. Eine Weile fühlte Richard sich versucht, den stillen Kampf gegen Krüger aufzunehmen, doch dann entschied er sich dagegen. Er wollte seine Kraft nicht mit derartigen Fehden vergeuden, sondern lieber für seine Patienten da sein. Die Männer im gesicherten Haus langweilten sich oft und Richard überlegte deshalb, ob es möglich wäre, eine Form von einfacher Arbeit auf der Station zu etablieren, beispielsweise Tüten kleben wie in Gefängnissen. Als er Oberpfleger Kurt Hansen darauf ansprach, war der seinem Vorschlag nicht abgeneigt und sie machten sich gemeinsam an die Planung. Nach einer Woche konnten sie Doktor Morgenstern ein entsprechendes Konzept vorlegen. Jeden Vormittag sollte der Speisesaal der Station zunächst für drei Stunden in einen Arbeitsraum umgewandelt werden. Ein Teil der Männer klebte bald darauf tatsächlich mit einem ungeahnten Enthusiasmus Tüten. Allerdings gab es auch Patienten, die nicht sorgfältig genug arbeiten konnten und sich deshalb ausgeschlossen fühlten. Richard fiel zunächst nichts ein, was er diesen Männern als Beschäftigung anbieten könnte. Als er eines Abends mit Paula darüber sprach, erinnerte sie ihn daran, wie sie sich in Professor Habermanns Vorlesung kennengelernt hatten. »Wie wäre es, wenn du diese Patienten Bilder malen lässt? Was die Psychiater in Heidelberg können, solltest du doch auch schaffen.«

»Ich glaube, Oberpfleger Kurt wird davon nicht so begeistert sein. Du unterschätzt die Schweinereien, die einige der Schwerkranken mit Farben auf der Station anrichten würden.«

»Du musst ihnen ja keine Wasserfarben oder Tinte geben. Wie wäre es mit Buntstiften oder Wachsmalkreiden?«

»Das wäre natürlich eine Möglichkeit«, nahm Richard Paulas Vorschlag dankbar auf und sprach am folgenden Tag mit Kurt Hansen darüber. Der Oberpfleger ließ sich von Richards Begeisterung schnell anstecken und kümmerte sich um die entsprechende Materialbeschaffung. Wachsmalkreiden erwiesen sich als zu teuer und außerdem konnten die Kranken mit ihnen mehr Unfug anstellen, sodass Hansen lieber Buntstifte besorgte.

Doktor Morgenstern und auch der leitende Oberarzt Doktor Sierau waren von Richards Engagement sehr angetan und rieten anderen Kollegen, sich anzusehen, was Doktor Hellmer in so kurzer Zeit auf die Beine gestellt hatte. Auch Krüger, der sich sonst nie ins gesicherte Haus verirrte, gehörte zu den Besuchern.

»Das Tütenkleben ist gar keine schlechte Idee«, sagte er. »Aber den Geisteskranken kostspieliges Papier und ebenso teure Buntstifte in die Hände zu geben, die sie dann ruinieren« – er hob bei diesen Worten einen Stift auf, der in der Mitte durchgebrochen und dann an beiden Seiten angespitzt worden war – »erscheint mir nicht sonderlich produktiv. Glauben Sie wirklich, die Welt hätte auf diese Schmierereien gewartet?«

»Wissen Sie, die Franzosen verdienen derzeit sehr gut mit ihren Werken des Kubismus. Da dachte ich, so ein paar kubistische Werke können meine Patienten auch malen. Warum soll man viel Geld für die Bilder von irgendwelchen Franzosen ausgeben, wenn man rein deutsche Werke erwerben kann? Zumal wir viel effizienter sind. Wir lassen diese Bilder von denen malen, die sonst nichts anderes können, anstatt produktive Mannsbilder dafür abzustellen. Die Kunsthändler werden es uns aus den Händen reißen, da können Sie sicher sein.«

Krüger sah Richard in einer Mischung aus Irritation und Verärgerung an. »Das ist nicht Ihr Ernst, oder?«

Richard lachte. »Sie haben keine Ahnung von Kunst, oder?«

»Glauben Sie wirklich, dass jemand diese Schmierereien kaufen wird?«

»Nein. Deshalb sagte ich ja gerade, dass Sie keine Ahnung von Kunst haben, sonst hätten Sie die Ironie sofort verstanden.«

»Dieses ganze Projekt ist eine reine Zeit- und Geldverschwendung.«

»Nichts, was Menschen in irgendeiner Weise Freude machen kann, ist verschwendet. Glück und Freude sind mit keinem Geld der Welt aufzuwiegen.«

Krüger schnaubte verächtlich, dann ging er.

Anfang September 1929 lud Richards Vater ihn und Paula sowie ihren Vater zu sich ein. Es gebe dringende Angelegenheiten zu besprechen, hieß es.

Tatsächlich war es kein gewöhnliches Familientreffen, sondern Margits Mann Holger, dem die Buchhaltung der Tischlerei oblag, hatte um dieses Treffen gebeten.

»Wie ihr wisst, beobachte ich regelmäßig die Weltwirtschaftslage«, begann er. »Und dabei sind mir einige Dinge aufgefallen. Seit gut einem Jahr rumoren die Aktienmärkte. Dass wir euch im letzten Jahr das Auto zur Hochzeit schenken konnten, war eine Folge davon. Der ursprüngliche Besitzer hatte sich verspekuliert und musste es deutlich unter Wert abstoßen. Aber ich befürchte, das ist erst der Anfang. Die Kurse an der New Yorker Börse fallen beständig. Irgendwann bricht alles zusammen, da bin ich mir ziemlich sicher. Sobald das passiert, werden die Amerikaner ihre Kriegsanleihen von den Engländern und Franzosen zurückverlangen, die sich dann im Gegenzug bei uns schadlos halten und die Schulden aus Versailles verlangen werden, um ihre eigenen zu bezahlen. Wir könnten allerdings nur mit erneuten Krediten zurückzahlen, aber wenn die Banken fallen, gibt es keine Kredite mehr, alles bricht zusammen und wir haben eine ähnliche Situation wie 1923. Bargeld wird dann nicht mal mehr das Papier wert sein, auf dem es gedruckt wurde.«

»Aber es gibt doch den Young-Plan, der gerade in Frankreich verhandelt wird«, warf Richard ein. »Damit wäre die Schuldenrückzahlung gesichert, auch wenn ich dann schon siebenundachtzig bin, bis alle Reparationen abbezahlt sind.« Er lachte bitter auf.

»Darauf würde ich mich nicht verlassen«, erwiderte Holger. »Wie gesagt, es erinnert mich sehr viel an 1923. Und wir müssen zusehen, dass wir unser Bargeld vernünftig anlegen, falls es wieder zu einer Inflation kommt.«

»Und was schlägst du vor?«, fragte Paulas Vater.

»Wir haben vor der letzten Inflation das forstwirtschaftlich genutzte Grundstück vor den Toren Hamburgs erworben, von dem wir jetzt unser Holz beziehen. Dadurch haben wir fast keine Verluste gemacht und sind unbeschwert durch die schwierigen Zeiten gekommen. Land behält immer seinen

Wert. Außerdem haben wir immer genügend Rohstoffe. Ich habe mich schlaugemacht, das Waldstück direkt neben unserem Besitz steht zum Verkauf, der bisherige Eigentümer kann die Grundsteuern nicht mehr tragen. Ich würde es gern erwerben, allerdings haben wir nicht genügend Mittel flüssig und deshalb wollte ich fragen, ob du dich beteiligen willst, Wilhelm. Sozusagen als unser Teilhaber. Das wäre eine sichere Geldanlage, ganz gleich, was die Aktienmärkte machen. Wir können das Holz entweder selbst verwerten oder verkaufen. Wahlweise könnten wir das Grundstück auch verpachten. Der Vorteil liegt darin, dass Wälder ihren Wert behalten. Es gibt keine Mietzinsbindung wie bei Immobilien. Und Bäume können auch nicht schlecht werden. Je länger sie nicht geschlagen werden, umso wertvoller werden sie.« Holger lächelte.

»Und wie viel Geld müsste ich dazugeben?«

»Uns fehlen noch siebentausend Mark.«

»Das ist eine stolze Summe. Wie lange kann ich es mir überlegen?«

»Wir haben eine Woche Zeit, uns zu entscheiden.«

Richard sah, wie sein Schwiegervater im Geiste rechnete.

»Also gut«, willigte Doktor Engelhardt schließlich ein. »Ich bin dabei, sofern ich im Grundbuch anteilsmäßig eingetragen werde.«

»Selbstverständlich«, sagte Richards Vater. »Im Grundbuch und auch bei der Holzverwertung. Eigentlich gibt es derzeit nur zwei sichere Anlagemöglichkeiten – Grundbesitz und Edelmetalle. Wobei ich immer auf den Grundbesitz setzen würde – der kann wenigstens nicht gestohlen werden.«

»Allenfalls durch staatliche Sonderabgaben in Form von Zwangshypotheken wie bei der letzten Inflation«, warf Paulas Vater ein.

»Ja«, gab Holger zu. »Und deshalb kaufen wir auch dreiundsiebzig Hektar zum Preis von dreihundertsechzehn Mark pro Hektar dazu, von denen wir im Notfall genügend verkaufen könnten, um derartige Zwangshypotheken bezahlen zu können, falls es wirklich dazu kommt.«

Paulas Vater überschlug die genannten Zahlen im Geiste. »Ich bin dann also mit rund zweiundzwanzig Hektar dabei?«

»So ist es«, sagte Holger. »Der Besitzer muss dringend verkaufen, aber ich kann den Hektarpreis nur durchdrücken, wenn wir ihm das Land im Ganzen abkaufen. Wir haben jedoch nur sechzehntausend Mark.«

»Nur sechzehntausend Mark.« Paulas Vater lachte leise. »Mir scheint, es ist nicht übertrieben zu sagen, dass Handwerk goldenen Boden hat.«

»Man geht halt nicht so ohne Weiteres mit dem Hausieren, was man besitzt«, meinte Richards Vater. »Aber dass wir nicht arm sind, wusstest du doch von Anfang an.«

»Spätestens seit dem Automobil als Hochzeitsgeschenk«, gab Paulas Vater zu. »Wie ich schon sagte, ich bin dabei. Ihr könnt die Papiere fertig machen, ich werde sie in den nächsten Tagen unterschreiben und das Geld anweisen.«

Knapp einen Monat, nachdem Holger den Kauf des Grundstücks abgewickelt hatte, erwies sich wieder einmal, dass er genau das richtige Gespür gehabt hatte, um sie rechtzeitig durch schwere Zeiten zu bringen. Am 24. Oktober 1929 brach die New Yorker Börse zusammen und in der Folge kam es in den kommenden Monaten auch in Deutschland zu einer schwerwiegenden Wirtschaftskrise. Betriebe konnten ihre Kosten nicht mehr decken, die Exportleistung ging zurück und unzählige Menschen wurden arbeitslos. Als der Winter kam, sah man mehr Bettler in den Straßen als in den Jahren zuvor. Ganze Familien konnten ihre Miete nicht mehr zahlen und wurden obdachlos. Suppenküchen und Armenspeisungen hielten dem Andrang kaum noch stand.

Richards Familie blieb dank Holgers Voraussicht weitestgehend von den Folgen verschont, ebenso wie Paulas Vater. Fritz hatte das Geld, das er und Dorothea mittlerweile angespart hatten, auf Richards Rat hin rechtzeitig ausgegeben und dafür ein Auto gekauft, zu dem sein Vater ihm noch ein paar Hunderter zugesteckt hatte.

»Die beste Art, sein Geld auf den Kopf zu hauen, ehe es wertlos wird«, sagte Fritz mit strahlendem Gesicht zu Richard, als er ihm seinen neuen Opel 10/40 vorführte. »Er bringt es auf fünfundachtzig Kilometer in der Stunde.«

»Er sieht wirklich schnittig aus. Herzlichen Glückwunsch! Und wird Dorothea jetzt auch einen Führerschein machen?«

»Du meinst, weil Paula vor drei Monaten ihre Prüfung bestanden hat? Ich fürchte, Dorothea ist nicht so modern wie deine Frau. Sie genießt es, sich von mir fahren zu lassen.«

»Das tut Paula auch, aber mir ist es wichtig, dass sie den Wagen selbst fahren kann, wenn es sein muss.«

»Also falls du auf eurer nächsten Fahrt nach Italien mal ein Schläfchen auf dem Beifahrersitz machen möchtest?« Fritz lächelte ihn gutmütig an.

»So in etwa.« Richard erwiderte das Lächeln.

»Jetzt können wir nur hoffen, dass die Benzinpreise erschwinglich bleiben«, bemerkte Fritz. »Aber wenigstens müssen wir uns um unsere Arbeit keine Sorgen machen. Professor Wehmeyer meint, dass ich bald die Facharztreife habe und für die Oberarztposition infrage komme, wenn Doktor Winkler im nächsten Jahr aus Altersgründen ausscheidet.«

»Du machst ja eine rasante Karriere.«

»Es liegt mir eben. Aber ich glaube, so richtig überzeugt ist Professor Wehmeyer, seit ich im Nachtdienst diesem Selbstmörder das Leben gerettet habe. Ist der jetzt nicht bei dir?«

»Du meinst Heinrich Ahlers, der sich in den Kopf geschossen hat, nachdem er sein ganzes Vermögen durch den Börsencrash verloren hat?«

»Ja, genau den. War keine leichte Operation und eine Zeit lang dachten wir, er schafft es nicht.«

»In dem Fall frage ich mich allerdings, ob es wirklich ein Segen für ihn war, dass du ein hervorragender Chirurg bist. Er ist halbseitig gelähmt und seine Persönlichkeit hat sich vollständig verändert. Ich schätze, er wird nie wieder aus dem gesicherten Haus herauskommen.«

»Hätte ich ihn etwa sterben lassen sollen?«

»Nein, natürlich nicht. Ich sag nur, wie es ist. Manchmal kann die moderne Medizin auch ein Fluch sein.«

»Vielleicht«, gab Fritz zu. »Aber ich würde es jederzeit wieder tun. Ich hätte auch jeden Strohhalm ergriffen, wenn es eine Möglichkeit gegeben hätte, Gottlieb zu retten. Auch wenn er fürchterlich entstellt war und niemals ein normales Leben hätte führen können. Ganz gleich, was mir andere vorwerfen.«

Es war das erste Mal seit Gottliebs Beisetzung, dass Fritz den Namen seines Sohnes aussprach.

»Und du?«, fragte Fritz. »Wenn es dein Sohn gewesen wäre, was hättest du getan?«

»Dasselbe wie du. Ich dachte, das wüsstest du.«

Fritz nickte schwach. »Ja, ich weiß.« Dann seufzte er. »Dorothea hat Angst davor, noch einmal ein Kind zu bekommen. Sie fürchtet, es könnte wieder eine solche Missbildung haben.«

»Aber das ist doch sehr unwahrscheinlich.«

»Ja. Trotzdem bleibt die Angst.«

»Und du? Fürchtest du dich auch?«

»Nein. Ich habe mich intensiv mit den wissenschaftlichen Publikationen zu dieser Fehlbildung befasst. Es gibt weder einen Anhalt für eine erbliche Komponente, noch sind jemals zwei derartige Missbildungen in einer Familie beschrieben worden. Aber das ändert nichts daran, dass Doro eine weitere Schwangerschaft ablehnt.« Ein erneutes Seufzen. »Nun ja, wir werden uns demnächst einen Hund anschaffen.«

Richard zog erstaunt die Brauen hoch. »Einen Hund?«

Fritz lachte. »Jetzt solltest du mal dein Gesicht sehen. Ist das so abwegig?«

»Als Alternative für ein Kind? Irgendwie schon.«

»Ich hätte gern einen Schäferhund, aber Dorothea würde einen Dackel vorziehen.«

»Dann wird es also ein Dackel?«

»Du kennst mich einfach zu gut, Richard. Spaß beiseite, ich schätze, Doro braucht einfach nur Zeit, und so ein Dackel ist doch ideal, um einerseits mütterliche Gefühle zu wecken und andererseits einem Mann das Gefühl zu geben, einen echten Jagdhund zu besitzen.«

»Und dann ziehst du mit deinem Dackel durch die Wälder auf Fuchsjagd?«

»Nein, ich gehe selbstverständlich mit ihm und Dorothea an der Alster flanieren. Eine typisch deutsche Familie. Mann, Frau und Dackel.«

Sie lachten beide bei der Vorstellung und Richard war froh, dass sein Freund trotz allem seinen Humor nicht verloren hatte.

Die Folgen der Wirtschaftskrise machten sich indes auch in der Heil- und Pflegeanstalt bemerkbar. Die Geldmittel wurden knapp und als Erstes fiel die Maltherapie im gesicherten Haus den Einsparungen zum Opfer. Auch der Speiseplan wurde eintöniger, aber er war immer noch reichhaltiger als in manch anderen Kliniken, da die Anstalt sich zum größten Teil autark von ihren landwirtschaftlichen Erzeugnissen ernähren konnte.

Die Wirtschaftskrise war auch unter den Ärzten und Pflegern in der Anstalt ein beständiges Thema, und dies nicht nur wegen der finanziellen Einschränkungen. Fälle wie der des bedauernswerten Heinrich Ahlers waren keine Ausnahmen mehr, auch wenn die meisten gescheiterten Selbstmörder körperlich in deutlich besserer Verfassung waren.

Das Thema der verhinderten Selbstmörder wurde unter den Ärzten sehr kontrovers diskutiert. Während Richard und Doktor Morgenstern der Ansicht waren, dass jeder Suizid verhindert werden müsse, da nicht von vornherein absehbar sei, ob es sich um verzweifelte Kurzschlusshandlungen oder einen Bilanzsuizid handelte, vertrat Doktor Krüger die Meinung, dass jemand, der durch die Wirtschaftskrise alles verloren habe und deshalb eine selbstbestimmte Bilanz seines Lebens ziehe, nicht daran gehindert und mit geisteskranken Irren gleichgestellt und einfach weggesperrt werden dürfe.

»Wo kämen wir denn da hin, wenn ein Mann nicht mehr den ehrenwerten Weg eines Bilanzsuizids gehen darf, sondern sich dem bettelnden Elend anschließen soll?«, sagte er eines Mittags im Kasino. »Jeder Mensch muss das Recht haben, selbst über sein Schicksal zu entscheiden.«

»Ja«, bestätigte Richard. »Aber woher wissen wir, ob diese Tat wirklich nach reiflicher Überlegung geschah? Und was verliert ein Mensch, wenn er nach einem gescheiterten Selbstmordversuch die Möglichkeit bekommt, nochmals darüber nachzudenken, ob es nicht andere Lösungen gibt?«

»Etwa so wie Ahlers, der zum sabbernden Idioten geworden ist, weil seine Frau nicht den Anstand hatte, ihn sterben zu lassen?«

»Tja, hätte er genügend Anstand bewiesen, sich weiterhin dem Leben zu stellen, anstatt seine Familie mit seinen ganzen Schulden allein zu lassen und sich in den Tod zu flüchten, wäre das wohl nicht passiert«, biss Richard zurück. »Familienväter, die sich umbringen, weil sie ihr Vermögen verloren haben, handeln verantwortungslos und feige. Ein anständiger Mann jagt sich in dem Fall keine Kugel in den Kopf, sondern versucht alles, seine Familie auf andere Art und Weise zu unterstützen.«

»Zumal bei einem Selbstmord nicht mal die Lebensversicherung zahlt«, bestätigte Doktor Morgenstern. »Andernfalls könnte ich es vielleicht noch als einen letzten Akt der Liebe und Fürsorge nachvollziehen.«

»Und was hat die Familie von Ahlers jetzt davon, einen Idioten als Familienvorstand zu haben, der dauerhaft in einer Anstalt leben wird?«, empörte sich Krüger weiter. »Soll er vielleicht mit seiner Idiotie in einer Kuriositätenschau auf dem Jahrmarkt auftreten, um noch Geld zu verdienen? Tatsächlich wird er die Volksgemeinschaft von nun an jährlich Unsummen kosten, nur weil eine völlig sinnlose Operation sein zerstörtes Leben erhalten hat.«

»Wem geben Sie jetzt die Schuld? Der Ehefrau? Dem Chirurgen? Oder Ahlers selbst, weil er nicht gut genug gezielt hat, als er sich die Pistole an die Schläfe setzte?«, fragte Richard. »Fälle wie Ahlers sind glücklicherweise seltene Ausnahmen. Wie wäre es, wenn Sie Joachim Kleinfeld mal als Gegenbeispiel anführen würden?«

Kleinfeld hatte ebenfalls alles durch den Börsencrash verloren und daraufhin versucht, sich aufzuhängen. Sein zwölfjähriger Sohn hatte ihn auf dem Dachboden gefunden und gerade noch rechtzeitig abgeschnitten. Da Kleinfeld sich anfangs nicht von seinen Suizidideen abbringen ließ, war er ins gesicherte Haus verlegt worden. Hier hatte sich Richard eingehend um ihn gekümmert, und im Laufe von mehreren Wochen war es ihm gelungen, dem Mann seinen Lebensmut zurückzugeben und ihn von seiner Verantwortung gegenüber seiner Familie zu überzeugen.

»Wollen Sie mir jetzt jedes Mal mit Kleinfeld kommen?«

»Nein«, sagte Richard. »Ich kann Ihnen auch mit Anton Müller, Bernhard Hartwein und Justus Bergstedt kommen. Damit hätten wir eine Quote von vier zu eins. Vier Männer, die erfolgreich ins Leben zurückfanden, weil wir sie nicht einfach sterben ließen. Und genau daran messe ich meine Taten. Natürlich wäre es für Ahlers besser gewesen, wenn er gestorben wäre, anstatt nun so leben zu müssen. Aber noch besser wäre es gewesen, wenn man ihn richtig hätte retten können. Und genau das wurde versucht. Hinterher ist man immer schlauer.«

»Sagen Sie das eigentlich nur, weil der Chirurg, der das verbrochen hat, ihr Freund ist, oder glauben Sie das wirklich?«

Richard stutzte. Woher wusste Krüger, wer Ahlers operiert hatte und dass der Operateur sein Freund war?

»Sie haben sich ja ziemlich eingehend mit dem Fall Ahlers befasst, wenn man bedenkt, dass er gar nicht Ihr Patient ist.«

»Das war gar nicht nötig. Wenn man die einschlägigen Fachzeitschriften liest, erfährt man mehr, als Sie glauben, Herr Kollege. Aber anscheinend lesen Sie keine chirurgischen Falldarstellungen, oder? Sonst wäre Ihnen die Publikation von Professor Wehmeyer und Doktor Ellerweg über die erfolgreiche Operation eines Selbstmörders mit Kopfschuss bestimmt nicht entgangen. Und Doktor Ellerweg ist doch Ihr Freund, nicht wahr?«

»Sie scheinen sich ja sehr für mein Privatleben zu interessieren, wenn Sie schon die Namen meiner Freunde kennen.«

Krüger grinste. »Eine kleine Passion von mir. Ich weiß immer gern, mit wem ich es zu tun habe.«

»Dann habe ich noch ein Detail für Sie, lieber Kollege. Ich bin nicht nur ein Freund von Fritz Ellerweg, sondern auch ein Freund seines Dackels Rudi. Brauchen Sie dazu auch noch ein paar Informationen? Rudi ist zwölf Wochen alt, deutsches Langhaar mit Stammbaum.«

»Sehr geistreich.« Krüger schob seinen leeren Teller zur Seite. »Ich habe noch etwas zu tun und kann mich Ihren bemerkenswerten Ausführungen deshalb leider nicht länger widmen.« Damit erhob er sich und ging.

16. Kapitel

Die Wirtschaftskrise zeigte nicht nur in Richards privatem und beruflichem Umfeld Folgen, sondern auch in der großen Politik. Am 27. März 1930 zerbrach die große Koalition aus SPD, Zentrum, BVP, DDP und DVP unter Kanzler Müller.

Richard nahm mit großer Sorge zur Kenntnis, dass Reichspräsident Paul von Hindenburg daraufhin den Zentrumspolitiker Heinrich Brüning zum Kanzler ernannte, der eine Minderheitenregierung ohne Beteiligung der SPD bildete.

In der Familie war man geteilter Meinung. Richard, sein Vater und Paula waren skeptisch, während Doktor Engelhardt meinte, Hindenburg wisse, was er tue, und er habe großes Vertrauen zu ihm. Es gehe letztlich darum, einen Block gegen die Kommunisten zu bilden.

»Ein Block gegen die Nazis wäre mir lieber«, erwiderte Richard.

»Mein Junge, du hast zu viele sozialdemokratische Wahlplakate gesehen«, hielt ihm Doktor Engelhardt entgegen. »Die größte Gefahr liegt darin, dass Deutschland in einer roten Revolution endet und wir hier russische Verhältnisse bekommen.«

»Und du meinst, die Nazis wären die bessere Alternative? Wenn ich daran denke, wie die gegen die Juden wettern, mache ich mir Sorgen um unsere jüdischen Freunde und Kollegen.«

»Ach, das ist das übliche Rumtrompeten, wenn man einen Sündenbock sucht. So schlimm wird es schon nicht werden.«

»Leonie sieht das anders«, wandte Paula ein. »Ihr Vater übrigens auch. Der ist schon am Überlegen, seine alten Kontakte in die Schweiz wieder aufleben zu lassen, falls sich die Situation in Deutschland nachhaltig verschlechtern sollte.«

»Ach, Isaak war schon immer ein Pessimist.« Doktor Engelhardt machte eine wegwerfende Handbewegung. »Wartet es einfach ab, es wird sich schon alles finden.«

Richard wollte widersprechen, doch Paula legte ihm sanft die Hand auf den Arm und schüttelte kaum merklich den Kopf. Es brachte nichts, mit ihrem Vater über die drohenden Gefahren zu diskutieren, wenn man doch nichts dagegen unternehmen konnte.

Im Sommer 1930 schloss Paula ihre Promotion ab und bereitete sich auf ihre letzte ärztliche Prüfung im September vor. Ihr Prüfungstermin war der 10. September 1930, und sie bestand ohne Schwierigkeiten. Allerdings ging ihr persönlicher Erfolg, endlich Ärztin zu sein, in der allgemeinen politischen Lage unter, denn in diesen Tagen redete jeder von den bevorstehenden Reichstagsneuwahlen am 14. September.

Die schwierige Wirtschaftslage hatte der NSDAP ungeahnten Aufwind gegeben und deren Anhänger paradierten in den Tagen vor der Wahl regelmäßig in ihren braunen Uniformen durch die Straßen und lieferten sich immer häufiger blutige Gefechte mit den Kommunisten. Einmal hörten Richard und Paula sogar in ihrer Wohnung von draußen laute Schüsse und Schreie.

»Das ist ja schlimmer als im Krieg«, rief Richard und wollte zum Fenster gehen, um nachzusehen, was dort vor sich ging, doch Paula hielt ihn zurück. »Nicht, nachher trifft dich noch ein Querschläger!«

Als kurz darauf tatsächlich eine Scheibe in der Etage unter ihnen zersplitterte, verständigte Richard die Polizei.

»Woher haben diese Idioten eigentlich die Schusswaffen?«, fragte er, während er sich mit Paula im fensterlosen Badezimmer verschanzte, um nicht doch noch von irgendwelchen umherfliegenden Kugeln getroffen zu werden. »Da möchte ich am liebsten Jäger werden und denen allen eine Schrotladung in den Hintern jagen!«

Trotz der angespannten Situation musste Paula bei dieser Vorstellung lachen.

»Wer hätte gedacht, dass wir uns jemals in unserem Badezimmer vor verirrten Kugeln verstecken müssen?«, sagte sie und musterte Richard mit liebevollem Blick. »Wir leben schon in spannenden Zeiten, nicht wahr?«

»Ich würde lieber in langweiligen Zeiten leben«, entgegnete Richard. »Aber wahrscheinlich muss man das Beste aus allen Situationen machen, nicht wahr?« Mit diesen Worten zog er Paula an sich und küsste sie.

Das Lärmen und Schießen dauerte noch eine weitere halbe Stunde an, bis die Polizei endlich kam und dem Spuk ein Ende setzte.

Als Richard Fritz ein paar Tage später davon erzählte, meinte der nur, das wundere ihn nicht weiter, denn langsam würde er zum Experten für Schussverletzungen aller Art.

»In den letzten zwei Monaten habe ich elf Leute mit Schusswunden im Nachtdienst gesehen. Elf! Als wären wir im Krieg. Und das sind nicht nur Nazis oder Kommunisten, sondern auch ganz normale Verbrecher. Die kennen keine Hemmungen mehr, die schießen gleich. Scheißegal, ob sie dafür ins Zuchthaus kommen oder nicht. Und von denen, die bloß mit

Messern auf andere losgehen, will ich gar nicht reden.«

Richard nickte betrübt. Jeder wusste, dass die Kriminalitätsrate seit Beginn der Wirtschaftskrise massiv angestiegen war. Viele Menschen hatten nicht einmal mehr das Nötigste zum Leben, einst ehrbare Frauen prostituierten sich, um nicht zu verhungern, und die Zahl der Einbrüche und Raubüberfälle nahm immer weiter zu. Die Polizei war völlig überfordert und die Regierungsparteien hüllten sich in Schweigen. Die Kommunisten warben mit der Enteignung der Reichen, um das Ungleichgewicht zu durchbrechen, und strebten eine Sowjetrepublik an, was die Menschen in Richards Umfeld nur noch mehr verunsicherte. Die Nazis versprachen die Schaffung neuer Arbeitsplätze, die Wahrung des Privatbesitzes und dass sie Verhältnisse wie in Russland verhindern würden. Das Volk sollte als Einheit bestehen, es sollte niemandem schlechter, aber allen besser gehen. Die Sozialdemokraten beschränkten sich darauf, gegen den zunehmenden Einfluss der NSDAP anzukämpfen, konnten aber keine markigen Antworten auf die drängenden Fragen geben. Obwohl Richard ein überzeugter Sozialdemokrat war, ärgerte er sich maßlos darüber, dass sich der gesamte Wahlkampf der SPD einzig und allein darum drehte, das weitere Erstarken der Nazis zu verhindern, anstatt dem Volk neue Impulse zu liefern und sich selbst mit Ideen zu profilieren.

Im Radio wurden immer häufiger Reden von Adolf Hitler übertragen. »Der Nationalsozialismus kämpft für den deutschen Arbeiter, indem er ihn aus den Händen seiner Betrüger nimmt«, verkündete Hitler in einer großen Rede im Berliner Sportpalast. »Was wir versprechen, ist nicht materielle Besserung für einen einzelnen Stand, sondern die Mehrung der Kraft der Nation, weil nur diese den Weg zur Macht und damit zur Befreiung des ganzen Volkes weist.« Der Jubel, der aufbrandete, war unbeschreiblich.

»Willst du dir diesen Unsinn wirklich anhören?«, fragte Richard, während Paula in der Küche vor dem Radio saß.

»Ja«, sagte sie. »Ich warte immer noch darauf, dass er erklärt, wie er es anfangen will.« Sie schenkte sich eine Tasse Kaffee ein, echten Bohnenkaffee, was mittlerweile zu einem Luxus geworden war, den Paula sich aber nicht versagen wollte.

»Darauf kannst du lange warten«, meinte Richard und schenkte sich ebenfalls Kaffee ein. »Aber das ist den Menschen gleichgültig. Krüger sagte heute, die anderen Parteien hätten ihre Chancen gehabt und sie nicht genutzt. Warum sollte man also nicht Hitler die Möglichkeit geben, zu beweisen, was er wirklich kann?«

»Krüger ist doch kein Maßstab.«

»Nein, aber gestern hat ihm sogar Kurt Hansen zugestimmt. Er meinte, wir bräuchten wieder Recht und Ordnung in unseren Straßen. Ich entgegnete daraufhin, dass wir das wohl kaum von Leuten erwarten könnten, die sich Schießereien mit den Kommunisten liefern, aber das hat niemanden überzeugt. Im Gegenteil, alle meinten, dass wir das ganze Chaos den etablierten Parteien verdanken und hier mal mit einem neuen Besen gekehrt werden muss. Selbst Doktor Morgenstern hat nichts dagegen gesagt und der ist Jude. Der muss doch am besten wissen, was die Nazis von Menschen wie ihm halten. Ich versteh das einfach nicht.«

»Vielleicht hat mein Vater ja doch recht«, meinte Paula. »Die Nazis tönen zwar groß rum, aber möglicherweise ist es gar nicht so verkehrt, wenn mal ein bisschen frischer Wind ins Parlament kommt. Und die SPD hat ja bislang noch die Mehrheit. Sie muss sich halt wieder profilieren und den Menschen Hoffnung geben.«

»Weißt du, was das Problem ist? Es fehlen die Charaktere

in der Politik. Ebert ist tot, Stresemann ist tot, keiner mehr da, der es mit den Demagogen der NSDAP aufnehmen kann. Wir haben nur noch ein Kabinett von Hampelmännern!«

Dennoch erhielt die SPD bei den Wahlen erneut die meisten Stimmen. Aber der Wahlkampf der NSDAP hatte ebenfalls Wirkung gezeigt, und so zog Hitlers Partei im Oktober 1930 als zweitstärkste Kraft in den Reichstag ein. In der darauffolgenden Nacht kam es in Berlin zu zahlreichen Ausschreitungen uniformierter Nazis, denen überwiegend Juden zum Opfer fielen.

Leonie war hochgradig beunruhigt, als sie davon hörte, und befürchtete, dass es auch in Hamburg zu Übergriffen auf Juden kommen könnte.

»Ich fürchte, hier fliegen bald allen die Kugeln um die Ohren«, sagte Paula. »Ganz gleich, ob Jude oder nicht. Ich habe dir doch erzählt, was im vergangenen Monat bei uns vor der Tür los war. Wir haben uns in unserem Bad versteckt.«

Leonie nickte. »Ja, aber das meine ich nicht. Es gibt auch ganz gezielte Anfeindungen gegen Juden und ich glaube, das ist dem Erfolg der Nazis geschuldet. Hast du schon eine Stelle für deine chirurgischen Pflichtmonate bekommen?«

»Ja, allerdings unbezahlt und auch nur, weil Fritz mir geholfen hat, in seiner Abteilung unterzukommen. Derzeit werden männliche Absolventen bevorzugt. Ich fange am 1. November an. Und du?«

»Tja, und von den männlichen Absolventen werden derzeit auch noch die Nichtjuden bevorzugt. Als Frau und Jüdin habe ich hierzulande gerade einen Stellenwert wie ein Paria in Indien. Ich habe mich bei sämtlichen Hamburger Krankenhäusern beworben, aber ich erhielt wegen meines Geschlechts und meiner Religion nur Absagen. Sogar für unbezahlte Stellen. Selbst im israelitischen Krankenhaus haben sie mich abgelehnt, denn dort sammeln sich bereits alle angehenden jüdischen Ärzte und natürlich werden auch dort Männer bevorzugt.« Leonie verzog verärgert das Gesicht. »Daraufhin habe ich Fritz gefragt und er hat sich auch für mich eingesetzt, allerdings könnte ich dort erst am 1. Mai anfangen, also dann, wenn du fertig bist. Aber so lange will ich nicht warten. Mein Vater hat mir deshalb eine Stelle in einem kleinen jüdischen Krankenhaus in Göttingen besorgt.«

»Und wann fängst du dort an?«

»Auch am 1. November. Wir haben also noch ein bisschen Zeit, um etwas Nettes miteinander zu unternehmen.«

»Und weißt du schon, wo du nach deiner Rückkehr aus Göttingen arbeiten willst? Bleibt es beim Allgemeinen Kinderkrankenhaus Rothenburgsort?«

Leonie nickte. »Ja. Die haben immerhin einen jüdischen Chefarzt, da muss ich mir keine Sorgen machen. Und du?«

»Ich habe bislang nur Absagen bekommen. Hauptsächlich, weil ich eine verheiratete Frau bin und mein Mann eine feste Anstellung hat.« Sie seufzte. »Überall werden Männer bevorzugt. Weil sie ja eine Familie zu ernähren hätten. Selbst die Ledigen. Einmal wurde ich gefragt, ob Richard zum Heer der Arbeitslosen gehört, und als ich das verneinte, bekam ich zu hören, dass ich dann auch nicht das Recht hätte, einem anderen Mann die Arbeit wegzunehmen, sondern mich lieber auf meine natürlichen Aufgaben konzentrieren und Kinder bekommen sollte. Ich hätte dem Kerl dafür die Augen auskratzen können!«

»Dann frag doch Doktor Stamm. Er schätzt deinen Vater, und in der Kinderheilkunde sind Ärztinnen viel anerkannter als in der Psychiatrie.«

»Ich werde drüber nachdenken.«

»Aber nicht zu lange, sonst schnappt dir wieder irgendein

Mann die Stelle vor der Nase weg. Außerdem würde ich gern mit dir zusammenarbeiten.«

Paula nickte nur. In gewisser Weise wäre sie gern so pragmatisch wie Leonie gewesen, aber zugleich ärgerte sie sich darüber, dass ihr bei der Suche nach einer Anstellung nicht nur ihr Geschlecht, sondern auch ihr Familienstand immer wieder wie ein schwerer Holzklotz vor die Füße geworfen wurden.

Als sie Richard am Abend von Leonies Vorschlag erzählte, war er verdächtig schnell davon zu begeistern. Das wunderte sie, denn sonst hatte Richard sie in all ihren beruflichen Belangen – auch bei ihrem Ziel, Psychiaterin zu werden – stets vorbehaltlos unterstützt. Also hakte sie nach.

»Nun ja«, fing er an, »ich fürchte, du wirst in Hamburg keine Anstellung in der Psychiatrie bekommen.«

»Warum nicht? Du sagtest doch selbst, dass ihr im Frühjahr zwei freie Stellen haben werdet.«

»Ja«, bestätigte Richard. »Und ich habe Doktor Sierau auch gefragt, weil du dann mit deiner chirurgischen Pflichtzeit fertig sein wirst. Er hat abgelehnt, weil du meine Frau bist.«

»Weshalb? Er kennt mich doch gar nicht.«

»Nein, aber er möchte nicht, dass ein Ehepaar gemeinsam in der Klinik arbeitet. Jedenfalls kein Ärztehepaar. Wenn du eine Krankenschwester wärest, würde er das nicht so streng sehen.«

»Das verstehe ich nicht.«

»Ich habe es auch nicht nachvollziehen können und nachgehakt, was in seinen Augen der Unterschied sei. Da wurde es dann ganz klar. Er geht davon aus, dass wir in den nächsten Jahren Kinder haben werden und du deine Tätigkeit dann ohnehin aufgeben wirst. Also will er lieber einen Mann haben, der die Position dauerhaft ausfüllen kann. Zudem fürchtet er, ein Ehepaar könne Komplikationen hinsichtlich der Dienstplangestaltung bereiten. Er ließ sich durch kein Argument überzeugen. Du hast also zwei Möglichkeiten. Entweder du entscheidest dich für Hamburg, dann bleibt dir nur die Kinderklinik, oder du entscheidest dich für die Psychiatrie und suchst in einer anderen Stadt nach einer Anstellung. Dann können wir uns nur noch an den dienstfreien Wochenenden sehen und das möchte ich nicht. Ich möchte mit dir zusammenleben und irgendwann auch Kinder haben.«

»Das möchte ich auch«, erwiderte Paula. »Aber es ist so ungerecht. Warum wird es immer auf dem Rücken von uns Frauen ausgetragen? Warum müssen wir immer zurückstecken?«

Richard zog sie in seine Arme. »Gib mir fünfzehn Jahre Zeit, dann bin ich Chefarzt und ändere das.«

»Du bist ein Spinner«, sagte sie liebevoll.

»Aber einer, der sich Mühe gibt. Paula, ich würde alles tun, damit sich deine Wünsche erfüllen, aber hier stoße ich an meine Grenzen. Und ich möchte nicht, dass du die Stadt verlässt, um einem Traum hinterherzulaufen, der es vielleicht nicht wert ist. Die Psychiatrie in einer geschlossenen Anstalt ist kein Zuckerschlecken. Erst gestern ist einer der Kranken bei uns derart durchgedreht, dass er einen der Tische im Speisesaal zertrümmerte und mit Gewalt zur Ruhe gebracht werden musste. Und dann haben wir seit einiger Zeit einen Patienten, der sich permanent mit seinem eigenen Kot einschmiert und den wir sowohl aus hygienischen als auch therapeutischen Gründen fast ständig im Dauerbad haben. Du hast so viel erreicht, Paula, du bist Ärztin, du hast promoviert. Wir haben schon zwei Psychiater in der Familie. Vielleicht ist es ganz gut, wenn du dich für die Kinderheilkunde entscheidest. Auch vor dem Hintergrund, dass wir beide irgendwann Kinder haben werden.«

Paula merkte, wie ihre Enttäuschung und ihr Ärger in Richards Armen schmolzen. Er hatte alles versucht, um sie zu unterstützen, aber die Zeiten waren schwierig. Eigentlich sollte sie dankbar sein, wenn sie überhaupt eine Anstellung als Ärztin bekam. Selbst Richard hatte Abstriche machen müssen und nahm jeden Tag die weite Anfahrt nach Langenhorn auf sich.

»Also gut«, seufzte sie. »Ich beuge mich den Argumenten der Vernunft. Zwei Psychiater in einer Familie sind genug.«

17. Kapitel

Im Mai 1931 trat Paula ihre Stelle als Assistenzärztin im Kinderkrankenhaus Rothenburgsort an. Im Gegensatz zu Richard konnte sie ihren Arbeitsweg bequem mit dem Fahrrad zurücklegen. Dabei beobachtete sie regelmäßig, wie die Verelendung im Stadtteil voranschritt. Immer mehr der kleinen Ladengeschäfte mussten schließen. Meist fing es mit einem Schild an, auf dem Sonderangebote angepriesen wurden. Eine Woche später folgte dann ein weiteres, auf dem das Wort »Räumungsverkauf« stand. Noch eine Woche später waren die Auslagen leer und die Besitzer begannen, die leeren Schaufenster mit Holzbrettern zu vernageln. Tag für Tag wuchs die Zahl der zugenagelten Fenster. Manchmal fanden sich Aufschriften auf den Brettern, dass der Laden einfach nur ein paar Straßen weitergezogen war, aber weitaus häufiger war die Existenz der kleinen Kaufleute vernichtet. Auch die Menschen wirkten heruntergekommener als noch vor zwei Jahren. Die Kleidung der Erwachsenen war abgetragen und zerschlissen, viele Kinder liefen barfuß. Sobald es dunkel wurde, stieg die Zahl der Raubüberfälle dramatisch an. Jetzt im Mai hatte Paula noch keine Sorge, denn sie fuhr morgens bei Tageslicht los und kehrte rechtzeitig vor Sonnenuntergang nach Hause zurück, aber seit ihre Nachbarin in der Dämmerung nur zwei Straßen von ihrer Wohnung entfernt überfallen und ausgeraubt worden war, hatte Richard angekündigt, dass er Paula in der dunklen Jahreszeit mit dem Auto zur Arbeit bringen und abends wieder abholen würde. Auf der einen Seite genoss Paula seine Fürsorge, auf der anderen Seite hoffte sie, dass sich die Situation bis zum Herbst entspannt hätte. Sie schätzte die Freiheit, morgens erst eine Stunde nach Richard aufbrechen zu müssen und auch bereits eine Stunde vor ihm wieder zu Hause zu sein und in Ruhe überprüfen zu können, ob die Zugehfrau alles zu ihrer Zufriedenheit erledigt hatte.

Die Arbeit im Kinderkrankenhaus selbst machte ihr schon bald mehr Freude, als sie ursprünglich erwartet hatte. Sie teilte sich ein Arztzimmer mit Leonie, die zeitgleich mit ihr angefangen hatte. In der Klinik herrschte ein entspanntes Arbeitsklima. Man profitierte davon, dass das Kinderkrankenhaus Rothenburgsort als eines der modernsten Krankenhäuser Europas galt, und litt dank zahlreicher Spender weniger unter den Folgen der Wirtschaftskrise als andere Kliniken. Richard hatte ihr erzählt, dass die Verpflegung der Kranken in der Heil- und Pflegeanstalt Langenhorn mittlerweile drastisch gekürzt worden war. Nur diejenigen, die in der Landwirtschaft arbeiteten, bekamen noch normale Rationen, aber die Bewohner des gesicherten Hauses erhielten gerade noch so viel, dass sie nicht verhungerten. Mit den Produktionsüberschüssen der Anstaltswirtschaft mussten seit einiger Zeit Patienten anderer Kliniken versorgt werden, die im Gegensatz zu Geisteskranken als volkswirtschaftlich wertvoller angesehen wurden. Dadurch wurden Richards Arbeitsbedingungen um einiges härter, denn der ständige Hunger der Patienten führte zu einer permanenten Überreizung ihrer Nerven und es kam beinahe täglich zu aggressiven Gewaltausbrüchen. Einmal war Richard sogar mit einem zerrissenen Hemd nach Hause gekommen, nachdem er versucht hatte, zwei sich prügelnde Patienten zu trennen. Wenn Paula sich abends die Geschichten anhörte, die Richard zum Besten gab, ertappte sie sich immer öfter dabei, dass sie froh war, auf ihn gehört zu haben und mit Kindern zu arbeiten. Die konnten zwar auch schreien, kratzen, treten und beißen, aber sie ließen sich ebenso schnell wieder beruhigen, wenn die medizinische Maßnahme vorüber war, gegen die sie sich so vehement gewehrt hatten.

Zu Paulas Aufgabengebiet gehörte die Behandlung der an Diphtherie erkrankten Kinder. Obgleich es seit ein paar Jahren eine Impfung dagegen gab, war die Krankheit noch immer sehr weit verbreitet. Ohne Behandlung mit einem Antitoxin, das aus Pferdeblut gewonnen wurde, endete sie so gut wie immer tödlich. In den ersten Tagen musste Paula deshalb oft an ihre Mutter denken, die an Diphtherie verstorben war, als sie selbst noch ein kleines Mädchen gewesen war. Damals hatte es noch keinen Impfstoff gegeben und sie hatte das Krankenzimmer der Mutter nicht mehr betreten dürfen.

Wenn sie jetzt die Kinder behandelte, den Rachen auspinselte, ihnen Spritzen mit dem Antitoxin gab oder die schrecklichen Hautläsionen versorgte, die einige von ihnen als Komplikation entwickelten, fragte sie sich immer wieder, wie ihre Mutter wohl in ihren letzten Tagen ausgesehen haben mochte. War ihr Hals ebenfalls so stark angeschwollen gewesen, dass sie kaum noch Luft bekam? Oder hatte einfach nur ihr Herz ausgesetzt, so wie bei dem kleinen Peter Melchior, der sich schon auf dem Weg der Besserung befunden hatte und dann doch noch völlig unerwartet verstorben war? Obwohl sie wusste, dass es müßig war, darüber zu grübeln, bekam sie diese Gedanken nur schwer aus dem Kopf.

Die Diphtherie wurde bald zu Paulas persönlichem Feindbild. Diese Krankheit hatte so viele Gesichter, sie konnte sowohl qualvolles Ersticken als auch einen plötzlichen Herztod und schwerwiegende Lähmungen verursachen. Und Paula fragte sich, warum die Gesundheitsämter nicht mehr Wert darauf legten, dass möglichst alle Kinder geimpft wurden. Zwar bot auch die Impfung keinen vollständigen Schutz, denn drei ihrer kleinen Patienten waren trotz erfolgter Impfung erkrankt, allerdings verlief die Erkrankung bei allen drei geimpften Kindern wesentlich leichter.

»Es ist immer eine Frage der Aufklärung und des Geldes«, sagte Doktor Stamm, als Paula ihn darauf ansprach. »Wie Sie sehen, finden sich hier Kinder aus allen Schichten, allerdings sind die aus dem Arbeitermilieu deutlich in der Mehrheit. Die Familien wissen oft nicht, welchen Nutzen Impfungen haben, und obgleich ein Großteil der Arbeiterfamilien Mitglied einer Krankenkasse ist, gehen sie nur dann zum Arzt, wenn ihre eigenen Hausmittel versagen. Wenn ein Kind plötzlich Halsschmerzen und Schluckbeschwerden hat, versuchen es die meisten Mütter zunächst mit heißen Wickeln oder Kamillentee. Die wenigsten kommen auf die Idee, dass es eine tödliche Krankheit wie die Diphtherie sein könnte, und bis jemand die korrekte Diagnose stellt, sind die meisten Kinder des Hauses und auch ein Großteil der Erwachsenen infiziert.«

»Warum setzt man dann nicht mehr auf Aufklärung und Vorbeugung bereits durch die Hebammen?«, fragte Paula. »Oder durch die Gesundheitsfürsorgerinnen?«

»Tja, das wäre in der Tat ein Segen, aber bislang scheiterte es an den dafür notwendigen Mitteln.« Doktor Stamm seufzte. »Die Gesetzgebung zur Volksgesundheit müsste dringend reformiert werden, aber ich fürchte, derzeit stehen für die politisch Verantwortlichen andere Dinge im Zentrum ihrer Wahrnehmung.«

Kurz nach diesem Gespräch wurde Paula von Schwester Elfriede angesprochen. Schwester Elfriede war eine hübsche rotblonde

Frau von Anfang zwanzig mit zahlreichen Sommersprossen und Paula hatte sie bislang als ausgesprochen fleißig und liebevoll im Umgang mit den Kindern erlebt.

»Sie haben völlig recht, Frau Doktor«, sagte Schwester Elfriede. »Die Gesundheitsfürsorge in diesem Land ist eine Schande. Aber es gibt eine Lösung. Wenn Sie mögen, erzähle ich Ihnen gern mehr davon.«

»Sehr gern, Schwester Elfriede.«

»Ich bin seit einigen Wochen Mitglied in der Volkswohlfahrt. Wir sind noch kein eingetragener Verein, aber wir arbeiten daran. Ziel ist es, sozial schwache Familien, aber auch ledige Mütter mit Kindern in der Gesundheitsfürsorge zu unterstützen. Dazu gehört nicht nur die Aufklärung über Erkrankungen, sondern auch über Säuglingspflege und ausgewogene Kinderernährung. Gerade jene, die sonst von der Gesellschaft ausgestoßen werden, sind das Ziel unserer Bemühungen. Wir sind auf freiwillige Spenden angewiesen, aber unsere Organisation ist beständig im Wachsen.« Schwester Elfriede griff in ihre Schürzentasche und holte ein Flugblatt hervor. »Hier steht alles drauf, was man wissen muss, wenn man sich für eine Mitgliedschaft interessiert.« Sie reichte Paula das Schriftstück. »Sie können es behalten, ich habe noch einige davon. Ich habe mich lange Zeit in der Arbeiterwohlfahrt eingesetzt, aber die Strukturen dort sind verkrustet und die Verantwortlichen denken nur noch an ihr eigenes Fortkommen. Da gibt es keinen frischen Wind mehr und keine neuen Ideen. Deshalb war ich von den Zielen der Volkswohlfahrt so angetan.« Und dann fügte sie mit einem kecken Augenzwinkern hinzu: »Ich habe hier bereits elf Mitglieder geworben.«

»Vielen Dank. Das klingt nach einer ausgezeichneten Möglichkeit, am rechten Ort zu helfen.«

Paula steckte das Flugblatt in ihre Kitteltasche.

Später erzählte sie Leonie davon.

»Endlich mal eine gute Idee«, meinte Leonie, nachdem sie das Flugblatt aufmerksam studiert hatte. »Es ist eine private Stiftung aus Berlin. Wahrscheinlich ist es an der Zeit, dass wir uns wieder mehr für private Stiftungen engagieren, anstatt auf politische Parteien zu hoffen.«

»Die niedrigste Monatsspende beträgt fünfzig Pfennig«, sagte Paula. »Ich glaube, als Ärztin bin ich es mir schuldig, mit fünf Mark im Monat dabei zu sein.«

»Du willst also Mitglied werden?«

»Ja.«

»Gut, ich auch. Und ich werde auch meinen Vater davon überzeugen. Das Geld ist mit Sicherheit gut angelegt. Vor allem das mit den ledigen Müttern gefällt mir.«

»Falls du dir irgendwann doch deinen hübschen Zuchthengst suchst, um nicht heiraten zu müssen?«, witzelte Paula.

»Rede keinen Unsinn.« Leonie lachte. »Nein, ich finde, es ist an der Zeit, dass man endlich damit aufhört, auf Frauen mit unehelichen Kindern herabzusehen. Keiner verachtet Männer, die haufenweise uneheliche Kinder zeugen, im Gegenteil, das sind dann tolle Hechte. Aber die Frauen, die sollen immer die Schlampen sein. Dabei bräuchten die ja gerade Unterstützung, wenn sie auf so einen miesen Hurenbock reingefallen sind. Und die Kinder können schon gar nichts für den Lebenswandel ihrer Eltern.«

»Du hast recht, aber in einem muss ich dir widersprechen. Diese Männer sind keinesfalls gut angesehen. Du solltest mal hören, was Richard über die zu sagen hat.«

»Will er sie gar kastrieren lassen?« Leonie grinste.

»Nein, das nicht gerade. Aber Worte wie Sterilisation sind durchaus schon mal gefallen, wenn er sich in Rage geredet hat.«

»Das kann ich mir gut vorstellen«, sagte Leonie. »Schade, dass nicht alle Männer so sind wie Richard.«

Als Paula Richard das Flugblatt am Abend zeigte, ließ er sich von der Idee einer Volkswohlfahrt ebenfalls begeistern und schlug vor, dass sie gemeinsam jeden Monat zehn Mark spenden sollten. Ebenso wie Leonie sah er es als gutes Zeichen an, dass es sich um eine private Trägerschaft handelte, die sich der Gemeinnützigkeit verschrieben hatte und keine weiteren politischen Ziele verfolgte.

Die allgemeine Wirtschaftslage blieb in diesen Monaten schlecht und die Zahl der Arbeitslosen stieg immer weiter an. Selbst die Tischlerei von Richards Vater spürte die Flaute, als die Aufträge mehr und mehr zurückgingen, sich die meisten auf Reparaturen beschränkten und kaum noch jemand neue Möbel bestellte. Zwar reichte es noch, um niemanden entlassen zu müssen, aber zum ersten Mal seit Jahren konnte Hans-Kurt Hellmer es sich nicht leisten, neue Lehrlinge auszubilden.

Die Kriminalität in den Straßen wurde noch schlimmer und auch die Einbrüche nahmen weiter zu. Selbst in der Tischlerei war wiederholt eingebrochen worden, weshalb Richards Vater zwei große Schäferhunde kaufte, die nachts in der Werkstatt blieben. Danach hörten die Einbrüche schlagartig auf.

Als die Tage dunkler wurden, hielt Richard Wort und brachte Paula morgens, bevor er nach Langenhorn fuhr, mit dem Auto zur Kinderklinik und holte sie dort abends wieder ab. Leonie neckte Paula deshalb gern, nahm aber Richards Angebot, sie ebenfalls nach Hause zu fahren, jedes Mal dankbar an.

Am ersten Weihnachtstag waren Paula und Richard wie jedes Jahr bei seinen Eltern zum Gänsebraten eingeladen. Paula fühlte sich an diesem Tag nicht besonders wohl, aber sie behielt es für sich, da sie Richard den Besuch bei seiner Familie nicht verderben wollte. Vermutlich waren die beiden aufreibenden

Nachtdienste in der Woche vor Weihnachten schuld, dachte sie bei sich.

Richards Mutter hatte eine gefüllte Weihnachtsgans im Ofen, und während alle den verführerischen Duft lobten, der über der ganzen Wohnung hing, verspürte Paula eine steigende Übelkeit. Als Richards Vater sagte: »Tja, bei uns gibt es immerhin eine echte Gans. Bei unseren Nachbarn bin ich mir nicht so sicher, ob die nicht bei den Alsterschwänen gewildert haben«, und alle in Gelächter ausbrachen, konnte Paula ihr Unwohlsein nicht länger unterdrücken und hastete in Richtung Toilette, wo sie sich übergab. Sie hatte gehofft, dass es ihr danach besser gehen würde, doch ihr Magen rebellierte immer weiter, so lange, bis sie nur noch Galle spucken konnte.

Richard war ihr nachgegangen und klopfte von außen an die Toilettentür.

»Ist alles in Ordnung?«

»Ja, mir ist nur etwas übel«, gab sie zurück. »Setz dich wieder an den Tisch, ich komme gleich nach.« Im nächsten Moment überkam sie ein erneuter Würgereiz und sie musste sich lautstark übergeben, obwohl nichts mehr da war, was ihr Magen noch hätte hergeben können.

Richard wartete vor der Tür, bis sie endlich wieder rauskam. In seinem Gesicht stand Besorgnis und Paula fragte sich, ob er im Geiste wohl sämtliche schwerwiegenden Erkrankungen, die mit extremer Übelkeit einhergingen, aufgezählt und auf weitere Symptome bei ihr überprüft hatte.

»Es ist alles gut«, versuchte sie, ihn zu beruhigen. »Du musst nicht so verunsichert schauen.«

»Na ja, du arbeitest auf der Infektionsstation, da kann alles Mögliche passieren.«

Margit, die bis eben der Mutter in der Küche geholfen hatte, hatte die letzten Worte mitangehört.

»Das ist mal wieder typisch für meinen gebildeten Bruder

mit dem Doktortitel«, stellte sie mit einem spöttischen Lächeln fest. »An das Nächstliegende denkst du nicht. Aber als Herr über die Geburtenkontrolle könntest du dir das natürlich auch nie eingestehen.«

Richard riss den Kopf herum. »Was sagst du da?«

Paula überschlug indes, wann sie das letzte Mal ihre Menstruation gehabt hatte.

»Ich denke, Margit könnte recht haben«, sagte sie.

»Na, das wird ja auch Zeit«, meinte Margit. »Ihr seid immerhin schon drei Jahre verheiratet.«

Damit ließ sie die beiden stehen.

»Und du meinst wirklich, dass es sein könnte?«, fragte Richard.

Paula nickte. »Ich glaube, ich weiß sogar, wann. Erinnerst du dich an den Abend, als wir in dem kleinen Weinlokal waren? Und als …«

»Ja, ich erinnere mich«, unterbrach er sie. »Aber das musst du hier jetzt nicht näher ausführen. Margits Ohren reichen durch die Wände.«

»Das habe ich gehört!«, brüllte Margit aus dem Wohnzimmer.

»Quod erat demonstrandum«, seufzte Richard. Dann nahm er Paula in die Arme. »Ich schätze, im nächsten Sommer sind wir dann mit Windelnwaschen beschäftigt, anstatt an die Ostsee zu fahren«, flüsterte er.

»Oder wir suchen uns ein Strandbad, in dem es eine Wäscherei gibt«, erwiderte Paula mit einem Augenzwinkern und spürte, wie ihre Übelkeit auf einmal wie weggeblasen war und sie sich ungemein auf die Zukunft freute.

18. Kapitel

Trotz ihrer Schwangerschaft arbeitete Paula wie bisher weiter im Kinderkrankenhaus, was einige ihrer Kollegen irritierte, schließlich war sie doch eine verheiratete Frau und ihr Mann verdiente genug Geld, um der Familie ein standesgemäßes Auskommen zu ermöglichen. Auch Doktor Stamm hatte sie gefragt, ob sie in ihrem Zustand wirklich weiterhin mit schwer kranken Kindern zu tun haben wolle. Eine Infektion der Mutter könne schließlich auch schwerwiegende Folgen für das Ungeborene haben. Paula erklärte daraufhin, dass sie gern auf ein volles Weiterbildungsjahr in der Kinderklinik zurückblicken würde und noch bis Ende Mai in der Klinik arbeiten wolle, zumal der errechnete Geburtstermin erst im August sei.

Doktor Stamm stimmte zu, allerdings war Paula von nun an nicht mehr für die Infektionsstation zuständig.

Die ersten Monate des Jahres 1932 entwickelten sich trotz der noch immer herrschenden Weltwirtschaftskrise positiv für Paula und Richard. Während Paula eine unkomplizierte Schwangerschaft durchlebte, wurde Richard die Facharztreife als Psychiater zuerkannt, und als Doktor Morgenstern im April 1932 in den Ruhestand ging, setzte Richard sich gegen seinen ewigen

Konkurrenten Doktor Krüger bei der Nachbesetzung der Oberarztstelle durch.

»Du siehst«, sagte er zu Paula am Abend nach seiner Ernennung, »ich bin auf dem besten Weg, mein Versprechen wahrzumachen. Der nächste Schritt auf dem Weg zum Chefarzt. Und wenn ich dort erst einmal angelangt bin, ist unser Kind aus dem Gröbsten raus und du bekommst deine Wunschstelle.«

»Du willst doch nur hören, dass ich unsagbar stolz auf dich bin.«

»Ja. Genau das will ich hören. Also?«

»Ja, ich bin unsagbar stolz auf dich, Herr Oberarzt.«

Während Richard Paula in die Arme nahm und dabei sanft über ihren gewölbten Bauch strich, fiel sein Blick auf einen geöffneten Brief, der auf der Anrichte lag.

»Wer schreibt uns denn aus Berlin?«, fragte er.

»Ach so, das. Das hätte ich fast vergessen.« Sie löste sich aus seiner Umarmung und nahm den Brief.

»Du erinnerst dich doch an die Volkswohlfahrt, die wir regelmäßig mit zehn Mark im Monat unterstützen, nicht wahr?«

Richard nickte.

»Sie teilen uns mit, dass sie seit diesem Monat ein eingetragener Verein sind und unter einer neuen Trägerschaft stehen. Sie haben uns bereits zwei Mitgliedsausweise geschickt, wir müssen uns um nichts weiter kümmern, allerdings … Na, schau es dir mal selbst an.«

Sie zog die beiden Mitgliedsausweise aus dem Umschlag.

Richard nahm den hellroten Ausweis, der auf seinen Namen ausgestellt war.

N.S. Volkswohlfahrt stand oben in gotischen Lettern. Darunter waren Richards Name, sein Geburtsdatum und seine Anschrift eingetragen. Noch weiter darunter befanden sich zwei freie Felder: NSDAP-Mitgliedsnummer und NSDAP-Eintritt. Das Ganze war mit einem Hakenkreuzstempel der NSDAP gesiegelt.

»Die NSDAP hat die Volkswohlfahrt übernommen?«

Paula nickte. »Ich bin mir nicht sicher, was wir jetzt machen sollen. Ich meine, die Idee dahinter ist ja immer noch zu unterstützen, ganz gleich, unter wessen Schirmherrschaft sie steht.«

»Die Idee, da hast du recht. Aber wir haben uns dieser Idee doch gerade deshalb verschrieben, weil sie keiner parteilichen Gesinnung unterstand. Ich meine, sonst hätten wir ja auch für die Arbeiterwohlfahrt spenden können. Der Grundgedanke wird damit doch ad absurdum geführt.«

»Mein Grundgedanke war, sozial schwachen Familien zu helfen, damit sie die notwendige Gesundheitsfürsorge und Aufklärung bekommen, um Infektionskrankheiten wie Diphtherie einzudämmen«, entgegnete Paula.

»Was sagt Leonie denn dazu? Hat sie auch so einen Ausweis bekommen?«

»Ich weiß nicht, ich habe den Brief ja erst gefunden, als ich heute nach Hause kam.«

»Vielleicht solltest du sie mal fragen.« Richard wies auf das Telefon. »Ich kann mir nicht vorstellen, dass Leonie Mitglied einer Vereinigung bleiben wird, die einem schon jetzt die Mitgliedschaft in der NSDAP nahelegt. Das ist doch eine echte Frechheit, hier gleich einen Platz frei zu lassen, wo man seine Mitgliedsnummer für diese Partei angeben soll.«

»Nun reg dich doch nicht so auf. Ich bin davon ja auch nicht begeistert, aber mir stellt sich die Frage, ob man gleich alles hinwerfen sollte, nur weil man mit den politischen Zielsetzungen nicht in allen Punkten übereinstimmt.«

»Nicht in allen Punkten?«, schnaubte Richard. »In welchen Punkten bist du denn mit den Nazis einer Meinung?«

»Zum Beispiel in dem der Volkswohlfahrt.«

»Und sonst?«, bohrte Richard sichtlich wütend weiter. »Mit welchen Zielen der NSDAP stimmst du sonst noch überein?«

»Was soll das jetzt, Richard?«

»Ich will nur wissen, was du denkst. Meinst du auch, dass es auf den Straßen endlich wieder sicherer werden sollte und wir wieder mehr Arbeit brauchen, damit die Verelendung aufhört? Dass unser Volk wieder groß werden muss und eine Stimme in der Welt braucht?«

»Ja, das meine ich«, gab Paula zornig zurück. »Aber deshalb bin ich ja noch lange kein Nazi. Natürlich würde ich gern wieder bei Dunkelheit allein auf die Straße gehen können. Natürlich wünsche ich mir, dass die Wirtschaftskrise überwunden wird, die Menschen wieder Arbeit bekommen und diese ganzen zugenagelten kleinen Geisterläden wieder mit Leben erfüllt werden. Wer wünscht sich das denn nicht? Oder bist du etwa dagegen?«

»Ich will nichts, auf dem das Hakenkreuz ist, in meiner Wohnung haben!«, schrie Richard. »Und ich werde nichts für eine Organisation bezahlen, die der NSDAP untersteht.«

»Und deshalb schreist du mich jetzt an?«

»Weil du ernsthaft darüber nachdenkst, in dieser Naziorganisation zu bleiben!«

»Genau, ich *denke nach*, Richard. Nachdenken ist keine Schande, sondern zeugt von Intelligenz. Sofort loszubrüllen, wenn man irgendwo ein Hakenkreuz sieht, erinnert eher an einen wilden Gorilla. Fehlt noch, dass du dir jetzt mit beiden Fäusten auf die Brust trommelst.«

»Weißt du was?«, sagte Richard nun deutlich leiser, aber nicht minder verärgert. »Dann denk ruhig noch eine Weile darüber nach. Ich werde mich inzwischen eine Runde in den Urwald begeben, damit ich dich mit meinem Gorillagebaren nicht länger am Nachdenken hindere.«

Mit diesen Worten griff er nach seinem Mantel und verließ die Wohnung.

Nachdem Richard gegangen war, atmete Paula mehrfach tief durch. Eigentlich war sie ja seiner Meinung, aber es ärgerte sie, dass er nicht bereit war, die Angelegenheit differenziert zu betrachten. Musste man wirklich alle Dinge ablehnen, nur weil sie aus der falschen politischen Richtung kamen?

Sie rief Leonie an, um sich bei ihr Rat zu holen.

»Ach, sie haben euch gleich neue Mitgliedsausweise geschickt?«, fragte Leonie ganz erstaunt. »Mein Vater und ich haben nur einen Brief bekommen, dass die alte Volkswohlfahrt durch die Übernahme eines anderen Trägers aufgelöst wurde und die bisherigen Mitgliedschaften deshalb enden.«

»Und gab es dafür irgendeine Begründung?«, fragte Paula verwirrt.

»Nein, aber ich fürchte, der Vorname meines Vaters ist da noch verräterischer als unser Nachname. Glaubst du wirklich, dass eine Organisation der NSDAP einen Doktor Isaak Hirschthal als Mitglied haben möchte? Allerdings dürfte das auf Gegenseitigkeit beruhen. Wenn sich die Nazis die Volkswohlfahrt aneignen, ist da für mich kein Platz mehr.«

»Für uns auch nicht. Ich werde mich gleich mal an die Schreibmaschine setzen und unseren Austritt in die Wege leiten. Ich danke dir, Leonie.«

Als Richard zwei Stunden später zurückkam, roch er nach Bier.

»Schön, dass du wieder da bist«, sagte Paula. »Warst du allein trinken oder hast du dich mit Fritz getroffen?«

Richard sah sie misstrauisch an. »Was hat dein Nachdenken denn so ergeben?«

»Das hier. Lies dir das mal durch, ob du es so unterschreiben kannst.« Sie reichte ihm ihren getippten Brief an die Volkswohlfahrt.

Richard nahm ihn und las.

Sehr geehrte Herren!
Wir sind der Volkswohlfahrt im Mai 1931 beigetreten, da wir den überparteilichen, nur von Spenden getragenen Gedanken einer allgemeinen Wohlfahrt, die sich von den politisch motivierten Wohlfahrtsbewegungen unterschied, begrüßten. Durch die parteipolitische Übernahme der Volkswohlfahrt durch die NSDAP sehen wir unsere überparteilichen Interessen nicht mehr ausreichend vertreten und bekunden Ihnen deshalb unseren Austritt. In der Anlage senden wir Ihnen die entwerteten Mitgliedsausweise zurück.

Hochachtungsvoll
Dr. med. Richard Hellmer und Dr. med. Paula Hellmer, geb. Engelhardt

Daneben lagen die beiden zerrissenen Mitgliedsausweise.

»Es tut mir leid, dass ich so aufbrausend war«, entschuldigte sich Richard, nachdem er das Schreiben gelesen hatte.

»Mach dir nichts draus«, erwiderte Paula und legte ihre Arme um seinen Nacken. »Ich habe mir sagen lassen, dass Männer, die Väter werden, manchmal sehr launisch sein sollen.«

Endlich lachte er. »Du bist heute ziemlich frech.«

»Ja, aber ich darf das. Schwangere Frauen haben ein medizinisch verbrieftes Grundrecht darauf.«

Dann wurde sie wieder ernst und erzählte ihm von ihrem Telefonat mit Leonie.

»Glaubst du auch, dass man die Juden gezielt rausgefischt hat?«, fragte sie ihn dann.

»Ja, genau das glaube ich. Ich frage mich nur, wo das noch enden wird, und mir graut vor den Wahlen im Sommer.«

»Meinst du wirklich, dass es noch schlimmer werden kann? Eigentlich müsste doch jetzt bald das tiefe Tal durchschritten sein und wieder etwas mehr Ruhe und Hoffnung in die Herzen der Menschen kommen. Ich möchte, dass unser Kind in eine friedliche Welt hineingeboren wird.«

»Die werden wir ihm schon schaffen, ganz gleich, was passiert«, versprach Richard und Paula wusste, dass er es wirklich so meinte.

19. Kapitel

Für Richard änderte seine neue Stellung als Oberarzt einiges. Zwar kümmerte er sich weiterhin mit Hingabe um seine Patienten und versuchte, selbst zu den verstocktesten Kranken eine menschliche Beziehung herzustellen, aber nun nahmen Gutachten einen großen Teil seiner Arbeitszeit in Anspruch.

Zumeist handelte es sich um Fragen zur Weitergewährung einer Invalidenrente. Insbesondere Weltkriegsveteranen, die infolge der Kriegserlebnisse dauerhaft ihre seelische Gesundheit eingebüßt hatten, mussten in regelmäßigen Abständen nachweisen, dass sie nach wie vor die Voraussetzungen für eine Rente erfüllten. Dabei fiel Richard auf, dass sich unter den Psychiatern langsam eine neue Begutachtungspraxis durchsetzte, die sich auf die Argumentationen von Professor Alfred Hoche aus Freiburg stützte. Nur wenige Gutachter wagten es, dem berühmten und hoch angesehenen Professor direkt zu widersprechen, was Richard zutiefst empörte, zumal er jedes Mal, wenn er den Namen Hoche hörte, an dessen Werk *Die Freigabe der Vernichtung lebensunwerten Lebens* denken musste. In Hoches Augen galt ausschließlich jemand, der im Krieg eine schwere Hirnverletzung erlitten hatte und deshalb unter psychischen Auffälligkeiten litt, als rentenberechtigt. Alle anderen psychischen Erkrankungen sah der Freiburger Professor nicht in ursächlichem Zusammenhang mit den erlebten Kriegstraumata, sondern konstatierte regelmäßig, dass sie eine Folge der schwachen psychischen Disposition der Betroffenen wären und der zeitliche Zusammenhang mit den Kriegserlebnissen rein zufällig sei. Zum Beweis führte er an, dass es zahlreiche Männer gäbe, die vergleichbare Erlebnisse ohne bleibende Schäden überstanden hätten. Es könne nicht die Aufgabe der staatlichen Versorgung sein, diese Kranken aufgrund ihrer minderwertigen Konstitution mit wirklichen Kriegsversehrten gleichzusetzen und mit Leistungen zu bedenken, auf die sie keinen Anspruch hätten.

Jedes Mal, wenn Richard diese Argumentation in einem Gutachten fand, setzte er seinen gesamten Ehrgeiz daran, sie durch eine geschickte Gegenargumentation ad absurdum zu führen. Schon bald hatte er sich einen Ruf als bissiger und harter Gegengutachter erarbeitet, der in vielen Streitfällen beauftragt wurde.

An einem Tag im Juni 1932 saß er wieder einmal an einem komplizierten Fall. Es handelte sich um einen Patienten der Anstalt, der seit vielen Jahren in einem der offenen Landhäuser lebte und dort einfache landwirtschaftliche Tätigkeiten übernahm. Der ehemals kerngesunde Mann war während des Weltkriegs nach einer Granatenexplosion im Schützengraben verschüttet gewesen und hatte als einziger seiner Kameraden überlebt. Stundenlang hatte er neben ihren zerfetzten Leichen ausgeharrt, bis man ihn endlich gefunden hatte. Noch während er verschüttet war, entwickelte er die Symptome einer Schizophrenie, hörte die Stimmen Gottes und des Teufels und glaubte, von einer höheren Macht für besondere Taten ausersehen zu sein. Anfangs hatte man es auf den Schock geschoben, doch das Verhalten des Mannes wurde immer absonderlicher und letztlich wurde die Schizophrenie bestätigt. Zeitweilig war er unbeherrscht und schrie laut, glaubte wieder verschüttet zu werden und wollte davonlaufen. In solchen Situationen neigte er dazu, jeden anzugreifen, der sich ihm in den Weg stellte, um seine Flucht zu verhindern. Das Tragische daran war, dass der Mann verheiratet war und zwei Töchter hatte. Zum Zeitpunkt seiner Verschüttung war die jüngere noch ein Säugling gewesen und die ältere gerade drei Jahre alt geworden. Seine Frau war mit der schrecklichen Erkrankung ihres Mannes und der Versorgung der Kinder vollständig überfordert gewesen, sodass nur die Unterbringung in der Heil- und Pflegeanstalt infrage kam. Da er aufgrund seiner Erkrankung nicht mehr in der Lage war, für seine Familie zu sorgen, war die Invalidenrente deren einzige Einnahmequelle. Nun war jedoch ein Bescheid des zuständigen Versorgungsamtes ergangen, wonach eine erneute Begutachtung nach Aktenlage ergeben habe, dass es keinen Zusammenhang zwischen der Geisteskrankheit des Mannes und dem Kriegstrauma gebe. Die Rentenzahlungen wurden deshalb nicht nur eingestellt, sondern auch für den Zeitraum von sechs Monaten zurückgefordert.

Als seine Frau daraufhin weinend und völlig verzweifelt in Richards Büro erschienen war, hatte er ihr versprochen, alles in seiner Macht Stehende zu tun, um ihr zu ihrem Recht zu verhelfen.

Während er nun an diesem Gutachten saß und gerade überlegte, wie er seine abschließende Beurteilung am besten in wohlgesetzte Worte fassen könnte, klingelte sein Telefon.

»Hellmer«, meldete er sich.

»Hier auch«, hörte er Paulas Stimme am anderen Ende der Leitung. »Ich musste dich unbedingt anrufen. Hast du Zeit?«

»Selbstverständlich. Was gibt es?«

»Ich war heute Vormittag bei Doktor Torgau und er sagt, es

ist eindeutig.« Sie machte eine kurze Kunstpause. »Wir bekommen Zwillinge! Er hat zwei Köpfchen getastet.«

Richard holte tief Luft. »Zwillinge? Ist das dein Ernst?«

»Ja. Mit so etwas würde ich doch keine Scherze machen.« Sie lachte vergnügt. »Jetzt müssen wir nur abwarten, ob sie sich bis zur Geburt in die richtige Lage drehen. Aber Doktor Torgau ist zuversichtlich, dass alles seinen Gang gehen wird.«

»Und wenn sie sich nicht richtig drehen?« Kaum hatte er diese Frage gestellt, ärgerte er sich bereits über sich selbst, schließlich wollte er Paula nicht beunruhigen. Aber bei dem Wort »Zwillinge« hatte er unwillkürlich an Geschichten von Zwillingen denken müssen, die zu unmöglichen Geburtshindernissen wurden und das Leben der Mutter in Gefahr brachten. An Fälle von im Mutterleib zerstückelten Kindern, Notfallkaiserschnitten und Komplikationen mit Todesfolge … Er versuchte die Gedanken abzuschütteln, aber die Bilder erwiesen sich als hartnäckig.

»Selbstverständlich werden sie sich richtig drehen«, sagte Paula. Ihre Stimme klang immer noch fröhlich und beschwingt. Sie schien sich überhaupt keine Sorgen zu machen. »Und falls nicht«, fügte sie hinzu, ganz so, als hätte sie seine Gedanken gelesen, »können wir uns darauf verlassen, dass die Finkenau einen modernen Operationssaal hat und ein Kaiserschnitt bei Anwendung der Pfannenstiel-Methode kaum größere Risiken birgt als eine Spontangeburt.«

»Ich weiß im Moment nicht, ob ich mich freuen oder mir Sorgen machen soll«, gab Richard zu. »Ein Kaiserschnitt ist und bleibt riskant.«

»In der Finkenau liegen die Komplikationsraten derzeit unter fünf Prozent.«

»Wusstest du das schon vorher oder hast du dich jetzt erst erkundigt?«, fragte er.

»Ich habe mich während meiner Promotion intensiv damit

beschäftigt, denn die Rate an postpartalen Infektionen war bei Müttern nach einer Kaiserschnittgeburt signifikant niedriger. Ich war sogar einmal mit im OP, als ein Kaiserschnitt bei einer Zwillingsgeburt durchgeführt wurde. Das ist vollkommen unproblematisch, Richard. Die Kinder waren innerhalb von fünfzehn Minuten auf der Welt. Am längsten dauerte anschließend das Zunähen des Uterus, der Bauchfaszien und der Haut. Damit waren die Ärzte etwa eine halbe Stunde lang beschäftigt. Also mit Narkoseeinleitung dauert so ein Kaiserschnitt maximal eine Stunde. Und seit man die Operationsmethode nach Pfannenstiel wählt, bleibt auch keine große Narbe zurück. Ich war ganz beeindruckt, als ich die Narbe bei der jungen Mutter nach sieben Tagen sah. Da war nur noch ein kleiner roter Streifen zu sehen, der fast in der Bauchfalte verschwand.«

»Aha.«

»Du solltest dich lieber über unsere Effizienz der Familienplanung freuen. Wozu zwei Schwangerschaften mit einem doppelten Risiko, wenn man das gleiche Ergebnis auch in neun Monaten erzielen kann?« Sie lachte erneut und es war wieder ein fröhliches, unbekümmertes Lachen.

»Ich bin gerade sprachlos«, gestand er.

»Und das kommt bei dir ja selten genug vor. Nun mach dir keine Sorgen, Richard. Alles wird gut, das verspreche ich dir.«

»Ja«, sagte Richard nur.

»Das klingt nicht sehr überzeugt. Ich habe übrigens zur Feier des Tages Kinokarten gekauft. Im Capitol läuft *Man braucht kein Geld* mit Heinz Rühmann und Hans Moser. Der Film beginnt um acht. Sieh also zu, dass du rechtzeitig Feierabend machst.«

»Ganz wie Madame befehlen.«

»Bis heute Abend. Ich freu mich auf dich!«

»Ich mich auch.«

Nachdem er aufgelegt hatte, brauchte er eine Weile, bis er sich wieder auf seine Arbeit konzentrieren konnte. Paulas Zuversicht half ihm dabei, die grauenvollen Bilder von Komplikationen bei Geburten aus seinem Denken zu verbannen, und er beschloss, sich auf die Zwillinge genauso vorbehaltlos zu freuen wie Paula. Dann machte er sich wieder an sein Gutachten, denn mittlerweile war ihm eine gute Formulierung für die abschließende Beurteilung eingefallen:

Auch wenn ein mitbestimmender Einfluss der psychischen Konstitution des Patienten nicht mit letzter Sicherheit ausgeschlossen werden kann, so sind die dargelegten kriegsschädlichen Einflüsse unwiderlegbar. Der Patient wurde infolge eines Granatenangriffs verschüttet und musste zwischen den Leichen seiner teils schrecklich verstümmelten Kameraden stundenlang auf Rettung harren, während der Sauerstoff immer mehr zur Neige ging. Somit bestand neben einer starken körperlichen Belastung auch eine mindestens ebenso starke psychische Belastung mit permanenter Todesangst über Stunden, ohne jede Hoffnung, durch ein eigenverantwortliches Handeln die Kontrolle über Leben und Tod zurückgewinnen zu können. Ein Vergleich der Todesangst in dieser besonderen Situation mit der üblichen Todesangst von Männern im Schützengraben, wie vom Erstgutachter dargelegt, ist unzulässig, da gerade dem kämpfenden Soldaten im Schützengraben zumindest noch die Aussicht auf Selbstverteidigung und Handlungskontrolle bleibt, während der Verschüttete all dieser tatsächlichen wie innerpsychischen Abwehrmaßnahmen beraubt und in seiner Bewegung eingeschränkt ist. Dem Verschütteten bleibt nichts weiter übrig, als bis zu seiner Rettung hilflos um jeden Atemzug zu ringen, ohne dass er zumindest die Illusion einer Selbstkontrolle aufrechterhalten kann, so wie dies dem Soldaten im Schützengraben noch möglich ist. Für die Unvergleichbarkeit dieser beiden Situationen spricht auch die Tatsache, dass der Patient zuvor bereits seit achtzehn Monaten an der Front eingesetzt war, ohne dass dies zu einer nachhaltigen Ver-

änderung seines psychischen Gesundheitszustandes geführt hätte. Vergleicht man das mit den Fällen von Kriegsneurotikern, die bereits ohne das Trauma einer Verschüttung mit massiven Symptomen zu kämpfen haben, spricht dies sogar für eine besonders starke psychische Konstitution des hier zu begutachtenden Patienten. Somit muss zweifelsfrei davon ausgegangen werden, dass einzig das Erlebnis der Verschüttung, das über jedes normalmenschliche Maß an Belastung hinausgeht, einen wesentlichen Einfluss auf den Ausbruch der Erkrankung hatte. Selbst unter der rein hypothetischen Annahme, dass eine genetische Disposition zur Schizophrenie bestanden haben könnte, ist der Ausbruch der Erkrankung in unmittelbarem Zusammenhang mit dem Trauma der Verschüttung zu sehen, und es bleibt spekulativ, ob es jemals zum Ausbruch der Erkrankung gekommen wäre, wenn der Patient kein derartiges Trauma erlebt hätte.

Sechs Wochen später erfuhr er, dass das Versorgungsamt seinem Gutachten in der Argumentation gefolgt war und die Invalidenrente weiterzahlen würde.

20. Kapitel

In der Nacht vom 8. auf den 9. August 1932 setzten die Wehen bei Paula ein. Als Richard sie in die Finkenau fuhr, war die Fruchtblase bereits gesprungen und der Kopf des ersten Kindes drückte ihr schwer ins Becken. Allerdings war der Muttermund noch nicht sehr weit geöffnet und die Eröffnung zog sich über den gesamten Tag hin. Richard wartete vergebens in seinem Büro auf den erlösenden Anruf, dass er Vater geworden sei. Kurt Hansen versuchte ihn abzulenken und aufzumuntern, aber Richards Gedanken kreisten ständig um mögliche Komplikationen. Und obwohl er wusste, dass er sich in wilde Fantasien und unnötige Sorgen hineinsteigerte, die seiner eigenen Hilflosigkeit geschuldet waren, konnte er es nicht ändern. Vergeblich bemühte er sich, sich durch seine Arbeit abzulenken, aber er fand weder die Ruhe und Muße, sich um die Patienten zu kümmern, noch konnte er sich ausreichend auf seine Gutachten konzentrieren.

Um fünf Uhr machte er schließlich Feierabend und fuhr zur Finkenau. Als er dort gegen halb sechs ankam, hieß es, dass seine Frau noch immer im Kreißsaal sei. Die Oberschwester teilte ihm nur mit: »Das geht schon seinen Weg. Dass Männer immer so ungeduldig sein müssen, ist einfach unerträglich.«

»Was heißt hier ungeduldig? Meine Frau ist jetzt schon seit achtzehn Stunden hier.«

»Ja, so ist das bei Zwillingen, die brauchen halt Zeit. Und nun gehen Sie einen Kaffee trinken oder eine Runde spazieren und lassen Sie uns unsere Arbeit machen.«

»Und wie geht es meiner Frau?«

»Na, was meinen Sie wohl? Kinderkriegen ist kein Zuckerschlecken. Sie können vielleicht dumme Fragen stellen.« Damit ließ sie Richard einfach stehen.

Richard wanderte noch eine Weile auf dem Krankenhausflur auf und ab, ohne dass sich jemand blicken ließ und ihm Auskunft darüber gab, wie es Paula wohl ging. Im Foyer der Klinik befand sich ein Münzfernsprecher, und weil er sonst nicht wusste, was er tun sollte, rief er Fritz an und schilderte ihm seine Not.

»Soll ich vorbeikommen und dir beim Warten Gesellschaft leisten?«, fragte sein Freund.

»Das würdest du tun?«

»Selbstverständlich, was dachtest du denn? Und nun beruhigst du dich erst mal und sagst dir, dass alles in Ordnung ist, denn wenn etwas mit Paula oder den Kindern nicht stimmen würde, hätte man es dir bereits mitgeteilt. Mir haben sie ja sogar bis in den OP hinterhertelefoniert.«

»Paula hat dir damals hinterhertelefoniert«, bemerkte Richard.

»Ja, weil sie zufällig da war. Ich bin mir sicher, sonst hätte mich dieser Brandes auch selbst angerufen. Und sei es nur, weil er ein hübsches Präparat für seine Sammlung wollte.«

Richard zuckte zusammen. Normalerweise schätzte er es, dass Fritz in letzter Zeit angefangen hatte, sehr offen über seinen Sohn zu sprechen, aber heute rief es nur weitere Ängste in ihm hervor.

»Ich erwarte dich im Foyer«, sagte er nur. »Danke, dass du kommst.«

Es vergingen weitere zwanzig Minuten, in denen Richard nichts Neues hörte und sich niemand bequemte, ihn überhaupt zur Kenntnis zu nehmen, bis Fritz kam. Er trug seine Aktentasche bei sich.

»Ich habe ein bisschen vorgesorgt«, meinte er augenzwinkernd zu Richard. »Wenn die dich hier einfach ignorieren, brauchen wir auch nicht auf unsere gute Erziehung zu achten.« Mit diesen Worten zog er zwei Flaschen Bier hervor und reichte Richard eine.

»Und jetzt meinst du, wir sollten uns hier einfach auf die Bank setzen und Bier aus der Flasche trinken?«

»Wenn es dich stört, werde ich sehen, wo ich zwei Gläser bekommen kann, damit die Etikette gewahrt bleibt. Warte kurz.«

Trotz seiner Anspannung musste Richard lachen, als Fritz kurz darauf tatsächlich mit zwei Wassergläsern zurückkam. Sie setzten sich auf die massive dunkle Holzbank im Foyer und Fritz füllte die Gläser. Gerade, als sie anstoßen wollten, erschien die ruppige Oberschwester.

»Na, das ist ja mal wieder typisch Mann. Ihre Frau hat ihre schwerste Stunde und Sie trinken hier Bier! Das ist ein Krankenhaus!«

»Siehst du«, sagte Fritz, »das funktioniert immer. Alkohol im Krankenhaus und sofort kommt eine wilde Oberschwester angelaufen. Schön Sie zu sehen, Schwester Mathilde. Ist ja lange her, dass wir zuletzt gemeinsam am OP-Tisch standen.«

»Doktor Ellerweg! Na, das hätte ich mir ja denken können.« Sie stemmte ihre Hände in die Hüften, aber anstatt des von Richard erwarteten Donnerwetters fing sie laut an zu lachen und Fritz stimmte in ihr Gelächter ein.

Richards Blick wanderte verblüfft zwischen den beiden hin und her.

»Schwester Mathilde und ich sind alte Bekannte«, erklärte

Fritz. »Wenn ich sagen würde alte Freunde, würde sie mir für meine Respektlosigkeit bestimmt den Kopf abreißen.«

»Nicht nur dafür«, entgegnete Schwester Mathilde und drohte spaßhaft mit dem Finger. Es war ihr deutlich anzusehen, dass sie Fritz mochte.

»Und wie geht es meiner Frau?«, fragte Richard.

»Genau, rücken Sie endlich mit der Sprache raus, Schwester Mathilde. Sie sehen doch, dass mein Freund vor Sorge fast stirbt und ich ihn nur mit flüssiger Ernährung so gerade am Leben halten konnte.« Fritz wies auf das Bierglas in Richards Hand.

»Ich wollte Ihnen gerade sagen, dass alles in Ordnung ist. Herzlichen Glückwunsch, Herr Doktor Hellmer, Sie haben zwei gesunde Kinder, ein Mädchen und einen Jungen. Und wie das so ist, war ihre Tochter ein ganz braves Kind und kam sehr schnell, aber der kleine Lausbub hat sich Zeit gelassen und musste mit der Zange geholt werden. Eben typisch Mann.«

»Und meine Frau?«

»Sie hat alles gut überstanden. Im Moment ist sie noch im Kreißsaal, weil sie eine Dammnaht bekommt. Aber ich kann Ihnen die Kinder schon mal durch die Scheibe der Säuglingsstation zeigen. Allerdings nur, wenn das Bier hierbleibt!«

»Wegschütten wäre eine Schande«, meinte Fritz. »Auf deine Zwillinge!« Sie stießen an und tranken auf ex aus.

»Männer«, sagte Schwester Mathilde kopfschüttelnd, aber in ihrem Ton lag etwas mehr Wärme, seit Fritz aufgetaucht war. Dann ging sie voran zur Säuglingsstation.

»Sie ist eigentlich ganz in Ordnung«, raunte Fritz Richard zu. »Das ist die berühmte raue Schale. Sie war bis vor einem Jahr OP-Schwester und ich habe immer sehr gern mit ihr operiert, aber als sie nicht zur Oberschwester befördert wurde, hat sie zu meinem Bedauern in die Finkenau gewechselt.«

Kurz darauf konnte Richard seine Kinder zum ersten Mal sehen, wenngleich noch immer eine Scheibe zwischen ihnen war, die verhindern sollte, dass die Neugeborenen mit den Krankheitskeimen der Besucher in Berührung kamen. Seine Tochter war die größere von beiden, sie hatte strahlend blaue Augen, mit denen sie schon jetzt wach ihre Umwelt musterte, und einen zarten blonden Flaum auf dem Köpfchen. Sein Sohn war deutlich zierlicher und hatte Richards dunkles Haar geerbt. An seiner Schläfe war noch der Abdruck der Geburtszange zu erkennen und im Gegensatz zu seiner Schwester blinzelte er nur einmal müde, ehe er in den Armen der Krankenschwester einschlief.

»Noch mal herzlichen Glückwunsch zu diesem Doppeltreffer«, gratulierte Fritz und klopfte Richard anerkennend auf die Schulter. »Der Kleine sieht noch reichlich mitgenommen aus, aber das wird schon werden.«

»Ich weiß«, sagte Richard und spürte zugleich, wie all die Sorgen, die er sich während der letzten Stunden gemacht hatte, zerschmolzen und langsam, sehr langsam, Platz für ein Aufkeimen der unbändigen Freude machten, zwei gesunde Kinder zu haben.

»Habt ihr auch schon Namen überlegt?«

»Was denkst du wohl? Wir hatten selbstverständlich sowohl einen Jungen- als auch einen Mädchennamen ausgesucht, als wir noch nicht wussten, dass es Zwillinge werden. Ein Mädchen sollte auf Paulas Wunsch Emilia heißen, ein Junge Georg, nach meinem verstorbenen Bruder.«

»Und wenn es nun zwei Jungen oder zwei Mädchen geworden wären? Wären es dann Georg und Emil oder Emilia und Georgina geworden?« Fritz grinste und erntete dafür einen freundschaftlichen Knuff von Richard.

»Wir haben das mit dem Pärchen schon genau richtig gemacht«, entgegnete er und merkte, wie das Glücksgefühl ihn mittlerweile vollständig erfüllte, so groß und so gewaltig, dass es ihn schwindelig machte und er es am liebsten aus sich herausgeschrien hätte.

»Und was machen wir jetzt?«, fragte Fritz. »Noch ein Bier trinken?«

»Erst will ich Paula sehen.«

Fritz warf einen Blick auf die große Wanduhr.

»Es geht auf acht zu. Ich glaube nicht, dass sie jetzt noch einen Besuch auf der Wöchnerinnenstation erlauben.«

»Dann lass deinen Charme bei Schwester Mathilde spielen. Ich gehe nicht, ehe ich Paula gesehen habe.«

Schwester Mathilde ließ sich von Fritz bezirzen und erlaubte einen kurzen Besuch des frischgebackenen Vaters bei seiner Ehefrau.

»Ich bin so stolz auf dich«, sagte Richard. »Und nun habe ich nicht mal Blumen mit.«

»Das Gemüse steht ohnehin nur im Weg rum«, meinte Paula lächelnd. Sie sah sehr blass und erschöpft aus, erschien dabei aber unbeschreiblich glücklich und erleichtert.

»Sie sind wundervoll, nicht wahr?«, fragte sie ihn.

»Ja, das sind sie«, erwiderte er, setzte sich zu ihr auf die Kante des Bettes und nahm ihre Hände.

»Du siehst, es ist alles gut gegangen«, stellte sie fest. »Aber ehrlich gesagt, hätte ich vorher gewusst, wie lang das dauert, hätte ich einen Kaiserschnitt vorgezogen. Einfach in die Narkose, nach einer Stunde aufwachen und die Kinder sind da.«

»Und ich konnte gar nichts für dich tun, nur warten.«

»Nein, du hast lieber mit Fritz Bier getrunken, wie mir Schwester Mathilde empört erzählte.« Paula lachte. »Sie meinte, ich solle dich dafür ordentlich zurechtstutzen.«

»Schwester Mathilde ist eine widerliche Petze. Und die wahren Hintergründe hat sie natürlich für sich behalten.«

»Ach Richard, du musst dich nicht rechtfertigen. Ich kann mir denken, wie es war. Du hast voller Sorge Fritz angerufen und der kam mit moralischer Unterstützung in Form von Bier.«

»Genau so«, bestätigte Richard.

»Fritz ist ein guter Freund«, sagte Paula. »Ich möchte gern, dass er Georgs Pate wird.«

»Das ist eine gute Idee.« Er gab ihr einen Kuss auf die Stirn. »Ich liebe dich, Paula.«

»Ja, und jetzt darfst du mich allein lassen. Ich bin nämlich sehr müde.«

»Dann schlaf gut und erhol dich ordentlich, mein Schatz.«

Fritz erwartete ihn vor der Tür.

»Und? Gehen wir jetzt noch was trinken?«

»Auf jeden Fall«, sagte Richard, denn im Gegensatz zu Paula war er so aufgekratzt und munter, dass er sich beim besten Willen nicht vorstellen konnte, den Rest des Abends allein in seiner Wohnung zu verbringen. Das Leben war einfach nur großartig!

ZWEITER TEIL
DAS DRITTE REICH
1933–1945

21. Kapitel

Aus der Reichstagswahl am 31. Juli 1932 ging die NSDAP mit 37,3 Prozent als stärkste Partei hervor. Am 6. November wurde erneut gewählt und wieder bekamen die Nazis mit 33,1 Prozent die meisten Stimmen.

Richard verfolgte die politische Entwicklung mit Sorge, aber durch die Geburt der Zwillinge galt sein Augenmerk hauptsächlich seiner jungen Familie. Emilia gedieh prächtig und fing schon sehr früh an, auf die Stimme ihrer Mutter mit Gebrabbel zu antworten. Der kleine Georg war hingegen ein sehr ruhiges Kind und zeigte nur wenig von der Lebhaftigkeit seiner Schwester. Zwar lobte Richards Vater die Nervenstärke seines jüngsten Enkels, der sich im Gegensatz zu seiner Zwillingsschwester nicht einmal erschrocken hatte, als die beiden Schäferhunde in lautes Gebell ausgebrochen waren, aber es änderte nichts daran, dass Richard das unbestimmte Gefühl hatte, irgendetwas sei nicht in Ordnung. Paula versuchte, ihn zu beruhigen, es sei ganz normal, dass Jungen sich langsamer entwickelten als Mädchen. Normalerweise würde man dies nur nicht so deutlich erkennen wie bei den Zwillingen. Richard wollte gern daran glauben und war nur allzu bereit, sich als überängstlicher Vater dem gutmütigen Spott der Familie auszusetzen, aber es änderte nichts an seiner Sorge.

Am 30. Januar 1933 wurde Adolf Hitler zum Reichskanzler ernannt. Richard und Paula saßen gemeinsam in der großen Küche und hörten im Radio, wie die NSDAP ihren Sieg feierte. Das Jubeln der Massen begleitete die Reden Adolf Hitlers und seines Propagandachefs Joseph Goebbels.

Obwohl die Kinder in ihrem Zimmer schliefen, wachte Emilia von dem Lärm auf und fing laut an zu schreien. Paula ging, um nach ihr zu sehen, und brachte sie kurz darauf mit in die Küche.

»Dreh das Radio bitte etwas leiser«, sagte sie zu Richard. »Ich fürchte, Emilia hat kein Verständnis für die Reden des neuen Reichskanzlers.«

»Und was ist mit Georg?«

»Der schläft wie ein kleiner Engel, als würde er nichts von allem mitkriegen.« Sie schaukelte Emilia in ihren Armen, bis das Kind sich etwas beruhigt hatte. »Dein Vater würde jetzt bestimmt wieder seine Nervenstärke loben.«

Richard nickte nachdenklich.

»Und wenn es gar keine Nervenstärke ist?«, fragte er schließlich. »Hast du jemals darüber nachgedacht, dass er vielleicht nicht gut hören könnte?«

Paula hörte auf, Emilia zu wiegen, und starrte Richard an. »Wie kommst du denn auf so etwas? Das müsste ich als Mutter doch merken. Er reagiert auf mich, wenn ich ihn auf den Arm nehme und mit ihm rede, ganz genau wie Emilia.«

»Er reagiert auf dich, wenn du ihn hochnimmst. Natürlich redest du dabei, aber bist du dir sicher, dass er dich wirklich hört? Denk mal nach, er hat sich noch nie vor lauten Geräuschen erschrocken.«

»Nicht jedes Kind erschreckt sich sofort. Richard, er ist ganz normal, nur etwas ruhiger als Emilia. Jungen brauchen etwas länger, das siehst du auch daran, dass Emilia sich schon vom Rücken auf den Bauch drehen kann und Georg noch nicht.«

»Hast du jemals beobachtet, dass er sich vor etwas Lautem erschrocken hat?«, hakte Richard nach.

»Nein«, gab sie nach einer kurzen Zeit des Überlegens zu.

»Und findest du das normal?«

Paula biss sich auf die Unterlippe. »Aber das hat bestimmt nichts zu bedeuten, Richard. Er ist doch noch so klein.«

Trotz ihrer abwehrenden Worte konnte Richard erkennen, wie seine Sorgen sich langsam auch in Paulas Seele pflanzten.

»Ich werde es überprüfen.« Richard stand auf und ging ins Kinderzimmer. Paula folgte ihm mit Emilia auf dem Arm.

Georg schlief noch immer.

»Georg«, sagte Richard mit lauter Stimme. Keine Reaktion. Er beugte sich weiter vor und rief nochmals den Namen seines Sohnes. Der schlief weiter.

»Was meinst du dazu?«, fragte er Paula.

»Er hat einen festen Schlaf und er kennt deine Stimme. Die erschreckt ihn nicht. Ich halte das für völlig normal. Vor allem, wenn ich daran denke, wie schwierig es zuweilen ist, dich wach zu kriegen. Ganz der Sohn seines Vaters.«

»Na gut. Dann eben anders.« Richard ging ins Schlafzimmer, holte den großen Wecker und zog ihn auf. Kurz darauf schellte es ohrenbetäubend. Emilia fing an zu schreien. Georg schlief unbeeindruckt weiter.

»Was sagst du jetzt?«, fragte Richard. »Also davon muss jeder aufwachen.«

Paula war blass geworden. »Ich weiß nicht … Aber wenn das stimmt, warum ist mir das vorher nie aufgefallen? Ich hätte es doch merken müssen.«

Richard konnte die Schuldgefühle in Paulas Augen sehen und nahm sie in die Arme.

»Ich habe es ja auch nicht gemerkt«, tröstete er sie.

»Ja, aber ich bin den ganzen Tag mit ihm zusammen. Ich war froh, dass er so ruhig ist, und habe alles darauf geschoben, dass Jungen sich langsamer als Mädchen entwickeln. Ich hätte mich mehr um ihn kümmern müssen.«

In diesem Moment rührte sich Georg und brachte einige glucksende Laute hervor. Richard ließ Paula los und nahm seinen Sohn auf den Arm.

»Na, mein Kleiner? Hörst du, was Papa sagt?«

Georg lachte glucksend.

»Hat er das jetzt gehört?«, fragte Paula verunsichert. Sie legte Emilia, die sich inzwischen beruhigt hatte, in ihre Wiege und betrachtete ihren Sohn aufmerksam.

»Ich weiß es nicht. Hol doch mal das Glöckchen, dann schauen wir, ob er reagiert, wenn du es hinter seinem Kopf läutest.«

Paula nickte und holte die kleine Glocke. Richard hielt seinen Sohn weiterhin im Arm und betrachtete ihn eingehend. Jetzt, wo Georg munter war, blickte er mit wachen, aufmerksamen Augen um sich. Als seine Mutter das Glöckchen hinter seinem Kopf läutete, zeigte er jedoch keine Reaktion. Erst als Paula es vor sein Gesicht hielt und erneut läutete, wandte er den Blick zu dem Spielzeug und versuchte danach zu greifen.

»Hat er das jetzt gehört oder achtet er nur darauf, was er sieht?«, fragte Paula sichtlich nervös.

Richard legte Georg wieder in die Wiege und nahm Emilia auf den Arm.

»Jetzt versuchen wir es mit ihr«, sagte er. Paula läutete die Glocke hinter ihrer Tochter. Emilia drehte ihr Köpfchen in Richtung des Klangs.

Paulas und Richards Blicke trafen sich, während Emilia nach dem Glöckchen haschte.

»Dann ist es also wahr«, stellte Paula erschüttert fest. »Georg kann nicht hören.«

Richard nickte. »Aber jetzt wissen wir es wenigstens und können etwas dagegen tun.«

»Was sollen wir denn dagegen tun, wenn unser Sohn taub ist? Dafür gibt es keine Behandlungsmöglichkeiten.«

»Nein«, gab Richard zu. »Aber wir werden lernen, damit zu leben. Vielleicht ist er auch nur schwerhörig, das wissen wir ja noch gar nicht. Und wenn er wirklich vollständig taub ist, dann ... dann müssen wir ihm eben diese Zeichensprache für Taubstumme beibringen.« Er atmete tief durch, während er seine Tochter in den Armen wiegte.

»Dazu müssen wir sie erst einmal selbst beherrschen.«

»Dann lernen wir das eben«, sagte er mit Bestimmtheit. »Es gibt Schlimmeres. Fritz und Dorothea wären glücklich gewesen, wenn ihr Sohn bloß taub gewesen wäre.«

Richard sah, wie Paula sich verstohlen eine Träne aus den Augenwinkeln wischte, und spürte selbst dieses verdächtige Brennen in den Augen, dem er auf gar keinen Fall nachgeben wollte. Er durfte sich nicht der Verzweiflung hingeben, nur weil sein Sohn nicht hören konnte. Er würde dieser Herausforderung entgegentreten. Ob Georg nun taub war oder nicht, nichts würde etwas an seiner Liebe zu seinem Sohn ändern und an dem Wunsch, diesem Kind den bestmöglichen Start ins Leben zu ermöglichen.

»Ich werde morgen mit Georg zu Doktor Stamm gehen, damit er ihn noch einmal untersucht«, sagte Paula. »Und wenn er unseren Verdacht wirklich bestätigt, kümmere ich mich anschließend gleich darum, wo wir die Zeichensprache für Taubstumme erlernen können.«

»Das ist gut«, meinte Richard. »Aber ich mag das Wort taubstumm nicht. Wir wissen beide, dass er ganz ordentlich schreien kann. Und wir werden alles daransetzen, dass er auch richtig sprechen lernt, damit ihn auch Menschen verstehen, die keine Zeichensprache können. Und dann gibt es doch auch Taube, die Lippenlesen können. Wenn er das alles lernt, dann … dann kann er doch fast wie ein gesunder Mensch leben.«

Paula nickte. »Meinst du, es liegt an der Geburt?«, fragte sie dann. »Weil er mit der Zange geholt wurde? Er hatte danach doch noch eine Woche lang den Abdruck am Köpfchen.«

»Ich weiß es nicht«, sagte Richard. »Aber ist das wichtig? Es ist, wie es ist. Wir können nichts daran ändern. Wir können nur auf die Zukunft hoffen. Er wird es halt etwas schwerer haben als Emilia, aber er wird sich durchbeißen. Weil wir beide alles für ihn tun werden.«

»Weißt du, dass es genau das ist, was ich so an dir liebe, Richard? Dass du dich niemals geschlagen gibst und, egal was passiert, immer das Gute in den Vordergrund stellst, ohne dabei die Schwierigkeiten zu übersehen.«

»Wir haben zwei wunderbare Kinder, Paula. Es gibt überhaupt nichts, was daran etwas ändern könnte.«

22. Kapitel

Am folgenden Morgen suchte Paula Doktor Stamm auf. Ihr ehemaliger Chefarzt kannte die Zwillinge bereits seit der Geburt und Paula schätzte den Rat des erfahrenen Kinderarztes. Als sie ihm jetzt von ihren gestrigen Untersuchungen erzählte, lächelte er nachsichtig.

»In diesem Alter kann man das noch nicht mit Sicherheit feststellen«, sagte er. »Und manchmal reagiert ein Säugling auch einfach nur deshalb nicht so, wie man es sich vorstellt, weil er müde und lustlos ist. Der kleine Georg macht sich doch gut.«

»Wenn es nur um das Glöckchen gegangen wäre oder Richards Stimme an seinem Bettchen, dann hätte ich mir auch nichts dabei gedacht. Aber der rasselnde Wecker, der hätte ihn doch wecken müssen. Und dann frage ich mich natürlich auch, ob das eine Folge der Umstände seiner Geburt sein könnte.«

»Meine liebe Frau Hellmer, dass eine Zangengeburt Taubheit auslösen könnte, ist mir nicht bekannt. Aber ich werde mir den kleinen Mann jetzt noch einmal in Ruhe ansehen.«

Der Kinderarzt untersuchte zunächst Georgs Gehörgänge, was der Junge mit bemerkenswerter Gelassenheit tolerierte.

»Also hier kann ich keine Auffälligkeiten sehen«, meinte er, nachdem er damit fertig war. Danach überprüfte er Georgs

Hörvermögen auf ähnliche Weise, wie Paula und Richard es am Abend zuvor getan hatten. Das Ergebnis blieb dasselbe. Georg zeigte keine Reaktion auf Geräusche außerhalb seines Sichtfeldes.

Doktor Stamm runzelte die Stirn.

»Für eine endgültige Diagnose ist es noch zu früh«, sagte er. »Bei den meisten Kindern fällt es erst auf, wenn sie im Alter von zwei oder drei Jahren noch nicht mit dem Sprechen beginnen. Ich habe bislang nur selten ein Elternpaar getroffen, das seine Kinder so aufmerksam beobachtet wie Sie und Ihr Mann, Frau Hellmer. Es ist sehr ungewöhnlich, diesen Verdacht schon in einem so jungen Alter des Kindes zu hegen.«

»Was meinen Sie denn? Auch wenn es für eine endgültige Diagnose zu früh ist, was sollen wir tun? Richard meinte, wir sollten diese Zeichensprache für Taubstumme erlernen, damit Georg dadurch mit seiner Umwelt kommunizieren kann.«

»Liebe Frau Hellmer, Sie haben zwei Möglichkeiten. Entweder Sie warten ab, wie er sich entwickelt, und hoffen darauf, dass er nur unter einer Schwerhörigkeit leidet, die sich im Laufe der Monate durchaus noch bessern könnte. Oder aber Sie gehen vom Schlimmsten aus und nutzen dadurch Möglichkeiten, die weniger aufmerksamen Eltern versagt bleiben. Die meisten Kinder, die ohne Gehör geboren werden, sind von durchschnittlicher Intelligenz und haben die anatomischen Voraussetzungen zur Sprachbildung. Aber da sie nicht hören können, ist es ihnen nicht möglich, die Funktion der Sprache zu erfassen, weshalb die meisten von ihnen stumm bleiben. Allerdings macht die Forschung im Phonetischen Institut in Hamburg gute Fortschritte. Ich würde Ihnen empfehlen, sich an Herrn Alfred Schär zu wenden. Er ist nicht nur als Lehrer an der Taubstummenschule in der Bürgerweide tätig, sondern hat sich auch einen Namen in der experimentellen Phonetik gemacht. Ich werde Ihnen eben seine Adresse aufschreiben.«

»Vielen Dank!«

Doktor Stamm reichte ihr den Zettel mit Schärs Adresse und der Anschrift der Taubstummenschule.

»Ich bin im Übrigen sehr an Georgs weiterer Entwicklung interessiert und würde mich freuen, wenn Sie mich auf dem Laufenden halten würden, Frau Hellmer.«

»Sehr gern, Herr Doktor Stamm.« Paula legte Georg in den Zwillingskinderwagen zu seiner Schwester, dann verabschiedete sie sich, um sogleich die Taubstummenschule in der Bürgerweide aufzusuchen. Als sie auf die Straße trat, tanzten ihr zahlreiche Schneeflocken entgegen. Paula seufzte, schob die Abdeckung über den Kinderwagen und spannte ihren Schirm auf. Der Bürgersteig war in der letzten Stunde von einer dicken Schneedecke überzogen worden und es bereitete ihr einige Schwierigkeiten, den Kinderwagen bis zur Straßenbahnhaltestelle zu schieben. Immerhin half ihr ein junger Mann kurz darauf, die Zwillingskarre in die Straßenbahn zu heben, was aufgrund ihrer Breite einiges an Kunstfertigkeit erforderte.

Die Taubstummenschule in der Bürgerweide unterschied sich von außen nicht von anderen Schulen. Als Paula dort ankam, befanden sich die Schüler gerade in der großen Pause. Sie hörte die Kinder auf dem Schulhof lärmen, genauso fröhlich und übermütig wie in jeder anderen Schule auch. Gerade diese Normalität machte ihr Mut, als sie das Sekretariat aufsuchte und dort nach Alfred Schär fragte.

Sie hatte Glück, denn der Lehrer war im Haus und hatte Zeit, mit ihr zu sprechen.

»Es geht um meinen Sohn«, sagte sie, nachdem sie Schär gegenüber im Lehrerzimmer Platz genommen hatte. Der Raum war hell und freundlich, auf den Fensterbänken standen Topfblumen und Kakteen, an den Wänden hingen gerahmte Bilder, die wohl aus dem Kunstunterricht stammten.

»Herr Doktor Stamm hat Sie mir empfohlen, nachdem ich heute Morgen mit Georg bei ihm war.« Sie wies auf ihren Sohn im Kinderwagen. »Seine Zwillingsschwester ist völlig gesund, aber bei Georg besteht der hochgradige Verdacht, dass er taub ist.«

»Wie alt ist er denn?«

»Am 9. Februar werden die beiden sechs Monate alt.«

»So jung noch? Und dann konnten Sie schon eine Taubheit feststellen? Oder gibt es eine familiäre Belastung?«

»Nein, in der Familie waren immer alle gesund.« Sie fasste die Untersuchung bei Doktor Stamm kurz zusammen. Herr Schär hörte aufmerksam zu.

»Ich habe noch nie von einem Fall gehört, in dem die Eltern so früh eine Taubheit bemerkten«, gestand er.

Paula nickte. »Deshalb meinte Doktor Stamm ja auch, dass wir die Gelegenheit nutzen sollten, Georg die bestmögliche Förderung zukommen zu lassen, wenn wir schon so früh von seinem Leiden wissen. Wir möchten gern, dass er so normal wie möglich aufwächst, aber wir haben natürlich überhaupt keine Ahnung vom richtigen Umgang mit schwerhörigen oder tauben Kindern. Mein Mann meinte, dass wir vielleicht diese Zeichensprache für Taubstumme erlernen sollten.«

»Das wird derzeit kontrovers diskutiert«, erwiderte Schär. »Einige Fachleute glauben, es sei besser, die Kinder nur an die Lautsprache und das Lippenlesen zu gewöhnen. Was Schwerhörige angeht, so teile ich diese Ansicht. Bei einer vollständigen Taubheit sieht die Sache etwas anders aus. Sie müssen allerdings bedenken, dass die Gebärdensprache keine reine Übersetzung von Lautsprache in Zeichen ist, sondern eine eigenständige Sprache mit vollständig anderer Grammatik. Wir haben einige Kinder taubstummer Eltern, die nur mit der Gebärdensprache aufgewachsen sind und deshalb im Schriftdeutsch schwerwiegende grammatikalische Defizite aufweisen. Es sind zwei verschiedene Welten, Frau Hellmer, und letztlich muss man sich entscheiden, ob man in der Welt der Gesunden oder der Taubstummen leben möchte.«

»Und wenn man in beiden Welten leben möchte?«

»Dann sollten Sie die Gebärdensprache erlernen und auch an Ihre Kinder vermitteln. Aber ich warne Sie, das ist ein langwieriger Prozess, der genauso aufwendig ist wie das Erlernen einer Fremdsprache.«

»Können Sie uns einen Lehrer empfehlen, der uns Privatstunden geben könnte? Wir würden gut dafür zahlen.«

Schär nickte. »Ich glaube, da kenne ich eine geeignete Person. Katharina Felber ist eine junge Lehrerin an unserer Schule und sie hat eine besondere Vorgeschichte. Sie selbst ist vollständig gesund, hat aber eine taubstumme Mutter. Dadurch hat sie bereits als Kind die Gebärdensprache und gleichzeitig normal sprechen gelernt. Sie lebt tatsächlich in beiden Welten.«

»Das klingt nach genau der richtigen Lehrerin für uns.«

»Warten Sie kurz, ich werde sehen, ob Fräulein Felber einen Augenblick abkömmlich ist. Sie hatte gerade die Pausenaufsicht.« Schär erhob sich und verließ das Lehrerzimmer. Wenig später kehrte er in Begleitung einer jungen Frau zurück, die vermutlich vor nicht allzu langer Zeit selbst noch die Schulbank gedrückt hatte. Sie hatte langes, dunkles Haar, das zu einem Dutt hochgesteckt war, und trug ein schlichtes blaues Kleid mit weißem Spitzenkragen, das etwas zu lang geraten war, um noch als modisch zu gelten.

»Frau Hellmer, das ist Fräulein Felber«, stellte Schär sie vor.

Paula reichte der jungen Frau die Hand.

»Ich freue mich, Sie kennenzulernen. Hat Herr Schär Ihnen schon erzählt, worum es geht?«

Fräulein Felber nickte. »Sie und Ihr Mann möchten gern in der Taubstummensprache unterrichtet werden.«

»So ist es. Wegen des Termins müsste ich mich noch mit meinem Mann abstimmen. Welche Wochentage kämen für Sie infrage?«

»Ich kann mich vollständig nach Ihnen richten, Frau Hellmer.«

»Sehr gut, dann werde ich Sie anrufen, sobald ich mit meinem Mann gesprochen habe. Haben Sie Telefon?«

»Wir haben kein Telefon, meine Mutter könnte damit nichts anfangen. Aber Sie können mich über das Sekretariat der Schule erreichen«, sagte sie schüchtern.

»Ich verstehe. Gut, dann werde ich hier anrufen, sobald ich mich mit meinem Mann besprochen habe.«

Als Richard am Abend erfuhr, was Paula schon alles in die Wege geleitet hatte, war er beeindruckt. Neben dem Unterricht in der Gebärdensprache interessierte ihn auch die experimentelle Phonetik, die Paula am Rande erwähnt hatte.

»Was versteht man darunter?«, fragte er, doch Paula musste zugeben, dass sie sich nicht näher erkundigt hatte.

»Vielleicht solltest du Herrn Schär darüber selbst befragen, Richard. Er machte auf mich einen sehr guten Eindruck, sowohl menschlich als auch fachlich. Ich glaube, ihr würdet euch ausgezeichnet verstehen.«

»Das ist eine gute Idee. Ich werde morgen Vormittag versuchen, ihn telefonisch zu erreichen.«

»Welchen Wochentag soll ich Fräulein Felber denn vorschlagen?«

»Dienstag.«

»Dienstag? Das kam aber schnell.«

»Ja, dann ist der Montagsüberhang abgearbeitet. Ich kann rechtzeitig Feierabend machen und alles, was noch anliegt, auf den Rest der Woche verschieben.«

Er sagte es mit einem Augenzwinkern und Paula wunderte sich, wie schnell sie sich beide mit der Situation abgefunden hatten, die eigentlich eine Tragödie war und von der sonst noch niemand wusste, weder ihr Vater noch Richards Familie. Aber zugleich weigerte sie sich, Georgs Taubheit als einen Schicksalsschlag hinzunehmen. Es war nun einmal so und heute hatte sie erfahren, dass es viele Kinder wie ihn gab, die ein ganz normales Leben führten, auch wenn sie in einer speziell auf ihre Bedürfnisse ausgerichteten Schule unterrichtet wurden. Einen Augenblick lang hatte sie sogar das Gefühl, dass diese Herausforderung zu einer Bereicherung werden könnte, da sie ihr Einblick in eine ganz neue Welt eröffnete. Doch zugleich wusste sie, dass sie derartige Gedanken nur mit Richard teilen konnte. Weder ihrem Vater noch ihren Schwiegereltern traute sie eine derartige Sichtweise zu. Sie würden Georg selbstverständlich auch unterstützen, aber das Mitleid und Bedauern würden an erster Stelle stehen. Nun – es lag an ihr und Richard, Georg den Weg zu ebnen, ganz ohne Mitleid, nur mit elterlicher Liebe und Fürsorge.

23. Kapitel

Die folgenden Wochen erlebte Richard als ein ständiges Auf und Ab der Gefühle. Er bemühte sich um Stärke, schien gefasst und hatte sowohl seinen Eltern als auch seinem Schwiegervater einen Großteil der Sorgen genommen, indem er ihnen zeitgleich mit Georgs Leiden die Möglichkeiten der Förderung eröffnet hatte. Dennoch war seine Mutter erschüttert.

»Aber dann wird er ja niemals telefonieren oder Radio hören können«, hatte sie gesagt. »Er wird von der Welt abgeschnitten sein.«

»So ein Unsinn«, hatte Richards Vater energisch entgegengehalten. »Er kann ja Zeitung lesen und Briefe schreiben. Die meisten Leute haben sowieso kein Telefon.«

»Wenn jetzt sogar schon die Ritters von nebenan eines haben, kannst du Gift darauf nehmen, dass jeder eines hat, bis Georg erwachsen ist.«

»Dann ist das eben so. Dafür wird er dann auch nicht von dem lästigen Klingeln gestört, wenn er gerade in der Badewanne sitzt. Es hat alles seine Vorteile.«

»Hans-Kurt, du bist unmöglich.«

»Ach, ich hasse Gejammer. Der Junge wird seinen Weg schon gehen. Mit oder ohne Gehör.«

Bei diesen Worten musste Richard lächeln und fühlte sich seinem Vater aufs Innigste verbunden.

Zudem half ihm der regelmäßige Kontakt mit Alfred Schär. Anfangs hatten sie sich überwiegend über die Möglichkeiten eines Lautspracherwerbs unterhalten. Lautsprache sei auch bei Gehörlosen möglich, hatte Schär betont, jedoch sei es für Gesunde schwierig, Gehörlose zu verstehen. Deren Sprache sei sehr undeutlich, da sie keine Vorstellung davon hätten, wie die Worte richtig klingen müssten. Sie könnten lediglich versuchen, die Lippenbewegungen zu imitieren und dabei entsprechende Töne im Kehlkopf und Rachen zu erzeugen.

»Allerdings fällt es ihnen sehr schwer, dazu die richtige Atemtechnik einzusetzen«, erklärte Schär bei ihrem ersten Telefonat. »Die Phonetik ist ein komplexer Vorgang, der uns Gesunden gar nicht so kompliziert vorkommt, da wir ihn bereits seit unserer frühesten Kindheit beherrschen. Wir hören unsere eigenen Worte und können die Sprache automatisch korrigieren, was einem vollständig tauben Kind nicht möglich ist. Es ist dabei auf die beständige Rückmeldung seiner Umwelt angewiesen. Wie wichtig das Hörvermögen bei der Sprachbildung ist, können wir bei Menschen mit einer Altersschwerhörigkeit beobachten.«

»Die sprechen doch noch immer ganz normal und verständlich«, erwiderte Richard.

»Ja, aber deutlich lauter. Da sie selbst nicht mehr gut hören, sprechen sie in einer Lautstärke, in der sie ihre eigene Stimme gut hören können, ohne dass sie dies bewusst wahrnehmen.«

»Das stimmt«, gab Richard zu. »Ich habe das oft erlebt, aber niemals in diesem Zusammenhang gesehen.«

»Ja, weil wir viele Dinge, die für uns selbstverständlich sind, gar nicht mehr wahrnehmen. Das treibt teilweise skurrile Blüten. Da es vielen Gesunden zu mühsam ist, der Lautsprache eines Tauben zu folgen, lassen sie sich dessen Antworten lieber von jemandem übersetzen.«

»Aber man kann die Lautsprache verstehen?«

»Ja, bei den einen besser, bei den anderen schlechter. Für Ihren Sohn habe ich viel Hoffnung, denn er ist ja noch ein Säugling. Fordern Sie immer das Optimum dessen, was er geben kann, niemals weniger, auch wenn er sich dagegen sträuben sollte. Später wird er es Ihnen danken, denn leider glauben die meisten Menschen, dass jemand, der nicht deutlich sprechen kann, geistig zurückgeblieben ist. Diese Vorstellung wird dadurch bestärkt, dass Menschen, die nur mit der Gebärdensprache aufgewachsen sind, lediglich deren Grammatik beherrschen, und die ist völlig anders als die unserer Sprache. Wenn Sie einen Brief eines solchen Menschen lesen, ist er voller verdrehter, unvollständiger Sätze. Das ist besonders unangenehm, wenn es sich um ein offizielles Schreiben an eine Behörde handelt.« Schär lachte bitter auf. »Sie können sich gewiss vorstellen, wie ernst das Anliegen eines solchen Menschen genommen wird.«

»Das kann ich in der Tat«, bestätigte Richard und dachte an seine Erfahrungen mit dem Versorgungsamt als Gutachter.

In den folgenden Wochen intensivierte sich der Kontakt zwischen ihm und Schär, denn neben dem gemeinsamen Interesse an der Förderung tauber Kinder stellten sie fest, dass sie ähnliche politische Überzeugungen vertraten.

Zeitgleich begannen die Privatstunden in der Gebärdensprache bei Fräulein Felber. Nach den ersten Stunden, in denen Katharina Felber ihnen die Grundzüge der Zeichen und Gebärden beibrachte und ihnen die Scheu davor nahm, sich nicht nur mit den Händen, sondern auch durch den Einsatz von Mimik und Körperhaltung auszudrücken, hatte Richard jedes Mal das Gefühl, er hätte den ganzen Abend nur geredet, obwohl tatsächlich kaum Worte gefallen waren.

Als er Paula seine Empfindungen schilderte, teilte sie ihm mit, dass es ihr genauso ging.

»Das spricht für Herrn Schärs Erklärung, dass es tatsächlich eine eigene Sprache ist«, meinte Paula. »Wir haben den ganzen Abend geredet, aber nicht mit dem Mund. Unser Gehirn hat es dennoch als Sprache wahrgenommen und vermittelt uns jetzt das Gefühl, es wären ganz normale Worte und Gespräche gewesen. Ich finde das faszinierend.«

»Und anstrengend«, gab Richard zu. »Meine Mutter würde jetzt bestimmt sagen: ›Der arme Georg, er kann sich später nicht mal unterhalten, wenn das Licht aus ist.‹«

Paula lachte, als er den Tonfall seiner Mutter nachahmte.

»Na ja, gerade wenn das Licht aus ist, gibt es ja auch noch andere Verständigungsmöglichkeiten als Worte«, meinte sie mit einem verschmitzten Lächeln.

Er nahm ihr Gesicht sanft in seine Hände. »Hast du jemals Zweifel, Paula? Du wirkst immer so stark und völlig mit dir im Reinen.«

»Genau wie du.«

Er seufzte. »Ja, weil es nicht anders geht. Aber manchmal möchte ich schreien und toben und all diese Selbstbeherrschung fallen lassen. Darüber klagen, wie ungerecht es ist, dass Georg niemals hören wird.«

»Und warum tust du es nicht?«

Er seufzte noch tiefer. »Weil es nichts ändern und ich mich dadurch nicht besser fühlen würde.«

»Es mag seltsam klingen«, erwiderte Paula, »aber ich habe dieses Bedürfnis nicht. Irgendwie ist es für mich schon zur Normalität geworden, dass Georg so ist, wie er ist. Er wird niemals Klavier spielen lernen, kein Radio hören und, wie deine Mutter so schön feststellte, wird er auch niemals telefonieren können. Aber er wird Auto fahren können, er kann mit dir zusammen fotografieren gehen, lernen, wie die Fotos entwickelt werden, er kann laufen, schwimmen, turnen, und er wird alles um sich herum viel intensiver mit seinen Augen wahrnehmen. Genügt das nicht?«

»Doch, natürlich genügt das«, sagte Richard leise. »Und deshalb schreie ich auch keine Verzweiflung aus mir heraus, weil ich nicht das Recht dazu habe. Nicht, wenn ich an Fritz und Dorothea denke, die jetzt all ihre Liebe auf ihren Dackel Rudi konzentrieren.«

»Und die trotzdem glücklich sind. Das solltest du nicht vergessen.«

»Ja«, gestand er. »Aber ich schätze, Fritz wird noch glücklicher sein, wenn Doro endlich ihre Angst vor einer erneuten Schwangerschaft überwindet. Er hatte gehofft, dass unsere Kinder in Doro den Wunsch nach eigenen Kindern wecken würden, aber Georgs Taubheit scheint eher das Gegenteil bewirkt zu haben.«

»Vielleicht wird es sich ändern, wenn sie irgendwann erkennt, dass es nicht wichtig ist und Georg trotz allem zu einem fröhlichen Jungen heranwachsen wird.«

»Wollen wir es hoffen. Ich würde es Fritz sehr wünschen.«

24. Kapitel

Da Richards Gedanken sich in den ersten Monaten nach dem Regierungswechsel in Berlin überwiegend um seinen Sohn drehten, bemerkte er die schleichenden Veränderungen in der Heilanstalt zunächst nicht. Es wurde ihm erst bewusst, als der Chefarzt bei der wöchentlichen Besprechung aller Oberärzte verkündete, dass Doktor Jacob Goldner die Klinik kurzfristig verlassen habe und der allseits geschätzte Doktor Krüger die frei gewordene Oberarztstelle übernehmen würde.

»Wohin geht Doktor Goldner denn?«, fragte Richard. Er mochte den Kollegen, dem die offenen Landhäuser unterstanden hatten, und hoffte, dass sich dessen Traum von einer leitenden Position in einer anderen Anstalt erfüllt hätte.

»Das ist mir nicht bekannt«, erwiderte der Chefarzt. Sein Tonfall verriet, dass er keine weiteren Fragen wünschte, und das wunderte Richard. Normalerweise wurde kein Geheimnis daraus gemacht, wohin ein verdienter Kollege ging.

»Gut, damit wäre dieser Punkt der Tagesordnung abgeschlossen. Kommen wir zum nächsten. In diesem Monat ist ein neues Gesetz verabschiedet worden, das auch auf unsere Arbeit Auswirkungen haben wird. Es handelt sich um das *Gesetz zur Verhütung erbkranken Nachwuchses*, das die Sterilisation von

Menschen mit Erbkrankheiten erlaubt.«

Diese Nachricht wurde mit Applaus aufgenommen. Auch Richard schloss sich dem Beifall an, er hatte nie begriffen, warum es Menschen untersagt sein sollte, sich sterilisieren zu lassen, wenn sie Träger einer Erbkrankheit waren. In den meisten anderen europäischen Staaten und in den USA war dies längst erlaubt. Nur in Deutschland hatte sich die Kirche massiv dagegengestellt. Richard erinnerte sich noch gut an die Argumentation einiger Bischöfe, die die Förderung der Unmoral beklagten, wenn sich Erbkranke ohne Furcht vor einer Schwangerschaft zügellos der Unzucht hingeben könnten. Und so war es den Menschen bislang verboten gewesen, sich eigenverantwortlich für eine Sterilisation zu entscheiden. Der Gesetzesentwurf war noch von der vorherigen Regierung auf den Weg gebracht worden und Richard konnte nicht umhin, die Effizienz der neuen Regierung hinsichtlich der Ratifizierung im Reichstag zu bewundern.

»Ich habe Ihnen hier den aktuellen Gesetzestext mitgebracht.« Der Chefarzt reichte mehrere Matrizenabzüge herum, die noch nach dem Alkohol rochen, der für die Abzüge notwendig war.

Gesetz zur Verhütung erbkranken Nachwuchses.
Vom 14. Juli 1933.
Die Reichsregierung hat das folgende Gesetz beschlossen, das hiermit verkündet wird:

§ 1
(1) Wer erbkrank ist, kann durch chirurgischen Eingriff unfruchtbar gemacht (sterilisiert) werden, wenn nach den Erfahrungen der ärztlichen Wissenschaft mit großer Wahrscheinlichkeit zu erwarten ist, dass seine Nachkommen an schweren körperlichen oder geistigen Erbschäden leiden werden.

(2) Erbkrank im Sinne dieses Gesetzes ist, wer an einer der folgenden Krankheiten leidet:

angeborenem Schwachsinn,

Schizophrenie,

zirkulärem (manisch-depressivem) Irresein,

erblicher Fallsucht,

erblichem Veitstanz (Huntingtonsche Chorea),

erblicher Blindheit,

erblicher Taubheit,

schwerer erblicher körperlicher Missbildung.

(3) Ferner kann unfruchtbar gemacht werden, wer an schwerem Alkoholismus leidet.

§ 2

(1) Antragberechtigt ist derjenige, der unfruchtbar gemacht werden soll. Ist dieser geschäftsunfähig oder wegen Geistesschwäche entmündigt oder hat er das achtzehnte Lebensjahr noch nicht vollendet, so ist der gesetzliche Vertreter antragsberechtigt; er bedarf dazu der Genehmigung des Vormundschaftsgerichts. In den übrigen Fällen beschränkter Geschäftsfähigkeit bedarf der Antrag der Zustimmung des gesetzlichen Vertreters. Hat ein Volljähriger einen Pfleger für seine Person erhalten, so ist dessen Zustimmung erforderlich.

(2) Dem Antrag ist eine Bescheinigung eines für das Deutsche Reich approbierten Arztes beizufügen, dass der Unfruchtbarzumachende über das Wesen und die Folgen der Unfruchtbarmachung aufgeklärt worden ist.

(3) Der Antrag kann zurückgenommen werden.

§ 3

Die Unfruchtbarmachung können auch beantragen

der beamtete Arzt,

für die Insassen einer Kranken-, Heil- oder Pflegeanstalt oder einer Strafanstalt der Anstaltsleiter.
…

Dieses Gesetz tritt am 1. Januar 1934 in Kraft.
Berlin, den 14. Juli 1933.
Der Reichskanzler
Adolf Hitler

Der Reichsminister des Innern
Frick

Der Reichsminister der Justiz
Dr. Gürtner

Richard las den Gesetzestext einmal, dann noch ein zweites Mal, schließlich meldete er sich zu Wort.

»Mir fällt auf, dass die Schizophrenie als Erbkrankheit aufgeführt wird. Gibt es mittlerweile neue wissenschaftliche Erkenntnisse? Meines Wissens kommen familiäre Häufungen zwar durchaus vor, aber eine Erblichkeit wurde bislang noch nicht nachgewiesen. Ebenso wenig die der manisch-depressiven Erkrankung.«

»Herr Hellmer, Sie können mit Sicherheit davon ausgehen, dass sich die Fachleute bei der Gesetzgebung auf den neuesten Stand der Wissenschaft verlassen haben. Unsere Aufgabe ist es nicht, Gesetze zu hinterfragen, sondern sie zu befolgen. Zeitgleich mit diesem Gesetzestext erging die Aufforderung an sämtliche Anstaltsleiter, die Insassen auf die Anwendung von § 3 des Gesetzes hin zu untersuchen.« Der Chefarzt machte eine kurze Pause. »Meine Herren, Sie werden deshalb in den nächsten Wochen entsprechende Meldebögen bekommen, die für jeden Einzelnen unserer Insassen sorgfältig ausgefüllt werden müssen.

Insbesondere die leichteren Fälle, die einer baldigen Entlassung entgegensehen, sind bevorzugt einer Sterilisation zuzuführen.«

»Und wenn sie es ablehnen?«, fragte Richard.

»Sofern sie einen gesetzlichen Vormund haben, trägt dieser die Entscheidung. Sollte es keinen Vormund geben, ist es unsere Aufgabe, die Kranken von den Vorzügen einer Sterilisation zu überzeugen.«

»Und wenn sie sich nicht überzeugen lassen?«, beharrte Richard.

»Das werden wir dann besprechen, wenn es so weit ist. Gibt es sonst noch Fragen?«

Doktor Harms meldete sich. »Wie definiert sich der schwere Alkoholismus?«

»Damit dürften wir nichts zu tun haben, das bezieht sich lediglich auf die Insassen von Trinkerheilanstalten«, erwiderte der Chefarzt.

Damit gab es keine weiteren Fragen und der Chefarzt schloss die Runde.

Vor der Tür fing Doktor Harms Richard ab.

»Sie haben doch vorhin nach Doktor Goldner gefragt. Wissen Sie es wirklich nicht?«

»Was meinen Sie?«

»Er ist Jude.«

»Ja und?«, fragte Richard.

»Sämtliche staatlichen Krankenhäuser und Heilanstalten wurden von ganz oben dazu angehalten, sich von jüdischen Ärzten zu trennen. Doktor Goldner ist nicht der Einzige. Ein alter Studienfreund von mir, ein Internist, wurde ebenfalls entlassen. Er hatte allerdings Glück und konnte im Israelitischen Krankenhaus unterkommen.«

»Und mit welcher Begründung werden die jüdischen Ärzte entlassen?«

»Weil sie Juden sind.«

»Aber das ist doch lächerlich.«

»Lesen Sie mal *Mein Kampf*, da werden Sie mit den Ohren schlackern, was unser neuer Reichskanzler für Vorstellungen hat.«

»Ich habe eigentlich nicht die Absicht, diesen Menschen noch dadurch zu unterstützen, dass ich mir sein Buch kaufe.«

»Das müssen Sie auch nicht. Die Anstaltsbibliothek hat mehrere Exemplare vorrätig, da habe ich mich auch bedient. Lesen Sie es, Herr Kollege. Ich bin sehr gespannt, was Sie davon halten, denn Sie scheinen mir im Moment der Einzige außer mir selbst zu sein, der sich nicht von diesem Irrsinn anstecken lässt. Waren Sie in letzter Zeit schon mal im Büro von Doktor Kleinschmidt?«

»Nein.«

»Er hat es mit zahlreichen Parteiemblemen geschmückt, darunter auch ein gerahmter Sinnspruch in gotischen Buchstaben, der lautet: *Volksgenosse! Bedenke, dass du ein Deutscher bist. Darum grüße Heil Hitler!* Und er verlangt den deutschen Gruß mittlerweile auch von seinen Patienten. Skurril, nicht wahr?«

»Doktor Kleinschmidt? Das ist nicht Ihr Ernst!«

»Besuchen Sie ihn mal in seinem Büro.« Doktor Harms schüttelte leicht den Kopf. »Ich wünsche Ihnen noch einen schönen Tag, Herr Kollege.«

Am frühen Nachmittag ging Richard in die Anstaltsbibliothek, um sich ein Exemplar von *Mein Kampf* auszuleihen. Er hatte keine Schwierigkeiten, eines zu bekommen, denn aus irgendeinem unerfindlichen Grund hatte die Bibliothek gleich ein ganzes Dutzend dieser Bücher erworben.

Zurück in seinem Büro fing er an, das Buch gezielt durchzublättern. *Was auf diesem Gebiete heute von allen Seiten versäumt wird, hat der völkische Staat nachzuholen*, las er. *Er hat die Rasse in den Mittelpunkt des allgemeinen Lebens zu setzen. ...*

Er hat, was irgendwie ersichtlich krank und erblich belastet und damit weiter belastend ist, zeugungsunfähig zu erklären und dies praktisch auch durchzusetzen.

Und über die Juden hieß es: *Er ist und bleibt der ewige Parasit, ein Schmarotzer, der wie ein schädlicher Bazillus sich immer mehr ausbreitet, sowie nur ein günstiger Nährboden dazu einlädt. Die Wirkung seines Daseins aber gleicht ebenfalls der von Schmarotzern: wo er auftritt, stirbt das Wirtsvolk nach kürzerer oder längerer Zeit ab.*

Fassungslos schlug Richard das Buch zu. Und er hatte sich schon über die Schriften von Alfred Hoche und Karl Binding aufgeregt.

Als er am Abend nach Hause kam, saß Paula gerade mit Leonie in der Küche und versuchte die Freundin bei einer Tasse Kaffee aufzurichten.

»Was ist passiert?«, fragte Richard, denn so aufgelöst hatte er Leonie noch nie erlebt.

»Sie haben sämtliche jüdischen Ärzte im Kinderkrankenhaus entlassen«, antwortete Paula an Leonies Stelle. »Selbst Doktor Stamm. Es hat niemanden geschert, was er alles für das Krankenhaus geleistet hat und welch guter Arzt er ist. Sie haben ihn einfach entlassen, weil er Jude ist. Genau wie Leonie.«

Richard setzte sich zu ihnen an den Küchentisch und schenkte sich ebenfalls eine Tasse Kaffee ein.

»Und was wirst du jetzt tun?«, fragte er Leonie.

»Ich werde meinem Vater in seiner Praxis helfen. Viel anderes bleibt mir ja nicht übrig.« Leonie atmete tief durch. »Allerdings gibt es schon Gerüchte, dass sie den jüdischen Ärzten auch die Kassenzulassungen entziehen wollen.«

»Aber das können sie doch nicht machen«, empörte sich Paula. »Das würde das Ende für viele Praxen bedeuten und die ärztliche Versorgung gefährden.«

»Ich glaube kaum, dass das unsere Regierung kümmert«, warf Richard ein. »Nicht nach dem, was ich heute erlebt habe.« Er erzählte von der Oberarztbesprechung und seinem anschließenden Gespräch mit Harms.

»Und was wirst du tun, wenn du diese Meldebögen ausfüllen musst?«, fragte Paula.

»Ich bin hin- und hergerissen«, gab er zu. »Auf der einen Seite denke ich, dass eine Sterilisation tatsächlich für viele unserer Patienten ein Segen wäre. Mir missfällt allerdings, dass der Gedanke der Freiwilligkeit nicht mehr die Rolle spielt, die er in der ursprünglichen Gesetzesfassung hatte. Es geht nicht mehr um das Wohl der Kranken und die Abwendung von Leid durch eine ungewollte Elternschaft, der sie nicht gerecht werden können, sondern um die absurden Ideen eines völlig ungebildeten, unaufgeklärten und verbohrten Politikers wie Hitler. Allein der Unsinn, den er in seinem Buch geschrieben hat – ich fasse es nicht! Aber anscheinend ist das ja jetzt unsere neue Bibel. Wie lässt sich sonst erklären, dass die Anstaltsbibliothek gleich ein Dutzend Exemplare vorrätig hat?«

»Was wirst du also tun?«, fragte Paula nochmals.

»Ich habe keine Ahnung.« Richard seufzte. »Ihr beide wisst, dass ich ein leidenschaftlicher Verfechter der Geburtenkontrolle bin. In bestimmten Fällen kann eine Sterilisation durchaus indiziert sein, und wenn mit diesem Gesetz vorsichtig und behutsam umgegangen werden würde, wäre es eigentlich keine schlechte Sache. Aber mich stößt diese Radikalität ab. Warum müssen jetzt sämtliche Insassen begutachtet und erfasst werden? Das hat doch gar keinen Sinn. Wenn man mit denen spricht, die kurz vor ihrer Entlassung stehen, und sie über die Möglichkeiten einer Sterilisation aufklärt, wäre das doch völlig ausreichend.«

»Ich beneide dich jedenfalls nicht um diese Aufgabe«, sagte Leonie. »Da ist es mir fast noch lieber, dass ich entlassen wurde.«

»Das ist jetzt nicht dein Ernst.«

»Nein«, gab Leonie zu. »Nicht ganz. Aber irgendetwas Positives muss ich doch darin sehen.« Sie seufzte tief. »Ich glaube, die Idee meines Vaters, in die Schweiz zu emigrieren, ist gar nicht so verkehrt, wenn ich darüber nachdenke, was hier im letzten halben Jahr alles passiert ist.«

»So schwarz würde ich noch nicht sehen«, meinte Paula. »Immerhin kann es nicht noch schlimmer werden.«

Richard hob die Brauen. »Nicht?«, fragte er. »Was ist, wenn Leonies Vater seine Kassenzulassung verliert?«

»Mal doch den Teufel nicht an die Wand! Glaubst du wirklich, die Ärztekammer würde es zulassen, dass derart mit verdienten Kollegen umgegangen wird? Ich meine, auf die staatlichen Krankenhäuser hat sie keinen Einfluss, aber die Kassenzulassungen können nicht einfach für ungültig erklärt werden. Das geht einfach nicht.«

»Wieso nicht?«, bohrte Richard nach.

»Ach, hör auf damit. Ich will nicht immer nur an das Schlimmste denken.«

»Ich auch nicht«, sagte Leonie. »Und im Zweifelsfall gibt es ja immer noch die Schweiz.« Trotz ihrer Niedergeschlagenheit entrang sie sich ein Lächeln.

Richard sagte nichts mehr, aber sein Unbehagen wuchs.

25. Kapitel

Als Richard den ersten Stapel von Meldebögen auf seinem Schreibtisch fand und einer der ersten Kranken, die er begutachten sollte, sein Patient Herbert war, fühlte es sich an wie ein Schlag in die Magengrube. Das war weniger der Sache selbst geschuldet, denn er wusste sehr gut, dass Herbert niemals in der Lage sein würde, den Aufgaben eines Familienvaters nachzukommen, als der Tatsache, dass Herbert trotz all seiner Naivität und seinem steten Versagen bei jedem Versuch, in ein offenes Haus verlegt zu werden, noch immer von einem ganz normalen Leben träumte. Richard wusste genau, dass Herbert sich niemals zu einer Sterilisation überreden lassen würde. Zudem fragte er sich auch, warum man ausgerechnet Herbert sterilisieren sollte, da er das gesicherte Haus ohnehin nie verließ und keinen Kontakt zu Frauen hatte.

Er überlegte eine ganze Weile, wie er den Bogen wohl am besten ausfüllen konnte, um Herberts Würde und Unversehrtheit zu wahren. Schließlich kreuzte er an, dass eine Sterilisation nicht erforderlich sei, und fügte als Begründung hinzu, dass eine Entlassung des schwer kranken Patienten nach mehreren gescheiterten Versuchen einer Verlegung in ein offenes Haus unwahrscheinlich sei und demzufolge auch nicht die Gefahr einer Familiengründung bestünde.

Als Nächstes nahm er sich die Bögen der von Geburt an Schwachsinnigen vor. Julius, der alte Mongoloide, der die Kühe versorgte, war darunter. Warum sollte man Julius sterilisieren? Mongoloide Männer waren in den meisten Fällen ohnehin unfruchtbar und Julius hatte noch nie besonderes Interesse an Frauen gezeigt. Er kreuzte auch hier an, dass eine Sterilisation nicht angezeigt sei, und überlegte kurz, wie er es am besten begründen sollte. Am einfachsten wäre es, zu behaupten, dass Julius infertil war. Allerdings würde eine derartige Behauptung allen Geboten der ärztlichen Sorgfalt widersprechen und er würde mit voller Absicht ein offizielles Dokument falsch ausfüllen, was ihn unter Umständen sogar seinen Arbeitsplatz kosten könnte. Er atmete tief durch, dann legte er Julius' Meldebogen auf den Stapel für Wiedervorlagen.

Der nächste Fall war dagegen einfach, es handelte sich um einen Schwachsinnigen, der bereits ein uneheliches Kind gezeugt hatte, das seinen Wasserkopf geerbt hatte und geistig derart zurückgeblieben war, dass es nicht einmal dem Unterricht in der Hilfsschule folgen konnte. Eine Sterilisation wäre nicht nur für den Patienten, sondern auch für die Frauen, die ihn aus unerfindlichen Gründen in ihr Bett ließen, ein Segen. Richard kreuzte an, dass eine Sterilisation medizinisch indiziert wäre, sofern der Patient nach erfolgter Aufklärung damit einverstanden sei.

Am Abend hatte Richard erst die Hälfte seiner Fälle bearbeitet und sich noch immer vor dem Stapel der Wiedervorlagen gedrückt. Ganz anders sein Kollege Krüger, der ihm auf dem Weg zum Sekretariat mit seinem Stapel unter dem Arm entgegenkam.

»Oh, hatten Sie irgendeinen Notfall zu versorgen?«, fragte er Richard und musterte dabei dessen dünnen Stapel. »Oder wie kommt es, dass ein fleißiger Gutachter wie Sie heute nur so wenig geschafft hat?«

»Die Fragestellung ist meiner Meinung nach sehr komplex und weitreichend.«

»Ach, ist sie das?« Krüger grinste. »Eigentlich ist es doch ganz einfach. Können Sie sich irgendeinen unserer Insassen in der Vaterrolle vorstellen?«

»Nein«, gab Richard zu.

»Na also. Warum dann so viel Umstand? Im Grunde ist es ja eine Arbeitszeitverschwendung von Fachärzten, sich über die Sterilisation von Geisteskranken Gedanken zu machen, aber andererseits ist auch eine Sterilisation mit Kosten verbunden und bei denen, die ohnehin infertil sind, vollkommen überflüssig. Ich überprüfe die Fälle vor allem danach, ob eine Fortpflanzung überhaupt möglich wäre.«

»Aha.«

»Und wie halten Sie es?«

»Ich überprüfe jeden Einzelfall darauf, ob eine Sterilisation erforderlich ist. Bei Patienten, deren Entlassung noch in weiter Ferne liegt, ist eine Sterilisation meines Erachtens unnötig, da sie ohnehin keinen Kontakt zu Frauen haben werden. Und wie Sie schon sagten, eine Sterilisation ist mit hohen Kosten verbunden. Wir sollten die Indikation also sehr sorgsam stellen.«

Krüger nuschelte irgendetwas vor sich hin, während Richard das Gefühl hatte, den entscheidenden Punkt zur Umgehung einer allgemeinen Sterilisationspflicht für seine Patienten gefunden zu haben. Er musste sich auf die Kosten berufen, das war in Zeiten der nach wie vor bestehenden Wirtschaftskrise ein unschlagbares Argument.

Kaum war ihm dieser Gedanke gekommen, rief er Fritz an. Er hatte Glück, sein Freund war tatsächlich in seinem Büro, anstatt wie üblich stundenlang im OP zu stehen.

»Richard, was für eine schöne Abwechslung«, begrüßte Fritz ihn überschwänglich. »Das trifft sich gut, dass du anrufst, ich habe fantastische Nachrichten.«

»Dann lass mich bitte umgehend daran teilhaben.«

»Dorothea ist schwanger. Wir haben es erst gestern erfahren und sie freut sich sehr auf das Kind.«

»Wirklich? Herzlichen Glückwunsch! Ich hoffe nur, Rudi wird nicht eifersüchtig.«

Fritz lachte. »Unsinn, der wird sich ebenso freuen wie wir. Ist das nicht großartig? Jetzt heißt es Daumen drücken, dass alles gut verläuft und das Kind gesund zur Welt kommt.«

»Wann ist der errechnete Termin?«

»Das ist das Einzige, was Dorothea ein wenig Kopfzerbrechen bereitet«, gab Fritz zu. »Ende Januar. Wie damals bei Gottlieb. Aber das wird schon nichts weiter zu bedeuten haben. Wir sehen allem gelassen entgegen.«

»Ich freue mich für euch. Wollen wir uns heute Abend auf ein Bier treffen, um ein bisschen zu feiern?«

»Könnte spät werden, ich habe gleich noch zwei Operationen anstehen. Aber morgen habe ich frei, da gehe ich gern auf das Angebot ein. Und nun sag, was ist dein Anliegen?«

»Hast du schon von dem neuen *Gesetz zur Verhütung erbkranken Nachwuchses* gehört?«

»Am Rande. Es heißt, Sterilisationen seien jetzt regulär erlaubt.«

»Und hast du schon mal eine durchgeführt?«

»Offiziell war das bislang verboten, also was stellst du mir für Fragen?«

»Du hast also noch nie eine Sterilisation bei einem Mann durchgeführt?«

»Doch.«

»Obwohl es verboten ist?«

»Es war im letzten Jahr, als ich auf dem Kongress in London war. Ich habe einen sehr netten englischen Kollegen kennengelernt. Maxwell Cooper war von meinen wissenschaftlichen Veröffentlichungen über die operative Versorgung von Schussverletzungen im Schädelbereich sehr angetan. Was das angeht, scheine ich in britischen Fachkreisen inzwischen recht bekannt zu sein.« Er lachte leise. »Maxwell hatte sich hingegen auf das urologische Fachgebiet spezialisiert und mir seinen OP gezeigt. Zufälligerweise stand an dem Tag gerade eine Sterilisation auf dem OP-Plan, und da man das in Deutschland ja selten sieht, habe ich sein Angebot, ihm zu assistieren, gern angenommen.«

»Kannst du mir verraten, wie teuer so eine Sterilisation ungefähr ist?«

»Ich habe keine Ahnung. Warum willst du das wissen?«

Richard erklärte es ihm.

»Das ist in der Tat übel«, bestätigte Fritz. »Du weißt, wie gern ich im OP stehe, aber nicht notwendige Operationen hasse ich wie die Pest. Wenn man den Stundenlohn eines Operateurs, einer OP-Schwester und eines Anästhesisten hochrechnet, dazu die Ausstattung des OPs, dann würde ich sagen, vielleicht 30 Mark reine OP-Kosten. Mit der Nachsorge käme man vielleicht auf 50 Mark, wenn sich keine Komplikationen ergeben.«

Richard pfiff durch die Zähne. »Eine stolze Summe. Der halbe Monatslohn eines Arbeiters. Ich glaube, damit kann ich in meiner Argumentationskette arbeiten. Ich danke dir. Treffen wir uns dann morgen um sechs im *Grünen Hof*?«

»Ich bin pünktlich zur Stelle«, versprach Fritz.

»Ich bin beeindruckt von Ihrem Vortrag hinsichtlich der Kostenfaktoren bei einem unkritischen Umgang mit einer reihenweisen Sterilisation«, lobte Doktor Harms Richard zwei Wochen später im Anschluss an die Oberarztbesprechung. »Haben Sie Krügers Gesicht gesehen?«

Richard nickte grinsend. »Wenn offener Widerstand zwecklos ist, muss man sehen, wie man das System mit seinen eigenen Waffen schlägt. Ihr Ratschlag, *Mein Kampf* zu lesen, war Gold wert. Nur wenn man die Denkweise dahinter versteht, kann man effiziente Gegenmaßnahmen ergreifen.«

Es war zwar nur ein kleiner Triumph, aber Richard genoss ihn, denn er gab ihm in den folgenden Monaten das Gefühl, trotz der schwierigen Zeiten seinen Wertvorstellungen treu bleiben zu können.

26. Kapitel

An einem sonnigen Freitagnachmittag im Mai 1934 saß Richard wie gewöhnlich an seinem Schreibtisch, um Arztbriefe zu unterzeichnen und Akten durchzugehen, aber er war nicht ganz bei der Sache. Er hatte an diesem Samstag frei und freute sich schon darauf, das Wochenende mit Paula und den Kindern in Travemünde zu verbringen. Fritz hatte ebenfalls frei und wollte sich ihnen mit seiner Frau Dorothea, ihrer mittlerweile vier Monate alten Tochter Henriette sowie Dackel Rudi, den Richards Zwillinge abgöttisch liebten, anschließen. Emilia sprach schon ein paar Worte und beherrschte ebenso viele Gebärden wie Georg. Fräulein Felber kam nach wie vor jeden Dienstag, um Richard und Paula zu unterrichten. Paula hatte sich zudem mit Fräulein Felbers taubstummer Mutter angefreundet und besuchte sie mit den Kindern regelmäßig, um ihre Kenntnisse der Gebärdensprache zu vervollkommnen. Richard nahm es gelassen hin, dass seine Frau ihn in dieser Hinsicht längst überflügelt hatte.

Während er mit seinen Gedanken bereits am Ostseestrand war, klopfte es an der Tür.
»Herein!«
Es war Doktor Krüger.

»Der Fall ist bei mir gelandet, aber ich denke, den sollten Sie bearbeiten, denn man bezieht sich auf Ihr Gutachten vor zwei Jahren.« Er legte einen braunen Aktenordner auf Richards Schreibtisch. *Johannes Mönicke* stand darauf. Richard erinnerte sich sofort an den Fall. Der Familienvater, der im Weltkrieg verschüttet worden war und in der Folge eine Schizophrenie entwickelt hatte.

»Vielen Dank«, sagte er. »Ich kümmere mich darum.«

Er erwartete, dass Krüger sofort wieder gehen würde, doch der blieb vor seinem Schreibtisch stehen.

»Gibt es noch etwas?«, fragte Richard.

»Mich würde einfach nur interessieren, was Sie von der Argumentation des aktuellen Gutachters Doktor Brockmann halten, der die Voraussetzungen für die Invalidenrente Mönickes nicht länger sieht.«

»Ich werde es Ihnen sagen, sobald ich das Gutachten gelesen habe. Sonst noch etwas?«

»Nein, gar nichts. Ich wünsche Ihnen noch einen schönen Tag und ein angenehmes Wochenende, Herr Kollege.«

»Danke gleichfalls.«

Der Name des Gutachters, Doktor Marius Brockmann, sagte ihm nichts. Aber kaum hatte Krüger sein Büro verlassen, nahm Richard die Akte zur Hand, denn Krügers Selbstgefälligkeit ließ das Schlimmste befürchten:

Der Kollege Hellmer führt in seinem Vorgutachten aus, dass der Patient im Vergleich zu Kriegsneurotikern eine besonders starke psychische Konstitution gehabt habe, da er vor seiner Verschüttung bereits achtzehn Monate lang ohne besondere psychische Auffälligkeiten an der Front eingesetzt worden war. Unter Berücksichtigung dieser Tatsache lässt sich aus medizinischer Sicht nicht nachvollziehen, weshalb gerade das Erlebnis der Verschüttung ohne entsprechende genetische Disposition zum Ausbruch einer Schizophrenie hätte führen sollen. Andererseits befand sich der damals fünfundzwanzigjährige Patient im klassischen Altersgipfel für die Erstmanifestation dieser Erbkrankheit. Auch unter günstigeren Umständen wäre der Ausbruch der Erkrankung zu genau diesem Zeitpunkt zu erwarten gewesen. In der wissenschaftlichen Literatur finden sich zudem nirgendwo Hinweise darauf, dass eine Erbkrankheit durch Kriegstraumata ausgelöst werden könne. Dies wäre auch medizinisch vollkommen unmöglich, da die Gene bereits mit der Zeugung determiniert werden. Die Argumentation des Vorgutachters krankt daran, dass er sich nicht fachlich mit den tatsächlichen Gegebenheiten auseinandersetzt, sondern mittels eines ausgeschmückten Schreibstils, der eher sozialromantischer Trivialliteratur anstelle eines psychiatrischen Gutachtens angemessen wäre, versucht, Mitleid zu erzeugen. Selbstverständlich ist eine Verschüttung ein traumatisches Erlebnis, doch gibt es zahlreiche Beispiele in der wissenschaftlichen Literatur, die aufzeigen, dass ein erbgesunder Mann reinen Blutes all dies ohne Schäden zu überstehen vermag. Kommt jedoch minderwertiges Erbgut zum Tragen, wird sich das kranke Genom stets durchsetzen. Es ist menschlich verständlich, dass sich Doktor Hellmer in seinem Gutachten vom Mitleid überwältigen ließ, doch darf dies nie federführend in der ärztlichen Begutachtungspraxis sein. Ein Gutachter, der sich von Gefühlen leiten lässt, hat seinen Beruf verfehlt. Angesichts der bewiesenen Erbkrankheit des Patienten sowie seiner zuvor bekannten starken psychischen Konstitution lässt sich der Ausbruch der Schizophrenie einzig dadurch erklären, dass der Betroffene das übliche Alter erreicht hatte, in dem sich die kranken Gene Durchbruch verschaffen. Der Zusammenhang mit der Verschüttung ist lediglich zeitlicher Natur. Die Voraussetzungen für eine weitere Gewährung der Invalidenrente liegen deshalb nicht vor.

»Was für ein arrogantes Arschloch«, zischte Richard. Er atmete mehrfach tief durch. Normalerweise fiel es ihm leicht, sofort die Schwachstelle eines Gutachtens auszumachen, in die er argumentativ einhaken konnte. Aber hier hatte er nicht das Gefühl, ein Gutachten zu lesen, sondern ein Pamphlet im Stil von Hitlers *Mein Kampf.*

Noch während er grübelte, wie er darauf antworten sollte, kam ihm ein Gedanke. Wenn die Schizophrenie als Erbkrankheit galt, musste es eine nachvollziehbare Erblinie in Mönickes Familie geben. Sollte Mönicke jedoch der Einzige sein, bestand die Möglichkeit, die Diagnose selbst infrage zu stellen und stattdessen eine organisch bedingte Psychose mit Parallelen zur Schizophrenie zur Diskussion zu stellen.

Mönickes Frau hatte kein Telefon, weshalb Richard ihr einen Brief schrieb und sie um eine Aufstellung von psychischen Auffälligkeiten in der Familie ihres Mannes bat. Nachdem er damit fertig war, legte er die Akte auf den Stapel der Wiedervorlagen und beschloss, sich das lang ersehnte Wochenende nicht von dem Fall verderben zu lassen.

Die Fahrt nach Travemünde bereitete allen viel Freude, auch wenn Paula wiederholt den Kopf darüber schüttelte, dass Richard und Fritz einander immer wieder mit ihren Autos auf den einsamen Landstraßen überholten.

»Bis mal was passiert. Aber ihr Männer müsst ja immer wieder ausprobieren, wer den schnelleren Wagen hat.«

»Ach was, Fritz weiß, dass unserer schneller ist. Er will mir nur zeigen, wie gut sein Wagen beschleunigen kann. Die richtige Wettfahrt sparen wir uns auf, bis die Autobahn nach Lübeck fertig ist.«

»Was für eine Autobahn?«

»Ich habe es vor ein paar Tagen in der Zeitung gelesen. Geplanter Baubeginn ist der Mai 1937, und 1938 soll dann der zweite Abschnitt zwischen Lübeck und Travemünde folgen. Wenn man dann ordentlich Gas gibt, ist man in gut anderthalb Stunden von Hamburg in Travemünde.«

»Und dafür übt ihr schon mal.« Paula seufzte. »Ich würde es trotzdem bevorzugen, wenn du nicht so fahren würdest, als bräuchte Fritz dringend neue Patienten.«

Richard lachte, gab dann aber nach und passte seinen Fahrstil Paulas Wünschen an.

Sie hatten Zimmer im Hotel *Deutscher Kaiser* gebucht und am Strand zwei nebeneinanderliegende Strandkörbe, die Fritz und Richard sofort standesgemäß mit einem gemeinsamen Burgwall umgaben. Paula sammelte indes mit den Zwillingen Muscheln, während Dorothea sich um Henriette kümmerte und Dackel Rudi, den sie in einem Korb an den Strand geschmuggelt hatten, rechtzeitig unter einem Handtuch versteckte, sobald sich jemand von der Strandaufsicht blicken ließ.

Das Wasser war noch sehr kalt, aber die Zwillinge planschten trotzdem fröhlich herum. Wenn man Emilia und Georg so beobachtete, wäre niemandem aufgefallen, dass der kleine Junge taub war, denn er kreischte ebenso wie seine Schwester, auch wenn er im Gegensatz zu ihr keine Worte bilden konnte.

Baby Henriette ruhte auf einer Wolldecke und Dackel Rudi diente ihr bereitwillig als Kopfkissen. Richard hatte seine Kamera dabei und schoss ein Dutzend Fotos von allen Beteiligten, insbesondere aber von den Kindern und dem Hund.

»Eigentlich sind die Zeiten doch gar nicht so schlimm, wie wir befürchtet haben«, meinte Fritz, als er am Abend noch mit Richard bei einem Bier in der Hotelbar saß.

»Abgesehen davon, dass die staatlichen Krankenhäuser alle jüdischen Kollegen entlassen haben und meine Patienten mit noch mehr Repressalien als früher zu kämpfen haben, hast du recht«, erwiderte Richard und konnte die Bitterkeit in seiner Stimme kaum verbergen.

»Ja, das mit Leonie tut mir wirklich leid«, sagte Fritz leise.

»Arbeitet sie noch bei ihrem Vater in der Praxis?«

Richard nickte. »Immerhin hat er als Weltkriegsveteran seine Kassenzulassung behalten dürfen. Doktor Stamm kann hingegen nur noch Privatpatienten behandeln.«

»Was für eine Absurdität.« Fritz trank einen Schluck. »Aber eines muss man den Nazis lassen: Auf den Straßen herrscht wieder Ordnung. Ich habe in den letzten sechs Monaten keine einzige Schussverletzung mehr im OP gehabt.«

»Na immerhin«, sagte Richard voll bitterer Ironie. »Jetzt musst du nur noch anführen, dass die Preise stabil geblieben, die Arbeitslosenzahlen gesunken sind und Deutschland sich im europäischen Vergleich am schnellsten von der Wirtschaftskrise erholt hat.«

»Ja, das ist doch schon mal was. Und was den Rest angeht ... Wenn die zu sehr übertreiben, was Juden oder Kranke angeht, kriegen sie bei der nächsten Wahl ihren Denkzettel.«

»Ähm, Fritz, sag mal, hast du nicht mitbekommen, dass die SPD und zahlreiche andere Parteien letztes Jahr verboten wurden und kurz darauf das *Gesetz gegen die Neubildung von Parteien* erlassen wurde?«

Fritz starrte Richard erstaunt an. »Nein, das wusste ich nicht. Ich bin ja nicht so politisch interessiert wie du. Aber wenn es keine anderen Parteien mehr gibt, wozu soll man dann überhaupt noch wählen?«

»Ich frage mich vor allem, wie. Steht dann auf den Wahlzetteln nur noch die NSDAP? Und gewinnt sie dann schon mit einer einzigen Stimme?«

»Das wäre grotesk«, erwiderte Fritz bestürzt.

»Genauso grotesk, wie die jüdischen Ärzte zu entlassen, die deutsche Fahne in Schwarz-Rot-Gold durch das Schwarz-Weiß-Rot des Kaiserreichs und das Hakenkreuz zu ersetzen und natürlich, nicht zu vergessen, dieses lächerliche ›Heil Hitler‹ als offiziellen deutschen Gruß einzuführen.«

Fritz lachte.

»Du lachst darüber?«, fragte Richard mit einem Anflug von Ärger.

»Nein, mir fiel gerade etwas anderes ein. Ein Kollege von mir sagte neulich, der deutsche Gruß sei für Kneipenbesucher. Sag mal so schnell du kannst ›Drei Liter‹.«

»Dreilitter.«

»Und wenn du jetzt noch den rechten Arm hochreißt, klingt das fast wie Heil Hitler. Also – wer keine Lust hat, deutsch zu grüßen, sagt stattdessen, wie viel Bier er trinken will.«

Jetzt lachte auch Richard. »Auf die Idee muss man erst mal kommen.«

»Ja, aber du darfst dich bloß nicht verquasseln und aus Versehen ›Drei Bier‹ sagen. Ich nehme übrigens noch eins. Du auch?«

Vier Tage später saß Richard wieder in seinem Büro, als die Antwort von Frau Mönicke kam. Sie schrieb, dass sie nichts über Geisteskrankheiten in der Familie ihres Mannes wisse, allerdings hätte sich dessen Großmutter vor Jahren auf dem Dachboden erhängt.

Richard seufzte. Ein Suizid würde von den meisten Gutachtern mit Sicherheit als Hinweis auf eine seit Langem bestehende Geisteskrankheit in der Familie gewertet werden. Er musste sich also etwas anderes überlegen. Aber was? Sein Gehirn war wie leer gefegt.

Schließlich schrieb er:

Unabhängig davon, ob man der allgemeinen Auffassung, dass die Schizophrenie eine Erbkrankheit sei – wofür es in der wissenschaftlichen Literatur bisher noch keine ausreichenden Belege gibt; es handelt sich lediglich um eine Kraft des Gesetzes festgelegte Entscheidung –, zustimmt oder nicht, gibt es derzeit keine verifizierte Möglichkeit, ihren Ausbruch vorherzubestimmen. Des

Weiteren kann weder die Wirkung von Umwelteinflüssen noch die von traumatischen Erlebnissen auf den Zeitpunkt des Ausbruchs ausgeschlossen werden. Die Annahme von Doktor Brockmann, dass die Schizophrenie unabhängig von dem traumatischen Ereignis ohnehin im fünfundzwanzigsten Lebensjahr aufgetreten wäre, ist unzulässig, da es sich nur um einen statistischen Mittelwert des Erstmanifestationsalters handelt. So wurden allein in unserer Heilanstalt Ersterkrankungen im Alter zwischen achtzehn und siebenundvierzig Jahren beobachtet. Selbst wenn man davon ausgeht, dass tatsächlich eine genetische Disposition bei dem Patienten vorgelegen hat, so bleibt es dennoch spekulativ, wann sich die Erkrankung unter günstigen Umständen tatsächlich manifestiert hätte. Unter Berücksichtigung der Tatsache, dass Erstmanifestationen regelmäßig bis in das fünfte Lebensjahrzehnt beobachtet werden, hätte der Patient unter günstigen Bedingungen noch rund fünfzehn bis zwanzig gesunde Jahre zu erwarten gehabt, während derer er seine Familie hätte unterhalten können. Da ihm sein Kriegstrauma eine derartige Möglichkeit nahm, erscheint es nur gerecht, dass der Staat die Fürsorge für die Familie eines verdienten Kriegsveterans und Volksgenossen in Form einer Invalidenrente übernimmt.

Sechs Wochen später erfuhr er, dass die Zahlung der Invalidenrente an die Familie endgültig eingestellt worden war. Das Versorgungsamt war seinem Gutachten nur insoweit gefolgt, als die Ehefrau keine Rückzahlungen zu leisten brauchte, da man nicht mit Sicherheit ausschließen könne, ob die Schizophrenie vorzeitig durch das Trauma ausgelöst worden sei.

27. Kapitel

Hamburg, Januar 1936

»Das ist nicht dein Ernst!«, rief Paula aufgeregt in den Telefonhörer. »Leonie, überlegt es euch noch einmal!«

»Tut mir leid, Paula, das haben wir lange und ausführlich. Aber Papa hat seinen Entschluss gefasst und ich werde ihn begleiten. Für uns ist hier kein Platz mehr.«

Paula schluckte. Auf der einen Seite konnte sie Leonie verstehen, das *Gesetz zum Schutze des deutschen Blutes und der deutschen Ehre*, das seit ein paar Monaten galt, war ein Schlag ins Gesicht für alle jüdischen Bürger. Eheschließungen zwischen Juden und Ariern standen ab sofort unter Strafe, ebenso wie der außereheliche Geschlechtsverkehr, der als »Rassenschande« mit Gefängnis oder Zuchthaus bestraft wurde. Zudem hatte Leonies Vater seine Kassenzulassung endgültig verloren und einen Großteil seines Patientenstamms eingebüßt. Dennoch hoffte Paula immer noch, dass sich die Zeiten wieder ändern würden. Sie wollte ihre beste Freundin nicht verlieren.

»Mein Vater hat Freunde in der Schweiz«, fuhr Leonie fort. »Dort suchen sie händeringend Ärzte. Er könnte wieder eine gut laufende Praxis eröffnen und ich in einer Klinik arbeiten.

Außerdem bewege ich mich dort nicht ständig mit einem Bein im Gefängnis, wenn ich selbst entscheide, mit wem ich zusammen sein will.« Leonie lachte bitter auf. »Nein, Paula, es gibt keine andere Lösung. Wir sind bereits dabei, unseren Hausstand aufzulösen und uns von allem zu trennen, das wir nicht mitnehmen können.«

Paula spürte, wie ihr ein Schauer über den Rücken lief. Es war einfach unfassbar, was hier gerade geschah.

»Und wann wollt ihr abreisen?«, fragte sie leise.

»Anfang März. Keine Sorge, wir werden uns vorher noch oft sehen.«

Paula schluckte, dann wechselte sie das Thema, ehe sie sich weiter in ihre Verzweiflung hineinsteigern konnte.

»Du solltest mich sowieso mal wieder besuchen. Georg hat vorgestern zum ersten Mal einen vollständigen Satz verständlich ausgesprochen. Na ja«, schwächte sie dann ab, »verständlich für uns.«

»Das ist wunderbar, Paula! Wer hätte gedacht, dass er so gute Fortschritte macht.«

»Ja, er profitiert sehr davon, dass er eine gesunde Zwillingsschwester hat und ich täglich mit ihm übe. Doktor Stamm meinte, zu anderen Zeiten hätte er über Georgs positive Entwicklung und die Möglichkeiten der Frühförderung taub geborener Kinder gern eine wissenschaftliche Abhandlung geschrieben, aber in dieser Zeit würde das Georg nur schaden und wir sollten auf keinen Fall zu sehr in den Fokus der Öffentlichkeit rücken. Je länger wir seine Taubheit verbergen können, umso besser.«

»Aber bei Georg liegt doch gar keine erbliche Taubheit vor.«

»Das kümmert die Erbgesundheitsgerichte nicht. Die verlangen, dass jeder beweist, nicht erbkrank zu sein. Und wer das nicht kann, wird sterilisiert. Das wird einfach angeordnet und dann durchgeführt. Wusstest du, dass die Regierung sogar schon Ehevermittlungen für sterilisierte Erbkranke geschaffen hat, damit sie niemanden mit einem Kinderwunsch heiraten, sondern unter sich bleiben können?«

»Wie bitte?«

»Ja, und deshalb wollen wir nicht, dass Georg ins Blickfeld der Gesundheitspolizei gerät. Schwierig wird es in zwei Jahren, wenn er eingeschult wird. Letztlich wird uns nichts weiter übrig bleiben, als ihn in die Bürgerweide zu schicken, weil er dem Unterricht in einer normalen Schule nicht folgen kann. Aber Richard hat einen befreundeten Kollegen gebeten, uns ein Attest für Georg auszustellen, dass er erbgesund ist und nur durch die Umstände der Geburt sein Hörvermögen einbüßte.«

»Ich dachte, ihr wüsstet es nicht so genau.«

»Wissen wir auch nicht. Aber hier kommt es nicht darauf an, was wahr ist, sondern was Georg schützt.«

»Habt ihr schon mal überlegt, ebenfalls auszuwandern?«

»Nein. Wir sind hier zu Hause.«

»Das waren mein Vater und ich auch. Allerdings wird uns dieses Zuhause immer mehr verleidet.«

»Ich glaube nicht, dass sich unsere Situationen vergleichen lassen, Leonie. Richard weiß schon, wie er Georg schützen kann. Und abgesehen von Georgs Leiden haben wir hier ja nichts auszustehen. Wenn man nicht gerade zu denen gehört, die nicht den rassischen Vorgaben des Führers entsprechen, lässt es sich sehr gut leben. Und wer weiß, vielleicht verändern die Olympischen Spiele im Sommer ja etwas. Wenn die Welt in Deutschland zu Gast ist, müssen diese restriktiven Gesetze irgendwann wieder gelockert werden.«

Leonie seufzte. »Paula, so sehr ich deinen Optimismus auch schätze, hier kann ich ihn nicht teilen. Ich habe vielmehr das Gefühl, dass alles, was mir jemals etwas bedeutet hat, in Trümmer zerfällt.«

Über diese Worte musste Paula noch lange nachdenken, denn sie hätten ebenso gut von Richard sein können.

In der Heilanstalt Langenhorn hatte Richard sich mittlerweile daran gewöhnt, dass ein bestimmter Gutachtenstil erwartet wurde. Noch konnte er sich mit seiner Argumentation hinsichtlich der Kostenersparnis bei sorgfältiger Indikationsstellung zur Sterilisation durchsetzen und galt als geachteter Kollege, aber durch seine regelmäßigen Kontakte mit Alfred Schär wusste er um die Schwierigkeiten der Taubstummen. Schär wurde häufig als Dolmetscher bei Prozessen des Erbgesundheitsgerichts angefordert, und was er darüber berichtete, war erschreckend. Selbst wenn jemand nachweislich der erste Taubstumme in seiner Familie war, bedeutete dies keinen sicheren Schutz. Die Gutachten, die von einer Neumutation ausgingen und sich für die Sterilisation aussprachen, häuften sich. War es ursprünglich Richard gewesen, der stets Alfred Schär um Rat gefragt hatte, so war es mittlerweile Schär, der sich mit komplizierten Fragestellungen an Richard wandte, immer in der Hoffnung, Richard würde noch ein Schlupfloch finden, um den Gerichtsgutachter zu überzeugen.

Nachdem Richard schnell erkannt hatte, dass logische Argumente nicht gefragt waren, ließ er während eines Telefonats mit Schär anklingen, dass er seinen Sohn durch ein falsches Attest schützte, laut dem bei Georg lediglich eine Schwerhörigkeit aufgrund eines Geburtstraumas vorlag und sich keinerlei Hinweise für eine Erbkrankheit fanden.

Schär hörte aufmerksam zu und lud ihn für den Abend in sein Haus nach Hamburg-Volksdorf ein, um die Angelegenheit genauer zu erörtern. In der Vergangenheit war Richard bereits zweimal gemeinsam mit Paula bei Alfred Schär zu Gast gewesen, doch als er ihn diesmal fragte, wann er mit Paula vorbeikommen sollte, wehrte Schär ab.

»Ich möchte, dass Sie heute allein kommen. Und wenn möglich, sollten Sie Ihr Auto ein paar Straßen weiter parken.«

»Das klingt ja fast wie ein konspiratives Treffen.« Richard überspielte seine Verunsicherung durch ein leises Lachen.

»Manches bespricht sich besser unter vier Augen als am Telefon«, entgegnete Schär. »Ich erwarte Sie um acht.«

Nachdem Schär aufgelegt hatte, rief Richard Paula an und teilte ihr mit, dass er heute erst spät nach Hause kommen würde. Sie nahm es beiläufig zur Kenntnis und wünschte ihm einen angenehmen Abend. Im Hintergrund hörte er die Kinder lärmen, und so verzichtete er auf ein längeres Gespräch, obwohl er gern ihre Meinung zu Schärs seltsamem Verhalten gehört hätte.

Pünktlich um acht Uhr klingelte er an Schärs Haustür. Wie verlangt, hatte er sein Auto zwei Straßen weiter geparkt, auch wenn er nach wie vor nicht verstand, warum.

Schär öffnete die Tür. »Kommen Sie schnell rein.«

»Weshalb? Ist Ihnen die Gestapo auf der Spur?«, witzelte Richard. Doch als er Schärs ernstes Gesicht sah, verging ihm der Humor. »Was ist los?«

»Meine Nachbarn sind stramme Nazis, die haben im letzten Jahr schon eine öffentliche Kundgebung abgehalten, in der sie mich scharf attackierten, weil ich zwei Zimmer an eine jüdische Familie untervermietet habe. Und die alte Dellbrück von gegenüber hat es sich angewöhnt, sämtliche Kennzeichen meiner Besucher zu notieren. Ich stehe hier auf der schwarzen Liste.« Er lachte bitter auf. »Die Gestapo hat mich im letzten Jahr tatsächlich schon einmal einbestellt und verwarnt.«

»Weshalb? Es ist doch nicht verboten, an Juden zu vermieten.«

»Noch nicht«, bestätigte Schär. »Aber gern gesehen ist es auch nicht. Vor allem nicht, wenn man wie ich bis 1932 als

Mitglied der SPD dem Volksdorfer Gemeinderat angehörte.«

Sie waren mittlerweile ins Wohnzimmer gegangen, wo bereits zwei Männer saßen. Der eine war noch sehr jung, höchstens zwanzig, der andere etwa in Richards Alter.

»Klaus Weber und Matthias Olderog«, stellte Schär die beiden vor. »Kameraden vom ISK.«

Die Männer erhoben sich und reichten Richard die Hand.

»ISK?«, fragte Richard. »Meinen Sie etwa den Internationalen Sozialistischen Kampfbund?«

Schär nickte. »In einem Land, in dem Parteien verboten sind, ist es unsere Aufgabe, die Werte der Freiheit im Verborgenen hochzuhalten und für die Verwirklichung einer ausbeutungsfreien Gesellschaft zu kämpfen.«

Richard räusperte sich. »Ich fühle mich geehrt, dass Sie so viel Vertrauen zu mir haben, aber ich … ich habe kein Interesse daran, mich einer verbotenen Organisation anzuschließen.«

»Das müssen Sie auch nicht«, beschwichtigte Matthias Olderog sofort. »Doch Sie könnten uns durch Ihr Wissen und Ihre Fachkompetenz helfen.«

»Und wie?«

»So, wie Sie Ihrem Sohn geholfen haben«, erklärte Schär. »Wir brauchen Atteste von angesehenen Gutachtern, die Erbkrankheiten oder dauerhafte Schädigungen ausschließen. Die Betroffenen sind sonst den Repressalien des Regimes ausgeliefert.«

Richard schluckte. »Und um welche Erkrankungen handelt es sich? Ich bin Psychiater. Für Taubstumme kann ich keine Gutachten ausstellen. Es war schwierig genug, jemanden zu finden, der das Risiko für meinen Sohn auf sich nahm.«

»Es geht vorwiegend um Kameraden, die am Kriegszittern leiden«, sagte Olderog. »Könnten Sie es sich vorstellen, diesen Männern zu helfen?«

Auf einmal sah Richard wieder seinen Bruder vor sich, wie er hilflos vor jedem Geräusch erschrak, nicht mehr aß und trank, sondern nur in seiner eigenen Welt lebte. Spürte wieder die eigene Hilflosigkeit, die zu der falschen Entscheidung geführt hatte, ihn in eine Anstalt zu bringen, in der er letztlich durch gnadenlose Therapieversuche zu Tode gefoltert wurde. Er schluckte nochmals.

»Inwieweit könnte ich denn helfen? Falls die Invalidenrente ausgesetzt wurde, kann ich nicht viel machen, die aktuelle Gesetzeslage lässt einem Gutachter nicht viel Spielraum. Und selbst wenn man sich dafür ausspricht, entscheidet sich das Versorgungsamt so gut wie immer dagegen.«

»Es geht nur um eine Bestätigung der vollständigen Genesung der Betroffenen, zumal sie ohnehin längst keine Invalidenrenten mehr beziehen. Würden Sie das tun?«

»Ja. Das könnte ich mir vorstellen. Aber ich verstehe nicht ganz, warum das so wichtig ist.«

»Wir befürchten, dass das, was wir gerade erleben, erst der Anfang ist«, erklärte Schär. »Wer weiß, wohin dieser Rassen- und Gesundheitswahn noch führt? Wirklich sicher ist nur jemand, der zumindest auf dem Papier völlig unauffällig ist.«

»Ein weiteres Problem liegt darin, dass die Gefährlichkeit der neuen Gesetzgebung den meisten Menschen gar nicht bewusst ist«, fügte Olderog hinzu. »Wer gesund, laut den neuen Rassegesetzen deutschblütig und zudem nicht politisch interessiert ist, sieht derzeit nur die Sonnenseiten des Systems und verfällt dem Führerkult. Aber je mehr Menschen blind jubeln, umso weiter werden die Nazis gehen. Und wir wollen unsere Kameraden und all jene, die vom Regime als schwach und minderwertig betrachtet werden, schützen. Genauso wie Sie Ihren Sohn. Wir haben also das gleiche Ziel.«

»Ich werde Ihnen helfen«, sagte Richard. »Aber ich möchte nicht, dass mein Name mit dem ISK in Verbindung gebracht wird. Gerade weil ich meine Familie schützen muss, kann ich das nicht riskieren.«

»Das ist eine Selbstverständlichkeit«, versprach Schär. »Sie sind für uns dann am nützlichsten, wenn niemand weiß, dass wir zusammenarbeiten. Deshalb habe ich Sie ja auch gebeten, Ihren Wagen ein paar Straßen weiter zu parken. Wenn uns jemand fragt, dann hat dieses Treffen niemals stattgefunden.« Er reichte Richard zum Abschied die Hand. Es war ein fester, zuversichtlicher Händedruck, den Richard anfangs etwas zögerlich erwiderte. Sein Herz sagte ihm, dass er das Richtige tat, aber sein Verstand warnte ihn. Er bewegte sich auf einem schmalen Grat, und es hieß, achtsam zu bleiben.

28. Kapitel

Die Aufgabe erwies sich als leichter, als Richard erwartet hatte. Die betroffenen Männer riefen ihn an und er lud sie ganz offen in seine Klinikspechstunde ein. Seit einem Jahr gehörte es ohnehin zu seinen Pflichten, ambulante Patienten einzubestellen und persönlich zu begutachten. Ein oder zwei Gefälligkeitsgutachten in der Woche, die niemandem schadeten, zumal es nicht um Leistungsbezüge ging, fielen da kaum auf.

Er hatte kurz mit sich gerungen, ob er Paula einweihen sollte oder ob es sie nur unnötig beunruhigen würde, zumal sie seit Leonies Emigration sehr niedergeschlagen war. Letztlich blieb er seinem Vorsatz treu, keine Geheimnisse vor seiner Frau zu haben.

Zu seinem Erstaunen war Paula nicht besorgt, sondern stolz auf ihn.

»Wenn es mehr Ärzte wie dich gäbe«, sagte sie, »dann gäbe es auch viel weniger Leid. Und was kann schlimmstenfalls passieren? Dass dir jemand eine Fehleinschätzung vorwirft und an deiner Reputation kratzt? Ärzte dürfen sich irren, das ist nicht verboten, und niemand wird dir Vorsatz nachweisen können. Ich wünschte, ich könnte auch mehr tun.«

»Du tust schon genug, indem du für unsere Kinder da bist«, erwiderte Richard. »Ohne dich hätte Georg niemals so große Fortschritte gemacht.« Es war kein bloßes Kompliment, sondern es entsprach der Wahrheit. Paula übte täglich mehrere Stunden mit Georg. Er musste phonetische Stimmübungen absolvieren und dabei seinen Kehlkopf berühren, um die Schwingungen zu spüren, die nur entstanden, wenn ihm tatsächlich eine Lautgebung gelungen war. Seine Schwester war fast immer dabei, auch wenn sie die Zeit zum Spielen hätte nutzen können. Doch die Solidarität und gegenseitige Verbundenheit des Zwillingspärchens war von Anfang an bemerkenswert gewesen. Emilia achtete darauf, ihren Bruder zu korrigieren, wenn seine Sprache unverständlich war, und hatte dafür sogar ein eigenes Zeichen in der Gebärdensprache erfunden. Der Wunsch, nicht hinter seiner Schwester zurückzustehen, spornte Georg mehr an als alle Bitten oder Ermahnungen seiner Eltern. Dennoch blieb es ein täglicher Kampf und oft flossen Tränen der Wut, wenn Georg einfach keine Lust mehr hatte, weil es ihm zu anstrengend wurde und er sich lieber auf die Gebärden verlassen wollte. Doch eingedenk Alfred Schärs Ratschlag gab Paula sich nur mit dem Optimum zufrieden, obwohl es ihr manchmal in der Seele wehtat, so viel von dem Kind zu fordern. Und so übte sie sich geduldig im Spagat zwischen Strenge und Verständnis, auch wenn sie selbst oft an ihre Grenzen kam. All die Mühen waren jedoch vergessen, wenn Georg seine Sprachfähigkeiten weiter verbesserte und wieder ein schwieriges Wort verständlich auszusprechen gelernt hatte. Auch im Lippenlesen machte er gute Fortschritte. Paula übte mit ihm, indem sie ihm ohne Gebärden etwas sagte und er es nur von ihren Lippen ablesen und dann mittels Gebärdensprache wiederholen musste. Allerdings musste sie aufpassen, dass seine Schwester nicht in ihrem Rücken stand und heimlich die entsprechenden Zeichen für ihren Bruder machte. Als sie Emilia das erste Mal dabei ertappt hatte, waren die beiden Kinder in Gelächter ausgebrochen und sich keiner Schuld bewusst gewesen.

»Emilia, damit hilfst du Georg nicht«, hatte Paula tadelnd gesagt, obwohl sie sich selbst ein Lächeln verkneifen musste.

Im August freuten sich die Zwillinge darüber, dass Dackel Rudi ein paar Tage bei ihnen in Pflege blieb, denn Fritz und seine Familie wollten unbedingt die Olympischen Spiele in Berlin miterleben. Für Georg war das Zusammensein mit Rudi immer ein besonderer Ansporn, seine Lautsprache zu verbessern, denn der Dackel war dickköpfig. Er gehorchte nur, wenn die Anweisungen in der ihm geläufigen Form ausgesprochen wurden. Andernfalls blieb er einfach mit treuem Dackelblick und wedelndem Schwanz vor Georg stehen.

Am Abend, bevor Fritz zurückerwartet wurde, fragte Georg seinen Vater mit erstaunlich deutlicher Aussprache: »Papa, können wir auch einen Hund haben?«

Richard war sich sicher, dass Georg diesen Satz sehr lange mit seiner Schwester geübt hatte, schließlich hatten die Kinder längst begriffen, dass Georgs gute Aussprache stets belohnt wurde. In diesem Fall blieb er jedoch hart. »Ihr seid noch zu klein dafür. Vielleicht, wenn ihr in die Schule kommt.«

Die Enttäuschung war groß und Richard war sich sicher, dass er diesen Wunsch nicht zum letzten Mal gehört hatte.

Am nächsten Abend kam Fritz zu Besuch, um Rudi abzuholen.

»Die Spiele waren großartig«, berichtete er und die Begeisterung war ihm noch immer anzuhören. »Die ganze Stadt war beflaggt mit Fahnen aller Nationen. Keine einfachen Wimpel, sondern richtige fünf Meter lange Stoffbahnen. Für diejenigen, die keine Karten für das Stadion bekommen hatten, waren überall in der Stadt Lautsprecher aufgestellt, die die Berichte der Stadionsprecher direkt übertrugen. Und dann gab es noch diese Fernsehstuben, in denen man die Übertragungen auf dem Fernseher sehen konnte.«

»Fernseher?«, wiederholte Richard fragend. Er hatte dieses Wort noch nie gehört und stellte sich spontan einen Raum mit riesigen Ferngläsern vor, die auf das Olympiastadion gerichtet waren.

»Hast du das nicht in der Wochenschau gesehen?«, fragte Fritz.

Richard schüttelte den Kopf. »Wir waren in den letzten Wochen nicht im Kino.«

»Es handelt sich um Holzkästen, die deutlich größer sind als eine Apfelsinenkiste.« Fritz zeichnete die Maße mit den Händen nach. Richard musste unwillkürlich lächeln. Früher hatte sein Freund beim Sprechen nie gestikuliert, aber seit die Gebärdensprache in Richards Familie zum normalen Umgang gehörte, passte Fritz sich unbewusst an. »Vorn haben sie eine undurchsichtige Glasfront, die man Mattscheibe nennt. Dorothea war schon etwas ungeduldig und auch unsere kleine Henriette quengelte, weil ich mir in einer dieser Fernsehstuben von einem Techniker so lange die Funktionsweise erklären ließ.« Bei der Erinnerung daran lachte Fritz leise. »Sobald man das Gerät einschaltet, sieht man auf der Mattscheibe bewegte Bilder. Im Grunde so ähnlich wie im Kino, mit dem Unterschied, dass diese Bilder im Kasten selbst erzeugt und ausgestrahlt werden. Die Filmaufnahmen aus dem Olympiastadion wurden auf die gleiche Weise wie Radiowellen übertragen, sodass man in den Fernsehstuben sehen konnte, was im Stadion passierte. Diese Filmaufnahmen waren natürlich nicht so deutlich wie in der Wochenschau, oft konnte man nur Schemen erkennen, aber ich war wirklich beeindruckt, wozu die Technologie heutzutage imstande ist. Stell dir mal vor, jeder hätte so einen Kasten zu Hause. Das wäre viel besser als ein Radio. Man hört nicht nur, man hat auch Bilder vor Augen. Für deinen Jungen wäre das ein

Segen. Leider denkt niemand an eine Serienproduktion, weil die Herstellungskosten viel zu teuer wären.«

»Die Kinobetreiber werden dafür dankbar sein«, entgegnete Richard.

»Na ja, mit einer Kinoleinwand kannst du das nicht vergleichen, die Fernseher können nur Schwarz-Weiß-Bilder übertragen. Die UFA müsste dann nur mehr Farbfilme in die Kinos bringen.«

»Und hast du auch irgendwelche sportlichen Veranstaltungen angesehen oder nur die technischen Novitäten genossen?«

»Was denkst du denn? Wir haben diesen amerikanischen Wunderläufer Jesse Owens beim finalen Hundertmeterlauf und beim Weitsprung gesehen. Nachdem er beim Weitsprung unseren Athleten Luz Long auf den zweiten Platz verdrängt hatte, gratulierte Long ihm als Erster zum Sieg. Neben uns saß ein Nazi in Uniform, der sich darüber mokierte, dass ein deutscher Volksgenosse sich nicht schäme, einen Neger zu umarmen. Ich konnte mir nicht verkneifen, ihm zu sagen, dass das der Geist von Olympia sei. Die meisten Zuschauer fanden Longs Geste übrigens sehr sympathisch und haben Owens für seine Leistungen bejubelt, immerhin hat der Mann vier Goldmedaillen gewonnen. Darauf habe ich meinen Sitznachbarn ebenfalls hingewiesen. Der meinte nur, das sei kein Wunder, schließlich könnten die Neger ja von Natur aus schnell laufen. Dann kam er mir noch mit Darwin und meinte, das sei genetisch so festgelegt, da nur die schnellsten Neger nicht von den Löwen gefressen wurden und deshalb zur Fortpflanzung kamen. Als ich ihn fragte, ob er seine Kenntnisse über Afrika ausschließlich aus den *Tarzan*-Filmen mit Johnny Weissmüller beziehe, war das Gespräch beendet.« Fritz lachte und Richard stimmte sofort mit ein.

»Dann haben wir noch den Olympiarekord im Hammerwerfen von Karl Hein gesehen. Und wir waren dabei, als die Vier-mal-hundert-Meter-Staffel der Frauen im Vorlauf einen neuen Weltrekord lief, aber im Finale das Staffelholz verlor und disqualifiziert wurde. Du hättest hören sollen, wie die Zuschauer aufstöhnten. Das ging wie ein Beben durchs Stadion. Aber ehrlich gesagt, der Fernseher hat mich am meisten beeindruckt. Technik ist das, was zählt. Mag einer noch so schnell laufen, Pferde waren schon immer schneller und spätestens seit der Erfindung des Autos kann jeder Krüppel einen Olympiasieger abhängen.«

»Ihr habt euch jedenfalls bestens amüsiert.«

»In der Tat.« Fritz strahlte über das ganze Gesicht. »Wir waren auch im Ägyptischen Museum und haben uns dort die Büste der Nofretete angesehen. Und du glaubst nicht, wen wir dort getroffen haben.« Fritz grinste. »Ausgerechnet Maxwell Cooper samt seiner Frau und seinen beiden Töchtern.«

»Maxwell Cooper?«, fragte Richard, denn er konnte den Namen nicht sofort einordnen.

»Mein englischer Kollege aus London, den ich regelmäßig bei den Kongressen treffe. Der, der mir damals die Sterilisationsmethode in seinem OP zeigte.«

Richard nickte. »Ich erinnere mich.«

»Als wir uns vor der Nofretete trafen, haben wir erst mal ziemlich dumm aus der Wäsche geschaut und sind dann in Gelächter ausgebrochen. Normale Leute saßen um die Zeit im Stadion und wir hatten das Museum fast ganz für uns allein, obwohl wir eigentlich auch wegen der Spiele nach Berlin gekommen waren. Die ganze Familie Cooper besteht aus leidenschaftlichen Ägyptologen, die wachsen schon damit auf, dass sie Hieroglyphen lesen lernen. Maxwells Bruder ist Kurator im Britischen Museum in London und hat mir bei meinem letzten Besuch sogar die Räume gezeigt, in denen die Ausstellungsstücke restauriert werden und die für Besucher normalerweise nicht zugänglich sind. Maxwell untersucht nebenher Mumien auf ihre Todesursachen. Ein hoch spannendes Thema, kann ich dir sagen. Dorothea war etwas gelangweilt, sie spricht kaum Englisch und Maxwell und seine Frau Helen kein Deutsch. Das hinderte Helen aber nicht daran, sofort unsere kleine Henriette zu herzen und mich zu bitten, Dorothea und unsere Kleine beim nächsten Kongress nach London mitzubringen. Daraus wird wohl erst mal nichts werden, jetzt, wo Dorothea wieder schwanger ist.«

»Ihr bekommt noch ein Kind?«, fragte Richard freudig überrascht.

»Ja«, bestätigte Fritz. »Wir erwarten es Ende Januar oder Anfang Februar.«

»Also wie üblich. Immerhin weiß ich nun, wann bei euch Paarungszeit ist.«

»Blödmann.« Fritz verpasste ihm lachend einen freundschaftlichen Knuff.

Am 8. Februar 1937 wurde Fritz Vater eines gesunden Sohnes, der den Namen Harald erhielt, aber von allen Harri genannt wurde.

Drei Tage später saß Richard gerade an seinem Schreibtisch und korrigierte ein Gutachten, als sein Telefon klingelte.

»Hellmer«, meldete er sich.

»Hier ist Matthias Olderog. Sind Sie allein?«

»Ja«, bestätigte Richard. Olderogs gehetzte Stimme beunruhigte ihn. »Was ist los?«

»Ich wollte Sie warnen. Alfred Schär wurde gestern verhaftet. Es gab eine reichsweite Aktion gegen den ISK.«

Richard schluckte. »Was wirft man ihm vor?«

»Ich weiß es nicht. Er wurde zu einer Befragung ins Gestapo-Hauptquartier an der Stadthausbrücke einbestellt und dann direkt in Schutzhaft genommen.«

»Kann ich irgendetwas tun?«

»Nein, ich wollte nur, dass Sie Bescheid wissen. Sollten Sie ebenfalls eine Vorladung von der Gestapo kriegen, sagen Sie einfach, dass Sie Alfred nur in seiner Funktion als Taubstummenlehrer kennen.«

Richard spürte, wie seine Hände kalt wurden. Es hatte immer Gerüchte über Folter in den Gestapo-Gefängnissen gegeben, aber das war weit weg gewesen und hatte nichts mit ihm zu tun gehabt. Doch nun war jemand, dem er sich freundschaftlich verbunden fühlte, in die Fänge der Gestapo geraten. Er spürte zugleich, dass seine Sorgen nicht nur Schär galten, sondern vor allem sich selbst. Was würde geschehen, wenn er selbst eine Vorladung erhielt? Wenn er verhaftet würde? Was sollte aus Paula und den Kindern werden?

»Stehe ich auch auf deren Liste?«, fragte er und konnte das Beben seiner Stimme nur mit Mühe unterdrücken. »Wie groß ist die Gefahr?«

Am anderen Ende der Leitung atmete Olderog schwer.

»Klaus und ich halten dicht und ich kann mir nicht vorstellen, dass Alfred etwas verraten wird, schließlich sind Sie kein Mitglied des ISK. Ich mache mir allerdings große Sorgen um Alfred. Die Gestapo ist für ihre Brutalität bekannt.«

»Es gibt also nichts, was wir tun können?«

»Nichts, außer stillhalten und abwarten, bis die Gefahr vorüber ist. Ich muss Schluss machen.«

Nachdem Olderog aufgelegt hatte, rief Richard Paula an.

Sie sagte eine Weile gar nichts und er befürchtete schon, dass die Leitung unterbrochen war.

»Mach dir keine Sorgen«, erwiderte sie schließlich. »Du hast nichts Verbotenes getan. Du hast nur deine Arbeit gemacht.

Außerdem glaube ich nicht, dass Alfred Schär deinen Namen nennt. Du bist viel zu unbedeutend, Richard. Bleib ruhig und warte einfach ab.«

In den nächsten beiden Tagen zuckte Richard jedes Mal zusammen, wenn das Telefon klingelte. Doch es kam kein Anruf von der Gestapo und auch ansonsten ging sein Leben ganz normal weiter.

Am dritten Tag nach Schärs Verhaftung rief Olderog ihn erneut an.

»Ich habe keine guten Neuigkeiten«, begann er mit bedrückter Stimme. Richard spürte, wie sich sein Magen verknotete. Hatte Schär ihn verraten? War die Gestapo ihm bereits auf der Spur? Wollte Olderog ihn warnen, rechtzeitig unterzutauchen? Aber das war unmöglich, er war ein verheirateter Familienvater.

Olderogs nächste Worte rissen ihn aus seinen panischen Grübeleien.

»Alfred ist tot.«

»Tot?«, wiederholte Richard, unfähig, das gesamte Ausmaß dieser Aussage sofort zu erfassen. »Wie… wieso ist er tot?«

»Sie sagen, er hätte sich in der Haft erhängt.« Das Zittern in Olderogs Stimme ließ vermuten, dass er um Fassung rang. »Aber das glaube ich nicht. Ich fürchte, sie haben es mit ihren Verhörmethoden übertrieben und nun tarnen sie das als Selbstmord.«

Richard atmete tief durch.

Tot … Alfred Schär war tot.

Die bittere Realität drang noch immer nicht vollends in sein Bewusstsein, ganz gleich, wie oft er es in Gedanken wiederholte.

»Immerhin war er standhaft und hat niemanden verraten.« Olderog schniefte. »Das sollte uns ein Trost sein.«

Niemanden verraten ... tot ... standhaft ... Richard hatte große Schwierigkeiten, sich zu konzentrieren.

»Das ist schlicht unfassbar, eine Tragödie«, sagte er, um überhaupt irgendetwas zu sagen, obwohl ihm jegliche Worte fehlten. »Ich danke Ihnen, Herr Olderog. Wissen Sie, wie es Alfreds Frau geht?«

»Nein, ich meide den Kontakt derzeit, für den Fall, dass sie von der Gestapo überwacht wird. Und das sollten Sie auch tun. Leben Sie einfach so weiter wie bisher, Doktor Hellmer. Das ist das Beste.« Damit legte er auf.

So weiterleben wie bisher? Wie stellte Olderog sich das vor? Doch neben all seinem Entsetzen bemerkte Richard ein anderes Gefühl in sich aufsteigen, ein Gefühl, dessen er sich schämte, aber das er nicht unterdrücken konnte: Erleichterung. Schär hatte ihn nicht verraten und nun, da er tot war, musste er es auch nicht mehr befürchten. Als ihm dieser Gedanke in seiner vollen Tragweite bewusst wurde, stellte er sich die Frage, ob Schär sich vielleicht doch erhängt hatte, sozusagen als letzten Loyalitätsbeweis, um nicht zum Verräter an seinen Kameraden zu werden. Insgeheim hoffte Richard, dass es so war, denn er wollte Schär lieber als einen Mann in Erinnerung behalten, der seinem Leben freiwillig ein Ende gesetzt hatte, um andere zu schützen, anstatt als ein zu Tode geprügeltes Gestapo-Opfer.

29. Kapitel

Einige Monate nach Schärs Tod glaubte Richard, die Gefahr, selbst ins Visier der Gestapo zu geraten, sei endgültig gebannt. Er hatte Olderogs Rat befolgt und versuchte, nicht aufzufallen, auch wenn er nach wie vor Anrufe von Menschen bekam, die ihn um ein Attest baten. Obwohl es riskant war, wies er niemanden zurück, zu gut konnte er die Not der Menschen nachvollziehen, und Paula bestärkte ihn darin. In dieser Zeit wurde sein Kollege Krüger Mitglied der NSDAP und kurz darauf zum regulären Vertreter des leitenden Oberarztes. Richard nahm es gelassen hin. Im gesicherten Haus ließ Krüger sich kaum blicken und die Zeiten, in denen sowohl der Chefarzt als auch der leitende Oberarzt nicht im Dienst waren, ließen sich an einer Hand abzählen.

An einem Vormittag im September rief Paula Richard aufgeregt an.

»Du hast Post vom Hamburger Polizeipräsidium an der Stadthausbrücke.«

Richard zuckte unwillkürlich zusammen. Dort war das Hauptquartier der Gestapo.

»Bitte öffne ihn und lies ihn mir vor.«

Er hörte das Rascheln des Papiers, während Paula seinem Wunsch nachkam.

»*Sehr geehrter Herr Doktor Hellmer*«, begann sie. »*Sie werden hiermit aufgefordert, sich am Montag, den 27. September 1937, pünktlich um 11.00 Uhr in den Räumlichkeiten des Polizeipräsidiums an der Stadthausbrücke 8, Abteilung II, Zimmer 12 zu einer Befragung einzufinden.* Unterzeichnet mit *Heil Hitler, Hauptkommissar Gustav Liedecke.*«

Richard schluckte. Abteilung II war die politische Polizei. Hatte ihn doch irgendjemand mit Schär in Verbindung gebracht?

»Sie können dir nichts vorwerfen«, versuchte Paula ihn zu beruhigen. »Du hast dir nie etwas zuschulden kommen lassen.«

»Ja«, erwiderte er nur, doch seine Gedanken rasten. Wenn nun irgendjemand geredet hatte? Seinen Namen in Zusammenhang mit Gefälligkeitsattesten erwähnt oder ihn auf sonst irgendeine Weise denunziert hatte? Auf einmal beneidete er Leonie, die inzwischen mit ihrem Vater ein gutes Auskommen in der Schweiz hatte. Sie schrieb Paula regelmäßig. Ob die Gestapo auch von diesen Briefen wusste? Dass sie zu einer emigrierten Jüdin Kontakt hielten? Andererseits war das nicht verboten. Die Angst, die ihn unmittelbar nach Schärs Verhaftung gepackt hatte, kehrte mit Macht zurück. Schär war nach einer derartigen Vorladung nie mehr zurückgekehrt. Allerdings war es bereits die zweite gewesen, zu einer Zeit, da seine Mitgliedschaft im ISK bewiesen war. Die erste Vorladung hingegen war nur eine Verwarnung gewesen. Vielleicht blieb es ja auch bei ihm dabei.

Am Morgen des 27. September verabschiedete er sich besonders lange von Paula und den Kindern, prägte sich ihre Gesichter ein, ihre Bewegungen, einfach alles, nur für den Fall, dass er sie niemals wiedersehen würde.

Das Polizeipräsidium an der Stadthausbrücke war ein imposanter dreigeschossiger Barockbau aus dem 18. Jahrhundert, dem man von außen seine dunklen Geheimnisse kaum anzusehen vermochte. Während Richard das Gebäude betrat, überlegte er sich, auf welche Weise er am besten auftreten sollte. Alles, was die Gestapo über ihn zu wissen glaubte, konnte sie nur von Denunzianten wissen. Vielleicht war es an der Zeit, seine alte Aversion gegen den deutschen Gruß über den Haufen zu werfen, um dem Hauptkommissar gleich den Wind aus den Segeln zu nehmen.

Zimmer zwölf befand sich im ersten Stock. Er schaute auf seine Uhr, es war sieben Minuten vor elf. Sollte er warten oder schon anklopfen? Er atmete dreimal tief durch, dann klopfte er an.

»Herein.«

Richard öffnete die Tür, hob den rechten Arm und sagte: »Heil Hitler. Mein Name ist Doktor Hellmer. Sie wünschten mich zu sprechen?«

Der Beamte hatte bis eben an seinem dunklen Schreibtisch aus massivem Eichenholz gesessen, doch als Richard ihm den deutschen Gruß entbot, sah er sich genötigt, sich ebenfalls zu erheben und den Gruß zu erwidern. Richard fiel auf, dass unter den Akten eine nicht vollständig zusammengelegte Zeitung steckte, die er anscheinend hastig zu verbergen gesucht hatte, als es klopfte.

»Sie sind etwas zu früh«, stellte der Kommissar fest.

»So sind wir Deutschen. Stets pünktlich. Sagen Sie mir, womit ich Ihnen zu Diensten sein kann, Herr Kriminalkommissar.«

Die Augen seines Gegenübers wirkten unsicher. Vermutlich trat ihm sonst kaum einer der Einbestellten derart selbstbewusst entgegen. Richard beschloss, seine Rolle weiterzuspielen. Er würde sich nicht als Angeklagter betrachten, sondern als ehrbarer Arzt, der davon ausging, lediglich als Zeuge zu irgendeiner Sache befragt zu werden.

»Nehmen Sie doch Platz«, forderte Liedecke ihn auf und wies auf den Stuhl, der seinem Schreibtisch gegenüberstand. »Nun«, sagte er dann, »es ist eigentlich nur eine Routineangelegenheit.«

»Davon bin ich ausgegangen, Herr Kriminalkommissar. Aber wie jeder anständige deutsche Volksgenosse bin ich jederzeit bereit, der Polizei mit Rat und Tat beizustehen. Was gibt es also?« Er lehnte sich entspannt zurück, denn je irritierter Liedecke erschien, umso sicherer fühlte Richard sich. Sein Blick schweifte durch den Raum. An der Wand hinter dem Schreibtisch hing das obligate Hitler-Porträt, links davon eine Karte des Stadtgebiets von Hamburg. Auf der Fensterbank standen mehrere Kakteen.

»Uns wurde zugetragen, dass Sie Alfred Schär kannten.«

»Schär?«, wiederholte Richard den Namen. »Ach ja richtig, der Taubstummenlehrer. Er wurde mir als Fachmann für Phonetik empfohlen. Das war … warten Sie, im Februar 1933, kurz nach der Machtergreifung.«

»Warum brauchten Sie einen Fachmann für Phonetik?«

»Es ist so …«, Richard zögerte kurz. »Ich weiß nicht, wie viel Sie über mich wissen, also hole ich etwas aus. Am 9. August 1932 brachte meine Frau unsere Zwillinge zur Welt. Meine Tochter kam sehr schnell und ist ein kerngesundes Mädchen. Mein Sohn hingegen war eine Querlage, die Geburt zog sich über Stunden hin und schließlich musste er mit der Zange geholt werden. Dabei kam es leider zu einer folgenreichen Verletzung, deren gesamtes Ausmaß sich uns erst einige Monate später offenbarte. Er ist seither stark schwerhörig, und so wollten wir natürlich die bestmögliche Förderung, damit er trotz dieses tragischen Geburtsfehlers anständig sprechen lernt.«

Liedecke räusperte sich. »Das tut mir leid. Mir wurde zugetragen, Ihr Sohn sei von Geburt an taubstumm.«

Einen Moment lang glaubte Richard, sein Herz würde aussetzen, doch sofort war er wieder in seiner Rolle. »So? Dann sollten Sie diesem Zuträger mal etwas intensiver auf den Zahn fühlen, denn er scheint Sie mit Fehlinformationen zu versorgen. Mein Sohn kann verständlich sprechen. Durch seine starke Schwerhörigkeit muss er zwar immer die Lippen seines Gegenübers sehen, um alles ausreichend zu verstehen, aber er ist nicht taubstumm.«

Liedecke ging nicht weiter darauf ein, sondern wechselte das Thema. »Mir wurde zudem zugetragen, dass Sie als Arzt in der Heil- und Pflegeanstalt Langenhorn tätig sind und Ihren Patienten untersagen, den deutschen Gruß zu verwenden.«

Richard zuckte unwillkürlich zusammen. Wer hatte das der Gestapo verraten? Und aus welchem Grund? Doch sofort riss er sich zusammen.

»Herr Kriminalkommissar, ich bin erstaunt. Der deutsche Gruß ist für erbgesunde, reinblütige deutsche Volksgenossen bestimmt. Aus diesem Grund wurde die Verwendung des deutschen Grußes im Rheinland auch bei Karnevalsveranstaltungen untersagt, damit er nicht durch betrunkene Hanswurste seiner Würde beraubt wird. Ich nehme an, das ist Ihnen bekannt?« Er machte eine demonstrative Pause, um zu sehen, wie seine Worte auf Liedecke wirkten. Er selbst hatte dieses Detail von Fritz erfahren, dessen Cousin aus Köln ihm diese Anekdote weitererzählt hatte.

»Ja, aber …«

»Nun«, schnitt Richard ihm einfach das Wort ab, »Sie werden verstehen, dass es für mich als Psychiater seltsam klingt, wenn ich von meinen Patienten mit ›Heil Hitler‹ gegrüßt werde, von Menschen, die die Bedeutung des großartigen Wortes ›Heil‹ in seiner Konnotation zu erhabenen Liedern der deutschen Kultur nicht kennen, sondern lediglich die Heilung von Krankheiten darunter verstehen. Können Sie sich vorstellen, wie ich mich als Psychiater fühlen muss, wenn meine Patienten mich auffordern, den Führer zu heilen?« Noch während er sich so in seine Rede hineinsteigerte, fragte er sich, ob er es jetzt nicht doch übertrieben hatte. Ein Blick in Liedeckes Gesicht beruhigte ihn jedoch. Der Mann war anscheinend kein harter Hund, sondern ein eher gemütlicher Beamter, der sich von Richards eloquentem Auftritt nachhaltig beeindrucken ließ. Das wiederum bestärkte Richards Vermutung, dass ihn irgendein missgünstiger Kollege denunziert hatte und die Gestapo dem Fall tatsächlich nur routinemäßig nachging, ohne einen konkreten Verdacht gegen ihn zu hegen.

»Falls Sie es wünschen, werde ich meine Patienten künftig selbstverständlich dazu anhalten, den deutschen Gruß zu verwenden«, fuhr er etwas versöhnlicher fort. »Ich möchte Sie dann allerdings darum bitten, mir eine schriftliche Genehmigung zu geben, dass dies dem Gesetz entspricht und meine Patienten mit erbgesunden Volksgenossen gleichzustellen sind. Ich möchte mich nicht durch Missachtung unseres deutschen Grußes angreifbar machen. Dazu achte ich den Führer zu sehr.«

»Schon gut, schon gut«, beschwichtigte Liedecke. »Sagen Sie, Doktor Hellmer, warum sind Sie eigentlich noch kein Parteimitglied?«

Richard zögerte einen Augenblick. »Wissen Sie«, erwiderte er dann, »es gibt drei Sorten von Menschen. Die einen sind von einer Sache vollständig überzeugt und kämpfen von Anfang an dafür. Das sind all jene, die bereits vor der Machtergreifung Mitglieder waren. Dann gibt es die unpolitischen Menschen wie mich, die davon ausgehen, dass wir gar keine Parteien brauchen. Im Kaiserreich hatte alles seinen Platz und der Führer wird auch für uns sorgen. Und dann gibt es jene, die, als es noch mit Risiken verbunden war, Mitglied der NSDAP zu werden, zurückgeschreckt sind, und erst später Mitglieder wurden, als sie glaubten, dadurch Vorteile zu erlangen. Ich möchte auf keinen Fall in den Ruch kommen, mich der Partei nur um des Vorteils willen anzuschließen. Ich bleibe das, was ich immer war: ein unpolitischer Mensch, der darauf vertraut, dass der Führer schon das Rechte für uns tun wird. Haben Sie sonst noch Fragen?«

»Nein, keine. Vielen Dank, Herr Doktor Hellmer.« Liedecke erhob sich. Bevor er Richard die Hand reichen konnte, hob der schnell den rechten Arm, knallte die Hacken zusammen und sagte: »Heil Hitler.« Liedecke fasste sich sofort und erwiderte den Gruß.

Als Richard vor der Tür stand, atmete er mehrfach tief durch. Was für ein Schmierentheater, dachte er. Und was für ein Glück, dass der Beamte es ihm abgenommen hatte. Doch dann fragte er sich, weshalb er tatsächlich vorgeladen worden war. Darüber hatte Liedecke kein Wort verloren. Richard wurde den Verdacht nicht los, dass Krüger dahintersteckte. Krüger, der so gern alles über seine Kollegen wusste und ihn vor einigen Wochen dafür gemaßregelt hatte, dass seine Patienten nicht mit »Heil Hitler« grüßten. Aber wusste Krüger von Schär? Er konnte es nicht mit Bestimmtheit sagen und die Ungewissheit blieb. Dennoch beschloss er, von nun an noch vorsichtiger zu sein und seinen Stolz im Zweifelsfall hinunterzuschlucken, wenn es um seine und damit auch die Sicherheit seiner Familie ging.

30. Kapitel

Hamburg, 1938

»Sie sollten nicht mehr kommen, meine liebe Frau Hellmer. Sie wissen, dass wir damit beide mit einem Fuß im Gefängnis stehen«, mahnte Doktor Stamm.

Paula fiel auf, wie sehr er in den letzten Monaten gealtert war.

»Wer will es mir schon versagen, wenn ich meinen alten Chefarzt aus rein weiblicher Sentimentalität ab und an mit meinen Kindern besuche?«, fragte sie mit einem aufmunternden Lächeln. Nach wie vor war Doktor Stamm der Arzt ihrer Kinder, obwohl er längst keine Arier mehr behandeln durfte. Dennoch gab Paula viel auf seinen Rat und ließ sich die von ihm empfohlenen Rezepte von Fritz' Vater, der niedergelassener Hausarzt war, ausstellen.

»Mit der ärztlichen Tätigkeit ist es zum 1. Oktober ohnehin vorbei.« Doktor Stamm seufzte. »Gestern kam ein Schreiben, dass die Bestallungen sämtlicher jüdischer Ärzte zum 30. September erlöschen. Nun ja, solange wir nicht auch noch enteignet werden, reicht es zum Leben.«

Paula wusste nicht, was sie darauf erwidern sollte. Mittlerweile kam ihr nicht einmal das mehr so unwahrscheinlich vor, und sie war glücklich, dass Leonie und ihr Vater damals in die Schweiz gegangen waren.

»Haben Sie jemals daran gedacht, das Land zu verlassen?«, fragte sie deshalb.

»Einen alten Baum soll man nicht verpflanzen. Ich war mein Leben lang Patriot und Arzt mit Leib und Seele. Nun nahm man mir zunächst das Vaterland und zu guter Letzt auch noch den Beruf. Irgendwie wird es schon weitergehen.«

»Ich werde Sie weiterhin besuchen«, versprach Paula.

»Aber nur, solange es Sie nicht in Schwierigkeiten bringt, Frau Hellmer. Das könnte ich mir nie verzeihen.«

»Und ich könnte es mir nicht verzeihen, wenn ich nicht mehr zu den Menschen stehe, die mir etwas bedeuten. Und zu denen gehören Sie, ob Sie es wollen oder nicht.«

Bildete sie es sich nur ein oder war da tatsächlich ein feuchtes Schimmern in den Augen des alten Arztes zu erkennen?

Am Abend erzählte sie Richard von den traurigen Neuigkeiten. Er nahm es schweigend zur Kenntnis.

»Du sagst gar nichts dazu?«, fragte sie.

»Mir fehlen schon lange die Worte. Manchmal beneide ich Fritz. Der versucht wenigstens noch, die Sonnenseiten unseres neuen Deutschlands zu genießen. Er hat mir erzählt, dass er im September eine KdF-Kreuzfahrt machen wird und eine Kabine auf der *Wilhelm Gustloff* gebucht hat. Gleichzeitig fragte er an, ob wir Rudi solange in Pflege nehmen.«

»Die Kinder werden sich freuen. Sag mal, warum machen wir eigentlich keine KdF-Reisen?«

»Ich mag diese Massenveranstaltungen nicht, wenn sie alle *Kraft durch Freude* tanken.« Er verzog angewidert das Gesicht. »Da lob ich mir ein paar Tage in Haffkrug oder Travemünde. Außerdem habe ich keine Lust, im Urlaub ständig auf meine

Worte zu achten und den strammen Volksgenossen herauszukehren.«

Paula seufzte. Seit Richard im Jahr zuvor von der Gestapo vorgeladen worden war, hatte sich einiges verändert. Obwohl er seinen Kopf damals elegant aus der Schlinge gezogen und niemals wieder etwas von der Gestapo gehört hatte, war ein Teil seiner lebensbejahenden Grundeinstellung verschwunden. Inzwischen wusste er, dass Krüger ihn damals denunziert hatte, denn Doktor Harms hatte ihm erzählt, wie er zufällig ein Gespräch zwischen Krüger und Kleinschmidt mitangehört hatte. Die beiden Ärzte hätten sich darüber amüsiert, dass der Kollege Hellmer seit ihrem Anruf bei der Gestapo und der daraus resultierenden Vorladung viel umgänglicher geworden sei.

Früher hatte Richard seinen Beruf mit Leidenschaft ausgeübt, beseelt von dem Wunsch, Menschen zu helfen und alles besser zu machen. Doch mittlerweile war der verdiente Parteigenosse Doktor Krüger als leitender Oberarzt sein Vorgesetzter geworden und verfolgte eine völlig andere Linie. Ressourcen, die für das Volkswohl vorgesehen waren, durften nicht länger an »minderwertige Lebensformen« verschwendet werden. Es war sehr schwierig geworden, überhaupt noch etwas für die Patienten zu erreichen. Einzig auf Doktor Harms hatte Richard sich bislang verlassen können, doch der hatte nach einem heftigen Streit mit Krüger vor einigen Wochen gekündigt und mittlerweile eine neue Stelle in Brandenburg angetreten.

All das nagte an Richard, und seit Harms' Kündigung überlegte er ernsthaft, sich in der Heilanstalt Lüneburg zu bewerben, um der giftigen Atmosphäre in Langenhorn zu entkommen. Andererseits gab es dort keine geeignete Schule für Georg und so biss Richard weiterhin die Zähne zusammen und hoffte auf bessere Zeiten.

Im August wurden die Zwillinge eingeschult. Während Emilia in die erste Klasse der Volksschule Rothenburgsort kam und nur wenige Minuten Fußweg hatte, begleitete Paula Georg in den ersten Wochen täglich zur Taubstummenschule in der Bürgerweide, bis sie sich sicher war, dass er den Weg mit der Straßenbahn gefahrlos allein zurücklegen konnte.

Für die Zwillinge war es eine große Umstellung, nun mehrere Stunden am Tag voneinander getrennt zu sein und neue Freunde zu finden. Georg bedauerte es, dass sein bester Freund Horst zusammen mit Emilia eingeschult wurde und nicht mit ihm. Doch schon wenige Tage nach seiner Einschulung vergaß er seinen Kummer, denn zum ersten Mal in seinem Leben hatte er mit gleichaltrigen Kindern zu tun, die wie er nicht hören konnten. Es war eine ganz neue Erfahrung für ihn, sofort verstanden zu werden, wenn er sich der Gebärden bediente, und nicht erst erklären zu müssen, dass er nicht hören konnte. Zudem wurde er schnell zum Liebling der Lehrer, da er sich verständlich in der Lautsprache ausdrücken konnte. Gern stellten sie ihn als Vorbild hin. Zunächst gefiel Georg sich in dieser Rolle, bis er die Schattenseiten kennenlernte – den Neid und die Aggressionen derer, die nicht sprechen konnten und ihm seine Sonderstellung missgönnten.

In dieser Zeit fühlte Richard sich seinem Sohn besonders verbunden, denn vieles erinnerte ihn an seine Zeit an der Universität. Als Sohn eines Tischlers mit hervorragenden Leistungen war er damals der Missgunst vieler Kommilitonen »aus höherem Hause« ausgesetzt gewesen. Zugleich dachte er daran, was Schär einst zu Paula gesagt hatte – man müsse sich für eine Welt entscheiden, man könne nicht sowohl zur Welt der Gesunden als auch zu der der Taubstummen gehören. Richard bestärkte seinen Sohn darin, sich nicht von neidischen Kindern beirren zu lassen, denen er in jeder Hinsicht überlegen sei.

»Und was mach ich, wenn sie mich verhauen?«, fragte Georg eines Abends. »Der Willi hat gedroht, mich zu verprügeln.«

»Wenn er anfängt, haust du ihm so doll du kannst mit der Faust auf die Nase.«

»Richard, solltest du ihm nicht lieber raten, sich an die Lehrerin zu wenden?«, mischte sich Paula mit einem leichten Tadel ein.

»Das hat er ja schon getan, aber das ändert nichts daran, dass Willi ihm auf dem Schulweg auflauern könnte. Du kannst Georg nicht immer begleiten. Also, wenn dich jemand angreift, dann haust du so doll du kannst zurück.« Richard nahm eines der Sofakissen. »So, nun zeig mir mal, wie gut du zuhauen kannst.«

Georg schlug mit der Faust gegen das Kissen.

»Viel zu schwach, du willst ihn doch hauen und nicht streicheln. Los, noch mal!«

Georg lachte und versuchte es erneut. Inzwischen war auch Emilia hinzugekommen.

»Ich will auch mal!«

»Na schön, dann los.«

Emilia boxte gegen das Kissen.

»Was für ein Schlag! Emilia, du solltest Boxerin werden.«

»Oder Willi verhauen, wenn er Georg was tut.« Emilia kicherte.

»Richard, glaubst du wirklich, dass Gewalt eine Lösung ist?«, fragte Paula.

»Nein, ich glaube an Selbstverteidigung. Los, Georg, noch mal!«

Als Willi Georg am folgenden Tage wieder drohte, bedeutete Georg ihm in Gebärdensprache: »Na los, du kriegst den ersten

Schlag, dann bin ich dran. Aber ich warne dich, ich habe gestern mit meinem Papa boxen geübt!«

Willi schien verunsichert, und Georg merkte, wie seine eigene Angst verschwand.

»Was ist?«, fragte er ihn. »Traust du dich nicht? Das ist auch besser so, sonst zeige ich dir, wie ein richtiger Boxer kämpft.« Er hob die Fäuste in Abwehrstellung und Willi wich einen Schritt zurück.

»Mit dir gebe ich mich doch nicht weiter ab, du blöder Streber!«, gebärdete er und ließ Georg stehen. Stattdessen verbreitete er das Gerücht, Georgs Vater sei Boxer und würde seinen Sohn unterrichten.

Als Georg diese Geschichte seinem Vater erzählte, lachte Richard und meinte, dass man Willi auf gar keinen Fall bloßstellen und das Gerücht aufklären sollte.

»Wenn ein Rabauke wie Willi Angst vor dir hat, ist das gut so, Georg. Abschreckung, die einen Kampf vermeidet, ist immer besser als der echte Kampf.«

»Und dann darf man auch lügen?«, fragte Emilia, die interessiert neben ihrem Bruder saß.

»Wenn du jemanden durch eine Lüge von einer bösen Tat abhalten kannst, ist das in Ordnung«, bestätigte Richard. »Lügen ist nur dann schlimm, wenn du es bewusst einsetzt, um anderen zu schaden oder dir ungerechtfertigte Vorteile zu verschaffen, die anderen Nachteile bringen, die sie nicht verdienen.«

Im Hintergrund hörte Richard Paula seufzen. »Du gehst mit der Wahrheit sehr locker um«, meinte sie.

»Ja«, bestätigte er. »Aber das ist in diesen Zeiten lebensnotwendig.« Emilia und Georg lachten darüber, denn im Gegensatz zu ihrer Mutter blieb ihnen die Doppeldeutigkeit dieser Worte verborgen.

31. Kapitel

Freitag, 1. September 1939

»Gut, dass Sie da sind, Herr Kollege. Bitte nehmen Sie doch Platz.« Krüger wies auf den Stuhl, der vor seinem Schreibtisch stand. Richard zögerte kurz, ehe er der Aufforderung nachkam. Krügers Freundlichkeit erfüllte ihn mit Misstrauen.

»Ihre Fähigkeiten als Gutachter sind mir wohlbekannt, weshalb Sie genau der Richtige für die neue Aufgabe sind.«

»Worum handelt es sich?«

»Es geht um die planwirtschaftliche Erfassung unserer Patienten. Und dafür sind Sie mit Ihrer umfassenden gutachterlichen Kompetenz bestens geeignet.«

Krügers überhebliches Lächeln bestätigte Richards Verdacht. Eine undankbare, lästige Arbeit, die an den unbeliebtesten Kollegen delegiert werden sollte. Auf der einen Seite ärgerte er sich darüber, andererseits konnte er auf diese Weise vielleicht Repressalien von seinen Patienten abwenden, so wie schon bei der letzten Meldeaktion.

»Um welche Art von Erfassung geht es?«, fragte er.

»Der Staat möchte eine Aufstellung über sämtliche Geisteskranken und Schwachsinnigen, die bereits länger als fünf Jahre in der Anstalt leben oder nicht mehr beschäftigt werden können oder nur noch für leichte mechanische Arbeiten infrage kommen. Ihre Aufgabe besteht darin, für jeden Einzelnen unserer Patienten einen Meldebogen auszufüllen, in dem sein Leistungsbild anzugeben ist.«

Unwillkürlich musste Richard daran denken, dass am Montag erstmals Lebensmittelmarken sowie Bezugsscheine für Benzin ausgegeben worden waren, die mit dem heutigen Datum gültig wurden. Vor einer Woche hatte Paula deshalb noch so viele Vorräte wie möglich ergattert, während er selbst seinen Wagen und auch die beiden Ersatzkanister das letzte Mal vollgetankt hatte. Doch noch schlimmer als der Mangel an Benzin war die Angst vor einem drohenden Krieg, die seit mehreren Wochen wuchs. Ob diese erneute Begutachtung damit zusammenhing? Ging es darum, die Rationen für unproduktive Kranke im Fall eines Krieges weiter zu kürzen?

Er schüttelte die unangenehmen Gedanken ab.

»Und welche Konsequenzen hat die Eingruppierung für die Patienten?«, fragte er stattdessen.

»Das hat Sie nicht zu kümmern. Das ist die Aufgabe des Staates.«

Bevor Richard etwas erwidern konnte, klopfte es heftig an der Tür. Es war Krügers persönliche Sekretärin Frau Handeloh.

»Herr Doktor Krüger, Sie müssen Ihr Radio einschalten!«, rief sie.

Krüger war derart irritiert über den Auftritt seiner sonst so zurückhaltenden Schreibfee, dass er ihrer Aufforderung ohne zu zögern folgte. Richard schaute auf seine Uhr. Es war Viertel nach zehn.

»*Polen hat heute Nacht zum ersten Mal auf unserem eigenen Territorium auch mit bereits regulären Soldaten geschossen*«, schnarrte Hitlers Stimme durch den Äther. »*Seit 5.45 Uhr wird jetzt zurückgeschossen! Und von jetzt ab wird Bombe mit Bombe vergolten! Wer mit Gift kämpft, wird mit Giftgas bekämpft. Wer selbst sich von den Regeln einer humanen Kriegsführung entfernt, kann von uns nichts anderes erwarten, als dass wir den gleichen Schritt tun. Ich werde diesen Kampf, ganz gleich, gegen wen, so lange führen, bis die Sicherheit des Reiches und bis seine Rechte gewährleistet sind.«*

»Wir sind im Krieg!« Frau Handeloh klang völlig aufgewühlt. »Aber es haben doch alle gesagt, dass es dazu nicht kommen wird!«

»Erstaunt Sie das etwa?«, fragte Richard und wunderte sich, weshalb er selbst so ruhig blieb. Eigentlich hätte er schreiend aufspringen, seinen Zorn und seinen Hass auf die Regierung herausbrüllen müssen. Stattdessen hatte er das Gefühl, einfach nur ein unbeteiligter Beobachter zu sein und sich selbst zuzuhören, als er hinzufügte: »Warum wohl, glauben Sie, wurden am Montag Bezugsscheine ausgegeben?«

»Umso wichtiger, dass wir unseren Pflichten nachkommen«, sagte Krüger und warf Richard einen mahnenden Blick zu. »Die Ressourcen unseres Volkes müssen in diesen schwierigen Zeiten gerecht verteilt werden. Sie verstehen hoffentlich, wie viel von Ihrer künftigen Aufgabe abhängt, Herr Kollege?«

Richard nickte. »Ich habe sehr gut verstanden und werde dieser Aufgabe äußerst gewissenhaft nachkommen.«

Krüger nickte zufrieden, damit war Richard entlassen. Als Erstes rief er Paula an.

»Hast du eben Radio gehört?«, fragte er.

»Ja, Frau Walter von nebenan hat bei mir geklingelt und mich darauf hingewiesen. Ich kann es einfach nicht glauben, Richard. Ich meine, wir haben es befürchtet, aber wirklich glauben? Meinst du, es bleibt bei dem Konflikt mit Polen? Oder … oder werden die Engländer eingreifen?«

»Ich habe keine Ahnung. Aber es sieht nicht allzu gut aus. Krüger hat mir heute mitgeteilt, dass ich künftig die Leistungsfähigkeit unserer Patienten zu beurteilen habe. Die Regierung will Meldebögen ausgeben, ich soll alle aussondern, die keiner produktiven Arbeit mehr nachgehen können oder schon länger als fünf Jahre in der Anstalt sind.«

»Warum?«

»Ich nehme an, um die Nahrungsmittelrationen zu kürzen. Krüger hat sich da sehr bedeckt gehalten.«

»Und was wirst du tun?«

»Meinem Gewissen folgen. Krüger wollte mich mit dieser stumpfsinnigen Aufgabe demütigen, er begreift nicht, dass er mir damit auch eine gewisse Macht gibt. Ich muss abwarten, wie diese Meldebögen aussehen, dann weiß ich, wie viel Spielraum ich habe. Ach ja, und es könnte nicht schaden, wenn du heute noch alles einkaufen gehst, was man ohne Lebensmittelmarken und Bezugsschein kriegen kann. Wer weiß, wie sich die Versorgungslage in den nächsten Wochen darstellt.«

»Das meinte Frau Walter auch schon. Ich werde sofort losgehen, ehe die Kinder aus der Schule kommen.«

An diesem Tag machte Richard rechtzeitig Feierabend, um noch einmal zu tanken. Vor der Zapfsäule hatte sich bereits eine große Schlange gebildet. Als Richard an die Reihe kam, fragt ihn der Tankwart nach seinem Bezugsschein.

Richard reichte ihm die Karte und ließ den Wagen volltanken. Mit einer Füllung kam er eine Woche aus, aber damit hatte er bereits seine gesamte Monatsration verbraucht.

»Der alte Wagen ist ja noch ziemlich gut in Schuss«, stellte der Tankwart mit einem anerkennenden Nicken fest. »Ein Adler Standard 6. Solche Modelle sieht man kaum noch. Baujahr 1928?«

»1927«, erwiderte Richard. »Ich bin sehr zufrieden mit ihm. Der hat mich schon über die Alpen gebracht.«

»Mein Schwager würde für so einen Wagen ein hübsches Sümmchen zahlen.«

»Danke für das Angebot, aber ich hänge an meinem Auto.«

Richard bezahlte das Benzin, dann fuhr er nach Hause.

Am Abend rief er Fritz an.

»Wie hältst du es mit der Benzinrationierung?«, fragte er seinen Freund.

»Ich fahre mit der Straßenbahn und spare mir die Tankfüllungen für Wochenendausflüge auf«, lautete die Antwort. »Dorothea meint, ich sollte den Wagen verkaufen, er ist ja schon zehn Jahre alt, und wenn die Rationierung noch weiter voranschreitet, werde ich ihn vielleicht gar nicht mehr los, habe aber auch kein Benzin mehr, um ihn zu fahren. Was machst du?«

»Ich bin auf mein Auto angewiesen. Du weißt, wie schlecht die Straßenbahnanbindung nach Langenhorn ist. Ich wäre morgens und abends eine Stunde länger unterwegs.«

»Reicht deine Bezugsmenge denn, um weiterhin täglich zur Arbeit zu fahren?«

»Nein, die verbrauche ich schon in einer Woche.«

»Ich könnte dir meinen Bezugsschein im Winterhalbjahr überlassen«, schlug Fritz sofort vor. »Da machen Doro und ich sowieso kaum Ausflüge mit dem Auto.«

»Das würdest du tun?«

»Dann habe ich immerhin einen Grund, Dorothea zu erklären, warum ich das Auto behalten muss. Ohne Auto kein Bezugsschein.« Er lachte leise.

»Also doch kein ernsthafter Gedanke ans Verkaufen?«

»Nein, denn wer weiß, wann ich mir jemals wieder eines leisten könnte. Aber vielleicht bin ich zu pessimistisch. Vielleicht ist der Spuk ja in paar Wochen wieder vorbei.«

»Das habe ich 1914 schon mal gehört«, sagte Richard bitter.

Fritz entgegnete darauf zunächst nichts, aber Richard hörte, wie sein Freund schwer atmete.

»Lass uns nicht so schwarzsehen, Richard«, meinte er schließlich. »Komm doch morgen auf ein Bier vorbei, das ist immerhin noch nicht rationiert. Und dann gebe ich dir meinen Bezugsschein und einen von meinen Ersatzkanistern. Außerdem werde ich mich mal umhören, ob jemand bereit ist, dir seinen Bezugsschein zu verkaufen. Damit kommst du bestimmt eine Weile aus, oder?«

»Daran erkennt man einen echten Freund.« Richard lachte. »Der teilt sogar sein letztes Benzin mit einem.«

»Unser letztes Hemd müssen wir ja nicht teilen, das kriegen wir demnächst von der Wehrmacht gestellt.«

»Fritz, du glaubst doch nicht im Ernst, dass wir in unserer Position noch eingezogen werden?«

»Ich weiß nicht, wie das bei euch Psychiatern ist, aber wir Chirurgen sind begehrt. Professor Wehmeyer meinte heute Mittag schon, dass er die Aufrufe für beratende Militärärzte jederzeit erwarte. Ich werde mich natürlich nicht freiwillig melden. Viele der jungen Kollegen sehen es allerdings ganz anders, die glauben, ihre Karriere dadurch voranzutreiben. Na ja, solange es genügend Freiwillige gibt, kommt keiner auf die Idee, uns zu verpflichten. Es bleibt also dabei. Du kommst morgen auf ein Bier vorbei und dann trinken wir darauf, dass der Krieg diesmal anders als 1914 tatsächlich Weihnachten wieder vorbei ist.«

»Wenn darauf zu trinken etwas nützt, werde ich freiwillig Alkoholiker.«

»Vorsicht! Hast du mir nicht erzählt, dass Alkoholiker auch der Zwangssterilisation zum Opfer fallen?«

»Das kann ich riskieren. Meine Familienplanung ist abgeschlossen.«

Fritz räusperte sich.

»He, jetzt sag aber nicht, dass Dorothea noch ein Kind erwartet.«

»Nein, wie kommst du darauf? Unsere Familienplanung ist mit Harald auch abgeschlossen.« Er lachte. »Ich könnte das Risiko des Alkoholismus also auch auf mich nehmen, um für den Frieden zu trinken, allerdings stören zitternde Hände beim Operieren.«

»Wir sehen uns morgen.«

»Zum Trinken für den Frieden«, bestätigte Fritz. »Ich freu mich darauf.« Dann legte er auf.

32. Kapitel

Anfang Oktober erhielt Richard den ersten Schwung an Meldebögen. Es war eine stumpfsinnige Fleißarbeit. Immerhin bekam er eine neue Schreibmaschine, denn ganz oben auf den Bögen stand dick unterstrichen und mit Ausrufezeichen versehen, dass sie mit der Maschine auszufüllen seien.

Neben Angaben zur Person mussten auch solche zur Rasse gemacht werden. Richard schüttelte den Kopf, als er *Deutscher oder artverwandten Blutes, Jude, jüdischer Mischling I. oder II. Grades* und *Neger oder Negermischling* als Auswahlmöglichkeiten las. Wie gut, dass sich keine Indianer oder Chinesen unter seinen Patienten befanden, dachte er voll bitterer Ironie, die hatte man doch glatt bei der Klassifizierung vergessen.

Weiterhin musste ausgefüllt werden, ob und von wem der Patient regelmäßig besucht werde, ob es sich um einen Kriegsteilnehmer oder einen Zwilling handele und ob es geisteskranke Blutsverwandte gebe. Dann kamen Fragen zu Diagnose, Symptomen, Behandlung, Krankheitsverlauf und eventuellen Straftaten. Ganz am Ende wurde nach der Art der Beschäftigung und dem Wert der Arbeitsleistung verglichen mit der Durchschnittsleistung eines Gesunden gefragt.

Hier war also der Punkt, an dem er einhaken konnte.

Bezugsgrößen zu Durchschnittsleistungen wurden nicht genannt. Es war dem Gutachter selbst überlassen, eine eigene Einschätzung zu treffen.

Als Erstes nahm Richard sich deshalb die Akten der Patienten aus den offenen Häusern vor, die in der Landwirtschaft arbeiteten, und setzte ihre Arbeitskraft mit der eines durchschnittlichen Landarbeiters gleich. Bei denen, die bekanntermaßen kaum leistungsfähig waren, gab er immerhin noch achtzig Prozent Leistungsfähigkeit an und überlegte sich plausible Begründungen, um das wahre Ausmaß ihrer Erkrankung zu tarnen. Größere Probleme hatte er bei seinen Patienten des gesicherten Hauses, vor allem, als er Herberts Akte vor sich sah. Herbert ... sein alter Patient, der erste, für den er sich jemals intensiv eingesetzt hatte und der ihm durch sein Versagen wiederholt gezeigt hatte, dass er einfach nicht in der Lage war, außerhalb des gesicherten Hauses zurechtzukommen. Zehn Jahre kannte er ihn jetzt und in dieser Zeit hatte sich ein beinahe schon als innig zu bezeichnendes Verhältnis zwischen ihnen entwickelt, obwohl sie Welten trennten. Richard hatte sich von einem jungen, unerfahrenen Assistenzarzt zum Oberarzt und anerkannten Gutachter hochgearbeitet, während Herbert einfach nur älter geworden war. Er war nach wie vor ein liebenswürdiger Patient und er war ein bisschen geduldiger geworden, sodass er inzwischen einfachste Tätigkeiten wie beispielsweise Tüten kleben über mehrere Stunden verrichten konnte. Er gab sich sehr viel Mühe, aber an die Leistungsfähigkeit eines Gesunden würde er niemals herankommen. Es wäre schon schwer genug, ihm nur die Hälfte der durchschnittlichen Arbeitskraft eines Gesunden zuzugestehen. Richard überlegte lange, wie er die Leistungsfähigkeit seiner schwer kranken Patienten zumindest in den Akten verbessern könnte, aber ihm fiel nichts ein. Fünfzig Prozent würde man ihm gerade noch glauben, mehr war nicht möglich.

Zunächst hatte das Ausfüllen der Meldebögen noch keine Konsequenzen, und als die Rationen der Bewohner des gesicherten Hauses kaum gekürzt wurden, atmete Richard auf. Die Versorgungslage in Deutschland blieb stabil, nur die Benzinrationierung entwickelte sich für die meisten Autofahrer zu einem dauerhaften Problem. Dank Fritz hatte Richard ausreichend Benzin, um weiterhin regelmäßig mit dem Auto zur Arbeit fahren zu können. Das lag allerdings nicht nur daran, dass Fritz ihm seine eigenen Bezugsscheine großzügig überließ, sondern vielmehr an den Kontakten, die Fritz seit Kurzem zum Schwarzmarkt pflegte. Die schwarzen Bezugsscheine waren teuer und es war illegal, aber Fritz meinte, es sei letztlich egal, wessen Auto betankt wurde, solange die Bezugsscheine echt seien. Auf Richards Frage, wie er diese Kontakte geknüpft hatte, erzählte er, dass er seit drei Wochen jeden Samstagnachmittag als Gefängnisarzt in Fuhlsbüttel tätig sei. »Der bisherige Gefängnisarzt hat sich freiwillig zur Wehrmacht gemeldet und sie konnten die Position nicht nachbesetzen. Als die Stelle bei uns am Schwarzen Brett auf Honorarbasis ausgeschrieben wurde, habe ich zugegriffen. Zum einen lohnt es sich finanziell, zum anderen sinkt die Wahrscheinlichkeit, dass irgendwer auf die Idee kommt, mich einzuziehen, wenn ich zwei wichtige Positionen ausfülle. Außerdem lernt man interessante Leute mit noch interessanteren Beziehungen kennen.« Er grinste.

Am 3. September hatten Großbritannien und Frankreich Deutschland zwar den Krieg erklärt, aber nennenswerte Auswirkungen auf das alltägliche Leben hatte es nicht. Im Oktober verkündete Hitler, dass der Polenfeldzug erfolgreich beendet sei. Die deutsche Wehrmacht wandte sich nun vor allem der Westfront und Frankreich zu. Richards Neffen mussten sich der Musterung stellen und die beiden ältesten, Karl und Jürgen, wurden eingezogen. Für Richards Vater war das ein Schlag, denn Karl hatte gerade die Meisterprüfung als Tischler abgelegt und sollte sich eigentlich darauf vorbereiten, den Betrieb seines Großvaters zu übernehmen. Der erneute Kriegsausbruch brachte alte Erinnerungen hoch.

»Der letzte Krieg hat mir meinen ältesten Sohn genommen«, klagte Richards Vater. »Ich will nicht, dass dieser mir auch noch meine beiden ältesten Enkel nimmt.«

Richard bemühte sich aufrichtig, seine Eltern, seine Schwester und ihren Mann Holger zu beruhigen, doch allein das Wort »Frankreichfeldzug« erfüllte die vier mit solchem Schrecken, dem sich nicht einmal Richard entziehen konnte. Sein Bruder Georg war damals daran zerbrochen, aber von Holger hatte Richard immer geglaubt, dass er die Erlebnisse seelisch unbeschadet überstanden und sich auch mit dem Verlust seines rechten Unterschenkels abgefunden hatte. Jetzt musste er von Margit hören, dass Holger, seit seine Söhne eingezogen worden waren, wieder vermehrt unter Albträumen litt, wie er sie in den ersten Jahren nach dem Krieg regelmäßig gehabt hatte. Manchmal, so berichtete Margit, sei er geistesabwesend und scheine in einer eigenen Welt gefangen. Sie müsse ihn dann mehrfach ansprechen, damit er überhaupt in die Gegenwart zurückfinde. All das beunruhigte Richard zusehends, denn diese Symptome kannte er von schwer traumatisierten Männern, allerdings lagen Holgers Erlebnisse mehr als zwanzig Jahre zurück. Konnte es sein, dass die Sorge um seine Söhne seine längst überwunden geglaubten seelischen Erschütterungen erneut belebte und ihn die alten Traumata im Geiste wieder neu erleben ließ?

Während Richard nach außen hin für seine Familie stark blieb und alles versuchte, um Holger und Margit zu unterstützen, war es Paula, die ihn selbst davor bewahrte, den Mut zu verlieren. Paula betonte immer wieder, dass dieser Krieg nicht mit dem letzten zu vergleichen sei, und bestand darauf, dass Richard regelmäßig mit ihr ins Kino ging und die positive Berichterstattung in den Wochenschauen verfolgte. Die deutsche Armee war auf dem Vormarsch, sie war siegreich, es gab keine Schützengräben wie im letzten Krieg. Obwohl Richard tief in seinem Herzen wusste, dass es sich bei den Wochenschauberichten um geschickte Propaganda handelte, ließ er sich nur zu gern davon blenden, um weiterhin die Kraft zu finden, Margit und Holger zu beruhigen. Karl und Jürgen würden den Krieg unbeschadet überstehen und bald wieder heimkommen. Das war alles, was zählte.

Weihnachten 1939 bekamen Karl und Jürgen Heimaturlaub, und für einen Moment schien der Krieg seine Schrecken verloren zu haben, denn das, was die beiden Jungs zu erzählen hatten, erinnerte eher an wilde Abenteuergeschichten und hatte nichts mit den Gräueln zu tun, die ihr Vater Holger und Richards Bruder Georg erlebt hatten.

»Wenn das so weitergeht, sind wir im Frühling in Paris«, sagte Karl voller Zuversicht, während er sich den Weihnachtsbraten schmecken ließ.

»Wir schicken euch eine Postkarte mit dem Eiffelturm drauf«, bestätigte Jürgen mit seinem Lausbubenlächeln, bei dem Richard unwillkürlich an den kleinen Jungen denken musste, der zusammen mit seinen Geschwistern heimlich die Kekse von der Verlobungstafel stibitzt hatte. War das wirklich schon zwölf Jahre her?

Nach dem Essen machte Richard ein Foto von der gesamten Familie, mit Karl und Jürgen in Uniform in der Mitte – zwei lebensfrohe junge Männer, deren Militärzeit hoffentlich bald wieder der Vergangenheit angehörte. Schließlich wurden sie in der Tischlerei ihres Großvaters gebraucht.

Als Richard das Foto ein paar Tage später in seiner provisorischen Dunkelkammer im Bad entwickelte, waren seine Neffen bereits wieder auf dem Weg an die Front.

»Es ist sehr schön geworden«, meinte Paula, als sie das Foto auf der Leine zum Trocknen sah.

»Ja«, sagte Richard nur.

»Stimmt etwas nicht?«

»Ich musste in letzter Zeit viel an meinen Bruder Georg denken. Der war zu Beginn des Krieges genauso zuversichtlich wie die beiden und dieses Foto erinnert mich an das, was mein Vater vor Georgs Abreise machen ließ: die ganze Familie und Georg, stolz darauf, des Kaisers Rock zu tragen. Ein selbstbewusster junger Mann ging und ein zerstörter Mensch kehrte zurück. Aber Karl und Jürgen haben daran keine Erinnerungen, die sind ja erst 1917 und 1919 geboren.« Er atmete tief durch. »Hast du die Sorgen in Holgers und Margits Augen gesehen?«

»Ja«, bestätigte Paula. »Alle Eltern machen sich Sorgen um ihre Söhne, und Holger weiß besser als jeder andere, was so ein Krieg bedeutet.«

»Ich mache mir auch Sorgen«, sagte Richard. »An Tagen wie diesen bedaure ich es, dass ich nicht gläubig bin. Gläubige können wenigstens etwas tun, indem sie beten.«

Paula legte ihm sanft ihre Hände auf die Schultern. »Was auch passieren mag, Richard, wir werden es zusammen durchstehen. Die ganze Familie.«

Der Winter war in diesem Jahr sehr hart und kalt und Richard bangte um seine Neffen, obgleich die Feldpost der beiden immer vor Zuversicht und lustigen Anekdoten strotzte. Er fragte sich, ob diese Briefe wirklich ernst gemeint waren oder ob sie nur der Beruhigung der Daheimgebliebenen dienten. Immerhin schienen sie die gewünschte Wirkung zu erzielen. Holger fand wieder zu seiner alten Stärke zurück und Margit berichtete, dass er kaum noch Albträume hätte. Eine Zeit lang schien das Leben wieder wie gewohnt weiterzugehen, trotz Lebensmittelmarken und Bezugsscheinen. Mittlerweile brauchte man sogar schon

»Reichskleiderkarten«, wenn man Textilien kaufen wollte. Abgerechnet wurde nach einem Punktesystem. Jeder Deutsche erhielt pro Jahr einhundert Punkte, die dann abgestrichen wurden. Ein Paar Strümpfe wurde mit vier Punkten berechnet, ein Pullover schlug mit fünfundzwanzig Punkten zu Buche und für ihr neues Kostüm wurde Paula Anfang Februar gleich fünfundvierzig Punkte los.

»Immerhin, du kannst dir jetzt noch dreizehn Paar Strümpfe und einen einzelnen Socken für den Rest des Jahres leisten«, neckte Richard sie.

»Du solltest mit deinen Punkten lieber nicht so geizen und dir ein paar neue Hemden kaufen«, erwiderte Paula, während sie sich in ihrem neuen Kostüm vor dem Spiegel im Schlafzimmer betrachtete. »Ich beobachte deinen Verschleiß mit Sorge.«

Am Tag zuvor war Richard in eine handgreifliche Auseinandersetzung zwischen mehreren Patienten geraten, wobei eine Naht an seinem Oberhemd aufgeplatzt war, die Paula jedoch problemlos nähen konnte.

»Du übertreibst. Das gestern war erst das zweite Mal überhaupt, seit ich in der Klinik arbeite«, wiegelte er ab, obwohl er sich sicher war, dass sich Zwischenfälle dieser Art häufen würden, denn mittlerweile war das eingetreten, was er von Anfang an befürchtet hatte: die Kürzung der Lebensmittelrationen für alle Kranken, die keine produktive Leistung erbringen konnten. Wie bereits in den Jahren der Weltwirtschaftskrise wurde die Lage immer angespannter und es kam wieder häufiger zu Gewalttätigkeiten im gesicherten Haus. Während Richard selbst mit einem zerrissenen Hemd davongekommen war, hatte Oberpfleger Kurt Hansen eine hässliche Bisswunde am Unterarm davongetragen.

Umso erleichterter war Richard, als sich das Wetter Ende März langsam besserte, die Temperaturen erstmals wieder über dem

Gefrierpunkt lagen und der Schnee endlich zu schmelzen begann.

Am letzten Freitag im März 1940 war Richard früher als gewöhnlich in der Klinik, denn die Straßen waren vom Schnee befreit und aufgrund der Benzinrationierung fuhren kaum noch Autos. Es war noch dunkel, als er vor dem gesicherten Haus einparken wollte. Doch auf seinem angestammten Parkplatz stand ein großer dunkler Bus. Richard parkte neben dem Bus ein und ging dann ins Haus. Dort erwartete ihn schon Oberpfleger Kurt.

»Wussten Sie etwas von der Verlegung?«, fragte er aufgeregt.

»Welche Verlegung?«, fragte Richard erstaunt zurück.

»Sämtliche Patienten des gesicherten Hauses sollen in eine Anstalt nach Brandenburg verlegt werden. Heute Morgen stand der Bus in aller Frühe vor der Tür und wir erhielten den Befehl, die Sachen der Kranken zusammenzupacken.«

»Das ist mir völlig neu. Wer hat den Befehl denn gegeben?«

»Doktor Krüger war gestern Abend, nachdem Sie schon Feierabend gemacht hatten, hier und hat es angekündigt. Allerdings sagte er nicht, dass der Bus schon heute erwartet würde. Er sprach von einer Verlegung in einigen Tagen. Ich dachte, wir könnten das noch in Ruhe klären. Krüger hat gesagt, dass es eine Umstrukturierung der Klinik geben werde, einige der offenen Landhäuser sollen für die Kinderklinik reserviert werden und die Insassen der psychiatrischen Heilanstalt in das gesicherte Haus verlegt werden. Unser guter Doktor Krüger scheint sein Kompetenzfeld auch auf die Kinderabteilung in Langenhorn auszuweiten.«

»Soweit ich mitbekommen habe, ist er ein guter Freund von Doktor Bayer, dem Chefarzt der Kinderklinik in Rothenburgsort«, sagte Richard. »Meine Frau hat dort früher gearbeitet und sie hat noch immer Kontakte zu einigen ehemaligen Kollegen. Aber mehr weiß ich auch nicht.«

»Doktor Hellmer, warum müssen wir weg?« Herbert hatte Richard und Kurt Hansen vor Richards Bürotür gesehen und kam auf die beiden zugelaufen. Richard sah die Unsicherheit in Herberts Augen und verspürte sofort den Impuls, ihn wie ein kleines Kind zu beruhigen.

»Ich nehme mal an, weil es auf dem Land besseres Essen gibt. Hier in der Großstadt sind die Versorgungsmöglichkeiten im Krieg nicht so gut«, sagte er, ohne zu wissen, ob es der Wahrheit entsprach. Aber er brachte es nicht über sich, Herbert mit seiner eigenen Verunsicherung zu konfrontieren. Und eigentlich war es auch die logischste Erklärung. Warum sollte man die Patienten sonst nach Brandenburg verlegen?

»Sagen Sie, Kurt«, wandte er sich an den Oberpfleger, noch während Herbert unruhig neben ihnen stand, immer von einem Fuß auf den anderen trippelte, »ist das nicht die Klinik, in die Doktor Harms gewechselt ist?«

Kurt Hansen nickte.

»Sehen Sie?«, meinte Richard zu Herbert. »Dann kennen Sie ja schon jemanden. Mit Doktor Harms sind Sie doch auch immer gut ausgekommen, nicht wahr?«

Ein Strahlen ging über Herberts Gesicht. »Ja, der ist nett. Und vielleicht gibt es da ja auch Kühe.«

»Und keine Kneipen, die Sie in Versuchung führen können«, fügte Richard mit einem Lächeln hinzu.

»Das mache ich doch nicht mehr«, entgegnete Herbert mit dem ehrlichsten Gesicht, das man sich vorstellen konnte. Kurt Hansen verdrehte die Augen, während Richard Herbert auf die Schulter klopfte und zum Abschied sagte: »Vielleicht eröffnen sich Ihnen da ja ganz neue Chancen. Ich wünsche Ihnen alles Gute.«

»Danke, Doktor Hellmer!« Er schenkte Richard zum letzten Mal sein treuherziges Lächeln, dann schickte er sich an, seine Sachen zu packen und mit den anderen Patienten in den gesicherten Bus zu steigen, der von mehreren uniformierten Männern begleitet wurde.

Eine Stunde später gingen Richard und Kurt Hansen durch die leeren Räumlichkeiten, in denen sie seit bald elf Jahren gemeinsam arbeiteten.

»Irgendwie fühlt es sich tot an«, sagte Hansen. »Wie im Grab.«

»Ja«, bestätigte Richard. »Man könnte fast eine Gänsehaut bekommen. Wann kommen die neuen Bewohner?«

»Ich habe keine Ahnung. Ich hoffe mal, Doktor Krüger wird uns diesmal etwas früher in Kenntnis setzen.«

»Fragen Sie ihn lieber allein. Sie wissen ja, dass er mich nicht sonderlich schätzt«, erwiderte Richard.

»Glauben Sie etwa, der schätzt mich? Für den waren unsere Patienten doch nie Menschen, sondern immer nur schmutzige Kostenfaktoren. Und jeder gewalttätige Übergriff hat ihn in dieser Meinung bestätigt.« Gedankenverloren strich Kurt über die verblasste Bissnarbe an seinem Unterarm.

»Vielleicht geht es unseren Patienten in Brandenburg wirklich besser. Immerhin ist Doktor Harms ja auch vor Krügers Ansichten dorthin geflohen, und der hat wie wir gedacht«, meinte Richard.

»Wollen wir es hoffen. Ich würde es dem Herbert und all den anderen wirklich gönnen, dort einen neuen Anfang zu machen«, fügte Hansen nachdenklich hinzu.

Noch während Richard am Vormittag darauf wartete, dass die neuen Bewohner ins gesicherte Haus einziehen würden oder Doktor Krüger irgendwelche näheren Informationen verlautbaren ließ, klingelte sein Telefon.

»Richard, ich bin's, Margit!«, hörte er die tränenerstickte Stimme seiner Schwester. »Heute kam ein Brief für Holger – Jürgen ist am 21. März gefallen!«

»Mein Gott!«, rief Richard. »Oh Margit, ich werde hier alles stehen und liegen lassen und komm gleich zu euch. Wie geht es Holger?«

»Er ist mit Papa und den beiden Gesellen unterwegs zu unserem Waldgrundstück, um neues Holz zu holen, sie kommen erst heute Abend zurück. Er weiß das noch gar nicht. Was soll ich ihm nur sagen?« Sie brach in Tränen aus.

»Gar nichts, Margit, ich werde das erledigen. Ich fahr gleich raus zum Waldgrundstück.«

»Kannst du denn so einfach von deiner Arbeit weggehen?«

»Natürlich kann ich das. Meine Patienten wurden heute alle nach Brandenburg verlegt, die nächsten ziehen erst in ein paar Stunden ein. Ich werde Paula anrufen, damit sie zu dir kommt, während ich Papa und Holger informiere.«

»Ich danke dir, Richard!«

»Das ist doch selbstverständlich. Margit, ich bin immer für dich da, egal, was kommt!«

Nachdem er aufgelegt hatte, rief er kurz Paula an und berichtete ihr, was geschehen war. Sie war ebenso entsetzt wie er und versprach, sich um Margit zu kümmern. Danach ging er zu Kurt Hansen.

»Ich muss sofort los«, sagte er. »Falls jemand nach mir fragt, ich habe gerade erfahren, dass mein Neffe gefallen ist. Ich muss mich um meine Schwester kümmern.«

Kurt Hansen erblasste. »Mein herzliches Beileid! Welcher von beiden ist es?«

Richard bemühte sich, das verdächtige Brennen in seinen Augen wegzublinzeln. »Der jüngere, Jürgen. Er wäre im nächsten Monat einundzwanzig geworden.«

»Das ist schrecklich! Ich wünsche Ihrer Schwester und der ganzen Familie viel Kraft.« Er drückte Richard die Hand.

»Danke, Kurt.«

Die Straßen waren am späten Vormittag noch leerer als am Morgen und Richard erreichte das Waldgrundstück vor den Toren Hamburgs schneller als erwartet. Sein Vater und sein Schwager waren noch dabei, die gefällten Bäume nach ihrer Qualität zu bewerten, während die beiden Gesellen die bereits ausgewählten Stämme in den Lieferwagen luden. Als sie Richards Auto erblickten, hielten sie erstaunt in ihrer Arbeit inne.

»Was treibt dich denn um diese Zeit hierher?«, fragte sein Vater. Sein Lächeln erstarrte, als er Richards düstere Miene sah. »Was ist passiert?«

»Margit hat mich angerufen«, antwortete Richard und wandte sich seinem Schwager zu. »Holger, es kam heute ein Brief für dich.«

»Was für ein Brief?«

Richard sah, wie sein Schwager unwillkürlich zu zittern begann. Es war völlig klar, dass er mit dem Schlimmsten rechnete.

»Jürgen ist gefallen.«

Holger starrte ihn an, als hätte er einen Schlag auf den Kopf erhalten, während Richards Vater lauthals »Nein!« schrie. Die beiden Gesellen ließen erschrocken den Baumstamm fallen, den sie gerade auf den Wagen hieven wollten, und sprachen hastig ihr Beileid aus. Holger nahm es gar nicht wahr, sein Blick blieb auf Richard gerichtet.

»Was ist mit Karl?«, fragte er mit bebender Stimme.

»Von Karl haben wir nichts gehört.«

»Jürgen«, wiederholte Holger kaum hörbar. »Jürgen war immer so vorsichtig und zurückhaltend. Wie konnte das geschehen?«

»Ich weiß es nicht«, entgegnete Richard und beobachtete seinen Schwager aufmerksam. War er wirklich so gefasst, wie es den Anschein hatte, oder stand er kurz vor dem Zusammenbruch? Richard befürchtete das zweite, wenn er an Margits Erzählungen dachte.

»Und von Karl haben wir nichts gehört?«, fragte Holger nochmals.

»Ich bin mir sicher, dass er unversehrt ist«, sagte Richard, obwohl er sich dessen überhaupt nicht sicher war. Aber zum zweiten Mal an diesem Tage hatte er das Bedürfnis, die Dinge positiver darzustellen, als sie waren. »Er wird euch bestimmt bald schreiben, was tatsächlich passiert ist.«

Holger sagte nichts mehr, aber das Zittern seiner Hände war schlimmer geworden und erinnerte Richard auf unangenehme Weise an seinen Bruder Georg.

»Soll ich dich nach Hause fahren, Holger?«, fragte er. »Papa, Ernst und Hannes werden hier auch allein fertig.«

»Ja, mein Junge«, sagte Richards Vater und schlug Holger trostspendend auf die Schulter. »Lass dich von Richard nach Hause fahren. Margit braucht dich jetzt.«

Holger nickte stumm, dann stieg er in Richards Auto. Auf der ganzen Fahrt fiel kein weiteres Wort mehr. Holger war in seine eigenen Gedanken versunken und Richard hielt es für besser, ihn in Ruhe zu lassen. Als sie zu Hause ankamen, fielen sich Margit und Holger wortlos in die Arme, und als sie sich wieder voneinander gelöst hatten, umarmte auch Lottchen, die gerade von der Schule gekommen war, verzweifelt ihren Vater. Holger drückte seine Tochter an sich und weinte stumme Tränen.

Und obwohl Richard nicht gläubig war, ertappte er sich dabei, wie er im Stillen darum betete, dass wenigstens Karl wohlbehalten zu ihnen zurückkehren möge.

33. Kapitel

Die Tatsache, dass es keine Beisetzung auf dem Ohlsdorfer Friedhof gab, war für Holger und Margit besonders schlimm. Jürgen hatte seine letzte Ruhe auf irgendeinem Soldatenfriedhof zwischen Belgien und Frankreich gefunden. Er würde keinen Grabstein erhalten, nur ein schlichtes Holzkreuz, so wie es schon Hunderte gab und noch Tausende geben würde, wie Richard befürchtete. Der Propaganda in den Wochenschauen glaubte er nicht mehr.

Inzwischen wusste er, wie Jürgen ums Leben gekommen war und was das für den überlebenden Karl bedeutete.

Seine beiden Neffen waren mit einigen Kameraden von ihrer Kompanie getrennt worden und in einen Hinterhalt geraten. Der stets wachsame Jürgen hatte es als einer der Ersten bemerkt. Karl wäre geradewegs in die Falle gelaufen, hätte Jürgen ihn nicht im letzten Moment zu Boden gerissen. Dabei war er aber selbst von einem Querschläger lebensgefährlich verletzt worden. Während die Kameraden zurückschossen, hatte Karl alles versucht, Jürgen Erste Hilfe zu leisten, und es war ihm sogar gelungen, seinen Bruder noch lebend zum nächstgelegenen Verbandsplatz zu schaffen, doch der Arzt konnte nichts mehr tun. Die Kugel hatte Jürgen zu dicht am Herzen getroffen, der

Herzbeutel hatte sich mit Blut gefüllt, sodass das Herz keinen Raum mehr zum Schlagen hatte. Der Versuch einer Notoperation mit ohnehin fraglichem Ausgang kam zu spät. Karl hatte seither unerträgliche Schuldgefühle, schließlich war sein Bruder ausgerechnet bei dem Versuch, ihn zu retten, tödlich getroffen worden. Er brachte es nicht über sich, seinen Eltern von seiner Schuld und seinem Versagen, Jürgen zu retten, zu berichten. Doch seine innere Not war so groß, dass er sich schließlich seinem Onkel Richard in einem verzweifelten Brief anvertraute. Richard schrieb ihm darauf folgenden Brief zurück:

Lieber Karl,
ich fühle zutiefst mit Dir und trauere mit Dir um Deinen Bruder. Aber Dich trifft keine Schuld an Jürgens Tod. Dein Bruder handelte aus dem Instinkt heraus, Dich zu schützen, genauso, wie Du es kurz darauf tatest, als Du ihn unter Gefährdung Deines eigenen Lebens zurück über die Linien ins nächste Lazarett brachtest. Wenn Du jemandem die Schuld geben willst, gib sie dem, der die Kugel abgeschossen hat. Oder gib sie dem, der dem Schützen den Feuerbefehl gegeben hat. Du kannst sie auch demjenigen geben, der Euch dazu gezwungen hat, Eure Familie zu verlassen, um Frankreich zu erobern. Es gibt so viele, die die Schuld an Jürgens Tod tragen, aber Du selbst gehörst nicht dazu. Du bist frei von jeder Schuld, denn Du warst Jürgen ein guter und loyaler Bruder. Jürgen hat Dich ebenso geliebt wie Du ihn. Er hat sein Leben bei dem Versuch gegeben, Deines zu retten, und Du solltest sein Andenken ehren, indem Du ihm in Liebe und Verbundenheit gedenkst und das Leben, das er Dir

rettete, ehrst und in all seinen Facetten auskostest. Wenn Du Dir Dein Leben mit Selbstanklagen vergiftest und Dich innerlich zerfleischst, war das Opfer Deines Bruders vergebens, denn dann hätte er nicht Dein Leben gerettet, sondern nur Deinen Körper. Du weißt, dass Jürgen sich für Dich gewünscht hätte, dass Du irgendwann wieder heimkommst und die Freude am Leben zurückgewinnst. Sei ehrlich, Karl, genau das hättest Du Dir im umgekehrten Fall auch für Jürgen gewünscht. Du hättest nicht gewollt, dass er sich selbst geißelt und von Selbstvorwürfen erdrücken lässt. Ich weiß, dass diese Worte hohl und leer klingen mögen, wenn man in Trauer ist, aber wenn der erste Schmerz verflogen ist, lies meine Worte nochmals und lass sie auf Dich wirken. Ich kann gut nachempfinden, wie Du Dich fühlst, denn genau diese Hilflosigkeit, dieses Schuldgefühl eines Überlebenden habe ich selbst erlebt, wenngleich unter anderen Umständen. Damals, als Dein Onkel Georg, an den Du kaum noch eine Erinnerung hast, starb. Weil ich unseren Vater, deinen Großvater, dazu überredete, Georg in eine Heilanstalt zu bringen. Ich dachte wirklich, man könnte ihm dort helfen, stattdessen fand er dort unter grauenhaften Umständen den Tod. Wenn also jemand Schuld auf sich geladen hat, dann ich, da ich meinen geliebten Bruder an einen Ort schickte, wo er von gewissenlosen Ärzten durch grauenvolle Therapien zu Tode gefoltert wurde. Damals habe ich mich dazu entschieden, Psychiater zu werden, damit so etwas niemals wieder geschieht. Niemals wieder.

Es bringt uns nichts, uns immer wieder zu fragen, was wäre gewesen, wenn ... Es ist so, wie es ist, wir können die Zeit nicht zurückdrehen, sondern nur darüber nachdenken, was wir in Zukunft anders und besser machen können. Ich kann Dir nicht sagen, welchen Weg Du wählen sollst, um mit Deinem Verlust fertigzuwerden. Ich kann nur von mir selbst berichten. Ich habe meine Lebensfreude wiedergefunden, als ich begriff, worin der Sinn in meinem Leben liegt. Als ich Deinem Großvater klarmachte, dass ich die Tischlerei nicht übernehmen, sondern Medizin studieren würde, hat er es zum Glück sofort verstanden und mir niemals Steine in den Weg gelegt. Ich wünsche Dir aus tiefstem Herzen, dass Du auch für Dich wieder einen Sinn im Leben findest, ganz gleich, welcher es ist. Du darfst nicht nur wieder Freude empfinden, nein, Du hast sogar die Pflicht dazu. Unsere toten Brüder haben uns unsere Schuld längst vergeben, weil sie wissen, dass wir alles für sie getan haben, was in unserer Macht stand. Dass es nicht ausreichte, um ihr Leben zu bewahren, ist tragisch und deshalb müssen wir mit dem Verlust leben. Aber wir dürfen uns weder das Leben noch die Erinnerung an unsere Brüder vergiften lassen, denn nur so erweisen wir uns ihrer Liebe und ihres Vergebens würdig. Deshalb habe ich meinen Sohn auch Georg genannt. Überlege Dir einen Weg, wie Jürgen immer ein Teil Deines Lebens bleiben kann, dem du in Wärme und Liebe gedenken kannst.
Dein Onkel Richard

Zehn Tage, nachdem Richard den Brief an seinen Neffen abgeschickt hatte, erzählte Margit ihm, dass Karl ihnen endlich geschrieben hätte, wie Jürgen gestorben sei.

»Ich weiß«, sagte Richard nur, denn er hatte ebenfalls einen Brief von Karl erhalten.

> *Lieber Onkel Richard,*
> *ich danke Dir für Deinen Brief, der mich um viele wichtige Erkenntnisse bereicherte. Ich werde Deinen Rat in jeder Hinsicht beherzigen. Und wenn wir in Paris sind, werde ich das tun, was Jürgen und ich uns vorgenommen hatten. Den Eiffelturm besteigen, Euch eine Postkarte schicken und hoffen, dann endlich wieder nach Hause zu kommen und ein normales Leben zu führen, wo mehr als genug Arbeit in der Tischlerei auf mich wartet.*
> *Dein Neffe Karl*

Als er Paula Karls Brief zeigte, meinte sie: »Karl hat Glück, in dir nicht nur einen guten Onkel, sondern auch einen guten Psychiater zu haben. Er wird darüber hinwegkommen.«

»Da bin ich mir sicher. Aber meine Sorge bleibt. Solange dieser verdammte Krieg anhält, ist niemand sicher, mit dem Leben davonzukommen.«

»Im Moment sieht es doch gut aus. Unsere Truppen rücken auf Frankreich vor, ohne sich in Stellungskriegen zu verlieren.«

»Auf die Wochenschau gebe ich nichts mehr.«

»Worauf dann? Woran willst du dich noch festhalten, um alles zu ertragen?«

»An dir, meine liebste Paula. Du bist mehr wert als jede Wochenschau.« Er gab ihr einen liebevollen Kuss auf die Wange.

In der Heilanstalt Langenhorn hatte sich inzwischen einiges geändert. Das gesicherte Haus war nicht länger vollständig gesichert, sondern die Kranken, die dort jetzt untergebracht waren, hatten das Recht, das Gebäude regelmäßig zu verlassen, um in der Landwirtschaft zu arbeiten. Problematisch wurde es nur an solchen Tagen, wenn aggressive Neuaufnahmen kamen. Richard ließ einen der beiden Wachsäle zum Aufnahmesaal deklarieren, während in dem anderen die friedlichen ehemaligen Bewohner der offenen Häuser lebten. Es wurde zunehmend enger – statt zwölf Betten standen mittlerweile achtzehn in den Wachsälen und einer der Aufenthaltsräume war ebenfalls zum Bettenzimmer umgewandelt worden. Zudem musste Richard noch immer Meldebögen mit Leistungsbildern der Kranken erstellen, die dann an eine Adresse in der Tiergartenstraße 4 nach Berlin geschickt wurden.

An einem sonnigen Vormittag im April, vier Wochen nachdem Herbert und die übrigen Patienten nach Brandenburg verlegt worden waren, klingelte Richards Telefon.

»Hellmer«, meldete er sich.

»Harms hier. Sind Sie allein in Ihrem Büro, Herr Kollege?«

»Doktor Harms, das ist ja eine Überraschung«, rief er erfreut in den Hörer. »Ja, ich bin allein. Sind unsere Patienten gut bei Ihnen angekommen? Wie geht es unserem alten Freund Herbert?«

Doktor Harms räusperte sich. »Hören Sie mir jetzt gut zu, das ist streng vertraulich und es darf niemand wissen, aber ich kann das nicht mittragen und Sie müssen wissen, was hier passiert.«

»Wovon reden Sie?«, fragte Richard irritiert.

»Sie füllen immer noch Meldebögen mit dem Leistungsbild aus, nicht wahr?«

»Ja.«

»Diese Meldebögen dienen der Aussonderung lebensunwerten Lebens. Jeder Patient, der nicht die volle Leistungsfähigkeit bringt, wird ermordet.«

Richard stutzte. »Habe ich Sie gerade richtig verstanden? Die Patienten werden ermordet? Von wem denn?«

»Ich weiß, dass das absurd klingt, und es wird mir vermutlich keiner außer Ihnen glauben. Aber es ist die Wahrheit. Alle unsere ehemaligen Patienten aus dem gesicherten Haus sind inzwischen tot. Man hat sie einige Tage nach ihrer Ankunft in Lkws verfrachtet, die luftdicht versiegelt waren, dann ist man mit ihnen in den Wald gefahren und hat so lange Kohlenmonoxid eingeleitet, bis alle tot waren.«

Richard zuckte zusammen. War Harms verrückt geworden oder hatte er eine ganz neue Art des skurrilen Humors entwickelt?

»Das ... das ist ein Scherz, oder? Warum sollten die Ärzte so etwas dulden und riskieren, wegen Beihilfe zum Mord ins Zuchthaus zu kommen? Was hätten sie davon? Und warum rufen Sie mich an und nicht die Polizei, wenn Sie Zeuge einer solchen Tat geworden sind?«

»Ich weiß, wie das klingen muss, Herr Hellmer«, betonte Harms nachdrücklich. »Aber es ist die Wahrheit. Ich habe deshalb gekündigt und da man mich als Mitwisser nicht so ohne Weiteres gehen lassen wollte, musste ich mir etwas einfallen lassen. Ich habe mich daher freiwillig als Frontarzt gemeldet. Das ist mir lieber, als mich an diesem Massenmord zu beteiligen. Verstehen Sie nicht? Das ist von ganz oben angeordnet. Von Hitler persönlich. Das nennt sich ›Aktion Gnadentod‹ und obliegt strengster Geheimhaltung. Die Vernichtung lebensunwerten Lebens, wie schon in den Zwanzigerjahren von Professor Hoche in seinem Buch beschrieben. Die machen damit wirklich ernst. Erst die Sterilisationen und dann die Tötungen all derer, die keine produktive Arbeit mehr leisten können. In Berlin in der Tiergartenstraße sitzen Ärzte, die nur dafür zuständig sind, die Meldebögen zu bewerten und alle auszusondern, die nicht mehr leistungsfähig sind. Die kommen dann nach Brandenburg. Angeblich gibt es noch weitere Anstalten, die sich an der Tötung beteiligen, aber so genau weiß ich das auch nicht. Es ist schon schwer genug, hier die Zusammenhänge zu ergründen. Wenn herauskommen würde, dass ich es Ihnen verraten habe, würde man uns beide vermutlich sofort in eines dieser neumodischen Konzentrationslager stecken, in denen die Regierung ihre politischen Gegner und andere missliebige Personen zu sogenannten ›Umerziehungszwecken‹ wegsperren und misshandeln lässt.«

Richard spürte, wie sich sein Magen schmerzhaft zusammenzog. Unwillkürlich musste er wieder an Alfred Schärs schreckliches Ende denken.

»Aber Sie müssen wissen, was Ihre Einteilungen für die Kranken bedeuten«, fuhr Harms fort. »Herbert ist als einer der Ersten vergast worden. Man hat ihm erzählt, es gehe zu den Kühen, da ist er freiwillig in den Lkw eingestiegen. Später wurden die Leichen verbrannt und die Angehörigen bekamen ein bisschen Asche geschickt. Die einzige Möglichkeit, die ich hatte, um einen Hinweis darauf zu geben, dass hier etwas nicht stimmt, war der Totenschein. Wir wurden angehalten, uns glaubhafte Todesursachen auszudenken, und sollten die Todesdaten auch etwas variieren, damit sich niemand wundert, warum alle Hamburger Patienten am selben Tag gestorben sind. Ich habe bei Herbert angegeben, er sei an einem Blinddarmdurchbruch gestorben.«

»Er hatte gar keinen Blinddarm mehr«, sagte Richard mit tonloser Stimme. Er fühlte sich wie betäubt, ganz so, als nähme er seine Umwelt durch einen dichten Nebel wahr. Das, was Harms erzählte, hörte sich an wie die Fantastereien eines billigen Horror-Groschenromans. Herbert ... von allen Patienten des gesicherten Hauses war ihm dieser am meisten ans Herz gewachsen. Er hatte sich wirklich und aufrichtig eine lebenswerte Zukunft für ihn gewünscht. Tatsächlich hatte er ihn in den Tod geschickt ...

Nein, widersprach er sich selbst im Geiste, ehe er sich in Schuldgefühle hineinsteigern konnte. *Ich habe ihn nicht in den Tod geschickt. Ich wurde genauso getäuscht wie Herbert. Die Schuld liegt bei denen, die das angerichtet haben!*

»Genau deshalb habe ich diese Todesursache gewählt«, hörte er Doktor Harms sagen. »Fragen Sie seine Angehörigen, Herr Hellmer. Fragen Sie, ob sie eine Urne bekommen haben, mit dem Todesdatum 4. April 1940 und dem Beileidsschreiben, dass er an einem Blinddarmdurchbruch verstorben ist. Dann wissen Sie, dass ich die Wahrheit gesagt habe.«

Richard schluckte schwer. Die gesamte Tragweite dessen, was Doktor Harms ihm verraten hatte, war längst noch nicht in seinem Bewusstsein angekommen.

»Kann ich Sie wieder anrufen, wenn ich noch Fragen habe?«, fragte er, unfähig, etwas anderes zu sagen.

»Ja, ich bin noch bis zum 15. Mai in der Anstalt tätig, dann bin ich an der Front.« Doktor Harms diktierte ihm seine Telefonnummer.

»Wir müssen sehen, wie wir diese Informationen an so viele Kliniken wie möglich weitergeben, ohne dass wir selbst auffliegen«, fügte er noch hinzu. »Wie gesagt, das läuft alles unter größter Geheimhaltung ab, und solche Fehler, wie ich sie eingebaut habe, werden auf Dauer ausgemerzt. Aber die Welt muss das wissen. Hier geschieht ein Massenmord vor unseren Augen. An den Schwächsten und Hilflosesten.«

»Aber warum machen die anderen Ärzte mit?«, fragte Richard. »Warum handeln die nicht alle so wie Sie?«

»Glauben Sie, Krüger würde so wie ich handeln? Und es gibt Hunderte von Krügers im Ärztekittel.« Mit diesen Worten legte Doktor Harms auf. Richards Blick fiel auf den letzten Meldebogen, den er kurz zuvor ausgefüllt hatte. Achtzig Prozent Leistungsfähigkeit, hatte er geschönt dargestellt. Er zerknüllte den Bogen und füllte einen neuen aus. Diesmal bescheinigte er dem Patienten die volle Leistungsfähigkeit eines Gesunden. Und genau das würde er fortan für alle tun. Krüger kontrollierte die Meldebögen ohnehin nicht und Berlin war weit.

Bei der Gestapo war er damals auch mit Frechheit durchgekommen.

34. Kapitel

Doktor Harms' Anruf hatte Richard mehr durcheinandergebracht, als er sich anfangs eingestehen wollte. Die Geschichte war ungeheuerlich, ja geradezu absurd und kaum zu glauben. Andererseits passte sie auf perfide Art und Weise in das ganze System. Erst die Sterilisationen, dann die Rationskürzungen und zu guter Letzt Vernichtung durch Autoabgase …

Normale Menschen wurden gezwungen, sich Benzinbezugsscheine auf dem Schwarzmarkt zu besorgen oder auf das Auto zu verzichten, aber in Brandenburg wurden Tötungsfahrten durchgeführt. Und anscheinend nicht nur dort.

Am Abend erzählte er Paula, was er erfahren hatte. Ihr ging es wie ihm, sie wollte es zunächst nicht glauben, ebenso wenig wie ihr Vater, der Harms schlichtweg für verrückt erklärte.

Doch als Richard bei Herberts Eltern anrief, um ihnen sein Beileid auszusprechen, da er gehört habe, dass ihr Sohn in Brandenburg verstorben sei, bestätigten sie Harms' Angaben. Herberts Vater war sehr irritiert, dass als Todesursache ein Blinddarmdurchbruch angegeben worden war, obwohl man bei Herbert bereits als Kind den Blinddarm entfernt hatte. Richard überlegte kurz, ob er ihnen die Wahrheit sagen sollte, doch er schreckte davor zurück. Nicht einmal sein Schwiegervater hatte ihm glauben wollen, und was sollten Herberts alte Eltern schon ausrichten? Also meinte er lediglich, dass es vermutlich eine Verwechslung gewesen sei und sie deshalb nochmals in der Klinik nachfragen sollten, woran ihr Sohn tatsächlich gestorben sei, und ließ es damit bewenden.

Er erzählte auch Fritz davon und sein Freund reagierte zunächst genauso ungläubig wie alle anderen.

»Das kann nicht sein«, sagte er immer wieder. »Das ist barbarisch! Warum sollten die so etwas tun?«

»Aus rein ökonomischen Gründen. Unproduktive Kranke kosten Geld. Selbst eine Sterilisation ist teurer, als sie einfach umzubringen.«

»Aber … aber wenn das so ist, müssen wir das bekannt machen!«

»Ja, aber das geht nur vorsichtig und im Geheimen. Eben weil es so unvorstellbar ist. Weißt du, was passiert, wenn wir das öffentlich verkünden? Man wird uns für verrückt erklären, wegsperren und dann werden wir vermutlich auch eine Fahrt im Gaswagen spendiert bekommen oder einfach so verschwinden wie Alfred Schär damals.«

Fritz erblasste. »Das heißt, in unserer Regierung sitzen Mörder«, stammelte er. Richard nickte stumm. »Und was wirst du nun tun, Richard?«

»Ich habe jeden Skrupel verloren, Meldebögen falsch auszufüllen. In Zukunft sind alle meine Patienten genauso arbeitsfähig wie Gesunde.«

»Und wenn das rauskommt?«

»Das Risiko gehe ich ein, zumal es gering ist. Krüger kümmert sich nicht um meine Gutachten und die Meldebögen werden von sämtlichen deutschen Landesnervenkliniken und

Heilanstalten nach Berlin geschickt. Wie wollen die da schon jeden Einzelfall aus Hamburg überprüfen?«

Richard hielt sein Wort. Fortan waren alle seine Patienten laut Akten in der Lage, Leistungen von wirtschaftlichem Wert zu erbringen. Er bemühte sich zudem, Neuzugänge so schnell wie möglich wieder zu entlassen, damit sie gar nicht erst auf den Meldebögen erfasst wurden. Außerdem hatte er seinen Vater gebeten, Manfred und Rolf, ein einundzwanzigjähriges, mongoloides Zwillingspaar, offiziell als Hilfskräfte in der Tischlerei einzustellen und in der Werkstatt wohnen zu lassen, denn er hatte herausgefunden, dass eineiige Zwillinge – ganz gleich, welche Leistungsfähigkeit man ihnen bescheinigte – besonders schnell abtransportiert wurden. Allerdings wurden Zwillinge, wie er von Doktor Harms in einem weiteren Telefonat erfahren hatte, nicht sofort vergast, sondern zunächst sogenannten wissenschaftlichen Experimenten zugeführt.

Manfred und Rolf konnten nicht für alles eingesetzt werden, aber ihre Fähigkeiten reichten dazu, die Tischlerei auszufegen, Botengänge zu erledigen und sich um die Schäferhunde zu kümmern. Zudem waren sie immer fröhlich und gaben sich Mühe, es allen recht zu machen. Richards Mutter war zunächst verunsichert, ob es nicht gefährlich sei, Bewohner aus einer Heilanstalt aufzunehmen, aber als sie die beiden kennenlernte und von Richard die Hintergründe seiner Bitte erfuhr, überzeugte sie sogar Margit davon, den beiden Jürgens ehemaliges Zimmer zu überlassen.

»Ich verstehe nur nicht, warum ihre eigenen Eltern das nicht für die beiden tun«, meinte Margit später. »Wie können sie es nur riskieren, dass ihren Söhnen so schreckliche Dinge widerfahren? Sie mögen ja schwachsinnig sein, aber sie sind trotzdem liebenswert und können arbeiten, wenn man ihnen nur die richtigen Aufgaben gibt.«

»Ja«, bestätigte Richard. »Deshalb habe ich Papa ja auch gebeten, die beiden einzustellen. Ihre Mutter ist bei der Geburt gestorben und der Vater hat sie bereits früh in ein Heim gegeben, wo sie aber nur bis zum einundzwanzigsten Lebensjahr bleiben konnten. Deshalb kamen sie zu uns in die Heilanstalt, aber mir war gleich klar, dass sie dort nicht lange sicher wären.«

»Bei uns werden sie in Sicherheit sein«, versprach Margit. »Ich habe mit Holger geredet. Wir könnten noch jemanden wie diese beiden einstellen, wenn es hilft, ein Leben zu retten.«

»Wirklich? Ich wüsste da tatsächlich jemanden.«

Und so bekam auch Johannes Mönicke, jener Schizophrene, der im Weltkrieg verschüttet gewesen war und den Richard wiederholt begutachtet hatte, eine Anstellung in der Tischlerei Hellmer und verschwand damit aus den Akten der Heil- und Pflegeanstalt Langenhorn.

Ende April wurden Gasmasken an die Bevölkerung ausgeteilt. Es gab sie in allen Größen, sogar für Säuglinge. Emilia und Georg probierten ihre neuen Gasmasken fasziniert auf, beschwerten sich aber über den strengen Gummigeruch.

»Tja, jetzt wissen wir, warum Autoreifen rationiert sind. Man braucht das Gummi für die Gasmasken«, stellte Richard trocken fest.

»Glaubst du wirklich, die Engländer werden Gasgranaten werfen?«, fragte Paula verunsichert.

»Ja, und Streubomben und Brandbomben und alles, was gut und teuer ist«, bestätigte Richard. »Sofern unsere Flak sie nicht vorher abschießt. Ist dir noch nicht aufgefallen, dass derzeit überall Türme für die Flugabwehrkanonen errichtet werden?«

»Doch«, erwiderte Paula. »Heute Vormittag war sogar schon jemand von der Behörde da, um unseren Keller auf seine Tauglichkeit als Luftschutzkeller zu überprüfen. In den nächsten Tagen werden noch ein paar Balken eingezogen und wir müssen unsere Verschläge leer räumen, damit dort Stockbetten reinkönnen.«

»Haben wir viel im Keller?«

»Den alten Kinderwagen, die beiden Wiegen und die Wickelkommode, außerdem die Konserven.«

»Ich ruf meinen Vater an, dass er den Keller von seinen Gesellen leer räumen lässt. Vielleicht haben sie ja auch einen Kunden für die Wiegen und die Kommode.«

Paula seufzte. »Ich hoffe, wir werden niemals in die Verlegenheit kommen, diesen Keller nutzen zu müssen. Und erst recht nicht mit den Gasmasken.«

Zwei Wochen später wachte Richard mitten in der Nacht durch das ohrenbetäubende Heulen der Luftschutzsirenen auf. Er schaute auf die Uhr, es war kurz vor Mitternacht. Auch Paula war sofort wach und saß aufrecht im Bett.

»Das ist Fliegeralarm!«, sagte er. »Wir müssen die Kinder fertig machen.«

Paula nickte, sprang aus dem Bett und zog sich hastig an. Richard war rasch fertig und eilte ins Kinderzimmer, wo er sich damit begnügte, Emilia und Georg in die Morgenmäntel zu helfen und ihre Tageskleider einzusammeln.

»Papa, werfen die jetzt Bomben?«, fragte Emilia.

»Sie werden es versuchen, aber die Flak schießt sie vorher ab. Mach dir keine Sorgen.«

»Und warum gehen wir dann in den Keller?«

»Falls einer noch eine Bombe werfen kann, ehe die Flak ihn abschießt. Nur zur Sicherheit. Außerdem wolltest du die Betten da unten doch von Anfang an ausprobieren.«

»Ja, das stimmt«, sagte Emilia. Dann bedeutete sie ihrem Bruder in der Gebärdensprache: »Du hast Glück, dass du den Lärm von den Sirenen nicht hören kannst. Das tut schon richtig weh in den Ohren.«

Paula kam mit einer Reisetasche. »Pack die Kleider der Kinder hier rein, da ist noch Platz.« Sie hielt ihm die geöffnete Tasche entgegen. Richard sah, dass sich sämtliche Fotoalben und alle wichtigen Dokumentenordner mit Geburtsurkunden, Approbationen und Zeugnissen darin befanden.

»Kleider und Möbel können wir jederzeit neu beschaffen«, erklärte sie. »Aber die Fotos sind unersetzlich und auf die Laufereien wegen der Papiere kann ich auch gut verzichten.«

»Gut mitgedacht«, lobte Richard. »Vielleicht sollten wir die Tasche künftig gar nicht mehr auspacken, sondern immer griffbereit haben.«

Dann eilten sie in den Keller. Im Treppenhaus trafen sie ihre Nachbarn, die – zum Teil noch in Schlafanzügen und Morgenmänteln, aber in den meisten Fällen vollständig angezogen – nach unten liefen.

»Oh Gott, ob die uns das Haus über dem Kopf wegschießen?«, lamentierte die alte Frau Walter.

»Ach was«, beruhigte Emilia die Nachbarin. »Unsere Flak schießt die feindlichen Bomber vorher alle ab, nicht wahr, Papa?«

»Ja, unsere Flak schießt die vorher ab«, bestätigte Richard. »Das ist nur eine reine Vorsichtsmaßnahme.«

Eigentlich hatten Emilia und Georg sich immer gewünscht, die oberen Betten zu bekommen, doch als sie jetzt im Keller waren, der wegen der Verdunkelung nur durch einige Petroleumlampen erleuchtet war, fragte Emilia ihren Vater, ob sie bei ihm im unteren Bett bleiben dürfe, während Georg seiner Mutter dasselbe bedeutete.

»Natürlich, mein Spatz«, sagte Richard zu seiner Tochter und musste zugleich darüber schmunzeln, dass Emilia sich bei Gefahr lieber an ihn hängte, während Georg von jeher die Nähe der Mutter gesucht hatte. Sigmund Freud würde das bestimmt dem Ödipuskomplex zuschreiben.

Von Ferne hörten sie das unheilvolle Brummen zahlreicher Flugzeuge, unterbrochen vom Geschützfeuer der Flak. Und immer wieder vereinzelte Einschläge, die jedoch sehr weit weg zu sein schienen.

»Also direkt über uns sind die nicht«, stellte Richard fest, während Emilia sich an ihn kuschelte. »Du kannst ruhig schlafen, Spätzchen, ich pass auf, dass nichts passiert.«

»Ich bin aber gar nicht mehr müde«, sagte Emilia.

»Wir könnten uns alte Fotos anschauen«, meinte Paula und zog eines der Alben hervor. Dann setzte sie sich zusammen mit Georg auf das Bett von Richard und Emilia und dimmte das Licht der Petroleumlampe etwas heller.

»Wollen wir die Fotos aus Italien ansehen?«, fragte sie, während sie ihre Worte gleichzeitig für Georg in Gebärden kleidete.

»Oh ja«, sagte Emilia und Georg nickte. »Ich möchte die Bilder vom Kolosseum sehen und die Geschichten von den Christen hören, die den Löwen vorgeworfen wurden.«

»Du willst also Gruselgeschichten erzählt bekommen?«, fragte Richard mit einem Lächeln.

»Ja!«

»Na schön. Aber dann machen wir das ganz leise, damit wir die anderen nicht stören«, antwortete er. Für Außenstehende mochte es ein bizarres Bild bieten, als die vierköpfige Familie das Sprechen vollständig einstellte, sich nur noch mit Gebärden und Zeichen unterhielt und die einzigen Laute in einem Lachen oder Aufstöhnen bestanden, aber Richard bemerkte zu seiner Erleichterung, dass die Konzentration auf die Geschichten auch Emilia dabei half, die beunruhigende Geräuschkulisse aus Bombern und Flakfeuer zu vergessen, während Georg nun zum ersten Mal in seinem Leben einen echten Vorteil durch seine Taubheit hatte.

Gegen drei Uhr morgens wurde Entwarnung gegeben und die Bewohner kehrten in ihre Wohnungen zurück.

»Das war gar nicht so schlimm«, sagte Emilia, als sie wieder nach oben gingen. »Unsere Flak hat gut aufgepasst.«

»Ja«, bestätigte Richard. »Das hat sie.«

Am nächsten Morgen erfuhr er jedoch, dass die Briten über Altona, St. Pauli, dem Hafen und Harburg über vierhundert Brand- und achtzig Sprengbomben abgeworfen hatten. Mehrere Häuser und Schuppen waren in Flammen aufgegangen, vierunddreißig Menschen waren getötet worden und zweiundsiebzig verletzt. Es war der 18. Mai 1940 und Richard begriff, dass dieser Krieg mit dem vorherigen tatsächlich nicht zu vergleichen war. Er befürchtete, dass er viel schlimmer werden würde.

Doch im Gegensatz zum letzten Krieg war die deutsche Wehrmacht weiterhin auf dem Vormarsch. Im Juni 1940 fiel Paris und die Bevölkerung jubelte. Adolf Hitler galt als der größte Feldherr aller Zeiten und man sprach vom Blitzkrieg. Die Schmach von Versailles war getilgt!

Karl schickte eine Postkarte aus Paris und ein Foto, das zeigte, wie er mit einigen Kameraden in Uniform auf dem Eiffelturm stand. Das Lächeln in seinem Gesicht wirkte echt und Richard war erleichtert, dass sein Neffe die Schuldgefühle anscheinend überwunden hatte. Er hoffte, dass Karl bald nach Hause käme, aber auch hier in Hamburg war nichts und niemand mehr sicher. Es gab neue Unheil verkündende gegnerische Angriffe, die sich gegen die zivile Bevölkerung richteten.

So war Anfang Juli ein britisches Kampfflugzeug ohne Vorwarnung aus den Wolken gestoßen und hatte an der Steilshooper Straße gezielt vier Sprengbomben zwischen spielende Kinder geworfen. Elf Kinder, vier Frauen und zwei Männer starben. In den Zeitungen wurde dieser feige Terroranschlag auf das Schärfste verurteilt und Fritz erzählte Richard, dass er selbst zwei der Opfer auf dem OP-Tisch gehabt hatte. Ein siebenjähriges Mädchen war ihm unter den Händen weggestorben, einen elfjährigen Jungen konnte er retten, allerdings hatte das Kind durch den Angriff beide Beine verloren.

»Was sind das nur für Menschen, die Bomben auf Kinder werfen!«, erboste Fritz sich. »Ich meine, gut, wir sind im Krieg, da verstehe ich ja, wenn sie Hafenanlagen oder Werften oder was auch immer bombardieren. Aber so einfach aus der Luft raus auf spielende Kinder! Das ist barbarisch und abartig!«

»Ja«, bestätigte Richard. »Für die Kinder ist es sowieso am schlimmsten. Nicht genug, dass sie kaum noch eine Nacht durchschlafen können, jetzt gibt es sogar schon Attacken am helllichten Tag. Paula hat jedes Mal Angst, wenn Georg allein mit der Straßenbahn zur Schule fährt.« Er seufzte. »Wie überstehen denn Henriette und Harri die Nächte in den Luftschutzkellern?«

»Relativ gut«, erwiderte Fritz. »Am meisten Angst hat Rudi, der verkriecht sich mit eingezogenem Schwanz und winselt herzzerreißend. Henriette und Harri beruhigen ihn dann und vergessen dadurch ihre eigene Furcht. Und natürlich sag ich ihnen auch immer, dass unsere Flak die Bomber alle abschießt, ehe sie unser Haus treffen können.«

Richard atmete tief durch. »Wenn Hitler schlau wäre, würde

er nach der Einnahme von Paris einen Friedensvertrag aushandeln. Dann könnte er als großer Feldherr in die Geschichte eingehen und wir hätten endlich wieder ruhige Nächte.«

»Leider haben große Feldherrn es so an sich, dass sie so lange weitermachen, bis sie von ihrem Sockel der Überlegenheit stürzen«, bemerkte Fritz. »Denk an Julius Cäsar oder an Napoleon.«

»Ja«, sagte Richard leise. »Ich fürchte, das ist erst der Anfang.«

35. Kapitel

Februar 1941

Menschen sind Gewohnheitstiere, stellte Richard immer wieder fest. Mittlerweile gehörte es zur Normalität, mindestens zweimal in der Woche im Luftschutzkeller Zuflucht zu suchen. Immerhin hielten sich die Verluste bislang in Grenzen und die Gasmasken waren ebenfalls noch nicht zum Einsatz gekommen. Man passte sich an. In jedem Treppenhaus und fast allen Wohnungen stand ein Eimer mit Sand oder Wasser, um Brandbomben zu löschen, und die Kinder mussten morgens erst zwei Stunden später zur Schule gehen, wenn der Fliegeralarm in den Nächten länger als drei Stunden andauerte.

Die Reparaturtrupps arbeiteten zuverlässig und selbst ein Treffer im Elektrizitätswerk war innerhalb weniger Stunden behoben worden.

Der Krieg hatte Hamburg verändert. Die Alster wurde nicht länger von der weißen Flotte der Alsterdampfer befahren, sondern war mit einer Holzkonstruktion abgedeckt worden, um die feindlichen Flugzeuge zu täuschen und keinen Orientierungspunkt zu bieten.

Fritz erzählte immer wieder Schauergeschichten über einsetzenden Fliegeralarm, während er im OP stand und die Operation nicht unterbrechen konnte. Ein Großteil der Patienten in den Hamburger Krankenhäusern konnte ohnehin nicht in den Luftschutzkeller gebracht werden, da die Räumlichkeiten dafür nicht ausgerichtet waren. Ihnen blieb nur die Hoffnung auf die Flak, während sie hilflos in ihren Betten ausharren mussten.

In der Heil- und Pflegeanstalt Langenhorn war man hingegen relativ sicher, denn sie lag zu weitab vom Zentrum, um für die feindlichen Bomber von Interesse zu sein. Und so ging das Leben seinen gewohnten Gang, bis zu jenem Morgen im Februar 1941, als Richard einen Anruf von Fritz erhielt.

»Ich habe schlechte Neuigkeiten«, sagte sein Freund. »Fangen wir mit der harmloseren Sache an. Der Schwarzmarkthändler, über den ich immer die Benzinbezugsscheine für dich bekommen habe, ist aufgeflogen.«

»Was für ein Mist«, zischte Richard. »Ich hoffe, er hatte keine Liste mit seinen Kunden, die uns in Teufels Küche bringt.«

»Keine Sorge, keiner wird uns damit in Verbindung bringen. Aber das ist noch nicht alles. Ich kann dir meinen Bezugsschein auch nicht mehr überlassen, weil ich das Auto verkaufen muss. Ich habe heute Morgen nämlich meinen Einberufungsbefehl bekommen.«

»Du hast was bekommen?«, rief Richard entsetzt ins Telefon.

»Meinen Einberufungsbefehl«, wiederholte Fritz nachdrücklich.

»Aber du bist leitender Oberarzt und Stellvertreter von Professor Wehmeyer! Die können dich doch nicht einfach einziehen!«

»Doch, können sie. Und zwar für die chirurgische Leitung eines Sanitätsbataillons des Deutschen Afrikakorps in Tripolis. Meine wissenschaftlichen Veröffentlichungen zu Operationsmethoden von Schussverletzungen im Schädel und multiplen

Bauchtraumata, die ich gemeinsam mit Professor Wehmeyer verfasst habe, sind mir zum Verhängnis geworden. Die Heeresleitung dachte sich wohl, dass der Professor zu alt für den Dienst an der Front ist und in Hamburg bleiben kann, während ich meine Fähigkeiten in den Dienst des Vaterlandes und seiner kämpfenden Söhne stellen soll.« Er lachte bitter auf. »Und ich Idiot dachte immer, wenn man möglichst gute Arbeit macht, ist man an der Heimatfront unabkömmlich und wird nicht eingezogen.«

»Und wann musst du dich einfinden?«

»Zum 1. März 1941. Als ob ich nur darauf gewartet hätte, mich für Führer, Volk und Vaterland aufzuopfern.«

»Das tut mir so leid, Fritz.«

»Tja, vielleicht hast du die bessere Entscheidung getroffen, als du Psychiater wurdest. Aber die Chirurgie ist nun mal mein Leben.«

»Wollen wir uns heute Abend auf ein Bier treffen? Solange wir noch die Zeit dazu haben?«

»Auf jeden Fall«, versprach Fritz. »Und dann jammere ich mich in Ruhe bei dir aus.« Trotz der düsteren Stimmung lachte Fritz leise.

Kurz nachdem Richard aufgelegt hatte, klopfte es an seiner Bürotür. Es war Krügers Sekretärin Frau Handeloh.

»Herr Doktor Hellmer, Herr Doktor Krüger möchte Sie sofort sprechen, und da bei Ihnen besetzt war, hat er mich gebeten, Sie zu holen.«

»Was ist denn los?«

»Wir haben eine Aufsichtskommission aus Berlin im Haus und da gibt es irgendwelche Fragen wegen Ihrer Gutachten.«

»Was für eine Aufsichtskommission?«, fragte Richard, während er aufstand und sich anschickte, Frau Handeloh zu folgen.

»Aus der Tiergartenstraße in Berlin, wohin wir immer die Gutachten schicken.«

Die Tiergartenstraße! Die Zentrale, wo anhand der Meldebögen über Leben und Tod der Patienten entschieden wurde. Richard spürte, wie ihm das Blut heiß in die Wangen schoss. War es ein Routinebesuch oder war ihnen aufgefallen, dass seit einem Dreivierteljahr sämtliche Insassen von Langenhorn die gleiche Produktivität wie Gesunde aufwiesen? Bei Überprüfung der Fälle würden sie sofort feststellen, dass er nahezu alle Patientenakten geschönt hatte. Würden sie es ihm als Insubordination oder lediglich als Unfähigkeit auslegen? Und was hätte das für ihn für Konsequenzen?

Während er Frau Handeloh folgte, überlegte er, wie er sich am besten aus der Situation herauslavieren könnte, sofern seine Vermutung sich bestätigte. Doch er hatte keine Ahnung, wie er es anfangen sollte. Den strammen, aber dummen Nazi konnte er ihnen nicht vorspielen, da Krüger dabei war. Und Krüger hatte ihn sowieso schon seit Langem auf dem Kieker. Wie er es auch drehte und wendete, wenn sie seine Gutachten anhand der Akten überprüften, war er geliefert.

Doktor Krüger erwartete ihn bereits ungeduldig. In seinem Büro saßen zwei Männer in Zivil, die einige Akten vor sich auf dem Tisch ausgebreitet hatten.

»Da sind Sie ja endlich!«, herrschte Krüger ihn an. »Die Herren hier sind aus Berlin und haben einige Fragen.«

»Guten Tag«, sagte Richard. »Wie kann ich Ihnen helfen, meine Herren?«

»Guten Tag«, erwiderten die beiden seinen Gruß, anstatt auf dem formellen »Heil Hitler« zu bestehen. War das ein gutes Zeichen? Richard war sich nicht sicher.

»Mein Name ist Doktor Nissen«, stellte sich der Wortführer der beiden vor, »das hier ist mein Kollege Doktor Clausner.

Wir sind im Auftrag des Reichsministeriums des Innern hier, um die Krankenakten einzusehen.«

»Sie kommen extra aus Berlin, um unsere Krankenakten einzusehen?«, fragte Richard. »Womit haben wir denn diese Ehre verdient?«

Krüger warf ihm einen vernichtenden Blick zu.

»Uns ist aufgefallen, dass die Effizienz der Behandlung in dieser Anstalt anscheinend deutlich über der des Landesdurchschnitts liegen muss. Seit einem Dreivierteljahr haben ausnahmslos alle Patienten in den Meldebögen dieser Anstalt ein Leistungsbild, das einem gesunden Durchschnittsarbeiter entspricht. Das hat unser Interesse geweckt.«

»Ah ja.« Richard räusperte sich, um den Kloß aus seinem Hals zu bekommen.

»Herr Doktor Krüger teilte uns mit, dass Sie für die Meldebögen und die Leistungseinteilung der Insassen verantwortlich sind.«

»Ja«, bestätigte Richard und verschränkte die Hände hinter dem Rücken, damit nicht auffiel, dass sie leicht zitterten.

»Bemerkenswerterweise lassen sich Ihre Eingruppierungen in den meisten Fällen allerdings nicht mit den tatsächlichen Aktenlagen in Einklang bringen«, fuhr Doktor Nissen fort. »Wir haben jetzt elf Stichproben gezogen. Und bei neun davon war das Leistungsbild falsch positiv angegeben. Was haben Sie dazu zu sagen?«

Richard räusperte sich erneut. »Ich habe so viele Meldebögen ausgefüllt, da kann es durchaus sein, dass mir vielleicht mal der eine oder andere Fehler unterlaufen ist.«

»Der eine oder andere Fehler?« Doktor Nissen musterte ihn mit hochgezogenen Brauen. »Ihre Fehlerquote beträgt allein in dieser Stichprobe mehr als achtzig Prozent. Da scheint ja wohl ein systematischer Fehler vorzuliegen, nicht wahr?«

Richard schwieg.

»Sie haben dazu gar nichts zu sagen?«

Richard überlegte fieberhaft, was er zu seiner Entlastung vorbringen könnte. Die Wahrheit würde ihn vermutlich umgehend ins Gefängnis bringen.

»Ich war überfordert damit, die genauen Prozente der Leistungsfähigkeit im Vergleich zu einem Gesunden festzustellen. Ich bin schließlich Arzt und kein Landwirt. Wenn Sie sich die Landwirtschaft ansehen, verstehen Sie, dass dort tatsächlich Arbeit von wirtschaftlichem Wert erbracht wird, die zur Ernährung der Patienten hier und auch der einiger anderer Kliniken, insbesondere der Kinderabteilung, beiträgt.«

»Und deshalb haben Sie also durchweg jedem Geisteskranken hier die volle Leistungsfähigkeit bescheinigt, obwohl dies auf maximal zwanzig Prozent der Insassen zutrifft?«

»Ich sehe die Arbeit und die Leistung, die die Kranken im Dienst der Klinik erbringen. Ich habe keine Vergleichszahlen zu der typischen Durchschnittsarbeit eines Landarbeiters. Es oblag auch von Anfang an dem Ermessen der Gutachter, die Leistungsfähigkeit zu definieren. Ich habe die Meldebögen nach bestem Wissen und Gewissen ausgefüllt.«

»Sie hätten allerdings die unterschiedliche Qualität der Arbeit Ihrer Patienten erkennen und eine Abstufung vornehmen müssen. Das hätte ja wohl jeder Idiot gekonnt!«, fuhr Nissen ihn an.

»Tut mir leid, ich bin Arzt und kein Idiot«, rutschte es Richard heraus, ehe er sich auf die Lippen beißen konnte.

»Ach, tatsächlich?«, hakte Nissen nach. »Das scheint mir in Ihrem Fall eher andersrum.« Dann wandte er sich an Doktor Krüger. »Wie mir scheint, haben Sie hier entweder einen Fall gröbster Dummheit oder gezielter Insubordination.«

»Ich muss leider von Insubordination ausgehen«, sagte Krüger. »Denn Doktor Hellmer war bislang immer ein ausgezeichneter, zuverlässiger Gutachter. Andernfalls hätte ich ihm diesen Auftrag nicht erteilt.«

Im nächsten Augenblick kam Richard ein verwegener Gedanke. Er hatte nichts mehr zu verlieren und Krüger war ihm in den Rücken gefallen. Also konnte er Krüger auch mit in den Abgrund reißen.

»Jetzt bin ich also Ihr Bauernopfer, obwohl Sie selbst mich darüber in Kenntnis setzten, dass unsere Patienten, die mit der ersten Meldebogenaktion ausgesondert wurden, in Brandenburg vergast wurden, und mich darum baten, die künftigen Meldebögen so auszufüllen, dass den Übrigen dieses Schicksal erspart bleibt?«

Krüger starrte ihn mit offenem Mund an, dann brüllte er: »Das ist eine dreiste Lüge!«

»Meine Herren«, sagte Richard zu den beiden Ärzten der Aufsichtskommission, »wenn Sie sich die Akten genau ansehen, werden Sie feststellen, dass meine unkorrekten Angaben erst seit einem Dreivierteljahr erfolgen und davor korrekt waren. Ich erhielt damals Anweisung von Doktor Krüger, das genauso zu handhaben, wie ich es tat. Ich hätte das für mich behalten, wenn der Kollege wenigstens so viel Anstand bewahrt hätte, mir keine Insubordination vorzuwerfen, die er selbst anordnete.«

»Sie sind fristlos entlassen, Hellmer!«, schrie Krüger. »Eine Ungeheuerlichkeit sondergleichen!« Dann sah er die beiden Ärzte der Aufsichtskommission an. »Hören Sie, ich wusste wirklich nichts davon, was dieser Mann sich erdreistet hat.«

Nissen nickte. »Ich denke, es ist nicht unsere Aufgabe, hier über disziplinarische Maßnahmen nachzudenken. Wenn Sie der Meinung sind, dass Sie ein Verfahren wegen Insubordination anstreben sollten, Herr Doktor Krüger, steht es Ihnen frei. Aber ich würde davon abraten, denn ein derartiges Verfahren würde nur unnötige Aufmerksamkeit auf die Aktion lenken. Ich denke, mit der Entlassung des Schuldigen und der Überarbeitung der Meldebögen wäre die Angelegenheit am elegantesten aus der Welt zu schaffen. Haben wir uns verstanden?«

Dann wandte er sich Richard zu. »Was Sie angeht, Doktor Hellmer, in der heutigen Zeit wäre es eine Verschwendung, einen Arzt, der so sehr auf die Leistungsfähigkeit seiner Patienten bedacht ist, wegen Insubordination vor Gericht zu stellen. Ich denke, an der Front können Sie unserem Volk den größeren Dienst erweisen. Ich werde dem Einberufungsbüro noch heute Mitteilung darüber machen, dass Sie ab sofort zur Verfügung stehen. Und Sie sollten Gott auf den Knien dafür danken, dass ich gerade derart milde gestimmt bin. Das war's, Sie können gehen!«

Richard war wie vor den Kopf geschlagen. Nur langsam realisierte er, was soeben geschehen war. Er war nicht nur entlassen worden und hatte demnächst mit seinem Einberufungsbefehl zu rechnen, sondern seine Patienten würden alle erneut begutachtet werden. Er atmete tief durch. Wenigstens hatte er die Zwillinge Manfred und Rolf sowie Johannes Mönicke aus Krügers Einflussbereich gerettet. Aber wog es das auf? War er zu selbstherrlich gewesen, als er all seine Vorsicht über Bord geworfen und grundsätzlich jeden Patienten für leistungsfähig erklärt hatte? Hätte er besser einige opfern sollen, um anderen das Leben zu retten?

Wortlos verließ er Krügers Büro. Dann ging er in sein eigenes Büro und packte seine Sachen zusammen.

Noch während er damit beschäftigt war, klopfte es an der Tür. Es war Kurt Hansen.

»Sagen Sie, stimmt es, was erzählt wird? Sie wurden fristlos entlassen?«

»Ja«, erwiderte Richard nur.

»Aber warum?«

»Weil ich mich wie ein Arzt und nicht wie ein Idiot verhalten habe. Machen Sie es gut, Kurt. Passen Sie auf unsere Patienten auf, die brauchen Ihre Fürsorge jetzt dringender denn je.«

Und so kam es, dass an diesem Abend nicht Fritz Richard sein Herz bei einem gemeinsamen Bier ausschüttete, sondern Richard Fritz.

»Das ist bitter«, sagte Fritz. »Schaut so aus, als hätte ich als Chirurg vermutlich doch das richtige Fachgebiet gewählt.«

»Zumindest in dieser Zeit«, gab Richard zu und trank noch einen großen Schluck Bier. Paula war entsetzt gewesen, als er ihr erzählt hatte, was passiert war. Der Verlust des Arbeitsplatzes war das eine, aber viel schlimmer war die drohende Einberufung.

»Was ist, wenn sie dich zu einem Strafbataillon versetzen?«, hatte sie ängstlich gefragt. Richard hatte nur mit den Achseln gezuckt. Er hatte keine Ideen mehr, wie er sich aus dieser Situation noch retten könnte.

Allerdings hatte Fritz einen Einfall.

»Komm dem Einberufungsbefehl zuvor«, sagte er. »Melde dich freiwillig für das Sanitätsbataillon, dem ich zugeteilt wurde. Ich werde für dich eine Empfehlung ausschreiben, dass ich dich brauche. Das machen wir gleich morgen, ehe dieser Blödmann aus Berlin handeln kann. Dann bist du bereits verpflichtet und aus den Augen, aus dem Sinn. Außerdem müssen sie nicht befürchten, dass du ihre Aktion Gnadentod ans Licht bringst, wenn du in Nordafrika bist.«

»Und wir könnten den Kriegsdienst zusammen durchstehen. So wie bislang alles. Weißt du was? Das klingt gar nicht so schlecht«, meinte Richard. Dann wandte er sich dem Wirt zu. »Wir hätten gern noch zwei Bier.«

»Genau«, sagte Fritz. »Wir stehen das gemeinsam durch. Ich werde Professor Wehmeyer auch noch um ein Zeugnis für dich bitten, dass du sowohl als Chirurg als auch als Psychiater an der Front einsetzbar und deshalb von kriegswichtiger Bedeutung für uns bist. Dann kommt bestimmt keiner mehr auf den Gedanken, noch weiter nachzuhaken.«

»Außer vielleicht Krüger, den habe ich ganz schön in Schwierigkeiten gebracht. Ich fürchte, das wird er mir nie verzeihen.«

»Bist du auf die Vergebung eines Idioten angewiesen, der dir in den Rücken fiel und dich gefeuert hat?«

»Nein, ganz und gar nicht.«

Der Wirt brachte ihnen die beiden Biere.

»Auf das Leben«, sagte Fritz. »Und dass wir immer einen Weg finden, auch in dunkelsten Zeiten nie das Licht am Ende des Tunnels aus den Augen zu verlieren!«

»Auf das Leben«, wiederholte Richard.

Sie stießen an und trotz aller Sorgen fühlte Richard sich getröstet. Er war nicht allein.

36. Kapitel

Paula bemühte sich, Richard die letzten Tage in Hamburg so angenehm wie möglich zu gestalten und ihn ihre Sorgen nicht spüren zu lassen. Aber natürlich kannte er sie viel zu gut und wusste, wie sehr sie unter dem Gedanken an die bevorstehende Trennung litt.

»Wenigstens wird es euch finanziell gut gehen«, meinte er. »Die Wehrmacht zahlt zwar nicht ganz so gut wie die Klinik, aber besser als das Stempelgeld ist es allemal.«

»Wehe, wenn du jetzt auch noch sagst, dass du keine Textilbezugsscheine mehr brauchst und man immer nur das Positive sehen sollte«, erwiderte sie, während sie ihm dabei zusah, wie er die Uniform vor dem Schlafzimmerspiegel anprobierte. Und obwohl sie sich gewünscht hätte, ihn niemals in Uniform sehen zu müssen, musste sie sich eingestehen, dass sie ihm hervorragend stand. Die graue Jacke mit ihren blau-silbernen Kragenplatten und den Schulterklappen, auf denen sich der goldene Äskulapstab als klassisches Laufbahnzeichen des medizinischen Personals befand, sah nicht nur edel aus, sondern betonte zudem auch seine gute Figur. Die elegante Schirmmütze und die blank geputzten schwarzen Stiefel rundeten das Bild eines gut aussehenden Offiziers ab. Dank Fritz' Vermittlung und der ausgezeichneten Zeugnisse von Professor Wehmeyer hatte Richard sofort die Position eines Assistenzarztes anstelle eines Hilfsarztes erhalten und war damit vom Rang her einem Leutnant gleichgestellt.

»Ich bin ja nur im Sanitätsdienst«, versuchte er sie zu beruhigen. »Wir tragen die Waffen ausschließlich zur Selbstverteidigung.«

»Das weiß ich doch. Hast du schon das Passbild für deinen Dienstausweis?«

»Nein, sie möchten ein Bild in Uniform. Ich dachte mir, wir könnten morgen zum Fotografen gehen und auch gleich noch ein paar Fotos von uns als Familie machen lassen.«

»Familienfotos mit dir in Uniform?« Paula runzelte die Stirn. »Nicht, dass ich abergläubisch wäre, aber bislang hat es deiner Familie noch nie Glück gebracht, wenn sich jemand zum Abschied in Uniform ablichten ließ.«

»Irgendwann muss man jeden bösen Bann brechen«, sagte Richard leichthin. »Mir wird schon nichts passieren. Fritz meinte, wir werden im Hauptlazarett in Tripolis eingesetzt, und das ist weit weg von der Frontlinie. Da ist es vermutlich ruhiger als in Hamburg, wenn es wieder Fliegeralarm gibt.« Er atmete tief durch. »Ich mache mir viel mehr Sorgen darum, dass ich dich und die Kinder in dieser schrecklichen Zeit allein lassen muss.«

»Wir kommen zurecht. Wichtig ist, dass du auf dich aufpasst und heil zu uns zurückkommst. Ich will niemals so einen Brief bekommen wie Holger und Margit.«

»Oh, ich werde allein aus Prinzip nicht für Führer, Volk und Vaterland fallen. Ich verspreche dir, dass ich lieber ein lebendiger Feigling als ein toter Held sein werde.«

Er zog sie in seine Arme.

»Du wirst niemals ein Feigling sein, Richard«, erwiderte sie, während sie sich in seiner Umarmung völlig fallen ließ. »Wenn du ein Feigling gewesen wärst, wärst du längst Parteimitglied geworden und hättest Krüger in der Kriecherei und Postenjägerei übertrumpft. Du bist dir jedoch selbst treu geblieben und hast versucht, deinen Patienten zu helfen. Du bist der mutigste Mann, den ich kenne.«

In diesem Moment klingelte es an der Tür.

»Das wird Emilia sein«, sagte Paula und löste sich aus Richards Armen, um die Tür zu öffnen.

Kurz darauf stürmte Emilia ins Schlafzimmer zu ihrem Vater, den Schulränzel noch immer auf dem Rücken.

»Papa, ich habe dir was mitgebracht!«, rief sie übermütig und nahm den Ränzel ab.

»So? Was denn?«

»Oh, ist das die Uniform? Da siehst du aber gut drin aus, Papa.«

Paula, die Emilia dicht gefolgt war, sah, wie Richard über das Kompliment seiner Tochter lächelte.

»Danke, Spätzchen. Und was hast du mir mitgebracht?«

Sie öffnete ihren Schulränzel und holte eine Dose Delial-Lichtschutzsalbe heraus.

»Das hier. Weil es in Afrika doch viel heißer ist als hier, damit du keinen Sonnenbrand kriegst.«

Lachend nahm er die Dose entgegen und anschließend seine Tochter in die Arme.

»Vielen Dank, Spätzchen! Du bist ganz wunderbar und denkst wirklich an alles! Was würde ich nur ohne dich machen?«

»Bleibst du lange in Afrika?«

»Ich weiß noch nicht.«

»Und wirst du da die Engländer bekämpfen, damit sie uns hier nicht länger Bomben auf den Kopf werfen?«

»Nein, ich werde nicht kämpfen, sondern dort in einem Krankenhaus zusammen mit Onkel Fritz unsere kranken und verwundeten Soldaten behandeln.«

»Darf ich die Mütze mal aufsetzen, Papa?«

»Natürlich, Spätzchen.« Er nahm sie ab und gab sie ihr. Emilia setzte die Mütze auf und betrachtete sich im Spiegel. Der Schirm hing ihr halb über die Augen, und ihre blonden Zöpfe, die ihr bis weit über die Schultern reichten, bildeten einen lustigen Kontrast dazu.

»Steht dir ausgezeichnet«, sagte Richard, und Emilia versuchte sich daraufhin im Salutieren.

»Schade, dass ich nicht auch so eine Mütze kriege, wenn ich nächstes Jahr zum BDM komme«, meinte sie.

Im nächsten Moment ging die Luftschutzsirene los.

»Fliegeralarm«, rief Paula. »Und Georg ist noch unterwegs, die Straßenbahn kommt jeden Moment!«

»Lauf mit Emilia schon in den Keller, ich geh zur Haltestelle und warte dort auf Georg.« Er nahm die Mütze und setzte sie auf, auch wenn es ihm seltsam vorkam, das Haus zum ersten Mal in seinem Leben in Uniform zu verlassen. Aber zum Umziehen war keine Zeit mehr.

Während Paula mit Emilia und der großen Reisetasche, in der sämtliche Fotoalben und Dokumente verstaut waren, in den Keller eilte, lief Richard zur Straßenbahnhaltestelle. Die wenigen Menschen, die sich noch auf der Straße befanden, beeilten sich, die Luftschutzkeller zu erreichen, aber die meisten hatten sich längst in Sicherheit gebracht. Für einen Augenblick fragte Richard sich, was der Straßenbahnfahrer wohl tun würde. Würde er einfach bei der nächsten Haltestelle stehen bleiben und hoffen, dass alle irgendwo unterkämen, oder ungerührt weiterfahren? Fritz stand bestimmt wieder einmal im OP und ignorierte die Gefahr aus der Luft, um die Operation abzuschließen.

Von Weitem sah er die Straßenbahn kommen und atmete auf. Als sie hielt, stiegen die meisten Fahrgäste aus und eilten davon. Richard entdeckte seinen Sohn und winkte ihm zu.

Georg war einen Moment lang verwirrt. Richard bemerkte, dass sein Sohn zweimal hinsehen musste, ehe er seinen Vater in Uniform erkannte.

»Schnell, es ist Fliegeralarm!«, bedeutete er Georg. Der Junge nickte und rannte zu ihm. Richard nahm ihn bei der Hand und hastete los.

Im nächsten Moment hörte Richard das Dröhnen der feindlichen Bomber. Er hielt inne und schaute in den Himmel. Es war das erste Mal, dass er während eines Fliegeralarms draußen war. Georg war seinem Blick gefolgt. Die Bomber waren noch sehr hoch, ihr Ziel vermutlich die Hafenanlagen. Irgendwo donnerte das Geschützfeuer einer Flak los. Kurz darauf geriet eines der Flugzeuge am Himmel ins Trudeln, stürzte ab und explodierte jenseits der Elbe. Richard zuckte zusammen, war aber zugleich so gebannt von dem, was er sah, dass er vergaß, weiterzulaufen. Georg, dem die grauenvolle Geräuschkulisse erspart blieb, ging es ebenso. Der Junge starrte fasziniert in den Himmel und zeigte dann auf einen kleinen weißen Fleck, der langsam zur Erde schwebte.

»Das ist der Pilot, der ist rechtzeitig mit dem Fallschirm abgesprungen«, bedeutete Richard seinem Sohn. »Sobald er gelandet ist, werden unsere Leute ihn festnehmen und dann bleibt er bis zum Kriegsende in Kriegsgefangenschaft.«

In der Nähe des Abschusses gingen mehrere Bomben nieder, Richard konnte den Lärm hören und sah die Blitze, dann drehten die feindlichen Flugzeuge ab und kurz darauf gaben die Sirenen Entwarnung. Georg betrachtete noch immer gebannt die Rauchsäulen, die vermutlich im Hafen aufstiegen.

»Na, da haben wir noch mal Glück gehabt, was?«, meinte Richard zu seinem Sohn. Der nickte und strahlte dabei über das ganze Gesicht.

»Hattest du gar keine Angst?«, fragte Richard.

»Nein«, bedeutete Georg. »Ich war ja bei dir, Papa.«

Bei diesen Worten wurde Richard schwer ums Herz. Er hätte alles dafür gegeben, Paula und die Kinder in diesen Zeiten nicht allein lassen zu müssen.

Am nächsten Tag gingen sie am frühen Vormittag zum Fotografen, um das Passbild machen zu lassen und zugleich einige Familienfotos. Der Fotograf war gerade dabei, im Hinterzimmer das letzte Foto zu schießen, als die Klingel im Laden neue Kundschaft ankündigte.

Es war Fritz, ebenfalls in Uniform, mit seiner Familie und Dackel Rudi.

»Ich habe mir doch gedacht, dass wir euch hier treffen«, sagte er, während Rudi schwanzwedelnd auf Emilia und Georg zulief.

»Der Herr Stabsarzt braucht also auch ein Passbild in Uniform«, stellte Richard mit einem Schmunzeln fest.

»Ja«, sagte Fritz. »Aber wenn wir schon alle da sind, sollten wir auch noch eines von uns allen zusammen machen lassen. Wir haben nämlich noch keines, auf dem wir alle zu sehen sind.«

»Stimmt«, pflichtete Richard ihm bei und musste kurz an Paulas Aberglauben denken. Brachte es wirklich Unglück, Familienfotos zu machen, in denen jemand eine Uniform trug und kurz davor war, an die Front zu ziehen? Er hatte das verneint, aber auf einmal kam ihm der Gedanke gar nicht mehr so abwegig vor. Allerdings gab es diesmal einen großen Unterschied. Sowohl sein Bruder Georg als auch Jürgen und Karl waren als gemeine Soldaten in den Krieg gezogen. Fritz und er waren Sanitätsoffiziere. Sie würden nicht kämpfen. Und außerdem wollte er gern ein Foto, auf dem sie alle zusammen waren, denn auf den anderen Fotos, die Fritz samt Familie und Paula mit den Zwillingen zeigten, fehlte er, da er stets der Fotograf gewesen war.

Der vierjährige Harri nahm Rudi auf den Arm, dann stellten sie sich in zwei Reihen auf, die beiden Elternpaare hinten, die vier Kinder samt Hund vorn.

»Davon brauchen wir vier Abzüge«, sagte Fritz. »Jeweils einen für uns beide an der Front und einen für unsere Familien zu Hause.«

Der Fotograf nickte und freute sich über das gute Geschäft.

»Darf ich noch einen fünften Abzug für die Auslage im Schaufenster machen?«, fragte er. »Familienfotos von Offizieren locken die Kundschaft an.«

Fritz und Richard tauschten einen kurzen Blick aus und schüttelten beide kaum merklich den Kopf.

»Nein«, erwiderte Fritz. »Das ist uns doch ein wenig zu privat.«

»Sehr bedauerlich.«

»Sie dürfen aber gern ein Foto von unserem Hund machen und einen Abzug ausstellen«, sagte Fritz mit einem schalkhaften Lächeln. »Er ist sehr fotogen.«

Der Fotograf räusperte sich und begnügte sich dann damit, Richard die Abholmarke für seine Fotos zu geben, bevor er das Passbild von Fritz machte.

37. Kapitel

Nachdem Richard gemeinsam mit Fritz am 1. März 1941 nach Tripolis abgereist war, fiel es Paula schwer, die Lücke zu ertragen, die er hinterlassen hatte. Sie musste an sich halten, ihm nicht schon gleich am ersten Tag einen langen Brief zu schreiben. Wenn die Kinder in der Schule waren, war es besonders hart. Zwar war Richard um diese Zeit stets in der Klinik gewesen, aber sie wusste, dass er abends zurückkommen und die Wohnung gemeinsam mit den Kindern mit Leben erfüllen würde. Früher hatte sie die Vormittage, an denen sie allein war, als angenehme Zeit erlebt, in der sie sich ungestört um den Haushalt kümmern und alles regeln konnte. Doch seit sich die Luftangriffe häuften, war sie tagsüber ständig in Sorge, wenn die Kinder außer Haus waren. Um sich abzulenken, telefonierte sie regelmäßig mit Fritz' Frau. Dorothea ging es ähnlich wie ihr und irgendwann gestanden sich beide Frauen ein, dass ihnen ihre alte Arbeit fehlte.

»Als Fritz noch hier war, war es ganz anders«, sagte Dorothea. »Er hat immer so viel von den OPs erzählt, sodass ich das Gefühl hatte, noch dabei zu sein und zu wissen, was die alten Kollegen machen. Jetzt fühle ich mich doppelt abgeschnitten.

Ich kümmere mich um den Haushalt und die Kinder, aber das allein füllt mich nicht aus.«

Paula seufzte. »Mir geht es genauso.«

»Vielleicht könnten wir uns ehrenamtlich für ein paar Stunden in der Woche irgendwo nützlich machen«, schlug Dorothea vor. »Damit würden wir uns nicht zu viele Pflichten auferlegen, könnten aber etwas Sinnvolles außerhalb unserer eigenen vier Wände tun.«

»Das ist ein guter Gedanke«, bestätigte Paula. »Hast du eine Idee, wo wir helfen könnten?«

»Ich werde mich darum kümmern«, versprach Dorothea. Im Hintergrund klingelte es und Rudi bellte. »Das ist Henriette, ich muss Schluss machen. Ich melde mich wieder, wenn ich weiß, wo wir gebraucht werden.«

»Ich danke dir. Auf Wiederhören, Doro.«

Immerhin ein kleiner Lichtblick. Der zweite Lichtblick zeigte sich bereits eine Stunde später, als die Post ausgeliefert wurde. Endlich kam der erste, lang ersehnte Brief von Richard. Dem Datum nach war er trotz des bevorzugten Transports der Feldpost zehn Tage lang unterwegs gewesen. Hastig riss sie ihn auf.

Meine liebste Paula, las sie und spürte zugleich, wie ihr Herz schneller schlug. Obwohl sie seit mehr als zwölf Jahren verheiratet waren, fühlte sie sich immer noch wie ein frisch verliebter Backfisch, wenn er sie so nannte.

> *Wir sind gut in Tripolis angekommen. Die Bahnfahrt nach Italien verlief ohne Zwischenfälle und wir hatten sogar das Glück, als Sanitätsoffiziere in einem eigenen Abteilwagen zu fahren. In Brindisi schifften wir uns nach Tripolis ein. Ich hatte leider keine Gelegenheit, Fotos zu machen, weil wir im*

Dunkeln ankamen. Die See war ziemlich unruhig und die Seekrankheit weit verbreitet. Fritz und ich sind unbeschadet davongekommen, aber wir haben die Überfahrt lieber unter Deck verbracht, nachdem wir feststellen mussten, dass man auf dem Oberdeck Gefahr lief, im Erbrochenen derer auszurutschen, die es nicht mehr bis zur Reling schafften.

Tripolis ist eine wunderbare Stadt, in der sich der Charme des Orients mit altrömischer Kultur und dem Flair Italiens mischt. Wusstest Du, dass ein Drittel der Einwohner von Tripolis Italiener sind? Man könnte fast denken, man wäre in einer europäischen Stadt. Die Italiener haben in den Zwanzigerjahren eine wunderschöne Kathedrale erbaut, die den Namen Santa Maria degli Angeli trägt. Ich habe Dir ein Foto beigelegt, damit Du einen Eindruck davon bekommst, wie italienisch diese Stadt ist. Vom Krieg bemerken wir hier kaum etwas. Wie Fritz versprochen hat, sind wir im Hauptlazarett eingesetzt und haben die Aufgabe, die Patienten aus den Feldlazaretten zu übernehmen und entweder ihre Diensttauglichkeit wiederherzustellen oder sie zur weiteren Genesung in die Heimat zurückzuschicken. Das Hauptlazarett ist sehr gut ausgestattet, wir haben zwei OPs, eine Röntgenabteilung, eine zahnärztliche Abteilung und eine Apotheke. Fritz hat mich offiziell zwar den Chirurgen zugeteilt, weil wir hier keine psychiatrische Station haben, aber zu jeder Einheit gehören auch drei Irrenpfleger und unsere drei sind schon etwas ganz Besonderes. Walter ist der Ranghöchste. Als er erfuhr, dass ich von Haus aus Psychiater bin, meinte er, als anständiger Deutscher verwende man keine Fremdworte, das heiße Irrenarzt. Ich konterte, dass nur jemand Irrenarzt sagen würde, der das Wort Psychiater nicht aussprechen könne, und es sei also ein diagnostisches Hilfsmittel, um den Grad der Intelligenz seines Gegenübers zu überprüfen. Walter schaute mich irritiert an, während die beiden anderen, Bert und Wolfgang, in lautes Lachen ausbrachen und meinten, das würde vieles erklären. Zu meiner Überraschung stimmte Walter in das Gelächter mit ein und klopfte mir anerkennend auf die Schulter. Seitdem hat er das Wort Irrenarzt in meiner Gegenwart nicht mehr verwendet und macht sich einen Spaß daraus, seine eigene Berufsgruppe nicht mehr Irrenpfleger, sondern Psychiatriepfleger zu nennen. Ich habe ihm daraufhin eine hohe Intelligenz bescheinigt. Walter ist außerdem ein Unikum, wenn es darum geht, etwas zu organisieren. Der kann die unmöglichsten Dinge besorgen. So hat er beispielsweise einen Schuhmacher an der Hand, der zu einem günstigen Preis und ganz ohne Bezugsschein Maßschuhe anfertigt. Fritz und ich werden dem Mann demnächst mal einen Besuch abstatten, schließlich muss man die Gelegenheiten nutzen, die man bekommt. Falls er auch in der Lage ist, ohne direkte Anprobe Schuhe für Frauen und Kinder herzustellen, lass ich Dich in einem meiner nächsten Briefe wissen, welche Maße ich von Euch brauche, dann kann ich Euch bei meinem ersten Heimaturlaub, von dem ich allerdings noch nicht weiß, wann ich ihn bekommen werde, mit neuen Schuhen versorgen. Und richte Emilia bitte aus, dass ich die Lichtschutzsalbe bislang noch nicht gebraucht habe, denn im März wird es hier nur selten wärmer als 20 Grad. Außerdem sind wir tagsüber fast nur im Lazarett, und da es hier mehr chirurgische Fälle gibt als psychiatrische, stehe ich oft mit Fritz im OP. Zum Glück gleicht er meine mangelnde Erfahrung mehr als aus, ich muss lediglich die Haken halten und ihm assistieren, und so ist bislang noch niemandem aufgefallen, dass ich zuletzt 1929 operiert habe. Ein häufiges Problem sind Durchfallerkrankungen, deshalb sind Kohletabletten das Medikament, das ich derzeit am meisten verordne. Fritz und ich sind davon bisher zum Glück verschont geblieben. Fritz meint, das liege daran, dass Walter uns jeden Abend mit Bier versorgt, denn das desinfiziere angeblich den Magen. Ob das medizinisch haltbar ist, wage ich zu bezweifeln. Ich glaube vielmehr, es liegt daran, dass wir grundsätzlich nur abgekochtes Wasser verwenden. Aber es ist eine gute Ausrede. Wenn wir abends nach Dienstende auf der Terrasse vor dem Lazarett sitzen, jeder mit einem Bier in der Hand, und dabei den Sonnenuntergang hinter den Palmen beobachten, könnte man fast denken, wir sind im Urlaub.

Sag den Kindern, dass ich sie liebe, und drück sie in meinem Namen fest an dich.

In Liebe, Dein Richard

Ein tiefer, sehnsuchtsvoller Seufzer entrang sich Paulas Brust, nachdem sie den Brief gelesen und das gestochen scharfe Schwarz-Weiß-Foto der großen Kathedrale vor dem Stadtpanorama betrachtet hatte, das er ihr beigelegt hatte. Paula erinnerte sich noch gut daran, wie er vor zwei Jahren lange überlegt hatte, ob er sich die teure Leica III, mit der auch professionelle Fotografen arbeiteten, leisten sollte, oder lieber das günstigere Vorgängermodell. Als er sich schließlich dazu durchgerungen hatte, freute er sich wochenlang wie ein Kind über seinen neuen Fotoapparat und nichts war vor seiner Linse sicher. Vermutlich würde er zu seinem ersten Heimaturlaub nicht nur mit einem Sack voller neuer Schuhe kommen, sondern auch mit drei neuen Fotoalben, die sämtliche Sehenswürdigkeiten von Tripolis enthielten. Der Gedanke hatte etwas Tröstliches, denn so würde sie an dem teilhaben können, was er erlebt hatte.

Sie las den Brief noch mehrere Male, ehe sie sich hinsetzte, um ihm einen mindestens ebenso langen, warmherzigen Brief zu schreiben, auch wenn sie selbst nichts Besonderes erlebt hatte, sondern ihm nur die kleinen Geschichten des Alltags mit den Kindern schildern konnte. Aber genau danach sehnte er sich und sie war bereit, ihm so viel wie möglich davon zu geben. Seinen Brief verwahrte sie danach in der Tasche mit den Fotoalben und Dokumenten, denn dieser war von nun an eine genauso wichtige Erinnerung wie jedes einzelne Foto in den Fotoalben.

Ein paar Tage später meldete sich Dorothea wieder.

»Ich habe eine Möglichkeit gefunden, wie wir ehrenamtlich tätig werden können, ohne dass es unter die Aufsicht der Volkswohlfahrt fällt«, sagte sie, denn sie wusste, wie wenig Paula von der Volkswohlfahrt hielt, seit die ein rein nationalsozialistischer Verein geworden war. »In der Finkenau gibt es immer mehr junge Mütter, die ihr erstes Kind bekommen, aber ganz auf sich allein gestellt sind, weil ihre Männer an der Front kämpfen. Nicht alle von denen wollen eine Familienhelferin der NSV. Schwester Mathilde hat vorgeschlagen, dass sie uns die Kontakte zu diesen Frauen vermittelt und wir uns dann um sie kümmern können, wenn sie Unterstützung bei der Versorgung des Säuglings brauchen und Fragen haben.«

»Das ist eine sehr gute Idee«, bestätigte Paula. Sie erinnerte sich noch gut an ihre Doktorarbeit in der Frauenklinik, als sie viel mit jungen Müttern gearbeitet hatte. »Wann fangen wir an?«

»Wenn du magst, können wir schon morgen in die Finkenau kommen und zwei junge Mütter mit ihren Säuglingen kennenlernen.«

»Das machen wir«, sagte Paula. »Ich freu mich darauf.«

»Ich werde Harri und Rudi solange bei meiner Mutter lassen, dann sind wir ganz ungestört. Ach ja, und ich habe jetzt auch endlich einen Brief von Fritz bekommen.«

»Und was schreibt er?«

»Dass er an einer neuen Operationsmethode arbeitet, die den Sicherheitsabstand zum gesunden Gewebe bei Amputationen reduziert, sodass er in bestimmten Fällen nicht mehr am Oberschenkel amputieren muss, sondern bereits am Kniegelenk exartikulieren kann. Er hat mir sogar ausführliche Zeichnungen geschickt und die Hautlappenplastik beschrieben, mit der er einen belastungsfähigen Stumpf für eine weitere prothetische Versorgung herstellen will.« Dorothea lachte. »So ist mein Fritz. Seine Arbeit ist sein Leben und er genießt es, mit einer ehemaligen OP-Schwester verheiratet zu sein, die seine Denkweise sofort nachvollziehen kann. Und ich muss gestehen, ich schätze es auch viel mehr, wenn er mich auf diese

Weise ernst nimmt, als wenn er mir schmalzige Liebesbriefe schicken würde.«

»Wir haben wirklich Glück mit den beiden, nicht wahr? Dass sie uns als gleichwertige Partnerinnen wahrnehmen, mit denen sie wirklich teilen, was sie bewegt«, meinte Paula.

»Ja«, bestätigte Dorothea. »Und deshalb vermisse ich Fritz ja auch so sehr.«

38. Kapitel

»Ihr seid ja verrückt!«, rief Richard und wusste nicht, ob er sich freuen oder vor Scham im Erdboden versinken sollte. Der Aufenthaltsraum des medizinischen Personals war mit einem großen Spruchband geschmückt, auf dem stand: *Afrika, 23. Juli 1941, Doktor Hellmers 40. Geburtstag.*

Die Tische waren zu einer langen Tafel umgeräumt worden, darauf befand sich ein großer Kuchen, der ebenfalls mit der Zahl Vierzig aus Zuckerguss verziert war.

Walter gratulierte Richard als Erster. »Herzlichen Glückwunsch, Herr Doktor.« Dann folgten die anderen Kollegen, nur Fritz war nicht dabei, was Richard wunderte, denn er war sich sicher, dass sein bester Freund der Urheber dieser Aktion war.

Doch noch während er sich fragte, wo Fritz wohl war, erschien der in Begleitung der beiden Regimentsmusiker Fieten und Max, die zugleich als Hilfskrankenträger arbeiteten. Außerdem hatte Fritz Richards Kamera aus ihrer gemeinsamen Stube mitgebracht.

»Herzlichen Glückwunsch, mein lieber Richard!« Fritz schüttelte ihm die Hand. »Du hast doch nicht im Ernst geglaubt, dass wir deinen vierzigsten Geburtstag einfach so verstreichen lassen, wenn du ihn schon fern der Heimat feiern musst, oder?«

»Eigentlich habe ich es gehofft«, gestand Richard verlegen.

»Von wegen. Und jetzt gibt es das Ständchen fürs Geburtstagskind. Fieten, Max, euer Part, und alle anderen singen mit.«

Das Gefühl aus Rührung und Verlegenheit wurde beinahe unerträglich, als die beiden Musiker *Zum Geburtstag viel Glück* anstimmten und elf Männerkehlen wenig melodisch mitsangen.

»Und jetzt bitte alle hinter die Tafel mit dem Kuchen und vor dem Spruchband aufstellen, das Geburtstagskind bitte in die Mitte. Die Daheimgebliebenen wollen doch ein Foto, nicht wahr?«, sagte Fritz, nachdem die Gesangsdarbietung ihr Ende gefunden hatte.

»Dann musst du aber mit aufs Bild, Fritz.«

»Gut, aber wer soll dann das Foto machen?«

»Die Kamera hat einen Selbstauslöser«, erklärte Richard. »Ich brauche nur einen festen Untergrund in der richtigen Höhe, auf dem ich sie abstellen kann.«

»Na, das kriegen wir doch hin«, meinte Walter. »Nehmen wir einen von den Tischen und stellen einen Stuhl drauf.«

Kurz darauf war die Tafel zwar etwas verkürzt, aber dafür stand die Kamera in der richtigen Höhe und im passenden Winkel. Richard stellte den Selbstauslöser ein, dann eilte er auf seine Position in der Mitte zwischen Walter und Fritz vor dem großen Spruchband.

Anschließend wurde der Kuchen angeschnitten.

»Der Kuchen ist wirklich köstlich«, lobte Richard. »Wer hat ihn gebacken?«

»Ich hatte noch was gut bei unserem Küchenbullen«, erklärte Walter und grinste. »Und für das Mehl haben wir alle ein bisschen von unseren Rationen zusammengelegt.«

Richard war ergriffen, weil er an die gegenwärtige Versorgungslage dachte. Auch wenn kaum einer darüber sprach, so hatten sie derzeit arge Probleme mit dem Nachschub an Lebensmitteln. Der Generalstab plante deshalb eine Offensive zur Einnahme von Tobruk, das mit seinem großen Hafen die weiteren Lieferungen aus Italien sicherstellen sollte.

»Und hast du Neuigkeiten aus der Heimat?«, fragte Fritz.

»Nein«, sagte Richard. »Die Feldpost ist im Augenblick anscheinend genauso langsam wie unsere Versorgungsschiffe.«

»Na ja, der Tag ist ja noch nicht vorbei«, meinte Fritz. »Vielleicht kommt heute Nachmittag noch ein Konvoi. Aber für den Abend habe ich schon Pläne, die dir bestimmt gefallen werden.«

»So? Welche denn?«

»Ein bisschen Orient in einer italienischen Kolonie in Afrika.« Fritz grinste. »Nimm deine Kamera mit, das wird sich lohnen.« Mehr verriet er nicht.

Nachdem die kleine Feier am frühen Nachmittag vorüber war, standen noch drei Operationen an. Der Vorteil im Hauptlazarett bestand darin, dass die lebensrettenden Notoperationen bereits im Feldlazarett, das näher an der Frontlinie lag, durchgeführt wurden. Deshalb waren die Männer, die im Hauptlazarett eintrafen, so weit stabilisiert, dass man die Operationen zeitlich planen konnte. Ein häufiges Problem bestand in den Wundinfektionen, die viel zu oft eine Amputation unumgänglich machten. Fritz versuchte zusammen mit dem Internisten Doktor Buchwald, durch eine frühzeitige antibiotische Behandlung mit Sulfonamiden zunächst die Infektion zu bekämpfen und erst danach zu operieren, um die Notwendigkeit der Amputationen zu verringern. Leider kamen viele Männer in bereits derart geschwächtem Zustand an, dass sich die Infektion trotz der Antibiotika nicht ausreichend eindämmen ließ.

Auch an diesem Tag mussten sie bei zwei der drei Männer amputieren.

»Angeblich haben die Briten ein ganz neues Antibiotikum«, erzählte Fritz, während er eine Hautlappenplastik über dem Kniestumpf ihres letzten Patienten vernähte. »Es ist aber sehr teuer und nur schwer zu gewinnen. Als ich 1937 zum Kongress in London war, gab es darüber einen sehr interessanten

Vortrag. Dieses neue Antibiotikum heißt Penicillin, aber es war damals noch so kompliziert herzustellen, dass sie es sogar aus dem Urin der Behandelten zurückgewonnen haben. Falls sie das inzwischen in großem Stil herstellen können, hätten sie uns gegenüber einen riesigen Vorteil in der Versorgung ihrer Verwundeten.«

»Und warum arbeiten unsere Chemiker nicht daran?«, fragte Richard.

»Doktor Buchwald sagt, dass man sich auf unserer Seite lieber auf die Massenproduktion von Sulfonamiden verlässt, weil noch nicht endgültig erwiesen ist, ob Penicillin tatsächlich überlegen ist. Und da eine industrielle Herstellung bislang nicht möglich ist, sei es nicht kriegsentscheidend.« Er seufzte. »Weißt du, das hasse ich am Krieg neben all diesem Töten und Bombardieren am meisten. Dass man sich nicht mehr international mit Fachkollegen zum Wohl aller austauschen kann. Ich meine, die britische Luftwaffe möchte ich am liebsten komplett abschießen, aber ich habe während der paar Male, die ich in London war, sehr viele nette englische Kollegen kennengelernt, und es war immer ein sehr fruchtbarer beiderseitiger Austausch.«

Als sie aus dem OP kamen, war es bereits dunkel, aber Fritz meinte, das sei genau die richtige Zeit für seine Überraschung.

»Ich habe uns Urlaubsscheine bis morgen früh um sieben Uhr besorgt«, sagte er zu Richard. »Also wirf dich in Schale und nimm deine Kamera mit.«

Ihr Ziel war eine Bar, in der sich italienischer und orientalischer Einfluss mischten und deren Hauptattraktion der Auftritt leicht bekleideter Bauchtänzerinnen war.

Man konnte sowohl an Tischen sitzen als auch auf Diwanen liegen und dabei Wasserpfeife rauchen.

»Wollen wir die Wasserpfeife ausprobieren?«, fragte Fritz.

Richard zögerte, er hatte nie Geschmack an Zigarren oder Zigaretten gefunden, während Fritz sich ab und an gern eine Zigarre genehmigte.

»Ich beschränke mich aufs Zusehen«, erwiderte er schließlich. »Du kannst mir ja sagen, ob ich etwas verpasst habe.«

»Dann machst du dafür ein paar schöne Fotos von den Tänzerinnen. Das Trinkgeld dafür übernehme ich heute.«

Fritz hatte nicht zu viel versprochen, was die Darbietung der Tänzerinnen anging. So etwas kannten sie sonst nur aus Spielfilmen, aber es mit echter einheimischer Musik und zwei ausgebildeten Tänzerinnen anstelle von Schauspielerinnen zu erleben, war etwas ganz Besonderes. Die Kostüme waren mit zahlreichen Pailletten bestickt und erinnerten Richard an die zweiteiligen Badeanzüge, die seit einigen Jahren modern waren. Selbst Paula hatte sich im Sommer vor Kriegsbeginn einen solchen Zweiteiler, der den Bauch unbedeckt ließ, gekauft. Er war smaragdgrün und verwandelte sie in seinen Augen in eine geheimnisvolle Meeresgöttin, wenn sie dazu ihr langes, dunkelblondes Haar offen trug.

Eine der Tänzerinnen näherte sich den Diwanen, auf denen sich Richard und Fritz niedergelassen hatten, und wackelte herausfordernd mit den Hüften. Einige Männer im Hintergrund johlten, während Richard die Vorstellung mit dem gleichen Interesse wie eine Varietédarbietung betrachtete, ohne sich von der Frau selbst angesprochen zu fühlen. Anscheinend merkte die Tänzerin, dass sie auf Richard nicht den gewünschten Reiz ausübte, und wandte sich Fritz zu, der jedoch ähnlich wie Richard reagierte und lieber einen kräftigen Zug aus der Wasserpfeife nahm. Richard hatte das Gefühl, einen leicht enttäuschten Zug im Gesicht der Frau wahrzunehmen.

Da die Lichtverhältnisse es nicht zuließen, dass Richard direkt während der Tänze fotografierte, kamen die Tänzerinnen nach der Vorstellung doch noch zu ihrer verdienten Aufmerksamkeit und einem entsprechenden Trinkgeld, wenngleich sie überrascht wirkten, dass Richard sie lediglich fotografieren wollte. Aber Richard hatte auch den Eindruck, dass sich das aufgesetzte Lächeln der Frauen dadurch in ein echtes Lachen verwandelte. Sie stellten bereitwillig die verschiedenen Positionen ihrer Tanzdarbietungen nach, um sich ablichten zu lassen. Als Richard ihnen in einer Mischung aus deutschen und lateinischen Worten, die ein bisschen an das Italienische erinnerten, das die beiden Tänzerinnen gebrochen sprachen, erklärte, dass er die Fotos seiner Frau und seinen Kindern zeigen wollte, zogen sie so irritierte Gesichter, dass Fritz in lautes Gelächter ausbrach.

»Tja«, sagte er, »die meisten Männer kämen wohl nicht auf den Gedanken, ihren Familien zu erzählen, dass sie hier waren.«

»Und du?«, fragte Richard zurück.

»Ich? Na, ich hätte auch gern ein paar Abzüge von den Fotos, um sie Dorothea und den Kindern zu zeigen. Ich bin ein ebenso treuer Familienvater wie du.«

Sie blieben noch eine Weile in dem Lokal und sahen einem Mann mit Turban zu, der nach den Tänzerinnen auftrat und mit brennenden Fackeln jonglierte. Während Richard sich mit dem Bier begnügte, das hier ausgeschenkt wurde, zog Fritz bereits an der dritten Wasserpfeife.

»Und wie war die Wasserpfeife?«, fragte Richard, als sie sich weit nach Mitternacht auf den Weg zurück in ihr Quartier machten.

»Ich fürchte, mir ist schlecht. Das Zeugs steigt mehr zu Kopf als eine Flasche Rotwein.«

»Es geht eben nichts über ein anständiges deutsches Bier.« Richard grinste. »Soll ich dir eine Spuckschüssel holen?«

»Untersteh dich, so schlimm ist es noch nicht.«

Am folgenden Tag traf endlich der lang ersehnte Versorgungskonvoi ein, der neben dem dringend benötigten Lebensmittelnachschub auch die Feldpost brachte.

Richard bekam gleich ein größeres Päckchen, in dem er nicht nur eine aktuelle gerahmte Fotografie von Paula und den Kindern fand, sondern in einem unscheinbaren Schutzeinband auch eine Ausgabe von Stefan Zweigs Biografie der französischen Königin Marie Antoinette. Als er das Buch auspackte, musste er unwillkürlich lächeln. Paula hatte ihm von jeher gern Bücher von Stefan Zweig geschenkt, weil sie wusste, wie sehr er diesen Autor schätzte. Er fragte sich, wie sie wohl an diesen Band gekommen war. Seit die Nazis Zweig verfemt und seine Bücher öffentlich verbrannt hatten, waren seine Werke eigentlich nicht mehr erhältlich. Vermutlich war Paula in ihrem Lieblingsantiquariat fündig geworden, das für besondere Kunden ebenso besondere Bücher unter der Ladentheke weiterreichte. Eine warme Welle der Liebe und Zuneigung durchflutete ihn. Seine Frau versorgte ihn nicht nur mit angenehmem Lesestoff, sondern setzte damit zugleich ein Zeichen gegen die Gesinnungsdiktatur der Nazis. Neben den Geschenken fand er auch Briefe von seinen Kindern und einen sehr langen von Paula.

> *Mein geliebter Richard,*
> *es vergeht kein Tag, an dem wir Dich nicht vermissen, auch wenn die Kinder tapfer sind und es sich nicht anmerken lassen wollen. Besonders schwer wird es für uns an Deinem Geburtstag werden und wir hoffen, dass Dich unsere guten Wünsche rechtzeitig erreichen. Hier ist inzwischen der Sommer eingezogen, und auch wenn es nicht so heiß wie bei Euch in Afrika ist, herrschen zuweilen Temperaturen, bei denen ich es bedaure, dass unsere spontanen Fahrten an die Ostsee auf lange Zeit vorüber*

sind. Gewiss, ich könnte mit den Kindern allein dorthin fahren, aber ich habe das Auto lieber bei Deinem Vater in der Garage untergestellt, denn ich hätte bei den ständigen Fliegerangriffen kein ruhiges Gefühl, in die Sommerfrische zu fahren. Stattdessen verbringen wir den Sommer im Schrebergarten Deiner Eltern in Moorfleet. Hier sind die Kinder glücklich und baden in dem kleinen Elbzufluss. Georg freut sich besonders, dass sein Freund Horst den Sommer ebenfalls im Schrebergarten seiner Großmutter verbringt. Die beiden sind so unzertrennlich, dass Emilia sich zunächst ausgeschlossen fühlte. Vor allem, weil die Jungs immer Winnetou *spielen. Horst ist Old Shatterhand, Georg Winnetou. Horst meinte, das müsse so sein, weil Winnetou auch ein schweigsamer Mann ist, während Old Shatterhand immer das Reden übernimmt. Emilia wollte aber nicht Nscho-tschi sein, weil die stirbt. Zum Glück hatte Dein Vater als begeisterter Karl-May-Leser die perfekte Lösung für Emilia. Er sagte ihr, sie solle Kolma Puschi aus* Old Surehand *sein, die Frau, die wie ein Mann lebt und kämpft. Dagegen konnten Horst und Georg nichts mehr sagen und ich fürchte, die Abenteuer von Winnetou und Old Shatterhand müssen bald umgeschrieben werden, da die zwei nun unter der Fuchtel von Kolma Puschi stehen.*

Neben all den lustigen Begebenheiten gibt es jedoch auch ernste Dinge. So tauchte eine Gesundheitsfürsorgerin der NSV in der Schrebergartenkolonie auf und erkundigte sich gezielt nach Georg und wollte von den anderen

Kindern wissen, ob er nun tatsächlich nur schwerhörig oder komplett taub sei, da er die Taubstummenschule besucht. Zum Glück nahm sie sich Horst als Ersten vor, ohne zu ahnen, dass Horst es nicht leiden kann, von Fremden ausgefragt zu werden. Also sagte er, dass Georg ihn ganz normal verstehe, wenn sie miteinander reden. Und als sie Horst dann fragte, ob er Georg auch verstehen würde, meinte der: »Ich kann Sie doch auch verstehen. Sie fragen aber komische Sachen.«

In dem Moment kam ich zufällig dazu und fragte die Frau, was sie überhaupt wolle. Sie erklärte, sie hätte einen Hinweis darauf bekommen, dass Georg unter erblicher Taubstummheit leide und sie den Fall deshalb überprüfen solle. Ich wollte wissen, wer ihr diesen Hinweis gegeben habe, aber sie erwiderte, das dürfe sie mir nicht sagen. Ich antwortete ihr so freundlich, wie ich konnte, dass Georg durch die Komplikationen seiner Geburt schwerhörig geworden, aber seine Zwillingsschwester vollständig gesund sei, was eindeutig gegen eine Erbkrankheit spreche. Dann rieb ich ihr noch unter die Nase, dass ich Ärztin bin und ihrer Unterstützung nicht bedürfe und sie sich lieber um medizinisch weniger gebildete Menschen als uns kümmern solle. Daraufhin ist sie abgezogen. Mich ließ die Sache jedoch nicht los, und als ich mich mit den Eltern anderer Kinder aus Georgs Schule unterhielt, erfuhr ich, dass mehrere der älteren Kinder Aufforderungen zur Sterilisation erhalten haben. Besonders schrecklich ist die Geschichte von Martin Wesel, der mit seinen fünfzehn Jahren nach einem gescheiterten Prozess vor dem Erbgesundheitsgericht zur Zwangssterilisation verurteilt wurde und während der Operation verstarb. Seine Eltern sind am Boden zerstört, die Ärzte behaupten, er hätte einen unentdeckten Herzfehler gehabt und die Narkose nicht vertragen. Die Eltern versuchen nun, zumindest ein Schmerzensgeld und die Kosten für die Beerdigung zu erstreiten, aber es sieht schlecht für sie aus. Wenn ich diese Dinge höre, möchte ich laut schreien und zugleich weinen, aber ich halte es wie Du. Ich beiße die Zähne zusammen, weil weder Schreie noch Tränen etwas ändern können. Ich kann nur versuchen, unsere Kinder zu schützen und ihnen trotz der nächtlichen Bombenangriffe eine lebenswerte Kindheit zu schaffen. Und es gibt sie, die schönen Kleinigkeiten. Einer unserer Nachbarn in der Schrebergartenkolonie hat ein Kanu und das leiht er den Kindern regelmäßig. Georg und Horst sagen dann immer, sie sind jetzt die Waldindianer wie bei Lederstrumpf, *wenn sie stundenlang durch die kleinen Gräben paddeln. Emilia bleibt lieber Kolma Puschi, denn bei James Fenimore Cooper gibt es keine so starke Frauenfigur wie bei Karl May, aber das mindert nicht ihre Freude an diesen Ausfahrten.*

Wenn es in den Nächten Fliegeralarm gibt, fühlen wir uns im Schrebergarten recht sicher, denn vor den Toren Hamburgs und weitab von jeder Industrie sind wir als Ziel völlig uninteressant. Seit Georg mit Dir gemeinsam den Fliegerangriff unter freiem Himmel erlebt hat, schaut er nachts, wenn die Bomber kommen, gern aus dem Fenster der Schreberbude, und Emilia tut es ihm gleich. Sie fiebern dann immer mit, ob die Flakscheinwerfer den Feind erfassen und abschießen. Zum Glück sind sie noch zu klein, um als Flakhelfer infrage zu kommen, aber ich bin mir sehr sicher, dass die beiden sich sofort freiwillig melden würden, wenn sie es dürften. Als ich meinte, das sei sehr gefährlich, sagte Emilia, dass es ihr lieber sei, selbst etwas tun zu können, als einfach nur darauf zu warten, Bomben auf den Kopf zu kriegen. In dem Moment habe ich darin ganz ihren Vater erkannt. Sie ist Dir so ähnlich, Richard, dass ich manchmal denke, sie ist der Junge. Georg hat eher die mädchenhaften, zurückhaltenden Anteile. Ja, ich weiß, was Du jetzt denkst. Mädchenhaft zurückhaltende Anteile hätte sie nicht einmal von mir erben können. Und ja, ich würde auch lieber handeln und etwas tun, anstatt zu warten, dass andere es regeln. Doch das Einzige, was ich neben meiner Fürsorge für die Kinder tun kann, ist die Betreuung von jungen Müttern, die ihr erstes Kind bekommen haben, aber allein sind, da ihre Männer an der Front kämpfen. Es war Dorotheas Idee und sie blüht darin auf, wieder ein wenig wie eine Krankenschwester arbeiten zu können, denn sie vermisst Fritz und die gemeinsamen Gespräche mindestens ebenso sehr wie ich Dich.

Ich hoffe, Du bekommst bald Heimaturlaub, wir sehnen uns alle so sehr nach Dir.

Deine Dich liebende Paula

Während er diesen Brief las, durchlebte Richard alle möglichen Gefühle. Er empfand Liebe und Rührung, machte sich aber auch große Sorgen wegen des Besuchs der Gesundheitsfürsorgerin. Sofort hatte er Krüger in Verdacht, denn niemandem sonst konnte daran gelegen sein, Georgs Atteste anzuzweifeln. Zwar hatte Paula die Gefahr gut abgewehrt, aber er befürchtete, dass Krüger seine Familie weiterhin mit seiner Rachsucht verfolgen könnte, weil Richard es gewagt hatte, ihn vor den Augen der Aufsichtskommission zu beschuldigen. Allerdings hatte er angenommen, dass Krüger sich mit der Zerstörung seiner Karriere und seiner Versetzung an die Front zufriedengeben würde. Er hätte nicht gedacht, dass Krüger nicht einmal vor der Denunziation seines Sohnes haltmachen würde. Andererseits – ein Mann, der bereit war, Kranke in den Tod zu schicken, der kannte keine Skrupel. Und noch während Richard sich darüber bewusst wurde, fragte er sich, ob es weiterhin richtig war, auf den Endsieg zu hoffen wie alle seine Kameraden. Er liebte sein Vaterland und seine Heimat, aber wenn sie siegten, würde das eine Regierung, die er zutiefst verachtete und die für ihn und seine Familie zu einer schwelenden Bedrohung geworden war, dauerhaft festigen. Andererseits wollte er nicht noch einmal eine derart demütigende Zeit wie nach dem verlorenen Weltkrieg erleben. Wie er es auch drehte und wendete, er würde immer als Verlierer aus diesem Krieg hervorgehen, wie der auch ausgehen mochte.

39. Kapitel

»Sie wissen, dass ich Ihre Besuche schätze, meine liebe Frau Hellmer, aber Sie sollten vorsichtig sein. In diesem Haus haben die Wände nicht nur Ohren, sondern auch Augen.« Doktor Stamm seufzte. »Meine arischen Nachbarn beobachten stets, wer sich hier einfindet, und scheuen sich nicht, die Besucher zu denunzieren.«

»Mag sein«, meinte Paula. »Aber davon lasse ich mich nicht abschrecken. Die *Nürnberger Gesetze* verbieten bislang noch keine Besuche von Ariern bei Juden. Und mehr als ein freundschaftlicher Besuch ist es ja nicht. Und ich wüsste auch nicht, dass die Gesetze es untersagen, einen selbst gebackenen Kuchen mitzubringen.« Sie stellte ihren Korb auf den Tisch und holte den Apfelkuchen hervor.

»Das wäre doch wirklich nicht nötig gewesen«, wehrte Doktor Stamm ab, aber Paula sah die Rührung in seinen Augen.

»Oh doch, unsere Nachbarn im Schrebergarten haben uns mit Äpfeln regelrecht erschlagen und die mussten ja verbraucht werden, nicht wahr?« Sie versuchte gegen die düstere Stimmung anzulächeln, doch es gelang ihr kaum. Es fühlte sich an, als hätte sich die depressive Verzweiflung in allen Ritzen der Wohnung festgesetzt.

»Vielen Dank«, sagte Doktor Stamm. »Vielleicht ist es sogar ein angemessenes Abschiedsgeschenk, die letzten Früchte des Sommers in einem Kuchen zu genießen.«

»Abschiedsgeschenk?«, fragte Paula. »Haben Sie sich doch dazu entschieden, Deutschland zu verlassen?«

»Wir Nicht-Arier entscheiden doch schon längst nichts mehr.« Er seufzte. »Nein, ich habe mich nicht dazu entschieden, aber wir sollen uns im Oktober zur sogenannten Umsiedlung melden.«

»Zur Umsiedlung?« Paula starrte ihn fassungslos an. »Und wohin sollen Sie umgesiedelt werden?«

Der alte Arzt zuckte mit den Schultern. »Ich weiß es nicht, irgendwo in die neuen Ostgebiete. Wir haben schon eine Liste bekommen, was wir alles mitnehmen dürfen. Viel ist es nicht, ein Koffer pro Person und eine begrenzte Menge an Bargeld.«

Paula schluckte. »Und ... und was wird aus Ihrer Wohnung, Ihren Möbeln und allem anderen?«

»Vermutlich eine unfreiwillige Unterstützung der deutschen Kriegswirtschaft oder der NSDAP.«

Paula fehlten die Worte. Alles in ihrer Seele schrie, dass so etwas nicht möglich sei, dass es Unrecht war, dass es in einem zivilisierten Land wie Deutschland nicht passieren konnte, aber zugleich wusste sie, dass sie sich selbst belügen würde.

»Ich habe Ihnen nie erzählt, warum mein Mann tatsächlich an der Front ist«, sagte sie. »Er wurde entlassen, weil er etwas Ungeheuerliches aufgedeckt hat und dagegen ankämpfte.«

»Was deckte er auf?« Für einen Augenblick kehrte das alte Interesse in die müden Augen des ehemaligen Kinderarztes zurück. Und so begann Paula, von Richards Kampf zu erzählen, von den Zwangssterilisationen bis zu den Verlegungen der Kranken und ihrer gezielten Tötung.

»Früher dachte ich immer, wir wären ein zivilisiertes Land«, schloss sie ihre Erzählung. »Und eigentlich möchte ich das noch immer glauben. Aber ganz gleich, was wir sind, die derzeitige Regierung ist es nicht. Das ist eine Bande von Mördern und Sadisten und sie ziehen genau solche Leute an. Vor Hitlers Machtergreifung war Richard ein angesehener Psychiater und geschätzter Gutachter, und der Mann, der ihn letztlich entlassen hat, wäre bei seinem ablehnenden Verhalten gegenüber den Kranken vermutlich niemals Oberarzt geworden. Dann rückte er auf die Oberarztposition eines entlassenen jüdischen Kollegen nach, wurde Parteimitglied und Richards Vorgesetzter. Hätte Richard nach seiner Entlassung nicht die Unterstützung seines besten Freundes und eines renommierten Chirurgieprofessors gehabt, wäre er jetzt vermutlich nicht als geachteter Sanitätsoffizier in Afrika, sondern als Hilfsarzt in einem Strafbataillon an der Ostfront.« Sie schluckte schwer. »Gibt es denn keine Möglichkeit, dass Sie dieser Deportation entkommen können, Doktor Stamm?«

Er sah sie mit gütigen und doch so müden Augen an, legte ihr tröstend die rechte Hand auf die Schulter und sagte: »Doch, meine Liebe, es gibt einen Weg, und den werden wir beschreiten, wenn es so weit ist.«

In seinen Worten lag trotz seiner Traurigkeit so viel Ruhe und Gelassenheit, dass Paula sich getröstet fühlte und beruhigt nach Hause fuhr.

Zwei Wochen später hörte sie, dass Doktor Stamm verstorben sei. Über die genauen Umstände erfuhr sie jedoch nichts. Einige Nachbarn tuschelten, er und seine Frau hätten sich umgebracht, um der drohenden Deportation zu entgehen. Andere wiederum behaupteten, der alte Arzt hätte einen Schlaganfall erlitten und sei an einer Gehirnblutung verstorben, nachdem seine Frau kurz zuvor einer Lungenentzündung erlegen war. Doch ganz gleich, wen Paula auch fragte, niemand konnte ihr mit

Sicherheit sagen, was wirklich passiert war, und in ihr wuchs die Angst, dass er tatsächlich Selbstmord begangen hatte, weil er das Schlimmste befürchtete. Aber was war das Schlimmste? Die Umsiedlung und vollständige Entwurzelung? Oder der Verdacht, dass die jüdischen Mitbürger das gleiche Schicksal wie die Kranken ereilen könnte? Bei dem Gedanken daran lief Paula ein eiskalter Schauer über den Rücken und sie wünschte sich, Richard wäre da und sie würde mit ihm über ihre Ängste sprechen können. Der Feldpost mochte sie derartige Überlegungen nicht anvertrauen.

Und so blieb der Oktober 1941 für immer einer der düstersten Monate in Paulas Leben.

Weihnachten 1941 bekam Fritz Heimaturlaub und überbrachte Paula und den Kindern Geschenke von Richard, darunter die versprochenen Schuhe.

Es war Fritz sichtlich unangenehm, dass Richard die Feiertage an der Front verbrachte und erst im Januar zum Heimaturlaub kommen würde.

»Wir hatten keine Möglichkeit, beide gleichzeitig Urlaub zu nehmen«, erklärte er Paula verlegen. »Ich habe Richard vorgeschlagen zu losen, aber er verlangte, dass ich über Weihnachten nach Hause zu den Kindern fahre, weil er ja nur durch meine Fürsprache in unser Sanitätsbataillon gekommen sei, und außerdem seien Henriette und Harri noch jünger als Emilia und Georg. Dafür kommt er dann am 4. Januar, wenn ich wieder an der Front bin.«

»Du musst dich nicht rechtfertigen, Fritz«, entgegnete Paula. »Richard hat völlig richtig gehandelt, ganz unabhängig davon, dass du ihm geholfen hast. Deine Kinder sind kleiner als unsere und sie brauchen ihren Vater in diesen Tagen. Als Emilia und Georg im Alter deiner Kinder waren, herrschte noch Frieden.«

»Na ja, als sie sieben waren, hatten wir die erste Kriegsweihnacht«, warf Fritz ein.

»Ja, aber da gab es noch keine Bombenangriffe und wir hatten alle noch ein normales Familienleben. Ich wünsche euch ein wunderschönes Weihnachtsfest. Wir werden das auch haben, denn wir verbringen die Feiertage in der Vorfreude darauf, dass Richard im Januar kommt.«

»Du bist eine großartige Frau, Paula«, meinte Fritz. »Und jetzt muss ich das tun, was Richard mir aufgetragen hat. Ich soll dich einmal ganz fest für ihn drücken.« Er nahm sie in die Arme.

Sie erwiderte seine Umarmung und gab sich eine Weile dem Gefühl der Geborgenheit hin, das sie schon so lange vermisste.

»Du bist ein wunderbarer Freund, Fritz«, sagte sie. »Der beste überhaupt.«

»Jetzt machst du mich wieder verlegen.«

»Ja, das ist der Preis dafür, dass du deinen Kindern persönlich die Weihnachtsbescherung bringst«, erwiderte sie mit einem Lächeln und löste sich aus seinen Armen.

Obwohl Richard nicht dabei war, verbrachten Paula und die Kinder in der Vorfreude auf seine Heimkehr angenehme Feiertage, auch wenn er ihnen schmerzlich fehlte. Am Heiligen Abend kam Paulas Vater zu Besuch und brachte Geschenke für die Kinder mit. Georg bekam ein Spielzeuggewehr, das wie Winnetous Silberbüchse mit silbernen Nägeln beschlagen war und bei dem Jungen wahre Begeisterungsstürme hervorrief. Emilia bekam die Karl-May-Trilogie *Satan und Ischariot* geschenkt.

»Das waren immer meine Lieblingswerke«, erklärte ihr Großvater. »Der erste Band spielt in Amerika, im zweiten Band kommt Winnetou nach Dresden, um mit Old Shatterhand von Deutschland aus in den Orient zu reisen, und im dritten Band sind sie dann wieder in Amerika.«

»Winnetou war in Deutschland?«, fragte Emilia mit großen Augen.

»Ja, und auch im Orient bei den Arabern«, bestätigte Paulas Vater. »Ich glaube, sie sind in dem Buch sogar in der Gegend unterwegs, wo euer Papa gerade ist, und erleben da viele spannende Abenteuer.«

»Papa hat uns übrigens ein Foto mit echten Bauchtänzerinnen geschickt«, sagte Emilia. »Hast du das schon gesehen, Opa?«

»Nein, aber ich bin ganz gespannt.«

Und so verging der Heilige Abend nach der Bescherung mit dem Betrachten der Fotos, die Richard ihnen in fast jedem Feldpostbrief beigelegt hatte.

Paula war jedes Mal aufs Neue erstaunt, wie es Richard gelang, durch seine Fotografien den Eindruck zu vermitteln, er wäre gar nicht an der Front, sondern auf einer Forschungsreise. So hatten sie nicht nur die Bilder der Bauchtänzerinnen, sondern auch Landschaftsaufnahmen mit Palmen und Sonnenuntergängen, Männern und Frauen mit arabischen Gewändern und sogar eines, das einen Beduinen mit mehreren Kamelen zeigte.

»Na, da würde es mich ja nicht wundern, wenn euer Papa euch demnächst auch noch ein Foto von Hadschi Halef Omars Enkeln schickt«, bemerkte Paulas Vater schmunzelnd, als Georg ihm ganz begeistert das Bild mit den Kamelen zeigte. Dann sah er Paula an. »Er hätte es schlimmer treffen können. Das, was ich durch meine Patienten so von der Ostfront höre, ist erschreckend und hat kaum etwas mit der Propaganda in den Wochenschauen zu tun.«

Paula nickte. »Ja, ich weiß. Und ich werde Fritz ewig dankbar dafür sein, dass er Richard in sein Bataillon geholt hat.«

Der 4. Januar 1942 fiel auf einen Sonntag. Es herrschte Tauwetter, der Himmel war grau und regnerisch. Zum ersten Mal seit etlichen Monaten holte Paula das Auto aus der Garage ihres Schwiegervaters, um mit ihren Kindern zum Hauptbahnhof zu fahren und Richard abzuholen.

Überall am Bahnhof sah man Männer in Uniformen, die sich entweder von ihren Familien verabschiedeten oder freudig begrüßt wurden. Nur drei Männer ohne Uniform waren zu sehen und die waren bereits im Greisenalter. Zudem fiel Paula auf, dass es kaum noch männliche Schaffner gab. Die Zivilgesellschaft des Bahnhofs einschließlich all ihrer Angestellten wurde von Frauen dominiert. Unwillkürlich erinnerte sie sich daran zurück, wie schwer es ihr Ende der Zwanzigerjahre gemacht worden war, eine berufliche Anstellung zu finden, nur weil sie eine verheiratete Frau war. Mittlerweile hatte sie schon von einigen Ehefrauen gehört, die entweder keine oder bereits ältere Kinder hatten, dass sie vom Nationalsozialistischen Frauenbund zur Wiederaufnahme ihres ehemaligen Lehrberufs aufgefordert oder aber für Anlerntätigkeiten herangezogen wurden, die zuvor von Männern ausgeübt worden waren. Doch Paula erlebte dies nicht als Befreiung, sondern als Schlag ins Gesicht. Als stille Reserve waren die Frauen gut genug. Wenn die Männer im Krieg waren, dann traute man ihnen zu, alles selbst zu regeln, die Heimat am Laufen zu halten – nur um sie nach Ende des Krieges wieder aus allen Errungenschaften zu verdrängen, zurück in die untergeordnete, dienende Rolle. Sie musste an Leonie denken. Genau das hatte Leonie immer bemängelt, ja, es hatte sie sogar davon abgehalten, jemals zu heiraten. Die Briefe zwischen ihr und Leonie waren seit Kriegsbeginn seltener geworden. Post aus dem Ausland wurde misstrauisch beäugt, selbst wenn sie aus der neutralen Schweiz kam. Wenigstens war Leonie dem ganzen Grauen rechtzeitig entkommen. Paula mochte sich nicht ausmalen, wie es ihrer Freundin wohl ergangen wäre, wenn sie 1936 nicht emigriert wäre. Jetzt arbeitete sie in einer Klinik in Bern als Kinderärztin und ihr Vater betrieb zusammen mit einem Schweizer Kollegen eine Hausarztpraxis. Sie hatten ihr Auskommen und konnten sich jeden Abend, wenn sie zu Bett gingen, sicher sein, dass ihre Nachtruhe nicht durch Fliegeralarm unterbrochen werden würde.

Irgendwo ertönte die kaum verständliche Lautsprecherdurchsage, dass Richards Zug gleich auf Gleis acht einfahren würde.

»Das ist Papas Zug«, bedeutete Emilia Georg, der bereits ungeduldig von einem auf den anderen Fuß trippelte.

Der Zug rollte schnaufend in die große Bahnhofshalle ein, die Bremsen quietschten so laut, dass Emilia sich die Ohren zuhielt, während Georgs Blicke nur auf die Dampflok gerichtet waren. Als der Zug anhielt, strömten unzählige Männer in feldgrauen Uniformen aus den Waggons und überfluteten den Bahnsteig regelrecht. Während Paula sich noch fragte, wie sie Richard in diesem Gewimmel aus Uniformen finden sollten, war Emilia auf eine der Bänke geklettert.

»Emilia, du kannst doch nicht mit deinen dreckigen Schuhen auf die Sitzfläche der Bank steigen!«, schalt Paula ihre Tochter. »Der Nächste, der sich da hinsetzt, wird ja ganz schmutzig!«

Emilia kletterte unbeeindruckt weiter auf die Lehne und bemühte sich, ihre Balance zu halten, während sie ihren Blick über den Bahnhof schweifen ließ und dabei so laut sie konnte rief: »Papa! Papa, wir sind hier!« Erstaunlich viele Männer fühlten sich von der Bezeichnung »Papa« angesprochen und warfen einen kurzen Blick auf das rufende Mädchen, stellten aber schnell fest, dass sie nicht gemeint waren.

Langsam leerte sich der Bahnsteig und Emilia brüllte noch immer.

»Emilia, komm da jetzt runter«, sagte Paula.

»Aber wo ist Papa denn?«

»So, wie ich ihn kenne, hat er erst mal alle anderen aussteigen lassen, anstatt sich durch die Menschenmenge zu drängeln.«

Tatsächlich stiegen noch immer einige Männer aus, vorwiegend Offiziere, die ihre Abteile in den hinteren Waggons hatten. Paula betrachtete die Männer genauer.

»Da vorn, das ist er!«, rief sie, und dann noch lauter als vorher Emilia: »Richard! Wir sind hier!«

Emilia stimmte sofort ein und winkte heftig. »Papa! Hier sind wir!«

Die gemeinsame Lautstärke von Mutter und Tochter vermochte es tatsächlich, den Bahnhofslärm zu übertönen. Richard wandte sich in Richtung der Rufe, sah seine Familie und beschleunigte seinen Schritt. Paula und die Kinder liefen ihm ihrerseits entgegen. Emilia und Georg erreichten ihren Vater als Erste. Richard ließ seinen Koffer fallen und drückte seine Kinder beide zugleich an sich.

»Ihr seid so groß geworden!«, waren seine ersten Worte. »Ich habe euch viel zu lang nicht mehr gesehen!«

Dann wandte er sich Paula zu und drückte sie ebenso fest an sich. »Ich habe dich so vermisst«, flüsterte er und küsste sie ungeachtet der Öffentlichkeit mit all der Leidenschaft, die sich in den vergangenen zehn Monaten der Trennung in ihm aufgestaut hatte. Und Paula genoss es, genoss seine Liebe, seine feste Umarmung, das Gefühl, sich endlich wieder fallen lassen zu können und nicht länger die gesamte Verantwortung allein tragen zu müssen, selbst wenn er nur sieben Tage bleiben würde. Sieben Tage. Eine Woche nach zehn Monaten Trennung. Aber sie war dankbar für jede einzelne Minute dieser Zeit.

Nachdem sie sich wieder voneinander gelöst hatten, betrachtete sie ihn genauer. Hatte er sich verändert? Das Leuchten seiner Augen, das von seinem unerschütterlichen Optimismus zeugte, der ihn selbst durch die schwierigsten Zeiten getragen hatte, war noch da.

Sie hakte sich bei ihm unter, dann gingen sie gemeinsam zum Auto.

»Möchtest du fahren?«, fragte Paula.

»Oh nein, ich genieße es, mich von dir chauffieren zu lassen«, sagte er, während er seinen Koffer verstaute und danach den Kindern die Tür aufhielt. Anschließend stieg er auf den Beifahrersitz. Als er neben Paula saß, nahm er seine Mütze ab.

»Du hast weiße Schläfen bekommen«, stellte sie mit einem Seitenblick fest.

»Stimmt.« Er fuhr sich mit der Hand durch das Haar. »Soll ich sie mit Schuhcreme färben?« Er grinste.

»Untersteh dich! Du gefällst mir genau so, wie du bist. Wage es ja nicht, daran etwas zu ändern. Außerdem würdest du damit nur die Kopfkissenbezüge ruinieren.«

Auf der Rückbank kicherte Emilia und Paula sah im Rückspiegel, wie sie Georg die Worte mit Gebärden übersetzte.

»Oder wir müssten schwarze Bettbezüge nehmen«, entgegnete Richard. »Vielleicht sollten wir das sogar mal machen. Immer dieses sterile Lazarettweiß.«

»Schwarze Bettwäsche? Gibt es so etwas?«

»Ja, in gewissen Kreisen ist die sehr beliebt. Es soll sogar rote Seidenlaken geben. Ich weiß das aber nur vom Hörensagen. Ich habe mich nie in derartigen Etablissements bewegt.«

»Das habe ich auch nicht erwartet«, sagte Paula. »Sonst hättest du uns bestimmt Fotos davon geschickt.«

Richard lachte lauthals los und Paula stimmte sofort ein. Auch die Kinder lachten, obwohl ihnen die Doppeldeutigkeit der Wortspielereien nicht bewusst war.

Richards Eltern und seine Schwester hatten ein großes Willkommensessen vorbereitet, zumal auch Karl für Januar Heimaturlaub bekommen hatte und nur einen Tag vor Richard aus Frankreich zurückgekehrt war.

»Ich habe wirklich Glück gehabt«, berichtete sein Neffe. »Ich habe mich rechtzeitig bei den Besatzungstruppen unentbehrlich gemacht und bin deshalb nicht an die Ostfront abgezogen worden. Wir haben ein ganz angenehmes Leben in Frankreich.«

»Gar wie Gott in Frankreich?«, frotzelte Richard.

»Na ja, nicht ganz so. Ich bin in der Militärverwaltung gelandet, eine ruhige Schreibtischtätigkeit, die ich einem Freund verdanke.« Er grinste. »Ich habe ihm aus einer üblen Verlegenheit geholfen und dafür hat er mir auch einen Gefallen getan.«

»Eine üble Verlegenheit?«, hakte Richard nach. »Das klingt nach einer interessanten Geschichte.«

»Das ist eine Männergeschichte, die ist nicht für ein Familienessen geeignet.« Karl zwinkerte Richard mit Seitenblick auf die Kinder verschwörerisch zu.

»Und wie ist es in Afrika?«, fragte Richards Vater. »In der Wochenschau hört man nur von den Siegen des Afrikakorps. Da werden wahre Heldenepen gesponnen.«

»Von den Heldentaten bekomme ich derweil kaum etwas mit«, erwiderte Richard. »Noch sitzen wir im gemütlichen Hauptlazarett in Tripolis, aber ich fürchte, das wird sich dieses Jahr ändern. Es gibt einen Vorstoß nach Tobruk und dann ist Tripolis zu weit von der Frontlinie entfernt. Solange unser Einsatzort ein Hauptlazarett bleibt, ist mir alles recht, aber ich hoffe, uns bleibt das Feldlazarett erspart.«

»Was ist da der Unterschied?«, erkundigte sich Margit.

»Im Hauptlazarett bist du fernab des Kampfes und in relativer Sicherheit. Es ist im Grunde wie ein normales Krankenhaus mit verschiedenen Fachabteilungen. Das Feldlazarett hingegen befindet sich gerade mal außerhalb der Reichweite des Feindes. Da ist man überwiegend damit beschäftigt, Notoperationen durchzuführen und die Verwundeten entweder sofort wieder einsatzfähig zu machen oder zur weiteren Genesung ins Hauptlazarett zu schicken. Das ist knochenharte Arbeit. Als Fritz im Urlaub war, hatten wir einen Chirurgen aus dem Feldlazarett zur Unterstützung, weil ich zu wenig Erfahrung habe, um Fritz allein zu vertreten. Unkomplizierte Operationen bekomme ich zwar problemlos ohne Fritz hin. Aber Fritz ist ein wahrer Zauberer, wenn es darum geht, Lösungen für komplizierte Fälle zu finden. Er hat zwei neue Operationsmethoden etabliert, die er bereits an Professor Wehmeyer für die nächste wissenschaftliche Abhandlung weitergeleitet hat. Ich schätze, Fritz wird nach dem Krieg noch Professor, wenn er so weitermacht.« Er lachte leise. »Aber ich schweife ab«, fuhr er dann fort. »Der Chirurg aus dem Feldlazarett meinte jedenfalls, er hätte bei uns das Gefühl, bereits im Urlaub zu sein, weil wir fast alle Operationen im Voraus planen können und Tripolis eine angenehme Stadt ist. Fliegerangriffe wie hier gibt es kaum, und wenn, dann wird das im direkten Luftkampf geregelt. Die Briten kommen, unsere Leute steigen auf und dann kämpft Jagdflieger gegen Jagdflieger.«

»Wie Hans-Joachim Marseille«, warf Karl ein. »Der wird derzeit in den Wochenschauen als unser größter Held gefeiert. Bist du dem auch begegnet?«

»Nein, mit den Jagdfliegern kommen wir so gut wie nie in Kontakt. Die leben in einer eigenen Welt und Jagdflieger, die im Fall eines Abschusses nicht rechtzeitig abspringen können, kommen nicht ins Lazarett, sondern auf den Heldenfriedhof.«

Eine Weile herrschte betretenes Schweigen.

»Machen wir uns doch nichts vor«, meinte Richard. »Ganz gleich, was die Propaganda in den Wochenschauen erzählt, an der Front wird gekämpft und gestorben. Der Preis für Heldentum ist hoch. Ich bin sehr froh, dass ich nur in der dritten Reihe stehe und niemals in die Verlegenheit gekommen bin, irgendwelche Heldentaten zu vollbringen.«

»Mach dich nicht kleiner, als du bist«, sagte Paula da. »Deine Heldentaten haben dich ja erst an die Front geführt.«

»Du meinst, mein Versagen?«

Die Bitterkeit in seiner Stimme tat ihr körperlich weh.

»Du hast nicht versagt.«

»Doch, weil ich es übertrieben habe. Ich wollte alle retten und letztlich habe ich dadurch niemanden gerettet.«

»Das ist nicht wahr, Richard«, widersprach nun auch Margit. »Denk an die Zwillinge Manfred und Rolf oder an Johannes Mönicke. Die hast du in jedem Fall gerettet. Johannes Mönicke hat sich übrigens sehr gut gemacht. Er lebt mittlerweile wieder mit seiner Familie zusammen und kommt regelmäßig wie jeder andere unserer Gesellen täglich zur Arbeit. Zwar leistet er nicht so viel wie ein Gesunder, aber es ist erstaunlich, wie sehr ihm die Eingliederung in unsere Werkstatt dabei geholfen hat, ein Stück Normalität zurückzugewinnen. Seine Frau ist jedenfalls sehr glücklich.«

Richard schwieg, aber jeder konnte ihm ansehen, dass ihn Margits Worte tief berührten.

Nachdem sie am Abend wieder in ihrer eigenen Wohnung waren, zeigte Richard den Kindern im Bad, das wieder einmal als Dunkelkammer herhalten musste, wie Filme entwickelt werden, und ließ sie daran teilhaben, wie seine neuesten Bilder zum Leben erwachten. Fotos von der Überfahrt von Afrika nach Italien, diesmal bei strahlend blauem Himmel, in der Ferne ein feindlicher Zerstörer, der jedoch zu weit entfernt war, um ihnen gefährlich zu werden, die Küste von Italien, der Hauptbahnhof von Rom, wo sie umgestiegen waren, und einige Landschaftsfotos, die er aus dem fahrenden Zug gemacht hatte.

Anschließend brachte er die Kinder zu Bett und blieb bei ihnen, bis sie eingeschlafen waren, während Paula seine Wäsche sortierte, um sie am folgenden Tag der Zugehfrau zu übergeben.

Sie war gerade damit fertig geworden, als Richard aus dem Kinderzimmer zurückkehrte.

»Schlafen sie?«, fragte Paula.

»Tief und fest«, erwiderte Richard und nahm sie in seine Arme. »Ich hoffe, heute Nacht bleiben wir mal vom Fliegeralarm verschont. Ich habe mich viel zu lange nach dir gesehnt.«

»Und ich mich erst nach dir«, sagte sie und lächelte ihn an. »Wir haben wohl einiges nachzuholen.«

Er hob sie unvermittelt hoch, wie eine Braut, die über die Schwelle getragen wird. »Dann lass uns anfangen, bevor irgendein blöder Tommy mit seiner Bombenladung für Unruhe sorgt.«

40. Kapitel

Richards Urlaub verging viel zu schnell. Als Paula ihn am darauffolgenden Sonntag zusammen mit den Kindern zum Hauptbahnhof fuhr, fragte sie sich, wo die Tage nur geblieben waren.

»Hoffentlich dauert es dieses Mal nicht wieder so lange, bis wir uns wiedersehen«, flüsterte sie ihm zu. »Ich weiß nicht, wie ich es ohne dich aushalten soll.«

»Zum Glück sind wir nicht allein. Du hast die Familie an deiner Seite und ich immerhin Fritz.« Bevor sie etwas erwidern konnte, zog er sie an sich und küsste sie mit genauso viel Leidenschaft wie bei seiner Ankunft.

»Pass gut auf dich und die Kinder auf«, sagte er zum Abschied, dann drückte er Georg und Emilia noch einmal an sich und stieg in den Zug.

Emilia und Georg blieben am Bahnsteig stehen und winkten, bis der abfahrende Zug nicht mehr zu sehen war.

»Mama, meinst du, wir gewinnen den Krieg dieses Jahr, damit Papa wieder nach Hause kommt?«, fragte Emilia.

»Ich weiß es nicht«, antwortete Paula, während ihr zum ersten Mal bewusst auffiel, dass alle in ihrer Umgebung, einschließlich ihrer Kinder, stets vom Sieg sprachen. Der Krieg würde gewonnen werden und dann wäre er vorüber. Aber selbst wenn es so käme, was wäre dann? Sie musste an die Gespräche mit Richard denken, die sie in der vertrauten Atmosphäre des Schlafzimmers mit ihm geführt hatte, dort, wo sie ungestört waren und niemand sonst sie hörte. »Wie der Krieg auch ausgehen mag«, hatte er gesagt, »wir werden die Verlierer sein. Wenn wir siegen, verfestigt sich Hitlers Macht ins Unermessliche und ich weiß nicht, wie ich in diesem Staat auf Dauer meinen Mund halten soll, bei all dem Unrecht, das ich mitbekomme. Und wenn wir verlieren … ich fürchte, das wird noch schlimmer als beim letzten Mal.«

»Wie kommst du darauf, dass es schlimmer als beim letzten Mal wird?«, hatte Paula ihn gefragt.

»Weil dieser Krieg auch hier bei uns tobt«, hatte er geantwortet. »Weil jede einzelne Bombe, die das Herz unserer Heimat trifft und unschuldige Zivilisten tötet, den Hass weiter schürt und das Durchhaltevermögen stärkt. Weil der Wunsch nach Rache und Vergeltung selbst Kinder an die Flak treiben wird. Denk nur an Emilia. Und aus ihrer Sicht hat sie völlig recht. Sie braucht diesen Zorn und das Gefühl, etwas tun zu können, um nicht an all der Angst zu ersticken. Genauso wie das ganze Volk. Aber genau das befeuert den Krieg, und je schlimmer er wird, umso größer wird der gegenseitige Hass auf allen Seiten und dann kann er erst enden, wenn der Gegner vollständig vernichtet ist. Entweder wir oder die anderen.«

Sie war entsetzt über seine Verbitterung. »Richard, was hast du wirklich an der Front gesehen?«

»Nichts, das schlimmer wäre als das, was ich hier erlebt habe«, erwiderte er. »Im Gegenteil, ich glaube, das größte Grauen haben die Kinder zu überstehen, denen jedes Urvertrauen genommen wird, die keine Nacht mehr sicher zu Bett gehen können, weil sie stets mit einem Luftangriff rechnen müssen.«

»Noch glauben Emilia und Georg an unsere Flak.«

»Ja, noch. So lange, bis das erste Haus in unserer Straße getroffen wird und der Mythos unserer unbesiegbaren Armee, die uns vor allem Übel schützen kann, zerstört ist.« Er atmete tief durch. »Und es gibt nichts, überhaupt gar nichts, was wir dagegen tun können. Wir können nur verlieren, egal wie es ausgeht. Ich habe mich oft gefragt, was wohl mit mir passiert wäre, wenn meine falschen Gutachten zu einer anderen Zeit aufgedeckt worden wären. Als noch kein Krieg herrschte. Als es noch keine Front gab, an der ein unbequemer Arzt Verwendung finden konnte. Vermutlich hätte ich ein ähnliches Ende wie Alfred Schär genommen. Ich weiß nicht, wie ich all diesem Unrecht nach dem Endsieg begegnen soll, wenn Hitlers Ideologie über die ganze Welt herrscht. Und ich habe Angst um Georg, davor, dass wir ihn auf Dauer nicht schützen können.«

»Wir werden unsere Kinder immer beschützen, Richard. Wir werden Wege finden. Egal, was kommt.« Sie kuschelte sich in seine Arme und spürte, wie ihre Gegenwart ihn beruhigte.

Nach Richards Abreise blieb eine große Leere in Paula zurück. Sie war noch schlimmer als nach dem ersten Abschied, denn inzwischen kannte sie den Unterschied zwischen den Aussagen in seinen Feldpostbriefen, in denen er sich darum bemühte, sie und die Kinder zu beruhigen und durch seine Erlebnisse zu unterhalten, und seinen wahren Gedanken, die er nur ihrem Ohr anvertraut hatte. Gewiss, er war nach wie vor jemand, der von einem Grundoptimismus getragen wurde, aber seine Zuversicht war bereits gewaltig ins Wanken geraten. Und gerade das erschreckte sie, denn sie fürchtete, dass er sie völlig verlieren könnte, wenn er zu lange von seiner Familie getrennt blieb.

Als die Tage im Mai wieder wärmer wurden, verbrachte Paula die Wochenenden und die schulfreie Zeit mit den Kindern wieder im Schrebergarten ihrer Schwiegereltern. Die Kinder liebten das einfache, natürliche Leben, aber Paula schätzte vor allem die relative Sicherheit vor den Luftangriffen.

Ende Mai feierten sie im Schrebergarten gemeinsam mit ihren Nachbarn das Pfingstfest. Es wurde gegrillt und gegessen und Georg und sein Freund Horst nutzten die warmen Tage, um im kleinen Zufluss der Elbe zu baden, auch wenn Emilia die beiden für verrückt erklärte, da das Wasser noch sehr kalt war.

»Indianerherz kennt kein' Schmerz«, meinte Horst. »Aber dass Kolma Puschi nicht baden geht, ist ja kein Wunder, denn wenn sie im Badeanzug auftaucht, weiß ja jeder, dass sie gar kein Mann ist.«

»Und außerdem ist sie ein Frostködel«, sagte Georg erstaunlich deutlich. Wann immer er mit Horst spielte, bemühte er sich um eine gute Aussprache, während sein Freund andererseits immer darauf achtete, dass Georg seinen Mund sehen konnte, wenn er redete. Er hatte auch einige der Gebärden gelernt, die Georg verstand.

»Frostködel, was ist das denn für ein Wort?«, rief Emilia.

»Das sagt Onkel Erich immer«, entgegnete Horst. »Und ja, du bist ein Frostködel. Das Wasser ist doch warm genug.«

»Von wegen. Wetten, ihr seid morgen erkältet?«

»Wir doch nicht!«, gab Horst zurück. »Wir sind kernig genug, um alles auszuhalten.«

In der folgenden Nacht klagte Georg über starke Halsschmerzen.

»Wusste ich's doch«, sagte Emilia. »Winnetou ist doch nicht so kernig und ich bin mir sicher, Old Shatterhand hat es auch erwischt.«

Am Morgen hatte Georg zudem hohes Fieber. Als Paula ihm in den Hals sah, erschrak sie. Die weißen Beläge im Rachen waren unverkennbar. Es waren die klassischen Anzeichen einer Diphtherie.

Emilia wies hingegen keinerlei Symptome der schweren Erkrankung auf.

»Du warst in den letzten Tagen immer mit Horst zusammen, nicht wahr?«

Georg nickte.

»Dann werde ich ihn mal besuchen müssen.« Paula zog ihre Strickjacke über und verließ die Schrebergartenbude, um bei Horsts Großmutter anzuklopfen.

»Guten Morgen!«, grüßte sie. »Ich wollte wissen, wie es Horst geht.«

»Oh, der Junge hat sich gestern eine dicke Erkältung eingefangen und schlimme Halsschmerzen. Ich habe ihm schon Kamillentee gekocht. Ist Georg auch krank?«

»Ja, aber das ist keine gewöhnliche Erkältung. Es sieht nach Diphtherie aus«, erklärte Paula.

Horsts Großmutter erstarrte. »Aber das kann nicht sein, die Kinder sind doch geimpft.«

Paula nickte. »Ich würde ihn trotzdem gern untersuchen. Die Impfung schützt nicht immer vollständig.«

Horst sah mindestens ebenso leidend aus wie Georg. Ein Blick in seinen Rachen genügte, um den Verdacht zu bestätigen.

»Es ist Diphtherie«, sagte Paula zu seiner Großmutter. »Wir müssen die beiden sofort ins Kinderkrankenhaus Rothenburgsort bringen.«

Und so verbrachten Georg und Horst die frühsommerlichen Tage nicht in ihrem Paradies im Schrebergarten, sondern auf Paulas ehemaliger Station im Kinderkrankenhaus. Als Paula die beiden auf die Station begleitete, verspürte sie einen Anflug von Wehmut und Sorge. Sie wusste, dass die Erkrankung durch die vorangegangene Impfung milder verlaufen würde, aber nichtsdestotrotz standen den Jungen unangenehme Behandlungen mit zahlreichen Spritzen bevor.

»Wenigstens seid ihr nicht allein«, meinte sie zum Abschied. »Ihr steht das beide als Freunde durch.«

»So wie Papa und Onkel Fritz in Afrika«, antwortete Georg und achtete sehr auf seine Aussprache, denn Paula hatte ihm eingeschärft, in der Klinik nur über die Lautsprache zu kommunizieren. Zwar wusste Georg nicht, warum das so wichtig war, aber er hatte es seiner Mutter versprochen und Paula war sich sicher, dass er es auch Horst zuliebe tun würde.

Als Paula den Krankensaal verließ, hörte sie noch, wie Horst zu Georg sagte: »Wir werden denen schon entkommen, ehe sie uns an ihren Marterpfahl stellen«, und konnte sich trotz der schweren Erkrankung der beiden ein Lächeln nicht verkneifen. Zugleich bedauerte sie Emilia, die nun ganz auf sich allein gestellt war, da die beiden Jungs ihre einzigen Spielkameraden waren und sie keine beste Freundin besaß. Paula fragte sich, ob sich das wohl im August ändern würde, wenn die Kinder zehn wurden und die Jungen zum Jungvolk der Hitlerjugend und Emilia zum BDM, dem Bund Deutscher Mädel, mussten. Richard verabscheute die Hitlerjugend und Paula ging es genauso, aber sie hatten keine Möglichkeit, etwas dagegen zu tun, die Teilnahme war verpflichtend. Dennoch hoffte Paula, dass Emilia mit den anderen Mädchen Spaß bei den Jugendfreizeiten hätte und Freundschaften schließen würde. Was Georg anging, hatte sie weitaus mehr Sorgen. Taubstumme waren von der Hitlerjugend ausgeschlossen, und ob Georg dort weiterhin erfolgreich als schwerhörig anstatt als taub durchgehen würde, war zweifelhaft. Was würde geschehen, wenn jemand sein Geheimnis durchschaute?

Paula atmete tief durch. Noch war es nicht so weit. Jetzt galt es erst einmal, die Genesung der Jungen abzuwarten.

In der Woche nach Pfingsten gab es fast jede Nacht Fliegeralarm. Während Paula mit Emilia im Luftschutzkeller ausharrte, schweiften ihre Gedanken stets zu Georg und Horst.

Die schwer kranken und infektiösen Kinder konnten nicht in den Luftschutzkeller gebracht werden. Sie hoffte, dass die beiden Jungen sich gegenseitig beruhigen würden. Ein Brief von Richard lenkte sie indes von ihren Sorgen ab.

> *Meine geliebte Paula,*
> *ich weiß nicht, wann diese Zeilen Dich erreichen, aber wir haben Tripolis verlassen und befinden uns in einem Feldlazarett vor Tobruk. Die Arbeit hier unterscheidet sich völlig von unserem zivilisierten, gemächlichen Leben in Tripolis, aber wir sind noch immer weit von der Front entfernt. Fritz ist nach wie vor unser bester Chirurg, aber ich bin hier zum ersten Mal kein nutzloses Anhängsel mehr, denn so nah an der Front habe ich viel mit verstörten und traumatisierten Männern zu tun, denen man bislang nur mit Härte und Strenge begegnete, in der Hoffnung, sie wieder einsatzfähig zu machen. Ich brauchte eine Weile, um mich durchzusetzen, da ich eine andere Strategie verfolge, aber als man meine Erfolge sah, erhielt ich ein eigenes Einsatzgebiet und bin nun für die geistige Wiederherstellung unserer Männer zuständig. Es ist nicht leicht, jemanden, der vollständig verängstigt ist und deshalb wild um sich schlägt, zu beruhigen. In vielen Fällen gelingt mir das nur durch eine intravenöse Gabe von Evipan. Auf den Gedanken kam ich, als ich einen Mann überhaupt nicht mehr bändigen konnte und wir fürchten mussten, er würde uns alles kurz und klein schlagen. Ich dachte mir, was bei der Einleitung einer Narkose hilft, müsste auch hier helfen. Die Wirkung war verblüffend. Er schlief*

nicht einfach nur ein, sondern als er wieder zu sich kam, hatten sich seine Nerven vollständig beruhigt. Es war, als würde er aus einem Albtraum erwachen und danach an Katzenjammer leiden und sich für sein Verhalten schämen. Beim nächsten Mal beobachtete ich dasselbe. Seither arbeite ich viel mit Evipan in sehr unterschiedlichen Dosierungen, je nachdem, wie belastet die Männer sind. Natürlich ist das keine dauerhafte Therapie, es besteht die Gefahr, dass die Männer davon ebenso abhängig werden wie andere vom Morphium. Aber um den Teufelskreis aus Angst und Panik zu durchbrechen und sie wieder für Worte empfänglich zu machen, ist es ideal. Ich habe sogar die Erfahrung gemacht, dass man bei einer geringen Dosis mit Suggestionen arbeiten kann, um das innere Gleichgewicht wiederherzustellen. Niemals hätte ich gedacht, dass ich direkt an der Front als Psychiater nützlicher bin als im Hauptlazarett. Das Phänomen der Kriegszitterer habe ich hier noch nicht beobachtet, was vermutlich der Tatsache geschuldet ist, dass wir uns nicht in engen Schützengräben verkriechen müssen, ständig auf der Hut vor Gasangriffen und Verschüttung. Nein, die Gefahr, die uns droht, nennt sich Bomben, Granaten, Panzer und Gewehrfeuer. Und natürlich die stete Sorge um unsere Lieben daheim, die wir nicht schützen können.

Mach Dir keine Gedanken um mich, niemand greift Lazarette an. Sobald wir in Tobruk sind, schicke ich Dir Fotos von dem Ort.

In Liebe, Dein Richard

Niemand greift Lazarette an. Wie gern wollte Paula das glauben. Und auch, dass niemand Kinderkrankenhäuser bombardieren würde. Doch bereits drei Tage, nachdem sie Richards Brief erhalten hatte, wurden ihre schlimmsten Befürchtungen wahr. Diesmal kamen die Flieger am helllichten Tag und bombardierten gezielt Wohngebiete. Ein Straßenzug weiter gingen gleich drei Häuser in Flammen auf, aber viel entsetzlicher war es für Paula, dass eine riesige Feuersäule aus Richtung des Kinderkrankenhauses aufstieg. Die Nachricht verbreitete sich in Windeseile. Das Krankenhaus war bombardiert und getroffen worden!

Paula spürte, wie ihr Herz vor Angst zu zerspringen drohte. Nach der Entwarnung bat sie Emilia, zu Tante Margit zu gehen, während sie selbst ihr Fahrrad holte und sich auf den Weg zum Kinderkrankenhaus machte.

Als sie ankam, war die Feuerwehr bereits da. Außer dem Feuer konnte sie kaum einen Schaden erkennen.

»Was ist mit den Kindern?«, fragte sie einen der herumstehenden Feuerwehrmänner. »Mein Sohn liegt hier!«

»Fragen Sie da vorn.« Der Mann wies in Richtung des Krankenhausparks, wo mehrere Krankenschwestern standen und aufgeregte Eltern beruhigten.

»Frau Doktor Hellmer!«, hörte sie ihren Namen. Sie fuhr herum.

»Schwester Elfriede?«

»Sie sind bestimmt wegen Georg hier. Keine Sorge, es geht allen gut. Wir haben die Kinder nach dem ersten Bombentreffer alle rechtzeitig in die umliegenden Luftschutzkeller evakuiert. Es gab nur ein paar Leichtverletzte, die von herumfliegenden Glassplittern getroffen wurden. Wir werden die Kinder in die Heilanstalt Langenhorn verlegen, die Kinderklinik hat einige Pavillons von der Psychiatrie übernommen.«

Paula nickte erleichtert, dass Georg und Horst nichts passiert war, doch dann begriff sie, was Schwester Elfriede gerade gesagt hatte. »Nach Langenhorn? Etwa in die Abteilung, die jetzt Doktor Krüger untersteht?«

»Ja. Aber dort ist die Behandlung genauso sichergestellt wie hier, denn ein Teil des Personals wird ebenfalls nach Langenhorn ausgegliedert, solange die Reparaturen hier andauern.«

»Sie auch?«

Schwester Elfriede nickte. »Ich auch.«

»Bitte haben Sie ein Auge auf Georg. Mein Mann und Doktor Krüger hegten eine starke Aversion gegeneinander und ich habe Angst, dass sich dies auf Georgs Behandlung auswirken könnte.«

»Ich glaube nicht, dass Doktor Krüger bei seinen umfangreichen Aufgabengebieten die Zeit finden wird, alte Animositäten auf dem Rücken unschuldiger Kinder auszutragen.«

»Ihr Wort in Gottes Ohr. Aber passen Sie bitte trotzdem gut auf Georg auf. Und wenn Ihnen etwas seltsam vorkommt, rufen Sie mich bitte umgehend an.«

»Das werde ich tun, keine Sorge.« Schwester Elfriede zog ihr Notizheft aus der Kitteltasche und einen Bleistift, um sich Paulas Telefonnummer zu notieren.

»Wissen Sie, wo Georg und sein Freund Horst jetzt sind?«

»Nein, es kann sein, dass sie schon auf dem Weg nach Langenhorn sind. Sie können ihn morgen Nachmittag besuchen.«

»Danke, Schwester Elfriede.«

Georg und Horst hatten die Bombardierung des Kinderkrankenhauses körperlich unbeschadet überstanden, obwohl die Glaswand, die den Bettensaal vom Dienstzimmer trennte, in Tausende von Scherben zersprungen war und überall auf den Bettdecken Glassplitter gelegen hatten. Der fünfjährige Dieter im Bett neben Horst hatte nicht ganz so viel Glück gehabt, sondern war von einer Scherbe leicht im Gesicht verletzt worden. Zunächst hatte Dieter es gar nicht bemerkt, erst als Horst ihn auf das Blut hinwies, das über seine Wange lief, war er in Tränen ausgebrochen. Als besonders schlimm hatten sie die Panik der Schwestern empfunden, die hektisch alle Kinder aus den Betten gezerrt und sie nur mit Hausschuhen und Morgenmantel bekleidet in die Luftschutzkeller der benachbarten Wohnhäuser getrieben hatten, obwohl es ihnen sonst strengstens verboten war, ihre Betten zu verlassen. Für gewöhnlich waren sie während der Luftangriffe stets im Bettensaal geblieben, immer in der Gewissheit, dass die Flak sie beschützen würde und Krankenhäuser nicht bombardiert wurden.

»Ich hätte ja nicht gedacht, dass unsere Flak das zulässt«, sagte Horst zu Georg, während sie im Luftschutzkeller auf das Ende des Fliegeralarms warteten.

»Waren wohl zu viele Flugzeuge«, erwiderte Georg. »Die konnten sie nicht alle treffen.«

»Scheiß Tommys«, schimpfte Horst. »Jetzt bombardieren die schon Krankenhäuser und das dürfen die gar nicht. Das ist verboten, hat meine Oma gesagt.«

»Ich würde die gern abschießen«, sagte Georg. »Aber die nehmen uns erst mit vierzehn als Flakhelfer.«

»Bis wir vierzehn sind, ist der Krieg längst gewonnen«, entgegnete Horst.

In Langenhorn bekamen sie wieder zwei Betten nebeneinander.

»Hat dein Papa hier nicht früher die Verrückten behandelt?«, fragte Horst.

Georg nickte.

»Und meinst du, hier sind noch Verrückte?«

Georg hob die Schultern.

»Wollen wir mal nach Verrückten suchen?«, schlug Horst vor. »Ich habe noch nie einen echten Verrückten gesehen. Du schon mal?«

»Nein, aber wir sollen doch im Bett bleiben«, wandte Georg ein.

»Ach komm, lass uns mal gucken, wo die Verrückten sind.« Horst stieg aus dem Bett, schaute vorsichtig durch die Tür des Wachsaals.

»Die Luft ist rein, da ist keiner. Los, komm mit!«

Georg zögerte, wollte aber nicht hinter seinem Freund zurückstehen und folgte schließlich Horst. Die Tür zum Garten war offen, aber dort war kein Mensch.

»Hier sind gar keine Verrückten«, stellte Georg fest.

»Ob man die auch an die Front geschickt hat?«, fragte Horst.

»Verrückte können doch nicht Soldat werden«, widersprach Georg.

»Und warum ist dein Papa dann an der Front, wenn da keine Verrückten sind?«

»Der operiert da, und wenn jemand neu verrückt wird, behandelt er den.«

»Und werden da viele verrückt?«

»Weiß ich nicht.«

»Was macht ihr denn hier?« Eine Krankenschwester war hinter ihnen im Garten aufgetaucht. »Ihr sollt doch in den Betten bleiben, damit ihr wieder gesund werdet!«

»Wir ... ähm ... wir haben die Toilette gesucht«, schwindelte Horst.

»Ihr sollt noch überhaupt nicht aufstehen und wenn du musst, dann klingelst du gefälligst!«

»Ja ... ich kann nur nicht immer auf dieser Pfanne. Ich wollte eine richtige Toilette.«

»Und die hast du im Garten gesucht?«

»Wir haben uns verlaufen«, sagte Horst. »Das ist ja sehr unübersichtlich hier. Und außerdem haben wir gedacht, dass es hier Verrückte gibt.«

»Verrückte?«

»Ja, die waren hier früher ja immer. Sein Papa hat die behandelt, der ist Psych… Psy … Irrenarzt.« Er wies auf Georg.

»Schwester Susanne, gibt es ein Problem?« Ein hochgewachsener Mann in weißem Arztkittel kam ebenfalls in den Garten.

»Die beiden hier wollten wohl mal Verrückte sehen.«

»Verrückte?« Der Arzt hob die Brauen. »Ihr wolltet also echte Verrückte sehen?« Er musterte erst Horst, dann Georg.

»Zeigen Sie uns welche?«, fragte Horst.

»Hier gibt es keine Verrückten, sondern nur zwei ungezogene Jungen.«

»Herr Doktor Krüger, was soll ich mit den beiden anfangen?«, fragte die Schwester.

»Schicken Sie sie ins Bett.«

»Aber Georgs Papa hat hier früher Verrückte behandelt«, beharrte Horst.

»Georg?«, wiederholte Doktor Krüger. Dann sah er Georg an. »Sag mal, mein Junge, lautet dein vollständiger Name Georg Hellmer?«

Georg las die Worte ohne Schwierigkeiten von den Lippen des Arztes, doch zugleich nahm er noch etwas anderes wahr, etwas Schadenfrohes in den Augen des Mannes, das er sich nicht erklären konnte.

»Ja«, antwortete er.

»Schwester, bringen Sie Horst ins Bett. Mit Georg werde ich mich noch ein bisschen unterhalten.«

41. Kapitel

Georg war sehr unsicher, als er Doktor Krüger in den Untersuchungsraum der Station folgen musste. Dort befanden sich eine Untersuchungsliege, eine Waage, ein weißer Medikamentenschrank – der Georg an den großen Küchenschrank zu Hause erinnerte, nur dass der aus Eiche war –, ein Schreibtisch und zwei Stühle. Kein Bild lockerte das sterile Weiß der Wände auf, es gab nicht einmal ein Hitler-Porträt. Der einzige Wandschmuck bestand aus einer Messlatte zur Größenbestimmung.

Sein Vater hatte ihm nie viel von seiner Arbeit erzählt und anders als Emilia hatte er durch seine Gehörlosigkeit auch niemals Worte aus den Unterhaltungen seiner Eltern aufschnappen können. Aber er erinnerte sich gut an die Besorgnis seiner Mutter, die ihn eindringlich ermahnt hatte, niemandem zu erzählen, dass er vollständig taub war. Warum das auf einmal ein solches Problem darstellte, wusste er nicht. In seinem bisherigen Leben war er wegen seiner Taubheit niemals auf Ablehnung gestoßen. Doch dieser Doktor Krüger machte ihm auf eine unerklärliche Weise Angst.

Doktor Krüger nahm hinter dem Schreibtisch Platz und wies Georg den Stuhl vor dem Schreibtisch an.

»So, du bist also der Sohn von Doktor Hellmer«, sagte Krüger. Georg war froh, dass der Mann ihm direkt in die Augen blickte, denn so konnte er dessen Lippenbewegungen mühelos erkennen. Schlimmer war es, wenn Menschen unbeabsichtigt den Kopf abwandten und dabei redeten.

»Ja«, antwortete Georg und bemühte sich sehr um eine deutliche Aussprache.

»Wo ist dein Vater jetzt?«

»In Afrika.«

»Afrikakorps, interessant. Da hat er ja noch mal Glück gehabt.« Wieder dieses unangenehme Lächeln. »Du kannst erstaunlich gut sprechen.«

Georg schwieg.

»Ich meine, für ein Kind, das taub geboren wurde.«

Georg schwieg weiterhin, während ihm eine eisige Gänsehaut über den Rücken lief.

»Dein Vater wollte mir ja weismachen, dass du nur schwer hörst.«

»Ich höre schwer«, bestätigte Georg. »Deshalb muss ich immer die Lippen sehen.«

»Du hast noch eine Zwillingsschwester, nicht wahr?«

»Ja.«

»Und die kann normal hören?«

»Ja.«

Krüger verschränkte seine Hände und stützte sein Gesicht so auf, dass seine Lippen halb verdeckt wurden.

»… sicher … taub … Lügner«, konnte Georg erkennen.

Krüger nahm seine Hände wieder runter.

»Du sagst gar nichts?«

»Ich habe Sie eben nicht richtig verstanden«, erwiderte Georg. »Ich habe Ihre Lippen nicht gesehen. Ich habe nur die Worte ›sicher‹, ›taub‹ und ›Lügner‹ gehört.«

»Du bist ein bemerkenswerter Junge, Georg. Und ein ebenso begnadeter Lügner wie dein Vater. Ich werde dich in den nächsten Tagen noch etwas eingehender untersuchen. Es scheint mir hier ein sehr interessanter Fall einer erblichen Taubheit vorzuliegen.«

»Wieso kann man Taubheit erben?«, fragte Georg irritiert. »Man erbt doch nur Sachen von Toten. Wenn ein Tauber stirbt, kann er das doch nicht vererben. Und ich habe von niemandem was geerbt.«

Einen Moment lang schien Krüger verblüfft. »Für einen Neunjährigen bist du bereits sehr schlagfertig. Ganz der Vater, aber nicht im besten Sinne.« Er erhob sich. »Ich bring dich jetzt zurück in den Wachsaal.«

»Was wollte der von dir?«, fragte Horst, nachdem Krüger Georg zurück auf die Station gebracht hatte.

»Er hat mich nach meinem Vater gefragt und wollte ständig von mir hören, dass ich taub bin. Aber Mama hat gesagt, das darf hier keiner wissen. Also habe ich gesagt, ich bin nur schwerhörig.«

»Ich werde auch nichts verraten«, versprach Horst. »Dieser Doktor ist irgendwie komisch.«

»Ja, ganz komisch. Ich glaube, er mag meinen Vater nicht und deshalb mag er mich auch nicht. Er sagte, er will mich noch weiter untersuchen.«

»Das klingt unangenehm.«

»Ja«, erwiderte Georg und konnte nichts gegen seine aufsteigende Angst tun.

Am folgenden Nachmittag besuchte Paula ihren Sohn und erfuhr von seinem Zusammentreffen mit Krüger. Sie konnte Georgs Angst regelrecht körperlich spüren und ihre eigenen Sorgen steigerten sich ins Unermessliche. Dennoch bemühte sie sich, ihm ihre Furcht nicht zu zeigen, und versprach ihm, dass ihm nichts geschehen würde.

»Ich werde mit dem Arzt reden. Er ist ein ehemaliger Kollege deines Vaters, er wird auf mich hören und keine unnötigen Untersuchungen mit dir anstellen«, versprach sie, obgleich sie sich nicht sicher war, ob sie dieses Versprechen wirklich würde halten können.

Nachdem sie ihren Besuch bei Georg beendet hatte, suchte sie Doktor Krügers Büro auf. Seine Sekretärin versuchte vergeblich, sie zurückzuhalten, doch gegen den Zorn einer beunruhigten Mutter war sie machtlos.

Doktor Krüger nahm es gelassen hin.

»Frau Doktor Hellmer, ich bin erfreut, Sie kennenzulernen«, begrüßte er sie mit übertriebener Höflichkeit. »Bitte nehmen Sie doch Platz. Warum wollten Sie mich sprechen?«

Paula folgte seiner Aufforderung und nahm auf dem Stuhl, der seinem Schreibtisch gegenüberstand, Platz. »Mein Sohn hat mir erzählt, dass Sie weitere Untersuchungen mit ihm planen. Als Mutter möchte ich wissen, worum es sich dabei handelt.«

»Es geht um die Therapie seines Leidens.«

»Die Diphtherie wird bereits angemessen behandelt. Ich weiß, wovon ich spreche, ich war ein Jahr lang als Ärztin auf der Infektionsstation im Kinderkrankenhaus tätig.«

»Ich weiß, Frau Doktor Hellmer.«

»Ach ja, ich vergaß«, entgegnete Paula und konnte die Verbitterung in ihrer Stimme kaum verbergen. »Mein Mann erzählte mir, dass Sie Vergnügen daran finden, alles über das Privatleben Ihrer Kollegen zu erfahren.«

Krüger nahm ihren verärgerten Unterton sofort wahr. »Glauben Sie wirklich, dass das die angemessene Art ist, mit mir zu sprechen, Frau Doktor Hellmer? Immerhin wollen Sie etwas von mir.«

»Sie haben recht«, gab Paula zu. »Ich wollte an Ihr ärztliches Ethos appellieren. Ich weiß, dass Sie und mein Mann schwerwiegende Differenzen hatten, aber Georg ist ein unschuldiges Kind. Er hat es nicht verdient, in diesen Streit verwickelt zu werden. Außerdem …«, sie atmete tief durch, »sollte es Ihnen doch bereits ausreichend Genugtuung bereiten, dass Richard seit fünfzehn Monaten an der Front ist und in der ganzen Zeit nur sieben Tage bei seiner Familie verbringen konnte.«

Krüger lächelte auf eine Weise, die Paula als unerträglich arrogant erlebte. »Ist das so?«, fragte er. »Nun, Ihr Mann kann von Glück reden, dass wir damals keinen Skandal wollten und uns mit seiner Entlassung begnügten. An der Front kann er weniger Unheil anrichten als hier.«

»Er hat den Menschen immer nur helfen wollen.«

»Er hat gezielte Insubordination betrieben und sich damit gegen die ausdrücklichen Anweisungen gestellt. Es gibt keine Entschuldigung für eine vorsätzlich falsche Begutachtung.«

Paula lag eine scharfe Antwort auf der Zunge, aber sie beherrschte sich. Wenn sie Krüger noch mehr reizte, würde das vermutlich fatale Folgen haben, und das nicht nur für Georg.

»Er trägt die Konsequenzen für dieses Verhalten«, sagte sie. »Aber die sollte er allein tragen. Bitte, Herr Doktor Krüger, ziehen Sie meinen Sohn nicht in Ihren Streit mit meinem Mann hinein.«

»Keine Sorge, Frau Doktor Hellmer.« Wieder dieses überhebliche Lächeln. »Ich tue nur meine Pflicht. Und zu meiner Pflicht gehört eine umfassende Untersuchung und Behandlung all meiner Patienten. Ihr Sohn ist allem Anschein nach taub, auch wenn er für ein taub geborenes Kind bemerkenswert gut spricht.«

»Mein Sohn wurde nicht taub geboren!«, widersprach Paula heftig. »Sein Hörvermögen wurde durch eine Geburtskomplikation schwer geschädigt.«

»Wenn Ihr Sohn tatsächlich nur schwerhörig ist, gibt es vielleicht Möglichkeiten, sein Hörvermögen zu verbessern.

Aber wenn er taub ist, dann ist es unsere Pflicht, das ordnungsgemäß zu melden. Sie wissen ja, bei erblicher Taubheit müssen wir entsprechend handeln.«

»Seine Zwillingsschwester ist vollkommen gesund. Es liegt keine Erbkrankheit bei ihm vor. Wir haben Atteste, die die schweren Komplikationen bei seiner Geburt belegen. Er wurde nach seiner Schwester geboren und musste erst im Mutterleib gewendet und dann mit der Zange geholt werden. Ich lag damals achtzehn Stunden in den Wehen.«

»Ach, Frau Doktor Hellmer, wir beide wissen doch, dass eine Zangengeburt keine Schwerhörigkeit auslösen kann.«

»Seine Zwillingsschwester hört völlig normal«, wiederholte Paula nochmals. »Das wäre unmöglich, wenn eine Erbkrankheit vorliegen würde.«

»Nun, vielleicht handelt es sich um eine Vererbungsform, bei der die weiblichen Familienangehörigen nur Überträgerinnen sind, aber nicht selbst betroffen. Haben Sie Geschwister, Frau Doktor Hellmer?«

»Ich wüsste nicht, was Sie das angeht.«

»Nun, wenn Sie keine gesunden männlichen Geschwister haben, ist es durchaus möglich, dass die Taubheit bereits seit Generationen unentdeckt von den Frauen Ihrer Familie weitergegeben wurde und sich erstmals bei Ihrem Sohn manifestierte. All das gilt es zu überprüfen. Möglicherweise fällt damit auch Ihre Tochter unter das *Gesetz zur Verhütung erbkranken Nachwuchses*.«

»Das ist nicht Ihr Ernst!«, rief Paula aus.

»Das ist mein Ernst, Frau Doktor Hellmer.« Er sah sie mit eiskaltem Blick an. »Ich diene Deutschland und dem deutschen Volk. Etwas, das Ihr Mann wohl nie begreifen wird.«

»Mein Mann dient Deutschland dort, wo er gebraucht wird. Er rettet Leben, ganz gleich, wo er ist. Wie viele Leben haben Sie bislang gerettet, Herr Doktor Krüger?«

»Indem man Erbkrankheiten radikal ausmerzt, rettet man den gesamten Volkskörper. Und nun möchte ich Sie bitten, mich zu entschuldigen, ich habe noch einiges zu tun. Sollten die Atteste über Ihren Sohn der Wahrheit entsprechen, haben Sie nichts zu befürchten. Sollte ich jedoch meinen Verdacht bestätigt sehen und eine erbliche Taubheit diagnostizieren, wird sich die Gesundheitspolizei auch mit seiner Zwillingsschwester befassen.« Er erhob sich. »Ich wünsche Ihnen noch einen angenehmen Tag, Frau Doktor Hellmer.«

42. Kapitel

Paula war wie betäubt nach dem Gespräch mit Krüger. In ihrer Verzweiflung fuhr sie nicht sofort nach Hause, sondern suchte Rat und Hilfe bei ihrem Vater.

Frau Koch öffnete ihr die Tür. Vor einigen Wochen war ihre Wohnung ausgebombt worden, weshalb Doktor Engelhardt ihr Paulas altes Zimmer zur Untermiete überlassen hatte.

»Was ist denn passiert? Sie sehen furchtbar aus, Frau Hellmer.«

»Es ist ja auch etwas Furchtbares passiert.«

»Richard …?«

»Nein, keine Sorge, niemand ist gestorben«, beruhigte Paula sie sofort. Dann ging sie in die gute Stube zu ihrem Vater und erzählte ihm alles, was geschehen war.

Doktor Engelhardt schluckte zweimal, ehe er etwas sagen konnte.

»Glaubst du, es bringt etwas, wenn ich bestätige, dass der Bruder deiner Mutter völlig normal hörte?«, fragte er. »Es gab in der Familie deiner Mutter niemals eine erbliche Taubheit.«

»Das weiß ich doch, Papa. Ich fürchte nur, du kannst bestätigen, was du willst, Krüger wird nichts gelten lassen. Und da Onkel Bruno im letzten Krieg geblieben ist, wird Krüger im

Zweifelsfall behaupten, du wärst befangen, und deinen Aussagen ebenso wenig trauen wie denen von Richard.« Eine Träne rollte ihr über die Wange. »Ich weiß nicht, was ich tun soll, Papa. Es ist so eindeutig, dass Krüger sich über die Kinder an Richard rächen will. Aber ich kann Georg doch nicht einfach aus dem Krankenhaus holen und zu Hause weiterbehandeln. Wenn ich das tue, hetzt er mir doch sofort das Gesundheitsamt auf den Hals, weil Georg als infektiös gilt.«

»Es sei denn, er wird regulär entlassen.«

»Er ist erst seit drei Wochen in der Klinik. Du weißt, dass die Infizierten mindestens vier Wochen lang strenge Bettruhe halten müssen. Er bekommt nach wie vor das Antitoxin, und nur Menschen mit ausreichendem Impfschutz dürfen überhaupt auf die Infektionsstation. Kein Arzt, der bei Verstand ist, würde ihn vorzeitig entlassen.«

»Also gilt es, eine Woche zu überstehen.«

»Ja, eine ganze Woche, in der er diesem Unmenschen ausgeliefert ist. Eine Woche, in der es Krüger leichtfallen wird, die Lüge von der Schwerhörigkeit zu durchschauen. Und wer weiß, ob er Georg danach überhaupt gehen lässt und nicht unmittelbar auf die Liste der zu sterilisierenden Erbkranken setzt.«

»So schnell geht das nicht, Paula. Er braucht dazu das Einverständnis der Eltern und das kannst du hinauszögern. Selbst wenn es so weit kommt, wäre eine Sterilisation für ein Kind, das gerade von der Diphtherie genesen ist, mit unzumutbaren Risiken verbunden. Außerdem ist er erst neun, Paula. Du könntest versuchen, Zeit zu gewinnen, indem du offiziell zustimmst, aber erst, sobald er das vierzehnte Lebensjahr erreicht hat.«

»Das würde voraussetzen, dass man mit Krüger vernünftig reden kann. Aber ihm geht es doch gar nicht um die Anwendung des Gesetzes, sondern um seine Rache an Richard. Dieser Mann hat sehenden Auges Dutzende von Kranken in den Tod geschickt. Der wird sich im Zweifelsfall auch auf den Passus des

Gesetzes berufen, dass ein Anstaltsleiter über die Sterilisation zu entscheiden hat.«

Sie brach in Tränen aus. Ihr Vater nahm sie in die Arme und drückte sie fest an sich. Eine Weile schwiegen sie beide, während Paulas Tränen im Hemd ihres Vaters versickerten.

»Es sei denn, er hätte einige andere Probleme, die ihn von Georg ablenken«, unterbrach ihr Vater das Schweigen schließlich.

Paula horchte auf.

»Wie meinst du das, Papa?«

»Schwierige Zeiten erfordern manchmal schmutzige Tricks. Weißt du noch, wie Krüger Richard damals bei der Gestapo denunzierte?«

»Das werde ich nie vergessen. Ich hatte furchtbare Angst um Richard.«

»Nun, wir müssen uns irgendeinen bösartigen Vorwurf ausdenken und dann eine anonyme Anzeige bei der Gestapo machen. Bis das dann aus der Welt geschafft ist, ist Georg längst entlassen.«

»Papa, das ist …«

»Bösartig, hinterhältig und meiner nicht würdig?«, fragte er mit einem Lächeln.

»Ich wollte eigentlich sagen, das ist genial.« Sie lachte. »Aber natürlich ist es auch bösartig, hinterhältig und deiner unter normalen Umständen nicht würdig.«

»Wir sind uns also einig. Jetzt müssen wir nur noch einen glaubwürdigen Vorwurf finden, der Krüger in Schwierigkeiten bringt.«

»Das ist nicht einfach«, meinte Paula. »Er ist doch ein strammer Parteigenosse.«

»Das hat nichts zu besagen. Wir könnten ihm homosexuelle Umtriebe wie Ernst Röhm anhängen. So was bricht jedem Nazi das Genick.«

»Papa, deine Fantasie in allen Ehren, aber glaubst du nicht, dass das zu weit hergeholt ist?«

»Wieso? Ist er verheiratet?«

»Keine Ahnung«, gab Paula zu. »Ich muss gestehen, dass ich nichts über sein Privatleben weiß.«

»Das macht es deutlich komplizierter.«

Sie überlegten eine Weile.

»Wie wäre es mit Schwarzmarkthandel?«, schlug Paula schließlich vor. »Wir behaupten, er verkaufe heimlich Medikamente aus dem Klinikbestand auf dem Schwarzmarkt, damit sie untergetauchten Volksfeinden zugutekommen.«

»Damit könnte er eine Woche lang beschäftigt sein, bis alle Aufstellungen der Medikamente erfolgt sind und man feststellt, dass sie noch vollzählig vorhanden sind. Es sei denn, irgendwer hat sich tatsächlich dort bedient. Hast du noch irgendwelche Vertraute, die vielleicht das ein oder andere zufällig ›verlegen‹ könnten, sodass es dauert, bis man alles findet?«

»Nein, aber ich glaube, das ist auch gar nicht nötig. Der Ruch, er könne mit solchen Dingen zu tun haben, genügt schon, um ihm eine unangenehme Woche zu bereiten.«

»Gut, dann werde ich morgen einen anonymen Hinweis an die Gestapo liefern. Und du besuchst Georg jeden Tag und sorgst dafür, dass er zum frühestmöglichen Zeitpunkt entlassen werden kann.«

Normalerweise war auf der Kinderstation nur am Mittwoch und Sonntag Besuchszeit, aber da Paula ein Jahr lang auf der Infektionsstation gearbeitet hatte und noch etliche der Kollegen kannte, durfte sie Georg auch außerhalb der Besuchszeiten sehen. Sie brachte ihm und seinem Freund Horst eine Tüte Sahnebonbons mit, riet ihnen aber, die Bonbons gut vor den Schwestern zu verstecken. Dann erklärte sie Georg, dass er auf jeden Fall weiterhin versuchen müsse, seine Taubheit vor Krüger zu verbergen.

»Wenn er dich untersuchen will, weinst du und sagst, du hast Hals- und Kopfschmerzen«, schärfte sie ihm ein. »Jammere und quengle und verweigere einfach die Mitarbeit. Das ist bei einem kranken Kind nichts Ungewöhnliches. Sei ruhig ungezogen, das darfst du jetzt.«

»Darf ich auch ungezogen sein?«, fragte Horst.

»Ja, aber nicht übertreiben. Gerade so viel, dass Doktor Krüger mit euch nichts anfangen kann und alles auf später verschiebt. Er darf nicht merken, dass es nur gespielt ist. Das ist ganz wichtig!«

»Mama, was passiert, wenn er merkt, dass ich wirklich taub bin?«

Paula zögerte. Wie sollte sie einem Neunjährigen das *Gesetz zur Verhütung erbkranken Nachwuchses* erklären?

»Doktor Krüger glaubt, dass Menschen, die nicht hören können, ebenfalls taube Kinder bekommen. Und er will die Taubheit ausrotten. Er wird dich dann operieren, damit du niemals Vater werden kannst.«

»Aber Fräulein Felbers Mutter ist doch auch taub und Fräulein Felber kann hören.«

»Ja, und Doktor Krüger ist ein Idiot. Aber das ändert nichts daran, dass er die Macht dazu hat, seine kranken Ansichten durchzusetzen. Und es geht nicht nur um dich. Er behauptet, auch Emilia würde die Taubheit an ihre Kinder weitergeben.«

»Aber Emilia kann doch hören.«

»Wie ich schon sagte, Doktor Krüger ist ein Idiot. Aber ein gefährlicher, gruseliger Idiot.« Paula seufzte.

»Ein echter Bösewicht«, sagte Horst.

»Ja, ein echter Bösewicht. Und ein mächtiger Bösewicht. Aber ihr könnt ihn überlisten, wenn ihr schlau und tapfer seid. Tut alles, damit er Georg nicht ausreichend untersuchen kann. Ihr müsst das eine Woche lang verhindern, dann wird alles gut.«

Nachdem seine Mutter gegangen war, dachte Georg noch lange über ihre Worte nach. Er hatte sich noch nie Gedanken darüber gemacht, irgendwann als Erwachsener selbst Kinder zu haben, und noch viel weniger hatte er sich gefragt, ob sie wohl hören könnten oder nicht. Seine Taubheit hatte für ihn nie eine besondere Bedeutung gehabt. Natürlich war es oft lästig, nichts hören zu können, aber es hatte bei den Bombenangriffen auch seine Vorteile, wie sowohl Emilia als auch Horst ihm immer wieder bestätigten. Warum konnte dieser blöde Arzt ihn nicht einfach in Ruhe lassen?

An diesem Tag erschien Doktor Krüger nicht mehr auf der Station, aber am folgenden Morgen war Visite. Ein Pulk von jungen Ärzten und Schwestern folgte Krüger, der nacheinander kurz nach jedem Kind sah. Während er bei Horst nur sehr kurz verweilte, ließ er sich einen Stuhl an Georgs Bett ziehen und nahm Platz.

»Wie geht es dir?«, fragte er Georg und sah ihm dabei direkt in die Augen.

»Ich habe Hals- und Kopfschmerzen«, erwiderte Georg eingedenk der Warnung seiner Mutter. »Und mir ist schlecht.«

»So, dir ist schlecht. Musst du dich übergeben?«

»Nein.«

»Gut. Ich habe hier etwas mitgebracht.« Doktor Krüger zog ein Glöckchen aus seiner Kitteltasche. »Ich möchte feststellen, wie stark deine Schwerhörigkeit ausgeprägt ist. Schwester Elfriede wird das Glöckchen jetzt hinter deinem Rücken läuten und du sagst mir, wenn du es hörst.«

»Mir ist schlecht«, wiederholte Georg. »Ich habe Kopfschmerzen.«

»Schwester Elfriede, fangen Sie an.«

»Mir ist so schlecht«, stöhnte Georg.

»Nun reiß dich mal zusammen!«, fuhr Krüger ihn an. »Sag, wenn du das Glöckchen hörst.«

Georg sah, wie Horst sich ein Stück vorbeugte. Ein kaum merkliches Zwinkern.

»Jetzt hat es geläutet«, sagte er auf gut Glück.

Krüger wirkte überrascht. »Stimmt.«

»Mir ist so schlecht. Können wir nicht aufhören?«

»Nein, noch mal.«

Im selben Moment fiel Georg auf, wie Horst sich einen Finger in den Hals steckte und sich fast im gleichen Moment schwallartig auf Krügers Rücken erbrach.

»Igitt!«, brüllte Krüger und sprang auf. »Kannst du nicht Bescheid sagen, wenn du eine Schüssel brauchst?« Er streifte hastig den beschmutzten Kittel ab und warf ihn zu Boden.

»Mir ist auch so schlecht«, stöhnte Horst.

Der Anblick des Erbrochenen und der strenge Geruch ließen auch Georgs Magen rebellieren. Im nächsten Moment übergab er sich ebenfalls über sein gesamtes Bett.

Krüger holte tief Luft. »Schwester Elfriede, sorgen Sie dafür, dass hier Ordnung geschaffen wird. Außerdem brauche ich einen neuen Kittel!« Mit diesen Worten verließ er den Wachsaal.

Georg sah ein kurzes Lächeln über Schwester Elfriedes Gesicht huschen, während sie sein Bett abzog und dann zum Wäscheschrank ging.

»Das war richtig eklig«, meinte Georg.

»Ja, ich musste mich wirklich überwinden«, gab Horst zu. »Aber schlimme Zeiten lassen uns über uns selbst hinauswachsen, sagt meine Oma immer.« Er griff in die Schublade des Nachtschranks, in dem sie die Sahnebonbons versteckt hatten, die Georgs Mutter ihnen mitgebracht hatte, und nahm zwei heraus.

»Das hilft gegen den ekligen Geschmack«, sagte er zu Georg, während er ihm einen Bonbon reichte und sich den anderen selbst in den Mund steckte.

In der folgenden Nacht war wieder Fliegeralarm. Georg bekam es nur mit, weil Horst sich unter seiner Decke verkroch, sodass er nicht mal mit ihm reden konnte. Anscheinend wimmerten und schrien viele der Kinder vor Angst, da sie sich an die Ausbombung in Rothenburgsort erinnerten. Die Schwestern liefen hektisch durch die Bettenreihen und drohten jedem, der nicht ruhig war, mit einem »Piks«, wie die Spritzen hier immer genannt wurden. Am erschreckendsten daran war, dass die Schwestern selbst Angst hatten und das auch zeigten. Georgs heile Kinderwelt und der Glaube an die Allmacht der Erwachsenen, die sie beschützen würden, bekam immer mehr Risse. Er sehnte sich nach seiner Mutter und Emilia.

Als Paula am nächsten Tag wieder zu Besuch kam, erfuhr sie von Schwester Elfriede, wie Georg und Horst die Untersuchung durch Krüger vereitelt hatten.

»Ich denke, Sie hatten recht«, sagte Schwester Elfriede. »Doktor Krüger hat sich regelrecht auf Georg eingeschossen. Wir müssen dafür sorgen, dass er so schnell wie möglich entlassen werden kann. Seine Werte sind derzeit recht gut, ich habe schon mit Doktor Braun gesprochen, der meint, wir könnten ihn bereits am Donnerstag entlassen, sofern Sie ihn zu Hause weiterhin versorgen.«

»Ich danke Ihnen, Schwester Elfriede«, sagte Paula erleichtert. Doktor Braun gehörte zu den Kollegen, die sie noch aus ihrer Zeit in der Kinderklinik kannte. Er war ein freundlicher, unscheinbarer Kollege, der sich niemals in den Vordergrund gedrängt hatte, sondern dem das Wohl seiner kleinen Patienten über alles ging. »Ich hoffe nur, Doktor Krüger lässt den Jungen so lange in Ruhe.«

»Ich denke, der hat im Moment andere Probleme. Wussten

Sie, dass er im Verdacht steht, heimlich Medikamente beiseitegeschafft zu haben, um sie auf dem Schwarzmarkt zu verkaufen?«

»Was sagen Sie da? Das ist ja ungeheuerlich.«

»Er behauptet natürlich, das sei eine böswillige Verleumdung, aber das ändert nichts daran, dass er dazu verpflichtet wurde, Rechenschaft über sämtliche Medikamentenbestände abzulegen, damit sie überprüft werden können. Solange ist er vom Dienst befreit und Doktor Braun ist für die Infektionsstation zuständig.«

»Und was glauben Sie? Hat Krüger Schwarzmarktgeschäfte betrieben?«

»Wer weiß das schon? Er ist ein karrieresüchtiger Mensch, der sich niemals in die Karten blicken lässt. Ich denke, er ist zu allem fähig, wenn er sich davon Vorteile verspricht.«

Paula atmete auf. Wie es schien, war der Kelch nochmals an ihr vorübergegangen. Allerdings beschloss sie, die Zeit bis zu Georgs vollständiger Genesung nicht in ihrer Wohnung zu verbringen, sondern die Rekonvaleszenz im Schrebergarten ihrer Schwiegereltern abzuwarten, da sie davon ausging, dass Krüger sie dort nicht vermuten würde, sofern er ihr die Gesundheitspolizei auf den Hals hetzte. Während sie also dem Donnerstag entgegenharrte, packte sie die Kleider der Kinder ein und bereitete alles für Georgs Ankunft vor. Zudem schrieb sie Emilia eine Entschuldigung, dass sie krank sei und bis zum Beginn der Sommerferien der Schule fernbleiben würde. Emilia war davon begeistert.

»Wird Horst auch bald entlassen?«, fragte sie.

»Vermutlich ein paar Tage später.«

»Vielleicht kann er ja auch hier bei seiner Oma ganz gesund werden«, schlug Emilia vor. »Kannst du nicht mal mit seiner Oma reden?«

»Horst wird in der Wohnung seiner Eltern bleiben. Das ist das Richtige für jedes kranke Kind. Unter normalen Umständen würde ich Georg auch nicht im Schrebergarten gesund werden lassen.«

»Warum nicht?«

»Weil er noch immer sehr geschwächt ist und viel Fürsorge braucht. Außerdem haben wir dort ja nicht mal ein Badezimmer. Aber ich will nicht, dass jemand weiß, wo wir sind. Niemand rechnet damit, dass man mit einem schwer kranken Kind sofort nach dessen Krankenhausentlassung in einen Schrebergarten fährt.«

Emilia sah ihre Mutter fragend an, doch Paula fehlte die Kraft, die ganze Geschichte in kindgerechte Worte zu fassen.

»Hilf mir lieber packen«, sagte sie. »Georg wird dir alles erklären, wenn er wieder bei uns ist.«

Am Donnerstag wurde Georg wie versprochen entlassen.

»Eigentlich ist es noch zu früh«, meinte Doktor Braun. »Aber Sie sind ja Kollegin, Sie wissen, worauf es ankommt. Ich habe Ihnen Medikamente bis Montag zusammengepackt, dann brauchen Sie ein neues Rezept.« Er reichte ihr die Papiertüte mit den Medikamenten und Georgs Entlassungspapiere.

»Ich danke Ihnen«, sagte Paula. »Sie wissen gar nicht, wie dankbar ich Ihnen bin.«

»Doch, ich kann es mir denken. Nicht alle von uns stehen hinter dem, was Doktor Krüger verkörpert. Aber nur wenige haben den Mut, dagegen aufzubegehren. Ich weiß, was Ihrem Mann widerfahren ist. Ich bewundere seinen Mut, aber ich hätte Angst vor den Konsequenzen gehabt.«

»Sie tun, was Sie können«, erwiderte Paula. »Mehr kann niemand erwarten.«

Georg war noch sehr wackelig auf den Beinen, als er sie zum Auto begleitete, aber er freute sich, dass es wieder in den Schrebergarten ging.

In dieser Nacht gab es erneut heftige Luftangriffe und Paula war froh, dass sie mit dem rekonvaleszenten Georg nicht in den Luftschutzkeller musste. Georg und Emilia schauten wie üblich aus dem Fenster und beobachteten, wie die Scheinwerfer der Flak zahlreiche Flugzeuge ins Visier nahmen. Dennoch trafen viele Bomben ihr Ziel und über der Stadt loderte schon bald der helle Schein zahlreicher Feuer.

»Das werden immer mehr«, stellte Emilia fest. »Die sind wie Ungeziefer! Man bräuchte eine riesige Fliegenklatsche, die gleich drei Terrorflieger auf einmal runterholt!«

Paula sagte nichts. Sie schaute ebenfalls aus dem Fenster, aber nicht fasziniert wie ihre Kinder, sondern besorgt. Die schlimmsten Feuer loderten dort, wo ihre Wohnung lag.

Am folgenden Tag wurde aus der Besorgnis schreckliche Gewissheit. Eine Bombe hatte ihr Wohnhaus getroffen und vollständig zerstört. Alle Bewohner, die sich im Luftschutzkeller vermeintlich in Sicherheit gebracht hatten, waren tot. Ein eisiger Schauer lief Paula über den Rücken, als ihr klar wurde, dass sie und die Kinder ihr Leben einzig Doktor Krügers Bosheit verdankten …

43. Kapitel

Tobruk war eine Enttäuschung. Die Eroberung hatte viel Kraft und viele Leben gekostet. Obwohl Richard mittlerweile ein eigenes Einsatzfeld als Psychiater hatte, war es weiterhin notwendig, dass er die Chirurgen unterstützte. Fritz ging in den Tagen vor der Eroberung ständig bis an seine Grenzen und arbeitete oft vierzehn Stunden am Stück.

»Du kannst dich auf Dauer nicht so schinden«, warnte Richard ihn immer wieder, doch Fritz wehrte ab. »Was bedeuten schon ein paar Stunden fehlender Schlaf, wenn man dafür Leben retten kann?«

»Wenn du irgendwann zusammenbrichst, kannst du niemandem mehr helfen.«

»Keine Sorge, das wird schon nicht passieren. Wenn Tobruk fällt, geht alles wieder seinen gewohnten Gang.« Vermutlich hoffte Fritz, dass Tobruk ähnlich wie Tripolis war, doch als sie in die Stadt einzogen, stellten sie fest, dass der Begriff Stadt schon zu hoch gegriffen war. Es war ein Hafen mit ein paar Häusern in der Umgebung, einigen kleinen Läden, in denen es nichts mehr zu kaufen gab, und verwüsteten Vorratslagern. Nicht mal Walter konnte hier trotz seines großartigen Organisationstalents noch etwas auftreiben. Es blieb ihnen nichts anderes übrig, als auf die Versorgungsschiffe aus Italien zu warten.

Ein paar Tage später kam tatsächlich der erste Versorgungskonvoi. Endlich gab es wieder genügend zu essen und sogar Bier und natürlich die lang ersehnte Feldpost.

Während Fritz ein aktuelles Foto von seiner Frau und den Kindern samt Dackel Rudi geschickt bekam, fiel Richard sofort auf, dass Paulas Brief mit einem Absender aus Göttingen versehen war. Was um alles in der Welt trieb sie in Göttingen? Hastig riss er ihn auf.

> *Mein geliebter Richard,*
> *ich weiß nicht, ob mein letzter Brief Dich erreichte, wir haben lange nichts von Dir gehört. Ich will Dich nicht mit Wiederholungen langweilen, aber sollte mein letzter Brief nicht angekommen sein, musst Du wissen, dass wir Ende Juni ausgebombt wurden. Wir hatten Glück, wir waren im Schrebergarten Deiner Eltern, aber alle unsere Nachbarn, die im Luftschutzkeller waren, sind tot. Es ist eine Tragödie. Du würdest unseren Straßenzug nicht mehr wiedererkennen. Unser Wohnhaus ist vollständig zerstört, die Häuser daneben stehen wie hohle, löchrige Zähne und sind einsturzgefährdet. Georg war nach Pfingsten mit Diphtherie im Krankenhaus, auch das Krankenhaus wurde von einer Bombe getroffen und die Kinder wurden nach Langenhorn evakuiert. Dort ist Doktor Krüger auf Georg aufmerksam geworden. Ich habe alles drangesetzt, ihn aus Krügers Fängen zu befreien, ich werde es Dir persönlich erzählen, wenn wir*

uns das nächste Mal wiedersehen. Nach unserer Ausbombung habe ich lange überlegt, wie es weitergehen soll. Ich hätte zu Deinen Eltern oder meinem Vater ziehen können, aber Krüger drohte uns mit der Gesundheitspolizei. Deshalb hat mein Vater seine alten Kontakte nach Göttingen zu Professor Ewald spielen lassen. Ich arbeite jetzt als Ärztin in der Pflegeanstalt Göttingen-Rosdorf. Wir haben Glück, dass wir ganz in der Nähe bei einer netten Witwe, deren Sohn ebenfalls an der Front ist, zwei Zimmer zur Untermiete bewohnen. Frau Heiroth kümmert sich rührend um die Kinder, wenn ich nicht da bin. Leider gibt es keine geeignete Schule für Georg, aber ich habe nach einigem Suchen einen Privatlehrer für ihn gefunden, der dreimal in der Woche zu ihm kommt. Ansonsten lasse ich ihn dieselben Aufgaben lösen, die Emilia aus der Schule mitbringt. Zudem ist es mir gelungen, ihn durch Atteste, die seine starke Schwerhörigkeit aufgrund des Geburtstraumas belegen, von der Teilnahme an der Hitlerjugend befreien zu lassen. Emilia geht seit drei Wochen zum BDM. Ich habe ihr nichts von unseren Bedenken erzählt, sie soll ganz unvoreingenommen mit den anderen Mädchen an den Jugendfreizeiten teilnehmen. Es macht ihr auch sichtlich Spaß, sie hat mich schon gefragt, ob sie im nächsten Frühjahr mit auf die geplante BDM-Reise in eines dieser Jugendlager gehen darf. Ich habe es ihr erlaubt, denn zum einen braucht sie dringend Abwechslung, und zum anderen wollen wir nicht auffallen. Die

Mädchen treiben dort Sport, singen Lieder, halten ihren Fahnenappell ab und machen zum Teil sogar Geländespiele wie die Jungen. Emilia findet das großartig und sie hat bereits einige gute Freundinnen gefunden. Sie ist ein sehr tapferes, gescheites Mädchen. Und dass sie beim BDM auch etwas über Haushaltsführung und Kochen lernt, kann ja nie schaden. Manchmal denke ich daran zurück, wie Fritz vor dem Krieg die Sonnenseiten unseres neuen Deutschlands genoss, weil er gegen die Schattenseiten nichts unternehmen konnte. So ähnlich ist es bei Emilia. Alles, was den Hauch einer glücklichen Kindheit vermittelt, soll sie mitnehmen.

Meine Arbeit bei Professor Ewald würde Dir gefallen. Wir handeln ganz in Deinem Sinne, denn die Dinge, gegen die Du angekämpft hast, beschäftigen auch uns. Ich erzähle Dir davon, wenn Du Heimaturlaub bekommst.

Sollte Dein Organisationstalent Walter zufällig eine Quelle für zivile Anzüge kennen, solltest Du zugreifen. Da wir zum Zeitpunkt des Bombenangriffs im Schrebergarten lebten, hatte ich einen Großteil der Sommer- und Übergangskleidung der Kinder dabei und auch viele meiner eigenen Kleider. Allerdings haben wir nichts von Deinen Sachen retten können. Es tut mir in der Seele weh, wenn ich an all unsere Bücher denke, die auf immer verloren sind und die sich auch nicht mehr ersetzen lassen, wie deine Stefan-Zweig-Sammlung. Aber wenigstens leben wir noch. Und so hoffe ich, dass unser aller Optimismus uns auch durch die finstersten Tage tragen wird, denn aus allem Schlechten kann auch etwas Gutes werden, sofern wir nur fest genug daran glauben. Hier in Göttingen gibt es kaum Luftangriffe.

Ich hoffe, Dir geht es gut. Bitte lass bald von Dir hören.

Deine Dich liebende Paula

»Schlechte Nachrichten?«, fragte Fritz, dem aufgefallen war, wie still Richard nach der Lektüre des Briefes war.

»Wie man es nimmt«, entgegnete er. »Anscheinend ist ein Brief auf dem Postweg verloren gegangen. Paula ist mit den Kindern nach Göttingen gezogen, weil wir ausgebombt wurden.«

»Ausgebombt?«, fragte Fritz ungläubig.

»Ja«, bestätigte Richard. »Paula war an dem Tag mit den Kindern im Schrebergarten, aber alle unsere Nachbarn sind tot. Sie meinte, ich würde den Straßenzug nicht mehr wiedererkennen.«

Fritz schluckte. »Das tut mir sehr leid.«

»Es ist nicht wichtig«, sagte Richard. »Die Hauptsache ist, dass sie gesund und am Leben sind. Und was schreibt Doro?«

»Nur das Übliche, nichts Aufregendes. Dass Paula ausgebombt wurde, hat sie mir natürlich nicht mitgeteilt. Sie schreibt eigentlich nie über Bombenangriffe und ich dachte, die wären inzwischen weniger geworden.« Er atmete tief durch. »Vermutlich will sie mich nicht beunruhigen.«

Richard nickte nur. Es war unerträglich, am anderen Ende der Welt zu sein, während die Familie in der Heimat hilflos den Luftangriffen der Briten und Amerikaner ausgesetzt war.

44. Kapitel

Das Leben in Göttingen mit einem neuen geregelten Tagesablauf als Ärztin in der Psychiatrie empfand Paula als Erleichterung. Hier musste sie sich keine Sorgen mehr um Georg machen, auch wenn sie es bedauerte, dass er nur noch Privatstunden nehmen und anders als Emilia keine neuen Freunde finden konnte.

Professor Ewald war ein alter Studienfreund ihres Vaters und teilte ihre Ansichten hinsichtlich der Euthanasie. Ihr Vater hatte ihr gesagt, sie könne ihm vertrauen, und so hatte sie Professor Ewald von Richards Versuch, seine Patienten zu retten und zu schützen, berichtet. Und auch von seinem Scheitern.

»Das ist die Crux«, hatte der Professor geantwortet. »Wenn wir es übertreiben und alle retten wollen, retten wir letztlich niemanden, weil sie uns dann die Aufsichtskommissionen aus Berlin auf den Hals hetzen. Wir müssen uns entscheiden. Das tun wir hier schon von Anfang an. Auf diese Weise konnten wir zwei Drittel unserer Patienten vor dem Tod bewahren, aber es gab auch die, für die wir zu unserem größten Bedauern nichts tun konnten.«

»Also ging ein Drittel dieser Menschen in den Tod?«, fragte Paula erschüttert.

Der Professor nickte. »Wenn es Ihnen ein Trost ist, in anderen Anstalten, in denen stramme Nazis am Werk sind, blieb nur ein Fünftel der Patienten am Leben. Und es geht immer weiter. Soweit ich von meinen Gewährsleuten unterrichtet bin, wurde die eigentliche Tötung mit Gas inzwischen eingestellt. Man hat sich jetzt darauf verlagert, die als unproduktiv geltenden Kranken in einigen großen Anstalten zusammenzufassen, in denen sie an Unterernährung sterben oder mittels Luminalinjektionen getötet werden.«

Paula sah ihn mit großen Augen an. »Das ist grauenvoll! Wie können Ärzte das überhaupt zulassen? Und gibt es wirklich nichts, was wir tun können?«

»Doch. Zwar können wir das System nicht außer Kraft setzen, aber wir können uns für jeden einzelnen Patienten einsetzen und versuchen, so viele Menschen wie möglich in Sicherheit zu bringen. Dafür brauche ich Sie, Frau Doktor Hellmer. Tun Sie das Gleiche, was Ihr Mann tat, aber wiederholen Sie nicht seinen Fehler. Wir können nicht allen die volle Leistungsfähigkeit attestieren, denn das fällt auf. Wir müssen zudem viel früher anfangen. Es geht nicht nur um die Meldebögen. Es geht auch darum, die Patienten frühzeitig wieder zu entlassen, sie zurück zu ihren Familien zu schicken oder ihnen Arbeitsplätze in Handwerksbetrieben zu besorgen, denen Nächstenliebe mehr als Profit bedeutet. Ihr Vater erzählte mir, dass Ihr Schwiegervater auf diese Weise drei Patienten retten konnte.«

»Ja«, bestätigte Paula.

»Das ist der Weg. Eine psychiatrische Anstalt ist für einen Kranken derzeit einer der gefährlichsten Orte in Deutschland. Was die Bomben nicht erledigen, erledigen unsere eigenen Leute an diesen Menschen. Knüpfen Sie Kontakte zu den Familien, damit sie ihre Angehörigen wieder bei sich aufnehmen. Sie sind eine einfühlsame, intelligente Ärztin, Frau Doktor Hellmer. Nutzen Sie diese Gaben, um die Gesunden zu überzeugen, den Kranken zu helfen.«

Und so begann Paula, Richards Werk in Göttingen fortzuführen. Obwohl sie immer gewusst hatte, welche Last ihr Mann geschultert hatte, konnte sie erst jetzt ermessen, was es wirklich bedeutete, die Verantwortung für das Leben eines Menschen in Händen zu halten. Zwar sagte sie sich immer wieder, dass sie nicht die Richterin war, sie hatte nicht entschieden, dass diese Menschen sterben sollten, aber sie wusste, was mit denen geschah, die sie nicht schützen konnte. Und auf einmal beneidete sie Richard. Er hatte sich niemals diesem Konflikt aussetzen müssen. Er hatte sich schlichtweg geweigert, eine Entscheidung zu treffen, und alle für leistungsfähig erklärt. Doch im Gegensatz zu ihm damals wusste sie nun, dass sie niemanden würde retten können, wenn sie sich weigerte, eine Auswahl zu treffen.

Am liebsten war es ihr deshalb immer noch, wenn sie die Familienangehörigen aufsuchte und mit ihnen besprach, ihre Angehörigen wieder bei sich aufzunehmen. In den meisten Fällen waren die Menschen für ihre Warnung und Offenheit dankbar, aber es gab auch andere. So wie den Vater von Otto Krahl. Otto war ein einundzwanzigjähriger junger Mann, der unter spastischen Lähmungen litt und niemals richtig sprechen gelernt hatte. Er konnte lachen und seine Empfindungen zeigen, aber er musste nach wie vor wie ein Säugling versorgt werden. Bislang hatte sich seine Mutter um ihn gekümmert, doch die war vor einigen Wochen verstorben und so hatte Ottos Vater den schwerbehinderten Sohn in der Anstalt untergebracht.

Als Paula ihn jetzt besuchte, empfing er sie freundlich und bot ihr sogar eine Tasse Ersatzkaffee an, während sie in dem altdeutschen Wohnzimmer saßen, das Paula entfernt an die gute Stube ihres Vaters erinnerte. An den Wänden hingen gerahmte Fotografien von streng blickenden Männern und Frauen. Eine zeigte eine junge Frau mit einem Säugling im Arm.

»Meine Frau mit Otto kurz nach seiner Geburt«, erklärte Herr Krahl, der Paulas Blick gefolgt war. »Damals war er noch gesund. Er ist erst einige Wochen später an der Meningitis erkrankt.« Der Mann atmete tief durch. »Alle Ärzte meinten damals, Otto würde nicht überleben, aber meine Frau kämpfte wie eine Löwin um ihr Junges. Sie können sich nicht vorstellen, wie oft ich später dachte, es wäre besser gewesen, wenn sie diesen Kampf verloren hätte.« Er seufzte.

Paula schwieg.

»Sehen Sie«, fuhr Herr Krahl fort, »vielleicht halten Sie mich jetzt für einen herzlosen Menschen, aber Otto war unser erstes Kind. Wäre er verstorben, dann hätten wir um ihn getrauert, aber vielleicht noch weitere, gesunde Kinder gehabt. Doch so gab meine Hannelore alle ihre Kraft für dieses Kind, obwohl von vornherein klar war, dass Otto für immer auf dem Stand eines Säuglings bleiben würde. Sie weigerte sich, ihn in ein Pflegeheim zu geben. Er war zu ihrem Lebensinhalt geworden. Weitere Kinder wollte sie nicht und ich – nun, ich blieb bei ihr, weil ein anständiger Mann eine Frau und ein schwer geschädigtes Kind nicht verlässt. Aber ein Leben war es nicht. Alles drehte sich immer nur um Otto, der vor sich hin vegetierte und Hannelore alle Stärke abverlangte. Sie wurde immer dünner, ich hatte sie von Anfang an in Verdacht, dass sie ihre Lebensmittelrationen zum großen Teil Otto überließ, obwohl der doch nicht so viel brauchte, da er nicht mal laufen konnte. Sie welkte dahin und starb vor sechs Wochen an einer Lungenentzündung, weil sie keine Widerstandskräfte mehr hatte.« Ein erneutes tiefes Seufzen. »Und jetzt möchten Sie, dass ich Otto zurückhole, Frau Doktor Hellmer? Wie soll das gehen? Ich arbeite jeden Tag zehn Stunden in einem kriegswichtigen Betrieb, nur deshalb bin ich noch nicht an der Front. Und außerdem hätte ich nicht die Kraft dazu, ihn in meiner Nähe zu ertragen, nachdem er bereits das Leben meiner Frau zerstört hat.«

»Ich habe Ihnen erklärt, was es bedeutet, wenn Ihr Sohn in der Anstalt bleibt.«

Herr Krahl nickte. »Ja, ich weiß es. Und soll ich Ihnen was sagen? Vielleicht ist dieser Ansatz gar nicht so verkehrt. Für dieses Wesen, das mir niemals ein Sohn, sondern immer nur eine Last war, und das seine Bestimmung mit dem Tod seiner Mutter vollständig verloren hat, ist der Tod doch eine Gnade. Wir sollten uns endlich von diesen Sentimentalitäten befreien, die meine Frau zugrunde gerichtet haben. Otto hätte bereits vor zwanzig Jahren sterben sollen, anstatt wie ein Schmarotzer den Platz einzunehmen, der gesunden Kindern, die seinetwegen niemals geboren wurden, vorbehalten gewesen wäre.« Eine einzelne Träne rollte aus dem Augenwinkel des Mannes und er wischte sie hastig weg.

»Ich danke Ihnen für Ihre Zeit, Herr Krahl«, sagte Paula und erhob sich. »Ich hoffe, dass Sie diese Entscheidung niemals bereuen werden.«

»Nein, das werde ich nicht«, erwiderte er. »Ich habe lang genug bereut, dass ich es meiner Frau zugestanden habe, ihn zu Hause zu behalten. Ich hätte ihn schon vor zwanzig Jahren in ein Pflegeheim bringen sollen. Dann wäre uns allen viel erspart geblieben.«

Paula fehlten die Worte. Auf der einen Seite war sie erschüttert über die Kaltherzigkeit, mit der Herr Krahl den nahenden Tod seines Sohnes in Kauf nahm, auf der anderen Seite konnte sie ihn sogar ein wenig verstehen. Sollte er jemals Liebe für dieses Kind empfunden haben, war diese durch die langen Jahre der Sorge und Entbehrung und den vollständigen Verlust eines gemeinsamen Ehelebens aufgefressen worden. Und sie fragte sich, ob jene, die sich so bereitwillig dazu überreden ließen, kranke und behinderte Menschen zu töten, vielleicht Ähnliches erlebt hatten, und sei es nur im entfernteren Umfeld. Was sonst mochte Menschen dazu bringen, jene zu töten, die ihrer Fürsorge anvertraut waren?

Als sie zurück in der Klinik war, nahm sie sich Otto Krahls Meldebogen vor und füllte ihn ordnungsgemäß aus. Leistungsfähigkeit im Vergleich zu einem Gesunden … null Prozent. Sie nahm den Bogen aus der Schreibmaschine und unterschrieb ihn. Ein Leben, das sie nicht retten konnte, aber zugleich die Möglichkeit, zwei andere vor dem Abtransport zu bewahren, da sie ihre Quote ordnungsgemäß erfüllt hatte. Noch während sie darüber nachdachte, spürte sie, wie ihr die Tränen über das Gesicht liefen und eine davon auf ihre noch frische Unterschrift tropfte, sodass die Tinte zerlief. Einen Moment lang überlegte sie, ob sie den Bogen nochmals ausfüllen sollte, aber dann entschied sie sich dagegen. Die Mörder interessierte es ohnehin nicht, ob ihre Unterschrift lesbar oder von Tränen verwischt war.

45. Kapitel

Der Krieg trieb sie unbarmherzig vor sich her und so fanden sich Richard und Fritz im Herbst 1942 bei El Alamein in Ägypten wieder, wo sie erneut im Feldlazarett eingesetzt wurden. Fritz' ausgezeichnete chirurgische Fähigkeiten und Richards effiziente Behandlung von Nervenzusammenbrüchen in Verbindung mit seinen mittlerweile beachtlich verbesserten chirurgischen Fertigkeiten hatten sie in den Augen der Vorgesetzten zur idealen ärztlichen Leitung des Feldlazaretts vor El Alamein gemacht.

»Ich wollte ja immer mal nach Ägypten«, sagte Fritz. »Aber nicht auf diese Weise. Na ja, wenigstens gibt es Bier.« Sie saßen auf den Stufen des einzigen festen Gebäudes, in dem das Lazarett untergebracht war, und tranken direkt aus der Flasche. In den letzten Tagen war es ruhiger an der Frontlinie gewesen, aber dennoch hatten sie heute bereits mehrere Notoperationen durchführen müssen, da es einen Jagdfliegerangriff gegeben hatte. Zwar hatte die eigene Fliegerstaffel die Feinde schnell vertrieben und sogar zwei von ihnen abgeschossen, aber für sieben deutsche Soldaten kam jede Hilfe zu spät und vier waren so schwer verwundet worden, dass sie sofort operiert werden mussten.

»Weißt du«, fuhr Fritz fort, »ich würde so gerne mal das Ägyptische Museum in Kairo sehen, all die Grabschätze von Tutanchamun und die Mumien der großen Pharaonen. Oder das Tal der Könige. Als ich meinen Kindern das erste Mal davon erzählte, waren sie ganz begeistert und wären am liebsten sofort hingereist.« Er lachte leise vor sich hin.

»Das fände ich auch spannend«, bestätigte Richard. »So eine altägyptische Grabanlage mit ihren Wandmalereien würde ich zu gern mal besichtigen. Oder die Pyramiden. Immerhin hast du schon das Britische Museum in London gesehen. Durfte man dort eigentlich fotografieren?«

»Ich weiß es nicht. Ich hatte keinen Fotoapparat dabei, aber ich habe einen Bildband gekauft, in dem die besten Ausstellungsstücke abgebildet und mit ausführlichen Beschreibungen versehen sind.« Fritz seufzte. »Manchmal frage ich mich, was Maxwell jetzt wohl macht. Ob er noch in London in seinem heiß geliebten OP steht oder inzwischen auch an der Front ist. Die Vorstellung finde ich erschreckend. Wir haben uns zuletzt im Mai 1939 mit unseren Familien in London getroffen.«

»Ich weiß, du hattest Rudi wieder bei uns gelassen.«

Fritz nickte gedankenversunken. »Das Leben ist irgendwie verrückt, findest du nicht? Gestern hat man sich noch kollegial und freundschaftlich ausgetauscht und heute schmeißt man sich gegenseitig Bomben auf den Kopf und schießt sich ab. Und wofür? Kannst du mir das erklären, Richard? Du bist doch derjenige von uns beiden, der die Politik durchschaut. Warum haben wir überhaupt Krieg? Was war noch mal der Grund?«

»Ich habe keine Ahnung«, erwiderte Richard und nahm einen großen Schluck Bier. »Ich glaube, der Lebensraum im Osten.«

»Und warum sitzen wir dann jetzt in Afrika?«

»Na, weil die Welt verrückt ist, wie du so schön sagtest.«

»Ach, hier weilen die Herren Doktoren!« Walter kam die Stufen hochgelaufen. »Kommen Sie schnell, das müssen Sie sich ansehen.«

»Was denn?«, fragte Fritz. »Wieder ein Notfall?«

»Nein, kein Notfall, sondern endlich mal ein bisschen Abwechslung. Da sind ein paar echte einheimische Beduinen, die verkaufen allerhand Firlefanz und bieten auch sonst einiges, das für Männer interessant sein dürfte.«

»Kühles Bier?«, fragte Richard. »Dies hier ist nämlich lauwarm.«

Fritz lachte, während Walter die Augen verdrehte. »Ne, ein paar hübsche Bienen, die die Hüften schwingen.«

»Wir sind anständige Familienväter«, erwiderte Fritz. »Bienen mit schwingenden Hüften locken uns nicht. Aber der Rest klingt interessant. Kommst du mit, Richard?«

»Warte, ich hol meine Kamera.«

»Das war ja nicht anders zu erwarten. Sag mal, wo kriegst du eigentlich hier in der Wüste neue Filme und Entwickler her?«

»Ich habe noch Restbestände aus Tripolis dabei.«

»Er hat damals eine ganze Kiste voll gekauft«, erklärte Walter. »Das hätte den Kriegsfotografen vermutlich für ein Jahr gereicht, aber Doktor Hellmer kommt damit auch ein paar Monate hin.«

Richard grinste und verschwand. Als er zurück war, folgten sie Walter zu den Beduinen, die sich in einiger Entfernung zum Lager niedergelassen hatten.

»Hat eigentlich keiner Angst, dass das britische Spione sein könnten?«, fragte Richard.

»Ach, was sollen die schon spionieren? Wo wir sitzen, weiß die britische Luftaufklärung doch längst, und unsere Sicherheitskräfte haben ihnen vorher auf den Zahn gefühlt.« Walter wies auf die Kübelwagen der Wehrmacht, die rings um das Lager verteilt standen. »Aber ein bisschen Abwechslung für die

Jungs ist doch immer erwünscht. Das hält die Moral aufrecht.«

Das Beduinenlager hatte nichts mit dem gemein, wie sich die Filmregisseure der UFA das Leben im Orient vorstellten. Es gab keine farbenprächtigen, riesigen Zelte mit Seidenkissen, die einem Sultan angemessen gewesen wären, sondern die Zelte waren klein und düster. Die Kamele sahen unterernährt und struppig aus und die Beduinen selbst waren in staubige, graubraune Gewänder gekleidet. Die meisten Frauen, die sich außerhalb der Zelte aufhielten, waren in einem undefinierbaren Alter zwischen dreißig und fünfzig, viele von ihnen hatten Zahnlücken und ihre Gesichter waren vom Wüstenwind verwittert.

»So groß dürfte der Notstand bei unseren Männern hoffentlich noch nicht sein«, raunte Fritz Richard zu. »Von wegen Bienen, die die Hüften schwingen.«

»Aber sie bieten recht hübsche Handarbeiten an.« Richard wies auf einen Stand mit Schnitzereien, die Skarabäen und Götterfiguren der altägyptischen Mythologie darstellten. Fritz nahm einen faustgroßen hölzernen Skarabäus in die Hand. Auf der Unterseite befanden sich einige Hieroglyphen.

»Das ist eine recht gute Nachbildung eines Herzskarabäus«, stellte er fest. Dann fragte er den Händler, was er dafür wolle.

Während Fritz sich in einem langen Handelsgespräch verlor, in dem sich deutsche, englische und arabische Wortbrocken abwechselten, betrachtete Richard die übrigen Figuren. Dabei fiel sein Blick auf einen etwa zwölfjährigen Jungen, der hinter dem Zelt des Händlers saß und weitere Figuren schnitzte. Er ging zu ihm.

»Die Figuren sind von dir?«, fragte er.

Der Junge bedeutete ihm, dass er kein Deutsch verstehe, aber ein bisschen Englisch.

Richard nickte und fragte ihn dann auf Englisch, woher er

die Vorbilder für seine Figuren hätte.

»Von Bildern in den Höhlen«, lautete die Antwort in gebrochenem Englisch.

»Höhlen?«, fragte Richard. »Welche Höhlen?«

»Wo die Toten sind. Gar nicht weit von hier.«

Der Junge sah sich kurz um, ganz so, als wolle er sich versichern, dass sie unbeobachtet wären, dann zog er einen alten, verwitterten Skarabäus hervor und reichte ihn Richard. »Sieh dir an. Ist von Toten in der Höhle.«

Richard nahm die Figur und betrachtete sie eingehend. Auf den ersten Blick sah sie echt aus, aber Richard wusste, dass die einheimischen Händler ein Händchen für gute Fälschungen hatten und die Wahrscheinlichkeit, dass der Junge ihm etwas vorflunkerte, groß war. Er stellte den Skarabäus zurück zu den halb fertigen Schnitzereien.

»Du glaubst nicht, dass echt? Willst du wissen, wo gefunden? Ich kann dir beweisen. Ich habe Karte. Kein Mensch außer mir und Onkel« – er wies auf den Mann, der mit Fritz feilschte – »wissen von Höhle.«

Richard horchte auf. »Was für eine Karte?«

»Warte.« Der Junge verschwand im Zelt und kehrte kurz darauf mit einem Pergament zurück. Es war zerknickt, speckig und abgegriffen, die eingezeichneten Symbole waren zum Teil verblasst, doch Richard hatte seine eigene Landkarte oft genug studiert, um zu erkennen, dass die sorgfältig gezeichneten Landmarken übereinstimmten.

Fritz hatte inzwischen den Skarabäus und noch dazu eine Anubis-Statue erstanden. »Und was hast du gekauft?«

»Noch nichts. Aber der Junge, der die Figuren schnitzt, behauptet, dass er die Originalvorbilder dafür in einer Grabhöhle hier ganz in der Nähe gefunden hat. Er will mir diese Karte verkaufen.«

»Karte echt!«, bestätigte der Junge heftig nickend. »Geheimes Grab mit Bildern an Wänden. Willst du Karte kaufen?«

»Was willst du denn dafür haben?«

»Warte mal, Richard«, mischte Fritz sich sein. »Du glaubst diesen Unsinn doch nicht etwa? Diese Wüstenkrämer erzählen dir die wildesten Geschichten, um Geld zu verdienen.«

»Und was ist mit diesem alten Herzskarabäus?« Richard zeigte auf die verwitterte Figur, die sein Interesse überhaupt erst geweckt hatte.

Fritz nahm den Skarabäus in die Hand und betrachtete ihn.

»Ich schätze, den hat er ein halbes Jahr lang irgendwo eingegraben, damit er alt und wertvoll aussieht.« Er legte die Figur wieder zurück.

»Mag ja sein, aber ich wüsste trotzdem gern, wo diese angebliche Grabhöhle liegt.« Richard wandte sich wieder dem Jungen zu. »Also, was willst du für die Karte?«

»Fünf Mark.«

»Fünf Mark?«, rief Richard ungläubig aus. »Ich gebe dir zwanzig Pfennige.«

»Alte Karte, einzige Karte von Grab. Fünf Mark!«

»Na, mit deutschem Geld kennt er sich immerhin aus«, bemerkte Fritz trocken. »Für fünf Mark kannst du eine Menge Bier trinken.« Dann sah er sich die Karte selbst an. »Wie heißt du eigentlich, mein Junge?«

»Hassan.«

»Gut, Hassan. Ehe mein Freund hier sein sauer verdientes Geld für eine Fälschung ausgibt, zeig mir doch mal, was deine Karte taugt. Wo ist unser Lager?«

Hassan fand nicht nur sofort den Lagerplatz, sondern deutete auch gezielt auf eine Markierung im Niemandsland zwischen der deutschen und britischen Frontlinie, wo sich das Grab angeblich befinden sollte.

»Es würde mich nicht wundern, wenn unser junger Freund

auch mit den Briten Geschäfte macht«, stellte Fritz fest. »Jedenfalls kennt er sich in dieser Gegend ziemlich gut aus.«

»Glaubst du, dass etwas dran sein könnte?«, fragte Richard. »Die größten archäologischen Funde wurden doch mithilfe von Grabräubern gemacht, oder?«

Fritz zuckte mit den Schultern. »Ich habe keine Ahnung. Möglich wäre es. Wenn es dich glücklich macht, kauf die Karte.«

Schließlich handelte Richard den Jungen auf eine Mark herunter und fragte ihn anschließend, ob er mit einem Foto einverstanden sei. Hassan stimmte lächelnd zu. Richard fotografierte ihn beim Schnitzen und versprach Fritz einen Abzug für seine Kinder.

»Und was meinst du, Fritz? Wollen wir morgen mal dorthin?«

»Du glaubst doch nicht im Ernst, dass wir dafür einen Urlaubsschein kriegen. Eine nette kleine Expedition ins Niemandsland, um nach einem verborgenen Grab zu suchen.« Er schüttelte den Kopf.

»Wir müssen ja nicht sagen, was wir mit dem Urlaubsschein machen wollen«, erwiderte Richard. »Wir sind einfach mal ein paar Stunden weg, sollen die doch denken, wir vergnügen uns hier mit den Blumen der Wüste. Außerdem ist es zurzeit doch recht ruhig an der Front. Da können wir uns einen kleinen Ausflug leisten.«

»Also soll ich jetzt noch meinen guten Ruf aufs Spiel setzen? Na schön, ich kümmere mich um die Urlaubsscheine. Aber wir werden bestimmt einen Fußmarsch von einer Stunde haben, also sorgst du für einen Kompass und Verpflegung.«

»Und für die Taschenlampe und meine Kamera. Schon klar.«

»Weißt du, dass das absolut das Verrückteste ist, was wir jemals gemacht haben?«

»Wieso? Ich halte das für ausgesprochen normal. Wir sind

in Ägypten und da besucht man als kultivierter Deutscher antike Grabstätten. Alles andere wäre verrückt.«

»Dass wir wahnsinnigen Ärger kriegen können, ist dir klar?«

»Fritz, sei mal ganz ehrlich. Für was, das ich in den letzten Jahren getan habe, hätte ich eigentlich keinen Ärger kriegen können? Und wenn sie uns erwischen, was soll's? Wir werden uns schon rausreden, sagen, wir hätten uns verlaufen, oder tun so, als wären wir betrunken oder hätten einen Sonnenstich. Sie werden ihre besten Ärzte kaum vor ein Erschießungskommando stellen oder in ein Strafbataillon versetzen. Die brauchen uns hier.«

»Auch wieder wahr«, gab Fritz zu. »Aber ich warne dich, wenn da nichts ist, schuldest du mir zwei Flaschen Bier.«

46. Kapitel

»Langsam komme ich mir vor wie Kara Ben Nemsi, nur ohne Pferd«, murrte Fritz und wischte sich den Schweiß aus dem Gesicht. »Glaubst du wirklich, dass es dieses Grab gibt?«

»In der Karte ist ein Haufen von fünf Steinen eingezeichnet, die den verborgenen Zugang zur Höhle markieren.«

»Ich glaub, das war eine blöde Idee. Wollen wir nicht lieber umkehren, ehe wir hier noch auf Engländer treffen oder uns irgendein feindlicher Jagdflieger sieht?«

»Nun sind wir schon so weit gekommen, lass uns noch zehn Minuten weitergehen. Wenn wir dann die Grabhöhle immer noch nicht gefunden haben, kehren wir um.«

Fritz wollte gerade Widerspruch einlegen, als Richard den Steinhaufen entdeckte, der zwischen einigen knorrigen Baumstümpfen und dem spärlichen Gras deutlich zu erkennen war.

»Da, siehst du das?«

»Tatsächlich, der Bengel hat zumindest damit nicht gelogen.«

Sie legten einen Schritt zu, immer darauf bedacht, das Gelände im Auge zu behalten. Es war niemand zu sehen.

»Sind wir eigentlich weit weg von den britischen Linien?«, fragte Richard. Fritz schaute auf die Karte. »Na ja, ungefähr so weit wie von unseren eigenen.«

Richard hatte indes den Steinhaufen erreicht und schaute sich um.

»Hier ist ein Loch, das nach unten führt«, rief er Fritz zu. Dann nahm er den Tornister ab, in dem er Wasserflaschen, etwas Proviant, Taschenlampen und seine Kamera hatte, legte sich flach auf den Bauch und leuchtete mit seiner Taschenlampe hinein.

»Kannst du was sehen?«, fragte Fritz, der neben ihm in die Hocke gegangen war.

»Es geht nicht sonderlich tief runter, aber danach waagerecht weiter. Da scheint wirklich ein Schacht zu sein.«

»Und wenn da Schlangen sind? Oder sonstiges giftiges Gewürm? Oder irgendein mysteriöser Fluch auf der Höhle liegt so wie beim Grab von Tutanchamun?«

»Dann wäre Hassan ja nicht so gesund und munter geblieben, oder?«

»Na ja, aber Schlangen und Skorpione könnten trotzdem da sein.«

»Fritz, ich wusste gar nicht, dass du so ein Feigling bist.«

»Von wegen Feigling, einer von uns beiden muss ja vernünftig bleiben, wenn du ganz vom Entdeckerfieber gepackt bist.«

»Ich klettere jetzt mal runter.« Richard holte die zweite Taschenlampe aus dem Tornister, reichte sie Fritz und griff dann nach seinem Fotoapparat.

»Und was soll ich machen, wenn du von einer Schlange gebissen wirst?«

»Du bist Chirurg, lass dir was einfallen.«

Der Zugang zur Höhle war sehr eng und Richard kam nur mühsam auf allen vieren voran. Einmal huschte irgendein Tier an seiner Hand vorbei und er schrak zurück, doch es war nur eine Eidechse, keine Schlange. Er atmete auf. Nach ungefähr drei Metern wurde der Gang breiter und führte schließlich in eine kleine Kammer von etwa vier mal vier Meter Größe, in der er aufrecht stehen konnte. An den Wänden befanden sich tatsächlich zahlreiche Malereien, die die ägyptische Götterwelt darstellten.

»Fritz, das ist unglaublich!«, rief er. »Das musst du dir ansehen! Der Junge hat die Wahrheit gesagt!«

Kurz darauf stand Fritz neben ihm. Er hatte den Tornister mitgebracht und ihre Spuren am Eingang verwischt.

»Nur für alle Fälle«, meinte er. »Falls irgendein Aufklärer hier drüberfliegt.« Dann leuchteten sie gemeinsam mit ihren Taschenlampen den Raum aus.

»Sieh mal, da ist der Sarkophag.« Fritz wies auf einen großen, sandfarbenen Steinquader, dessen Deckel in zwei Teile zerbrochen am Boden lag. Der Sarkophag war leer. »Natürlich geplündert.«

»Ob wir wohl die ersten Europäer sind, die jemals hier waren?«, fragte Richard.

»Ich denke schon«, erwiderte Fritz. »Wer würde schon auf die Idee kommen, in dieser unwirtlichen Gegend eine Ausgrabung zu finanzieren?«

Er leuchtete die Wandbilder ab. »Das ist wundervoll, sieh es dir an. Das ist die Zeremonie der Mundöffnung, und hier führt Anubis den Verstorbenen ins Reich der Toten vor Osiris' Thron. Natürlich ist das nicht so beeindruckend wie die Fotos, die man aus dem Tal der Könige kennt, aber das …« Er verstummte. »Hast du das gehört?«

»Was denn?«, fragte Richard.

Fritz zog seine Pistole aus der Tasche an seinem Gürtel. »Mach deine Taschenlampe aus, schnell!«

Richard gehorchte verunsichert, dann hörte er, was Fritz meinte. Über ihnen waren die Stimmen von mindestens zwei

Männern zu hören. Und sie sprachen Englisch!

Unwillkürlich griff auch er nach seiner Waffe. Es war das allererste Mal in diesem Krieg, dass er sie außerhalb des Übungsplatzes zog. Niemals hätte er gedacht, dass er im Sanitätsdienst jemals in die Verlegenheit kommen würde, eine Waffe zu benutzen. Hatte man sie beobachtet? War man ihnen gefolgt? Richards Herz klopfte bis zum Hals. Fritz schob ihn in der Dunkelheit hinter den Sarkophag, der ihnen etwas Deckung bot.

»Komm her, Arthur!«, rief jemand auf Englisch, während ein Lichtstrahl in die Kammer fiel. »Hier ist wirklich ein altes Grab. Es ist fantastisch!«

Ein scharrendes Geräusch deutete darauf hin, dass ein zweiter Mann in den Gang krabbelte.

»Hey, was ist das? Ein deutscher Tornister?«

Im selben Moment sprang Fritz hinter dem Sarkophag auf.

»Hände hoch!«, befahl er auf Englisch. Richard folgte seinem Beispiel und richtete sowohl seine Pistole als auch die Taschenlampe auf die beiden Briten, die wie vom Donner gerührt auf die beiden deutschen Offiziere starrten und ganz langsam ihre Hände hoben.

»Wir ... wir sind vom Sanitätsdienst«, sagte der Erste der beiden Briten. »Keine kämpfende Truppe.«

Fritz sah sein Gegenüber genauer an.

»Maxwell? Maxwell Cooper?«

»Ja«, kam es zögerlich zurück. Richard bemerkte, wie der Brite versuchte, ihre Gesichter trotz des Gegenlichts der Taschenlampen zu erkennen. »Kennen wir uns?«

»Ich bin's, Fritz Ellerweg.«

»Fritz? Mein Gott! Dich trifft man ja wirklich überall!«

»Hör mal«, meinte Fritz, »das ist jetzt eine ziemlich ... nennen wir's mal peinliche Situation für uns alle. Sag mir bitte ganz ehrlich, wie viele von euch lungern da draußen noch rum?«

»Keiner«, erwiderte Maxwell und erntete dafür einen wütenden Schienbeintritt seines Begleiters.

»Keiner?«, fragte Fritz. »Dein Wort drauf?«

»Mein Wort.«

»Gut. Wollen wir wie alte Freunde reden? Dann werden wir jetzt unsere Waffen wegstecken. Oder besteht ihr auf Krieg?«

»Ich finde, dieses Grab sieht aus wie die Schweiz«, entgegnete Maxwell. »Außerdem bekriegen sich Sanitätsoffiziere nicht.«

»In Ordnung.« Fritz senkte seine Waffe.

»Willst du ihnen nicht wenigstens sagen, dass sie ihre Waffengurte abschnallen sollen?«, fragte Richard auf Deutsch, während er seine Pistole nach wie vor auf die beiden Engländer gerichtet hielt.

»Maxwell ist mein Freund, der belügt mich nicht.«

»Und der andere? Der guckt ziemlich finster, dem traue ich alles zu.«

»Das ist auch besser so«, knurrte der zweite Engländer auf Deutsch. »Ich kann euch verdammte Krauts nicht ausstehen!«

»Siehst du, der ist mit Vorsicht zu genießen.«

»Arthur, hör auf damit!«, zischte Maxwell.

»Du kannst nicht von mir verlangen, dass ich irgendeinem Deutschen traue!«, gab Arthur kalt auf Englisch zurück.

»Du bist überhaupt nicht in der Position, eine Wahl zu treffen«, erwiderte Richard ebenfalls auf Englisch, weil er sich nicht sicher war, ob Maxwell Deutsch verstand, er ihn aber nicht aus dem Gespräch ausschließen wollte. »Ich bin derjenige mit der Pistole in der Hand und ich muss entscheiden, ob ich bereit bin, dir zu trauen.«

»Ähm, er wurde beim letzten Luftangriff auf London ausgebombt«, versuchte Maxwell zu schlichten. »Er hatte nur Glück, dass seine Frau nicht im Haus war, sonst wäre sie tot.«

»Ach, glaubt er, da ist er der Einzige?«, gab Richard verärgert zurück. »Meine Wohnung wurde ebenfalls von britischen Bombern komplett in Schutt und Asche gelegt, alle unsere Nachbarn sind im Luftschutzkeller elendig verreckt. Meine Frau und meine beiden Kinder haben nur durch einen Zufall überlebt. Aber der Unterschied zwischen uns beiden ist wohl der, dass ich zwischen der britischen Luftwaffe und Unbeteiligten zu unterscheiden weiß.« Er musterte Arthur von oben bis unten und sein Blick blieb an dem Fotoapparat haften, der um Arthurs Hals hing. »Außerdem passt es nicht, alles Deutsche zu verachten, aber mit einer deutschen Leica II rumzulaufen. Oder ist das eine Kriegstrophäe?«

»Ich habe nicht behauptet, dass ich alles Deutsche verachte«, widersprach Arthur. »Ich habe nur gesagt, dass ich keinem Deutschen traue!«

»Das musst du ja auch nicht«, gab Richard zurück. »Mir genügt, wenn du mir dein Wort gibst, dich an einen Waffenstillstand zu halten, wenn ich meine Waffe jetzt senke. Auch wenn es ziemlich naiv und dumm von mir sein mag, dem Wort eines verbitterten Briten zu trauen.«

Arthur zögerte kurz, dann nickte er. »Du hast mein Wort.«

»Na endlich«, sagte Richard und steckte seine Pistole ein. Fritz und Maxwell atmeten erleichtert auf.

»Aber jetzt mal ehrlich, was macht ihr hier?«, fragte Maxwell.

»Wir haben gestern eine Karte von einem Beduinenjungen erworben, die den Weg zu einem bislang unentdeckten Grab zeigt«, entgegnete Fritz. »Das wollten wir uns ansehen, zumal es im Moment ja gerade etwas ruhiger an der Front ist.«

»Eine Karte?«, fragte Maxwell. »Etwa so eine?« Er griff in die Tasche seiner Uniformjacke und zog ein zusammengefaltetes Pergament hervor, das er langsam entfaltete. Richard und Fritz starrten auf die Karte.

»Dieses kleine Schlitzohr«, zischte Fritz, während Richard sein eigenes Exemplar aus dem Tornister holte.

»Das ist meine«, sagte Richard und zeigte sie dem Briten. »Absolut identisch. Sogar die abgegriffenen Stellen an den Rändern. Scheint ein florierendes beduinisches Geschäftsmodell zu sein.«

Maxwell brach in schallendes Gelächter aus. »Ich habe meine Karte schon vor einer Woche gekauft«, sagte er dann, »aber es war erst heute sicher genug, dass wir uns eine kleine Expedition ins Niemandsland zutrauten. Wir dachten, der Feind ist ruhig, da fällt es keinem auf, wenn wir mal eine Weile unterwegs sind.«

»Genau wie wir.« Fritz grinste. »Ist das nicht schön, wenn der Feind mal Ruhe gibt, damit man sich kulturellen Bedürfnissen hingeben kann?«

»Mein Gott, Fritz, das glaubt uns kein Mensch, wenn wir es jemals jemandem verraten. Seid ihr schon lange hier?«

»Nein, wir sind nur kurz vor euch angekommen«, antwortete Fritz. »Das hier ist übrigens mein bester Freund Doktor Richard Hellmer. Wir kennen uns schon seit dem ersten Semester unseres Studiums.«

Richard und Maxwell reichten sich die Hände.

»Das ist Doktor Arthur Grifford«, stellte Maxwell Arthur vor. »Wir kennen uns zwar noch nicht so lange wie ihr beide euch, aber lange genug, um zusammen auf unmögliche Expeditionen zu gehen.« Er lachte.

Arthur Grifford schien von der Vorstellung nicht sehr begeistert zu sein und ergriff nur zögerlich Fritz' ausgestreckte Hand.

»Ich wusste doch, dass diese Beduinen mit dem Feind paktieren!«, murmelte er dabei vor sich hin.

»Paktieren kann man nicht sagen«, warf Richard ein. »Sie

verkaufen uns auch nur ihren Plunder.«

Arthur ignorierte ihn, vermutlich um zu verhindern, dass er noch einem Deutschen die Hand reichen musste.

Fritz beleuchtete indes die Wand hinter dem Sarkophag. »Maxwell, du kannst doch Hieroglyphen lesen. Weißt du, was hier steht?«

»Warte, das ist sehr interessant.« Maxwell ging zu Fritz und begann, ihm die Bedeutung der Schriftzeichen zu erklären.

Arthur verdrehte die Augen und schlug sich mit der Hand an die Stirn.

»Kopfschmerzen?«, fragte Richard, der ihn nicht aus den Augen ließ.

»Wir haben im Moment andere Probleme als Hieroglyphen«, entgegnete der mit eisiger Stimme.

»Stimmt«, gab Richard zu. »Das Fotografieren bei diesen Lichtverhältnissen könnte sich als echte Herausforderung erweisen. Jedenfalls für dich. Ich habe bereits eine Leica III.« Er zog seine Kamera hervor. »Die braucht weniger Belichtungszeit und ich habe einen starken Blitz dabei. Manchmal lohnt es sich, in die neueste Technik zu investieren, anstatt sich mit dem günstigeren Vorgängermodell zufriedenzugeben.«

»Angeber!«

Richard lachte. Er stellte seine Kamera auf die bemalten Wände ein und machte mehrere Fotos. Und obwohl Arthur sich anscheinend vorgenommen hatte, den Deutschen mit Todesverachtung zu begegnen, bemerkte Richard, wie er ihm sehr interessiert zusah, aber zu stolz war, auch nur eine Frage zu stellen.

Fritz und Maxwell schienen hingegen komplett vergessen zu haben, dass man sich eigentlich im Krieg befand. Sie tauschten Neuigkeiten über ihre Familien aus, was darin gipfelte, dass sie sich gegenseitig Fotos ihrer Kinder zeigten, die sie immer bei sich trugen.

»Harri ist aber groß geworden«, hörte Richard Maxwell sagen.

»Und die hübsche junge Frau ist wirklich Sarah? Wenn das so weitergeht, wirst du bald Großvater«, entgegnete Fritz. Die beiden lachten.

Arthur räusperte sich mehrfach geräuschvoll.

»Frosch im Hals?«, fragte Richard und erntete dafür einen bitterbösen Blick.

Er atmete tief durch und beschloss, Arthur direkt auf seinen Unmut anzusprechen.

»Hör mal, ich kann ja verstehen, dass du wegen des Krieges die Deutschen verabscheust. Aber das war ja anscheinend nicht immer so, denn du sprichst Deutsch, du hast eine deutsche Kamera und du begleitest einen Kollegen, der nach wie vor dazu steht, mit einem Deutschen befreundet zu sein.« Er wies auf Fritz und Maxwell, die inzwischen dabei waren, sich über neue Operationsmethoden auszutauschen. Maxwell hörte sehr interessiert zu, wie Fritz ihm die Hauttransplantationen erklärte, mit denen er Amputationsstümpfe noch während der OP versorgte, um später eine bessere prothetische Versorgung sicherzustellen.

»Ihr Chirurgen seid eben ein ganz eigenes Völkchen«, sagte Arthur nur.

»Ich bin kein Chirurg«, erwiderte Richard.

»Nein? Was dann?«

»Psychiater.«

Arthur pfiff durch die Zähne. »Dann solltest du vielleicht mal Hitler behandeln.«

»Ich bin Psychiater. Wunder kann ich nicht vollbringen.«

Arthur stutzte. »Du wirst gar nicht wütend, wenn ich über deinen großartigen Führer was Schlechtes sage?«

»Er ist nicht mein großartiger Führer«, erklärte Richard.

»Ich habe ihn nie gewählt.«

»Erzähl mir doch nichts. Ihr jubelt ihm doch alle zu.«

»Du hast ja überhaupt keine Ahnung, was in Deutschland in den letzten zehn Jahren so hinter den schönen Kulissen passiert ist«, sagte Richard.

Arthur schwieg.

»Was für ein Facharzt bist du eigentlich?« Richard rechnete mit einer pampigen Antwort und wunderte sich, als Arthur freimütig erklärte, Internist zu sein.

»Ich hatte eigentlich gar keine Lust, an die Front zu kommen«, sagte Arthur. »Aber nachdem wir ausgebombt waren, schien es eine gute Lösung zu sein. Meine Frau ist Krankenschwester und hat sich ebenfalls für den Lazarettdienst gemeldet. Ich schätze, wir sind das einzige Ehepaar, das gemeinsam in den Sanitätsdienst eingetreten ist. Aber es ist natürlich nicht das, was wir uns vorgestellt haben. An Kinder ist so nicht zu denken und wer weiß, wie lange sich dieser verdammte Krieg hinzieht.«

»Und wollte deine Frau nicht mit zur Höhle kommen?«

»Wir haben niemandem gesagt, was wir vorhaben. Die hätten uns doch für verrückt erklärt. Also habe ich auch Lisa nichts davon erzählt.«

Eine Weile schwiegen sie, während Fritz und Maxwell bei der Wirksamkeit von Antibiotika angekommen waren.

»Hast du dich freiwillig gemeldet?«, wollte Arthur nun wissen.

»Das ist eine sehr komplizierte Geschichte«, erwiderte Richard. »Die ist mindestens genauso unglaublich wie unser Zusammentreffen hier in diesem Grab.«

»Erzählst du sie mir?«

Richard stellte fest, dass die eisige Reserviertheit komplett aus Arthurs Stimme verschwunden war. War es ihm tatsächlich gelungen, den Panzer des Engländers zu durchbrechen, oder machte er nur das Beste aus der Situation, weil er wusste, dass Fritz und Maxwell sich im Augenblick noch viel zu viel zu erzählen hatten, um sie zum Gehen zu bewegen?

»Warum nicht? Du darfst sie auch gern an einen eurer Klatschreporter weitergeben, aber halte meinen Namen da raus, sonst bekommt meine Familie große Schwierigkeiten. In Deutschland konnte ich das nicht an die große Glocke hängen, das wäre für uns alle lebensgefährlich geworden. Aber die Welt muss es wissen.«

»Jetzt machst du mich wirklich neugierig.«

Und so erzählte Richard Arthur vom *Gesetz zur Verhütung erbkranken Nachwuchses*, von der Aufgabe der Psychiater, die Kranken nach ihrer Leistungsfähigkeit zu begutachten, und den Tötungen derer, die als lebensunwert galten. Arthurs Augen wurden immer größer, während er Richard zuhörte.

»Na ja, am Schluss kam raus, dass ich die Meldebögen absichtlich falsch ausgefüllt hatte, um meine Patienten zu retten. Ich wurde fristlos entlassen und konnte der Versetzung in ein Strafbataillon nur durch die freiwillige Meldung zu Fritz' Sanitätsbataillon entgehen.«

»Das klingt unglaublich.«

»Ja, aber es ist wahr.« Richard konnte die Bitterkeit in seiner Stimme nur schwer unterdrücken.

»Das wollte ich damit auch nicht in Abrede stellen«, sagte Arthur. »Es ist nur … mir fehlen die Worte.«

»Mir fehlen sie schon lange«, bestätigte Richard. »Meine Frau versucht im Augenblick, als Ärztin das Ihre zu tun, so viele Kranke und Behinderte wie möglich zu retten, aber es ist schwierig.«

Fritz stieß Richard an. »Ich möchte eure neu gewonnene traute Zweisamkeit ja nicht jäh unterbrechen, aber ich fürchte, wir müssen langsam an Aufbruch denken.«

»Hast du Fotos gemacht?«, fragte Maxwell Arthur.

»Nein, meine Kamera hat hier in der Höhle eine zu schlechte Belichtungszeit.«

»Ich schick euch nach dem Krieg ein paar Abzüge.« Richard grinste. »Da hat sich die Anschaffung einer Leica III doch gelohnt.«

»Angeber«, sagte Arthur erneut, aber im Gegensatz zum ersten Mal klang es wie gutmütiger, freundschaftlicher Spott.

»Da wir zuerst gekommen sind, gehen wir am besten auch als Erste«, schlug Fritz vor. »Und ihr wartet, bis wir nicht mehr zu sehen sind.«

»Und wenn draußen doch welche von euren oder unseren Leuten rumlaufen?«, fragte Maxwell.

»Na ja, wenn die uns zusammen erwischen, machen wir es davon abhängig, wessen Leute es sind. Sind es Briten, sagt ihr einfach, wir wären eure Gefangenen, und wenn es unsere Leute sind, seid ihr unsere Gefangenen.«

»Dürfen sich eigentlich Sanitätsoffiziere gegenseitig gefangen nehmen?«, fragte Richard.

»Ich glaube, über Fälle wie den unsrigen hat noch keiner nachgedacht.«

»Dann sollten wir auch aufpassen, keinen Präzedenzfall zu schaffen.« Maxwell grinste, dann verabschiedete er sich ausgesprochen herzlich von Fritz und trug ihm auf, Dorothea und die Kinder von ihm zu grüßen.

»Ich hätte heute Morgen niemals geglaubt, dass ich in den nächsten Jahren jemals zu einem Deutschen sagen würde, es freut mich, dich kennengelernt zu haben«, meinte Arthur. »Aber es ist so. Vielleicht sieht man sich ja mal nach dem Krieg.«

»Man soll jedenfalls niemals nie sagen«, erwiderte Richard und reichte Arthur zum Abschied die Hand. Dann verließen sie das Grab und erreichten bald darauf unbeschadet und unentdeckt ihre eigenen Linien.

»Ich schulde dir zwei Bier«, sagte Fritz, als sie wieder in ihrem Quartier waren. »Das mit dem Grab war eine gute Idee. Die Welt ist zwar verrückt geworden, aber einige Dinge bleiben wenigstens immer so, wie sie mal waren. Maxwell hat mir einige sehr interessante medizinische Neuigkeiten verraten, während ich ihm im Gegenzug die Schwenklappenplastik erklärt habe.«

»Sozusagen dein längst überfälliger Kongress mit britischen Kollegen.« Richard lachte.

»Und noch dazu in den Kulissen einer alten Hochkultur. Ich bin neugierig auf deine Fotos.«

47. Kapitel

In ihrem Bestreben, möglichst viele Patienten vor der Verlegung in die Todesanstalten zu bewahren, wandte sich Paula als Nächstes an die Kirchengemeinden. Sie hatte erwartet, dass sich gerade die Pastoren ihrem Anliegen gegenüber aufgeschlossen zeigen würden, musste jedoch große Unterschiede in Bezug auf deren Hilfsbereitschaft feststellen. Während drei Pastoren sofort alles in die Wege leiteten, um sie tatkräftig zu unterstützen, wurde sie von zahlreichen anderen mit Ausflüchten vertröstet, und einer lehnte ihr Anliegen sogar rundheraus ab und ermahnte sie, nicht länger derartige Geschichten zu verbreiten. Erst da fiel ihr auf, dass in der guten Stube des Pfarrhauses ein Hitler-Porträt hing. Auch Geistliche waren nicht davor gefeit, überzeugte Mitglieder der NSDAP zu sein, und sie beschloss, künftig vorsichtiger zu sein.

Umso erstaunter war sie jedoch, als ausgerechnet ein großer Malerbetrieb, dessen Chef ein bekanntes NSDAP-Mitglied war, bereitwillig vier der Kranken für leichte Tätigkeiten einstellte.

Als sie mit dem Mann sprach, erklärte der: »Wissen Sie, ich habe mich nie sonderlich für die Politik interessiert und bin erst 1938 in die Partei eingetreten. Anders hätte ich meinen Betrieb nicht halten können, weil Parteigenossen grundsätzlich bei der

Auftragsvergabe bevorzugt wurden. Das bedeutet aber noch lange nicht, dass ich alles billige, was hier passiert. Pastor Weinheim weiß das und hat mich deshalb angesprochen. Man muss halt sehen, wie man in schwierigen Zeiten zurechtkommt.«

Paula nickte. Selbst Professor Ewald war Mitglied der NSDAP und der NS-Ärzteschaft geworden, was ihn aber nicht daran gehindert hatte, sich von Anfang an offen gegen die Euthanasie auszusprechen, selbst wenn ihm niemand an den entscheidenden Stellen Gehör schenkte und er letztlich für sich selbst einen Weg hatte finden müssen, um möglichst viele seiner Patienten zu retten.

Aber was war der richtige Weg? Der direkte Kampf gegen das System war lebensgefährlich und konnte nur verloren werden, dafür waren Schicksale wie das von Alfred Schär das beste Beispiel. Auch Richards Entscheidung, sich komplett zu verweigern, hatte ihn letztlich scheitern lassen. Was blieb, war die schmale Gratwanderung zwischen Anpassung und Widerstand. Sie konnte nicht alle retten, ganz gleich, was sie tat. Im Grunde war es so ähnlich wie die Triage auf dem Schlachtfeld, wenn die Ärzte entscheiden mussten, wessen Behandlung sich noch lohnte und wer ohnehin dem Tode geweiht war. Sie wünschte sich, Richard wäre bei ihr oder wenigstens ihr Vater. Wie gern hätte sie ihn angerufen, aber Frau Heiroth hatte kein Telefon und in der Klinik gab es nur einen Anschluss im Stationszimmer, wo das Pflegepersonal jedes Wort mithören konnte. Umso glücklicher war sie, als sie nach mehr als drei Monaten endlich wieder Post von Leonie aus der Schweiz erhielt.

Liebe Paula,
Dein letzter Brief, der ganze sechs Wochen unterwegs war, hat mich sehr bekümmert. Alles, was ich aus Deutschland höre, ist so traurig und niederschmetternd. Gott sei Dank ist Euch bei

der Ausbombung nichts passiert. Ich kann gar nicht ausdrücken, wie sehr ich in der Ferne mit Dir und den Kindern mitleide. Hoffentlich seid Ihr in Göttingen sicher vor weiteren Bomben. Ich denke auch oft an Richard und Fritz und hoffe, dass sie den Krieg unversehrt überstehen.

Uns geht es nach wie vor sehr gut, der Krieg ist weit weg, abgesehen von den vielen Flüchtlingen, die versuchen, in der neutralen Schweiz eine neue Heimat zu finden. Die überwiegende Zahl von ihnen sind Juden. Es muss schrecklich sein, man hört Gerüchte von Ghettos und Lagern im Osten, doch niemand weiß etwas Genaues. Ich habe mich freiwillig gemeldet, um die zahlreichen allein reisenden Kinder unter den Flüchtlingen zu betreuen. Viele haben ihre Eltern verloren, aber manche wurden auch ganz allein auf die Reise geschickt. Wir haben gehört, dass sich hohe Nazioffiziere mit Unsummen bestechen lassen, und dann reicht das Geld oft nur, um die Kinder in Sicherheit zu bringen. Wie verzweifelt müssen diese Menschen nur sein, wenn sie ihre Kinder ganz allein in die Fremde schicken. Mein Vater ist froh, dass wir bereits zu einer Zeit emigriert sind, als uns noch alle Wege offenstanden.

Verglichen mit Euren Sorgen sind meine eigenen sehr klein und unwichtig. Ich musste mich eine Weile durchbeißen, um in der Männerwelt der Krankenhausärzte zu bestehen, aber ich habe es geschafft. Seit einigen Wochen bin ich die erste Frau in unserer Klinik, die die Position einer Oberärztin innehat.

Außerdem habe ich vor zwei Monaten ein

kleines Mädchen adoptiert. Sie heißt Arlette, ist drei Jahre alt, stammt aus Frankreich und war in einem Lager, in dem Juden zur Deportation nach Polen vorgesehen waren. Ihre Eltern sind an Typhus verstorben, die Bedingungen dort müssen grauenvoll gewesen sein. Arlette hatte Glück, sie wurde zusammen mit einigen anderen Kindern von Mitgliedern der Résistance gerettet und zu uns in die Schweiz gebracht. Anfangs war sie vollkommen verstört, saß nur still in der Ecke, sprach nicht und aß nicht. Mit ihren großen, traurigen Augen gewann sie gleich mein Herz. Ich wusste sofort, dass ich mich um sie kümmern und ihr etwas von dem zurückgeben musste, was sie so schmerzhaft verloren hat. Manchmal frage ich mich bei all dem Grauen, ob es doch eine höhere Macht gibt, die unsere Wege lenkt, und ob es mir bestimmt war, für Arlette da zu sein. Inzwischen spricht sie schon ein paar Worte Deutsch und manchmal kann ich ihr sogar ein Lächeln entlocken. Du siehst, ich habe hier eine Aufgabe und alles erreicht, was ich mir gewünscht habe, allerdings hätte ich mir niemals träumen lassen, dass es auf diese Weise geschehen wird. Und doch gibt es immer noch Nächte, in denen ich von Hamburg träume, von unserer Jugend, von den wunderschönen Stunden an der Alster und all dem, was wir beide so geliebt haben. Wenn ich die Zeit zurückdrehen könnte, würde ich sie gern noch einmal erleben. Aber ich glaube nicht, dass ich irgendetwas anders machen würde. Ich wünsche Dir viel Kraft und hoffe, dass dieser schreckliche Krieg bald endet und wir uns endlich wiedersehen können und Du Arlette kennenlernst. Außerdem würde ich auch gern sehen, wie es Emilia und Georg geht, wie Fritz' Tochter Henriette gewachsen ist, und natürlich würde ich den kleinen Harri auch gern kennenlernen. Wenn Du etwas brauchst, melde Dich. Ich werde versuchen, es irgendwie möglich zu machen.

Deine Freundin Leonie

Nachdem sie den Brief gelesen hatte, atmete Paula tief durch. Es ging Leonie gut, sie hatte sogar eine kleine Adoptivtochter, auch wenn Arlettes Geschichte grauenvoll war. Sie hoffte sehr, dass das Mädchen unter Leonies liebevoller Fürsorge trotz allem zu einem glücklichen Menschen heranwachsen würde. Zugleich fragte sie sich, wie das Leben ihrer eigenen Familie wohl verlaufen wäre, wenn sie 1936 ebenfalls in die Schweiz emigriert wären. Ein Leben ohne Krieg und Bomben. Aber zugleich ein Leben in Sorge um die in der Heimat zurückgebliebenen Angehörigen. Und ein Leben, in dem sie nur zum untätigen Zuschauen verurteilt gewesen wäre. Nein, es war richtig, dass sie geblieben waren, denn im Gegensatz zu Leonie hatten sie die Wahl gehabt. Deutschland war ihre Heimat und es lohnte sich, darum zu kämpfen, dass die alten Werte nicht vollständig in den Schmutz getreten wurden. Selbst dann, wenn es nur im Lautlosen geschehen konnte, unbemerkt von der Obrigkeit und gehässigen Denunzianten.

Während die Wochenschau noch immer von den großen Siegen des Afrikakorps berichtete, klang das, was Richard ihr schrieb, ganz anders. Ende Oktober waren die deutschen Truppen in El Alamein endgültig geschlagen worden und mussten sich nach Tunis zurückziehen. Ungeachtet des Krieges schickte Richard noch immer Fotos, als wäre er auf einer Forschungsreise durch Nordafrika. Unter diesen Fotografien war auch eine, die ägyptische Wandmalereien in einem engen, dunklen Gewölbe zeigte. Dazu hatte er lediglich geschrieben, dass es sich um ein bislang unbekanntes Grab handelte, dessen Entdeckung mit einer sehr amüsanten Geschichte verbunden sei, die er diesem Brief aber nicht anvertrauen könne.

Weihnachten 1942 bekamen Fritz und Richard gemeinsam Heimaturlaub, denn sie waren in Tunis wieder in einem Hauptlazarett eingesetzt, in dem es genügend Ärzte gab. Der Zug nach Hamburg fuhr über Göttingen, und so konnten Richard und Fritz einen Großteil der Strecke gemeinsam zurücklegen. In Göttingen hatte der Zug fünfzehn Minuten Aufenthalt und Fritz nutzte die Gelegenheit, kurz Paula und die Kinder zu begrüßen.

»Zu schade, dass ihr ausgebombt wurdet«, sagte Fritz zu Paula. »Nach all dem, was wir so erlebt haben, wäre es wunderbar gewesen, wenn wir dieses Weihnachten mit beiden Familien zusammen hätten feiern können.«

»Ja«, bestätigte Paula. »Das wäre es. Ich vermisse Hamburg auch, aber es wäre zu gefährlich für Georg gewesen, selbst wenn wir nicht ausgebombt worden wären.«

Fritz wollte noch etwas sagen, doch Richard wies ihn darauf hin, dass der Schaffner bereits die Pfeife im Mund hatte, um den Zug zur Weiterfahrt freizugeben.

»Wenn du dich nicht beeilst, feierst du tatsächlich Weihnachten bei uns und nicht mit Doro und den Kindern«, sagte er grinsend.

»Tja, so sehr ich euch auch schätze, aber da haben Doro und die Kinder Vorrang«, erklärte Fritz und stieg wieder in den Zug ein. »Wir sehen uns in sieben Tagen wieder hier, wenn es zurück nach Tunis geht«, rief er Richard zum Abschied zu.

Sie blickten dem Zug nach, bis er nicht mehr zu sehen war.

»Papa, wie ist es in Tunis?«, fragte Emilia.

»Spätzchen, bei Weitem nicht so schön wie hier bei euch. Und deine Lichtschutzsalbe haben wir inzwischen längst aufgebraucht. Für meine Rückkehr brauche ich eine neue Dose.«

Emilia kicherte. »Papa, das ist doch schon fast zwei Jahre her, dass ich sie dir geschenkt habe.«

»Ja, ich war sparsam. Guck, ich habe sie immer dabei.« Er zog die Dose aus seiner Tasche und zeigte sie Emilia.

Während Emilia sich darüber freute, dass ihr Vater ihr Geschenk so lange in Ehren gehalten hatte, fragte Georg nach den Bildern, die Richard ihnen geschickt hatte.

»Wo habt ihr das Grab gefunden, von dem du geschrieben hast?«, wollte er wissen.

»Das war in Ägypten. Ein Beduinenjunge hat uns verraten, wo es liegt. Daraufhin sind Onkel Fritz und ich losgezogen und haben es tatsächlich gefunden und fotografiert. Aber der Sarkophag war längst geplündert und die Mumie weg. Wir haben nur noch die Wandmalereien gesehen.«

Während sie zur Bushaltestelle gingen, stellten Emilia und Georg weitere Fragen. Paula bemerkte, dass Richard jedes Mal kurz zögerte, bevor er antwortete.

Nachdem sie in Frau Heiroths Wohnung angekommen waren und Paula Richard ihrer Vermieterin vorgestellt hatte, nutzte sie die erste Gelegenheit, in der sie mit ihm allein war, um ihn zu fragen, was er wirklich erlebt hatte.

Sie erwartete schreckliche Geschichten von Blut und Tod, die er den Kindern ersparen wollte. Umso überraschter war sie, als er mit einem Lächeln die tatsächliche Geschichte zur Entdeckung der Grabhöhle verriet.

»Ich bin mir nicht sicher, inwieweit Emilia sich unter Kontrolle hat, diese Geschichte nicht doch irgendwann weiterzuerzählen«, meinte er schließlich. »Ich hätte als Kind nicht für mich selbst garantieren können.« Er grinste. »Und ich wollte nicht, dass jeder von unserem Feindkontakt erfährt. Das könnte ein schlechtes Licht auf Fritz und mich werfen.«

»Ihr seid wirklich unmöglich, Fritz und du.« Paula schüttelte lachend den Kopf. »Dass das gefährlich war, ist euch wohl gar nicht in den Sinn gekommen.«

»Nein«, gab er zu. »Unseren englischen Kollegen übrigens auch nicht. Na ja, auf Kollegen schießt man nicht.«

»Ach wirklich?«, gab Paula trocken zurück. »Ich dachte, Soldat ist der einzige Beruf, bei dem man auf Kollegen schießt, wenn sie für einen anderen Arbeitgeber tätig sind.«

Richard brach in Gelächter aus. »Das ist gut, das muss ich Fritz erzählen. Allerdings wird er dann dagegenhalten, dass wir keine Soldaten, sondern Ärzte sind.«

»Richard, sag mir die Wahrheit. Wie sieht es wirklich an der Front aus? In den Wochenschauen wird ständig von den großartigen Siegen des Korps berichtet, aber du schreibst mir von Rückzügen. Glaubst du, dass wir den Krieg gewinnen?«

»Ich habe keine Ahnung. Allerdings sind die großartigen Siege, von denen berichtet wird, derzeit überwiegend Rückzüge. Wir haben in El Alamein Hunderte von Männern verloren. Fritz ist in dieser Zeit bis an seine Belastungsgrenzen gegangen. Es gab Tage, da hat er vierzehn Stunden am Stück operiert. Trotzdem sind uns viele unter unseren Händen weggestorben. Außerdem macht die Wüstenluft den Fahrzeugen zu schaffen. Die Panzerdivisionen beklagen ständig Ausfälle, die Mechaniker haben fast genauso viel zu tun wie die Ärzte, aber während Fleisch und Knochen von selbst heilen können, gibt es kaum Ersatzteile, und der Treibstoff ist knapp. Dazu kommen zahlreiche Infektionskrankheiten, denn das Trinkwasser ist von Keimen durchseucht. Fritz und ich haben deshalb immer nur Bier getrunken, wenn wir welches hatten. Kurz gesagt, wenn es überall so aussieht wie in Afrika, werden wir uns in den nächsten sechs Monaten auf einige Niederlagen gefasst machen müssen.«

Die Weihnachtsfeiertage vergingen viel zu schnell. Während sie im letzten Jahr noch in ihrer eigenen Wohnung feiern und sich vorstellen konnten, dass ihr Leben so normal wie immer weiterging, lebten sie nun in den beengten Verhältnissen als Untermieter. Zudem war Frau Heiroth über die Feiertage sehr niedergeschlagen, weil sie sich um ihren Sohn sorgte, der in Stalingrad kämpfte.

Immerhin trieb Richard einen Weihnachtsbaum auf und Frau Heiroth stellte ihren Weihnachtsschmuck zur Verfügung.

Von den Großeltern aus Hamburg kamen Geschenke für die Kinder und Richard hatte für die beiden ein wundervoll geschnitztes Schachspiel mit Figuren aus der altägyptischen Mythologie mitgebracht.

»Ich dachte mir, ihr seid jetzt alt genug, um euch mit dem Schachspiel zu befassen«, erklärte er, als die beiden die kunstvollen Figuren fasziniert betrachteten. Und so lernten Emilia und Georg in den Tagen zwischen Weihnachten und Neujahr mit wachsender Begeisterung die Grundzüge des Schachspiels.

Der 2. Januar 1943 fiel auf einen Samstag. Mit Wehmut dachte Paula an ihr Auto, das in Hamburg in der Garage ihrer Schwiegereltern stand, denn der Weg zum Hauptbahnhof war weit und beschwerlich. Zudem schneite es und die Luft war eisig kalt.

»Das ist das einzig Gute an Afrika«, sagte Richard, als sie den Hauptbahnhof endlich erreicht hatten. »Das Wetter ist besser.«

Als der Zug in den Bahnhof einrollte, drückte er Paula und die Kinder ein letztes Mal an sich. Fritz stand bereits am Fenster seines Abteils und winkte Richard zu. Richard reichte ihm seinen Koffer direkt durch das Fenster, ehe er sich mit all den anderen Wehrmachtsangehörigen durch die Türen drängte.

»Meinst du, nächstes Jahr zu Weihnachten kann Papa endlich wieder ganz bei uns bleiben?«, fragte Emilia, während sie dem abfahrenden Zug hinterherwinkte.

»Wollen wir es hoffen«, erwiderte Paula. Doch zugleich ertappte sie sich bei dem Gedanken, dass sie zum ersten Mal Angst davor hatte, über die Zukunft nachzudenken …

48. Kapitel

Das Leben in Göttingen entwickelte sich im Januar und Februar zu einem trostlosen Einerlei. Zwar kämpfte Paula weiterhin um ihre Patienten und es gelang ihr auch, weitere Betriebe zu finden, die bereit waren, einige der Patienten einzustellen, aber der Krieg warf seine düsteren Schatten über das ganze Leben. Ende Januar erhielt Frau Heiroth den Brief, den alle Eltern fürchteten. Ihr Sohn war in Stalingrad gefallen. Paula bemühte sich aufrichtig, ihre Vermieterin zu trösten und in diesen schweren Stunden für sie da zu sein. Im Februar erreichte sie dann die Nachricht, dass die gesamte 6. Armee in Stalingrad vernichtet worden und wer überlebt hatte in russische Gefangenschaft geraten war. Trotz dieser bedrückenden Niederlage stellte Paula erleichtert fest, dass die Berichterstattung von der Afrikafront nach wie vor positiv war. Sie mochte sich gar nicht ausmalen, was geschehen wäre, wenn Richard damals an die Ostfront versetzt worden wäre. Die Berichte über die Zustände in den russischen Gefangenenlagern waren entsetzlich.

Doch dann kam der Mai 1943, und während die Kinder sich über das gute Wetter freuten und regelmäßig in dem kleinen See badeten, der ganz in der Nähe ihrer Wohnung lag, erfuhr Paula, dass die deutschen Truppen in Tunesien am 13. Mai

1943 kapituliert hatten und mehr als hundertfünfzigtausend deutsche Soldaten in britische Kriegsgefangenschaft geraten waren. Irgendwer prägte den Ausdruck »Tunisgrad« als Parallele zu Stalingrad, und Paulas Angst um Richard wuchs, denn sie hatte zuletzt im März einen Brief von ihm erhalten.

In ihrer Sorge rief sie Dorothea in Hamburg an. Doch Doro hatte ebenfalls nichts von Fritz gehört und sich bereits an das Rote Kreuz gewandt, um zu erfahren, ob Fritz zu den Kriegsgefangenen gehörte.

»Man hat mich vertröstet, dass die Lage sehr unübersichtlich sei«, erklärte sie Paula. »Möglicherweise sind die Briefe deshalb nicht angekommen, weil einige der Versorgungsschiffe versenkt wurden. Vielleicht sind die beiden längst in Sicherheit.«

»Ja«, sagte Paula nur. Sie hasste die Ungewissheit.

Und so vergingen weitere Wochen, in denen ihre Sorgen wuchsen und weder sie noch Dorothea irgendetwas von ihren Männern hörten.

Am 23. Juli 1943 war Richards zweiundvierzigster Geburtstag und Paula wusste nicht einmal, ob er noch am Leben war. Wie sollte sie ihren Kindern weiterhin Zuversicht vermitteln, wenn sie selbst kurz vor dem Verzweifeln war? Doch als sie an diesem Abend von der Arbeit nach Hause kam, lief Emilia ihr bereits aufgeregt entgegen.

»Mama, es ist endlich wieder ein Brief von Papa gekommen!«, rief sie und wedelte begeistert mit dem Feldpostumschlag. »Passend zu seinem Geburtstag! Das ist so, als wäre Papa wieder bei uns!«

Paula nahm den Brief entgegen und schaute als Erstes auf den Absender. Er stammte aus Italien und Richard hatte eine neue Feldpostnummer erhalten. Sie atmete erleichtert auf. Er lebte und war nicht in Gefangenschaft geraten!

Meine geliebte Paula,

ich habe lange nichts von Dir gehört und fürchte, auch meine letzten Briefe sind nicht bei Dir angekommen. Die Lage in Tunis war in den letzten Wochen katastrophal. Es war absehbar, dass wir kapitulieren mussten. Die Lazarette wurden deshalb weitestgehend aufgelöst und neu strukturiert. Fritz hat dafür gesorgt, dass wir beide eines der letzten Lazarettschiffe nach Italien begleitet haben. Wir kamen im Mai mit den Verwundeten, die wir betreuten, nach Sizilien. Doch Anfang Juli landeten auch hier alliierte Truppen und nahmen die Insel ein. Daraufhin entschied sich unsere zuständige Leitung, die Verwundeten den zivilen italienischen Ärzten zu überlassen, während das militärische Sanitätspersonal noch gerade rechtzeitig Richtung Festland verschifft wurde. Im Augenblick befinden wir uns in Rom und warten auf neue Befehle. Möglicherweise werden wir nach Frankreich geschickt. Ich weiß auch nicht, ob wir die aktuelle Feldpostnummer behalten oder eine neue bekommen. Andererseits ist es wunderbar, wieder in Rom zu sein. Stell dir vor, es gibt Luigis Laden noch! Er wird inzwischen von seinem ältesten Sohn geführt, und der hatte tatsächlich noch Filme auf Lager. Ich habe ihm erzählt, dass wir im September 1928 schon einmal bei seinem Vater waren, und er hat sich tatsächlich noch an die Begebenheit erinnert, weil später nie wieder jemand den gesamten Filmbestand aufgekauft hat. Die Menschen hier begegnen uns nach wie vor freundlich und aufgeschlossen, aber im Lande gärt es. Viele sind mit dem Duce unzufrieden, aber das wird nur hinter vorgehaltener Hand erzählt. Ich fürchte, bald wird es hier einen großen Knall geben und Mussolini wird sich wundern, wie ihm geschieht. Die Menschen sind kriegsmüde geworden, alle sehnen sich nach Frieden, aber solange die Regierungen den Kampf predigen, gibt es nur die Wahl zwischen Sieg und Untergang. Und an den Sieg glauben die meisten hier nicht mehr. Natürlich gibt es noch die unverbesserlichen Optimisten, die auf den Endsieg durch die angeblichen Wunderwaffen hoffen, aber jeder, der einen Funken gesunden Menschenverstand besitzt, weiß nach Stalingrad und Tunis, dass es nur noch ein Hinauszögern des Unvermeidlichen ist.

Wie dem auch sei, Fritz und ich sind in Sicherheit und machen uns eine schöne Zeit in Rom. Ich habe wie üblich ein paar Fotos beigelegt.

In Liebe, Dein Richard

Paula nahm die drei Fotos und betrachtete sie. Richard und Fritz in Uniform vor dem Kolosseum, dann ein Foto von Luigis Laden, der sich tatsächlich in den letzten fünfzehn Jahren kaum verändert hatte, und eines vom Forum Romanum, auf dessen Rückseite Richard geschrieben hatte: »Ruinen sind nur dann schön, wenn sie mindestens zweitausend Jahre alt sind.«

Am Samstag rief Paula Dorothea von der Klinik aus an und erzählte ihr von Richards Brief.

»Das ist wunderbar!«, rief Dorothea begeistert durch die Leitung. »Dann werde ich wohl auch bald einen von Fritz bekommen. Ich wäre jetzt auch gern in Rom. Endlich mal wieder eine Nacht ohne Bombenangriffe durchschlafen zu können, das wäre mein Traum. Aber ich bin so dankbar, dass es unseren Männern gut geht! Alles andere wird sich schon ergeben.«

Im Hintergrund bellte Rudi und Paula hörte die Stimmen von Henriette und Harri, die sich über irgendetwas zu streiten schienen.

»Ich muss Schluss machen«, sagte Dorothea. »Hier ist gerade der ganz persönliche Hauskrieg ausgebrochen. Wollen wir Montag noch mal telefonieren?«

»Ja, ich ruf dich an, sobald ich kann. Vielleicht hast du dann ja auch schon Post von Fritz.«

Für einen Moment schien ein Sonnenstrahl die Düsternis des Krieges zu durchbrechen und Paula gestattete sich die Hoffnung, dass das Schlimmste vielleicht endlich überstanden war.

49. Kapitel

Nach den Monaten in Nordafrika kamen sich Richard und Fritz in Rom wie im Paradies vor. Solange sie keine neuen Einsatzbefehle hatten, arbeiteten sie in einem der Krankenhäuser, das für Militärangehörige reserviert war, und Richard konnte sich endlich wieder ganz seiner Tätigkeit als Psychiater hingeben. Sie hatten feste Arbeitszeiten und genügend Zeit, die angenehmen Seiten der Ewigen Stadt zu genießen. Richard nutzte die Gelegenheit, jeden Montag einen Italienischkurs zu besuchen, und überredete Fritz, ihn zu begleiten.

»Für irgendetwas muss dieser Krieg doch gut sein«, erklärte er. »Und sei es nur für den Spracherwerb.«

»Und falls wir nach Frankreich abkommandiert werden, willst du dann auch Französisch lernen?«, neckte sein Freund ihn.

»Mal sehen, ob dafür Zeit bleibt.« Richard grinste.

Am 9. August 1943 dachte Richard während des Italienischkurses viel an seine Kinder. Heute wurden die Zwillinge elf Jahre alt. Es war bereits der dritte Geburtstag, den sie ohne ihn feiern mussten. Er hoffte, dass es der letzte sein würde, den er fernab seiner Familie verbrachte. Fritz bemerkte, dass Richard in sich gekehrt war.

»Du denkst an die Kinder?«, fragte er.

Richard nickte nur, dann folgten sie wieder dem Unterricht.

Als sie am Abend zurück in ihr Quartier kamen, war die Feldpost bereits da. Richard hatte diesmal keinen Brief erhalten, dafür war einer für Fritz angekommen.

»Na endlich!«, rief er, doch dann stutzte er. »Der ist von Professor Wehmeyer«, stellte er erstaunt fest. Er riss den Brief auf und las ihn. Richard sah, wie sein Freund beim Lesen erbleichte und zu zittern begann. Dann ließ er den Brief einfach so fallen.

»Was ist los?«, fragte Richard besorgt.

Fritz antwortete nicht, sondern starrte ausdruckslos vor sich hin.

»Fritz!«

Noch immer keine Antwort. Richard hob den Brief auf. Fritz reagierte nicht darauf. Auch nicht, als Richard ihn las.

Mein lieber Herr Kollege Ellerweg,
es fällt mir ungemein schwer, dass ausgerechnet ich derjenige bin, der Ihnen diese Nachricht überbringen muss, aber ich fürchte, es ist sonst niemand mehr da, der diese Aufgabe übernehmen könnte. In der Nacht vom 24. auf den 25. Juli begannen die schwersten Luftangriffe auf Hamburg, die man sich vorstellen kann. Britische Bomber übersäten unsere geliebte Heimatstadt bis zum 3. August mit Brandbomben und zielten geradewegs auf unsere Wohngebiete ab. Noch wissen wir nicht, wie viele Menschen gestorben sind. Die Straßen sind übersät mit verkohlten Leichnamen, erste

Schätzungen sprechen von vierzigtausend Toten. Leider habe ich erfahren müssen, dass auch Ihre Frau sowie Ihre beiden Kinder Henriette und Harri den feigen Terrorangriffen zum Opfer gefallen sind. Ihr Vater konnte sich zwar zunächst retten, erlitt aber infolge des Schocks einen schweren Herzinfarkt und verstarb zwei Tage später in unserer Klinik. Ich spreche Ihnen mein aufrichtiges und tief empfundenes Beileid aus. Ich habe Ihre Frau Dorothea über viele Jahre als eine der besten OP-Schwestern geschätzt, mit denen ich jemals zusammengearbeitet habe, und auch in Ihrem Vater fand ich stets einen verständnisvollen Kollegen. Wenn ich an das fröhliche Lachen Ihrer Kinder denke, das nun für immer verstummt ist, bricht es mir das Herz und ich wünschte, ich wüsste die richtigen Worte, um den grauenvollen Schmerz in irgendeiner Weise zu mildern, aber angesichts der furchtbaren Tragödie, die über unsere einstmals blühende Stadt hereingebrochen ist, sind jegliche Worte bedeutungslos geworden.
In tiefster Anteilnahme
Ihr Kollege H. P. Wehmeyer

»Mein Gott!«, flüsterte Richard. »Fritz, das tut mir so unendlich leid!«

Fritz starrte immer noch ausdruckslos vor sich hin, doch im nächsten Augenblick stieß er einen Schrei aus, so schmerzerfüllt und voller Qualen, dass Richard fast das Blut in den Adern gefror. Und noch ehe Richard reagieren konnte, griff Fritz nach seiner Nachttischlampe und schleuderte sie an die Wand, wo sie in Scherben zersprang. Im nächsten Augenblick wurde die Tür zu ihrer Kammer aufgerissen.

»Was ist hier los?«, fragte Doktor Buchwald, der zusammen mit einem weiteren Kollegen im Zimmer nebenan wohnte.

»Verschwindet alle!«, brüllte Fritz, griff nach einem Stuhl und zerschlug ihn an der Wand.

»Fritz, beruhige dich! Das bringt doch nichts!«, rief Richard, doch Fritz wollte sich nicht beruhigen und tobte wie ein Irrer.

Doktor Buchwald und sein Kollege Franke kamen Richard zu Hilfe, um den Rasenden zu bändigen.

»Er hat gerade erfahren, dass seine Frau, seine Kinder und sein Vater bei den letzten Bombenangriffen gestorben sind«, keuchte Richard, während er Fritz hielt.

Doktor Buchwald erblasste. »Mein Gott, wie schrecklich!«

»Ich brauche Evipan!«, rief Richard Doktor Franke zu. »Schnell!«

»Nein!«, brüllte Fritz. »Du wirst mich nicht wegspritzen!«

»Ganz ruhig, Fritz!«, sagte Richard, während er all seine Kraft daransetzte, den Freund am Boden zu halten, ehe der in seiner Verzweiflung die ganze Einrichtung zertrümmern konnte. Doktor Franke kam mit einer Spritze Evipan zurück und half den Kollegen dann, Fritz zu halten, während Richard ihm die Spritze gab. Nur wenige Sekunden später erschlafften Fritz' Muskeln. Sie hoben ihn gemeinsam auf sein Bett.

»Das bleibt unter uns«, sagte Richard. »Morgen ist er wieder ganz der Alte, mein Wort darauf.«

Die beiden Kollegen nickten und gingen.

Die Wirkung des Evipan hielt ungefähr eine Stunde an, dann kam Fritz langsam wieder zu sich.

»Du hast mich einfach weggespritzt«, stöhnte er.

»Ja«, antwortete Richard. »Du hast mir keine andere Wahl gelassen.«

Fritz starrte an die Decke.

»Sag mir, dass es nicht wahr ist, Richard. Sag mir, dass sich irgendjemand einen bösen Scherz mit mir erlaubt hat.«

»Du weißt, das wäre eine Lüge«, erwiderte Richard leise.

»Kannst du mir verraten, warum es immer mich trifft?«, fragte Fritz. »Warum es immer meine Kinder trifft? Erst Gottlieb und jetzt auch noch Henriette und Harri. Warum? Und dann noch Doro und mein Vater … Sie alle haben niemals jemandem etwas getan. Sie waren völlig unschuldig und hatten mit dem Krieg gar nichts zu tun. Kannst du mir sagen, warum die Royal Air Force gezielt Wohngebiete vernichtet und zigtausend Unschuldige ermordet?«

»Nein, das kann ich nicht«, entgegnete Richard hilflos. Dann ergriff er die Hand seines Freundes. »Dir ist das Schrecklichste passiert, das einem Mann widerfahren kann. Aber ich bitte dich, gib dich nicht auf, Fritz. Ich brauche dich. Du bist mein bester Freund. Ich will dich nicht verlieren.«

»Keine Sorge, ich werde mich nicht erschießen oder aus dem Fenster stürzen. Dorothea war eine gläubige Katholikin, die hätte kein Verständnis für Selbstmord.«

In den Wochen nach dem schrecklichen Verlust wirkte Fritz in sich gekehrt und gebrochen, aber Richard erkannte, wie sehr sein Freund dagegen ankämpfte und sich in seine Arbeit flüchtete. Er übernahm freiwillig Sonderschichten und ging erneut wie schon in Tobruk und Tunis über seine Belastungsgrenzen hinaus. Doch im Gegensatz zu damals tat er es nicht für die Verwundeten, sondern für sich selbst. Je mehr er arbeitete, umso weniger Raum blieb für den Schmerz.

Richard selbst erfuhr von seinem Vater, dass auch seine Familie ausgebombt und die Tischlerei komplett zerstört worden war. Allerdings war niemand zu Tode gekommen. Margit lebte jetzt mit ihrer Familie im Schrebergarten in Moorfleet, während Richards Eltern bei Paulas Vater, dessen Wohnung verschont geblieben war, untergekommen waren.

Indes wurde die politische Lage in Italien immer unruhiger. Mussolini war von seinen eigenen Leuten gestürzt worden, aber mit Hitlers Hilfe nach der Niederschlagung des Aufstandes zurückgekehrt. Allerdings waren die Italiener jetzt kein verbündetes Volk mehr, sondern die Deutschen stützten Mussolinis Herrschaft als Besatzungsmacht. Richard und Fritz merkten, wie die Stimmung kippte und sie wegen ihrer Uniform von den Einheimischen, die ihnen früher freundlich und offen begegnet waren, immer kritischer gemustert wurden.

Ende November 1943 kam es schließlich zu der erwarteten Versetzung ins französische Cherbourg.

»Ich hätte Paris vorgezogen. Was soll man schließlich außerhalb der Badesaison am Meer?«, meinte Fritz, als sie an ihrem Einsatzort ankamen. In der letzten Zeit hatte Fritz seinen Humor wiedergefunden, auch wenn er eine Spur zynischer war.

»Stimmt, das Wetter könnte besser sein«, bestätigte Richard. »Aber immerhin nähern wir uns weiter der Heimat.«

»Jedenfalls dem, was davon noch übrig geblieben ist. Na, dann komm, schauen wir uns mal das hiesige Lazarett an und machen uns nützlich.«

Weihnachten 1943 kam und Fritz verzichtete auf seinen Urlaub.

»Es gibt keinen Ort mehr, an den ich zurückkehren könnte«, erklärte er.

»Du könntest mit zu uns kommen«, schlug Richard vor, doch Fritz lehnte ab.

»Ich weiß, du meinst es gut, aber dann würde ich nur wieder spüren, was ich selbst verloren habe. Nein, da bleibe ich lieber hier.«

In diesem Jahr fuhr Richard mit sehr gemischten Gefühlen zu seiner Familie. Auf der einen Seite freute er sich sehr auf das Wiedersehen, andererseits machte er sich große Sorgen um Fritz, denn er wusste genau, wie wenig dem Freund das eigene Leben noch galt.

50. Kapitel

Weihnachten 1943 war das düsterste Weihnachten, das Paula bislang erlebt hatte. Emilia und Georg begriffen zum ersten Mal, was der Tod tatsächlich bedeutete. Er war nicht länger eine abstrakte Größe, etwas, das nur andere betraf. Der Tod von Fritz' Kindern hatte eine größere Lücke gerissen als jeder andere Todesfall. Als Jürgen Anfang 1940 gefallen war, hatten die damals siebenjährigen Zwillinge das so hingenommen. Sie hatten ihren wesentlich älteren Cousin ohnehin nur selten gesehen und keine intensive Bindung zu ihm gehabt. Aber mit Henriette und Harri waren sie aufgewachsen. Hinzu kam, dass Frau Heiroth seit dem Tod ihres Sohnes in Stalingrad nur noch Trauer trug und bedrückende Geschichten verbreitete. Paula hasste diese Atmosphäre und wäre am liebsten ausgezogen, aber Wohnraum war knapp. Umso erleichterter war sie, als Frau Heiroth kurz vor Weihnachten verkündete, die Feiertage bei ihrer Schwester zu verbringen.

Als Richard nach Hause kam, war seine Stimmung kaum besser als die der Vermieterin. Er machte sich große Sorgen um seinen Freund und fürchtete, dass der nicht mehr genügend auf seine eigene Sicherheit achtete. Als er das beim Weihnachtsessen, das in diesem Jahr aus einem einfachen Hackbraten mit

Kartoffeln und Rotkohl bestand, kurz erwähnte, fragte Emilia: »Wird Onkel Fritz auch sterben?«

»Wie kommst du denn darauf, Spätzchen?«

»Na, wenn er nicht mehr aufpasst und an der Front geblieben ist.« Sie zögerte. »Aber du wirst doch auf dich aufpassen, Papa, oder?«

»Immer, Spätzchen. Und ich pass auch auf Onkel Fritz auf.«

»Was passiert, wenn man stirbt?«, fragte Georg da. »Wohin kommen wir, wenn wir tot sind?«

Paula setzte schon an, von den Seelen, die in den Himmel kämen, zu erzählen, doch Richard kam ihr zuvor.

»Das weiß niemand«, sagte er.

Warum musste Richard ausgerechnet heute zu den Kindern so ehrlich sein? Hätte er ihnen nicht die üblichen Geschichten vom Paradies auftischen können? Doch Richard war noch nicht fertig. »Wisst ihr«, fuhr er fort, »das Leben ist ein großes Geheimnis. Die Medizin kann sehr viel, aber eines kann sie nicht. Sie kann keine Toten lebendig machen. Wenn ein Mensch stirbt, weil sein Herz aufhört zu schlagen, können wir ihn auch nicht wieder aufwecken, wenn wir ihm ein neues Herz einsetzen. Der Lebensfunke ist erloschen und wir wissen nicht, was ihn entfacht hat. Die Kirche nennt es die Seele. Seht ihr, wenn ein Automotor kaputtgeht, kann man einen Ersatzmotor einbauen. Dann fährt es wieder. Aber nur dann, wenn auch ein Fahrer im Auto sitzt. Wenn der Fahrer ausgestiegen ist und sein Auto zurücklässt, kann der Mechaniker so viele neue Motoren einbauen, wie er will, das Auto wird nicht alleine fahren.«

»Dann ist die Seele also der Fahrer?«, fragte Emilia.

»Ja.«

»Und sie steigt aus, wenn der Körper kaputt ist, anstatt zu warten, ob er repariert werden kann? Und wohin geht die Seele dann?«, fragte Emilia weiter. »Sucht sie sich ebenso wie der

Autofahrer ein neues Fahrzeug?«

»Die Hindus und Buddhisten glauben, dass die Seele sich einen neuen ungeborenen Körper sucht und als Mensch oder Tier wiedergeboren wird. Die Christen glauben, dass die Seele zu Gott zurückkehrt und zuvor von ihren bösen Taten im Fegefeuer gereinigt werden muss oder, wenn sie richtig böse war, dauerhaft in der Hölle leiden muss. Ich glaube, alles ist möglich. Vielleicht gehen manche Seelen auch in das große Nichts, hören auf zu existieren, weil sie lang genug existiert haben. Wie dem auch sei, wir werden es erst wissen, wenn wir selbst gestorben sind.«

»Und was ist mit Geistern?«, fragte Georg. »Meinst du, manche Seelen werden zu Geistern?«

»Geister gibt es nicht«, widersprach Emilia.

»Jedenfalls keine wie in den Spukgeschichten«, bestätigte Richard. »Aber vielleicht gibt es doch Seelen, die noch eine Weile dort herumgeistern, wo sie gestorben sind.«

»Meinst du, Henriette, Harri und Tante Dorothea geistern noch in den Ruinen herum?«

»Nein, ganz sicher nicht. Wenn sie irgendwo rumgegeistert wären, dann bestimmt bei Onkel Fritz, um ihm zu sagen, dass es ihnen gut geht. Aber dort sind sie niemals aufgetaucht. Und deshalb denke ich, dass sie längst an einem Ort sind, wo es ihnen besser geht. Welchen Weg sie allerdings gegangen sind, weiß niemand.«

»Ich hoffe, die Kinder bekommen keine Albträume von dem, was sie von dir heute zu hören bekamen«, tadelte Paula, als sie spätabends mit Richard allein in ihrem Schlafzimmer war. »Hättest du ihnen nicht das Übliche erzählen können?«

»Nein«, erwiderte er. »Ich musste ehrlich zu ihnen sein und ihnen genau das sagen, was ich selbst glaube. Sie sind zu alt für gütige Märchen.«

»Du hältst die christliche Lehre für ein Märchen?«

»Nein, ich halte sie für eine Parabel, die den Menschen dabei helfen soll, das Unfassbare zu verstehen. Aber in unserer Zeit gefällt mir meine Auto-Parabel besser.«

»Du bist unmöglich, Richard.«

»Ich weiß, das sagst du mir oft genug.« Dabei lachte er so ansteckend, dass Paula unwillkürlich mit einstimmen musste.

»Weißt du, wie sehr ich dich liebe?«, flüsterte sie.

»So sehr wie ich dich?«, fragte er zurück.

»Mindestens. Und ich wüsste nicht, was ich tun sollte, wenn ich dich jemals verlieren würde. Versprich mir, dass du immer gesund zu uns zurückkehrst, was auch geschieht.«

»Ich habe es dir von Anfang an versprochen und ich erneuere mein Versprechen hiermit. Mach dir keine Sorgen, wir sitzen in Cherbourg. Kein alliierter General wäre so dreist, mitten in der Normandie zu landen. Alles wird gut, Paula. Ich verspreche es dir.«

Die Feiertage und der damit verbundene Hauch eines normalen Familienlebens endeten wie jedes Jahr, seitdem Richard eingezogen worden war, viel zu schnell und Paula kümmerte sich Anfang 1944 wieder um ihre Patienten und zugleich um einen neuen Hauslehrer für Georg. Emilia war im vergangenen Herbst aufs Gymnasium gekommen und Paula wollte, dass Georg nicht zu weit hinter seiner Schwester zurückblieb. Sie hoffte darauf, dass der Krieg bald ein Ende fände, wie auch immer er ausgehen mochte, und dass es Georg dann wieder möglich wäre, in eine Schule für taubstumme Kinder zu gehen und sein Abitur zu machen. Es tat ihr in der Seele weh, mitansehen zu müssen, wie sehr er durch seine Gehörlosigkeit trotz seiner hohen Intelligenz ins Abseits gedrängt wurde.

Der Frühling kam und die Briefe, die Richard ihr von der Front schickte, beruhigten sie. Es schien keine Gefahren zu geben und selbst Fritz war nach allem, was Richard schrieb, zumindest äußerlich über den furchtbaren Verlust hinweggekommen.

Bis zu dem Tag im Juni, als sie wie üblich aus der Klinik zurückkehrte und von einer völlig aufgelösten Frau Heiroth abgefangen wurde.

»Frau Doktor Hellmer, haben Sie es schon im Radio gehört?«

»Was soll ich gehört haben?«

»Die Engländer und Amerikaner sind in der Normandie gelandet! Ist das nicht genau dort, wo ihr Mann stationiert ist?«

Paula erstarrte. »Die Normandie ist groß. Wo genau sind sie denn gelandet?«

»Bei Cherbourg.«

Cherbourg! Paulas Herz drohte vor Angst zu zerspringen …

51. Kapitel

»So kann ich nicht arbeiten!«, brüllte Fritz und wischte sich den Putz, der von der Decke rieselte, aus dem Gesicht. Um sie herum war seit Stunden der Donner der Geschütze zu hören. Die Einschläge kamen immer näher, es war so laut, dass die Wände wackelten. Der Verwundete, dessen Oberarmschusswunde Fritz gerade versorgte, stöhnte, obwohl Fritz ihm Procain gespritzt hatte.

»Hat den Idioten da draußen keiner gesagt, dass hier ein Lazarett ist?«

»Glaubst du wirklich, das interessiert die? Wo sie doch gezielt ganze Städte voller unschuldiger Zivilisten in Schutt und Asche legen? Warum sollten sie da ausgerechnet auf ein Lazarett Rücksicht nehmen?«, erwiderte Richard verbittert, während er Fritz das Verbandsmaterial anreichte. Eigentlich eine Aufgabe der Schwestern, aber die meisten von ihnen waren damit beschäftigt, die Evakuierung der Verwundeten vorzubereiten.

»Du hast recht, das war eine naive Frage«, schnaubte Fritz. »So, fertig«, sagte er dann zu dem Soldaten. »Sie hatten Glück, ein glatter Durchschuss ohne Knochenbeteiligung, das wird ohne Probleme heilen. Schwester Heidi, bringen Sie den Mann zu den Sanitätsfahrzeugen.«

»Räumen wir jetzt schon?«, fragte Richard. »Ich dachte, wir sollten noch bis heute Nachmittag durchhalten.«

»Kannst du hier vielleicht noch vernünftig arbeiten? Ich nicht«, gab Fritz zurück. »Und wenn wir hier noch irgendwie rauskommen wollen, sollten wir das jetzt versuchen. Schwester Heidi, was laufen Sie denn da vorn wie ein aufgeschrecktes Huhn herum? Ich habe Ihnen doch gerade gesagt, dass Sie diesen Mann zu den Sanitätsfahrzeugen bringen sollen.«

»O Gott, wir werden alle sterben!«, rief die Schwester. Sie war noch jung, Richard schätzte sie auf höchstens zwanzig, vermutlich war sie direkt von der Schwesternschule an die Front geschickt worden, denn sie war erst vor drei Wochen in Cherbourg angekommen.

»Ja, das werden wir«, bestätigte Fritz ungehalten. »Die Frage ist nur, wann. Und nun machen Sie endlich das, was ich Ihnen sage!«

Schwester Heidi lief noch immer völlig verstört herum und wiederholte ständig: »Wir werden alle sterben!«

Fritz seufzte und wandte sich dem Verwundeten zu. »Gehen Sie da hinten durch den Gang, dann kommen Sie gleich zu den Sanitätsbussen.« Der Mann nickte und folgte der Aufforderung, obwohl er noch etwas schwach auf den Beinen war.

Fritz nahm die Chirurgenschürze ab, setzte seine Mütze auf und zog die Uniformjacke wieder an.

»Ich schätze, Schwester Heidi fällt in dein Fachgebiet, Richard. Kannst du irgendetwas für sie tun?«

Richard nickte und ging langsam auf die Schwester zu. Erneuter Geschützdonner, ein lauter Krach, wieder rieselte Putz von der Decke. Schwester Heidi rannte voller Panik aus dem Behandlungsraum, allerdings nicht zum Hinterausgang, wo die Fahrzeuge warteten, sondern zum Haupteingang.

Richard lief ihr nach. »Schwester Heidi, kommen Sie zurück!«, rief er. »Sie laufen geradewegs auf die feindlichen Geschützfeuer zu!«

Kurz bevor die völlig verstörte Frau den Haupteingang erreichte, hatte er sie eingeholt und packte sie.

»Kommen Sie, hier geht es nicht weiter.«

Sie starrte ihn mit ausdruckslosen Augen an. »Wir werden alle sterben«, wiederholte sie immer wieder. »Wir werden alle sterben!«

»Nicht, wenn Sie jetzt mitkommen.« Richard wollte die Schwester zurück zum Behandlungsraum bringen, als sie den letzten Rest ihrer Selbstbeherrschung verlor. Wie eine wilde Furie schlug sie um sich, traf ihn hart an der Brust und riss sich los.

»Fritz, ich brauch dich hier. Schnell!«, rief Richard. Gleichzeitig versuchte er, sich Schwester Heidi in den Weg zu stellen, damit sie nicht direkt in die Geschützfeuer rannte.

»Ich komme!« Noch im Laufen schloss Fritz die letzten Knöpfe seiner Uniformjacke.

Im nächsten Moment schlug eine Granate ein. Ein harter Schlag traf Richard im Magen und riss ihn zu Boden.

»O Gott, jetzt sterben wir«, schrie Schwester Heidi.

»Halten Sie endlich den Mund!«, herrschte Fritz sie an. Dann kniete er neben Richard nieder.

»Verdammt, Richard ...«

»Ich glaube, mir ist nichts weiter passiert«, wehrte Richard ab. Er tastete dorthin, wo ihn der Schlag getroffen hatte, doch statt des Stoffs seiner Uniform fühlte er eine warme, feuchte Masse. Ungläubig starrte er auf das Blut an seiner Hand.

»Aber ... aber das kann nicht sein. Ich habe gar keine Schmerzen.«

»Das ist nur der erste Schock, das hält nicht lange an.« Fritz riss Richards zerfetzte Uniformjacke und das Hemd darunter weiter auf, dann zog er mehrere Rollen Verbandsmaterial aus seiner Tasche und presste sie auf Richards Wunde. Der Druck war unangenehm, aber Richard hatte immer noch keine Schmerzen. Bildete er es sich nur ein, oder zitterten Fritz' Hände wirklich?

Die Zeit um ihn herum schien langsamer abzulaufen, das Donnern der Geschosse und Schwester Heidis Geschrei hatten keine Bedeutung mehr. Er sah und hörte alles, sein Verstand sagte ihm, dass er sich vor Schmerzen krümmen müsste, aber er fühlte gar nichts, weder Schmerz noch Furcht.

»Ist es sehr schlimm?«, fragte er.

»Das kann ich dir erst sagen, wenn ich weiß, welche inneren Verletzungen die Granatsplitter verursacht haben«, erwiderte Fritz, während er ihn weiter verband. »Jetzt ist nur wichtig, dass du nicht verblutest.«

Schwester Heidi schrie erneut gellend los. Unwillkürlich wandte Richard den Kopf in ihre Richtung. Ein amerikanischer Soldat war mit angelegter Waffe ins Lazarett gestürmt. Er sah Schwester Heidi und drückte sofort ab. Trotz des Geschützdonners hörte Richard, wie ihr lebloser Körper auf dem Boden aufschlug.

Fritz fuhr herum. »Das ist ein Lazarett!«, rief er auf Englisch. »Wir sind keine kämpfende Truppe!« Der Amerikaner richtete seine Waffe auf Fritz.

»Wir ergeben uns!«, rief Fritz und hob die Hände, während er noch immer neben Richard am Boden kniete. Der Soldat lud seine Waffe durch.

»Hörst du nicht, wir ergeben uns!«, schrie Fritz verzweifelt und hob seine Hände noch höher.

Richard sah die Augen des Soldaten, ein junger Mann, vermutlich nicht älter als die Schwester, die er gerade erschossen hatte. Der Blick war starr nach vorn gerichtet und Richard erkannte, dass der Junge wahnsinnig geworden war. Er war längst nicht mehr für Worte erreichbar und nahm nicht wahr, dass Fritz sich ergeben hatte. Der Zeigefinger des Soldaten krümmte sich langsam am Abzug. Er würde Fritz erschießen! Wie von selbst glitt Richards Rechte zur Pistole an seinem Gürtel, und ehe er noch begriff, was er tat, hatte er die Waffe gezogen und drückte ab. Das Gesicht des Amerikaners explodierte, er fiel zurück, aber in einer letzten Regung vollendete er die Bewegung seines Zeigefingers. Die ursprünglich tödliche Kugel verfehlte Fritz, riss ihm lediglich die Mütze vom Kopf.

»Mein Gott«, flüsterte Fritz mit zitternder Stimme. »Der wollte uns erschießen, obwohl wir uns ergeben hatten. Warum hat er das getan?«

Richard wollte von dem starren Blick erzählen, davon, dass der junge Soldat verrückt geworden war, doch noch bevor er ein Wort herausbringen konnte, verspürte er einen grauenvollen Schmerz, so schlimm, dass ihm die Luft wegblieb und er statt einer Antwort nur stöhnen konnte.

Fritz nahm ihm behutsam die Pistole aus der Hand, die er noch immer fest umklammert hielt. »Kannst du aufstehen, wenn ich dir helfe?«, fragte er dann. »Wir müssen hier weg.« Er packte Richard und versuchte, ihn auf die Beine zu ziehen. Richard bemühte sich, seinen Freund zu unterstützen, doch der Schmerz ergriff ihn mit ungeheurer Macht. »Ich schaff's nicht«, keuchte er.

»Dann muss ich dich eben tragen. Aber ich warne dich, das wird wehtun.«

Richard nickte nur, er konnte sich nicht vorstellen, dass der Schmerz noch unerträglicher werden könnte.

Fritz zog ihn ein Stück weiter hoch, ging dann in die Hocke und hievte ihn über seine Schulter.

Doch, es konnte noch schlimmer werden! Richard biss sich auf die Lippen, um nicht laut zu schreien, als sein Körpergewicht auf die Wunde drückte, während Fritz ihn schwer atmend wie einen Sack über der Schulter zum Hinterausgang schleppte. Dort bekamen sie endlich Hilfe.

»Wir sind die Letzten«, schnaufte Fritz. »Einen Ami haben wir schon gesehen. Wir müssen weg.«

Richard war vor Schmerzen kaum noch bei sich, als er in den Sanitätskraftwagen geladen wurde, doch er wartete vergebens auf eine gnädige, erlösende Ohnmacht. Fritz stieg neben ihm ein und überprüfte den Notverband. Der frische Blutfleck verhieß nichts Gutes.

»Du musst mir eines versprechen, Fritz. Wenn ich es nicht schaffe, schick Paula keinen Brief. Sag's ihr bitte persönlich und sei für sie da.«

»Ich lass dich nicht sterben. Niemals.«

»Es tut so verdammt weh!«, stöhnte Richard. »Kannst du mich nicht einfach mit Evipan wegspritzen?«

Fritz nickte, griff in die Sanitätstasche und zog eine Spritze auf.

»Ich werde dich wieder hinkriegen«, versprach er, während er die Spritze in Richards Ellenbeuge setzte. »Und sollte ich versagen, werde ich es Paula persönlich eingestehen. Aber das werde ich nicht. Ich werde dich nicht auch noch an diesen gottverdammten Krieg verlieren, so wie Doro und die Kinder. Niemals!« Er drückte den Kolben der Spritze nieder und das Letzte, was Richard sah, bevor es um ihn herum dunkel wurde und der Schmerz verschwand, waren die Tränen in den Augen seines besten Freundes.

52. Kapitel

In den letzten beiden Jahren hatte Göttingen sich mehr und mehr zur Lazarettstadt entwickelt. In der psychiatrischen Anstalt waren inzwischen ganze Bettenhäuser der Chirurgie zugeschlagen und mit verwundeten Soldaten belegt worden. Zu Paulas Aufgaben gehörte seither der psychiatrische Konsiliardienst auf den chirurgischen Stationen. Es kam immer wieder vor, dass einige der Verwundeten Psychosen entwickelten oder aufgrund bleibender Behinderungen nicht länger leben wollten.

Durch ihre häufigen Einsätze in der Chirurgie bekam sie sehr schnell mit, wo die Front besonders hart umkämpft wurde. Seit die Alliierten in der Normandie gelandet waren, hatte Paula nichts mehr von Richard gehört. Sie versuchte, sich damit zu beruhigen, dass die Nachrichtenverbindungen in diesen Zeiten schwer aufrechtzuerhalten waren, doch die Sonderzüge der Reichsbahn mit den Verwundeten aus Frankreich kamen nach wie vor durch. Die Informationen waren spärlich, aber von einem der Verletzten erfuhr sie, dass er in Cherbourg verwundet worden war.

»Haben Sie dort vielleicht meinen Mann getroffen?«, fragte

sie ihn. »Doktor Richard Hellmer. Oder seinen Freund, Doktor Fritz Ellerweg?«

»Ihren Mann kenne ich nicht. Aber Doktor Ellerweg hat mich operiert, dem verdanke ich, dass mein Bein noch dran ist.«

»Und wie sah es in Cherbourg aus?«

»Ich will Ihnen ja keine Angst machen, aber es war gruselig. Die Stadt war nahe dran, eingekesselt zu werden, ich bin froh, dass ich noch rechtzeitig rausgekommen bin. Ich habe gehört, dass das Lazarett ein paar Tage, nachdem ich dort operiert wurde, unter schweren Beschuss geriet und evakuiert werden musste. Aber wie gesagt, das weiß ich nur aus zweiter Hand.«

Tage vergingen, es wurden immer neue Verwundete von der Westfront eingeliefert, aber sooft Paula sich auch bemühte, etwas zu erfahren, niemand hatte etwas von Richard gehört. Die offiziellen Berichte über Cherbourg waren zurückhaltend. Es hieß lediglich, es werde dort tapfer gekämpft.

An einem Samstagvormittag Ende Juni schrieb Paula gerade ihre Krankenverläufe, als Schwester Sibylle in ihr Büro kam. »Frau Doktor, Sie möchten bitte sofort zu den Chirurgen auf die 2B kommen. Es scheint dringend zu sein.«

Paula legte ihren Füllfederhalter zur Seite. »Und was genau ist so dringend? Handelt es sich um Wahnvorstellungen oder hat bloß wieder einer der Männer einen Weinkrampf, der unsere hartgesottenen Chirurgen an ihre emotionalen Grenzen bringt?«

Schwester Sibylle kicherte. »Das hat man mir nicht gesagt, nur dass Sie gebraucht werden.«

Auf der Station 2B erwartete sie bereits Doktor Dührsen, ein junger Chirurg, der sie ein wenig an Fritz erinnerte. Er gehörte zu denen, die sie nur dann riefen, wenn es wirklich wichtig war.

»Wir haben hier einen ganz schweren Fall«, erklärte er. »Der hat sofort bei seiner Einlieferung darauf bestanden, dass Sie kommen.«

Paula runzelte die Stirn. »Und was für Symptome hat er?«

»Das ist Ihr Fachgebiet. Schauen Sie ihn sich am besten an, er wird es Ihnen schon sagen.«

»Aber aggressiv ist er nicht, oder?«

»Keine Sorge, er wirkte ganz umgänglich, abgesehen davon, dass er so beharrlich nach einer Psychiaterin verlangte. Sie finden ihn im Wachsaal, das erste Bett am Fenster.« Doktor Dührsen grinste und Paula wurde unsicher. Der Humor von Chirurgen war manchmal sehr seltsam.

Als sie in den Wachsaal kam, fiel ihr zunächst nichts auf. Die Männer dort wirkten alle ruhig, viele schliefen, einige lasen, zwei spielten miteinander Karten.

Der Mann am Fenster richtete sich in seinem Bett auf, als er sie eintreten sah. Und Paula erstarrte.

»Richard!«, rief sie so laut, dass sich fast alle nach ihr umdrehten. »Richard, du bist hier? Du lebst!«

Sie eilte zu seinem Bett, umarmte ihn, küsste ihn und hörte kaum das Johlen und Klatschen der übrigen Patienten, während Richard sie an sich zog und ihren Kuss leidenschaftlich erwiderte.

»Ich habe mir solche Sorgen gemacht«, sagte sie, nachdem sie sich wieder von ihm gelöst hatte. »Bist du schwer verletzt? Ist es schlimm?« Erst jetzt nahm sie sich die Zeit, ihn zu mustern. Er sah blass aus, hatte tiefe, dunkle Augenringe und seine Wangen waren etwas eingefallen, als hätte er an Gewicht verloren.

»Jetzt ist gar nichts mehr schlimm«, erwiderte er. »Ich bin wieder zu Hause und jetzt bleibe ich auch.« Er griff in seinen Nachtschrank und zog einen verschlossenen Umschlag heraus.

»Bewahre den gut auf, den hat Fritz mir mitgegeben«, flüsterte er ihr zu. »Es gibt nämlich zwei OP-Berichte. Einen offiziellen, den hat Doktor Dührsen, und dann den echten, den hast du jetzt.«

Paula ließ den Brief in ihrer Kitteltasche verschwinden. »Ich verstehe nicht ganz …«

»Komm, setz dich zu mir aufs Bett, dann erzähl ich es dir.«

Paula gehorchte und so berichtete Richard ihr leise, wie er verwundet worden war, wie sie beinahe von dem verrückten Amerikaner erschossen worden wären und wie Fritz ihn hinter die eigenen Linien in Sicherheit gebracht hatte.

»Das habe ich allerdings nicht mehr mitbekommen. Fritz war so gnädig, mir eine ordentliche Dosis Evipan zu verpassen. Als ich wieder richtig bei mir war, hatte er mich bereits operiert und alles für meinen Heimtransport vorbereitet. Zum Abschied hat er mir noch gesagt, dass er im offiziellen OP-Bericht massiv übertrieben hat. Er meinte, wer das liest, würde denken, ich wäre komplett ausgeweidet worden und auf jeden Fall dauerhaft für den Frontdienst untauglich.« Ein müdes Lächeln huschte über seine Lippen. »Tatsächlich hatte ich mehrere Granatsplitter im Magen und zwei in der Leber. Ich hatte großes Glück, die Bauchaorta wurde nur knapp verfehlt.«

»Gott sei Dank! Und wann kommst du nach Hause?«

»Wenn alles weiterhin so gut verheilt, in ein paar Tagen. Fritz hat mich zur Sicherheit auch noch mit Sulfonamiden vollgestopft. Du ahnst nicht, wie übel mir von dem Zeug geworden ist, aber er meinte, das sei nicht schlimm, denn bis der Magen verheilt ist, dürfe ich sowieso nicht so viel essen.«

Paula lachte. »Das ist typisch Fritz. Und wo ist er jetzt?«

»Keine Ahnung, ich habe ihn zuletzt gesehen, als er meinen Transport zum Bahnhof organisierte.« Richard atmete tief durch. Paula merkte, dass ihn das Sprechen trotz seiner aufgesetzten Munterkeit anstrengte.

»Ach, noch etwas«, fügte er dann hinzu. »Du musst mir irgendwas zum Anziehen besorgen. Wir mussten so überhastet fliehen, dass ich überhaupt nichts retten konnte, und die Uniform, die ich anhatte, ist bis auf die Hose und die Stiefel unbrauchbar.« Noch ein tiefer Atemzug. »Ich konnte nicht mal meine Leica retten, das ärgert mich am meisten.«

»Du lebst, das ist das Wichtigste. Alles andere wird sich ergeben.«

»Ja«, bestätigte Richard. »Aber ich ärgere mich trotzdem, dass die Kamera weg ist.«

»Was bedeutet, dass es dir schon wieder ziemlich gut geht.«

Er schenkte ihr ein Lächeln. »Ja, denn für mich ist der Krieg an der Front endgültig vorbei. Und nur das zählt.«

53. Kapitel

In den folgenden Wochen erholte Richard sich langsam von den Folgen seiner Verwundung. Paula sorgte zudem dafür, dass er eine amtsärztliche Bescheinigung über eine dauerhafte Kriegsbeschädigung erhielt.

Während Richard es auf der einen Seite genoss, wieder mit seiner Familie zusammen zu sein und am Leben seiner Kinder teilhaben zu können, lernte er auf der anderen Seite die Ungewissheit kennen, unter der Paula in den letzten drei Jahren gelitten hatte. Er schrieb Fritz mehrfach an die Front, bekam aber niemals eine Antwort. Hatte Fritz seine Briefe nicht erhalten oder waren seine Antworten verloren gegangen? War sein Freund in Gefangenschaft geraten oder gar gefallen? Nein, das mochte er sich nicht ausmalen, aber seit er den Amerikaner in Notwehr erschossen hatte, war ihm klar, dass weder der Sanitätsdienst noch eine bedingungslose Kapitulation Fritz wirksam schützen konnte. Immer wieder wurde Richard aus heiterem Himmel von schrecklichen Bildern heimgesucht. Aber es war niemals das Bild des Soldaten, dem er in den Kopf geschossen hatte, nein, er sah immer nur Fritz, der, hilflos am Boden kniend, die Hände hob, um sich zu ergeben, und der dennoch erschossen worden wäre, wenn Richard nicht zuerst abgedrückt hätte.

Doch Fritz war nicht der Einzige, um den Richard sich sorgte. Er dachte auch oft an seine Familie in Hamburg und an Paulas Vater. Sein Schwiegervater hatte noch ein funktionierendes Telefon, aber die Leitungen fielen in letzter Zeit immer häufiger aus, und so beschloss Richard Ende August 1944, selbst in Hamburg nach dem Rechten zu sehen. Paula war zunächst hin- und hergerissen, vor allem, da Emilia und Georg ihren Vater begleiten wollten. Sie ließ sich dann aber doch überzeugen, dass die Fahrt nach Hamburg nicht gefährlich sei. Seit den grauenvollen Bombenangriffen im Sommer 1943 bot die in Trümmern liegende Stadt kein lohnendes Ziel mehr für alliierte Bomber, die ihre Angriffe lieber auf bislang noch unzerstörte deutsche Städte konzentrierten. Paula selbst war derart in der Klinik eingebunden, dass sie keine Zeit hatte, die Familie zu begleiten.

»Das ist der Preis für deinen Traum, endlich als Psychiaterin zu arbeiten, während ich mich zu Hause um die Kinder kümmere«, neckte Richard sie.

»Wenn du wiederkommst, werde ich Professor Ewald fragen, ob er eine Stelle für dich hat. Wer nach Hamburg reisen kann, der kann auch arbeiten.«

»Das klingt ja fast, als würdest du mir die Zeit der Rekonvaleszenz missgönnen. Willst du ihn etwa fragen, ob ich deine Stelle übernehmen soll, damit du wieder daheimbleiben kannst?«

»Nein, ganz bestimmt nicht. Aber ich glaube, dir täte es gut, wieder einen geregelten Tagesablauf zu haben.«

»Ich werde ihn selbst fragen, wenn wir zurück sind. Ich liebe dich, Paula, auch wenn du mir heute wie ein zänkisches Waschweib vorkommst.«

»Waschweib, genau, ich wusste doch, dass du was vergessen hast. Du warst nicht in der Reinigung, um die Sachen abzuholen. Wenn du schon den ganzen Tag zu Hause bist, hättest du daran ruhig mal denken können. Jetzt bleibt das morgen wieder an mir hängen.«

»Ach komm, Paula, sei mir wieder gut, ich gelobe Besserung und werde die Wäsche morgen früh abholen, noch bevor wir zum Bahnhof fahren.« Er zog sie sanft an sich.

Sie kuschelte sich in seine Arme. »Und dann verpasst du auch noch den Zug, von wegen. Nein, ist schon gut, ich mach das morgen selbst. Hauptsache, du kommst heil mit den Kindern zurück.«

»Keine Sorge, du wirst uns nicht los«, sagte er und küsste sie. »Wir sind anhänglich und kommen immer wieder.«

Die Zugverbindungen waren noch immer erstaunlich zuverlässig, wenn man bedachte, wie sehr die Infrastruktur durch die Luftangriffe gelitten hatte. Sie bekamen sogar noch Sitzplätze in einem der Abteile, denn kaum jemand fuhr Richtung Hamburg, während die meisten Züge, die ihnen entgegenkamen, stark überfüllt waren. In Hannover fiel Emilia ein Viehwaggon auf einem Nebengleis auf. Mehrere Menschen riefen nach Wasser und streckten ihre Hände durch die schmalen Luftschlitze, obwohl die mit Stacheldraht versehen waren.

»Papa, warum sind die Leute in diesem Waggon? Und warum ist da Stacheldraht?«

Richard schaute ebenfalls aus dem Fenster. »Ich habe keine Ahnung, Spätzchen.«

»Vielleicht sind das Kriegsgefangene«, meinte Georg.

»Da sind aber auch Frauenstimmen«, widersprach Emilia. »Und sie rufen auf Deutsch.«

»Ich weiß es wirklich nicht, Spätzchen«, wiederholte Richard nochmals. So sehr er sich auch den Kopf zerbrach, ihm fiel keine passende Erklärung ein. Politische Gegner der Nazis wurden seines Wissens nach sofort ins nächstgelegene KZ verfrachtet und die Kranken wurden mit Bussen aus den Kliniken abgeholt.

In Hannover hatte das Begleitpersonal des Zuges gewechselt. Als die Schaffnerin zur Fahrkartenkontrolle kam, erkundigte sich Richard direkt nach dem Viehwaggon.

»Ich weiß nicht, was das für Leute sind«, erklärte die Schaffnerin, während sie die Karten lochte. »Ich weiß nur, dass der Waggon nach Polen gehen soll.«

»Und warum ist da Stacheldraht?«, fragte Emilia.

»Ich nehme mal an, damit sie während der Fahrt nichts rauswerfen«, erwiderte die Schaffnerin. »Die Polen sind ja für ihre Unordnung bekannt.«

»Aber die haben auf Deutsch nach Wasser gerufen.«

»Auf Polnisch würde das ja auch keiner verstehen. Ich wünsche noch eine angenehme Weiterfahrt nach Hamburg.« Die Schaffnerin verließ das Abteil.

»Papa, was sagst du dazu?«

Richard hob die Schultern. »Vielleicht sind das Polen, die hier gearbeitet haben und nun zurück nach Hause gebracht werden, weil hier alles zerstört ist.«

Drei Stunden später erreichte der Zug Hamburg. Bereits als sie über die Elbbrücken fuhren, sahen sie die zerbombten, ausgebrannten Häuser, von denen nur noch die Außenmauern standen. Meterhohe Trümmerberge machten viele Straßen unpassierbar. Und so ging es während der gesamten Fahrt weiter. Emilia und Georg starrten mit großen Augen aus dem Fenster.

»Da ist ja alles kaputt«, rief Emilia entsetzt. »Da ist ja kein Haus mehr heil!«

»Opa Wilhelms Haus steht noch«, erwiderte Richard.
»Aber Opa Hans-Kurts Werkstatt ist auch zerstört, oder?«
Richard nickte.
»Und unser Auto auch?«, fragte Georg.
»Ja«, bestätigte Richard. »Der Krieg hat alles vernichtet.«
Als der Zug im Hamburger Hauptbahnhof einrollte, stellten sie fest, dass die große Glaskuppel ebenfalls starken Schaden genommen hatte. Es war geradezu erstaunlich, wie viel Betrieb dennoch weiterhin in der schwer beschädigten Stadt herrschte.

»Schauen wir mal, ob die Hochbahn noch fährt«, sagte Richard zu seinen Kindern.

»Doktor Hellmer«, rief da eine weibliche Stimme. »Sind Sie es wirklich?«

Richard fuhr herum. Es war eine rotblonde Frau mittleren Alters mit längst verblassten Sommersprossen.

»Kennen wir uns?«, fragte er irritiert.

»Ja, das ist aber schon sehr lange her. Ich habe vor allem Georg wiedererkannt.«

Richard warf einen Blick auf seinen Sohn, der ebenfalls verwirrt war.

»Ich bin Schwester Elfriede. Sie haben früher doch immer Ihre Frau mit dem Auto von der Klinik abgeholt. Und Georg war mit Diphtherie im Kinderkrankenhaus.«

Ein Strahlen überzog Georgs Gesicht, als er sich an die Schwester erinnerte, und auch Richard fiel es langsam wieder ein.

»Sie haben uns damals für die Volkswohlfahrt angeworben, ehe sie von den Nazis übernommen wurde.«

»Ja, genau«, bestätigte Schwester Elfriede. »Seither ist sehr viel passiert.« Sie atmete tief durch. »Aber dass ich Sie hier heute treffe, das ist wie ein Geschenk!«

»Tatsächlich?«

Schwester Elfriede nickte. »Haben Sie morgen Zeit, mich in der Heilanstalt Langenhorn zu treffen? Es geht um Doktor Krüger. Es gibt niemanden, dem ich vor Ort vertrauen kann, aber das, was ich herausgefunden habe, ist zu ungeheuerlich, als dass ich es für mich behalten könnte. Bitte, kommen Sie!«

»Wann?«

»Morgen um fünfzehn Uhr vor der Kirche.«

»Ich werde da sein.«

54. Kapitel

Es war ein seltsames Gefühl für Richard, zum ersten Mal seit drei Jahren wieder in der Wohnung seines Schwiegervaters zu sein. Die Diele mit der Garderobe sah noch immer genauso aus wie im Oktober 1926, als er Paula zum ersten Mal abgeholt hatte, auch die gute Stube hatte sich kaum verändert.

»Richard, wie schön, dass du wieder da bist!« Seine Mutter kam ihm als Erste entgegen und drückte ihn an sich, als wäre er noch ein kleiner Junge. Dann reichte sie ihn an seinen Vater weiter, der ihn ebenfalls herzte, bevor sein Schwiegervater ihn mit einem freundschaftlichen Händedruck und einem Schulterklopfen begrüßte und seine Umarmungen auf die Enkelkinder beschränkte. Die alte Frau Koch, die seit ihrer Ausbombung bei Paulas Vater zur Untermiete lebte, begrüßte ihn mit einem Lächeln und tadelte ihn zugleich, dass er Paula nicht mitgebracht hatte.

»So ist das nun mal, wenn die Frau in der Familie das Geld verdient. Da geht die Arbeit vor.« Richard grinste. »Spaß beiseite, sie wäre gern gekommen, aber sie ist derzeit in der Klinik unabkömmlich, und ich dachte mir, ich nutze die Zeit, euch zu besuchen, solange ich noch als Rekonvaleszent gelte und niemand etwas von mir erwartet.«

»Wir haben uns große Sorgen um dich gemacht«, gestand sein Vater. »Geht es dir wieder gut, mein Junge?«

»Alles bestens, Papa. Wenn man Fritz an seiner Seite hat, kann einen nichts umbringen. Er ist der beste Chirurg, den ich kenne.«

»Nun kommt, zur Feier des Tages gibt es Apfelkuchen mit Äpfeln aus dem Schrebergarten.« Seine Mutter wies auf den gedeckten Tisch. Sie setzten sich und Richards Mutter schnitt den Kuchen an. »Bitte nicht so ein großes Stück für mich«, wehrte Richard ab. »Die Hälfte genügt.«

»Aber du musst doch wieder zu Kräften kommen.«

»Ja, und deshalb bitte nur ein halbes Stück für mich. Mein Magen erholt sich noch immer von den Granatsplittern.«

»Aber das wird doch wieder, oder?«

»Keine Sorge, spätestens zu Weihnachten kann ich wieder richtig zuschlagen.« Er schenkte seiner Mutter ein Lächeln, dann wechselte er das Thema. »Wie ich sehe, habt ihr euch hier sehr gut eingerichtet. Ist die Praxis noch in ihren alten Räumlichkeiten am Ende des Flurs?«

»O ja«, antwortete sein Schwiegervater. »Man muss die Zimmer nutzen, die man hat. Und da ist es von Vorteil, dass Paula in eine Tischlerfamilie eingeheiratet hat, auch wenn ich für die Erfindungen deines Vaters meinen guten Wohnzimmerschrank opfern musste.«

»Wieso? Der steht doch noch da.«

Wilhelm und Hans-Kurt lachten.

»Ja, aber er ist kein Schrank mehr.« Richards Vater stand auf. »Sieh mal her.« Er löste zwei unscheinbare Haken und zog von oben an der Tür, die dabei nach unten schwang. Im nächsten Moment klappte ein großes Doppelbett auf.

»Bücher können im Gegensatz zu Menschen auch in Regalen ruhen. Ich habe noch einen hölzernen Lattenrost eingezogen, auf dem die Matratze liegt. Die Schranktür dient nur noch der Verkleidung. Man schläft in diesem Bett genauso gut wie in jedem anderen auch. Mit solchen Dingen halten wir uns zurzeit über Wasser. Die Werkstatt ist zwar komplett vernichtet, aber unser Ideenreichtum ist ungebrochen. Holgers Jungs erledigen diese Aufträge auf Bestellung direkt in den Wohnungen der Kunden. Unsere Kreativität war schon immer unser größtes Kapital. Die Werkstatt mag zerstört sein, aber das Grundstück gehört uns noch. Wenn Karl endlich aus dem Krieg zurückkehrt, können wir alles wieder aufbauen und uns ganz auf zweckmäßige, platzsparende Möbel spezialisieren. Wir experimentieren auch schon mit Küchenbänken und Tischen, die man mit wenigen Handgriffen in Betten verwandeln kann.«

»Das ist ja genial!« Richard stand begeistert auf und sah sich die Konstruktion genauer an. Das Bettzeug wurde mit Spanngurten gehalten, um nicht beim Hochklappen zu verrutschen. »Könnt ihr so ein Bett auch für Paula und mich herstellen?«

»Ja, aber wie sollen wir das nach Göttingen schaffen?«

»Nicht nach Göttingen. Der Krieg kann ja nicht mehr ewig dauern und wenn er vorbei ist, möchten wir wieder nach Hamburg zurückkommen. In Göttingen gibt es keine passende Schule für Georg.«

»Und warum wollt ihr bis nach dem Krieg warten?«, fragte Paulas Vater. »Warum nicht sofort? Hier ist genügend Platz.«

»Solange die Nazis an der Macht sind und Leute wie Krüger was zu melden haben, ist es für Georg noch zu gefährlich. Aber vielleicht hat mir das Schicksal ja auch ein Mittel gegen Krüger in die Hand gespielt.« Und dann erzählte er von dem geplanten Treffen mit Schwester Elfriede.

»Wenn du Unterstützung dabei brauchst, diesem Mistkerl etwas anzuhängen, bin ich sofort dabei«, bot sein Schwiegervater an. »Ich habe da einschlägige Erfahrungen. Das letzte Mal hat es mehrere Wochen gedauert, bis er sich von dem Verdacht, Medikamente auf dem Schwarzmarkt zu verkaufen, reinwaschen konnte. Leider ist er danach sofort wieder auf die Füße gefallen und weiterhin in leitender Position in der Kinderabteilung Langenhorn tätig. Ich wünsche mir so sehr, dass dieser Mann endlich zu Fall kommt, bei all dem Leid, für das er verantwortlich ist.«

»Ich werde mein Bestes tun«, versprach Richard.

Schwester Elfriede erwartete ihn bereits vor der Kirche auf dem Gelände der Heilanstalt Langenhorn, als er am folgenden Tag kurz nach fünfzehn Uhr erschien. Die Fahrt mit der Straßenbahn hatte ihn viel Zeit gekostet, er musste mehrfach umsteigen und große Umwege in Kauf nehmen, da ein Teil des Schienennetzes zerstört war. Es war erstaunlich, dass der Verkehr überhaupt noch halbwegs pünktlich aufrechterhalten werden konnte. Der Blick aus dem Fenster tat weh, rief schmerzhafte Erinnerungen an die alten Tage Ende der Zwanziger- und Anfang der Dreißigerjahre wach, als er die Strecke regelmäßig mit seinem Auto zurückgelegt hatte, in einer Zeit, als es in der Heilanstalt Langenhorn noch um das Wohl der Patienten ging und Leute wie Krüger einen schweren Stand hatten.

»Gut, dass Sie da sind«, begrüßte Schwester Elfriede ihn. »Kommen Sie, in der Kirche sind wir ungestört.«

Richard folgte ihr in das Gebäude und nahm dann neben Schwester Elfriede auf einer der Bänke Platz.

»Worum geht es?«

Schwester Elfriede zog aus ihrer Kitteltasche eine Liste, auf der zahlreiche Namen samt Geburtsdaten notiert waren.

»Nachdem das Kinderkrankenhaus Rothenburgsort ausgebombt und ein Teil der Kinderabteilung dauerhaft hierher verlegt worden war, übernahm Doktor Krüger nach einigem Hin und Her die Leitung der Kinderfachabteilung und wurde deren ärztlicher Direktor.« Schwester Elfriede hielt kurz inne, atmete einmal tief durch, ehe sie fortfuhr. »In dieser Zeit hat er mindestens zweiundzwanzig Kinder durch tödliche Injektionen umgebracht, sechs davon hat er danach zu Forschungszwecken seziert und ihre Gehirne an das neuroanatomische Institut der Universitätsklinik Eppendorf geschickt. Auf dieser Liste finden Sie die Namen, Geburtsdaten und Aktenzeichen der Kinder.«

»Er hat selbst Kinder ermordet und danach seziert?«, fragte Richard ungläubig. So viel Grausamkeit hätte er nicht einmal Krüger zugetraut.

»Ja«, bestätigte Schwester Elfriede. »Es ist so ungeheuerlich, dass man es sich gar nicht vorstellen kann. Ich habe schon versucht, an die Akten im Archiv zu kommen, aber allein ist das schwierig. Die Archivarin ist sehr neugierig und wenn man niemanden hat, der sie ablenkt, ist es schlichtweg unmöglich, unbemerkt die richtigen Akten herauszusuchen. Ich möchte Sie bitten, die Archivarin abzulenken, damit ich ein oder zwei der Akten als Beweisstücke mitnehmen kann. Ich befürchte, dass die Dokumente nach dem Krieg nicht mehr auffindbar sein werden und wir dann niemandem mehr beweisen können, dass die Kinder auf dieser Liste wirklich ermordet wurden. Werden Sie mir helfen?«

»Selbstverständlich. Ist die Archivarin immer noch Frau Unterweger? Die kennt mich von früher.«

»Nein, die starb beim Feuersturm.« Schwester Elfriede senkte betroffen den Blick. »Die jetzige heißt Frau Rating und ist erst vor zwei Jahren eingestellt worden. Sie ist sehr gewissenhaft und eine durch und durch überzeugte Nationalsozialistin.«

»Na wunderbar. Aber gut, mit solchen Leuten kann ich umgehen.«

Das Archiv befand sich in einem unscheinbaren kleinen Gebäude zwischen den Bettenpavillons, die früher als offene

Landhäuser gedient hatten. Inzwischen waren sie allesamt der Kinderklinik zugeschlagen worden. Richard fragte sich, ob das gesicherte Haus noch in seiner alten Form existierte und ob Kurt Hansen noch dort arbeitete. Er hätte den alten Oberpfleger gern wiedergesehen, aber das Risiko, dabei einem von Krügers Zuträgern über den Weg zu laufen, war zu groß.

Nachdem Schwester Elfriede das Gebäude betreten hatte, wartete Richard eine Weile, dann klopfte er an. Hinter der Tür hörte es sich so an, als müsste jemand erst einige Treppenstufen hinaufsteigen, dann wurde ihm geöffnet.

»Ja bitte? Was kann ich für Sie tun?«

»Entschuldigen Sie, dass ich hier so einfach anklopfe, aber ich suche das Haus 27 C.«

»Sind Sie sicher, dass das die richtige Nummer ist? Hier gibt es kein Haus 27 C.«

»Nein? Oder eines, das so ähnlich heißt? Wissen Sie, ich hörte, mein Sohn soll dort sein. Er ist gerade zwölf geworden.«

»Weswegen ist Ihr Sohn denn im Krankenhaus?«

»Er ...« Richard stöhnte auf und griff sich dorthin, wo ihn die Granate getroffen hatte.

»Ist mit Ihnen alles in Ordnung?«

»Entschuldigen Sie bitte«, keuchte Richard und nahm aus den Augenwinkeln wahr, dass seine kleine Vorführung den erwünschten Effekt hatte. »Vor zwei Monaten hat mich eine Granate getroffen. In Cherbourg.« Er atmete mehrfach tief durch. »Das geht gleich wieder vorbei.«

»Wollen Sie sich einen Augenblick setzen?«

»O ja, das wäre sehr nett von Ihnen.«

Sie ließ ihn eintreten und führte ihn in ihr Büro, wo sie ihm den einzigen Stuhl überließ.

»Soll ich Ihnen ein Glas Wasser bringen?«

»Ich möchte Ihnen wirklich keine Umstände machen«,

erwiderte Richard, brachte dabei aber ein gekonntes Stöhnen hervor.

»Das ist eine Selbstverständlichkeit und kein Umstand. Warten Sie einen Moment.« Die Archivarin verließ das Büro.

Richard sah sich inzwischen um. Auf der gegenüberliegenden Seite stand die Tür zum Keller offen, wo die alten Akten von entlassenen oder verstorbenen Patienten gelagert wurden. Ob Schwester Elfriede schon gefunden hatte, wonach sie suchte?

Frau Rating kam mit einem Glas Wasser zurück.

»Vielen Dank.« Richard trank einen Schluck.

»Und welche Diagnose hat Ihr Sohn nun?«

»Diphtherie. Ich bin erst gestern Abend zurück nach Hamburg gekommen, ich war vorher in Göttingen im Lazarett. Meine Frau sagte mir, Ludwig sei im Krankenhaus und es stünde schlecht um ihn. Da musste ich natürlich sofort kommen. Ich könnte es nicht ertragen, wenn er stirbt und ich ihn vorher nicht noch einmal sehen kann. Ich habe ihn in den letzten drei Jahren immer nur für wenige Tage gesehen, wenn ich auf Heimaturlaub war.« Er wischte sich mit einer betont unauffälligen Geste über die Augen, die ihre Wirkung nicht verfehlte.

»Das tut mir sehr leid. Wenn Ihr Sohn Diphtherie hat, ist er auf der Infektionsstation.«

Schritte kamen die Kellerstiege hoch. Es war Schwester Elfriede.

»Haben Sie die Akte auch allein gefunden?«, fragte Frau Rating. »Ich musste mich um diesen Herrn kümmern.«

»Ja, ich habe alles. Danke, Frau Rating.«

Frau Rating sah die Akte an, die Schwester Elfriede ganz offen trug, und notierte die Nummer im Ausgangsbuch.

»Gehen Sie direkt zurück auf die Station?«

»Ja.«

»Dann könnten Sie den Herrn hier doch mitnehmen. Er sagt, sein Sohn sei hier mit Diphtherie in Behandlung, und er kennt den Weg zur Infektionsstation nicht.«

»Selbstverständlich. Kommen Sie, ich bringe Sie hin.«

Richard stellte das Wasserglas auf dem Schreibtisch ab und erhob sich betont vorsichtig. »Vielen Dank. Sie sind beide sehr gütig.«

»In diesen Zeiten müssen wir doch alle zusammenhalten«, sagte Frau Rating. »Ich wünsche Ihnen und Ihrer Familie alles erdenklich Gute!«

»Wie haben Sie die denn so schnell um den Finger gewickelt?«, fragte Schwester Elfriede, als sie außer Hörweite waren.

»Geschichten von schwer verwundeten deutschen Kriegshelden und deren todkranken Kindern erweichen das Herz jeder deutschen Volksgenossin«, erwiderte er lächelnd. »Haben Sie auch alles?«

»Ja, zwei Akten, die ich direkt in einem Leinenbeutel unter meiner Schürze versteckt habe. Diese hier sollte ich tatsächlich holen. Falls jemand bemerken sollte, dass die beiden anderen fehlen, wird uns niemand damit in Verbindung bringen.«

Schwester Elfriede zog den Beutel mit den Akten unter ihrer Schürze hervor und reichte ihn Richard.

»Passen Sie gut darauf auf. Auch wenn ich es nicht verhindern konnte, so will ich doch alles dafür tun, dass diese Verbrechen nicht ungesühnt bleiben.«

»Ich danke Ihnen, Schwester Elfriede. Sie sind eine mutige Frau und ich werde Sie nicht enttäuschen.«

Zurück in der Wohnung seines Schwiegervaters sah er sich die Dokumente näher an. Es handelte sich um ein dreijähriges Mädchen mit schwerer Epilepsie und einen männlichen Säugling mit einem Wasserkopf. Beide Kinder waren mit Luminalinjektionen getötet und anschließend seziert worden. Der Sektionsbericht war in Krügers Handschrift verfasst. Er gab die Akten und die Liste mit den Namen der übrigen ermordeten Kinder seinem Schwiegervater.

»Pass gut darauf auf«, sagte er zu ihm. »Damit haben wir den Beweis, dass Krüger ein Mörder ist, und dafür werden wir ihn eines Tages zur Verantwortung ziehen!«

DRITTER TEIL
DIE STUNDE NULL

55. Kapitel

Nach seiner Rückkehr nach Göttingen bewarb Richard sich wie versprochen um eine Anstellung als Psychiater und wurde von Professor Ewald sofort eingestellt. Es war eine ganz neue Erfahrung für ihn, mit seiner Frau gemeinsam in einer Klinik zu arbeiten und derjenige zu sein, der von ihr mit den Eigenheiten der Abteilung vertraut gemacht wurde. Manchmal ertappte er sich sogar bei dem Gedanken, vielleicht dauerhaft in Göttingen zu bleiben, da ihm die Arbeit in der Anstalt gefiel. Andererseits wurde das Zusammenleben mit der schwermütigen Frau Heiroth immer belastender. Sie schreckte nicht einmal davor zurück, mitten in der Nacht ohne Vorwarnung in Richards und Paulas Schlafzimmer zu kommen, wenn sie wieder ihre »Zustände« hatte. Als Richard deshalb von innen einen Riegel an der Schlafzimmertür anbrachte, da Frau Heiroth die Herausgabe des Zimmerschlüssels verweigerte, gab es wochenlang Streit. Ende November drohte Frau Heiroth, das Mietverhältnis zu kündigen. Damit nahm sie Richard und Paula die Entscheidung ab. Im Dezember 1944 kehrten sie mit ihren Kindern nach Hamburg zurück, um die Praxis von Paulas inzwischen siebzigjährigem Vater zu übernehmen.

Professor Ewald bedauerte das Ausscheiden des Ehepaars aus dem Klinikdienst und gab Paula zum Abschied ein hervorragendes Zeugnis, in dem er ihr die Facharztreife als Psychiaterin bescheinigte.

Auch Karl tauchte kurz vor Weihnachten 1944 völlig unerwartet in Begleitung einer schwangeren Französin auf, die er als seine Gattin Julie vorstellte. Sie war eine zierliche, hübsche Frau mit lockigem braunem Haar und grünen Augen.

»Als Paris im letzten August fiel, blieb uns nichts anderes übrig, als zu verschwinden«, erklärte er. »Ihr ahnt nicht, was Frauen, die eine Beziehung zu einem Deutschen hatten, dort auszustehen haben. Man hätte Julie nie verziehen, dass sie ein Kind von mir erwartet, und ich hätte sie nie zurückgelassen.«

»Also bist du desertiert?«, fragte sein Vater Holger entsetzt. »Du weißt, dass darauf die Todesstrafe steht!«

»Da macht euch mal keine Sorgen.« Karl grinste. »Ich habe doch in der Militärverwaltung gearbeitet. Und als guter Deutscher weiß ich, dass man ohne Papiere nichts ist. Deshalb habe ich vor unserer Flucht ein Blankoformular des Entlassungsscheins aus der Wehrmacht mitgehen lassen.« Er zog das Dokument hervor und zeigte es seinen Angehörigen. »Auf diese Weise habe ich auch den Trauschein besorgt, weil wir keine Heiratsgenehmigung bekommen haben. Auf dem Papier ist Julie ganz offiziell meine Frau. Das ist so echt, das würde nicht mal Hitler persönlich anzweifeln.«

»Und was sagt ihre Familie dazu, dass sie mit dir geflohen ist?«

»Sie haben mich regelrecht dazu getrieben«, antwortete Julie in nahezu akzentfreiem Deutsch. »Sie haben mir meine Liebe zu Karl nie verziehen und mich als Hure beschimpft.«

»Julie hat als Übersetzerin für uns gearbeitet«, erklärte

Karl. »Und so kam eines zum anderen. Wenn dieser verfluchte Krieg wenigstens etwas Gutes hatte, dann dass Julie und ich uns gefunden haben.«

Während Holger seinen Sohn entgeistert anstarrte, fing Richard an zu lachen. »Karl, du bist ein würdiges Mitglied unserer Familie. Die Idee mit dem Entlassungs- und dem Trauschein ist großartig.« Er klopfte ihm anerkennend auf die Schulter. Dann wandte er sich Julie zu. »Willkommen in Hamburg und in der Familie, Julie. Ich fürchte nur, es wird schwierig, euch auch noch unterzubringen.«

»Wenn's nur das ist«, sagte Holger, »im Schrebergarten ist auch noch Platz für Karl und Julie. Wir sind dabei, die Schreberbude zu erweitern. Liegen ja überall genug Ziegel in den Trümmern, damit können wir noch ein weiteres Zimmer anbauen. Julie, nimm mir meine Skepsis nicht übel. Du bist uns selbstverständlich willkommen, ich hatte nur Sorgen, wie wir Lebensmittelkarten für euch bekommen, wenn ihr als Untergetauchte in der Stadt lebt.«

»Tja, dank der Papiere dürfte das ja nun keine Schwierigkeiten mehr bereiten, oder, Papa?«

So düster die Zeiten auch waren, das Weihnachtsfest 1944 war ein Lichtblick, denn die Familie war endlich wieder vereint. Der einzige Wermutstropfen bestand darin, dass Fritz noch immer verschollen war. Richard suchte in den folgenden Wochen regelmäßig die Rotkreuzdienststellen auf, um nach dem Verbleib seines besten Freundes zu forschen, aber bei Tausenden von deutschen Soldaten, die gefallen oder in Kriegsgefangenschaft geraten waren, gab es keine Hinweise auf Fritz.

Am 30. April 1945 meldeten die Radiosender, dass der Führer im Kampf um Berlin gefallen sei. Mochte es auch eine Nachricht von weltpolitischer Bedeutung sein, für die Familie war es viel bedeutsamer, dass Karl und Julie am selben Tag Eltern einer gesunden Tochter wurden, die auf den Namen Marie getauft wurde.

Am 3. Mai 1945 erreichten die britischen Besatzungstruppen Hamburg. In all dem Chaos der ersten Tage wusste niemand, wie es weitergehen würde. Am ersten Tag gab es eine komplette Ausgangssperre, und Richards Mutter und Frau Koch machten sich Sorgen, wie lange sie wohl andauern würde, da ihre Lebensmittelvorräte beschränkt waren. Glücklicherweise wurde die Ausgangssperre bereits am folgenden Tag gelockert und galt nur noch zwischen neun Uhr abends und sechs Uhr morgens.

Die Briten beschlagnahmten zahlreiche Wohnungen in den Hamburger Villengegenden, und es war deutschen Staatsangehörigen und britischen Soldaten verboten, miteinander zu sprechen. Wer ein Anliegen an eine offizielle Stelle hatte, musste dies in Englisch tun, da Anfragen auf Deutsch grundsätzlich nicht beantwortet wurden.

»Die gehen mit uns um wie mit den Indern in ihren Kolonien«, erklärte Paulas Vater verbittert. »Wir sind in deren Augen Menschen zweiter Klasse.«

»Hast du etwas anderes erwartet?«, fragte Richard. »Denk doch daran, wie sie gezielt die Wohngebiete zerbombt haben, um möglichst viele Menschen zu töten.«

»Und ich dachte, jetzt, wo der Krieg vorbei ist, würde es langsam wieder aufwärtsgehen.« Sein Schwiegervater seufzte. »Ich hatte gehofft, spätestens jetzt könntest du dein Wissen gegen Krüger verwenden.«

»Wozu? Glaubst du wirklich, die Briten interessieren sich für die Morde an zweiundzwanzig deutschen Kindern, wo sie selbst Tausende durch ihre Bombardements getötet haben?«

Als die neuen Lebensmittelkarten ausgegeben wurden, war Richard entsetzt und verlor jede Hoffnung, dass eine Besatzungsmacht, die das Verhungern der Bevölkerung in Kauf nahm, sich jemals für die Verbrechen von einheimischen Ärzten interessieren würde. Die Zuteilungen waren nur dazu geeignet, das Sterben langsam hinauszuzögern. Seine Eltern, Frau Koch und sein Schwiegervater, die als Rentner keiner produktiven Arbeit mehr nachgingen, sollten ebenso wie die Kinder mit nur neunhundert Kalorien am Tag auskommen. Für Paula und ihn als Ärzte, die eine Praxis betrieben, waren tausendfünfhundert Kalorien pro Tag vorgesehen.

»Wie sollen wir da überleben?«, fragte seine Mutter. »Ich meine, wir können natürlich Holger und Margit fragen, ob sie uns etwas von der Ernte im Schrebergarten überlassen, aber das wird nie reichen. Und was machen wir im Winter?«

»Wir kommen auf eine monatliche Zuteilung von sechzig Zigaretten für uns alle zusammen«, sagte Richard. »Ich habe von einem unserer Patienten gehört, dass es auf dem Schwarzmarkt in der Talstraße für drei Zigaretten einen Laib Brot gibt.«

»Schwarzmarkthandel wird mit Gefängnis bestraft«, warf Paula ein. »Wenn du verhaftet wirst, stehen wir noch schlechter da.«

»Ich werde es ausprobieren«, erklärte Frau Koch. »Wenn ich wirklich erwischt werde, ist das der geringste Verlust für unsere Gemeinschaft, weil ich eine Lebensmittelkarte der niedrigsten Kategorie habe. Da kann ich mich in den vierzehn Tagen Gefängnis, die auf einfachen Schwarzmarkthandel stehen, nicht verschlechtern.«

Da niemandem ein Gegenargument einfiel, wurde Frau Koch die Expertin für den Schwarzmarkthandel mit Zigaretten. Das, was sie auf diese Weise täglich heimbrachte, war zwar immer noch zu wenig zum Leben, aber es verschaffte ihnen etwas Luft, um das Verhungern weiter hinauszuzögern. Holger knüpfte indes Kontakte zu Vierländer Bauern, die in der Nähe der Schrebergartenkolonie ihre Höfe hatten, und bot

Tischlerleistungen seiner Söhne gegen Lebensmittel an. Allerdings mussten die Jungs bei ihrer Rückkehr aufpassen. Die Briten führten regelmäßig Kontrollen durch, da Hamsterfahrten verboten waren, und wer mit Lebensmitteln erwischt wurde, musste diese nicht nur abgeben, sondern landete auch noch im Gefängnis.

Immerhin wurde das sogenannte Fraternisierungsverbot, das sämtliche Kontakte zwischen Briten und Deutschen verbot, wenige Wochen später gelockert, zumal sich viele Briten nicht mehr daran hielten. Es gab einen großen Unterschied zwischen den normalen Soldaten und den blasierten britischen Offizieren, die sich für etwas Besseres hielten. Und obwohl das Überleben an erster Stelle stand, schöpfte Richard Hoffnung, dass nun vielleicht der richtige Zeitpunkt gekommen wäre, die Beweise für die Kindermorde vorzulegen, zumal Krüger immer noch als ärztlicher Direktor arbeitete und Richard sich gut vorstellen konnte, dass dieser sich an den Rationen der Patienten schadlos hielt, um selbst möglichst ohne zu darben durch die schweren Zeiten zu kommen.

So packte er Anfang Juli 1945 die belastenden Dokumente in seine Aktentasche und suchte die britische Militärverwaltung auf.

Obwohl er sehr gut Englisch sprach, konnten die Briten, an die er sich zuerst wandte, nichts mit seinem Anliegen anfangen, und er wurde mehrfach an andere Stellen verwiesen. Schließlich landete er im Büro eines britischen Offiziers namens McNeil. Richard hatte den Eindruck, dass er hier wieder falsch war, und fragte sich, ob es eine Form des berüchtigten britischen Humors war, ihn von einem unmöglichen Ort zum nächsten zu schicken. Trotzdem brachte er die Angelegenheit vor.

»Handelt es sich bei den Kindern um deutsche Staatsangehörige oder um Kinder kriegsbeteiligter Parteien?«, fragte McNeil. Er war hochgewachsen, sehr schlank und sah genauso aus, wie Richard sich den typischen britischen Kolonialoffizier vorstellte, der mit seinem Stock auf indische Kulis einschlug.

»Um deutsche Kinder«, erwiderte er und konnte dem Gesichtsausdruck des Mannes sofort entnehmen, dass das die falsche Antwort war.

»Dafür sind wir nicht zuständig.«

»Dann sagen Sie mir bitte, wer zuständig ist, Verbrechen durch Ärzte an unschuldigen Kindern aufzunehmen und zu verfolgen. Die deutsche Polizei hat doch keinerlei Befugnis mehr, und der Arzt, der sich dessen schuldig gemacht hat, sitzt immer noch als ärztlicher Direktor im Allgemeinen Krankenhaus Langenhorn.«

»Tut mir leid, wir sind dafür nicht zuständig«, wiederholte der Brite.

»Meinen Sie damit, dass Ihre Abteilung nicht zuständig ist, oder die britische Besatzungsmacht grundsätzlich kein Interesse daran hat, Verbrechen durch Naziärzte aufzuklären, wenn die Opfer die falsche Staatsangehörigkeit haben?«

McNeil schnaubte verächtlich. »Was glauben Sie eigentlich, wie viele Ihrer Landsleute sich in den letzten Wochen mit Denunziationen bei mir anbiedern wollten?«

»Ich will mich nicht anbiedern. Ich will ein Verbrechen anzeigen und habe auch Beweise dafür.« Er hob seine Aktentasche demonstrativ an. »Ich habe zwei der Krankenakten der ermordeten Kinder dabei, die den Mord eindeutig dokumentieren. Wissen Sie überhaupt, was hier alles in den letzten zwölf Jahren passiert ist? Hier wurden Menschen mit Geisteskrankheiten und Behinderungen ausgesondert und gezielt umgebracht. Selbst Kinder. Das kann doch nicht einfach so unter den Teppich gekehrt werden!«

Ein zynisches Lächeln huschte über das Gesicht des Engländers. »Soso, und Sie sind derjenige, der das Unrecht ahnden will, Herr Doktor Hellmer?« Die Art, wie McNeil im englischen Sprachfluss die deutschen Worte »Herr Doktor« einbaute, zeigte die ganze Verachtung, die er für den Deutschen vor sich empfand. »Sie werden mir jetzt bestimmt erzählen, dass Sie niemals in der Partei waren und Hitler nie gewählt haben, nicht wahr? Vielleicht erzählen Sie mir sogar das Märchen, Sie selbst hätten unter Einsatz Ihres Lebens Menschen vor der Willkür der Nazis gerettet? Ja, ich habe in den letzten Wochen unzählige Denunzianten wie Sie kennengelernt, die angeblich irgendwelche Verbrechen aufdecken wollten. Letztlich entpuppte sich immer alles nur als Vorwand, um sich unser Wohlwollen zu erkaufen. Aber das funktioniert bei mir nicht. Ich weiß ganz genau, wie man mit Ihresgleichen umzugehen hat. Erst spielt ihr euch als die Herren der Welt auf und dann, wenn ihr am Boden liegt, wollt ihr alle nie etwas damit zu tun gehabt haben und kommt angekrochen. Ich habe kein Interesse an Ihren Informationen und verachte feige Denunzianten wie Sie. Verlassen Sie bitte mein Büro.«

Wortlos drehte Richard sich um und folgte der Aufforderung. Es war alles sinnlos. Niemand würde die Täter jemals zur Verantwortung ziehen. Leute wie Krüger würden immer auf die Füße fallen, seine Verbrechen interessierten die derzeitigen Machthaber nicht. Eigentlich hatte er es längst gewusst. Was er seinem Schwiegervater kurz nach Beginn der britischen Besatzung erklärt hatte, stimmte. Wer gezielt Zivilisten durch Flächenbombardements tötete, wer die Lebensmittelrationierungen so niedrig hielt, dass selbst Kinder verhungerten, den interessierten doch nicht zweiundzwanzig ermordete deutsche Kinder. Vermutlich würde es die Briten nur in ihrer überheblichen Selbstgefälligkeit bestätigen. Wenn die deutschen Barbaren sich selbst umbrachten, ersparte ihnen das die Arbeit. Blind vor Zorn eilte er auf den Gang und stieß dabei mit einem britischen Offizier zusammen.

»I beg your pardon«, sagte er, ohne den Mann anzusehen, und ging hastig weiter. Der Brite rief ihm irgendetwas hinterher, doch Richard hörte nicht hin, sondern beschleunigte seinen Schritt. Er konnte keine weiteren Erniedrigungen mehr ertragen.

56. Kapitel

Nachdem er den ganzen Vormittag vergebens versucht hatte, irgendwo Gehör zu finden, und schließlich von McNeil die gesamte Verachtung der Besatzer erfahren hatte, fehlte Richard die Kraft, sofort nach Hause zu fahren und seine Niederlage einzugestehen. Stattdessen wanderte er ziellos durch seine zerstörte Heimatstadt, bis er drei Stunden später vor den Trümmern der einstigen Werkstatt seiner Familie stand. Nichts war geblieben, gar nichts. Ein riesiger Haufen Schutt. Er versuchte in dem Trümmerberg die Reste des Gebäudes auszumachen, rief sich die Bilder aus alten Tagen ins Gedächtnis. Wie sein Bruder Georg ihm im Hof das Fahrradfahren beigebracht hatte. Oder wie sie gemeinsam die Pferde gefüttert hatten, ehe sie mit dem Laubfrosch den ersten motorisierten Lieferwagen gekauft hatten. Die Stallungen waren später zu weiteren Werkstatträumen und zur Garage umgebaut worden. Irgendwo dort war noch sein Auto oder das, was davon übrig geblieben war. Noch während er darüber nachsann, entdeckte er ein kleines, weißes Stück Blech, das aus den Trümmern ragte. Er hockte sich nieder, zog daran und hielt ein Schild in der Hand. HH-18208. Das vordere Nummernschild seines Autos. Wieder überfluteten ihn alte Bilder: die Hochzeit mit Paula; das großartigste Geschenk, das die Familie ihnen hatte machen können; Leonie war damals noch dabei gewesen; Fritz und Dorothea, deren Zukunft und all ihre Träume noch rosig vor ihnen lagen. Dieses Nummernschild hatte die Alpenpässe überquert, den Staub italienischer Straßen gespürt, es war ein Teil von dem, was längst verloren war, was nur noch in den Fotoalben existierte, die sie gerettet hatten.

Erschöpft setzte er sich auf einen Mauerrest. Sein Optimismus war vollständig aufgebraucht. Alles, was er noch an Zuversicht und Glauben an die Gerechtigkeit gehabt hatte, hatten McNeils Worte zerstört. Wie sollte er seine Kinder vor dem Verhungern bewahren bei den niedrigen Lebensmittelrationen? Wie sollte es erst im Winter werden? Jedes Mal, wenn er gedacht hatte, es könne nicht mehr schlimmer kommen, hatte das Schicksal ihm den nächsten Schlag versetzt. Jedes Mal, wenn er geglaubt hatte, dass sich das Leben zum Besseren wenden könne, war alles noch schrecklicher geworden. Was das anging, hatte Fritz das Schlimmste schon hinter sich. Fritz' Familie war tot, ob er selbst noch lebte, ungewiss. Aber wenigstens würde Fritz nicht mitansehen müssen, wie seine Kinder langsam verhungerten. Der Tod im Feuersturm war grauenvoll, doch wenigstens war es schnell gegangen. Er zog die alte Fotografie, die ihn und Fritz in Uniform samt ihren Familien zeigte, aus seiner Brieftasche. Er hatte sie stets wie einen Talisman bei sich getragen, aber der alte Fluch hatte sich erfüllt. Familienbilder mit Männern in Uniform brachten Unglück. Nur hatte es diesmal die Daheimgebliebenen getroffen. Wie glücklich Henriette und Harri aussahen, Harri, der Dackel Rudi auf dem Arm hielt und seine Wange dabei an den Körper des Hundes schmiegte. Daneben Emilia und Georg, die damals noch nicht wussten, wie sich Hunger anfühlte … Er spürte ein verdächtiges Brennen in den Augen, hatte aber keine Kraft mehr, gegen die aufsteigenden Tränen anzukämpfen. Mochten Tränen auch als unmännlich gelten, was zählte das noch? Die alten Ehrbegriffe waren tot. Alles, woran er jemals geglaubt hatte, war tot. Und wenn es so weiterging, wären seine Kinder auch bald tot.

Eine Berührung auf seiner Schulter ließ ihn zusammenzucken. Hastig fuhr er mit dem Oberkörper herum.

»Margit? Was machst du denn hier?«

Sie setzte sich neben ihn auf den Mauerrest.

»Ich komme fast täglich, um hier noch nach Brauchbarem zu suchen. So haben wir einen Teil unseres Werkzeugs wiedergefunden. Und du? Was ist passiert, Richard?«

»Guck dich doch um. Das ist passiert.« Er wies auf die Trümmerlandschaft und wischte sich die Tränen aus den Augen.

»Das allein hätte dich niemals so aus der Fassung gebracht. Was also ist wirklich los?« Ihr Blick fiel auf das Bild in seiner Hand. »Hast du schlechte Nachrichten von Fritz?«

»Nein, ich habe überhaupt keine Nachrichten von ihm.«

»Dann solltest du weiter nach ihm suchen, Richard. Hast du heute schon beim Roten Kreuz nach den neuen Listen Ausschau gehalten?«

Er schüttelte den Kopf. »Ich war bei der britischen Militärverwaltung.«

»Was wolltest du denn bei den arroganten Tommys?«

Er erzählte ihr von seinen erfolglosen Bemühungen.

»Und das hat dir die Kraft geraubt.« Margit legte ihm tröstend einen Arm um die Schultern. »Aber du wirst sie wiederfinden. Das ist nur ein blöder, arroganter Brite, der keine Ahnung und nicht ein Viertel des Mutes hat, den du in den letzten zwölf Jahren bewiesen hast. Was hast du Papa immer gesagt? Wir Hellmers sind aus Mahagoni geschnitzt, edel, beständig und hart. Wir haben uns nach dem Ersten Weltkrieg unser Leben wiederaufgebaut, Richard, wir schaffen das auch diesmal.«

»Dir ist klar, dass alles zerstört ist?«

»Na ja«, sagte Margit, »dann dauert das Aufräumen diesmal

eben etwas länger. Aber das wird nichts daran ändern, dass wir es schaffen.«

»Woher nimmst du deine Kraft, Margit? Du hast viel mehr verloren als ich. Du hast einen Sohn verloren.«

»Ja, aber ich habe noch vier andere Kinder, für die ich da sein muss. Und eine Enkeltochter. Das Leben geht immer weiter, Richard. Irgendwann kehren die schönen Tage zurück, aber nicht von selbst. Wir müssen hart dafür arbeiten, durch Jammern und Lamentieren sind die Zeiten noch nie besser geworden.« Sie ließ ihn los und erhob sich. »So, und genau das werde ich jetzt tun. Mal sehen, was ich heute finde. Und du hörst auf herumzuflennen und suchst stattdessen nach Fritz. Wenn du ihn nicht suchst, wirst du ihn auch niemals finden.«

»Danke, Margit. Das brauchte ich jetzt.«

»Dafür sind große Schwestern da, auch wenn sie schon Großmütter sind.« Sie schenkte ihm ein Lächeln.

Richard steckte die Fotografie zurück in seine Brieftasche, dann hob er das Nummernschild auf und packte es in seine Aktentasche. Obwohl er sich immer noch kraftlos fühlte und es sich langsam bemerkbar machte, dass er den ganzen Tag über noch nichts gegessen hatte, beherzigte er Margits Rat und suchte die Meldestelle des Roten Kreuzes auf. Wieder standen haufenweise neue Namen auf den Listen, die an den Wänden ausgehängt waren. Er suchte gezielt nach Ellerweg, aber er fand nur einen Ellerwig. Und der Vorname lautete Harri. Harri? Als er auf das Geburtsdatum sah, setzte sein Herz einen Moment lang aus. 8. Februar 1937. Das war das Geburtsdatum von Fritz' Sohn. Aber Harri war tot. Und wieso stand der Name eines Kindes auf den Listen der kriegsgefangenen Soldaten? Doch dann sah er, dass er auf die falsche Liste geschaut hatte, hier suchten Waisenkinder nach überlebenden Angehörigen. Harri Ellerwig, der das gleiche Geburtsdatum wie Fritz' Sohn hatte, befand sich in einem Waisenhaus in der Averhoffstraße.

Richards Herz klopfte immer schneller. Harri war vor dem Feuersturm noch nicht eingeschult gewesen. Konnte es sein, dass der Junge tatsächlich überlebt hatte und er seinen Nachnamen einfach nur falsch angegeben hatte? Richard schaute auf seine Uhr. Es war halb fünf, er hatte noch genug Zeit, bis die Ausgangssperre begann, und einen Teil des Weges zum Waisenhaus konnte er mit der Straßenbahn zurücklegen.

Eine Stunde später hatte er sein Ziel erreicht. Er wandte sich sofort an das Sekretariat und fragte nach Harri Ellerwig.

»Sie glauben, es könnte Ihr Patensohn sein?«, fragte die Sekretärin. Richard nickte und zog das alte Familienfoto hervor. »Sehen Sie, das ist Harri mit seiner Familie 1941. Das bin ich und das dort ist Harris Vater Fritz, von dem ich hoffe, dass er noch lebt.«

Die Sekretärin betrachtete das Bild. »Ja, eine gewisse Ähnlichkeit ist vorhanden. Ich werde den Jungen mal holen.«

Kurz darauf kehrte sie in Begleitung von Harri zurück. Der Junge sah Richard mit großen Augen an, aber er sagte kein Wort. Vor drei Jahren hatte Richard Fritz' Kinder das letzte Mal persönlich gesehen, aber er kannte die Fotos bis zum Sommer 1943. Der Junge vor ihm war wirklich Harri!

»Harri, erkennst du mich?«, fragte er und beugte sich etwas zu ihm herunter. »Wir haben uns zuletzt im Januar 1942 gesehen, kurz bevor ich zu deinem Papa an die Front zurückgefahren bin.« Er hielt ihm das alte Foto entgegen.

»Onkel Richard«, flüsterte Harri. Im nächsten Augenblick warf er sich in Richards Arme und ließ ihn nicht mehr los.

»Du kommst jetzt mit zu mir nach Hause«, sagte Richard und drückte den Jungen fest an sich. Tausend Fragen lagen ihm auf der Zunge. Wie hatte Harri überlebt? Wie war es ihm in den letzten Jahren ergangen? Doch er stellte keine einzige, sondern hielt den Achtjährigen einfach nur im Arm, während all die Verzweiflung und der Hader mit dem Schicksal, die er in den letzten Stunden durchlebt hatte, sich in Nichts auflösten. Es gab noch immer Hoffnung und es gab noch immer Wunder. Margit hatte völlig recht gehabt. Irgendwann kämen die schönen Tage zurück, aber nicht durch Jammern, sondern nur, wenn man niemals aufgab.

»Ist Papa auch da?«, flüsterte Harri.

»Nein, aber wir werden ihn finden, das verspreche ich dir!«

57. Kapitel

Kurz nach sieben kam Richard mit Harri zu Hause an. Paula erwartete ihn bereits an der Tür.

»Wo zum Teufel bist du so lange gewesen? Wir haben uns Sorgen ge…« Sie stutzte, als ihr Blick auf Harri fiel, den Richard an der Hand hielt.

»Der Junge … er sieht aus wie … Harri …« Sie schlug ihre Hand vor den Mund. »Nein, das kann nicht sein!«

»Er ist es wirklich, Paula. Das ist Harri, Fritz' Sohn. Er hat wie durch ein Wunder überlebt!«

»Aber wie …?« Paula stand noch immer fassungslos hinter der Türschwelle und starrte Harri an, völlig unfähig, auch nur einen Satz zu vollenden.

»Nun lass uns erst mal reinkommen.«

Endlich überwand Paula ihre Starre und trat zur Seite. »Harri, du bist es wirklich? Du lebst? Ich bin so glücklich darüber!« Sie machte einen Schritt auf ihn zu, wollte ihn umarmen, doch als sie merkte, dass der Junge zusammenzuckte, hielt sie in ihrer Bewegung inne, ganz die ehemalige Kinderärztin, die genau wusste, wann sie sich zurücknehmen musste.

»Na, du willst bestimmt erst mal ankommen, Harri«, sagte sie. Dann raunte sie Richard zu: »Du hast übrigens Besuch. Im

Wartezimmer sitzt schon seit zwei Stunden ein britischer Offizier, der dich unbedingt sprechen will.«

»Ein britischer Offizier?«, wiederholte Richard. »Die kommen doch normalerweise nicht in deutsche Wohnungen, sofern sie sie nicht gerade beschlagnahmen wollen«, stieß er bitter hervor. »Und dafür ist unsere ja wohl nicht fein genug. Was will er denn von mir?«

»Das wollte er mir nicht sagen. Hast du heute Vormittag irgendetwas gesagt oder getan, das man dir übel auslegen könnte?«

»Nein, ich war sehr höflich, obwohl mir einiges auf der Zunge gelegen hätte. Niemand interessierte sich für die Kindermorde. Man teilte mir knallhart mit, es gehe ja nur um deutsche Kinder und dafür seien die Briten nicht zuständig.«

»Oh«, sagte Paula nur.

Richard wandte sich Harri zu. »Du gehst jetzt mit Tante Paula und begrüßt Emilia und Georg, ja?«

»Kann ich nicht lieber bei dir bleiben, Onkel Richard?« Harri klammerte sich an seiner Hand fest und sah ihn mit großen, flehenden Augen an. In dem Blick des Kindes vereinten sich Furcht vor dem Verlassenwerden und anhängliche Zuneigung auf eine Weise, dass es Richard fast das Herz zerriss. Wieder fragte er sich, was Harri in den letzten Jahren wohl erlebt haben mochte.

»Natürlich, Harri. Komm, dann schauen wir uns den Engländer mal an, der mit mir reden will.«

»Richard, glaubst du wirklich, das ist klug?«, gab Paula zu bedenken.

»Ja«, erwiderte Richard. Dann ging er mit Harri ins Wartezimmer.

Der Brite hatte in einer englischen Zeitung gelesen, die er zusammenfaltete, als Richard die Tür zum Wartezimmer öffnete.

»Guten Abend, Richard«, grüßte er auf Deutsch. Richard starrte ihn irritiert an und wusste nicht, weshalb der Mann ihn mit Vornamen anredete, auch wenn er ihm vage bekannt vorkam.

»Klingelt es, wenn ich Leica II und ägyptisches Grab sage?« Der Engländer grinste breit.

»Arthur Grifford!«

»Jetzt erkennst du mich also.« Arthur erhob sich und hielt Richard die Hand entgegen. »Heute Morgen hast du mich noch fast umgerannt.«

Richard stellte seine Aktentasche auf den Tisch und ergriff Arthurs Hand. »Du warst das?«

»Ja«, bestätigte Arthur mit einem Lächeln. »Und wer ist dieser junge Mann hier?« Er sah Harri an.

»Das ist Harri, der Sohn von Fritz. Wir dachten, er wäre 1943 zusammen mit seiner Mutter und Schwester bei den Bombenangriffen umgekommen. Und ausgerechnet heute habe ich ihn durch Zufall in einem Waisenhaus wiedergefunden. Das ist wie ein Wunder.«

Arthurs Lächeln erstarb, als er Harris ernsten Blick auffing.

»Ich würde dir ja gern einen anderen Raum zum Gespräch anbieten«, sagte Richard, »aber das Sprechzimmer ist ab sieben geschlossen und wird dann zum Schlafzimmer umgebaut. In dieser Wohnung leben nämlich acht Menschen, nein, mit Harri sind wir seit heute sogar zu neunt.«

»Das Wartezimmer ist doch hervorragend geeignet«, meinte Arthur und setzte sich wieder. »Nur die Zeitschriften fehlen.«

»Der Lesezirkel, der uns belieferte, ist mit dem Ende des Krieges zusammengebrochen.« Richard nahm auf dem Stuhl schräg gegenüber Platz. Harri setzte sich neben ihn und ließ seine Hand nicht los.

»Ich wäre dir dankbar, wenn du schnell zur Sache kämst, damit ich mich danach um Harri kümmern kann. Er hat seit zwei Jahren kein bekanntes Gesicht mehr gesehen und ich möchte für ihn da sein.«

Arthur nickte. »Selbstverständlich.« Er atmete einmal tief durch. »Nachdem du mich heute Morgen fast umgerannt hättest und mit einem finsteren Gesichtsausdruck verschwunden bist, habe ich McNeil gefragt, was los war. Als er mir euer Gespräch schilderte, wies ich ihn darauf hin, dass an deiner Geschichte vermutlich was dran ist, zumal ich schon Ende Mai von ähnlichen Vorfällen im Kinderkrankenhaus Rothenburgsort hörte und wir gegen den dortigen Chefarzt Doktor Bayer ermitteln. Allerdings vor allem deshalb, weil er bei der SA war.«

»McNeil sagte, dass ihr für deutsche Kinder nicht zuständig seid.«

»So einfach ist das nicht. Im Moment ist hier noch alles im Aufbau. Und bei McNeil geben sich die Denunzianten tatsächlich die Klinke in die Hand. Aber nach allem, was du mir schon 1942 erzählt hast, war mir klar, dass du echte Beweise hast. Und an denen bin ich interessiert. Zeigst du sie mir?«

Richard nickte und griff nach seiner Tasche. Das Nummernschild steckte quer vor den Krankenakten. Er legte es auf den Tisch, dann suchte er die beiden Akten heraus. Arthur hatte inzwischen das Nummernschild in die Hand genommen.

»Gehört das auch zu den Beweisen?«

»Nein, das ist mein altes Nummernschild.«

»Und warum trägst du das in der Aktentasche mit dir herum?«

»Weil ich es heute zufällig bei unserer alten Werkstatt unter den Trümmern gefunden habe und nicht dort liegen lassen mochte. Nenn mich sentimental. Paula und ich haben das Auto zur Hochzeit geschenkt bekommen und sind damit gleich am nächsten Tag nach Italien gefahren.«

Er reichte Arthur die Akten, doch der fragte: »Hast du damals auch schon fotografiert?«

»Ja, mit einer Box-Kamera.«

»Hast du die Leica noch?«

»Willst du dir jetzt die Krankenakten ansehen oder mit mir über Fotografie reden?«

»Onkel Richard, hast du noch Bilder von Mama und Papa und Henriette und Rudi?«, fragte Harri plötzlich.

»Ja, ganz viele. Die gucken wir uns nachher an.«

»Schaut sie euch doch jetzt an«, sagte Arthur. »Ich lese solange in den Akten.«

»Das ist nicht der richtige Zeitpunkt.«

»Warum nicht?«, fragten Arthur und Harri wie aus einem Mund.

Da Richard keine überzeugende Antwort einfiel, holte er zwei Fotoalben aus den Jahren 1939 und 1940. Er zeigte Harri zuerst Fotos von 1939, als sie das letzte Mal gemeinsam am Strand in Travemünde gewesen waren.

»Siehst du, da ist Mama, da ist Henriette mit eurem Papa und da ist Rudi, der gerade im Sand buddelt.«

Harri fing an zu weinen.

»Es wird alles wieder gut«, tröstete Richard und nahm ihn in die Arme. Arthur sah von den Akten auf und musterte Harri mit einem betroffenen Blick.

»Ich bin schuld«, weinte Harri. »Weil ich Rudi nicht richtig festgehalten habe.« Im nächsten Moment brach alles aus ihm heraus, der ganze Schmerz der letzten beiden Jahre und die Geschichte seines Überlebens. Er erzählte, wie sie am ersten Tag des großen Feuersturms zum Luftschutzkeller eilten, Rudi sich winselnd weigerte, die Kellertreppe hinunterzusteigen, und sich schließlich losriss. Harri lief dem Hund nach, hörte nicht auf die Rufe seiner Mutter und fand sich plötzlich ganz allein auf der Straße wieder. Er geriet in den Strom Flüchtender, die ihn mitzerrten. Rudi war verschwunden, aber die panische Menschenmenge hatte Harri bereits mit sich gerissen, während die ersten Bomben niederhagelten und Häuser in Flammen aufgingen. Eine alte Frau griff ihn bei der Hand, zog ihn mit sich, während Harri immer nur »Rudi! Rudi!« rief, und sprang mit ihm in die Elbe, wo sie sich zusammen mit zahlreichen anderen Menschen an einem Boot festhielten, während um sie herum die Welt im Feuer versank. An die nächsten Tage hatte Harri nur undeutliche Erinnerungen. Irgendwann wurde er aufgegriffen und ins Waisenhaus gebracht. Er nannte seinen Namen, aber da man dort Ellerwig statt Ellerweg verstand, Harri noch nicht lesen konnte und auch nur den Vornamen seines Vaters kannte, aber nicht dessen Geburtsdatum, blieb seine Herkunft unbekannt. Und so erfuhr Fritz nie, dass sein Sohn überlebt hatte.

»Wenn ich Rudi nicht nachgelaufen wäre, wäre das alles nicht passiert«, weinte Harri. »Mama und Henriette wollten hinter mir her, aber sie wurden von den Menschen zurückgedrängt, die die Kellertür geschlossen haben. Und dann sind sie gestorben. Weil ich weggelaufen bin.«

»Nein, Harri«, sagte Richard, während er den Jungen noch immer im Arm hielt. »Rudi wollte euch retten. Tiere haben einen sicheren Instinkt für Gefahr. Wenn Mama und Henriette es geschafft hätten, ihm zu folgen, wären sie auch gerettet worden. Du hast alles richtig gemacht, das wird dein Papa dir auch sagen. Er wird stolz auf dich und Rudi sein.«

»Aber er ist nicht da«, weinte Harri. »Onkel Richard, sag mir die Wahrheit. Ist Papa auch tot?«

»Nein, Harri, ganz bestimmt nicht. Wir werden deinen Papa finden. Das habe ich dir doch versprochen.«

»Du weißt nichts von Fritz?«, fragte Arthur leise.

Richard schüttelte den Kopf. »Ich habe ihn zuletzt vor einem Jahr in Cherbourg gesehen.«

»Ihr wart in Cherbourg?«

»Ja, wir haben alles mitgenommen, was der Krieg so zu bieten hatte«, erwiderte Richard trocken. »Du fragtest vorhin, ob ich die Leica noch habe. Nein, sie ist verloren gegangen, als ich in Cherbourg schwer verwundet wurde. Wenn man ein halbes Dutzend Granatsplitter in Leber und Magen hat, denkt man nicht mehr daran, seine Sachen zu packen. Fritz sorgte dafür, dass ich mit einem der letzten Verwundetentransporte nach Hause kam. Was aus ihm geworden ist, weiß ich nicht, obwohl ich jede Woche beim Roten Kreuz die Listen durchsuche. So auch heute. Nur war ich heute etwas aufgewühlt und habe auf die falsche Liste geschaut. Sag McNeil, dass ich ihm dankbar bin. Wenn ich mich nicht so über ihn geärgert hätte, hätte ich nie aus Versehen auf die Liste mit den Waisenkindern anstatt auf die der Kriegsgefangenen geschaut. Es ist doch immer wieder erstaunlich, wie aus etwas Schlechtem etwas Gutes erwachsen kann.«

Eine Weile schwiegen sie.

»Kann ich irgendetwas tun?«, fragte Arthur schließlich.

»Zweierlei. Sieh zu, dass du diese Mörder im Ärztekittel vor Gericht stellst. Und falls du bessere Möglichkeiten als das Rote Kreuz hast, etwas über den Verbleib deutscher Kriegsgefangener herauszufinden, wäre ich dir dankbar, wenn du nach Fritz forschen würdest, damit Harri endlich seinen Vater wiederbekommt.«

»Ich werde mich darum kümmern«, versprach Arthur. »Ich schätze, es wird Zeit für mich zu gehen. Darf ich die Akten mitnehmen? Die sind sehr aufschlussreich.«

»Selbstverständlich.«

Arthur steckte die Akten samt seiner Zeitung in seine Aktentasche. Dann zögerte er einen Moment und griff in seine Jackentasche. »Ich wollte dich auch um einen Gefallen bitten. Ich versuche schon länger, mir das Rauchen abzugewöhnen. Kannst du die bitte für mich vernichten?« Er hielt Richard ein

Päckchen Zigaretten entgegen.

Richard nahm die Zigaretten. »Das dürfte keine Schwierigkeiten bereiten.«

»Ich danke dir.« Arthur grinste. »Ich schätze, wir sehen uns bald wieder.« Dann wandte er sich noch einmal an Harri. »Ich werde alles tun, um deinen Papa zu finden. Du hast mein Wort darauf.«

58. Kapitel

Nachdem Arthur gegangen war, wurde Richard von der gesamten Familie mit Fragen bestürmt. Wie er Harri gefunden hatte, wie der Junge überlebt hatte und was der Engländer gewollt hatte.

»Es wäre sehr nett, wenn ihr mich wenigstens erst mal was essen lassen würdet«, wehrte Richard ab. »Ich habe den ganzen Tag noch nichts in den Magen bekommen und Harri hat bestimmt auch Hunger. Frau Koch, hier ist übrigens noch was für Sie.« Er gab ihr Arthurs Zigaretten.

»Das sind ja britische«, rief die ehemalige Haushälterin begeistert. »Die gehen auf dem Schwarzmarkt viel besser als deutsche. Wie haben Sie ihm die denn abgeluchst?«

»Das waren Harris traurige Kinderaugen.«

Paula brachte zwei Teller Linsensuppe aus der Küche. »Sie ist nicht mehr ganz warm«, meinte sie, während sie die Teller vor Richard und Harri auf den Tisch stellte. »Das kommt davon, wenn man erst zu spät kommt und dann auch noch stundenlang mit seinem Besuch plaudert.«

»Egal, dann verbrennen wir uns wenigstens nicht den Mund.« Richard grinste.

»Nein, den verbrennst du dir schon anderweitig zur Genüge.« Sie hauchte ihm einen Kuss auf die Wange.

Während Harri jeden einzelnen Löffel der Suppe zu genießen schien, schlang Richard seine Portion schnell hinunter und beantwortete danach bereitwillig die Fragen seiner Familie.

»Das war Arthur Grifford«, begann er. »Fritz und ich haben ihn 1942 in El Alamein kennengelernt.«

»Einen Engländer?« Sein Vater war verblüfft. »Mitten im Krieg? Hattet ihr ihn gefangen genommen?«

»*Not really*, wie die Briten sagen würden, auch wenn ich bei unserer ersten Begegnung meine Pistole auf ihn gerichtet habe.« Richard lachte leise. »Das ist eine ganz besondere Geschichte, die nicht dazu geeignet war, sie an die große Glocke zu hängen.« Und dann erzählte er von der Begebenheit in der ägyptischen Grabhöhle.

»Heute Vormittag hatte ich dann eine unerfreuliche Begegnung mit einem gewissen McNeil, für den deutsche Kinder anscheinend der letzte Dreck sind und der mich regelrecht aus seinem Büro geworfen hat. Ich war buchstäblich blind vor Wut und bin beim Hinausgehen mit einem Offizier zusammengestoßen. Das war Arthur, aber ich habe ihn nicht erkannt, sondern bin schnell weitergelaufen. Tja, und dann ist er stattdessen hergekommen und war tatsächlich an dem, was ich zu sagen hatte, interessiert, da er bereits von ähnlichen Vorfällen im Kinderkrankenhaus Rothenburgsort gehört hat.«

»Das heißt, es geht diesen Mördern endlich an den Kragen?«, fragte Paulas Vater.

»Das will ich hoffen.« Danach erzählte er, wie er Harri wiedergefunden hatte.

»Wir müssen zusehen, dass wir irgendwo ein Bett für Harri auftreiben«, sagte Richards Vater. »Na ja, so lange tut es ja auch das Sofa.

Richard nickte. »Ich habe volles Vertrauen in dein Organisationstalent, Papa.«

Während Richard und Paula sich in den nächsten Tagen wie immer um die Praxis kümmerten, die seit Januar auch der hausärztlichen Versorgung angegliedert war und deshalb stets ein volles Wartezimmer hatte, waren die übrigen Mitglieder der Familie damit beschäftigt, Nahrungsmittel zu organisieren. Solange die Schulen noch nicht wieder geöffnet waren, verbrachten Emilia und Georg viel Zeit im Schrebergarten bei Tante Margit und deren Familie. Die Obstbäume und die Gemüsebeete mussten bewacht werden, damit sie nicht geplündert wurden. Außerdem angelten die Kinder in dem kleinen Elbzufluss, auf dem sie früher mit dem Kanu gefahren waren, und konnten so den Speiseplan regelmäßig um ein oder zwei Fische bereichern, was sie jedes Mal mit Stolz erfüllte. Die Tatsache, dass es sich um Fischwilderei handelte, da sie keinen Angelschein besaßen, machte das Angeln zudem zu einem kleinen Abenteuer.

Harri war in den ersten Tagen sehr in sich gekehrt und in den Nächten plagten ihn schlimme Albträume. Richard hoffte, dass Arthur bald etwas über den Verbleib von Fritz erfahren würde, und durchsuchte selbst weiterhin regelmäßig die Listen des Roten Kreuzes. Aber Fritz blieb verschollen. Ohne es zu wollen, begann Richard sich innerlich darauf einzustellen, dass sein Freund womöglich gefallen war, und er fragte sich, wie er das Harri nur beibringen sollte.

An einem Donnerstag Ende Juli waren die Zwillinge besonders erfolgreich beim Angeln gewesen und hatten fünf fette Rotaugen gefangen, von denen jedes gut und gern ein Kilo wog. Die Beute war so wertvoll, dass Karl die beiden persönlich nach

Hause brachte, um zu verhindern, dass sie auf dem Heimweg überfallen und ausgeraubt wurden. Richards Mutter und Frau Koch machten sich sofort daran, die Fische auszunehmen und zu braten. Karl lehnte die Einladung zum Essen mit Hinweis darauf ab, dass er andernfalls nicht rechtzeitig vor der Ausgangssperre zurück in Moorfleet wäre.

Kurz vor acht war das Essen fertig und Richard hatte das Gefühl, dass sie heute zum ersten Mal seit Langem wieder satt zu Bett gehen würden. Sie hatten sich gerade an den Tisch gesetzt, als es an der Tür klingelte. Frau Koch wollte aufstehen, aber Richard kam ihr zuvor.

»Bleiben Sie ruhig sitzen, ich sehe nach, wer es ist.« Er rechnete damit, dass irgendein Patient kurz vor der Ausgangssperre aufgrund eines Notfalls um Hilfe bitten wollte. Doch als er die Tür öffnete, stand ein hohlwangiger, unrasierter Mann in einer zerschlissenen Wehrmachtsuniform vor ihm.

»Fritz!«

Sein Freund nickte nur und im selben Augenblick lagen sie einander in den Armen. Richard drückte Fritz einmal fest an sich, dann ließ er ihn los und rief nach Harri.

»Es stimmt also?«, flüsterte Fritz. »Harri lebt?«

Erst jetzt bemerkte Richard Arthur Grifford, der hinter Fritz im Treppenhaus stand. Noch bevor er etwas sagen konnte, war Harri im Flur erschienen und starrte regungslos und mit großen Augen auf den Mann in der abgewetzten Uniform. Fritz ging in die Hocke. »Harri«, flüsterte er. »Erkennst du mich nicht?«

Einige Momente der qualvollen Stille vergingen, bis der Junge sich aus seiner Erstarrung gelöst hatte.

»Papa!« Mit einem Aufschrei fiel er seinem Vater in die Arme. Fritz drückte ihn fest an sich.

»Du lebst«, flüsterte er mit tränenerstickter Stimme und hob den Jungen auf seinen Arm. »Ich lass dich nie wieder allein, Harri. Nie wieder, hörst du?«

Harri klammerte sich an seinen Vater, als wolle er ihn ebenfalls nie wieder loslassen.

»Es tut mir so leid, was du durchmachen musstest, Harri.« Fritz konnte seine Tränen nicht mehr zurückhalten. »Aber ich mach es wieder gut. Alles wird wieder gut.« Er küsste seinen Sohn auf die Stirn, während der sich eng an ihn schmiegte.

Richard atmete tief durch, um seine eigene Fassung zu bewahren.

Dann sah er Arthur an. »Danke. Das werde ich dir nie vergessen.«

»Ich musste sieben alte Gefallen einfordern und drei Notlügen erfinden, um ihn nach Hause zu bringen«, erwiderte Arthur. »Aber dieser Anblick war das alles wert.«

Er zog gedankenversunken seine Zigaretten hervor und wollte sich gerade eine anzünden, als er stockte. »Ach verdammt, ich wollte es doch aufgeben.« Er steckte die Zigarette zurück in das Päckchen. »Ich werde doch immer wieder rückfällig. Kannst du die bitte für mich vernichten?« Er reichte die Zigaretten Richard.

»Natürlich.« Richard nahm sie. »Deiner Gesundheit zuliebe.«

»So, und ich muss jetzt den Jeep zurückbringen und meinen Vorgesetzten erklären, was ich in der Lüneburger Heide zu suchen hatte und wieso ich auf dem Rückweg auch noch einen Platten hatte und das Reserverad brauchte.«

»Das klingt nach Ärger.«

»Ach was, das klingt nur danach, dass ich jetzt auch noch Gefallen Nummer acht einfordern muss.« Er grinste. »Du wirst in den nächsten Wochen noch von mir hören, wenn wir uns diesen Krüger vornehmen.«

59. Kapitel

Fritz erzählte nicht viel von den Ereignissen des letzten Jahres. Er beschränkte sich darauf, von ihrem ungeordneten Rückzug aus Frankreich zu berichten und wie sie versucht hatten, in die Heimat zurückzukommen. Anfang April waren sie von den Briten eingeholt worden und hatten sich kampflos ergeben. Seither war Fritz in einem Kriegsgefangenenlager in der Lüneburger Heide gewesen.

»Die Zustände im Lager waren katastrophal«, berichtete er. »Ich habe mich um die Verletzten und Kranken gekümmert, aber wir hatten nichts, kein Verbandsmaterial und nicht mal sauberes Wasser. Die meisten Verwundeten sind wie die Fliegen gestorben und selbst die, die noch einigermaßen bei Kräften waren, hat die Ruhr dahingerafft. Ich habe mehrfach versucht, von der Lagerleitung irgendetwas zu bekommen, um den Männern zu helfen, aber die blieb unerbittlich. Ich habe den ganzen Hass und die Verachtung der Tommys zu spüren bekommen.«

»Wie hat Arthur dich da rausgeholt?«, fragte Richard.

»Keine Ahnung. Als man mich kommen ließ, bekam ich zu hören, dass ich auf Anweisung der Militärverwaltung in Hamburg gebraucht würde und deshalb aus der Kriegsgefangenschaft zu entlassen sei. Ich habe Arthur nicht sofort erkannt und erklärte, ich würde nicht im Traum daran denken, irgendetwas für die britische Militärverwaltung zu tun, lieber würde ich hier vor Ort mit meinen Kameraden im Dreck krepieren. Daraufhin hat Arthur alle anderen rausgeschickt, die ihm erstaunlich bereitwillig gehorchten. Und dann erzählte er mir, dass Harri lebt und ich jetzt gefälligst mitspielen soll, um nicht alles zu verderben. Ich war so perplex, dass ich gar nichts mehr gesagt habe. Dann bekam ich meine Entlassungspapiere und bin mit Arthur in seinen altersschwachen Jeep eingestiegen. Ich war mir aber immer noch nicht sicher, was ich davon halten sollte, bis wir kurz hinter Lüneburg eine Reifenpanne hatten. Da hat er zum ersten Mal seine lässige Fassade verloren und mein englisches Sprachrepertoire um ein paar interessante Flüche erweitert. Er war regelrecht verzweifelt, weil er den Wagen nur unter der Hand von einem seiner Kameraden geliehen hatte, der nicht ahnte, dass er damit Hamburg verlassen würde. Außerdem hatte er keinen Schimmer davon, wie man einen Reifen wechselt. In dem Moment wusste ich, dass er die Wahrheit gesagt und tatsächlich ein paar Gefälligkeiten eingefordert hatte, um mich nach Hamburg zurückzubringen. Also habe ich den Reifen schnell gewechselt und ihm für die Zukunft gezeigt, wie das geht. Ich habe mein Wissen eben schon immer gern bereitwillig mit anderen geteilt.« Fritz lachte leise. »Als wir nach Hamburg kamen, war ich entsetzt. Ich habe fast nichts mehr wiedererkannt.«

»Das Allgemeine Krankenhaus St. Georg steht noch und ich bin mir sicher, dass Professor Wehmeyer sich über deine Rückkehr freuen wird«, sagte Richard.

»Das hört sich gut an«, erwiderte Fritz. »Ich werde mich morgen als Erstes um meine Registrierung und die Lebensmittelkarten kümmern. Kann man auch irgendwo Bezugsscheine für Kleidung bekommen? Ich habe nur noch diese Uniform und Arthur sagte, es ist inzwischen verboten, feldgraue Uniformen zu tragen, selbst wenn die Rangabzeichen und alles entfernt sind.«

»Wir könnten sie färben«, schlug Paula vor. »Bezugsscheine für Textilien nützen dir nichts. Stoff ist so knapp, dass sie in der Finkenau selbst die Neugeborenen nur noch in Zeitungspapier wickeln können, wenn die Eltern keine Kinderkleidung mitbringen.«

»Ich habe noch einen Anzug übrig«, sagte Paulas Vater. »Die Hose ist vielleicht etwas kurz, aber ansonsten müsste er dir passen. Dann kannst du morgen wenigstens halbwegs anständig gekleidet aus dem Haus gehen.«

»Vielen Dank. Jetzt sind wir also endgültig beim letzten Hemd angekommen.« Fritz grinste und warf Richard einen Seitenblick zu. Richard wusste sofort, worauf sein Freund anspielte. Es schien eine Ewigkeit her zu sein, dass sein größtes Problem darin bestanden hatte, Bezugsscheine für Benzin zu bekommen, und sie noch gewitzelt hatten, das letzte Hemd müssten sie niemals teilen, das würden sie schließlich von der Wehrmacht bekommen.

»Immerhin haben wir noch ein Dach über dem Kopf und müssen nicht in einer halb zerbombten Wohnung oder einer Nissenhütte hausen«, entgegnete er.

»Ja«, bestätigte Fritz. »Und ich habe heute das größte Geschenk bekommen, das es gibt.« Er strich Harri über den Kopf, der auf seinem Schoß saß und sich vertrauensvoll an seine Brust schmiegte. »Alles andere wird sich schon irgendwie finden.«

Zwei Wochen später schloss Richard an einem Samstag die Praxis am frühen Nachmittag. Fritz, der inzwischen wieder in seiner alten Position als Chirurg und Stellvertreter von Professor Wehmeyer arbeitete, war noch in der Klinik. Richard vermutete einen Notfall im OP, da Fritz normalerweise pünktlich Feierabend machte, um sich um Harri zu kümmern. Als er zwei Stunden später kam, strahlte er über das ganze Gesicht.

»Sieh mal, was ich hier habe.« Er hielt Richard einen alten Sack entgegen und zog mehrere Flaschen Bier daraus hervor.

»Wo hast du die denn her?«

Fritz lachte. »Das war so eine Art archäologische Expedition in die Tiefen eines verschütteten Kneipenkellers. Ich hatte heute Vormittag den ehemaligen Wirt in Behandlung, der sich bei dem Versuch, die alten Bestände zu bergen, den Arm gebrochen hat. Nachdem ich ihm eine Gipsschiene angelegt hatte, gab es keinen Grund, ihn im Krankenhaus zu behalten, und da ich ohnehin Feierabend hatte, habe ich ihn begleitet und bei der Bergung geholfen. Das ist mein Anteil. Ich habe keine Ahnung, ob es noch schmeckt, es ist immerhin schon zwei Jahre alt, aber die Flaschen sind noch verschlossen und heil.«

»Ich hätte nicht gedacht, dass ein Chirurg mehr interessante Leute kennenlernt als ein niedergelassener Arzt.«

»Die interessanten Leute leben einfach riskanter. Die kommen gleich ins Krankenhaus.« Fritz grinste. »Wo ist Harri?«

»Da du nicht da warst, ist er vorhin mit meinen Eltern und den Zwillingen zum Schrebergarten aufgebrochen.«

»Und wo steckt der Rest der Familie?«

»Paula sitzt mit Frau Koch auf dem Balkon und mein Schwiegervater liest in seinem Zimmer.«

»Sehr schön, dann können wir die Küche besetzen und keiner stört uns beim Biertrinken.«

Das Bier war zwar etwas trüb und der Geschmack gewöhnungsbedürftig, aber es war noch immer genießbar.

»Entweder ist der Alkoholgehalt durch das lange Lagern und die Hitze des Feuersturms gestiegen oder ich vertrage nichts mehr«, meinte Fritz, nachdem sie beide das erste Glas geleert hatten.

»Es ist wirklich stärker«, bestätigte Richard. »Sag mal, wann haben wir eigentlich das letzte Mal zusammen ein Bier getrunken?«

»Das war in Cherbourg, vier Tage bevor du verwundet wurdest.«

»Ich erinnere mich. Da war das Geschützfeuer noch ganz weit weg.«

»Und jetzt gibt es gar kein Geschützfeuer mehr. Mag die Welt auch untergegangen sein und alles in Trümmern liegen, wenigstens herrschen jetzt Ruhe und Frieden.« Fritz schenkte ihnen nach. »Auf den Frieden.« Sie stießen an. Im selben Moment klingelte es.

»So viel zum Thema Ruhe und Frieden.« Fritz seufzte. Richard stand auf und ging zur Tür.

»Arthur! Das ist ja eine Überraschung. Komm rein!«

Er führte Arthur in die Küche.

»Hallo Arthur«, sagte Fritz. »Du hast dir aber einen guten Zeitpunkt ausgesucht, um vorbeizukommen. Möchtest du ein Bier?«

Arthur starrte verwirrt auf die Flaschen auf dem Tisch.

»Woher habt ihr das denn?«

»Wir waren schon immer für archäologische Expeditionen in dunkle Höhlen zu haben. Das ist solide Mittelkriegsware von 1943, einmal durchgeglüht und dann sicher unter einem Haufen Steinen versiegelt.« Fritz grinste. »Pasteurisiertes Bier sozusagen. Aber man kann es noch trinken. Bedien dich ruhig.«

»Nein, danke.«

»Was können wir für dich tun?«, fragte Richard.

»Ich wollte nur Bescheid geben, dass ich mir am Montag Krüger vornehmen werde, und ich möchte, dass du mich begleitest. Du kennst dich in der Klinik aus und weißt, wo die Akten gelagert werden.«

»Wann soll ich in der Klinik sein?«

»Ich hol dich hier um neun Uhr ab«, sagte Arthur.

»Da wird Krüger sich bestimmt freuen«, meinte Fritz. »Zu schade, dass ich in der Zeit im OP stehe. Ich hätte zu gern Mäuschen gespielt, wenn der Mistkerl endlich seinen gerechten Lohn erhält.«

»Das wird er, keine Sorge«, bestätigte Arthur. Dann sah er sich das trübe Bier in Richards Glas an. »Und das trinkt ihr wirklich? Ich hoffe, du lebst am Montag noch.«

60. Kapitel

Am Montag holte Arthur Richard wie versprochen pünktlich um neun Uhr ab. Auf der Fahrt zur Heilanstalt Langenhorn ließ er sich von Richard noch einmal ausführlich alles berichten, was dieser über Krüger wusste. Als Richard ihm von Georgs Aufenthalt in der Kinderabteilung erzählte, unterbrach Arthur ihn.

»Dein Sohn ist taub? Das wusste ich nicht.«

»Wir haben uns angewöhnt, es zu verheimlichen, um Georg zu schützen. Krüger hat alles drangesetzt, ihm eine Erbkrankheit zu unterstellen, und das hätte nicht nur für Georg, sondern auch für Emilia fatale Konsequenzen gehabt. Er schreckte ja nicht mal davor zurück, mich bei der Gestapo zu denunzieren.« Und so erzählte Richard Arthur die Geschichte von Alfred Schär und dessen ungeklärtem Tod in der Gestapo-Haft sowie von seiner eigenen Vorladung. Er erzählte von seinem Kollegen Harms, der sich lieber an die Front hatte versetzen lassen, anstatt sich weiter an den Tötungen der Kranken und Behinderten zu beteiligen, und seither irgendwo in Russland verschollen war. Und er erzählte davon, wie Paula Georg in Göttingen einen Hauslehrer organisiert hatte, um zu verhindern, dass offizielle Stellen von seiner Taubheit erfuhren. »Tja, und da nächste Woche die Schulen wieder geöffnet werden sollen, will mein Vater sich heute erkundigen, ob die Taubstummenschule auch dazugehört, denn die alten Gebäude sind 1943 zerstört worden.«

»Aber dein Sohn ist nicht stumm.«

»Nein, er kann sprechen, und wenn er die Lippen seines Gegenübers sieht, kann er seine Taubheit eine Weile überspielen und für einen Schwerhörigen durchgehen. Aber für eine normale Schule reicht das nicht. Das Lippenlesen ist sehr anstrengend. Wenn wir unter uns sind, verwenden wir deshalb die Gebärdensprache. Meistens übersetzt Emilia ihm, sie kann das am schnellsten, sie hat es ja auch von klein auf gelernt.«

Sie schweigen eine Weile, bis sie die Langenhorner Chaussee erreichten.

»Da vorn geht es rechts rein«, sagte Richard. »Auf die Kirche zu und dann links.«

»Ein imposantes Gelände«, bemerkte Arthur.

»Ja. Das war mal eine hochmoderne Heil- und Pflegeanstalt, in der es wirklich darum ging, Menschen zu helfen. Ich habe hier zwölf Jahre lang gearbeitet, davon neun als Oberarzt.«

Arthur parkte vor dem Direktorium ein, in dem Krüger als Leiter der Kinderabteilung Langenhorn sein Büro hatte. Dann rückte er seine Uniformmütze gerade. »Mit dem werde ich nicht Deutsch reden«, sagte er zu Richard. »Der bekommt die offizielle britische Anfuhr.«

»Du kehrst sozusagen den McNeil in dir raus?«

»Das kann ich verdammt gut.«

»Ich weiß, ich erinnere mich noch an deinen finsteren Gesichtsausdruck in der Grabhöhle. Damals war ich ziemlich froh, dass ich die Pistole in der Hand hatte und nicht du.« Richard grinste.

»Ja, und dann steckst du sie einfach weg und zerstörst damit mein komplettes Weltbild von den bösen Krauts.«

»Ich kann nichts dafür. Ich bin nun mal Psychiater.«

Sie lachten beide, dann stiegen sie aus.

Frau Handeloh war noch immer Krügers persönliche Sekretärin und Vorzimmerdame. Als sie Richard in Begleitung eines britischen Offiziers sah, schreckte sie regelrecht zusammen.

»Guten Morgen«, grüßte Richard freundlich. »Wir wollen Herrn Doktor Krüger sprechen.«

»Herr Doktor Hellmer! Ich wusste gar nicht, dass Sie … ähm …«

»*What's the problem?*«, fragte Arthur mit finsterem Blick und so schneidender Stimme, dass Frau Handeloh zwei Schritte zurückwich.

»*I don't know*«, erwiderte Richard und wandte sich wieder an Frau Handeloh. »Sie sollten uns lieber zu Doktor Krüger vorlassen, ehe Lieutenant Grifford die Geduld verliert. Der Mann kann ausgesprochen unangenehm werden.«

Frau Handeloh nickte verschüchtert, klopfte an Krügers Tür und steckte zaghaft den Kopf hinein.

»Was gibt es?«, hörten sie Krüger unwirsch fragen. Frau Handeloh ging in Krügers Büro und schloss die Tür. Kurz darauf kam sie zurück.

»Bitte treten Sie näher, Herr Doktor Krüger erwartet Sie.«

Richard ließ Arthur den Vortritt und musterte Krüger eingehend, als sie sein Büro betraten. Sein alter Intimfeind hatte sich aus seinem ledernen Chefsessel erhoben und war vorgetreten. Er trug einen makellosen weißen Arztkittel und schien auch sonst gut durch die schweren Zeiten gekommen zu sein. Seine Wangen waren voll und zeugten von einem sehr guten Ernährungszustand, der entweder auf lukrativen Schwarzmarkthandel oder Ausbeutung seiner Patienten zurückzuführen war.

»Meine Herren, was kann ich für Sie tun?«, fragte er, während sein Blick unsicher zwischen Richard und Arthur hin und her schweifte.

»*Do you speak English?*«, fragte Arthur mit einem bemerkenswert arroganten Unterton.

»*A little bit*«, stammelte Krüger. Richard musste sich ein Grinsen verkneifen.

Arthur stellte seine Aktentasche direkt auf Krügers Schreibtisch und zog die Liste mit den Namen der ermordeten Kinder hervor. Dann verlangte er, die entsprechenden Krankenakten umgehend vorgelegt zu bekommen.

Krüger schaute auf die Namen.

»Das sind verstorbene Kinder«, radebrechte er mühsam auf Englisch. »Die Akten sind im Archiv.«

»Dann lassen Sie sie holen«, befahl Arthur.

»Wozu?«

»Sie haben hier keine Fragen zu stellen, sondern meine Befehle zu befolgen, ist das klar?«

»Ja, aber ...«

»Anscheinend ist Ihr Englisch doch ziemlich schlecht. Doktor Hellmer, würden Sie Ihrem Landsmann bitte in Ihrer Sprache erklären, was er zu tun hat?«

Richard nickte. »Herr Doktor Krüger, ich gebe Ihnen den guten Rat, jetzt schnellstmöglich Frau Handeloh ins Archiv zu schicken, ehe Sie Lieutenant Grifford vollständig verärgern. Das würde diese ohnehin schon heikle Angelegenheit nur noch verschlimmern.«

Krüger nickte und rief Frau Handeloh. Dann gab er ihr die Liste.

»Und was haben Sie mit der ganzen Sache zu tun?«, raunte er Richard zu, als er glaubte, Lieutenant Grifford wäre damit beschäftigt, sich in seinem Büro umzusehen.

»Ich habe ihm diese Liste gegeben, denn ich habe ein

Problem mit Ärzten, die ihnen anvertraute Menschen ermorden und unseren Berufsstand entehren.«

»Ich habe niemanden ermordet«, widersprach Krüger heftig. »Das ist eine unverschämte Unterstellung.«

Arthur trat neben Richard und obwohl er natürlich alles verstanden hatte, fragte er auf Englisch, was Krüger gesagt hatte.

»Er meint, er sei unschuldig.«

»*We'll see*«, erwiderte Arthur mit einem feinen Lächeln.

Es verging einige Zeit, bis Frau Handeloh mit den Akten zurückkam. »Es waren nur zwanzig im Archiv«, stammelte sie verunsichert.

»*There were only twenty documents, not twenty-two*«, wiederholte Krüger.

Arthur nahm seine Aktentasche und zog die beiden fehlenden Krankenakten hervor. »*Twenty-one and twenty-two*«, sagte er dabei.

»Die hat er übrigens auch von mir.« Richard grinste.

»Woher hatten Sie die?«, fuhr Krüger ihn an.

»Das geht Sie gar nichts an.«

Arthur blätterte die Akten durch, die Frau Handeloh auf den Tisch gelegt hatte.

Dann sah er Krüger direkt in die Augen und sagte auf Deutsch: »Eigentlich ist es unter meiner Würde, Leuten wie Ihnen so weit entgegenzukommen, dass ich mit ihnen in ihrer Muttersprache rede. Aber da Ihr Englisch grauenvoll ist und ich möchte, dass Sie jetzt ganz genau verstehen, was ich Ihnen zu sagen habe, mache ich heute eine Ausnahme. Hier ist einwandfrei dokumentiert, dass Sie jedes einzelne dieser unschuldigen Kinder mit Luminalinjektionen ermordet haben. Warum?«

»Das war kein Mord«, erwiderte Krüger erstaunlich selbstbewusst. »Es war ein Akt der Gnade. Wenn Sie Arzt wären, könnten Sie anhand der Akten sehen, dass diese Kinder allesamt schwer deformiert oder schwer krank waren. Sie waren nicht lebensfähig. Ich habe sie erlöst.«

»Stellen Sie sich vor, ich bin Arzt und ich verstehe sehr gut, was in diesen Akten steht. Ein kleines Mädchen mit epileptischen Anfällen. Das ist keine tödliche Krankheit und auch kein Grund, das Kind zu töten. Hätten Sie ihm das Luminal in einer angemessenen Dosis verabreicht, hätten Sie die Krämpfe damit wirkungsvoll unterbinden können. Oder hier, ein Säugling mit einem Hydrocephalus. Sie haben ihn zu einem Zeitpunkt ermordet, als noch nicht absehbar war, welche Folgen dieser Wasserkopf auf seine künftige Entwicklung haben würde. Er hätte trotz dieser Behinderung zu einem lebensfrohen Menschen heranwachsen können. Und hier haben wir … nein, ich werde jetzt nicht alle Fälle aufzählen, damit sollen sich die Gerichte befassen. Aber hier tun sich Abgründe auf, die mir Übelkeit bereiten.«

Dann sah er Richard an. »Willst du es ihm sagen, oder soll ich das übernehmen?«, fragte er ihn auf Deutsch, sodass Krüger die Vertrautheit zwischen den beiden nicht entging.

»Was soll ich ihm sagen?«

»Dasselbe, was er dir 1941 gesagt hat.«

»Ach das.« Richard grinste. »Sie sind fristlos entlassen, Herr Doktor Krüger.«

Krüger starrte ihn mit offenem Mund an.

»Und nicht nur das«, fügte Arthur ebenfalls auf Deutsch hinzu. »Bis zur endgültigen gerichtlichen Klärung haben Sie Berufsverbot. Ab morgen haben Sie sich zum Trümmerräumen zu melden und wehe, Sie sind nicht rechtzeitig da.«

»Das ist nicht Ihr Ernst!«, rief Krüger.

»O doch, und Sie sollten froh sein, dass bei uns andere Rechtsnormen gelten als in jenem untergegangenen Reich, in dem Leute wie Sie das Sagen hatten.«

»Das ist reine Siegerjustiz!«, schimpfte Krüger. »Aber es wundert mich nicht, dass Sie sich mit den Besatzern gemein machen, Hellmer. Sie waren schon immer ein Schandfleck für unser Volk.«

»Noch ein Wort«, drohte Arthur, »dann brauchen Sie sich morgen nicht zum Trümmerräumen zu melden, sondern sitzen gleich ein. Und diese Akten hier, die nehmen wir mit.«

Arthur packte die Hälfte der Akten in seine Tasche, Richard nahm die übrigen, dann gingen sie zurück zum Auto.

»Könntest du mich an der Hoheluftchaussee absetzen?«, fragte Richard. »Das liegt doch auf dem Weg zu eurem Hauptquartier.«

»Ich kann dich auch nach Hause fahren«, bot Arthur an.

»Ich dachte, es ist nicht erlaubt, Deutsche mit Dienstfahrzeugen herumzukutschieren, sofern es keinen besonderen Grund dafür gibt.«

»Was ein besonderer Grund ist, entscheide ich.«

»Danke, aber es genügt, wenn du mich vor dem Capitol absetzt. Ich habe letzte Woche gehört, dass es am 27. Juli wiedereröffnet hat, und wollte Kinokarten vorbestellen.«

»Ganz wie du willst.«

Sie stiegen ein.

»Ich habe bislang mit zwei Sorten von Nazis zu tun gehabt«, erklärte Arthur, während er anfuhr. »Die einen, die jammern und winseln und von nichts gewusst haben wollen, und die anderen, die so sind wie dieser Krüger. Das wird noch hart werden.«

»Weshalb?«

»Weil die Verhandlungen von Straftaten gegen Deutsche vor deutschen Gerichten stattfinden. Und ich bin mir nicht sicher, ob wir schon alle alten Nazis unter den Richtern aus ihren Ämtern entfernt haben.«

»Wir haben die Beweise gesichert. Kindermord war schon immer eine Straftat.«

»Ich sag's ja nur. Es wird nicht leicht.«

»Im Moment ist überhaupt nichts leicht«, erwiderte Richard, lehnte sich im Sitz zurück und atmete tief durch. »Wusstest du, dass es uns verboten ist, Pakete aus dem Ausland zu bekommen?«

»Nein. Wie kommst du darauf?«

»Die beste Freundin meiner Frau ist vor neun Jahren in die Schweiz emigriert. Meine Kinder hatten letzten Donnerstag Geburtstag und sie wollte ein Paket schicken. Ihr wurde auf der Post gesagt, dass es derzeit eine Anweisung gibt, die es verbietet, Pakete an Deutsche zu senden. Stattdessen konnte sie nur einen Brief schicken. Der war allerdings auch geöffnet und von irgendwem gelesen worden.«

»Das wusste ich nicht. Wenn ich irgendetwas tun kann …«

»Nein, Arthur, das meine ich nicht. Du sollst gar nichts tun. Du hast schon genug getan, vielleicht solltest du dich lieber von uns fernhalten und mich gleich hier rauslassen. Ist nicht mehr weit bis zur Hoheluftchaussee, das Stück kann ich auch zu Fuß gehen.«

»Ich verstehe dich gerade nicht.«

»Dann muss ich deutlicher werden. Wir wissen beide, dass Deutsche in den Augen der Besatzer der letzte Dreck sind und man den Kontakt zu ihnen vermeiden soll. Wenn du das nicht tust, wirst du über kurz oder lang Ärger kriegen und womöglich alles verlieren. Ich betrachte dich als meinen Freund, aber meine Freundschaft könnte dich zurzeit in Schwierigkeiten bringen. Also … vielleicht solltest du lieber Abstand halten.«

»Weißt du, dass du ein Idiot bist?«

»Wenn du Psychiater wärst, würde ich darüber nachdenken, aber du bist ja nur Internist.«

»Jetzt hör mir mal gut zu, Richard. Es stimmt, ein Haufen Briten halten Deutsche tatsächlich für den letzten Dreck. Das bringen Kriege so mit sich. Aber es gibt auch welche, die das anders sehen. Es gibt auch welche, die sich Gedanken um deutsche Kinder machen. Nicht umsonst wird es demnächst die Schulspeisung geben, ganz unabhängig von den Lebensmittelkarten. Ich schätze mal, das wird schon eine gewisse Erleichterung sein. Es ist eine beschissene Zeit, für dich ist sie natürlich beschissener als für mich, aber ich kann nichts daran ändern. Ich kann nichts an den Ungerechtigkeiten oder der großen Politik oder sonst was ändern. Ich kann nur das Gleiche tun, was du in den letzten zwölf Jahren getan hast, nämlich Menschen, an denen mir etwas liegt, im Stillen helfen. Und genau das werde ich, ob es dir nun passt oder nicht.«

Sie hatten das Capitol erreicht. Arthur fuhr rechts ran.

»Und nun hol deine verdammten Kinokarten und dann fahre ich dich nach Hause, hast du das verstanden?«

»Ja, klar und deutlich.«

»Na, dann bist du vielleicht doch kein so großer Idiot, wie ich dachte.«

61. Kapitel

Am Morgen des 7. September weckte Richard Paula mit einem Kuss.

»Alles Gute zum 17. Hochzeitstag«, flüsterte er ihr ins Ohr und legte ihr zwei Kinokarten auf den Bauch. »Dein Vater übernimmt heute ab zwei die Praxisvertretung, denn wir haben um drei Uhr eine Verabredung im Capitol.«

»Du hast an unseren Hochzeitstag gedacht?« Sie strahlte ihn an und schlang ihre Arme um seinen Hals.

»Und nicht nur das. Wir haben dieselbe Loge wie bei unserem allerersten gemeinsamen Kinobesuch 1926. Als ich gehört habe, dass das Capitol wiedereröffnet hat, musste ich einfach diese Karten kaufen.«

»Und was steht auf dem Programm?«

»Natürlich etwas Lustiges, *Die Feuerzangenbowle* mit Heinz Rühmann.«

Der Gedanke, mit Richard ins Kino zu gehen und eine Weile in einer heilen Traumwelt zu versinken, beflügelte Paula während des ganzen Tages. Sie suchte ihr bestes Kostüm heraus und putzte ihre abgetragenen Schuhe so blank wie möglich.

»Du musst es nicht übertreiben«, sagte Richard. »Das Capitol hat genau wie wir an Glanz verloren.«

»Und wir haben nicht mal mehr einen Laubfrosch, geschweige denn unseren schönen Adler Standard 6.«

»Nein, aber immerhin fährt die Straßenbahn noch.« Richard reichte ihr galant seinen Arm und sie verließen die Wohnung.

»Was für ein Glück, dass man nicht in die Zukunft sehen kann«, meinte Paula, als sie in der Straßenbahn saßen und durch das Fenster auf die Trümmerberge schauten. »Hätten wir damals gewusst, was kommt, hätte es uns die ganze Jugend vergiftet.«

»Wir leben, wir sind zusammen, unsere Kinder sind gesund und ich liebe dich, Paula. Das ist alles, was zählt.« Richard legte ihr einen Arm um die Schultern. Sie lehnte sich an ihn und genoss das Gefühl von Geborgenheit.

Das Capitol hatte tatsächlich viel von seinem alten Glanz verloren. Auch wenn die Kriegsschäden sich in Grenzen hielten, so waren doch zahlreiche der ehemals kunstvoll verzierten Glasscheiben gesprungen oder durch Holzplatten ersetzt, die goldene Farbe war verblasst und abgeblättert und die Polster der Sitze wirkten genauso abgewetzt wie die Kleidung der Kinobesucher. Dennoch war es recht voll. Vergnügungen waren selten und das Kino war immerhin ein Ort, an dem man den Hunger eine Weile vergessen konnte. Als sie dieselben Plätze einnahmen wie fast zwei Jahrzehnte zuvor, damals, als die Welt noch schön und strahlend war und die Zukunft rosig leuchtete, versuchte Paula, sich in die junge Frau zurückzuversetzen, die sie einst gewesen war. Sie erinnerte sich daran, wie sie sich Hals über Kopf in den wunderbarsten Mann verliebt hatte, obwohl ihr Vater skeptisch gewesen war. Sie legte ihre Hand auf die Armlehne und dachte daran zurück, wie Richard damals gewartet hatte, bis das Licht erlosch, um dann seine Hand sanft über die ihre zu schieben – die erste Zärtlichkeit, die sie ausgetauscht hatten. Und als hätte Richard ihre Gedanken gelesen, spürte sie auf einmal seine Hand auf der ihren, genau wie damals, zärtlich, behutsam, vorsichtig und zugleich erobernd.

»Wollen wir wie damals Pläne machen?«, flüsterte er ihr zu, ohne damit aufzuhören, ihre Hand zu liebkosen.

»Ja«, flüsterte sie zurück. »Welche Pläne hast du?«

»Einige. Zunächst müssen wir zusehen, dass wir im Winter nicht verhungern und nicht erfrieren.«

»Das ist ein guter Plan«, bestätige Paula lächelnd.

»Als Nächstes werden wir alles dafür tun, dass Krüger bei seinem Prozess verurteilt und seiner gerechten Strafe zugeführt wird.«

»Sehr gut.«

»Und in drei Jahren, wenn wir unseren zwanzigsten Hochzeitstag feiern, will ich wieder einen Fotoapparat haben und unsere Feier samt einer großen Torte fotografieren.«

»Das wäre wunderbar.« Paula lehnte sich wohlig seufzend an ihn, während bereits der Vorspann zur *Feuerzangenbowle* lief.

»Aber 1953, zu unserer Silberhochzeit, da werden wir wieder ein Auto haben, Paula. Und mit diesem neuen Auto werden wir nach Rom fahren und ich werde dich an genau der gleichen Stelle vor dem Kolosseum auf der Haube fotografieren wie damals auf unserem Adler Standard 6.«

»Eine wunderschöne Geschichte.«

»Nein, das ist mehr als eine Geschichte. Das ist mein Plan.«

»Du bist ein unverbesserlicher Optimist und Träumer, Richard. Und genau deshalb liebe ich dich so sehr!«

»Wer keine Träume hat, wird sie auch niemals verwirklichen, meine geliebte Paula«, flüsterte Richard.

Nachwort

Bei der vorliegenden Erzählung handelt es sich um einen Roman, der wahre historische Hintergründe hat, auch wenn die Hauptpersonen fiktiv sind. Um ein möglichst breites Bild der damaligen Psychiatrie und des Widerstandes einiger Psychiater zu zeichnen, habe ich die Erlebnisse meiner Helden Richard und Paula aus verschiedenen Berichten namenloser Ärzte und Ärztinnen zusammengetragen und zu einer Geschichte vereint. Es ist historisch belegt, dass es Ärzte gab, die sich gegen Sterilisation und Euthanasie aussprachen und im Geheimen Widerstand leisteten. Nachdem durchgesickert war, dass es sich bei der Meldebogenaktion keineswegs um planwirtschaftliche Erhebungen handelte, wie offiziell verkündet wurde, sondern dass die psychisch Kranken und Behinderten die ersten Opfer der gezielten Tötungsmaschinerie der Nazis wurden, versuchten viele Klinikärzte, ihre Patienten zu schützen, und füllten die Meldebögen falsch aus. Dies führte zur Bildung der sogenannten Aufsichtskommissionen, die tatsächlich in den Kliniken Akten überprüften, wenn sich der Verdacht ergab, dass in einer Klinik falsch positive Leistungsbilder erstellt wurden. Und so befanden sich die Ärzte in einer Zwickmühle. Wenn sie – wie Richard im Roman – alle als leistungsfähig eingruppierten, fiel das auf und sie konnten letztlich niemanden retten. Also mussten sie eine schwere Entscheidung treffen, so wie Paula in Göttingen. Der Göttinger Professor Gottfried Ewald ist historisch belegt. Als Gegner der Euthanasie versuchte er, möglichst viele Menschen vor dem Abtransport zu bewahren, und doch musste er einen Teil ihrem schrecklichen Schicksal überlassen, um die anderen zu retten.

Bereits 1920 rechnete der Arzt Alfred Hoche in seiner gemeinsam mit dem Juristen Karl Binding verfassten Schrift *Die Freigabe der Vernichtung lebensunwerten Lebens* aus, wie teuer die unproduktiven Geisteskranken die Gesellschaft kämen. Während man im ersten Teil seines Werkes noch Argumente für die Sterbehilfe findet, die auch von heutigen Befürwortern der aktiven Sterbehilfe nahezu wortgleich verwendet werden, wird im zweiten Teil deutlich, dass es letztlich um wirtschaftliche Interessen ging.

Die Nazis pervertierten diese Ansichten, indem sie die industrielle Tötung der Kranken betrieben. Und die Erfahrungen, die sie bei den Vergasungen der Behinderten und Kranken sammelten, fanden später ihre Anwendung in Todeslagern wie Auschwitz.

All dies ging schrittweise voran, es gab nicht von Anfang an einen perfekten Plan, aber bereits in *Mein Kampf* forderte Adolf Hitler die Sterilisation von Erbkranken – im Roman liest Richard dieses Originalzitat ebenso wie das über die Juden, als er in *Mein Kampf* blättert.

Als Erstes kam die Sterilisation, die von vielen Ärzten noch begrüßt wurde. Der ursprüngliche Gesetzesentwurf war – wie im Roman geschildert – noch unter der Vorgängerregierung entstanden. Die Nazis setzten ihn binnen kürzester Zeit um, allerdings mit einem entscheidenden Unterschied. Der Passus der Freiwilligkeit fiel weg. Von nun an hatten auch die Leiter von Krankenhäusern, Pflegeanstalten und Gefängnissen das

Recht, über die Sterilisation der Insassen zu entscheiden. Der im Roman verwendete Gesetzestext ist authentisch, allerdings gekürzt.

Die Tatsache, dass der ursprüngliche Gesetzesentwurf nicht von den Nazis stammte, selbst wenn die Nazis das Gesetz ihren Vorstellungen entsprechend abänderten, hatte für die Betroffenen gravierende Folgen. Das Gesetz galt nicht als von den Nazis erlassenes Gesetz. Aus diesem Grund kämpften die Opfer der Zwangssterilisation jahrzehntelang vergeblich um ihre Anerkennung als Opfer des Nationalsozialismus.

Am 13. April 1961 wurde in der 34. Sitzung des Ausschusses für Wiedergutmachung des Bundestages festgestellt, dass den Opfern der Zwangssterilisation kein Schaden zugefügt worden sei und sie nicht unter die entsprechenden Gesetze zur Wiedergutmachung fallen. Bei den beratenden Sachverständigen handelte es sich um dieselben Ärzte, die während der Nazidiktatur den Erbgesundheitsgerichten vorsaßen und über die Zwangssterilisationen entschieden. Es ist belegt, dass bis zu vier Prozent der Betroffenen an den Folgen einer Zwangssterilisation starben.

Erst im Jahr 1988 wurde den Opfern der Zwangssterilisation einmalig eine Entschädigung von 5000 DM zugestanden. Menschen, die aufgrund der Zwangssterilisation in wirtschaftliche Not geraten sind, können inzwischen auch eine laufende Leistung von gegenwärtig 291 Euro monatlich erhalten. Im Jahr 2012 haben noch 482 Überlebende einer Zwangssterilisation diese Leistung bezogen.

Neben den fiktiven Hauptpersonen und dem bereits genannten Professor Ewald aus Göttingen treten im Roman noch weitere historisch belegte Personen auf. So der Taubstummenlehrer Alfred Schär. Abgesehen von seiner fiktiven Freundschaft zu Richard habe ich versucht, seine Geschichte und sein Schicksal so authentisch wie möglich darzustellen.

Der jüdische Chefarzt des Kinderkrankenhauses Rothenburgsort, Doktor Carl Stamm, ist ebenfalls eine historische Persönlichkeit. Er starb 1941, nachdem er bereits 1933 von den Nazis entlassen und durch den Parteigenossen Doktor Bayer als Chefarzt ersetzt wurde. Die Quellenlage ist unklar, manche sprechen davon, dass er Selbstmord beging, um sich der drohenden Deportation zu entziehen, andere wiederum sagen, er sei an einer Gehirnblutung verstorben. Nach ihm ist der Carl-Stamm-Park in Hamburg benannt worden.

Das Kinderkrankenhaus Rothenburgsort ist wirklich bombardiert worden und die Kinder wurden in die Heilanstalt Langenhorn, die heutige Asklepios Klinik Nord – Ochsenzoll, evakuiert. Zu diesem Ereignis habe ich eine ganz besondere persönliche Beziehung, denn mein inzwischen verstorbener Vater war als neunjähriger Junge mit Diphtherie im Krankenhaus, als es bombardiert wurde. Er, der als Kind die Bombennächte und auch den großen Feuersturm von 1943 in Hamburg überlebte und dessen Großmutter einen Schrebergarten in Moorfleet hatte, ist das historische Vorbild für Georgs Freund Horst. Ich habe ihm noch ein weiteres Denkmal gesetzt, indem ich sein Geburtsdatum zum Geburtsdatum von Richards und Paulas Kindern machte. Die Sichtweise der Kinder, beispielsweise dass die Kindergasmasken streng nach Gummi rochen, aber auch, wie sich die Bombennächte im Luftschutzkeller anfühlten, habe ich seinen Erzählungen entnommen. Auch Rothenburgsort ist nicht zufällig gewählt – dort lebte mein Vater als Kind mit seiner Familie und sein Großvater hatte dort einen großen Malerbetrieb. Bei den Bombenangriffen im Juli und August 1943 wurde der gesamte Stadtteil zerstört und veränderte für immer sein Gesicht.

Die Figur von Richards Intimfeind Doktor Krüger ist inspiriert durch den historisch belegten Psychiater Doktor

Friedrich Knigge, der zunächst in der Heilanstalt Langenhorn arbeitete und später Leiter der Kindereuthanasie in Langenhorn wurde. Da ich Krüger jedoch sehr eng in seiner Feindschaft mit Richard verbunden habe und mich dadurch vom historischen Knigge entfernte, habe ich mich hier für den fiktiven Charakter entschieden. Allerdings sind die Morde an den zweiundzwanzig Kindern sowie die Sektionen von sechs der Kinder tatsächlich von Knigge begangen worden. Nach dem Ende des Krieges meldeten Studenten die Morde den Briten. Im August 1945 wurde Knigge genau wie Krüger im Roman entlassen und erhielt Berufsverbot. Es gab zwei Prozesse gegen Knigge, der Prozess wegen der Kindermorde kam allerdings nicht mehr zum Abschluss, da Knigge 1947 im Krankenhaus St. Georg an Kinderlähmung verstarb.

Die Erlebnisse von Richard und Fritz an der Front habe ich entsprechend der historischen Randdaten zusammengefasst. Die medizinischen Fakten wie die Verwendung von Sulfonamiden oder Evipan sind korrekt, aber die Einsatzorte habe ich den Bedürfnissen des Romans angepasst und Richard und Fritz schließlich über Italien nach Cherbourg geschickt. Unmöglich war dies nicht, da das Lazarettwesen 1943 neu strukturiert wurde, aber hier ging es mir vor allem um einen Abriss der Geschichte der Westfront und die emotionalen Belastungen der beiden. Eingefleischte Militärhistoriker mögen mir die dichterischen Freiheiten in diesem Zusammenhang verzeihen.

Von Anfang an hatte ich auch die Begegnung mit Maxwell Cooper und Arthur Grifford in einem ägyptischen Grab eingeplant. Die Grabanlage selbst ist fiktiv, aber tatsächlich wurden 1987 bei archäologischen Ausgrabungen in El Alamein alte ägyptische Gräber einer bis dahin unbekannten Totenmetropole gefunden.

Die Nachkriegszeit begann – anders als oft kolportiert – keinesfalls als Befreiung des deutschen Volkes. Es war eine Niederlage und nach der Befreiung der Konzentrationslager herrschte großer Zorn auf Seiten der Alliierten gegen die Deutschen. Es ging ihnen um eine Bestrafung des deutschen Volkes. So war es Deutschen beispielsweise noch bis Juni 1946 verboten, Care-Pakete zu bekommen.

Auch die Bedingungen in den Kriegsgefangenenlagern, die Fritz schildert, entsprechen den historischen Gegebenheiten.

In Hamburg wurden unter der britischen Besatzung Anfragen auf Deutsch grundsätzlich nicht angenommen, es musste alles in Englisch vorgelegt werden. Das Fraternisierungsverbot wurde allerdings verhältnismäßig schnell gelockert, weil viele Briten sich ohnehin nicht daran hielten. Dennoch blieben die Briten in einer gehobenen Parallelgesellschaft für sich und es gab noch bis weit in die Fünfzigerjahre in öffentlichen Verkehrsmitteln Abteile nur für Briten, zu denen Deutsche keinen Zutritt hatten. Die letzten beschlagnahmten Wohnungen in Hamburg wurden erst 1957 zurückgegeben.

Unabhängig davon gab es trotzdem freundschaftliche Kontakte zwischen Briten und Deutschen, so wie sie sich auch zwischen Arthur und Richard entwickeln, und in den Hamburger Schulen wurde im August 1945 die Schulspeisung durch die Briten organisiert, was zahlreiche Hamburger Kinder vor dem sicheren Hungertod rettete.

Das Kino Capitol in der Hoheluftchaussee gehörte zu einem der ersten Kinos, die in Hamburg auch für Deutsche wiedereröffnet wurden. Ob dort wirklich jemals *Die Feuerzangenbowle* lief, ist unbekannt, aber es war einer der letzten großen Filme, die noch von der alten UFA gedreht und ab 1944 in deutschen Kinos gezeigt wurden. Ich habe ihn gewählt, weil er den meisten Lesern bekannt sein dürfte und wie kaum ein anderer Film der damaligen Zeit geeignet war, düstere Stimmung durch ein herzhaftes Lachen zu vertreiben.

Was Richards und Paulas Träume für die Zukunft angeht

– am 20. Juni 1948 kam die Währungsreform und damit die D-Mark. Die Läden waren auf einmal wieder voll und es gab alles zu kaufen. Richards Traum, zu ihrem 20. Hochzeitstag am 7. September 1948 wieder einen Fotoapparat zu besitzen, hat sich mit Sicherheit erfüllt.

Auch seine Pläne für die silberne Hochzeit dürfte er verwirklicht haben. 1953 war das Wirtschaftswunder da und dessen Symbol ist eines der erfolgreichsten Autos aller Zeiten – der VW Käfer.

Ich bin mir sicher, dass es irgendwo in Richards Fotoalbum ein Bild aus dem Jahr 1953 gibt, das eine strahlend lächelnde Paula auf der Haube eines VW Käfers vor dem Kolosseum in Rom zeigt. Aber das ist eine andere Geschichte …

Printed in Germany
by Amazon Distribution
GmbH, Leipzig